fly me to the moon

Fly me to the moon 1

지은이_이수영 | 초판 1쇄 인쇄_2007년 10월 21일 | 초판 11쇄 발행_2015년 1월 28일 | 발행처_도서출판 청어람 | 발행인_서경석 | 편집장_권태완 | 편집_나정희, 최고은 | 주소_경기도 부천시 원미구 심곡1동 350-1 남성B/D 3F | 등록_1999년 5월 31일(제1081-1-89호) | 문의전화_032)656-4452 | 팩스_032)656-4453 | http://www.chungeoram.com | 전자우편_eoram99@chollian.net | 어람번호_8-0001 | 파본은 구입하신 서점에서 교환하여 드립니다. 저자와 협의하여 인지를 붙이지 않습니다. 책값은 뒤에 있습니다.

ISBN 978-89-251-0956-5 04810
ISBN 978-89-251-0955-8 (SET)

플라이 미 투 더 문 **1** 이수영 소설

Fly me to the moon

도서출판
청어람

Fly me to the moon
And let me play among the stars
Let me see what spring is like on Jupiter and Mars

In other words, hold my hand
In other words, darling kiss me

Fill my heart with song
and Let me sing for ever more
You are all I long for all I worship and adore

In other words, please be true
In other words, I love you

목차

프롤로그	···7
1. 장례	···12
2. 짐승	···34
3. 터닝 포인트	···62
4. 변화	···90
5. 가문, 아버지	···113
6. 사고	···142
7. 야수, 각인	···166
8. 결정	···196
9. 변성	···219
10. 움직임	···245
11. 그물	···282
12. 음영	···321
13. 소녀, 여자	···352
14. 초콜릿	···374
15. 동질	···404
16. 인연	···439
17. 균열	···468
18. 사랑	···497

프롤로그

어째서 이런 일이 벌어진 거지?

남자는 멍하니 서서 투덜거렸다. 그는 자신이 보고 있는 것이 어떤 것인지 이해할 수가 없었다. 이런 것은 있어서는 안 되는 그런 종류의 일이었다. 그의 아내는 완벽할 만큼 아름답고 상냥하며 부드러운 여자였다. 그의 거친 행동도 멋지다고 칭찬하며 눈을 반짝이던 여자였다.

그런데.

우적우적.

질척한 액체 속에 주저앉아 있는 것은 누구지? 새빨간 핏덩이를 입 안으로 우겨넣고 있는 저 괴물은 대체 누구야?

하얀 가운은 이미 시뻘겋게 물들어 있었다. 길고 윤기가 흐르던 긴 머리채는 피범벅이다. 네발짐승처럼 아무렇게나 웅크린 채 눈을 빛내고 있는 괴물은 이빨을 드러낸 채 고기를 씹고 있었다.

그 고기가 무엇인지 안다. 그는 두 주먹을 움켜쥔 채로 비명 아닌 비명을 질러댔다.

그 순간, 벌겋게 피로 물든 얼굴을 한 괴물이 그를 돌아보았다. 녹색 빛이 번뜩이는 눈빛과 피로 번들거리는 입가에는 송곳니가 불쑥 튀어나와 있었다. 핏덩어리가 그녀의 무릎으로 툭툭 떨어져 내렸다. 엉거주춤한 그 자세를 보고 남자는 입가를 비틀었다. 치밀어 오르는 욕지기와 그에 못지않은 증오와 살기가 휘몰아쳤다.

"빌어먹을."

남자는 단순했다. 항상 그렇듯 이번에도 실패했다고 생각했다. 아내는 실패작이었다. 이런 괴물 따위가 자신의 아이를 낳을 수 있을 리가 없다. 그러니까 저 괴물의 입가에 매달린 핏덩이는 그의 아이가 아닌 게 분명했다.

그는 멍하니 앉아 자신을 올려다보는 괴물을 향해 한 발자국 앞으로 다가갔다. 그의 기세에 놀란 괴물이 뒤로 주춤 물러난다. 제대로 서지 못하고 엉거주춤한 그 자세가 더더욱 경멸스러웠다. 그는 주저하지 않고 길쭉한 손톱을 빼어 들었다. 칼날보다도 더 날카로운 다섯 개의 손톱이 1m가량 치솟았다. 그는 주저하지 않고 괴물을 향해 내려쳤다.

한 번, 두 번, 세 번.

갈가리 찢어서 이 더러운 꼴을 없애 버리고 싶었다. 형의 말대로 실패했다는 게 수치스러웠다. 항상 그렇다. 형이 옳다는 것을 알면서도 그는 형에게 반항했다. 무릇 남자라는 건 여자 문제에 있어서만은 자기 스스로가 결정해야 하는 법이다. 그는 이를 뿌드득 갈았다.

피가 튀고 뼈가 으스러졌다. 그의 앞에서 벌벌 떨며 기어다니던 괴물의 머리채를 잡아 머리를 자르고 살점을 터뜨린다. 그는 밟고 찢고 던졌다. 아무리 부수고 터뜨려도 가슴속에서 일어나는 울분을 지울 수가 없었다.

"그만 해."

냉혹한 음성이 터졌다.

그 음성이 얼마나 찬지 머리통이 통째로 얼음물에 들어간 것처럼 섬뜩하다. 남자는 부르르 떨었다. 절대로 보여주고 싶지 않은 존재가 등 뒤에 서 있었다.

"……."

그의 형은, 언제나 그렇듯 반듯하게 회색의 정장을 입고 있었다. 온통 피와 살점으로 뒤범벅된 방 안이 무색하도록 반짝이는 구두와 머리칼 하나 흐트러지지 않은 반듯한 모습. 남자는 피범벅이 된 채로 몸을 돌렸다. 그의 아내였던 괴물이 흘린 피로 그의 전신은 질척거렸다.

"빌어먹을."

남자는 이를 갈았다.

그의 형은 냉정한 눈초리로 방 안을 둘러보았다. 그리고는 한숨을 내쉬듯 담배 연기를 내뿜었다. 싸아한 담배 냄새가 오히려 방 안 전체를 물들인 피 냄새를 희석시킨다. 남자는 조금 기가 죽었다. 그의 형은 냉혹하고 침착하며 절제하는 남자였다. 남자는 그 사실에 종종 절망하곤 했다.

"어쩔 거냐?"

형이 조용히 물었다.

남자는 어깨를 떨어뜨렸다. 손톱이 저절로 손끝으로 들어가며 묻은 피를 후둑후둑 흘려냈다.

"머리 좀 식혀라."

한숨처럼 연기를 내뱉은 그의 형은, 평소와 똑같이 그렇게 말했다.

남자는 그 말이 기쁘면서도 괴로워 고개를 숙이고 형의 어깨에 피 묻은 이마를 들이댔다. 형의 옷깃에서는 담배 냄새가 훅 하고 끼쳐 왔다. 그 냄새에 남자의 마음은 점점 더 안정되었다. 그러나 어린애 같은 행동에 형의 얼굴은 더 어두워졌다.

"내 첫 아이였어."

꾸민 듯한 음성으로 남자가 눈물을 떨구었다. 그는 동정을 호소하듯 형의 소매를 잡았다. 그 깨끗한 옷에 핏자국이 묻자 남자는 심술궂게 기뻐했다.

"이번 일이 마무리되면."

형은 그의 어리광에 속지 않았다. 남자를 키운 것은 그였다. 항상 그렇듯 남자는 고약하고 교활한 짐승이었다.

"나는 너를 철동에 가둘 거다."

"예?"

남자의 눈이 커졌다. 그의 눈에 공포심이 떠오르는 것을 보고 형은 무표정한 얼굴로 말했다.

"나는 종주이자 너의 형이다. 너의 무책임한 태도를 더 이상은 봐줄 수 없다. 너는 십 년간 철동에서 지내야 할 거다."

"형!"

그가 비명처럼 외쳤지만 그의 형은 주저하지 않고 자신보다 5cm는 큰 남자의 멱살을 한 손으로 움켜쥐었다. 억센 힘에 남자가 몸을 비틀자, 그는 마치 짐짝이라도 밀쳐 내듯 획 하고 던져 버렸다.

5m는 날아가 벽에 호되게 부딪힌 남자가 몸을 구부리자 형이자 일족의 종주(宗主)는 불길이 이는 은빛 눈을 들어 선언했다.
"자아, 이제 꺼져라!"

1
장례

"애쓰셨어요. 감사드려요."

단정하게 인사를 하는 정연의 얼굴은 창백했다.

원래 강단이 있는 성격이긴 했지만 너무나 침착한 것이 거슬리지 않는 것도 아니다. 보고 있던 제환은 한숨을 내쉬었다.

어쨌거나 단 하나밖에 없는 조카. 오랜 병구완에 오히려 감각이 무뎌진 것인지도 모른다고 그는 애써 생각했다.

"감사하긴. 남도 아닌데 정말로 남처럼 말하는구나. 정말 혼자 있을 거니?"

"네, 괜찮아요."

정연은 파리한 얼굴에도 불구하고 여전히 침착했다.

제환은 저도 모르게 현관에 서서 집 안을 쭈욱 훑어보았다.

제법 넓은 집 안에는 사람이 사는 냄새가 거의 나지 않았다. 세간도 최소한의 것으로, 휑하니 넓은 거실에는 삼인조의 낡은 가죽 소파와 대리석으로 만든 탁자가 있는 것이 전부였다. 흔한 화초 하나 있지 않았다. 하다못해 텅 빈 거실 벽을 장식할 그림 한 점 붙어 있지 않았다. 제환은 십 년 전 이 거실 벽에 붙어 있었던 유명한 화가의 유화 두 점을 떠올렸다. 바닷가 풍경과 과일을 그린 정물화였다. 그림을 좋아하던 그의 형, 제운의 취미였었다. 하지만 그가 죽고 나서, 또 그 아내인 미경이 암 판정을 받고 나자 하나밖에 없는 딸 정연은 주저하지도 않고 그 그림들을 팔았다. 또한 아담한 백자 한 쌍도 같이.

제환이 길길이 뛰며 말렸지만 정연은 단호하게 말했었다. 그 모든 것이 어머니를 대신하지는 못한다고.

'그래도 좀 말렸어야 할지도. 아니면 내가 그림이라도 몇 점 사다 줄까.'

제환은 혀를 찼다. 싸늘하고 싸늘한 집 안 공기.

마당은 또 어떠한가. 잡초가 무성한 데다가 늦겨울의 황폐함마저 더해 거의 폐가나 다름없었다. 칠이 벗겨진 어설픈 전등이 홀로 어둠을 밝히고 있었다. 오래된 소나무 한 그루와 매화나무가 한 그루, 대추나무 한 그루가 을씨년스럽게 버티고 있다. 오히려 오래된 나무라 더더욱 섬뜩하다. 십여 년 전에는 이 마당도 풍성했다. 꽃밭을 가꾸는 형수와 잔디를 깎는 그의 형은 항상 바지런하게 그다지 넓지도 않은 마당을 기꺼이 다듬었기 때문이다.

하지만.

시간은 냉혹하다. 십 년이 지난 지금 그 따스하고 아늑하던 집은 없었다. 있는 것은 유령처럼 창백하고 냉정한 딸 정연과 폐가처럼 황폐해진 집 안뿐.

"비가 올 것 같아요. 어서 돌아가시는 게 좋겠어요. 길이 막힐 테니까요."
"그러지 말고 우리 집에 가자. 널 혼자 놔둘 수는 없겠다."
제환이 다시 재촉하자 정연은 고개를 내저었다.
"너무 피곤해서요. 그냥 좀 혼자서 쉬고 싶어요."
제환은 충혈된 그녀의 눈을 물끄러미 바라보았다. 이런 집에서 마음 편히 쉴 수 있겠냐고 되묻고 싶었지만 그래도 이 집은 그녀의 집이었다. 그녀가 태어나고, 그녀가 자라난.
"알았다. 너도 어린애가 아니니까. 내일 잠깐 들리마. 아님 숙모라도 올 게야."
"신경 써주셔서 감사해요."
정연이 고개를 다시 숙였다. 가느다란 목덜미가 시야에 잡히자 제환은 다시 뭉클했다. 부모를 모두 다 잃은 조카가 너무나 안쓰러웠다. 칠 년에 걸쳐 암에 걸린 어머니를 돌보느라 정신없이 지내던 정연은 지금 스물여덟 살이다.
"그래, 나중에 이야기하자."
제환은 그렇게만 말하고 돌아섰다.
그는 막 대문을 닫고 차에 오르는 순간, 다시 한 번 돌아보았다. 붉은 벽돌로 쌓은 담장에는 축축 늘어진 담쟁이의 줄기들만이 보였다. 창백한 등불 아래 드러난 정연의 집은 세상과는 아예 격리된 것처럼 섬뜩하다.
툭툭 빗방울이 떨어졌다.
제환은 운전석으로 올라타면서 담배를 입에 물었다. 장례식이 끝난 뒤부터 아내는 정연을 혼자 놔두지 말라고 신신당부를 했었다. 어머니를 잃은 아이의 심정을 생각해서라도 절대 데리고 오라고 했던 것이다.

"병이 날 거예요. 그런 집에서 혼자 병나면 큰일나요. 절대로 혼자 두지 말고 무리를 해서라도 데리고 와요. 집에 데려다 놓고 좀 이것저것 챙겨 먹여야 돼요. 걔 파리하게 마른 것 좀 보라구요."

눈물을 글썽거리면서 항상 후덕한 심성을 보였던 아내 지영은 정연의 어미나 된 것처럼 주장했었다. 하지만 그것도 할 수 없다. 제환은 정연이 얼마나 고집이 센지 알고 있었다. 지영이라면 몰라도 남자인 제환은 그녀를 달래서 데리고 올 재주는 없었던 것이다.

"내일 같이 와봐야지."

그는 결국 단념하면서 시동을 걸고 출발했다.

찰칵.

정연은 라이터를 들어 담배를 입에 물었다.

갑자기 기묘한 탈력감이 가슴속에 차 올랐다. 그것을 메우려고 그녀는 힘차게 담배를 빨았다. 연기는 하느작 흩어지면서 허공으로 사라진다. 그 모습은 너무도 덧없어 애잔하기까지 하다. 그녀는 깊게 연기를 내뿜으면서 한숨도 함께 내쉬었다.

숙부는 이상하게 생각했던 것 같다. 하나밖에 어머니가 죽었는데 눈물조차 흘리지 않는 정연을 향해 기묘한 시선을 던졌었다. 그런데 사실 그녀는 그다지 슬프지 않았다. 아니, 감각이 무디다고나 할까. 그저 담담하기만 했다.

창문이 덜컹덜컹 소리를 냈다. 바람이 많이 부는 모양이었다. 봄을 재촉하는 비라도 제법 그 기세가 사납다. 텅 빈 집이라서인지 소리는 더 크게 울려 퍼졌다.

텔레비전이라도 켤까 하고 생각하던 정연은 그것도 그만두기로 했다. 이런저런 소리를 듣는 것도, 신경을 쓰는 것도 다 귀찮았다. 그저, 무척이나 피곤하기만 했다.
"가여운 것."
그녀보다 더 운 것은 그녀의 숙모인 지영이었다. 항상 넉넉해 보이는 품을 가진 그녀는 담담한 표정을 지은 정연을 끌어안으며 울었다. 가엾다고, 불쌍하다고 울었다.
솔직히 정연은 그녀가 꽤나 귀찮았었다. 아줌마라는 종류의 사람들은 오지랖이 넓은 탓인지 남의 가슴 깊은 곳을 들쑤시듯 들어와 참견한다. 그리고는 다 자신처럼 생각한다는 듯이 사람들을 다그치는 것이다. 그런 점이 그녀는 싫었다.
하지만 지영의 품 안은 낯선 만큼 따스했다. 아버지가 돌아가신 뒤 반쯤은 정신을 놓다시피 하면서 그녀에게 모든 것을 의지하던 엄마와 달리 지영은 그녀를 힘차게 끌어안고 토닥였다. 세상 전체가 모두 무너지더라도 숙모인 지영만은 그냥 무너지지 않을 사람 같았다. 가끔 정연은 숙모가 자신의 엄마였다면 얼마나 좋았을까 상상하곤 했다. 건강한 엄마란 어떤 것인지 보여주는 표상 같았으니까.
덜컹덜컹.
그녀는 거실의 창문을 확인했다. 집은 지은 지 십오 년이나 된 낡은 집이었다. 지은 당시에는 건축 기사였던 아버지가 심혈을 기울인 탓으로 놀랄 만큼 견고하고 좋은 집이었지만 제대로 관리를 안 한 탓에 아무래도 여기저기 문제가 생기곤 했다. 가장 큰 문제는 창틀이었다. 오래된 탓인지 나무를 사용한 탓인지 섀시를 이용한 집들과 달리 바람만 불면 소음이 대단했다. 신경이 예민한 엄마는 자다가 몇 번이나 벌떡 일어나고는 했다. 수리를 하려고 해도 집에 손을 대는 것을 싫어하는 엄마 탓에 무산되었다.

"결국 집을 좀 손봐야 할까."

정연은 멍하니 중얼거리며 유리창에 이마를 댔다. 차갑고 스산한 기운이 머리로 스며들자 묘하게도 기분이 좋았다. 창밖에서는 대추나무가 이리저리 가지를 흔들어 대는 모습이 보였다. 마당 한구석에 켜진 전등이 아직도 제 기능을 하는 탓이다. 정연은 스위치를 눌러 마당의 등을 껐다. 숙부도 간 마당에 굳이 불을 켜놓을 이유는 없었다.

빗방울이 유리창에 부딪히며 처덕처덕 소리를 냈다. 먼지로 더러워진 창문이 빗물로 씻겨 내려가는 것을 지켜보면서 그녀는 담뱃재를 털었다.

엄마는 돌아가시는 그날까지 그녀가 담배를 피우는 것을 몰랐다. 물론 거실에 있던 백자나 그림들이 치료비로 변하는 것도 몰랐으리라. 물론 숙모는 알았다. 담배를 피우는 건 몸에 좋지 않다고 잔소리를 하긴 했지만 그녀의 엄마에게 고자질하는 것 따위는 하지 않았다. 오히려 연민의 시선으로 그녀를 바라보면서 투덜거렸을 뿐이었다.

새 담배를 꺼내면서 정연은 막연히 앞으로의 일을 생각해 보았다.

이 집을 그녀가 관리한다는 것은 어려운 일이었다. 결국은 팔고 작은 아파트를 얻는 쪽이 훨씬 현실성 있는 대안일 터였다. 집이야 낡았지만 대지는 넓어 팔십 평이다. 팔면 작은 가게를 열 정도의 돈은 손에 떨어질지도 모른다. 정연에게 남은 것은 이 집 하나밖에는 없었다.

"후······."

담배 연기를 다시 내뿜었다.

대학 졸업 후에 직장을 다녔었다. 겨우 일 년이었지만 제법 내로라하는 대기업에 공채로 들어가 그럴듯한 직장에 근무할 수 있었다. 하지만 엄마가 암 판정을 받은 뒤, 그 모든 것은 포기할 수밖에 없었다. 외가에는 아예 사람이 없고, 엄마는 우울증까지 있었다. 간병인을 다섯 명이나 갈아치우고 나서야 정연은 단념했다. 숙모가 도와준다고는 해도 아직 아이들이 고등학생이다. 그런 애들을 놔두고 손윗동서의 히스테리를 다 받아줄 수는 없는 것이다.

"네 엄마는 약한 사람이니까 네가 잘 돌봐야 한단다."

아버지는 그렇게 말했었다.

항상 활기에 찬 그녀의 아버지는 그녀가 대학 2학년 때 교통사고로 죽었다. 그 이래 우울증에 걸린 엄마는 항상 안절부절못하며 집 밖으로 나가지 않았다. 심지어 병원에 가는 것도 싫어했다. 자신은 미치지 않았으니 절대로 병원에 가지 않겠다는 것이었다. 그런 상태였기 때문에 그녀는 공부에만 전념했다. 자상하던 아버지와 상냥하던 엄마를 동시에 잃은 셈이었지만 그런 것에 마음을 빼앗기면 끝이다 생각하며 그녀는 언제나 마음을 다잡곤 했다. 다행히 아버지가 벌어놓은 것이 있고 보험을 몇 개나 들어놓아 생활비에는 지장이 없었다. 언제나 문제는······ 어머니였다.

덜컹덜컹.

또 창문 소리가 들려왔다. 이번에는 부엌 쪽인 것 같았다.

정연은 담뱃재를 떨어뜨렸지만 치우지 않았다. 어차피 먼지투성이인 바닥에 담뱃재가 좀 떨어졌다 해서 큰일은 아니니까. 집을 비운 지 무려 일주일이 넘었으니 깨끗할 리가 없다. 슬리퍼를 끌며 부엌에 가니, 환기용 쪽창 문이 열려 있었다. 그리로 들이치는 빗물 때문에 바닥이 흥건하다. 창문을 닫고 보니 하루 종일 먹은 게 별로 없다는 것이 생각났다. 그녀는 냉장고 문을 열었다. 그리고 후회했다.

집에 안 들어온 지 일주일이 넘었으니 냉장고 안이 온전할 리가 없다. 숙모가 넣어둔 반찬들은 전부 다 곰팡이가 난 상태였고, 김치는 쉬다 못해 고린내가 났다. 그녀는 결국 오렌지주스 한 병 외에는 먹을 게 없다는 것을 깨달았다.

하긴 식욕도 없었다.

텅 빈 식탁에 앉아 오렌지주스와 위스키를 섞었다. 피곤하지만 잠도 오지 않고 지쳤지만 머리는 멀쩡하다. 차라리 술을 좀 마시는 게 좋을지도 몰랐다.

그녀는 얼룩진 유리잔에 위스키를 듬뿍 부었다. 아버지가 아끼던 술이었지만 그래 봐야 술은 술일 뿐. 아껴 먹을 사람은 어차피 살아 있지 않다.

위스키와 오렌지주스를 휘휘 저어 입 안에 흘려 넣자 화끈한 열기가 뱃속에 퍼졌다. 정연은 재떨이를 쥐고 앉아 홀짝거리며 어설픈 칵테일을 마셨다. 집 밖에는 제법 사나운 비바람이 불었다. 덜덜 떨리는 창틀이 여기 좀 보라고 투덜거렸지만 그녀는 허공으로 올라가는 담배 연기에 열중했다. 그러다 보면 슬슬 잠이 올 것이고 그리고 나면 아침이 올 것이다.

엄마가 죽었다. 자궁암으로 시작되어 몸 안 전체로 퍼진 암 덩어리 때문에 죽었다. 하지만 정연은 엄마가 죽은 것은 암 때문이 아니라 아버지 때문이라 생각했다. 아버지의 죽음 이래 이미 엄마는 반쯤 죽어가고 있던 차였다. 암을 불러들인 것은 엄마였다.
"엄마를 원망하니?"
언젠가 경화가 물었다.
그 대답에 정연은 쉽게 대답하지 못했었다. 원망한다기보다는 이미 단념했다고 하는 게 옳은 말이 아닐까. 하지만 입 밖에 낼 소리는 아니었다. 경화는 그 심정을 이해한다는 듯 그저 침묵하기만 했다.
경화는 사려 깊은 친구였다. 하지만 그녀는 몇 년 전 부산으로 이사를 가버렸다. 그래도 아마 소식을 들으면 와주긴 할 것이다. 그렇지만 결혼해 아기까지 가진 친구가 그녀에게 깊은 관심을 쏟기란 어려운 일. 정연은 그다지 기대하지 않았다.
멀리서 개 짖는 소리가 들려왔다. 잉잉대는 바람 소리와 뒤섞인 개 짖는 소리는 사람을 불안하게 한다. 하지만 정연은 무뎌지는 신경을 차분히 맛보고 있었다. 위스키 탓이었다. 벌써 두 잔째. 쓴맛을 지운 오렌지주스 덕분에 정연은 꽤나 많은 양을 마시고 있었다.
"하아, 청승이네."
앞으로의 일을 생각하려 했지만 생각나는 것은 옛날, 과거의 일뿐이었다.
저 싱크대 앞에서 서서 과자를 구워준다고 웃고 있던 엄마는 어디로 갔을까. 설거지를 도와준다면서 털털하게 웃고 있던 아버지는 또 어디로 갔을까. 정말 천국이든 극락이든 그런 곳이 있기나 한 걸까.
정연은 피식 웃었다. 쓸데없는 생각을 하는 것도 결국은 혼자 있기 때문이다. 하지만 누군가가 옆에 있는 것은 구두 속에 들어간 모래알처럼 껄끄러웠다. 그녀는 담뱃재가 뚝뚝 떨어지는 것을 멍하니 바라보았다. 담배가 줄어드는 건 수명이 줄어드는 것과 비슷했다. 누군가가 말했지 않은가. 목숨을 태우는 짓거리라고.

흑백의 타일로 장식된 벽이 슬슬 휘기 시작했다. 흔들리기도 하고 바닥과 가까워지기도 했다. 시야가 흔들리는 것을 재미있게 생각하면서 그녀는 피식피식 웃었다. 담뱃재가 재떨이를 벗어나 여기저기에 떨어졌지만 그녀는 그것도 의식하지 못했다.

또 개 짖는 소리가 들려왔다. 아니, 동네의 개들이란 개들은 전부 다 짖어대는 것 같았다. 좀 외진 곳에 있는 터라 동네 사람들은 개를 많이 키웠다. 전원주택 풍으로 지어진 고만고만한 집들은 대개 야트막한 야산을 끼고 있었다. 그 때문인지 가끔은 들쥐나 고양이들을 잡기 위해 날뛰는 개들이 시끄러웠다. 버려진 고양이도 많고 나돌아다니는 개들도 많다.

덜컹—

비바람 소리치고는 꽤나 큰 소리가 울려 퍼졌다.

그녀는 천장을 멍하니 올려다보았다. 이층에서 난 소리였다. 이층에는 창고로 쓰는 다락방 밖에는 없었다. 그녀가 그곳에 안 올라간 지는 두 달이 넘었다. 병원에서 살다시피 하는 터라 집 안 구석구석을 돌볼 틈도 생각도 나지 않았던 것이다.

그러고 보니 이층 다락방에도 창문이 하나 있었다. 작년 봄에 제비 한 마리가 그 다락방 창문에 부딪혀 죽었던 것이 기억났다. 벌레로 뒤덮여 있던 제비의 시체는 이미 바짝 말라 털뭉치에 가까웠다. 그것을 신문지에 둘둘 싸서 쓰레기봉투에 넣었던 기억이 나자 정연은 미간을 찌푸리며 일어섰다. 그 창문이 열려 있다면 비가 들이쳐 천장까지 젖을 가능성이 컸다. 안 그래도 낡아서 곰팡이 냄새가 나는데 진짜 곰팡이가 슬면 곤란했다.

"어?"

술에 취했기 때문일까. 다리가 휘청거렸다. 시야도 이리저리 뒤섞인다.

그녀는 벽을 짚고 천천히 걸었다. 급할 것은 아무것도 없었다. 이제 뛰어다닐 필요는 없다. 화학치료 때문에 구토하는 어머니를 부축할 필요도, 의식을 반쯤 잃은 어머니의 대소변을 받을 필요도 없다. 울며 소리치는 어머니를 달래기 위해 슈크림을 사러 거리로 뛰어나갈 필요도 없다.

"좀 젖어도 상관은 없어."

정연은 멍하니 그렇게 중얼거렸다. 그놈의 슈크림.

입 안이 다 헐어버린 엄마는 밥 대신 슈크림을 먹었다. 그것도 강남의 유명한 케이크 전문점 〈피에르〉에서 만드는 커다란 슈크림과 커스터드 크림을 얹은 케이크만을 먹었다. 거의 매일 그 가게로 출근하는 그녀를 그 가게의 점원들은 모두 다 알고 있었다.

"케이크를 좋아하시나 봐요."

"네."

정연은 그렇다고 대답했지만 사실은 아니었다. 그 달작지근한 냄새만 맡아도 토할 것 같았다. 어머니가 토해내는 노란 토사물과 뒤엉킨 크림 덩어리들은 끔찍했다. 속이 뒤집혔다.

그 냄새를 떠올리자 다시 욕지기가 치솟았다. 정연은 급히 담배를 빨아들였다. 필터까지 다 타 들어간 담배에선 아무 맛도 나지 않았다. 결국 그녀는 비실거리면서 다시 담배 한 가치를 꺼내 입에 물었다. 서둘러 불을 붙이고 연기를 내뿜자, 그제야 속이 가라앉는다.

이층에서는 이제 아무런 소리도 들리지 않았다. 그녀는 멍하니 바닥에 주저앉아 천장만 올려다보았다. 줄담배를 피우기 시작한 게 언제부터였더라?

덜컹덜컹.

또 창문이 울었다. 나뭇가지가 버석거리는 소리가 뒤엉키고 개 짖는 소리가 또 뒤섞여 텅 빈 집 안을 울린다.

그녀는 다시 일어서서 계단을 오르기 시작했다. 어차피 해야 할 일을 뒤로 미룬다고 일이 없어지는 것은 아니다. 일은 언제나 일일 뿐 줄지 않는다. 회피한다고 없어진다면 얼마나 좋을까.

그녀는 계단을 천천히 올라갔다. 여전히 어지러웠지만 그래도 벽을 짚으니 괜찮은 듯도 싶었다. 먼지 냄새가 매캐했다. 그 먼지 냄새 사이로 비린내도 났다. 쥐가 있는 것일까. 그녀는 담배 연기를 삼키면서 아무렇게나 담뱃재를 털었다. 양말에 닿는 먼지의 촉감이 거북했지만 그녀는 무시했다. 어차피 집 안은 더럽다. 불을 켜자 창백한 형광등 아래 참상이 드러났다. 먼지와 뒤엉킨 오래된 가구들과 가방, 이불 따위를 넣어둔 꾸러미가 보였다. 마름모 모양의 이층 마루의 한구석에는 아버지가 쓰던 골프채와 가방, 바둑판 등이 먼지를 뒤집어쓴 채 얌전히 죽어 있었다. 물건은 사람이 쓰지 않으면 죽어버리기 마련. 정연은 엄마의 죽음보다도 그 물건들이 더 서글펐다.

덜컹.

다시 소리가 났다. 나무 빛깔의 문짝 너머 나는 소리다. 문 안쪽 쪽방에는 분명히 안 입는 계절 옷들과 아버지의 옛날 옷가지나 책들이 있었다. 그것들을 보지 않게 된 것이 언제였더라. 그녀는 멍하니 그런저런 잡념을 삼키면서 문고리를 잡았다.

먼지 덩어리가 손톱에 걸렸지만 그녀는 또 무시했다.

문을 열자, 화악 코끝으로 비린내가 밀려들었다. 또 쥐나 새 따위의 시체가 널려 있는 걸까. 그녀는 스위치를 찾아 벽을 더듬었다. 스위치는 금방 찾을 수 없었다. 더듬거리면서 그녀가 방 안으로 들어서자, 덜컹대는 창문이 보였다. 아무리 어두워도 칠흑 같은 어둠은 아니다. 작은 쪽창은 비바람에 이리저리 흔들리면서 소음을 내고 있었다.

창문을 닫으려고 한 발자국 디뎠을 때였다. 양말이 흥건하게 젖어오는 감촉에 그녀는 바닥을 내려다보았다. 빗물이 먼지 낀 바닥을 시커멓게 물들이고 있었다. 젖은 양말을 불쾌하게 느끼면서 그녀는 창문을 닫았다. 그러자 지금까지는 느끼지 못했던 거북한 냄새가 진하게 코끝을 자극했다.

크르르―

거친 울음소리 비슷한 것이, 천식 환자가 낼 것 같은 으르렁거림이 낮게 울렸다.

정연은 천천히 고개를 돌렸다. 아버지의 책 더미 뒤에 무언가가 있었다. 그녀는 한 발자국 뒤로 물러섰다. 그러자 끈적한 감촉이 발바닥으로 스며든다. 그녀는 발밑을 내려다보았다. 검은 액체가 그득하다. 빗물이 아니었다. 진한 액체는 끈끈할 정도였다.

피.

정연은 멍한 상태로 그렇게 인식했다. 입가에 매달려 있던 담배가 툭 하고 바닥으로 떨어졌다. 작은 불꽃을 일으킨 담배는 곧 꺼져 버렸다. 그것을 보고 있던 정연은 다시 책 더미 사이로 시선을 던졌다.

그 시커먼 것이 무엇일까 생각하기도 전에 그것이 아주 천천히 일어났다. 고양이라 부르기엔 너무 크다. 그녀는 멍하니 그런 생각을 하면서 자신의 눈앞에서 일어난 짐승을 올려다보았다.

"크르르르……."

다시 한 번 으르렁거리는 소리가 들려왔다.

시커먼 덩치는 올려다봐야 할 정도로 키가 컸다. 그녀는 창문가로 스며드는 희미한 불빛을 의지하며 눈을 크게 떴다.

새파란 두 개의 불꽃이 일어났다 사라진다. 눈이다. 눈빛이 어둠 속에서 빛을 내는 것이다. 순간, 그 눈이 일그러지는 듯 웃었다. 아니, 하얀 이가 드러나 웃음을 만들었다. 순간적으로 정연은 그게 웃는 것인지 위협하는 것인지 알 수 없다고 생각했다.

툭.

액체가 또 떨어졌다.

두 발로 선 짐승은 그녀를 향해 한 걸음 다가섰다. 지독한 피비린내가 풍겨왔지만 그녀는 동요하지 않고 그저 물끄러미 그 짐승을 바라보았다. 피에 젖은 머리칼은 반들반들 빛이 났다. 푸른빛을 뿜어내는 두 개의 눈동자와 피에 젖은 입가. 하지만 걸친 것은 옷이었다. 검은 스웨터와 검은 바지를 입고 있었다. 물론 신발까지 신고 있다.

"……너."

쉰 듯한 낮은 목소리가 울렸다.

멀리서 개가 짖는 소리와 함께 번쩍 하고 번개가 쳤다. 카메라 플래시가 터진 것처럼 순간적인 빛이었지만 정연은 그 짐승이 사람의 형상을 하고 있다는 것을 확인할 수 있었다. 단지 다른 것은, 어둠 속에서 빛을 발하는 눈과 마치 칼날처럼 길게 뻗은 손톱이었다.

손톱.

정연은 피가 뚝뚝 떨어지고 있는 그 손톱을 바라보았다. 대체 무슨 피일까.

그녀는 멍하니 그렇게 생각했다. 취기 탓인지 그도 아니면 공포영화에서나 나올 법한 상황 탓인지 도무지 현실감을 느낄 수 없었다.

"너, 재수가 없구나."

짐승이 그렇게 속삭이듯 말했다. 울리는 낮은 목소리.

정연은 순순히 고개를 끄덕여 동의했다. 그녀는 항상 재수가 없었다. 운도 없었다.

"다쳤나요?"

그녀의 목소리는 평온했다.

피비린내가 훅 하고 끼쳐 왔다. 그녀는 그 짐승이 자신의 목을 움켜쥐었다는 사실을 뒤늦게 깨달았다. 뜨거운 체온이 젖은 손바닥과 함께 그녀의 목을 감쌌다. 한 손으로 그녀의 목을 다 움켜쥘 정도로 짐승의 손은 컸다.

"윽!"

숨이 막혔지만 괴로울 정도는 아니었다. 그녀는 멍하니 눈앞에 보이는 짐승을 바라보았다.

푸른빛을 뿜는 눈, 들개나 고양이처럼 섬뜩하다. 그 짐승이 웃었다. 입가가 벌어지며 하얀 송곳니가 드러난다. 꼭 사자나 호랑이같이 긴 송곳니였다. 그리고 보니 피에 젖어 번들거리는 머리칼 사이로 드러난 귀가 보였다. 다소 뾰족하다는 느낌이다.

그러나 그녀는 뾰족한 귀보다는 지극히 현실적인 것을 찾아냈다.

그 뾰족한 귀에는 귀걸이가 있었다. 은제로 보이는 둥근 귀걸이. 게다가 길게 뻗은 비현실적인 손톱과 달리 손목에는 시계가 있다. 아직도 째깍거리는 시계는 은빛으로 빛나고 있었다. 비싸 보였다.

정연은 짐승을 똑바로 바라보았다. 짐승도 그녀를 노려보고 있는 중이었다.

죽이려는 것일까.

그녀는 멍하니 그렇게 생각했다. 이 짐승은, 그녀를 죽일까 말까 망설이는 것 같았다. 그래서 정연은 지극히 현실적인 이야기를 꺼냈다.

"치료, 해줄까요?"

태호는 심호흡을 하며 고통을 견뎌내고 있었다.

유명성이 후려친 일격은 내장이 끊어질 정도의 거센 공격이었다. 발목이 부러지고 어깨뼈가 박살났다. 갈비뼈도 아마 서너 개가 부러진 듯했다. 방심한 것은 사실이었지만 그래도 이렇게까지 격렬하게 달려들 거라고는 생각하지 못했었다. 명성과 그의 부하들 셋이 달려드는 순간, 그가 할 수 있는 것은 상처 사이로 흘러내리려는 내장을 도로 쑤셔 넣는 것이 다였다. 비록 이삼 일 안에 전부 다 아물 상처이긴 했지만 피를 너무 흘리면 그 잘난 재생력도 소용이 없다. 이물질이 상처에 들어가기 전에 비를 피할 장소가 필요했다. 때마침 내린 비로 냄새가 흐트러지고 시야가 어두워진 틈을 타, 눈에 띈 집 안에 숨어드는 게 그가 할 수 있는 전부였다.

"닦을 테니 참아요."

물수건을 들고 무표정한 여자가 말했다.
빈집인 줄 알았다. 말소리도, 텔레비전 소리도 들려오지 않던 어두운 집.
'대체 뭐 하는 여자지?'
그 여자의 속을 알아보려고 태호는 잔뜩 눈을 부릅떴지만 그녀는 여전히 무표정할 뿐이었다. 냉정한 말투와는 달리 그녀의 손길은 꽤나 섬세했다. 자연스럽게 그녀는 피에 젖은 스웨터를 벗겨내더니 소파에 누운 그의 몸을 닦아내기 시작했다. 찢겨진 배의 상처는 끔찍할 정도였지만 그녀는 그렇게까지 놀라지 않았다. 의사나 간호사라도 되는 걸까 하고 그가 생각하고 있을 때, 그녀는 부엌에 가서 물 한 컵을 가지고 와서 그에게 내밀었다.
"진통제예요."
그는 그녀가 내민 알약을 물끄러미 내려다보았다.
아프긴 하지만 진통제는 먹지 않았다. 언제나 그렇듯 진통제란 감각을 둔화시키기 때문에 회복도 느려진다. 그가 고개를 젓자 그녀는 더 이상 권하지 않았다. 그 대신 약상자에서 소독약을 꺼내 상처 주변을 닦아냈다. 극렬한 고통으로 그가 부들부들 떨자 여자는 괜찮다는 듯 그의 머리칼을 쓰다듬었다. 머리칼을 파고드는 손가락의 감촉에 태호는 크게 놀랐다.
그가 흠칫거리자 그녀도 실수했다 느꼈는지 손을 거두고는 다시 피에 젖은 수건을 들고 욕실로 사라졌다.
변신(變身)은 이미 다 풀린 상태였다. 이젠 보통 남자의 몸이다. 하지만 태호는 본성(本性)을 드러낸 자신을 보고 놀라지도 않고 치료해 주는 것을 도무지 이해할 수 없었다.
본성을 드러내지 않은 그는 대단한 미남이었고, 여자들에게 호감을 주는 외모를 하고 있었다. 때문에 그 상태에서 다쳤다면 대담한 여자라면 도와주겠다고 나설 수도 있을 터였다. 하지만 방금 전 그의 모습은 결코 미남이라 부를 수 없는 상태였다. 아니, 인간이라 부를 수도 없는 상태, 괴물이다.

찰칵.

욕실에서 나온 여자가 담뱃불을 붙이는 것이 보였다. 피가 묻어 더러워진 회색 블라우스를 보면 오히려 그녀가 부상자 같았다. 창백하고 마른 얼굴에 생기라고는 전혀 없는 눈빛.

"병원에 안 가도 돼요?"

그녀가 조용히 물었다.

이제 완전히 보통 사람의 모습을 하고 있으니 상관없지 않느냐는 그 태도에 태호는 무뚝뚝하게 대꾸했다.

"한숨 자면 다 나아."

그 말에 여자가 희미하게 웃었다. 담배 연기가 흐느적거리며 흩어졌다.

"부럽네요."

그녀는 그렇게 말하더니 그를 소파에 놔두고 다시 방 안으로 들어갔다.

여자는 모르겠지만 태호는 이미 전화선을 끊어놓은 상태였다. 그래 봐야 이 넓기만 한 집 안에는 전화기가 한 대뿐이었기에 신경 쓸 일도 적었다. 그녀가 방 안으로 들어가는 순간, 태호는 거실 테이블 위에 놓인 그녀의 핸드백을 뒤졌다. 지갑과 핸드폰이 나오자 그는 주저하지 않고 핸드폰을 움켜쥐고 비틀어 부수었다. 경찰을 부른다거나 누군가에게 도움을 요청할 수는 없을 것이다. 게다가 지금은 이미 한밤중. 한 시가 넘었다.

그는 거실의 시계를 흘긋 보았다. 오래된 괘종시계였다. 하지만 종은 울리지 않는지 소리가 거의 나지 않는다.
여자의 핸드백을 뒤졌지만 별로 나오는 건 없었다. 티슈와 손수건. 화장품 조금과 지갑이 전부였다. 지갑 안쪽을 보니 여자의 이름은 최정연. 돈 조금 이외엔 아무것도 없었다. 아니, 그것 이외에 작은 약병이 하나 있었다. 반 정도밖에 남아 있지 않은 하얀 알약과 약병에 쓰인 레벨을 보고 그는 그게 진통제라는 것을 알아냈다. 아까 그녀가 권하던 것이다.
"봐야 별것없어요."
그가 핸드백을 뒤지고 있는 것을 보면서도 여자는 여전히 담담했다. 이불을 들고 있는 것을 보아 아마 그에게 이불을 덮어줄 심산이었던 듯했다. 태호는 다소 낭패한 기분이었지만 그녀는 무심했다. 심지어 박살난 핸드폰이 바닥에 떨어져 있는 것을 보고도 그녀는 그저 한숨을 내쉬었을 뿐 놀라지도 당황하지도 않았다.
"춥지 않아요?"
그녀는 그에게 이불을 덮어주었다.
그제야 비로소 태호는 한기를 느꼈다. 평소라면 아무렇지도 않았겠지만 지금은 출혈이 심했던 탓인지 이가 딱딱 부딪칠 정도로 몸이 떨렸다.
"갈아입을 옷을 줄게요."
그녀는 그렇게 말하고는 다시 방 안으로 들어가 버렸다.
피와 진흙 범벅인 바지를 벗어 던지며 태호는 이불을 몸에 휘감았다. 움직일 때마다 끔찍한 고통이 따라왔지만 이 고통이 치유의 증거라 생각하니 못 견딜 것도 아니었다. 이불은 따스했다. 여자가 덮었던 듯 희미하게 화장품 냄새가 났지만 거슬릴 정도도 아니었다.
 그는 소파에 몸을 눕힌 채 여자가 들어간 방문을 노려보았다.
 이상한 일이다. 여자도 이상했고, 그 여자의 말에 따라 순순히 누워 있는 자신도 이상했다. 보통이라면 여자는 괴물이라 소리 지르며 달아나고 자신은 그런 여자를 죽이든 기억을 지워 편안한 마음으로 침대에 누웠을 터였다. 그게 그에게 있어 일반적인 상황이었다. 그런데 지금 상황은 어떤가?
 괴상한 여자는 피에 젖은 자신의 몸을 닦아내고 치료한 뒤에 덮으라고 이불까지 가져다주었다. 이건, 지극히 비정상적인 상황이다. 갑자기 태호는 위기감을 느꼈다.
 "이거라면 맞겠죠."
 그녀가 들고 온 것은 낡은 청바지와 색이 조금 바랜 베이지 색 스웨터였다.
 "미안하지만 속옷은 없어요."
 그는 그녀가 내려놓는 옷가지들을 무시하고 여자를 노려보았다. 대체 이 여자는 제정신일까. 너무 태연하니 태호 쪽이 오히려 불안해졌다.
 "게다가 먹을 것도 없어요. 술은 있는데 상처엔 좋지 않을 거예요."
 그녀는 그렇게 말하면서 담배 연기를 내뿜었다. 골초인지 연이어 계속 담배를 피우고 있었다.
 "넌 죽어."
 태호는 불쑥 말했다. 살기가 치밀어 오르는 것과 동시에 불안감이 치솟았다.
 여자는 놀라지도 겁먹지도 않았다. 그냥 그렇게 담배 연기를 내뿜으면서 그를 물끄러미 보았을 뿐이었다.
"무섭지 않아?"
태호가 불쑥 묻자 여자는 멍한 얼굴로 대꾸했다.
"무섭네."
그것뿐이었다. 그녀는 별 반응도 없이 부엌으로 가더니 식탁 위에 놓인 위스키를 집어 들었다. 1.5리터짜리 오렌지주스와 조니워커를 아무렇게나 섞더니 그녀는 식탁에 앉아 천천히 마시기 시작했다.
"한숨 자요. 자면 낫는다니."
그녀는 그렇게 중얼거리듯 말하더니 새 담배를 입에 물었다. 어느새 부엌은 담배 연기로 가득 찼다. 그녀는 담배 연기를 방패 삼아 태호의 시선을 피하는 것 같았다.
저 여자는 불행한 여자야.
태호는 직감적으로 그렇게 판단했다. 보통 여자라면 이런 식으로 움직일 리 없다. 새파란 어린 소녀도 아니고, 나이를 먹을 만큼 먹은 여자였다. 그런데 그런 여자가 살인마일지도 모르는 외간 남자, 아니, 괴물과 마주 앉아 술을 마시고 있다. 경찰을 부를 생각도, 도움을 요청할 생각도 없이 말이다.
한기와 더불어 땀이 흐르기 시작했다. 이렇게나 아픈 것은 십여 년 만이었다. 어릴 때 성인식을 치르며 겪었던 부상도 제법 심했었다. 우둑우둑 소리를 내며 뼈가 움직이는 것이 느껴졌다. 치유력이 사나운 기세로 비정상적인 세포를 향해 움직이고 있었다. 찢겨진 배가 제일 아팠지만 어깨뼈도 심각했다. 추적자가 따라붙기 전에 어서 나아야 한다. 명성은 결코 그를 용서하지 않을 것이다. 물론 형 태경은 도와는 주겠지만 그전에 반쯤은 죽일 것이다.
 태호는 가물가물해지는 시야를 되살리기 위해 노력했다. 하지만 그런 노력도 무색하게 그는 곧 어둠 속으로 잠겨들었다.

2
짐승

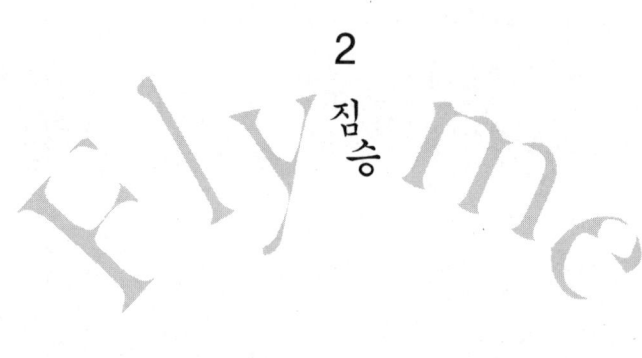

"웃는 게 아파 보여."

 학교 선배였다. 복학생이었던 그 선배는 그녀보다 세 살 위였는데 바람둥이로 유명했다. 지금에 와서는 이름도 희미해졌지만 정연은 잠깐, 아주 잠깐 그 선배를 좋아했었던 게 아닐까 하고 생각했다. 그녀가 대학 3학년이 되었을 때였다. 아버지가 죽은 지 일주년이 되어 엄마의 우울증이 점차 표면화되기 시작해 어쩔 줄 모르고 있을 즈음이었을 것이다.

 엄마는 하루에도 수십 번씩 전화를 하며 그녀의 무사함을 확인하며 빨리 집으로 돌아오라 재촉하곤 했다. 답답하고 짜증이나 미칠 지경이었다. 남들도 다 하고 즐기는 대학 생활을 그녀는 반도 누리지 못했다. 공부 핑계를 대고 친구라도 만나려 하면 엄마는 반미치광이처럼 소리치고 애원했다. 당연히 집에 들어가기도 싫었다.

"밥 사줄까?"

남자 선배라면 여자 후배에게 한두 번쯤은 반드시 할 만한 이야기를 던진 그는 서글서글한 얼굴로 웃고 있어 눈이 부셨다. 특별히 옷을 잘 입거나 돈을 잘 쓰는 것도 아니었다. 하지만 여자들에게 항상 인기가 있었다. 어린 여자 신입생을 울렸다는 이야기도 있었고, 타 대학에 애인이 있다는 말도 있었다. 하지만 기묘하게도 그는 항상 시원시원해서 그런 음험한 뒷소문과는 지극히 거리가 먼 것처럼 보였다.

정연에게는 그것만으로도 충분했다. 그는 가끔 정연과 마주치면 자판기에서 커피를 뽑아주었고, 학교 식당에서 라면을 사주기도 했다. 친구란 서로 주고받지 않으면 유지할 수 없는 법이다. 집과 학교만을 오가는 그녀는 교우 관계가 지극히 협소했다. 엄마의 우울증을 남들에게 알리고 싶지 않아서 사람을 사귀고 싶은 생각도 그녀에겐 없었다. 때문에 그가 보인 그 작은 호의는 눈물 나도록 기쁜 것이었다.

엄마가 손목을 그은 다음날, 그녀가 지도교수를 만나러 온 그날.

그가 말했다.

넌 웃는 게 아파 보여. 사는 게 힘드니?

정연은 힘들다 말하지 않았다. 눈물 한 방울로, 말 한 마디로 표현할 수 있는 것이 아니었다. 정연이 살짝 친구들과 노래방에 간 사이, 핸드폰을 받지 않는 딸에게 절망한 엄마가 손목을 그었다. 그저 한 시간 정도였다. 누구나 가는 노래방에서 한 시간 정도 친구들과 어울렸을 뿐이었다. 그런데 엄마는 손목을 그었다.

괜찮아요.

정연은 그렇게 대답했다. 사는 게 힘들다고 죽을 수는 없는 일이니까 그녀는 괜찮다고 말했다. 그 다음부터 그녀는 항상 그렇게 말했다. 괜찮다고.

"……."
눈을 뜨자, 햇빛이 밀려들었다. 눈이 부셔서 손바닥으로 얼굴을 가렸다.
희미하게 물소리가 나고 있었다. 어디서 나는 소릴까 싶어 그녀는 귀를 기울여 보았다.
거실의 커다란 유리창으로 햇빛이 들어오고 있었다. 그 빛에 머리가 지끈거리고 눈알이 빠질 듯 아팠다. 입 안에서 술 냄새가 나는 것도 같다.
"으음."
그녀는 소파에 누워 이불을 덮고 있는 중이었다.
왜 방에 안 들어가고 소파에 누워 있는 걸까 하고 멍하니 생각하고 있는데 갑자기 문이 열리는 소리가 났다. 욕실문이다.
얼결에 고개를 돌리니, 놀랍게도 반라의 남자가 수건으로 몸을 휘감은 채 서 있었다. 그녀는 눈을 부릅떴다. 설마하니, 꿈인가?
낯선 남자였다. 훤칠하게 큰 키와 당당해 보이는 체격. 영화에나 나올 법한 근사한 체구는 근육질이었다. 여기저기 멍이 들어 있고 상처투성이긴 했지만 그것으로 남자가 뿜어내는 놀라운 매력이 감소되는 것은 아니었다.
잘생긴 남자였다. 이십대 중반으로 보이는 얼굴은 이목구비가 또렷하고, 약간은 치켜 올라간 눈매가 다소 사납다. 그 눈매가 아찔하도록 섹시하다.

그는 자신을 바라보고 있는 정연을 향해 이죽거렸다.
"정말 먹을 게 없더군."
약간 쉰 듯한 그 목소리.
그제야 그녀는 그가 누구인지 기억해 냈다. 어두운 밤, 갑자기 이층 다락방으로 숨어든 괴한이었다. 햇빛 속에 당당하게 서 있는 모습이 마치 어젯밤의 일은 꿈이라고 웅변적으로 말해주는 것 같아 정연은 눈을 다시 감았다.
"냉장고 안에는 정말 아무것도 없었어. 혹시 자살하려고 기회를 노리는 중이야?"
눈을 감아도 남자의 목소리는 사라지지 않았다. 오히려 현실감을 더하며 따끔 찔러온다.
눈을 천천히 떠보니 그는 옷을 입고 있었다. 팬티가 없어서 그런지 다소 거북한 자세로 청바지를 꿰어 입고는 탄탄해 보이는 상체에 스웨터를 걸쳤다. CF에 나오는 모델 같은 체격이었다.
'꿈이었나? 그 끔찍한 이빨과 발톱은 착각이었을까.'
거대한 고양이나 맹수 비슷한 짐승이라고 생각했던 어제의 생각을 비웃듯 남자는 성큼성큼 걷더니 거실 테이블 위에 놓인 그녀의 지갑을 집어 들었다.
"겨우 오만 원뿐이야? 배가 고파 죽을 지경인데."
그 말에 정연은 그를 물끄러미 올려다보았다. 생각과 달리 더 어린 것도 같다.
"왜 그냥 가지 않았죠?"
남자는 지갑에서 돈을 빼내 주머니에 넣더니 그녀를 향해 씨익 웃었다. 유별나게 날카로운 송곳니가 잠깐 드러나자 잘생긴 얼굴에도 불구하고 그는 정말로 짐승처럼 보였다.

"뒤처리 때문에."

"뒤처리?"

그녀는 멍하니 되뇌었다.

"어쨌거나 먹을 거나 좀 만들어봐. 배가 고파 죽을 지경이니까."

정연은 천연덕스러운 그의 말에 기가 막혔다. 왜 그를 위해 음식까지 만들어야 하는 걸까. 아니, 그보다 상처는 다 나은 것일까. 어제만 하더라도 끔찍할 정도로 심한 상처였는데.

"어서 일어나 밥해."

그의 재촉에 천천히 일어나면서 정연은 조용히 대꾸했다.

"쌀만 있을 뿐, 반찬거리는 없어요."

"나도 알아. 다 썩었더라구."

그는 그렇게 말하더니 팔짱을 낀 채 그녀를 내려다보았다. 머리 하나는 큰 짐승은 놀리는 어조로 물었다.

"장 보러 안 가?"

"가긴 가야겠죠."

그녀는 그렇게 중얼거리고는 천천히 욕실을 향해 걸어갔다. 뜨거운 물을 뒤집어쓰고 나면 정신이 좀 날 것 같기도 했다. 옆에서 다그치는 이상한 남자는 꽤나 귀찮은 존재였지만 그렇게 싫은 느낌은 아니었다. 뭐랄까 묘하게도 사람 같은 기분이 들지 않았다.

문득 욕실문을 연 그녀는 소파에 길게 앉아 텔레비전을 보고 있는 남자를 돌아보았다. 리모컨으로 이리저리 채널을 돌리고 있는 모습은 아무리 보아도 어젯밤의 짐승과 연결되지 않았다. 하지만 저 남자가 어젯밤의 그 짐승이 아니라면 대체 누구겠는가. 그녀는 점점 더 헷갈리기 시작했다. 어제 본 것은 괴물, 오늘 아침에 보이는 것은 유별나게 잘생긴 남자.

그녀는 한숨을 내쉬며 고개를 절레절레 흔들었다. 어차피 닥친 일. 도망가 봐야 소용이 없다.

그녀가 욕실로 들어가 버린 뒤 태호는 텔레비전에서 시선을 돌려 그녀의 지갑을 물끄러미 내려다보았다. 그녀가 자고 있는 동안 집 안을 자세히 살펴본 결과 그녀는 혼자 살고 있는 듯했다. 아니, 어쩌면 다른 가족들은 어딘가 여행을 가고 없는 것일지도 모른다. 신발장 안에는 그녀의 것만이 아닌 다른 사람의 신발도 있었고, 옷장 안에는 그녀의 모친이나 입을 법한 옷들이 걸려 있었다. 문제는 집 안에서 전혀 생활감이 나지 않는다는 것인데 그녀의 옷가지에서 나는 희미한 병원 냄새와 향 냄새로 어느 정도 짐작은 가능했다. 가족 중 누군가가 병원에 입원했고, 또 얼마 전 죽었다. 사는 게 귀찮다는 얼굴을 하고 있는 이유도 그것이리라. 하지만 태호는 깊이 생각하지 않았다. 좀 특이한 여자이긴 하지만 결국은 죽이든 세뇌를 시키든 해야 하리라. 몸이 다 낫기까지는 겨우 하루 정도 필요할 뿐이니 그때까지만 놔두자.

그는 천천히 기지개를 켜며 몸 상태를 체크해 보았다. 아직은 온전하지 않았지만 내일쯤이면 뼈는 다 붙을 것이다. 이미 거죽에 난 상처는 그럭저럭 붙었고 남은 것은 내상뿐이었다. 하지만 명성에게 다친 부분은 근육 자체가 둔화되어 있다. 아예 파열되었던 모양이다. 팔다리를 움직이는 데에는 큰 이상이 없지만 싸울 수는 없다. 그나저나 배가 고프다.

여자의 집에 전화가 없으니 결국은 나가야 했다.

그는 잠시 황량하기 짝이 없는 마당의 풍경을 바라보았다. 오랫동안 방치했다는 것을 웅변적으로 말해주는 듯한 누런 잡초들이 이리저리 엉겨 있었다. 원래는 잔디가 깔려 있었겠지만. 이 집이 빈집일 거라 판단한 것도 그 때문이었다. 인기척도 없던 집이었다. 음식 냄새는커녕 텔레비전 소리도 나지 않았던 집. 여자가 살고 있으리라곤 생각도 못했다.

"귀찮게 되었군."

장례식을 치른 지 얼마 안 된 여자니까 염세적이 되어 자살했다 라고 누구나 납득할 상황이다. 그냥 죽여 버려도 큰 문제는 되지 않을 거라 판단한 태호는 제법 흐뭇해졌다. 살인을 즐기는 것은 아니지만 남의 운명을 두 손 안에 쥐고 있다고 하는 감각은 꽤나 즐거운 것이다. 한 대만 쳐도 죽어버릴 약한 것들이 그의 앞에서 악악대고 있는 꼴을 보자면 어이가 없다 못해 기가 막힌다. 짐승과 달리 인간들은 항상 자신이 남보다 낫다고 잘난 체하는 자들이다. 그런 자들 사이에서 적응하기란 쉬운 일이 아닌지라 성년이 되기 전에 불쑥 오지로 떠나 버리는 자들이 많았다.

하지만 태호는 남았다. 그는 가면을 쓰고 있는 것이 재미있었다.

인간들이 보통 하는 것처럼 일을 하고, 연애를 하고, 결혼을 하는 것도 재미있을 거라 생각했었다. 그래서 명희를 만난 것이었다. 그녀라면 강한 아이를 낳아 가족을 이룰 수 있을 거라고 생각했으니까. 하지만 판단 착오였다.

그녀도 다른 일족 못지않게 피에 광분하는 여자였다는 것을 잊었다. 그녀는 태호의 아이를 낳자마자 피 냄새에 취해 아기를 죽여 버렸다. 갈가리 찢겨진 아기를 보는 순간, 태호는 격노했다. 덕분에 형에게 내쫓기고 말았다.

"빌어먹을……."

그는 한숨을 내쉬었다. 집 안 공기 속에 담배 냄새가 짙다. 그는 담배에 익숙했다. 일족 중에서 담배를 피우는 이는 오직 그의 형인 태경뿐이다.

"아, 그러고 보니까 연락을 했어야 했나. 분명히 명성 그 자식은 형에게 덤벼들 텐데."

그는 조금 반성했다. 다른 건 몰라도 형 태경은 분명 태호가 벌인 일들을 정리하느라 난리를 치고 있을 것이다.

그는 어젯밤에 부순 여자의 핸드폰을 물끄러미 내려다보았다. 아직도 박살난 채 거실 바닥에 방치된 상태였다. 그러고 보니 집 안은 더럽기 짝이 없다. 그는 다시 불쾌해져서 여자를 확 죽여 버리고 이 자리를 떠날까 하고 생각했다.

"가만있자."

그는 자신을 믿고 천연덕스레 샤워를 하고 있을 여자의 모습을 떠올렸다. 대담하다 못해 멍청했다. 아니면 혹시 자신은 절대로 죽지 않는다고 믿는 어리석은 부류일까.

냄새.

담배 냄새. 그 여자에게서는 담배 냄새가 물씬 났다. 어젯밤 끔찍한 고통 속에서 기묘하게도 살의가 일어나지 않았던 것은 그녀에게서 난 담배 냄새 탓이었다. 어릴 때부터 길들여진 후각 탓이다. 형 태경의 담배 냄새. 그 냄새만 나면 태호는 들끓는 몸 안의 혈기가 잠잠해지는 것을 느끼곤 했다. 그래서 출혈로 정신이 몽롱한 상태에서도 순순히 여자를 받아들였던 것이다. 맞다. 아마도 그럴 것이다.

"그랬던 거였어. 뭐야, 별게 아니잖아."

의문이 풀린 태호는 안심하고 킥 웃었다. 여자를 보고 다소 기묘한 기분이 되었던 것은 분명 그 냄새 탓이었으리라. 후각이 너무 예민한 것도 문제다. 여자는 태경처럼 담배를 피웠다. 그 때문에 형을 연상한 것이 분명하다고 그는 혼자 결론 내리고 즐거워했다.

그나저나 샤워를 오래도 한다. 들어간 지 한참 되도록 그녀는 나오지 않았다. 그는 여자가 샤워하고 있는 욕실문을 벌컥 열었다. 뿌연 수증기 사이로 여자의 하얀 살갗이 보였다. 비누 냄새 속에서도 몸에 배인 것인지 희미하게 담배 냄새가 났다.

샤워기 아래 서 있던 여자는 문을 열고 그가 들여다보자 급히 몸을 가렸다. 창백한 피부에 앙상한 체구. 태호는 비웃었다.

"볼 것도 없군. 먹을 것도 없는 몸을 뭐 하러 가려?"

"나가요."

그녀는 소리를 지르는 대신 고저 없는 목소리로 말했다. 그 목소리가 재미없다.

"나가지 말라고 해도 나가. 그저 확인했을 뿐이야. 손목이라도 긋고 죽었을까 싶어서."

그 빈정거리는 소리에 그녀는 그저 무표정한 얼굴로 그를 쏘아보았을 뿐이었다.

"꼴에 여자라고 가리긴 하네. 적당히 씻고 나와, 호박."

"……."

그녀는 여전히 물세례를 받으면서도 무표정했다. 그 반응없는 태도에 태호가 먼저 질려 버렸다.

여자란 통통 튀는 맛이 있어야 예쁜 법이다. 놀리는 것도 반응이 있어야 재미있다.

그가 문을 닫고 사라지자 정연은 빳빳하게 굳은 목을 억지로 돌려 욕실의 하얀 타일을 노려보았다.

술에 취했던 것일까. 저런 것을 돌봐주었다니.

이상한 데다가 성질이 더럽고 덧붙여 은혜도 모르는 짐승이었다. 들고양이처럼 먹이 주는 사람을 할퀴려 드는 고약한 짐승. 아무리 잘생긴 얼굴을 하고 있어도 본질은 바뀌지 않는다. 정연은 그 손톱과 이빨이 착각이었다 해도 저 작자가 무례한 침입자라는 것은 달라지지 않는다고 생각했다. 어쩌면 강도나 불량배일지도 모른다. 어디로 보나 결코 선량한 자는 아니었다.

"술에 취했었던가······."

그를 순순히 집 안에 들인 자신의 행동을 후회하면서 정연은 쓸쓸하게 웃었다. 역시 술에 취해 판단력이 흐려진 모양이었다. 이런 바보짓을 하다니.

그녀는 문득 남자의 말을 떠올려 보았다.

손목이라도 긋고 죽었을까 싶어서? 걱정이라도 했던 걸까. 아니면 그냥 빈정거리는 것일까.

"후우."

그녀는 타월로 몸을 감고 몸을 닦아냈다. 옷을 다시 끼어 입으면서 머리를 이리저리 흔들었다. 숙취가 남았는지 입 안에서 단내가 난다. 그녀는 차가운 물로 입가심을 하면서 거울을 노려보았다. 창백한 얼굴에 다크 서클. 지독하게 피곤해 보이는 여자가 눈앞에 보인다.

'어제 무슨 일이 있었더라.'

어젯밤 장례식 마치고 집에 돌아와 술을 마시다가 웬 피투성이 짐승이 숨어들어 온 것을 보살펴 주었다. 그런데 그 짐승이 밝은 날 보니 제법 잘생긴 미남자였다. 거기에 덧붙여 성질도 더럽다.

어쩌면 살인마라든지 조직폭력배 같은 것일지도 모른다. 아니, 괴물이든 깡패든 별로 알고 싶지도 않다. 호기심이라는 건 이미 죽어버린 지 오래.

"멍청한 짓을 했구나."

그녀는 비로소 실감했다.

자신은 죽고 싶은 생각은 조금도 없었다. 그녀는 그동안 너무 정신없이 살았고 이제 휴식기를 맞이했을 뿐, 세상 전체가 다 싫어 손목 긋고 자살할 정도의 바보는 아니었다. 그래, 지쳤을 뿐이다.

그녀는 욕실 거울에 비친 자신의 모습을 물끄러미 바라보았다.

시커멓게 죽은 눈 아래와 파리한 피부. 게다가 충혈된 눈.

엄청난 꼬락서니였다. 숙취까지 덧붙여 두통도 심하다. 어젯밤 다 죽어가던 짐승은 생생하게 빛나고 있는데 정작 간호를 한 자신은 다 죽어가는 환자 몰골이었다. 정연은 씁쓸하게 웃었다. 그 짐승 말대로 정말 하룻밤 자면 다 낫는 걸까.

"빨리 나와! 배고프단 말이야!"

그 순간 바락 소리를 지르는 짐승 때문에 정연은 화들짝 놀라고 말았다.

물이 뚝뚝 떨어지는 머리칼을 추스르며 나가니 화가 난 얼굴로 짐승이 서성대고 있었다. 짜증이 잔뜩 배인 그 얼굴에 정연은 불평을 토할 사이도 없었다.

"정신이 있냐! 나는 어제 피를 줄줄 흘렸다고! 어서 뭔가를 먹어야 회복이 빠르다구! 그런데 대체 뭔 짓을 한답시고 안 나오는 거야? 때라도 불렀냐!"

이를 드러내며 으르렁거리는 그 얼굴이 먹이를 안 준다고 화를 내는 고양이와 똑같다.

 정연은 무의식중에 그렇게 생각하면서 되물었다.

 "돈 있으니 혼자 나가서 사먹으면 되는 거 아닌가요?"

 그 말에 짐승은 눈꼬리를 치켜올렸다.

 "널 어떻게 믿고?"

 무슨 의미인지 순간적으로 알 수가 없었다.

 "네가 당장이라도 달려나가 사람을 부를지 안 부를지 뭘 믿고 널 놔둬? 그냥 여기서 죽여주랴?"

 그녀는 기가 막혔다.

 정말로 도와줬더니 죽여주겠다는 말투다. 어이가 없긴 했지만 이런 짐승을 집 안에 들여놓는 바보짓을 한 것은 그녀였기에 할 말도 없었다.

 "그럼, 같이 나가서 해장국이라도 사먹자는 말?"

 그녀가 팔짱을 끼고 되묻자 짐승은 코웃음을 쳤다.

 "난 고기를 먹어야 해! 피를 흘렸으니 보충해야지."

 그녀는 잠시 지갑 사정을 떠올렸다.

 "삼겹살?"

 "미쳤냐! 나는 돼지 따윈 안 먹어!"

 "편식하는군요."

 정연은 무덤덤하게 말했다.

 그 말에 짐승이 다소 아연해하든 말든 그녀는 신경 쓰지 않았다. 일단 머리를 말리고 옷을 입는 게 우선이었다. 아직 날씨는 추웠고 그녀에겐 차가 없었다.

 "기다리고 있어요."

 방 안에 들어가 적당히 옷을 갈아입는 동안 그녀는 피식 웃고 말았다. 정말 이렇게까지 이상한 상황에 있게 될 줄이야 누가 알았을까. 죽이겠다고 길길이 날뛰는 저 짐승은 배가 고파서 고기를 먹어야겠다고 한다. 역시 육식동물이었던 모양이다. 그런데 돼지는 싫고, 꼭 소고기를 먹어야 한댄다.

"하아……."

담배를 한 대 물고 머리를 빗으면서 그녀는 거울을 기계적으로 바라보았다. 텅 빈 화장대 앞에 앉은 그녀의 모습은 굉장히 쓸쓸해 보였다. 광대뼈가 튀어나올 정도로 마른 얼굴은 아닌 게 아니라 알몸으로 춤을 춘다 해도 어느 남자든 돌아보지도 않을 것이다.

남자라.

그녀는 연기를 내뿜었다. 저건 남자라기보단 그냥 짐승이었다. 아름답긴 하지만 위험한 육식동물. 저 짐승은 자신이 경찰에라도 뛰어들어 갈까 봐 걱정되는 모양이겠지만 정연은 그럴 기운도, 의욕도 없었다. 무엇보다 피투성이가 된 채 칼날처럼 긴 손톱을 가진 괴물이 나타났다고 외쳐 봐야 미친년 소리나 들을 것이 분명했다.

"빨리 해!"

다시 짐승이 으르렁거렸다. 연기를 내뿜으며 그녀는 킥킥 웃고 말았다.

이렇게 웃는 게 얼마 만의 일일까. 그녀는 그냥 저 짐승이 하자는 대로 하기로 했다. 지금은 휴식 시간이다. 아무도 그녀를 필요로 하지 않는다. 이젠 쪽잠을 잘 필요도 목욕 시간을 줄이기 위해 날뛸 필요도 없다. 조금 게으름을 피운다 한들 뭐 어떨까.

정연은 화장대 위에 놓인 액자를 바라보았다.

아버지와 엄마, 그리고 자신. 그녀가 고등학교에 들어갔을 때쯤 찍은 사진이었다. 누가 봐도 단란하고 행복한 가정으로 보인다.

그렇구나.

정연은 문득 가슴이 아팠다.

인간은 너무나 이기적이어서 자신이 사랑받고 있을 때만 남을 사랑하려 한다.

저 사진 속에서 보이는 엄마를 그녀는 사랑한다고 생각했다. 소중하다고 생각했다. 상냥하고 예쁜 엄마였다. 초등학교 시절 아침마다 그녀의 머리칼을 길게 땋아주기도 하고, 형형색색의 머리 끈을 달아주기도 했던 엄마. 정연의 가슴이 봉긋해지기 시작하자 엄마는 살짝 웃으며 그녀와 팔짱을 끼고 브래지어를 사러 갔었다. 스파게티를 만들어주고 생일 파티를 열어주었던 엄마. 아플 때면 밤새 지키고 서서 간호해 주었던 엄마. 남자 친구를 데려와 보라며 진지하게 말해오던 엄마. 성적이 떨어져 속상할 때면 안아주던 엄마. 학교 졸업식 때 노란 프리지어를 사들고 왔던 엄마.

그 모든 모습을 잊기까지는 그다지 오래 걸리지 않았다. 겨우 칠 년이었을 뿐인데.

담배 끝이 타 들어간다. 생명을 태우고 절망을 태우는 게 담배라 했던가. 아니, 위안을 위해 생명을 태우는 게 담배라 했던가.

정연은 쓸쓸하게 웃었다. 너무 바보 같다. 눈물조차 나지 않는 것도 속이 상한다. 냉정한 걸까. 비정한 걸까. 그도 아니면 그저 숙모 말대로 지쳤을 뿐일까.

눈물 한 방울 흘리지 않은 채 그녀는 엄마의 장례식을 치르고 나서는 이제부터 휴식이라며 홀가분해하고 있다. 길고도 긴 병구완이 끝났다며 즐거워하고 있는 것이다.
 저열하고 저열한 이 마음.
 그녀는 재떨이에 담배를 비벼 끄고 일어섰다. 배고픈 짐승이 소리치고 있었다. 저렇게까지 팔팔하고 생명력이 넘치는 존재가 경이로울 정도다. 아니, 그녀는 짐승이 부러웠다.
 "꼴이 그게 뭐냐? 원판이 좋다면야 모르지만 그 몰골로 화장도 안 해?"
 검은 코트를 하나 걸치고 나온 그녀를 보고 짐승이 이죽거렸다. 그는 어느새 옷장을 뒤졌는지 아버지의 코트를 꺼내 입고 있었다. 낡은 데다 먼지까지 묻어 있었건만 그새 털기라도 했는지 제법 입은 모습이 그럴듯했다. 십 년 전의 옷일 텐데도 그럭저럭 이상하지 않게 느껴지는 것은 이 짐승의 옷걸이가 범상치 않은 수준이기 때문일 것이다. 버버리 머플러를 어디서 찾아냈는지 센스있게 코디까지 해냈다.
 "왜? 너무 멋져서 반했냐?"
 짐승이 어깨를 으쓱거리며 물었지만 그녀는 대답하지 않고 신발을 신었다. 이 짐승은 자신이 꽤나 잘났다는 것을 너무 잘 알고 있어 거북할 정도였다.
 "너, 차도 없어?"
 그저 걸어서 골목길을 빠져나오자 어이가 없다는 듯이 짐승이 소리쳤다. 그는 찬바람에 벌겋게 된 그녀의 얼굴을 보더니 혀를 찼다.
 "청승도 별의별 청승이 다 있다. 노처녀인 주제에 화장도 하지 않고, 걸친 건 넝마에……. 쯧! 왜? 나는 불행한 여자예요 라고 광고라도 하고 싶어?"

그 말에 정연은 그를 돌아보았다.

"불행해 보여요?"

"그걸 말이라고 해? 당장이라도 손목 끊겠다든지 한강 다리에서 뛰어내리겠다고 할 것 같아."

인정사정없는 말에 그녀는 화가 난다기보다는 쓴웃음이 났다. 어쩌면 이 짐승의 말에 일희일비할 이유가 없어서 일지도 모르지만 그보다는 감정이 그만큼 둔해졌기 때문일지도 모른다.

결국 골목길을 빠져나가 버스 정류장에 서자, 짐승의 짜증은 도를 지나쳐서 당장이라도 폭발할 지경인 듯했다. 그는 이를 북북 갈면서 황량한 버스 정류장을 둘러보았다. 버스를 기다리는 사람은 단 한 명도 없었다. 오전 열한 시. 인적이 드물 시간이었다.

바람은 찼다. 햇볕이 따스해 보이긴 했지만 어젯밤 내린 비로 오히려 기온은 내려간 모양이다. 정연은 덜덜 떨면서 몸을 웅크렸다. 울퉁불퉁한 보도블록에는 살얼음이 끼어 있어 미끄러웠다.

"대체! 요즘 세상에 이런 교외에서 살면서 차도 없다는 게 말이 되냐? 아, 정말!"

정연은 짜증을 내고 있는 그보다는 한 블록 건너편 서 있는 개에게 주목하고 있었다. 회색빛 담벼락 아래 회색빛 개 한 마리가 서서 이쪽을 보고 있었다. 제법 큰 개였지만 진돗개나 뭐 그런 건 아니고 잡종처럼 보였다. 목걸이가 없는 것을 보아 집 없는 개인지도 모른다. 이 근처에는 그런 개들이 많았다.

"……"

정연은 갑자기 등 쪽으로 싸늘한 한기가 흐르는 것을 느꼈다.

개는 귀를 있는 대로 뒤로 젖힌 채 반쯤 웅크린 자세를 취하고 있었다. 이가 한껏 드러난 개의 얼굴은 일그러지다 못해 찌그러진 것 같았다. 거품이 허옇게 일어나는 입가와 하늘로 치솟은 털.

정연은 그 개가 뭘 보고 저렇게 공포에 질려 있는지 알아차렸지만 뒤를 돌아보지는 않았다. 짐승.

새삼스럽게 인간의 형상을 하고 있는 짐승이 자신의 등 뒤에 서 있다는 것을 깨닫는다. 그녀는 시선을 내려 그림자를 바라보았다. 자신과 자신보다 목 하나는 더 큰 그림자. 그 그림자는 아주 평범했다. 전봇대처럼 크긴 했지만 평범해 보였다.

오한이 났다. 그녀는 마른 입술을 깨물며 주머니 속에서 주먹을 꽉 쥐었다. 호랑이 앞에 선 기분이 이런 걸까.

크르르르르—

개가 으르렁거렸다. 하지만 누런 오줌이 다리 사이로 흘러내리고 있었다.

잔뜩 부릅뜬 눈은 눈알이 튀어나올 것만 같이 보인다. 허연 이빨과 거품을 뿜어내는 주둥이가 떨고 있었다. 공포로 제정신을 잃은 개의 표정이라는 게 그렇게 끔찍한 것인지 정연은 처음 알았다.

"칫."

짐승이 웃었다.

"아무리 굶주렸어도 저런 더러운 것을 먹을 생각은 없어. 내가 지금 먹고 싶은 것은 레어로 익힌 스테이크야."

역시 어제는 꿈이 아니었던 걸까. 이 겉만 멀쩡한 남자는 인간이 아닌 그 어떤 것일까? 절로 소름이 끼쳤다. 그것을 눈치 챘는지 짐승의 팔이 다가와 그녀의 목을 끌어안아 당겼다. 얼결에 뒤에서 안긴 그녀는 흠칫 몸을 떨었다.
"솔직히 말해줄까? 사실은 네가 좀 더……."
그의 뜨거운 입김이 귓가에 닿았다. 몸을 떠는 그녀가 의외였는지 짐승은 킬킬대고 웃으며 그녀의 귓바퀴를 살짝 핥았다.
"좀 더 살이 쪘으면 잡아먹었을 거야."
할짝.
귓가를 지나 뺨을 핥는가 싶었는데, 그의 혀는 천천히 그녀의 목을 타고 내려왔다. 목을 당장이라도 물어뜯을 듯 날카로운 송곳니가 살갗에 닿았다. 따끔했지만 상처가 난 것 같지는 않다.
"씻고 난 뒤라 살 냄새가 달콤한데?"
혀끝이 소름이 돋은 피부를 희롱하듯 건드렸다. 맥이 뛰는 소리를 즐기듯 그녀의 목을 슬슬 건드리면서 그녀의 가슴을 손바닥으로 누른다. 미칠 듯 뛰는 심장 고동 소리에 그녀는 귀청이 터지는 것 같았다. 그 고동 소리가 자신의 것인지 짐승의 것인지 알지는 못하지만 축축하게 젖어드는 목 줄기는 야릇한 감각을 낳고 있었다.
"여기가 점점 딱딱해지는데?"
쉰 듯한 음성으로 짐승이 그녀의 가슴을 꾹 눌렀다.
정연은 자신의 유두가 곤두서 있다는 것을 깨달았다. 전신을 잔뜩 긴장시키고 있으니 무리도 아니지만 그가 두꺼운 코트 위로 그것을 알아차렸다는 게 더 섬뜩했다.
그의 차가운 코끝이 정연의 귓가를 맴돌았다. 뺨과 목을 만지는 것만으로도 이런 이상한 기분이 드는 것일까. 정연은 불현듯 아랫배로 느껴지는 열기에 당황했다.
"나랑 하고 싶어?"

짐승이 물었다. 짐승다운 질문.
정연은 덜컹 내려앉는 기분이었다. 남자와 섹스 한다고 하는 생각 자체가 오랜만이었다. 이성 관계 따위는 아주 예전에 잊어버렸다. 남자를 의식하는 것도 너무나 오랜만이다. 그녀의 엉덩이에 자신의 하체를 부비며 그는 당장이라도 그녀를 통째로 벗겨낼 것 같은 목소리로 속삭였다.
"너, 보살피는 거 좋아해? 날 보살피고 싶어?"
정연은 아무런 말도 하지 못했다. 온몸이 석상처럼 굳어버린 자신은 너무나 생소했다. 욕망과 공포가 백지 한 장 차이일까. 바로 앞에서 개 한 마리가 공포로 거품을 물고 쓰러지고 있는데 자신은 아랫배로 쏠리는 열기를 느끼고 있었다.
"보살피는 걸 좋아한다면 용서해 줄까나."
짐승이 크크 웃었다. 자신의 행동과 말이 어떤 반응을 불러일으킬 줄 뻔히 알고 있는 자의 웃음이다. 오만하고 거만한 수컷의 웃음.
"아, 택시가 온다."
그는 아무렇지도 않게 그녀를 안은 채 손을 들었다.
정연은 그가 이끄는 대로 묵묵히 택시에 올랐다. 그녀와 나란히 앉은 짐승은 오만한 어투로 말했다.
"강남."
어디로 가려는 걸까.
정연은 희미하게 의문을 품었지만 곧 그것을 떨쳤다. 방금 전 그가 남긴 감각이 몸 안에서 이글거리고 있었다. 끓는 물처럼 부글거리는 이질적인 감각.
손가락이 떨리고 있다. 아니, 온몸이 다 떨렸다. 그녀는 이를 악물고 창밖을 보았다. 이 괴상한 짐승에게만은 이 상태를 알리고 싶지 않았다. 물론 그는 다 알고 있을지도 모르지만. 짐승은 느긋한 자세로 좌석에 몸을 기댄 채 지나가는 풍경을 바라보고 있었다.

나는 대체 뭘 어쩌고 싶은 것일까. 왜 여기에 있는 것일까.

그녀는 곧 낯선 감정에 지쳤다. 이를 악물고 있느라 두통이 일었다.

그녀가 뭘 어떤 생각을 하고 있든 말든 태호는 음식점이 즐비한 번화가에 닿자마자 택시를 세우고는 정연의 지갑에서 꺼낸 돈으로 요금을 지불했다. 정연은 자기 돈처럼 써대는 그의 행동이 기가 막히기도 했지만 이미 반항하기엔 늦은 감이 있었다.

"기다려요. 돈을 찾아야 하니까."

은행 앞에서 멈춘 그녀를 보고 태호는 순순히 응했다. 아닌 게 아니라 현금이 너무 없다.

정연이 현금인출기에서 카드로 돈을 뽑는 동안 그는 붐비는 은행 소파에 얌전히 앉아 있었다. 그러나 그저 앉아 있는 것만으로도 시선이 쏟아졌다. 그의 잘생긴 외모 때문만이 아니라 그 자신이 풍기고 있는 노골적인 수컷의 페로몬 때문이었다. 일부러 어필하지 않아도 여자들이 보내는 시선이 점점 늘어나는 것은, 그가 다쳤기 때문이었다. 부상 중이라 기세를 줄이기에 힘들기도 하거니와 여자를 유혹해 자신의 몸을 보호하려는 기제가 작용하고 있었다. 태호는 성년식 이래로 이런 상황에 빠져 본 적이 없었기 때문에 이런 시선이 꽤나 재미있었다. 근처의 여자란 여자는 늙었거나 젊었거나 전부 그를 향해 우호적인 냄새를 풍겨오는 것이다.

"어머, 잘생겼다."

"탤런트 아냐?"

"모델일지도 몰라."

수군대는 그 음성을 듣다가 그는 문득 미간을 찌푸렸다.

생각해 보니 이렇게 시선을 끌면 좋지 않았다. 무엇보다 몸 상태가 시원치 않은데 명성이 쫓고 있는 것이다. 한 번 노린 적을 살려두는 일족은 없다. 시내 한가운데에서 사람의 시선을 끌어봐야 좋을 일은 하나도 없다.

그가 귀찮은 듯 벌떡 일어나자 사람들의 시선이 일제히 그의 움직임을 따라간다. 십대 소녀로 보이는 몇몇은 은근슬쩍 핸드폰으로 그의 모습을 찍어댔다. 그게 불쾌해서 그는 사납게 소녀들을 노려보았다.

"됐어요."

마침 돈을 찾은 정연이 다가오자 그는 재빨리 그녀의 팔을 잡고 걷기 시작했다.

"짜증나."

그가 투덜거렸지만 그녀는 무시했다.

"배가 고파 죽을 것 같아. 돈은 많아?"

"소 한 마리를 먹어치울 게 아니라면."

그녀의 말에 그는 히죽 웃었다.

"저기 보이는 패밀리 레스토랑으로 가자구."

성큼 성큼 걷는 그의 뒤를 따르며 정연은 한숨을 쉬었다. 담배가 피우고 싶어 죽을 지경이었다. 이 괴상한 짐승을 쫓아다니며 먹이고 입히는 것도 꽤나 체력 소모가 컸다.

점심시간 때라 그런지 거리는 복잡했고, 샐러리맨으로 보이는 양복군단들이 골목을 점령하고 있었다. 패밀리 레스토랑에 빈자리가 있을지 그것도 걱정스러워진다.

정연은 잠시 너무나 붐비는 거리를 멍하니 바라보았다. 평일의 한낮. 길거리에서 넘쳐나고 있는 사람들의 기세는 너무나 대단해서 그녀처럼 비쩍 마른 여자 하나쯤은 팅겨 버리고 말 듯하다. 늦게 걷는 것도 바삐 지나가는 사람들에게는 죄악이다. 암으로 죽은 엄마의 존재 따위는 이 익명의 물결에 휩싸여 버리면 별것도 아닌 것이 된다. 아버지가 죽어도, 엄마가 죽어도 배가 고픈 것처럼.

그녀는 그 복잡한 시내 한복판에 사람인지 짐승인지도 모르는 정체불명의 존재와 걷고 있었다. 그 괴상한 짐승의 배를 채워주기 위해.

"빨리 안 와!"

짐승이 이를 드러내고 화를 냈다.

정연은 유령처럼 웃었다. 알 게 뭐냐.

그는 많이 먹었다.

얼마나 많이 먹었는가 하면 직원이 사색이 될 정도로 많이 먹었다. 티본 스테이크, 등심 스테이크를 각 삼 인분씩 먹어치우고, 걸쭉한 비프스튜에 롤빵을 일곱 개나 먹어치웠다. 먹는 중간, 중간 와인도 한 병을 먹었는데 그 모두가 혼자서 먹은 것이었다.

정연은 흡연석을 선택한 뒤 자리에 앉자마자 담배를 물고 연어 스테이크를 시켰다. 하지만 그가 먹어대는 기세에 억눌려 오히려 반도 채 먹지 못한 채 그저 물만 마셨다. 보는 것만으로도 질릴 정도였다.

"안 먹어?"

그녀의 연어 스테이크를 바라보며 그가 물었다.

사색이 된 점원이 빈 그릇을 치우자마자 커피와 케이크를 시킨 태호는 담배만 피운 채 그저 앉아만 있는 그녀가 짜증스러웠다. 잘 먹는 사람 앞에 깨작거리는 사람이 있으면 거북하기 마련이다. 내숭을 떠는 것도 아니고 아침부터, 아니, 저녁부터 아무것도 먹은 게 없을 거란 걸 빤히 알고 있는 그로서는 비쩍 마른 그 몰골이 보기 피곤했다.

"먹어."

그는 자신이 한입 깨문 롤빵을 그녀에게 휙 던졌다.

그것을 받긴 했지만 정연은 먹지 않았다.

"새 걸로 줘요."

"까탈스럽게 굴지 마."

"별로 까탈스러운 게 아닐 텐데요. 당신 앞에 빵 바구니가 있으니까 그중 한 개만 주면 돼요."

그녀는 빵이 수북하게 쌓여 있는 빵 바구니를 사수하겠다는 듯 미간을 찌푸린 그가 어이없었다. 그렇게 먹어치우고도 모자란단 말인가.

"먹어."

그가 결국 빵 바구니를 내밀자, 정연은 한숨을 삼키며 부드러운 빵을 씹어 삼켰다. 이 패밀리 레스토랑에 다시 오긴 어려울지도 모른다. 점원은 물론이고 근처에 앉은 손님들까지 일제히 이쪽을 보느라 정신이 없다. 고기만 칠 인분 이상을 먹어치웠으니 절대 보통 사람으로는 보이지 않을 거라 그녀는 한탄했다.

커피를 마신 뒤 계산을 끝낸 그녀는 그가 이끄는 대로 거리로 다시 나갔다.

"이제 난 장을 보고 집에 가겠어요. 택시비는 줄 테니 당신도 마음대로 가요."

그녀의 말에 태호는 혀를 찼다. 말투가 거슬렸다.

"웃기지 좀 마. 그냥 갈 거면 뭐 하러 이런 귀찮은 짓을 하겠어? 투덜대지 말고 옷 가게로 가자."

"뭐라고?"

정연이 어이가 없어 입을 벌리자 태호는 턱짓을 하며 거리에 늘어 서 있는 옷 매장을 가리켰다. 자신이 즐기는 메이커는 아니었지만 이것저것 따지기엔 귀찮았기 때문에 적당히 입을 만한 것을 사기로 결정했던 것이다.

"내가 왜 당신 옷까지 사줘야 하죠?"

정연이 어이가 없어 묻자 태호는 그녀를 똑바로 보며 물었다.

"너 죽고 싶어?"

"그거, 지금 날 위협하는 건가요?"

"아니. 단순히 묻는 거야. 죽고 싶은데 죽여줄 사람이 없어 고민이었다면 네 말대로 그냥 내 앞에서 걸어 돌아가. 사정을 봐서 아프지 않게 죽여주지."

이 기막힌 말에 그녀는 미간을 찌푸렸다.

"그런 위협이 통할 것 같나요? 여긴 시내 한가운데예요."

짐승의 눈에 푸른빛이 맴돌았다. 사악한 웃음이 입가에 매달리자 방금 전까지 잘생겼던 청년은 사라지고 위험한 야수가 나타난다.

"여기라면 네가 죽지 않고 살아날 수 있을 거라 생각해?"

비웃음이 담긴 그 말에 그녀는 땀에 젖어드는 손을 마주 쥐며 입술을 떨었다.

　거리에 사람들은 흘러넘치듯 많이 있었다. 사람들의 물결에 치일 정도로. 하지만 거리 한중간에 멈추어 서 있는 그들을 참견하는 사람은 아무도 없었다. 그저 부딪치지 않도록 비켜 지나갈 뿐이다. 이 자리에서 그녀가 픽 쓰러져 죽는다 해도 타인으로 가득 찬 이 거리에서 나설 사람은 몇이나 될까.

　"여기라면 안전할 거 같아?"

　음험한 목소리. 낮은 웃음소리가 목 안에서 흘러나온다.

　익명의 거리. 그들은 지나갈 뿐 그녀를 돌아보지는 않는다. 언제나 그랬듯이.

　"아무도 안 봐."

　그가 그녀의 생각을 꿰뚫은 듯이 다정한 어투로 속삭였다.

　그의 손이 그녀의 어깨를 쓰다듬었다. 소름 끼치는 그 손길에 그녀가 부르르 떨었지만 그의 말대로 그녀를 돌아보는 사람들은 아무도 없었다. 누가 봐도 그들은 그저 다정한 남녀 간으로 보일 뿐이었다.

　"당신도 귀찮아질 텐데요."

　억지로 그녀가 굳은 입가를 움직여 반항하자 태호는 킥킥 웃었다. 그의 눈꼬리가 짐짓 다정하게 휘었다.

　"나에게는 단지 귀찮은 일일 뿐이지만 너는 〈죽음〉이야."

　마력과도 같은 음성이 그녀의 귓가로 퍼져 나갔다. 섬뜩하고도 부드러운 속삭임. 완전히 잊고 있었다고 생각했던 감각이 입을 벌렸다. 둔감하기만 하던 신경이 비명을 지른다.

　죽음.

　죽음.

죽음.
 "네가 죽고 싶은 게 아니라면 순순히 내 말에 따르는 게 좋아. 설마하니 엄마가 죽었다고 따라 죽겠다는 얼간이는 아니지?"
 그의 말에 정연의 얼굴이 확 굳었다.
 태호는 그녀의 얼굴에 드러나는 명백한 충격의 표정이 마음에 들었다. 인형처럼 피식거리던 그녀가 마음에 들지 않았던 터다. 이 건방진 여자의 태경을 닮은 체취에 동요했던 것이 불쾌했다. 세상의 모든 불행을 다 짊어진 듯한 그 무감동한 표정도.
 그는 연인처럼 그녀의 어깨를 끌어안고 걸으며 속삭였다.
 "네 얼굴은 당장이라도 죽어버리고 싶다고 쓰여 있다구. 원한다면 죽여줄 수도 있어. 하지만 세상은 아직도 밝고 명랑하지. 또, 너같이 비리비리한 여자를 좋아할 골 빈 놈들도 널려 있을 거야. 어때? 이 세상을 뜨고 싶어?"
 다정한 미소를 짓고는 있었지만 그 음성은 야수의 으르렁거림.
 정연은 굳은 얼굴로 뻣뻣하게 걸으며 바닥만 보고 있었다.
 "이렇게 주절거리고 있는 건 널 위해서지. 알겠어?"
 정연은 고개를 돌려 그를 올려다보았다.
 이가 딱딱 부딪쳤다. 오한이 났다. 너무나 추워서 숨이 막힐 지경이었다.
 "당신은, 유치해요."
 "뭐?"
 짐승의 기운을 띤 얼굴을 물끄러미 보며 정연은 창백한 얼굴로 담배를 입에 물었다. 떨리는 손가락이 제멋대로 움직이긴 했지만 그래도 버릇처럼 주머니에 들어 있는 라이터를 꺼내긴 했다. 찰칵, 찰칵 하고 라이터를 신경질적으로 튕겨 불을 붙이자, 같잖지도 않다는 듯 자신을 내려다보는 짐승의 얼굴이 보였다. 멸시하는 눈빛, 조롱하는 눈빛.

죽음의 눈빛.

정연은 담배 연기를 천천히 뿜으면서 조용히 말했다.

"유치하다고요. 새삼 나를 위협해서 뭐가 좋은 거죠?"

순간, 정연은 그의 얼굴에 떠오른 살의를 보았다.

살의, 살기라는 것을 들어보긴 했지만 이렇게나 적나라하게 그 단어의 의미를 깨닫게 된 것은 처음이었다. 그저, 살짝 입가가 움직이고 눈을 크게 뜬 것뿐인데도 인상은 완전히 달라졌다. 푸른 불꽃이 튀기는 두 눈동자가 당장이라도 그녀를 갈가리 찢을 듯 기세를 높여온다. 그 자리에서 정연은 사람이 아니라 먹이였다. 그녀의 목덜미를 물어뜯을 야수는 잘생긴 남자의 가면으로 가렸던 정체를 고스란히 드러냈다.

떨리는 다리에서 서 있다는 감각 자체가 사라졌다. 목소리조차 나오지 않는다. 사방이 정적으로 가득 차며 그녀를 격리시켰다. 분명 사람들이 들끓는 시내 한가운데인데도 그 자리에 있는 것은 야수와 그녀뿐이었다.

"크."

야수가 웃었다. 단순히 짐승이라기보단 야수에 가까운 존재가 웃었다.

비틀린 웃음을 머금은 그는 완전히 굳어버린 그녀의 어깨를 토닥거렸다.

"너, 정말로 간이 부었구나."

"……."

"인간은 이런 게 싫어. 주제를 모르고 함부로 입을 놀리거든?"

정연은 아무런 말도 할 수 없었다. 그저 그 자리에 못 박히듯 서서 이를 악물고 있을 뿐 할 수 있는 것은 아무것도 없었다.

"뭐, 어쨌거나 이것도 나름대로 신세지. 넌 완전히 머리 빈 계집애는 아니니까. 최정연."

이름을 불리는 순간, 정연은 움찔했다.

"자, 이리 와. 옷을 사자. 내 옷을 사고, 네 넝마를 치우고 죽여주는 옷을 사자구."

달콤한 속삭임.

"젊은 여자 꼴이 그게 뭐야? 나는 제대로 꾸미지 못하는 여자를 무척 싫어해."

태호는 큭큭 웃었다.

화가 난 건지 흥분한 건지, 그도 아니면 단지 중상을 입은 여파 때문인지 그는 잔뜩 곤두서 있었다. 당장이라도 이 조그마한 여자를 찢어 죽이고 싶은 심정과 그녀의 몸 안에 자신의 것을 쑤셔 넣고 싶은 충동이 동시에 일어났던 것이다.

그는 욕망에 마른 입술을 핥으면서 그녀의 손을 잡아 옷 가게로 향했다. 인형처럼 뻣뻣하게 굳은 그녀를 향해 마치 연인처럼 자상하게 웃으며 그가 속삭였다.

"익사이팅한 새 생활을 하라구, 최정연."

3 터닝 포인트

어떻게 집에 돌아왔는지 정연은 잘 기억할 수 없었다.
일종의 최면 상태였던 것인지 자신이 너무 겁에 질려 얼어버린 탓인지 알 수는 없었지만 정신이 들고 보니 담배 한 대를 입에 문 채 냉장고에 식료품을 집어넣고 있었다.

"후우……."

짐승의 기척은 없었다.

어쩌면 그가 가버렸기 때문에 정신을 차린 것인지도 모른다.

그녀는 덜덜 떨리는 몸을 바로 하려 애쓰면서 거실로 나가보았다. 어둡다.

창밖을 보니, 어느새 달이 떠 있었다. 대체 언제 이렇게 시간이 지난 것일까. 아무것도 기억하지 못하는 자신이 섬뜩해서 그녀는 스스로를 끌어안은 듯이 팔짱을 끼었다.

담뱃재가 뚝뚝 떨어진다.

그녀는 억지로 심호흡하면서 재떨이를 찾아 이미 필터만 남은 담배를 비벼 껐다.

멀리서 또다시 개 짖는 소리가 들려왔다. 바람 부는 소리는 여전히 스산하다. 그녀는 벽을 더듬어 거실의 불을 켰다.

창백한 형광등이 껌뻑이면서 켜지자 눈이 부셨다. 그녀는 아린 눈을 억지로 치켜뜨고 거실 안을 돌아보았다.

거실은 새로 산 물품들로 가득했다. 포장도 뜯지 않은 화장품 세트와 옷을 넣은 쇼핑백들. 구두 상자와 언제 산 것인지 기억도 나지 않는 먹을거리들.

언제 산 거지? 저 많은 것을 어떻게 들고 왔지?

그녀는 불안감에 떨면서 담뱃갑을 찾아 두리번거렸다. 그리고 식탁 위에 놓인 담배 한 보루를 발견했다.

말보로 레드.

저건 그녀가 피우던 것이 아니었다. 붉은 포장지는 도도하게 그 존재감을 과시하고 있었다. 그녀는 부르르 떨었다. 저 담배를 그녀가 샀을 리가 없었다. 그녀가 피우는 것은 88마일드였지 말보로가 아니었다. 말보로는 그녀에겐 너무 독했다. 아니, 비쌌다.

그녀는 비틀거리며 소파에 앉았다. 심호흡을 하며 몇 번이나 입술을 깨물었지만 떨리는 몸을 억누르기엔 힘이 들었다.

무심코 시계를 보았다. 밤 8시 45분.

나간 것은 열한 시가 조금 넘는 시간이었다. 아홉 시간 동안이나 대체 뭘 하고 있었던 것일까. 패밀리 레스토랑을 나온 뒤로는 기억이 희미했다. 짐승이 드러낸 위협에 아예 정신이 날아가 버린 모양이다.

짐승. 죽음.

"하아……."

그녀는 거실 테이블 위에 놓인 새 핸드폰을 보았다.

그녀는 떨리는 손으로 핸드폰을 열었다. 최신형의 슬라이드 폰이었다. 액정화면에 떠 있는 번호는 예전에 그녀가 쓰던 번호. 그럼에도 불구하고 그녀는 이 핸드폰을 산 기억이 없었다. 아니, 그녀가 고를 법한 디자인이 아니었다. 새빨간 외형에 최고가를 달리는 핸드폰을 그녀가 살 리가 없었다. 그녀라면 분명 수수한 디자인을 골랐을 터였다. 언제나 그렇듯.

분명 핸드폰은 본인이 아니면 살 수 없는 물건일 터인데.

"이게 대체!"

몸이 떨렸다. 너무 추워 이가 딱딱 부딪쳤다. 덜덜 떨리는 손이 자신의 것이 아닌 듯 이질감이 들었다. 아니, 손만이 아니고 몸뚱어리 전체가 다 자신의 것이 아닌 것 같았다. 이게 대체 무슨 일인지 알 수 없었다. 자신이 혹시 미친 것일까 하는 생각까지 들 지경이었다.

소름이 끼쳐서 그녀는 다시 한 번 이를 악물고 테이블 위에 핸드폰을 도로 던져 놓았다. 역시나 이질적이어서 끔찍하다.

갑자기 그 핸드폰이 몸부림을 치며 비명을 토해냈다.

"학!"

얼결에 벌떡 일어섰던 정연은 핸드폰 액정화면에 뜨는 번호를 기억해 냈다. 숙모였다.

그녀는 이를 악물고 천천히 핸드폰을 집어 들었다.

"여보세요."

까칠한 음성이 겨우 새어나왔다.

[정연아! 대체 어찌 된 거니! 아무리 전화해도 받지도 않고! 대

체 어디에 있는 거야?]

다짜고짜 소리 지르는 지영의 음성에 그녀는 안도했다.

[내가 아침에 간다고 했었잖아! 그런데 대체 어딜 갔었어? 어디 간다면 간다고 말을 해줘야지! 대체 뭐 하다가 지금 전화를 받는 거야!]

현실 세계가 갑자기 도래했다. 지영의 박력있는 목소리는 그녀를 둘러싼 이질적인 감각들을 모조리 부수며 그녀를 끌어냈다.

정연은 눈을 감았다. 지영이 화를 내고 걱정했노라고 외치는 소리가 이토록 감미로운 줄 예전에는 몰랐었다.

그녀는 겨우 침착한 음성으로 대답했다.

"쇼핑을 했어요. 먹을 것도 없고 해서. 핸드폰은 고장이었고요."

[그래. 그래도 연락은 했어야지. 반찬 좀 했는데 내일 가져다주마.]

지영의 음성이 다시 부드러워졌다. 노골적인 안도감이 배어 있는 음성이다.

그 순간 정연은 문득 울컥했다. 모든 것이 제자리로 돌아갈 것이라는 듯 안정적인 그 음성. 가차없이 야단치고, 가감없이 받아들여 준다.

마치, 옛날의 엄마처럼.

[밑반찬하고 김치를 가지고 갈게. 먹고 싶은 거 있니?]

"아뇨."

정연은 저도 모르게 가슴을 움켜쥐었다.

[어디 아프냐? 목소리가 왜 그래?]

지영의 음성이 걱정스럽게 돌변한다. 정연은 마구 웃고 싶은 충동을 느꼈다.
 방금 전까지 기괴한 짐승과 같이 있었거든요. 그놈과 쇼핑을 했거든요. 그놈이 날 죽이려고 했거든요. 또, 그놈의 손톱은 마치 공포영화에 나오는 것처럼 끔찍했었거든요. 그래서, 그래서 지금 제정신이 아닌 거예요. 나는 지금 제정신이 아닌 거예요.
 "조금, 피곤해서요. 이만 들어가세요."
 [아, 그래. 내일 아침 열 시쯤 가마. 얼른 약 먹고 쉬어.]
 "네, 숙모도 쉬세요."
 툭툭.
 손등 위로, 무릎 위로 액체가 떨어졌다. 이건 과도한 긴장과 스트레스로 인한 것이라고 그녀는 스스로에게 설명해 주었다.
 "정리하지 않으면······."
 그녀는 멍하니 엉망진창인 거실을 둘러보았다. 풀지 않은 옷보따리와 갖가지 물건들이 널려 있었다. 바닥은 먼지로 버석거려서 양말은 새까맣게 변해 버리고, 냉장고에서는 아직도 냄새가 났다.
 공포. 죽음의 공포.
 그녀는 오늘 진짜 공포가 어떤 것인지 알았다. 그리고 자신이 강한 사람이 아니라는 것도 알아차렸다. 이제껏 그녀는 엄마를 경멸하고 있었다. 사랑하는 이를 잃었다는 괴로움에 무너져 버린 엄마를 경멸했었다. 하지만 그것이 얼마나 오만하고 건방진 태도였던가.
 뺨을 타고 다시 액체가 흘러내렸다. 뜨거운 액체는 곧장 목을 타고 가슴까지 굴러 떨어진다. 그에 따라 점점 가슴이 터질 듯 답답해지고 눈앞이 뜨거워진다. 숨이 막히고 온몸이 뒤틀린다. 정연은 핸드폰을 움켜쥔 채 몸을 구부렸다. 한껏 구부리고 또 구부려서 마침내 어딘가로 녹아 사라졌으면 했다. 가슴이 아파서 숨을 쉴 수가 없다. 아리고 아려서 눈을 뜰 수가 없다.

"미안, 엄마……."

그녀는 내장을 토해내듯 울었다. 지금 울고 있는 것인지 단순히 발작을 일으키고 있는 것인지 알지도 못하면서 그저 울었다.

멀리서 개 짖는 소리가 들려왔다. 바람 부는 소리도 들려왔다. 고치지 않은 창틀은 또 덜컹대며 소리를 낸다. 갓난애 울음소리를 내는 고양이들이 담장 위에서 맴돈다. 구름 한 점 없는 밤하늘엔 새치름한 초승달이 떠 있었다. 깨알 같은 별들도 빛을 낸다.

낡은 집 거실 한구석에서 그녀가 울었다. 이젠 아무도 없었다. 그녀에겐 이제 아무도 없다. 고아가 된 정연은 그저 울었다. 칠 년여에 걸쳐 그녀는 엄마를 경멸해 왔다. 자신은 강하다며 잘난 척해왔었다.

"미안. 미안……."

어쨌든, 이제 그녀의 엄마는 죽고 없었다.

시간이란 흐른다. 멈추지 않고 계속해서 흘러가는 물살처럼.

기온은 많이 따스해졌다. 바람은 한기를 머금고는 있지만 에일 정도는 아니었다. 비가 올 듯이 우중충한 하늘 탓인지 제법 스산하긴 했지만 그래도 한겨울의 날씨는 면했다.

정연은 집 안을 치우느라 정신없었다. 오랫동안 제대로 사람의 손길이 닿지 않은 집은 외관도 허름했지만 내부도 심각하긴 마찬가지였기 때문이다. 모조리 팔고 이사를 갈까 생각하지 않은 것은 아니었다. 하지만 지금 당장 움직일 마음은 들지 않았다.

사람을 불러 치우는 게 어떻겠냐고 숙모도 충고했지만 그녀는 혼자 하겠다고 했다. 세상에 완전한 휴식은 없는지 잠시만이라도 정신을 놓고 있으면 온갖 상념만 들끓었기 때문이다. 그래서 그녀는 하루하루 새로운 일을 하기로 결심했다.

첫째 날은 빨래를 했다. 의외로 빨 것들은 산더미처럼 널려 있었다. 먼지 냄새와 곰팡이 냄새가 나는 옷가지나 커튼, 식탁보는 물론이고 입고 있던 옷가지들도 깨끗하지는 않았던 것이다. 그리고 둘째 날은 거실 청소를 했다. 누렇게 얼룩진 창과 현관을 치우고 안 신는 신발들도 전부 내다 버렸다. 먼지가 버석거리는 바닥을 몇 번이나 훔치고 났더니 등허리가 휠 지경이었지만 막상 끝내고 나니 시원해졌다.

셋째 날에는 안 입는 옷가지들과 부모님의 옷가지들을 전부 자선단체에 기부했다. 보지 않는 아버지의 책들도, 물건들도 전부 내다 치웠다. 넷째 날에는 자동차 면허가 있긴 있었기 때문에 작은 중고차도 하나 구입했다. 생각 외로 비싸지는 않았다. 짐승이 비웃었기 때문이 아니라 진짜 필요해서 샀다. 순전히 장보기용이다. 서툰 운전 때문에 신경이 곤두서기도 했지만 그래도 동네가 한적한 곳이었기 때문에 다행이었다.

다섯 번째 날에는 부엌을 치웠다. 더러워진 싱크대와 냄새 나는 냉장고를 닦고 묵은 때가 묻은 그릇들을 치웠다. 독신 여자가 쓸 법한 예쁜 식기들도 몇 개 샀다.

그 여섯 번째 날에는 그녀 자신의 방을 치웠다. 옛날에 쓰던 침대를 작은 사이즈의 침대로 새로 바꾸고 시트도 새 것으로 샀다. 의외로 적은 예산으로도 해결이 가능해서 정연은 신경을 쓰면 뭐든 가능하긴 하다는 것을 깨달았다. 집은 신경을 써서 치우는 게 중요하지 돈이 중요한 것은 아니었다. 어차피 그녀에게는 고상하고 비싼 가구를 들여놓을 생각은 처음부터 없었으니 말이다.

그리고 일곱 번째 날.

그녀는 마침내 마당을 치우기 시작했다.

누런 잡초 덩어리들을 치우는 게 쉬운 일은 아니다. 그녀는 목장갑을 낀 채 지하실에 있던 낫으로 어설프게 마당을 헤집었다. 을씨년스럽게 구부러진 대추나무도 근처를 뒤덮은 누런 잡초 더미를 치우고 났더니 그렇게까지 보기 흉하진 않았다. 대추나무는 겨울이 되면 앙상해서 꽤나 보기 흉했지만 열매를 맺는 가을이나 여름에는 꽤나 보기 좋은 나무였기 때문에 그녀는 대추나무가 좋았다. 그저 메마른 가지만 덩그마니 있는 듯하던 매화나무도 마찬가지였다. 꽃을 피우기 시작한 매화나무는, 거름 한 번 준 적이 없는데도 꽃을 피웠다. 그녀는 향기가 그윽할 거라는 환상은 가지고 있지 않았지만 이런 시기에 꽃을 피우는 매화는 사람의 마음을 부드럽게 만들었다.

"후우……."

담배를 한 대 문 채 그녀는 멍하니 빈약한 정원석 위에 앉아 매화를 바라보았다. 이렇게 편안한 마음으로 꽃을 본 것은 얼마 만의 일일까. 그렇게 생각하고 보니 흉물스럽게 느껴졌던 소나무도 제법 사랑스럽다.

잡초가 제거되고 어디선가에서 날아온 쓰레기들도 정리된 마당은 그럭저럭 흉가만은 면했다. 매화가 피니 그래도 꽤 정취가 있어 보이기도 했다. 그녀는 꽤나 흐뭇한 마음이 들어 담배 연기를 내뿜었다.

칠 일.

장례식 이후 칠 일이 지났다. 또한 그 짐승과 만난 날로부터 칠 일이 지난 것이다.
그리고 칠 일 동안 집 안을 치웠다. 꼭 성경에서 하느님이 말한 것과 비슷하다. 아니, 하느님이 당연한 말이지만 그녀보단 나았다. 그녀는 꼬박 칠 일을 일했지만 하느님은 칠 일째는 쉬었으니까. 그런저런 생각을 하며 그녀는 이 업적에 기분 좋게 웃었다.
시계를 보니 세 시가 넘었다. 점심때가 지나서인지 배도 고팠다. 그녀는 담배를 적당히 끄고 일어나 부엌으로 들어섰다. 간단하게 샌드위치를 만들어 먹을 생각이었다.
식빵을 두 장 꺼내서 그녀는 햄과 피클을 넣었다. 양상추를 꺼내 씻고 물기를 빼는 동안 샤워를 하기로 했다. 흙먼지를 뒤집어썼더니 먼지가 버석버석했다.
딸기 향이 나는 샤워 젤을 썼더니 더 배가 고파졌다. 그녀는 머리를 타월로 둘둘 감고 거울 앞에 섰다. 혈색이 도는 얼굴은 그래도 조금은 봐줄 만했다. 잠은 잘 자지 못했지만 어쨌거나 식욕만은 생겨나 있었으니까.
그녀는 거친 얼굴을 살피다가 화장대 위에 놓인 스킨 로션을 집어 들었다.
랑콤.
그녀는 저도 모르게 씁쓸한 얼굴이 되었다. 나중에 알았지만 그녀가 짐승에게 이끌려 산 화장품 세트는 랑콤이었다. 그럭저럭 육십만 원어치나 되는 어마어마한 가격. 슈퍼에서 적당히 스킨과 로션을 사 쓰던 예전 상황을 생각하면 이 엄청난 사치에 가슴이 떨릴 지경이다. 하지만 숙모는 잘했다고 칭찬했다. 자신을 위한 물품이란 누구에게나 필요한 것이라면서 돈이 부족하면 일해서 벌라고 충고해 주었다.

자신을 위한 사치.

여유가 없었던 것일까. 돈이 없었던 것일까.

그녀는 얼굴에 로션을 바르면서 생각했다. 핸드폰도 그렇고, 화장품도 그렇고, 옷가지들도 그랬다. 이렇게 저렇게 쓴 것을 계산해 보니 적어도 삼백만 원은 훌쩍 넘었을 것이다. 이번 달 카드 결제서가 날아오면 기절할 것이 분명했다.

적당히 보험료를 계산해 보고 그녀는 쓴웃음을 지었다. 빚잔치를 할 만한 상황이다. 결국은 집을 팔지 않으면 안 될 것 같았다. 지영이 슬그머니 생활비로 쓰라고 백만 원을 쥐어주고 가긴 했지만 간당간당하긴 마찬가지. 거기다 차까지 샀음에야.

그녀는 부동산 업자를 만나보아야겠다고 마음먹었다. 결국은 혼자 살 길을 찾아야 했으니까. 아니, 보험금과 대출금을 처리하는 게 먼저일까.

짐승과 함께 샀던 청바지는 리바이스였다. 티셔츠도 리바이스다. 언제 리바이스 매장에 들어갔었던 모양이었다. 기억에는 없지만 어쨌거나 손 안에 남은 물건을 보니 그녀의 몸에 딱 맞아 보기에는 좋았다. 비싼 물건은 값어치를 하는 모양이라고 그녀는 쓴웃음을 지었다.

그녀는 머리를 적당히 빗고 부엌으로 갔다.

깨끗이 치워놓은 싱크대에선 은빛이 났다. 치운 보람이 있어 그녀도 마음이 홀가분했다. 기분 좋게 냉장고를 열어 주스를 꺼냈다. 오렌지주스를 한 잔 따라놓고 그녀는 양상추를 담은 바구니를 이리저리 흔들어 물기를 뺐다. 이제 아까 만들어놓았던 샌드위치에 양상추를 넣기만 하면 끝이다.

그녀가 막 양상추를 들고 돌아서는 순간이었다.

뜻밖에도 아까 만들어두었던 샌드위치가 보이지 않는다. 빈 접시만 덩그마니 식탁 위에 놓여 있을 뿐이었다.

정연은 가슴이 덜컹했다.

아니, 빈 접시만 있었던 것은 아니었다. 접시 위에는 하얀 봉투가 하나 놓여 있었다.

순식간에 등줄기로 오한이 달렸다. 가슴은 터질 듯이 뛰고 머리칼은 쭈뼛 섰다. 그녀는 그 봉투가 끔찍한 물건이라도 되는 양 한동안 그것을 노려보았다.

억지로 숨을 몰아쉬다가 그녀는 결국 담배를 하나 새로 물었다. 연기를 한 모금 뱉어내자 속이 뒤집힐 것 같은 불안감이 천천히 잦아들었다.

숙모가 쥐도 새도 모르게 부엌에 들어와 어설픈 샌드위치를 집어 먹고 봉투 하나 남겼을 리는 없었다. 당연한 말이지만 숙부도 마찬가지다. 그들이 아니면 그녀에겐 친한 친구조차 없었다. 무엇보다 초인종도 안 누르고 슬그머니 왔다 사라질 인물 따위는 그녀 주변에는 단 한 명도 없었다.

그녀는 떨리는 손을 참고 봉투를 집어 들어 열었다. 생각 외로 두툼한 봉투였다. 안에 든 내용물은 더 놀라웠다. 봉투 안에는 수표가 들어 있었다. 빳빳한 십만 원권 오십 장이다.

오백만 원?

그녀는 미간을 찌푸리고는 봉투 안을 더 뒤졌다. 작은 메모지 한 장이 굴러 나왔다.

〈샌드위치 값. 더럽게 맛없었다.〉

"하……!"
정연은 기가 막혀서 멍하니 수표와 메모지를 번갈아 보았다. 순간적으로 이렇게 많은 돈을 받을 수는 없다는 생각이 들긴 했지만 그건 아주 잠깐이었다.
그녀는 봉투를 집어 든 채 급히 밖으로 뛰어나왔다.
거의 맨발로 마당까지 달려나와 보았지만 아무런 기척도 들리지 않았다. 그녀는 멍하니 서서 텅 빈 마당을 둘러보았다.
인기척이 전혀 느껴지지 않는 고요한 오후, 멀리서 개 짖는 소리가 들려왔다.

"많이 좋아진 것 같네."
지영은 웃었다.
정연은 작게 웃고는 지영 앞에 찻잔을 내려놓았다.
집은 많이 바뀐 상태였다.
거실의 커튼을 새로 해 달고, 소파와 테이블도 좀 더 화사한 것으로 바꾸었다. 스산한 겨울임을 생각해 초록빛 카펫을 깔자, 분위기는 곧 화사해졌다. 작은 장식장을 하나 사서 화병과 책들로 장식하고 나니 모습은 더 그럴듯해졌다. 인테리어 화보집에 나올 그런 모습까지는 아니더라도 어쨌거나 을씨년스러웠던 거실의 풍경은 많이 온화해진 것이다.
"좋아졌네. 정말로."
흐뭇한 얼굴로 지영은 웃었다.
정연은 머리를 짧게 잘라 단정한 얼굴을 드러낸 상태였다. 아무렇게나 고무줄로 묶고 다녔던 예전에 비한다면 지금 쪽이 훨씬 생기있어 보였다. 살도 조금은 올랐고 혈색도 돌았다. 아마 매일 조금씩 운동을 한다고 외출을 하기 때문일 것이다. 게다가 엷게 나마 화장도 해서 예전의 초췌한 모습은 그다지 보이지 않았다. 옷도 많이 샀는지 우중충한 옛날 옷들도 이젠 걸치지 않는다. 하기야 입원한 엄마 때문에 병원에서 살다시피 한 정연이 몸을 꾸밀 새가 없었던 것은 당연한 일. 그것도 끊임없이 들어가는 치료비며 입원비 등쌀에 먹는 것도 절약하고 있었다는 것을 지영도 알고 있었다.
"그래, 몸도 좀 나아진 것 같은데 앞으로의 일을 생각 좀 해봤니?"
"앞으로의 일이요?"
정연은 조용히 되물었다.
이제 겨우 보름 정도밖에 지나지 않았다. 상장(喪章)은 아직도 달고 있었다. 하지만 정연은 자신이 곧 그것을 떼어낼 것이라는 것을 알고 있었다. 사실은 지영이 오지 않았다면 달지도 않았을 터였겠지만.
"뭐, 서두르라는 것은 아니지만 그래도 조금은 바쁜 듯 이런저런 것을 생각해 보는 게 좋을 것 같아서. 그도 아니면 여행을 좀 길게 다녀와도 좋을 거고. 또 공부를 해보는 것도 좋을 거 같아. 너는 공부 잘했잖니."
그 말에 정연은 다시 희미하게 웃었다.
아버지의 보험으로 생활비 정도는 나온다. 병원비도 안 드는 지금, 특별한 일이 없다면 돈이 들어갈 일은 별로 없었다. 하지만 그렇다고 해서 한정없이 놀고 있을 수는 없는 일이었다. 사지가 멀쩡한 젊은이가 팽팽 놀고 살 수는 없는 일. 무언가를 위해서라도 움직이는 편이 옳은 일일 것이다.

"좀 더 생각해 보고요. 아직은 그다지 의욕이 생기지 않네요."

그녀의 말에 지영은 활짝 웃었다.

"그래, 그래. 아직은 더 쉬는 게 좋아. 나도 삼촌도 이런저런 거 생각했었단다. 번역 같은 거 말이야. 영어 잘하지?"

"다 까먹었어요."

정연이 쓸쓸하게 웃자 지영은 적극적으로 말했다.

"그럼 공부를 하러 다녀. 학원을 끊고 여기저기 공부를 하는 거야. 좋은 머리가 어디 가는 것도 아니니까. 잡지사에도 자리를 알아봤다고 네 삼촌도 그러더라구."

삼촌, 숙부인 제환은 잡지사와 작은 출판사를 하나 가지고 있었다. 아마 정연을 위해 이런저런 생각을 하고 있었던 모양이다.

"말씀만으로도 감사해요."

정연이 그렇게 말하자 지영은 미간을 찌푸렸다.

"얘는, 우리가 남이냐? 넌 그 딱딱한 게 흠이야. 좀 사근사근하게 자리 하나 내주세요 하고 말하면 얼마나 좋니!"

그 말에 정연은 쿡쿡 웃었다.

"생각해 볼게요."

"그래, 한 달쯤 푸욱 쉬고 뭐라도 해봐. 놀러 다니든지 일을 하든지. 어쨌거나 바빼 움직여야 병이 안 생겨요. 알았니?"

"네."

지영은 정연이 어린애라도 되는 양 엉덩이를 톡톡 쳐주었다.

"그럼 나는 갈게. 밥 좀 잘 챙겨 먹고."

"네. 걱정 마세요."

지영이 돌아가고 나자, 그녀는 한숨을 내쉬면서 담배부터 찾았다. 누가 오면 담배를 피울 수 없다는 게 곤란했다. 신경이 곤두서면 담배부터 찾게 된다. 조금 씁쓸해진 기분에 그녀는 담배에 불을 붙이면서도 개운치가 않았다.

그녀는 커피 메이커에 물을 부어 넣으면서 식탁 위에 놓인 카세트 라디오의 버튼을 눌렀다. 낡은 카세트 라디오는 십 년이 넘은 물건이었지만 그럭저럭 잘 돌아갔다. 요즘은 다들 MP3나 CD를 듣지, 카세트 테이프를 틀지는 않는다. 그 낡은 카세트 라디오가 그녀가 얼마나 세상에 뒤처져 있는가를 상징하는 것 같아서 그녀는 씁쓸했다.

텅 빈 집 안이 쓸쓸하게 느껴져서 라디오를 틀고는 하지만 DJ들이 떠들어대는 그 말장난들에 적응하는 것은 쉬운 일이 아니었다. 역시나 감성이 뒤떨어진 탓일지도 모른다 생각하며 그녀는 새로 흘러나오는 신선한 커피 향을 즐겼다. 진짜 앞으로 어떻게 하면 좋을까. 백수로 세월을 그대로 보낼 수는 없을 터인데.

감미로운 목소리의 여가수가 노래하고 있었다.

가수 이름은 기억나지 않았다. 정연은 사실 노래를 잘 몰랐다. 세월은 언제나 빠르고, 음악은 유행을 따라 흐르니 세월에 뒤처진 그녀가 CM송 이외에 알 리가 있을까. 하지만 이번에 나오는 음악은 어쩐지 귀에 익었다. 유명한 노래인지도 모른다.

I wish you bluebirds in the Spring.
to give your heart a song to sing.
and then a kiss, but more than this, I wish you love!
and in July a lemonade.
to cool you in some leafy glade.

I wish you health, and more than wealth, I wish you love!

"음음음……."
저도 모르게 중얼거리고 있는 중이었다.
"딱 좋은 노래인데."
나지막한 목소리가 등 뒤에서 들려왔다.
정연은 들고 있던 담배를 쥔 채 그대로 동작을 멈췄다. 감미로운 여가수의 목소리가 계속 이어졌지만 이미 들리지 않았다. 그녀는 눈을 다시 감았다가 떴다.
짐승, 공포, 죽음.
그녀가 천천히 몸을 뒤로 돌리자, 그 자리에는 놀랍게도 말끔해 보이는 정장의 신사가 서 있었다. 윤택이 흐르는 진회색 정장을 입은 신사는 약간 긴 듯한 머리칼이 그지없이 잘 어울렸다. 큰 키와 당당한 체구, 그에 어울리는 잘생긴 이목구비가 눈에 확 들어온다.
"오호, 얼굴이 많이 좋아졌군."
신사복을 입은 짐승은 신사처럼 단정하게 걸어와 그녀의 뺨을 만졌다. 뜻밖에 온기가 있는 부드러운 손길이었지만 정연은 오히려 섬뜩하게 느껴서 움찔했다. 그 반응에 만족한다는 듯 그는 빙긋 웃고 자연스럽게 찬장에서 커피 잔을 꺼내더니 커피를 따랐다.
"난 블랙을 좋아해. 다행히 취향이 비슷하군."
"어떻게 들어왔죠?"
정연이 조용히 묻자 짐승은 어깨를 으쓱하며 커피 잔을 입에 댔다.

정연은 희미한 향수 냄새를 맡았다. 무슨 향수인지는 모르지만 당당한 체구를 한 그에게는 잘 어울렸다. 그는 정장을 입어도 신사라는 느낌은 들지 않았다. 그렇다고 해서 조폭이나 그런 종류의 남자로도 보이지 않는다. 그저, 아주 기묘하게도 위험한 존재라고만 느껴지는 것이다.

"그런 것을 이제 와서 묻는다는 건 무의미하잖아?"

하긴 전에도 그는 불쑥 나타났었다. 문과 창문 단속을 철저히 한 날에도 그는 들어왔었으니까. 하지만 이렇게 위험한 존재가 불쑥불쑥 나타난다는 것 자체가 대단한 공포를 불러일으키는 일이다. 더욱이 정연은 항상 혼자 지내고 있는 상태였다.

"그렇다면 불쑥 숨어들어 올 것이 아니라 당당하게 초인종 누르고 들어와요."

그녀가 다소 날카롭게 말하자 그는 눈을 크게 뜨더니 어깨를 으쓱했다.

"호오, 이제 좀 사람 냄새가 나기 시작하네. 집도 제법 꾸몄고. 이젠 폐가로는 안 보이는군 그래."

"당신, 이름은 뭐지요?"

정연이 묻자 태호는 미간을 찌푸렸다.

재미없다. 이 여자는 좀 독특한 듯하더니만 다른 여자와 똑같은 패턴을 닮아가고 있었다. 그가 호의를 조금 보여주자, 순식간에 그 무표정한 얼굴을 돌려 히스테릭한 반응을 보인다. 그의 정체를 캐내기라도 하려는 것일까.

그가 아무런 말도 하지 않고 인상을 쓰자 정연은 가슴이 철렁했다. 그는 분명 그녀를 죽일 수도 있는 존재였다. 그날의 공포는 아직도 가슴속에 내내 남아 있었다. 하지만 그녀는 그날 죽이지 않고 오히려 돈을 주고 갔다는 것이 조금은 희망적인 관측을 할 수 있다고 믿었다. 상대는 꼭 들고양이 같았다. 살짝 건드리고 과도한 관심을 보이지 않는 사람에게는 어느 정도 접근은 허용하지만 깊이 관여하려면 인정사정없이 발톱을 휘두르는 들고양이. 길들여지지 않는, 자존심 높은 짐승.

"후, 어차피 이름 같은 것도 무의미하겠지요. 아무래도 좋아요."

그녀는 담배 연기를 내뿜으면서 그렇게 말하고는 의자를 가리켰다.

"일단 앉아요. 온 손님이니까 대접은 해야겠죠."

그녀의 반응에 태호는 살짝 눈썹을 치켜올렸다. 꽤 재미있는 여자였다. 반응이 좀 색다르다. 그가 의자에 앉으며 커피를 홀짝이자 정연은 휘청거리는 걸음을 가다듬으면서 냉장고 문을 열어 사과를 꺼냈다.

"과일, 먹어요?"

"먹어."

태호의 대답에 그녀는 과도를 꺼내서 사과를 깎기 시작했다. 그의 시선이 견딜 수 없이 부담스럽긴 했지만 오히려 가만히 앉아 있는 게 더 괴로울 것은 불문가지.

태호는 빙글 웃으면서 그녀의 하는 짓을 물끄러미 관찰하고 있었다. 그의 예리한 눈썰미는 이미 집 안 곳곳이 굉장히 많이 바뀌었다는 것을 확인한 뒤였다.

그가 그녀를 다시 찾은 것은 단순한 변덕이었다.

거리 한복판에서 그녀에게 있는 대로 겁을 준 뒤 그는 그녀를 끌고 백화점에 갔었다. 정연은 제대로 기억을 못할지도 모르지만 그곳에서 그는 그녀에게 필요한 품목을 하나하나 골라 사댔다. 화장품부터 시작해서, 옷과 구두, 심지어는 핸드폰과 식료품까지. 최정연이라는 여자는 젊은 나이에도 불구하고 정말로 아무것도 가진 게 없는 여자였다. 비록 그가 지갑을 가지고 있지 않아 지불은 전부 그녀의 카드로 하긴 했지만 태호는 여자를 데리고 쇼핑하는 즐거움을 알고 있는 남자였다. 그는 자신의 취향으로 변해가는 여자를 보는 것을 즐겼다. 그의 아내였던 명희는 양순하고 예쁜 여자였지만 상당히 사치스러웠기 때문에 같이 쇼핑을 하면 취향 문제로 싸우곤 했었다. 하지만 정연은 인간여자라서인지 그의 기운을 맛보자마자 얼이 빠져서 그가 시키는 대로 물건을 샀다. 하기야 이 빈약한 여자는 패션에 대해서 쥐뿔도 모를 것이 분명했다.

'골라주는 내가 오히려 돈을 받아야 할지도.'

그는 피식 웃었다.

어쨌거나 여자에게 물건을 사라 권하면서 여자의 카드로 긁었다는 것은 그에게 있어 있을 수 없는 일이었다. 그는 여자든 일이든 모두 자신의 주도권하에 있지 않으면 견디지 못하는 종류의 남자였다.

"집 안이 그럴듯하다."

그의 말에 사과를 다 깎아 접시에 담은 정연은 그의 앞으로 내밀었다. 그리고는 그의 맞은편에 조용히 자리를 잡고 앉아 새 담배를 다시 입에 물었다.

"돈은 잘 받았어요. 그거, 내 옷값이라고 보내준 건가요?"

"그런 셈이지."

태호의 말에 정연은 담담하게 말을 이었다.

"돈이 남았어요. 당신이 쓰게 한 돈은 전부 다 해서 사백이십사만 이백오십 원이었어요. 잔액은 돌려줄게요."

그 말에 태호는 고개를 저었다.

"됐어, 나머지는 음식 값으로 치지."

"어떤 음식이요? 당신이 그날 먹은 식비도 포함했는데도 돈은 남았어요."

정연이 되묻자 태호는 어깨를 흔들며 웃었다.

"됐어. 가끔 와서 간식이나 먹을까 하니까 그걸로 치자구."

정연은 그가 또 온다는 말에 소름이 오싹 끼치는 것을 느꼈다. 하지만 그와 동시에 묘한 안도감과 비슷한 감정이 이는 것도 사실이었다. 이 말은 죽이지는 않겠다는 것을 의미했다. 정연은 입술이 말라 혀로 입술을 적시며 되물었다.

"그 말은 또 오겠다는 건가요?"

"그래. 싫어?"

"네, 좋진 않군요."

그 말에 태호는 정말로 큰 소리로 웃었다.

"재미있어. 아아, 진짜 너 재미있는 여자네. 최정연."

"나는 별로 재미없어요. 남의 집에 이렇게 불쑥불쑥 들이닥친다는 건……."

정연은 자신이 또다시 현실 감각을 잃기 시작하고 있다는 것을 느끼고 있었다. 인간의 모습을 한 짐승, 정체불명의 괴물과 이렇게 마주 앉아서 농담 따먹기나 하고 있다니. 얼마 전까지만 해도 상상할 수 없는 일이었다.

"어?"

갑자기 그가 눈을 빛냈다. 푸른빛이 언뜻 그의 검은 눈동자에 스쳐 지나간다.
"이 노래야."
난데없는 말에 정연은 무의식중에 라디오를 돌아보았다.
라디오 방송에서는 흘러간 옛 노래를 들려주고 있는 중이었다. 오후의 한가한 시간에 보내는 나른한 노래들이 매혹적이긴 했지만 일하면서 들을 노래는 사실 아니었다. 노래는 의외로 짧았다. 워낙 유명한 노래라 정연도 알고 있었다.

〈FLY ME TO THE MOON.〉

어지간히 오래된 노래였다.
"좋아하는 노래야."
그녀는 그가 보이는 그 반응에 조금은 당황했다. 상대가 사람이 아니라는 것을 알고 있기 때문이었을까. 그녀는 잠시 라디오를 바라보며 다음 노래를 기다리고 있는 그의 얼굴을 물끄러미 바라보았다. 올드팝을 좋아하는 괴물?
"좋아하는 노래가 〈FLY ME TO THE MOON〉인가요?"
혹시 달을 보고 변신하는 늑대인간인 것일까. 그녀의 상상이 진행되기 전에 태호가 고개를 끄덕이며 말했다.
"맞아. 하지만 정확히는 내가 아니라 형이 좋아하는 거야."
"형님이 있어요?"
"나랑 형. 단둘인 형제지."
태호는 그렇게 말하면서 후속곡을 기다렸다. 하지만 광고방송이 맥없이 터져 나왔다. 실망한 그는 사과를 집어 먹으면서 그녀에게 물었다.

"넌?"

"그, 글쎄요. 그다지 특별히 좋아하는 노래가 있진 않아요."

기묘한 대치였다. 사람도 아닌 존재와 마주 앉아 사과를 까먹으면서 노래 취향을 묻고 있다니. 정연은 담배 연기를 내뿜으면서 천천히 물었다.

"형님과는 사이가 좋은가요?"

"좋아. 좋을 수밖에 없지. 형님이 날 키웠으니까."

태호는 머뭇거리지도 않고 단숨에 대답했다. 다른 것은 몰라도 그가 형 태경에게 가지고 있는 애정과 신뢰는 진짜였다. 혈연은 물론이고 모든 관계가 희박한 그들 사이에서 형인 태경은 그에게 유일하게 소중한 존재였다. 물론 때때로 얄밉기도 하고 짜증나기도 하지만.

자세한 사정을 모르는 정연은 그저 그가 고아인가 하고 막연하게 생각했을 뿐이었다. 그녀로서는 순순히 말해주는 그가 더 이상했다. 하지만 굳이 사람도 아닌 존재에게 일일이 캐묻고 싶은 생각은 없었다. 오히려 그가 드러낸 인간적인 면모에 당황했다.

태호는 히죽 웃더니 흥얼거리듯이 노래를 중얼거렸다. 낮고 좋은 목소리였지만 방금 전 들은 노래는 여가수의 것이었기 때문인지 굉장히 이질적으로 들렸다. 정연은 그 노래의 가사가 어떤 것이었던가 하고 몇 번이나 되씹어보았지만 제목이 〈날 달로 데려가 줘요〉라는 것 정도밖에는 알지 못했다. 그만큼 감각을 많이 잃었다는 이야기다.

태호는 노래를 중얼거리며 아직도 먼지가 쌓인 창틀을 보고 있었다. 나무로 만들어진 창틀은 바람이 불 때마다 덜컹 소리를 내서 나름대로 운치가 있는 것도 같다. 요즘의 반듯하고 단단한 새

시라면 그런 소리를 낼 리 없겠지만.
 담배 연기가 그녀의 얼굴을 스치며 올라간다. 가느다란 회색 실 뭉치가 살아 있는 생물처럼 꿈틀대며 그녀의 이마를 더듬었다. 태호는 정연이 만약 담배를 끊는다면 분명히 그녀의 존재조차 잊어버릴 거라 상상했다.
 형 태경은 명희를 싫어했다. 그녀가 그의 모친과 너무나 닮았다는 것이다. 하지만 태호는 그럴 리 없다고 반발했다. 다른 것도 아닌 여자 문제다. 아무리 형이라고는 해도 여자 문제를 형의 의사에 따라 움직인다니. 남자로서의 자존심이 용납할 수 없었다. 게다가 명희는 부드러운 여자였다. 얌전하면서도 섹스에는 뜨거운 여자. 태호는 그녀가 좋았다. 그래서 형이 못마땅해한다는 것을 알면서도 결혼했다.
 '결국은 형이 옳았다는 이야기지.'
 첫 아이였다. 아들이었다. 그 아들을 명희가 죽여 버린 것이다. 일족의 여자 중에는 제가 낳은 아이를 죽여 먹어버리는 광증을 가진 여자들이 있다는 것을 알고는 있었다. 특히 바로 자신의 어머니가 그랬기 때문에 더 잘 알고 있다 생각했다. 하지만 실제로 자기가 선택한 아내가 그런 짓을 저지를 줄은 상상도 하지 못했었다. 무엇보다 명희는 꽤나 순하고 부드러운 여자였으니까.
 "제길, 일이 더럽게도 꼬이네."
 명희의 오라비 명성은 강자의 지위를 지켜온 종주(宗主)였다.
 인간들이 흔히 말하는 종가의 종주, 그 이상의 의미다. 우두머리, 혹은 수장(首長) 그 이상. 종주는 최강자인 동시에 일족의 주인이고 종마이며 폭군이고 조율자, 혹은 자상한 아비의 역할을 했다. 전제군주인 셈이다.

자상한 전제군주는 드문 법. 유명성도 그러했다.
 냉혹한 그가 누이의 죽음을 좌시하지 않을 거라는 것쯤은 태호도 잘 알고 있었다. 하지만 이건 명백한 명희의 과오였다. 결혼한 여자가, 아이를 낳은 여자가 아이를 죽여 먹으려 하다니. 금기 중에 금기다.
 태경의 말대로 조용히 사라지려 했지만, 그럴 수는 없었다.
 남자에게 있어서 자신의 피와 형질을 이은 아이의 존재란 너무나 소중한 것이었다. 여자와 달리 아이는 그의 피를 이은 소중한 존재. 그는 너무나 슬퍼 엉엉 울었다. 그는 아이의 시체를 직접 태워주려고 집 근처에 있는 야산으로 갔다가 그만 명성에게 들키고 말았던 것이다. 출산 날짜를 알고 있던 명성은 조카의 탄생을 기다리다 누이의 죽음을 알고는 곧장 태호를 추격해 왔던 모양이었다. 그것도 태경의 눈을 피해서.
 '그 덕에 이 희한한 여자를 만나긴 했지만.'
 그는 흥미를 가지고 정연을 다시 바라보았다.
 담배 연기 속에 숨어 있는 듯한 모습을 한 정연의 모습은 기묘하게도 형 태경을 닮았다. 그래서 더더욱 이 여자를 죽이지 못했던 것이다. 담배를 물고 있는 것도, 그를 바라보는 태도도 태경과 흡사했다.
 그가 사과를 다 먹어치우자 그녀는 문득 생각난 것이 있어서 물었다.
 "당신은 담배를 피우지 않나요?"
 "난 안 피워."
 그의 말에 정연은 콧등을 조금 찡그렸다. 비흡연자 앞에서 담배를 피우는 것은 썩 좋지 않은 일이라는 사실을 떠올렸기 때문이다.

"미안하군요."

그녀가 담배를 비벼 끄자, 태호는 어깨를 으쓱하면서 남은 커피를 마셨다.

"피워도 좋아. 난 담배 냄새가 좋거든."

"그건 뜻밖이네요. 담배 안 피우는 사람은 굉장히 싫어하던데."

"담배 연기에 상할 정도로 폐가 나쁜 것도 아니야. 게다가 형이 항상 담배를 피우기 때문에 그 냄새에는 익숙해."

태호의 부드러운 말투에 정연은 조금 놀랐다.

당장이라도 이빨을 드러낼 것 같던 짐승이 아주 평범한 남자처럼 말하고 있었다. 노래를 흥얼거리고, 형제 이야기를 한다.

"혹시, 그 형님이 말보로를 피워요?"

그녀가 문득 생각나 묻자 태호는 고개를 끄덕였다.

"맞아. 네가 피우는 것은 조금 순한 것이지?"

"난 88마일드니까요."

이런저런 잡담을 하다 보니 화제가 끊겼다.

정연은 문득 시계를 보았다. 이 정체 모를 짐승이 온 지 어느새 오십 분이나 지나고 있었다. 오후의 햇살은 점점 흐려지고 그림자는 길어진다.

그녀는 일어서서 거실로 나갔다. 커튼을 젖히자 햇빛이 순식간에 거실로 침입했다. 따가운 오후의 햇살을 손으로 막으며 그녀는 마당을 정리한 것이 뿌듯했다. 제법 말끔해서 햇빛 속에 있는 마당은 보기가 좋았다. 온화한 느낌이었다.

"꽃이 피었네."

소리도 없이 그녀의 뒤에 선 짐승이 속삭이듯 말했다.

정연은 놀라지 않았다. 그의 숨결이 바로 목덜미에 닿아 간질거렸지만 의외로 전과 같은 공포심은 거의 느껴지지 않았다. 그의 형 이야기를 들었기 때문인지 그의 노랫소리를 들었기 때문인지는 몰랐지만 그녀의 심장은 조용히 뛰고 있었다.

"정리하니까 보기 좋군. 한 보름쯤 뒤에는 잔디를 새로 깔아. 그리고 의자를 몇 개 놓는 거야. 파라솔을 놓는 것은 우습지만 곧 따스해질 테니 햇볕을 즐기는 것도 괜찮겠지."

그는 나직한 음성으로 속삭이듯 말했다.

"매화가 지고 나면 곧 대추나무에도 연둣빛 새순이 돋아날 거야. 잔디가 파랗게 오르면 저 어설픈 정원석 사이로 제라늄을 심어. 그거라면 그럭저럭 오래가겠지."

정연은 그의 말을 들으며 바뀔 마당의 풍경을 상상했다. 그다지 정원을 가꾸는 취미는 없었지만 그의 말대로 하면 아주 예전에 그랬듯 이 황량한 마당도 온기를 뿜어낼 수 있을지도 모른다. 가끔은 마당에 놓은 간이 의자에 앉아 커피를 마시고 차가운 주스를 마시며 즐길 수도 있을 것이다. 아주 예전, 그녀의 부모가 그러했듯이.

정연은 눈을 잠시 감았다.

남자의 흥얼거리는 목소리가 들려왔다. 놀랍게도 노래를 하고 있었다. 목소리는 낮고 무척이나 섹시했다. 꼭 유혹하는 듯한 음성이었지만 어쩌면 그럴 의도 따위는 조금도 없는 것도 같았다.

Fly me to the moon.

나를 달로 날아가게 해줘요.
And let me play among the stars.
그리고 별들 속에서 노닐게 해줘요.
Let me see what spring is like on Jupiter and Mars.
목성과 화성의 봄은 어떤지 보게 해줘요.

In other words, hold my hand.
다시 말해, 제 손을 잡아주세요.
In other words, darling kiss me.
다시 말해, 키스해 달라는 거예요.

Fill my heart with song.
제 마음을 노래로 채워주세요.
and Let me sing for ever more.
그리고 영원히 절 그 노래로 채워주세요.
You are all I long for all I worship and adore.
당신은 내가 갈망하고 숭배하고 동경하는 모든 것이에요.

In other words, please be true.
다시 말해 진실해 달라는 거예요.
In other words, I love you.
다시 말해 당신을 사랑한다는 말이지요.

라디오가 찌직 소리를 냈다.
정연은 문득 고개를 돌려보았다.

금빛으로 물든 거실에는 갖가지 색으로 빛나는 먼지 알갱이들이 햇빛 속에서 춤추고 있었다. 늦은 오후, 일몰은 한 시간쯤 남은 나른한 시간.

노랫소리가 아직까지도 들려오는 것 같은데 그는 없었다.

4
변화

그는, 이삼 일에 한 번씩 들렀다.

 말 그대로 들르기만 했다. 마치 도둑고양이가 잠시 스쳐 가는 것처럼 불쑥 찾아와 맥주를 한 잔 한다거나, 커피를 마시거나 했다. 시간은 정해져 있지 않았다. 지극히 불규칙적이었는데 심지어 그녀가 아침에 일어나 세수하러 욕실로 나가다 거실에 앉아 신문을 읽고 있는 그와 마주친 경우도 있을 정도였다. 그때, 그는 마치 오래된 부부처럼 느긋하게 커피 메이커에서 커피를 한 잔 뽑아 그녀에게 내밀었다. 얼결에 받아 마시면서 그녀는 하품을 했다. 상대가 살인마든 괴물이든, 어쨌거나 하는 짓은 딱 도둑고양이였다. 영역을 침범하거나 참견만 하지 않는다면 얼마든지 상냥해질 수 있는 그런, 괴물 도둑고양이.

 정연은 그 관계가 마음에 들었다. 서로를 터치하지 않으며 적당히 간격을 유지하는 관계.

그녀는 그의 이름도 몰랐고 그의 직업도, 심지어 그의 정체가 무엇인지도 몰랐다. 아는 것은 오히려, 소소한 것들— 그에게 형이 하나 있고, 음악을 좋아하며, 옷차림이나 이런저런 소품들에 꽤나 까다롭다는 것. 또 입맛도 까다롭고 꽤나 부유하다는 것이었다.

그가 그녀에 대해서 얼마나 아는지 정연은 별로 알고 싶지 않았다. 그는 자신이 원하는 곳은 어디나 숨어들 수 있는 능력의 소유자인 것 같았으니 분명 그녀의 일거수일투족을 꽤나 잘 알고 있을 것 같았다. 어쩌면 자신의 팬티가 몇 장인지도 알고 있을지도 모른다고 그녀는 심술궂게 생각했다.

마침내 3월이 되자 그녀는 정말로 그의 말대로 잔디를 새로 깔고 마당에 두 개의 하얀 윙체어를 가져다 놓았다. 그가 준 돈은 아직도 남아 있었기 때문에 그 돈으로 샀다. 인터넷을 깔고 슬슬 웹 서핑을 하면서 일할 것과 공부할 것을 뒤져 보았다. 지영이 권한 대로 번역이라도 하려면 완전히 녹이 슨 머리로는 불가능한 일이었다. 그래서 그녀는 학원을 등록하고 공부를 시작했다. 취직을 하려면 뭐라도 능력이 있어야 하는 법이다. 오랫동안 집에서 일 없이 앉아 있기만 한 그녀에게 가능한 일이 있을 리가 없다.

지영은 종종 들러서 그녀가 집 안을 꾸미고 있는 모습을 기분 좋게 바라보곤 했다. 반찬과 이런저런 이야기들을 가지고 와서 집안 행사—이를테면, 그동안 참석한 적이 없었던 명절의 차례나 제사 등—에도 참석하라고 권했다.

은둔자가 될 생각은 없었지만 그래도 친척들 사이에 끼는 것도 내키는 일은 아니었다. 원래 친척이 많지도 않지만 그래도 남의 집에 들어가는 일은 그녀에게 힘겨웠다. 그래서 우습지만 시간이 지나자 이 위험한 방문자를 기다리는 것도 꽤나 즐거운 일이 되었다. 남의 영역을 침범하지 않는 한에서 불쑥 나타나는 그 괴물 고양이는 그녀의 행동에 대해 일일이 간섭하는 일은 결코 없었다. 밥이 맛없다든가 음식 솜씨가 없다는 둥의 짤막한 멘트나 던질 뿐 사실은 대화 자체도 거의 없었다. 그렇지만 그녀는 그게 훨씬 더 마음에 들었다. 게다가 도둑고양이는 종종 꽃이나 술, 혹은 과일 바구니도 가지고 왔다.

평범하지만 평범하지 않은, 잔잔한 시간이었다. 나른한 일상에 이 기묘한 방문자는 자극을 더해주었다. 느끼한 음식 위에 뿌리는 후추처럼.

그래서였을까. 정연은 그 기묘한 방문자가 얼마나 두려운 존재인지 잊고 있었다.

"취직?"

짐승은 살짝 미간을 찌푸렸다.

그는 평범한 회사원은 결코 입을 수 없을 것 같은 옷을 걸치고 있었다. 짙은 감색의 블레이저였는데 안에는 옅은 미색의 얄팍한 스웨터를 입었다. 정연은 그가 입고 다니는 옷이 최소한 백만 원은 넘어가는 옷이라는 것을 알아차렸기 때문에 음식물에 조심했다. 그 비싼 옷을 망친다면 쉽게 보상해 줄 수 없을 테니까.

정연은 그의 앞에 치킨 샐러드를 내려놓으며 고개를 끄덕였다. 드물게도 그는 저녁 시간에 도착했다. 그녀가 모처럼 샐러드와 스파게티를 만들고 있는 그 순간에.

7시 45분.

그녀는 시계를 보면서 이 괴물 고양이도 배가 고플 때일 거라 짐작했다. 샐러드야 푸짐하니 그만 하면 충분했고 스파게티 면이나 더 삶아내면 되었다. 소스가 좀 모자라서 그녀는 결국 사다 놓은 인스턴트 소스를 꺼내 데웠다.

"와인?"

"아니."

그는 짧게 대답하며 샐러드를 포크로 콱 찍어 먹기 시작했다. 허니 머스타드로 버무린 샐러드는 특별한 맛은 없었지만 그래도 아삭거리는 맛에 먹을 만했다. 그는 고급 음식에 길들여진 입이어서 그녀가 내놓는 음식들은 다 마음에 들지 않았지만 어쨌거나 주는 걸 마다할 정도로 까탈스럽진 않았다.

"갑자기 무슨 취직?"

"잡지사에서 임시직으로……."

"무슨 잡지?"

"주부를 대상으로 하는 여성지."

그녀의 말에 그는 다시 미간을 찌푸렸다. 그가 알기로는 여성지란 시간이 널널한 여자들이 수다나 떠는 잡지다. 연예인의 가십이나 유명인의 스캔들, 화장법이나 다이어트 법으로 도배하다시피 한 그 텅 빈 물건.

"거기서 뭘 할 건데?"

"일단은 임시직이니까 자질구레한 잔심부름을 하지 않을까 생각해요."

"돈이 없어?"

불쑥 묻는 그 말에 기분이 나쁘지 않은 것은 아니었지만 정연은 상대가 인간이 아니라는 것을 상기했다.

"평생을 백수로 놀고먹을 순 없으니까요."

"사람이란 모름지기 일을 해야 한다 그거지?"

픽 하고 비웃듯 그가 말하자 그녀는 쓴웃음을 지으며 스파게티 면을 씹었다. 비꼬는 말에 일일이 대답할 필요도 없고 해봐야 좋은 꼴을 보진 못한다. 그는 원래 자기 뜻을 거스르는 것을 싫어하는 남자였다. 그래서 그녀는 그냥 귓등으로 흘려듣기로 마음먹은 지 오래였다.

"돈을 주지."

그는 별로 맛도 없는 스파게티를 이리저리 들쑤시다가 선언했다. 조미료 냄새가 노골적인 인스턴트 소스는 너무 짜고 국수는 불어 터져 물컹거렸다.

"됐어요. 내가 왜 당신에게서 돈을 받죠?"

그녀가 단번에 거절했지만 그는 지갑에서 돈을 꺼내더니 식탁 위에 수표를 몇 장 꺼내놓았다. 언뜻 보아도 백만 원은 되는 듯해서 정연은 기분이 상했다.

"받을 이유가 없어요."

"받아. 웃기지도 않는 잡지사 따위에 들어가느니 차라리 요리학원에나 다녀. 음식 솜씨가 너무 형편없어."

"먹고 죽을 정도만 아니면 돼요. 그리고 그런 걸 참견할 이유는 없을 텐데요."

그녀가 조용히 말하자 태호는 눈빛을 번뜩였다.

"참견? 주면 고맙게 받기나 해!"

"당신이 부자인 것은 알겠는데 그 돈을 내가 왜 받아야 하는지를 모르겠군요. 당신이 가끔 들러서 먹는 음식은 얼마 되지도 않아요. 식대라고 말하면 우스운 이야기가 되겠죠."

정연은 낮은 목소리에 분노를 담았다.

식욕이 단숨에 날아갔다. 이 괴물 고양이는 그녀의 영역을 건드리고 있었다. 그녀의 취직 문제는 그가 이래라저래라 할 일이 아니었다. 처음에 준 오백만 원도 과한 것이었다. 하지만 그녀는 그것이 그를 도와준 일종의 답례라 생각했기에 순순히 받았다. 그러나 이번 건은 달랐다.

"최정연, 너 지금 뭔가 잊고 있는 것 같은데."

태호는 거만하게 뻗대는 여자를 가소롭게 바라보면서 비웃었다.

"나는 널 그냥 놔두고 있는 거야. 정리하고 갈까 하다가 네가 꽤나 조용해서 마음에 들었거든. 그래서 그냥 돌봐주는 거라구. 너 설마 너와 내 관계가 대등하다고 생각하는 건가?"

그녀는 기가 막혔다.

돌봐준다고? 누가 누구를? 가끔씩 불쑥 나타났다 사라지는 주제에 누가 누굴 돌봐준단 말인가.

"그건 대체 무슨 의미죠? 여긴 내 집이고 당신은 내 손님일 뿐이에요. 난 당신의 애인도 아니고 당신의 애완동물도 아니에요."

그녀가 싸늘하게 말하자, 태호는 기가 막히다는 듯 웃었다.

"까집어 말하지만 넌 내 애인이 되기엔 대단히 모자라. 너같이 빈약한 호박에게는 나도 손 댈 생각은 없어. 그동안 꽤나 살이 붙은 덕분에 사람같이 보이긴 하지만 촌스런 실제 본바탕이 어디 가는 건 아니거든?"

정연은 이를 악물었다. 그녀 자신도 자신이 예쁘지 않다는 것쯤은 잘 알고 있었다.

"처음부터 말했잖아? 나는 그냥 간단히 널 죽일 수 있어. 내가 놔두고 보는 건 그저 네가 좀 특이한 여자여서 그런 거고 한순간의 변덕인 것이지 특별한 이유는 없어. 가끔 여자들 중에는 자신이 꽤나 특별한 존재라 과신하는 자들이 있는데 그런 계집들, 정말 역겨워."

"……."

정연은 더 말하지 않았다.

"너 혹시 네가 여자라고 해서 내가 봐줄 거라 믿고 있는 건 아니겠지?"

태호는 빈정대며 물었다.

그녀는 창백해진 채로 그저 입을 다물었다. 가슴 한구석이 무너지는 것 같은 충격을 받았다. 그리고 충격을 받는 자신이 더더욱 충격적이었다. 정연은 상대가 원래 그런 존재라는 것도 알고 있었고, 특별히 그에게 바라는 것도 없다 믿었다. 하지만 사실은 그녀 자신도 이 괴상한 방문자에게 조금은 기대하고 있었던 모양이다. 연애를 한다거나 하는 게 아니라 나름대로의 기묘한 우정 같은 것이 형성되어 있다고 믿었던 것이다.

그녀는 천천히 일어나 담배를 집어 든 채 자신의 방으로 걸었다. 뒤에서 그가 짜증내는 소리가 들려왔지만 무시했다.

여기는 그녀의 집이었다. 그녀가 주인이고 그는 손님에 불과했다.

그녀는 방 안으로 들어와 화장대에 앉아 화를 식혔다. 담배에서 연기가 뿌옇게 오르고 깊이 숨을 들이마시자 기분이 한결 나아졌다. 아니, 나아졌다고 생각했다.

"후우……."

그녀는 자신이 특별하다고 생각해 본 적은 없었다. 특히 자신을 과신한 적은 없었다고 생각했다. 분명히 이 짐승에게 이리저리 휘말리면서 이런저런 일들을 겪었다. 그녀는 미인도 아니었고 부자도 아니다. 그렇지만 저렇게 대놓고 심한 소리를 들어야 할 정도였을까.

그녀는 거울을 들여다보았다.

창백한 얼굴을 한 자신이 담배를 물고 앉아 있었다. 그의 말대로 대단한 외모를 한 것도 아니고 유별난 매력을 가지고 있지도 않다. 백이면 백 그녀에게 인상이 흐리다고 말하곤 했었다.

'착각을 하고 있었던 거야.'

그녀는 씁쓸한 기분으로 자각했다.

뒤처리. 그는 분명 뒤처리라 했다. 그건 다시 말해서 입막음으로 그녀를 죽일까 말까 망설였다는 이야기다. 그리고 나선 종종 들러 그녀의 상태를 보았다. 아마 다른 사람과 접촉하려 하지 않는 그녀의 폐쇄성이 마음에 들어서 저 짐승은 그녀를 그냥 방치한 것이지 새삼스럽게 어떤 애정이 생겨서는 아닌 듯했다.

'그래.'

애정이 생겨서는 아니었다. 정확히 말하면 저 짐승은 그녀를 가두어놓고 감시하는 중이었던 것이다. 불쑥 나타난 것은 그녀의 태도를 체크하기 위한 것이고 가끔 물건을 사 온 것은 가두어두었으니 먹을 걸 주자는 심산이었던 것.

"기가 막혀."

그녀는 울컥해지는 자신이 싫었다. 그에게 어떤 인간적인 친분을 기대한 자신이 싫었다. 언젠가 그가 그녀의 귓가에서 들려주던 노래 따위는 결국은 그의 변덕에 불과한 것일 뿐. 그는 맨 처음 만났던 그대로 끔찍하고 잔인한 야수였을 뿐이다.

"후우."

그녀는 다시 연기를 내뿜었다.

하지만 언제까지 은둔하듯이 살 수는 없다. 그의 자비만을 바라면서 그에게 돈을 타 쓸 수도 없는 일이다. 그가 말했듯 그것은 단순한 변덕이니까. 언제 마음을 바꾸어 그녀를 죽여 버릴지 알 수 없는 일. 어떻게든지 살아날 방도를 찾아내는 게 옳다.

'그러나 대체 어떻게?'

상대는 인간이 아니었다. 그녀를 단숨에 죽이고 유유히 사라지면 그뿐이다. 그녀가 그를 만나고 있다는 것을 아는 사람은 단 한 명도 없었다. 말 그대로 죽으면 그뿐인 것이다. 그렇다고 해서 경찰을 부른다 해서 믿어줄까?

그때 갑자기 전화벨이 울렸다.

"숙부?"

[아, 그래, 정연이냐?]

"네, 안녕하셨어요?"

[오호, 그래. 언제부터 나올 수 있니?]

그녀는 잠시 망설였다. 저 괴물을 어떻게 상대해야 할까.

"저를 정말 고용하실 생각이세요?"

그녀가 망설이며 묻자 숙부는 허허 웃었다.

[무슨 말을 하는 거냐? 당연히 하고말고. 나는 널 믿고 있어. 그러니 내일 이력서를 가지고 회사로 나오려무나.]

"내일……."

[그래, 열 시까지 나와라. 회사에서 보자꾸나.]

정연이 망설이자 숙부는 달래는 어조로 말했다.

[나도 자선사업을 하려는 것이 아니야. 네 엄마가 아프지만 않

앉어도 너도 지금쯤은…….]

숙부는 그렇게 말하다가 입을 다물었다. 정연은 그 말을 담담하게 받아들였다.

"아니에요. 좋게 봐주셔서 감사해요."

[애야, 너는 너무 딱딱한 게 흠이야. 너랑 나랑 남남도 아닌데 그렇게 딱딱하게 말해야겠니?]

숙부 제환이 투덜거리자 정연은 짧게 웃었다.

"노력할게요."

그녀는 전화를 끊자마자 벌떡 일어났다. 어쨌거나 저 짐승과 해결을 봐야 했다. 만약 여기서 그녀가 죽더라도 말이다.

'죽더라도?'

그녀는 멈칫했다.

짐승은 두려운 존재였다. 밖에 있는 저 남자는 그녀를 단숨에 죽일 수 있는 괴물이다. 그런 괴물에게 대들어 살아남을 수 있을까?

그녀는 애써 도리질했다. 그렇다고 먹이를 받아먹는 새장의 새처럼 살 생각은 없었다. 저 짐승의 정체도 모르는 이 상황에 그냥 가만히 있을 수는 없다. 정연은 화장대 위의 사진을 힐긋 보았다.

아버지와 엄마, 그리고 그녀.

살아 있는 사람은 오직 그녀 한 사람. 그녀가 죽는다고 해도 울어줄 사람은 몇 되지 않는다. 그것이 무섭기도 하고, 그것이 기쁘기도 하다는 건 참으로 묘한 일이었다. 그녀는 피식 웃어버렸다. 그녀에게는 책임질 사람이 없었다.

결심을 하고 방문을 열고 나섰지만 부엌에는 이미 아무도 없었다.

식탁 위에 놓인 음식들은 싸늘하게 식은 채 고스란히 남겨져 있었다. 또 사라져 버린 걸까. 정연은 어두운 거실의 불을 켜고 둘러보았다. 현관에는 그녀의 신발만 외로이 놓여 있을 뿐 누군가의 흔적은 아무 데도 없었다.

가버렸나.

그녀는 잠시 현관문을 열고 나가 마당에 섰다. 아직도 싸늘한 밤바람이 옷깃을 뚫고 파고들었다. 하늘에는 흐릿한 반달이 구름 속에서 흘러가고 있었다.

그녀는 담배가 무척이나 간절해졌다.

허탈하다 못해 입 안이 썼다. 얄팍한 인정을 기대한 것이 잘못이었던 걸까. 그녀는 자신이 무척이나 외로워서 그런가 보다 라고 애써 위안했다. 얼마나 외로웠으면 사람이 아닌 괴물에게 우정을 기대한 것일까. 사람은 사람을 만나야 사람이 되는 법. 이대로 가만히 앉아만 있으면 그녀 역시도 썩어 괴물이 될지도 몰랐다. 아니, 어쩌면 반쯤은 이미 괴물인지도 모른다.

그녀는 천천히 슬리퍼를 끌고 현관으로 돌아갔다. 아니, 돌아가려 했다.

문득 물컹한 것이 발밑에 밟혔다.

그녀는 흠칫하고 뒤로 물러섰다. 현관 계단 바로 아래에 무언가 시커먼 것이 쓰러져 있었다. 쥐? 고양이?

그녀는 조심스럽게 물러서며 발치에 놓인 물체를 살폈다. 그 물체는 움직이지 않는다.

문득 슬리퍼가 질척해졌다. 발가락 사이로 뜨끈한 액체가 밀려들어 왔다. 그녀는 천천히 뒷걸음질쳤다. 그때마다 쿨럭쿨럭 기묘한 소리가 난다.

"헉!"

비명 대신 그녀는 소리를 삼켰다.

현관 계단 아래 쓰러져 있는 것은 개였다. 아니, 개였던 시체였다. 희미한 거실의 불빛 덕분에 형체를 겨우 드러내고 있는 그것은 목이 잘려진 채였다. 머리가 있었던 그 자리로는 시커먼 피가 쏟아져 나오고 있었다. 피로 더럽혀진 덕분에 어떤 개인지 구별도 가지 않았다. 그녀는 주먹을 쥐고 이를 악물었다. 소름 끼치는 모습에 비명이 절로 터질 것만 같았다. 눈앞이 아찔해서 휘청거리자 질퍽거리는 소리와 함께 검은 액체가 튀어 바지에 묻었.

개의 피였다. 개의 몸에서 흘러나오는 피가 계단 아래 흐르지 않고 고여 있었던 모양이다. 그 피가 그녀의 발치까지 흘러 슬리퍼를 신고 있는 발가락 사이로 스며들었다. 악취가 났다. 그럼에도 불구하고 피는 차갑지 않았다. 오히려 미끌미끌 기묘한 감촉이 발가락 사이로 느껴졌다. 악몽이다.

정연은 부들부들 떨면서 입술을 깨물었다.

이것은 경고일까. 함부로 굴면 이렇게 죽여 버리겠다는 경고일까.

그녀는 미친 듯이 생각했다. 웃기지 마!

갑작스러운 오기가 공포를 뚫고 치솟았다. 부들부들 떨리는 몸을 놔두고서라도 그녀는 결사적으로 그 시체를 노려보았다.

"나를 겁주려고 생각한다면……."

그녀는 속삭이듯 말했다. 잔뜩 쉰 목소리가 거슬리게 새어나왔지만 그녀는 억지로 입가를 비틀며 웃었다.

"잘못 생각한 거야. 이런 것에 겁먹을 내가 아니야."

그녀는 질척이는 피를 무시하고 철퍽철퍽 걸어 개의 시체를 두 손으로 잡았다. 무거웠다. 머리가 없는 데다가 피가 그렇게나 많이 흘렀는데도 견딜 수 없을 정도로 무거웠다. 그녀는 그래도 끙끙대며 개의 시체를 질질 끌고 수돗가로 향했다. 마당 한구석에 놓인 수돗가에는 마당을 치우기 위해 사두었던 커다란 비닐과 비료 포대가 그대로 쌓여 있었다. 그녀는 참혹한 모양이 된 개의 시체를 끌어 검은 비닐에 담았다. 피가 줄줄 흐르며 온몸에 묻었지만 그녀는 무시했다. 악취가 코를 마비시켰다.

진땀이 줄줄 흘러나왔다. 개는 꽤나 큰 덩치를 하고 있었다. 머리가 없는데도 사후 경직이 아직 일어나지도 않았는데도 움직이는 것은 굉장히 힘들었다. 시체를 둘둘 비닐로 감고 난 뒤 그녀는 수도를 틀어 피로 뒤범벅이 된 현관 계단과 마당에 물을 뿌렸다. 끔찍한 밤이었다. 그녀는 반쯤은 울고 반쯤은 웃는 얼굴로 핏자국을 지웠다. 냄새가 완전히 사라질 것 같지는 않지만 그래도 가만히 있을 수는 없었다. 피가 굳으면 쉽게 지워지지 않는다는 것쯤은 그녀도 잘 알고 있었다.

얄팍한 티셔츠는 피와 물에 젖어 몸에 달싹 붙어 있었다. 발가락은 찬물을 뒤집어써서 감각이 무뎠다. 손가락도 마찬가지였다. 하지만 그녀는 마치 반쯤은 미친 사람처럼 호스를 들고 물을 뿌리면서 어디에 시체를 묻어야 할까 고민했다. 이런 것을 남에게 맡길 수도 없고, 경찰을 불러봐야 이 동네에서 이상한 소문이 날 뿐이다. 사람 시체도 아닌 개 시체 따위에 경찰이 심각하게 나서줄 리도 없을뿐더러 개 주인이 나서서 그녀의 짓이라고 떠들게 된다면 불리한 것은 그녀였다.

웃음도 울음도 나오지 않았다. 그녀는 입술을 깨문 채 어둠에 싸인 마당을 노려보다가 마침내 결심했다. 대추나무 아래에 묻는 게 가장 적당할 듯했다. 그녀는 비틀거리면서도 삽을 들고 물로 적신 대추나무 아래 땅을 파기 시작했다. 이 바로 아래서 그녀는 어린 시절을 보냈다. 이 대추나무에서 딴 대추를 먹고 놀기도 했다.

툭.

뜨거운 눈물이 다시 한 방울 흘러내렸다.

이것은 오염이다. 추억이 지금 오염되고 있었다. 다시는, 다시는 이 대추나무에서 난 열매를 맛있게 따 먹지 못하리라는 것을 그녀는 깨달았다.

그녀는 이제 그를 증오했다. 그 짐승의 방문을 기꺼워한 자신을 증오했다. 왜 처음 만난 날 차라리 비명을 질러대며 사람들을 부르지 않았던가. 만약 그러했다면 이런 비참한 상황에는 처하지 않았을 것인데.

개의 시체를 다시 질질 끌고 와 구덩이에 묻으며 그녀는 눈물을 삼켰다. 이것은 분노의 눈물이지 공포의 눈물은 아니라고 몇 번이나 되새기면서 그녀는 발로 흙을 밟았다. 피 냄새가 아직도 온몸에서 풍기고 있었다. 곁에 아무도 없다는 것은 또한 주저할 것은 없다는 것과 같다. 땀과 피, 물로 뒤범벅이 된 채 정연은 어둠을 노려보았다.

희미한 달빛 아래 어둠은 건재하다. 그 어둠이 이를 드러내고 손톱을 드러낼지도 모른다 상상하면서 정연은 입술을 깨물었다. 사지가 덜덜 떨릴지라도 머릿속은 맑았다.

"나는 도망가지 않아."

그녀는 속삭이듯 중얼거렸다.

그렇다. 도망가지 않는 것. 아무리 비참해도 아무리 끔찍해도 도망가지 않는 것이 그녀의 유일한 자랑이었다. 그녀에게는 아무 것도 없었다. 아무것도 없으니 꺼릴 것도 없다.
정연은 웃었다. 눈물이 뺨을 타고 내려와 바닥으로 떨어졌다.
"해보자구. 이 괴물아."
그녀는 선언했다.

"같이 한잔할래요?"
호텔 바에 혼자 앉아 있으면 여러 가지 반응들이 온다. 혼자서 술잔을 들이키는 남자의 대부분은 여자를 찾고 있다고 생각해서 일까. 그도 아니면 호텔이라는 곳이 원래 그렇고 그런 곳이기 때문일까.
태호는 그게 전자라고 믿었다. 그는 여자를 무척 좋아했고, 누구에게도 그것을 숨기지 않았다. 물론 잠깐 동안이긴 하지만 유일한 보호자이자 형제인 태경에게는 좀 숨기려 애쓰긴 했었다. 그의 일족은 성장기가 빠른 편이라 보호자의 역할도 길지는 않다. 아이를 키우는 역할을 맡는 것은 대개가 모친. 하지만 모친도 십육 세가 지나면 손을 뗀다. 실제로 십육 세가 되면 성체가 되고 그만한 판단력을 갖추기 때문이었다. 그러나 그것도 옛날이야기로, 인간들 사이에서 살고 있는 일족으로서는 마지못해서라도 이십 세까지는 같이 사는 형태를 유지했다.
태호는 올해 스물일곱 살이었다. 당연히 인간으로서나 일족으로서 성인이다. 버젓이 대학 생활을 하고 졸업도 했다. 군대는 적당히 제꼈다. 일족 중에 특이한 취향을 가진 자를 뺀다면 실제로 군대에 간 자는 극히 드물었다. 폭력적인 성향을 억누르기 힘들어 더 삼가기 때문이다. 어쨌든 비록 중학교와 고등학교는 검정

고시로 마쳤지만 일일곱 살 때 대학을 들어간 그의 두뇌는 우수한 것이었다. 강력한 권력과 부를 가진 형 태경 덕분에 그는 항상 유쾌한 시간들을 보낼 수 있었다. 잘생긴 외모와 매력도 그 유쾌한 생활에 윤기를 더해서 그는 부족한 것이라고는 아무것도 없었다. 비록 그의 부친은 태호가 태어난 이후 떠나 버렸기에 얼굴도 제대로 기억하지 못하고 죽은 모친도 몰랐지만 아쉬움은 전혀 없었다. 가끔 남겨진 사진을 보고 이런 얼굴이구나 하고 납득할 뿐이었다. 그의 부친은 무책임하고 얽매이는 것을 싫어해서 아이는 물론이고 종주 노릇도 싫어했다. 게다가 그 일족 특유의 방랑벽 때문에 태경은 열여섯 살은커녕 열세 살 때 일족의 가장(家長) 역할을 맡아 서가의 종주가 되었다. 그 결과 유달리 조숙했던 태경은 무책임한 부친을 탄핵하고 일가를 모아 자신이 스스로 수장이 되어버렸던 것이다. 물론 부친은 얼씨구나 하고 나가 버렸다 했다. 해외 어딘가에서 살고 있다는 것 같은데 태호로서는 궁금하지도, 알고 싶지도 않았다.

"혼자인가요?"

얇은 캐시미어 스웨터를 입은 여자가 속삭이듯 다시 물어왔다.

태호는 슬그머니 골치 아픈 생각을 미루고 고개를 돌려 그녀를 보았다. 나름대로 섹시한 느낌이 드는 여자였다. 이십대 후반에서 삼십대 초반? 보기와 달리 나이가 좀 있는 것 같기도 했다.

"뭘 마시고 있죠?"

"위스키."

그가 잠깐 잔을 들어 올리며 말하자 여자는 생긋 웃었.

"나는 스트레이트는 마시지 않아요. 당신은 칵테일은 싫어해요?"

"싫어하진 않지만 단 술은 좋아하지 않아서."
태호는 짧게 말하며 바텐더를 바라보았다. 눈치 빠른 바텐더가 재빨리 그의 빈 잔에 한 잔 더 따라주었다.
"난 달콤한 술이 좋던데."
그녀가 붉은 입술로 살짝 웃었다. 다이아 귀걸이가 반짝 빛났다.
"혹시 모델이나 배우인가요?"
태호는 고개를 저었다.
"아니, 나는 사업을 하고 있는데."
"어떤 사업인가요?"
"꼭 알아야 하나?"
반말을 했지만 여자는 별로 상관하지 않았다. 실제로 태호는 누구에게나 반말을 했지만 상대가 여자라면 누구든지 납득하곤 했다.
어쨌든 거짓말은 아니었다. 태호는 대학 졸업 후 스물네 살이 되어서부터 화장품을 수입하는 무역회사를 경영하고 있었다. 크진 않지만 그렇다고 유령 회사도 결코 아니었다. 태경이 이끌고 있는 펀드와 큰 관계는 없었지만 그래도 직원 열다섯 명을 거느린 버젓한 회사다. 물론 대부분의 업무는 아래 직원들이 하긴 했지만 어쨌거나 그의 직함은 무역회사 사장이었다. 태호가 놀러다닐 여유가 넘쳐흐르는 것도 그의 밑에 있는 직원들이 우수하기 때문이었다. 그렇다고 해서 일을 하지 않는 것은 아니다. 일하지 않는 녀석은 먹지도 말라는 것이 서가의 가훈이었기 때문에 일은 제법 성실하게 해냈다. 특히 타사와 관련된 계약과 이런저런 접대는 그가 직접 나섰는데 유달리 잘생긴 외모와 매력 탓인지 언제나 쉽게 해결되고는 했다. 태호는 일족의 직계인 만큼 강렬한 매력의 소유자였다. 여성이든 남성이든 그가 원해서 유혹에 실패한 경우는 거의 없었다. 모두들 그를 향해 호의 어린 미소를 머금으며 어떻게든 가까이 지내고 싶어했다.

'그런데 그 바짝 마른 호박이……'

감히 그를 거스르고 있었다.

태호는 풍만한 몸매를 한 여자를 바라보며 빙긋 웃었다.

여자의 얼굴에 홍조가 스쳤다. 그녀의 몸이 달아오르기 시작하는 것을 은근히 즐기면서 그는 그녀의 가느다란 손목을 손가락으로 쓸었다. 하얗고 부드러운 피부 아래 점차 맥이 빨라지고 있는 것이 느껴졌다. 달콤하면서도 애틋한 느낌이 드는 향수 냄새가 후각을 자극했다.

태호는 다시 몸 안이 더워지는 것을 느꼈다. 기분이 좋아진다.

"좋은 냄새가 나는데?"

태호가 살짝 얼굴을 기울여 여자의 귓가에 속삭이자 그녀의 얼굴이 화악 붉어졌다.

"어머나, 그, 그래요?"

"내가 좋아하는 향기네. 그거 까샤렐?"

"잘 아네요."

"나는 화장품과 향수를 다루는 사업을 하거든. 당신은 어떤 향을 좋아하지?"

"으음, 탑노트가 달콤하기만 하면 돼요. 사향내가 너무 강하지 않고."

여자의 말에 태호는 달콤하게 웃었다.

"정말 달콤한 것을 좋아하는군."

그에게 있어 여자와 함께 침대에 드는 것은 항상 쉬운 일이었다.

그저 웃어주고 두어 마디만 하면 그대로 끌려오는 것이다. 바로, 지금처럼.

"아아, 아아……."

흐느끼듯 흔들리는 여자의 상체를 안고 그는 세차게 움직였다. 뼈가 없는 것처럼 부드럽고 착착 감기는 피부 감촉에 그는 흡족해했다. 명성이 입힌 상처 때문에 오랫동안 금욕해 온 것도 사실이어서 그는 더더욱 흥분했다. 풍만한 여자의 젖가슴에 얼굴을 묻은 채 그는 잠시 명희 생각을 했다. 명희는 아이를 낳기 전날까지도 그와 관계를 하고 싶어했다. 물론 태호도 그것이 좋았다. 자신을 그렇게나 애타게 원하는 것이 즐거웠다. 애를 가진 여자는 풍만하고 부드러워진다. 그 때문에 그녀의 몸을 안으면 임신 때문에 풍만해지고 예민해진 젖가슴을 만지는 것이 더더욱 흥분이 되곤 했다.

"아앙, 아아……."

여자의 몸을 뒤로 돌리며 태호는 그녀의 엉덩이를 잡았다. 흐느끼듯 흔들리는 검은 머리칼에서는 그녀가 말했던 달콤한 향수 냄새가 났다. 뒤로 안은 여자는 더더욱 예민하게 반응하며 시트를 부여잡았다. 태호는 그녀의 목덜미를 살짝 깨물었다.

"악!"

흥분하면 송곳니가 튀어나온다. 태호는 슬쩍 상처 난 그녀의 목덜미를 핥으며 빨아냈다. 여자의 피는 달콤했다. 연약하지만 예민하다. 인간의 여자는 일족의 여자와 달리 살갗이 민감했다. 태호는 허리를 세차게 움직이면서 입술을 핥았다. 조금이나마 번지는 혈향이 그를 미치게 만들었다.
 여자.
 여자란 정말 이상한 것이다. 인간의 여자든 일족의 여자든 정말 이상한 존재.
 그 바짝 마른 여자를 왜 죽이지 못하는 걸까. 태경의 체취와 닮았기 때문이라는 말은 이제 핑계에 불과하다는 것을 그는 알아차렸다. 무엇보다 태경이 피우는 담배와 그녀가 피우는 담배는 다르다. 냄새도 전혀 달랐다. 그녀의 몸에서는 달작지근한 향수 냄새 대신 씁쓸한 담배 냄새만이 날 것이 분명하다. 그런데도 왜 그따위 여자를 버리지 못하는 것일까.
 그 여자가 독특해서? 그 여자가 매력적이어서? 설마, 그녀는 결코 매력이 넘치는 여자는 아니었다. 오히려 짜증스러울 정도였다.
 솔직히 말해 그녀를 죽이고 싶은 충동은 일어났지만 안고 싶은 생각은 조금도 들지 않았었다. 심지어는 만지고 싶은 생각도 들지 않았다. 그런데 대체 왜?
 자신은 왜 그녀에게 돈까지 주면서 보살피고 있는 것일까. 태호는 자신의 행동이 정말로 이상했다. 그녀와 함께 있다 보면 이상하게도 입이 가벼워졌다. 인간 따위에게 형의 이야기를 주절주절 떠들다니. 매번 그녀를 죽일까 생각하면서도 불쑥 찾아가 맛도 없는 음식을 먹어치우고 나오는 이상한 짓거리라니.
 그 여자가 워낙 말수가 없어서 그랬던 것이라고 스스로에게 변명은 해봤지만 몇 번이나 반복해서 그런 짓을 하고 있으니 변명의 여지가 없었다. 그녀의 유일한 미덕은 그가 생각하기엔 과묵한 점이었다. 여자답지 않게 입이 무겁고, 그에 대해 꼬치꼬치 캐

물으려 들지 않는다. 여자들은 항상 주제넘게도 그의 뒤를 캐려고, 그의 마음을 캐내려고 버둥거리며 술수를 쓰고는 했었다. 그런데 최정연이라는 이 여자에게는 그런 점이 없었다. 그래서 같이 있자면 편안했다. 그래서 경계심이 스르르 풀려 생각지도 않은 이런저런 소리를 지껄이는 모양이었다. 그가 만난 여자 중에서 그의 매력에 홀리지도 않고 덤덤한 태도를 취하는 것은 그녀뿐이었다.

'그래도 이건 곤란해. 그 여자도 나돌아다니기 시작하면 변할 것이 분명해.'

정연은 그가 자신을 보살핀다고는 생각지 않겠지만 최소한 태호는 자신이 그녀를 보살피고 있다고 생각했다. 그 낡아빠진 집을 가꾸도록 격려하고, 돈을 주고, 보잘것없는 옷가지며 하다못해 화장품까지도 그가 사주었다. 그가 여자에게 그렇게까지 배려한 예는 일찍이 없었다. 그런데 그 여자가 지금 반항하고 있었다. 태호는 어처구니가 없었다. 죽고 싶어서 환장하지 않은 다음에야 감히 그에게 반항을 하다니. 그렇게나 배려해 주었는데도 주제를 모르고 그에게 대들다니.

'죽여 버릴까.'

태호는 그렇게 생각하다가도 막상 그녀의 얼굴만 보면 마음이 바뀌었다.

왜 그 여자가 특별한가? 그녀를 안고 싶은 것도 아닌데?

"아흑……"

여자가 흐느끼고 있었다. 태호는 만족감에 젖어서 자신의 품 안에서 오르가즘에 올라 울부짖는 여자의 어깨를 끌어안았다. 침대가 흥건하게 젖을 정도로 질척한 정사였다. 이 여자는 아마도 자신을 절대 잊지 못할 것이라 생각하니 수컷으로서의 만족감이 느긋하게 차 오른다.

립스틱 냄새가 나는 입술을 손가락으로 매만지면서 태호는 그녀에게 키스했다. 이 여자가 쓰는 립스틱은 입생 로랑이야. 그는 히죽 웃으며 송두리째 잡아먹을 듯 그녀의 입 안으로 돌진했다. 키스만으로도 여자는 다시 흐느꼈다.

"아아, 아아."

"좋아?"

그는 그녀의 입 안을 손가락으로 희롱하면서 다시 한 번 목덜미를 깨물었다. 조금 피가 맺히긴 했지만 여자는 거의 느끼지 못했다. 그 살짝 돋아난 핏방울을 혀로 핥으며 그는 땀에 젖은 그녀의 배를 쓰다듬었다. 아직도 남은 욕정에 시달리고 있는 그녀의 살갗이 그의 손바닥 아래서 떨고 있었다. 암컷 스스로가 뿜어내는 페로몬이 그의 뇌수까지 가득 차 오른다. 태호는 포만감으로 눈가를 휘면서 그녀의 젖가슴에 얼굴을 묻고 잘근잘근 애무하기 시작했다.

"아, 아아."

절정에 쉽게 오르는 여자를 보며 그는 결심했다.

말을 안 듣는 여자에게는 나름대로의 벌을 내려주는 게 옳은 일이다. 그 바짝 마른 최정연이라는 여자는 자신이 누구 덕분에 살아 있는지 모르고 있었다. 아니, 어쩌면 남자에게 오랫동안 굶주려 욕구불만 상태라서 그따위 태도로 그를 대하고 있는지도 모른다. 사춘기 때 그가 태경에게 반항했던 것처럼 말이다.

그는 그래서 결심했다. 오르가즘이라는 단어조차 모를 그 바보 같은 여자에게 그 감각을 뼈저리게 느끼게 해주겠노라고. 누가 주인인지 확실하게 깨우쳐 주겠노라고.

그는 아직 자신이 여자를 안으면서도 정연만을 생각하고 있다는 사실을 인식하지 못했다. 당연한 일이지만 그녀의 집 안에 개 시체를 집어 던져 위협했다는 사실도 편하게 잊고 있었다.

5
가문, 아버지

짜증나는 밤이었다.

태경은 치미는 울화를 조용히 삼키며 자리에 앉아 있었다. 바로 앞에서는 화를 내고 있는 노인들이 서로 삿대질을 하며 싸우고 있었다. 간단한 의견 조율 하나 못 맞추는 노인네들이 마음에 들지 않았다. 언제나 늙은이들은 말이 많다. 세금 문제나 어린것들이 치는 사고의 여파에 대해서는 어차피 변호사들과 세무사들이 해결 볼 일이지 이런 자리에서 떠들어댈 문제가 아니었다. 결국 원로들은 원로다운 잔소리를 하고 싶어서 떠드는 것뿐이었다.

9시 50분.

벌써 열 시가 다 되어가는 시간이었다. 이 연합회의가 몇 번이나 열린다 해도 결과는 별로 달라지지 않는다. 하지만 사실 그가 화를 내고 있는 대상은 눈앞의 노인네들이 아니라 그의 동생인 태호다.

"그러니까 서가의 입장으로서는 모든 것이 공정해야 된다, 그 거지!"

"그래서 그대로 그 정신 나간 녀석을 방치하란 말인가?"

이야기는 얼마 전 클럽에서 조폭의 여자를 건드렸다가 조직폭력배들과 싸움을 치렀다는 어린 녀석들의 뒤처리에서 어느새 태호가 벌인 사건으로 바뀌어 있다.

"그러니까 재판을 걸자는 거요!"

"재판은 무슨 재판! 미친 여자를 위해 누가 재판을 연다는 거요!"

"하지만 남자가 여자를 죽였으니 당연히 그건 금기야! 여자를 죽인 놈을 그대로 놔둘 수 있단 말인가!"

"여자가 미쳐 날뛰는데 그럼 놔두란 말인가!"

"제 자식을 잡아먹는 야차를 누가 여자로 치나! 이건 법 외의 문제라구!"

"그렇다고 해서 찢어 죽인 뒤에 달아나는 건 또 어떻구? 유가(柳家)가 그토록 우습게 보인단 말인가! 그 애는 유가의 하나밖에 없는 직계 여자다!"

"그 하나밖에 없는 여자가 미쳐 날뛴 걸 어쩌란 말인가! 서가(徐家)로서도 첫 직계의 피를 이은 아이였단 말일세! 종손은 아닐지라도 종가의 피를 이은 아이였어!"

높이 치솟은 사십삼층의 건물.

빌딩이 많은 여의도에서도 눈에 띄는 건물은 일족이 대주주로 있는 건물이었다. 항상 부를 자랑하는 진가에서 설계와 감수까지 마친 이 건물은 주로 일족의 모임 장소로 자주 이용되고는 했다. 아시아 지역에서는 가장 거대한 부를 가지고 있는 진가(秦家)가

경영하는 곳답게 최고급 음식점과 쇼핑몰, 금융회사들이 입점해 있는 상태로 유동 인구만도 하루 삼천 명이 넘어갈 정도였다. 그 중 최상층은 진가의 우두머리인 진경하의 서울 집이고, 그 바로 아래층인 사십이층에는 일족의 회의장으로 자주 쓰이는 홀이 세 개 있었다. 지금 태경이 앉아 있는 곳은 에이프릴 홀이었다. 가장 넓은 홀이다.

"골치 아프게 되었군, 그래."

느긋하게 태경의 아픈 곳을 찌르는 것은 진가의 우두머리 진경하의 후계자인 청원이었다. 태경과 동갑나기인 그는 어릴 때부터 태경과는 좋은 친구이기도 했지만 라이벌이기도 했다.

선이 가는 청원은 부친인 진경하와 많이 닮았다. 굵직하고 각이 진 태경의 얼굴과 달리 호리호리한 몸매에 가느다란 눈썹과 눈매를 가진 청원은 여자 같은 인상이었다. 하지만 그 가녀린 외모 속에 숨겨진 잔혹함은 타의 추종을 불허할 정도다.

"어서 너도 결혼해 아이를 낳으라구. 그래야 태호 녀석의 뒷바라지에서 벗어날 테니까."

청원이 붉은 입매를 살짝 휘며 킥킥댔다. 그의 누이인 청청이 몇 번이나 태경에게 청혼을 해온 것은 사실이었다. 실제로 청원과 태경이 좋은 친구 사이인 것처럼 청청과도 사이는 좋았다. 하지만 태경은 청청의 청혼을 몇 번이나 거절했다.

"다들 너의 후계로 태호 놈이 될까 봐 걱정하고 있는 거야. 너라면 몰라도 태호가 서가의 수장이 되면 나는 서가에게서 손을 뗄 거야."

"위협하지 마."

태경이 짧게 말하자 청원은 킥킥거렸다. 음산한 느낌이 드는 청원의 얼굴은 창백할 정도로 희어서 병적으로 보였다. 하지만 그건 그가 햇빛을 싫어하기 때문이지 병이 있어서는 아니었다.
"그 녀석이 성년이 된 지가 언제인데 아직까지 그놈의 뒤를 봐 주고 있는 거야? 난 그거 마음에 들지 않는다."
태경은 대답하지 않았다.
청원의 말대로 그를 아는 자들은 모두 그 점을 우려하고 있었다. 이대로 태경이 결혼을 하지 않게 되면 태호가 그의 후계자가 될 가능성이 컸다. 비록 태호가 그런 생각을 하고 있지는 않겠지만 태호가 낳는 아이가 태경의 후계자가 될 가능성도 있다. 서가는 물론이고 일족의 거의 모든 자들이 태경의 후계를 걱정하고 있었다. 어서 결혼해 후계자를 세우라는 말도 벌써 십 년째 듣고 있는 중이다.
태경의 나이 사십 세.
백오십 세까지 사는 그들의 수명으로 봐서는 아직 청년기지만 직계혈손이 단둘밖에는 없는 서가의 경우에는 그렇게 느긋한 것만도 아니었다. 일족의 발정기는 열세 살에서 오십 살까지가 가장 격렬한 시기다. 태경의 경우 열세 살에 서가의 우두머리가 되어 홀로 지내왔다. 여자가 없었던 것은 아니지만 아이를 낳게 하질 않았다. 그는 여자를 썩 좋아하는 편도 아니었고, 성욕이 강한 편도 아니었다. 말하자면 성욕보다는 이성이 앞서는 타입이었다. 그와는 반대로 태호는 발정기가 시작되자마자 거의 하루도 빼놓지 않고 여자를 꼬시러 다녔다. 아이를 함부로 낳지 못하게 하는 태경 때문에 아이는 없었지만 그래도 여자는 끊임없이 그의 주변에서 맴돌았다. 그러다가 얼마 전 유가의 외동딸 유명희와 열렬한 연애 끝에 결혼했던 것이다.

태경은 팔짱을 낀 채로 맞은편 테이블에 앉아 있는 남자를 바라보았다.
 차갑게 굳은 얼굴, 날카롭기 짝이 없는 눈매를 한 그는 잘 벼려진 장검처럼 위협적인 사내였다. 원래 폐쇄적인 유가였지만 과묵하고 냉정한 태도까지 겸한 유명성은 소리 소문 없이 유가를 장악하고 있었다. 유가에서 발표하기 전까지 다른 일족들은 유가의 우두머리가 명성이 아니라 그의 배다른 형인 명수라고 생각했을 정도였다. 하지만 그는 형 명수를 제치고 종주가 되었다. 얼마나 일이 은밀히 진행되었는지 당시의 일을 자세히 아는 사람은 거의 없었다. 그는 태경보다 다섯 살이 어렸지만 서가의 우두머리인 태경과는 어릴 때는 자주 어울렸다. 정확히 말하면 어린 시절에는 태경에게 형이라 부르며 따른 시절도 있었다.
 태경은 착잡함을 감추지 못했다. 명성은 건들지만 않으면 움직이지 않는 사내였다. 하지만 일단 움직이면 상대의 숨통을 끊어 놓을 때까지 계속해서 집요한 움직임을 보인다.
 "유가의 종주는 가만히 있지 않을 거야."
 청원이 옆에서 속삭인다. 그것을 눈치라도 챘는지 명성이 태경 쪽을 바라보았다. 무표정한 얼굴 속에 격렬한 분노가 타오르는 것이 보였다. 태경은 눈을 가늘게 뜨고 복수심에 불타오르는 젊은 종주를 바라보았다.
 정말로 유감이었다. 그동안 명성은 태경을 존경해 왔고, 사이도 좋았다. 그런데 지금은 원수가 되어버렸다.
 명성의 누이인 명희는 아름다운 여자였다. 유혹적이기도 했지만 강한 남자를 좋아하는 성향도 있었다. 처음, 명성은 태경과 명희를 짝 지우고 싶어했다. 이왕이면 서가의 우두머리인 그와 맺어졌으면 했던 것이다. 하지만 태호가 나타나자 명희는 금방 그와 사랑에 빠졌다. 그리고 둘은 결혼해 버렸던 것이다. 명성으로서는 방탕한 태호가 마음에 들지 않았고, 태경으로서는 나약한 명희가 마음에 들지 않았었다.

태경은 천천히 담배를 입에 물었다. 어차피 여기서 결말을 짓기란 어려운 일이다. 결국은 서가와 유가는 한판 붙지 않으면 안 될 터였다. 명성의 성격상 조용히 넘어가기란 어렵다.

"넌 언제 결혼할 거야?"

난데없이 청원이 속삭이듯 물었다.

"나중에."

태경은 귀찮다는 듯이 짧게 대답했다. 그놈의 결혼 때문에 이렇게 복잡해진 것을 보고도 모른단 말인가. 그는 태호를 찾아내면 사지를 부러뜨린 뒤에 철동에 처넣을 참이었다. 물론 그전에 유가의 원로들과 명성에게 정중한 유감의 표시도 해야겠지만.

"나중에 언제? 오십 살에? 난 이미 둘이야. 게다가 곧 둘이 또 태어나지."

"좋겠군."

"아무렴. 중처럼 살고 있는 너와는 다르지."

청원이 비웃었다. 그는 이미 두 명의 아이를 두고 있는 터였다. 아내와는 사이가 좋았지만 첩도 두 명이나 있었다. 비록 전통에는 어긋나지만 진가는 자손을 늘리는 것을 자랑으로 생각하고 있으니 그것도 틀린 것은 아니었다.

"재판이 행해질까요?"

청원에게 시달리는 태경이 불쌍했는지 태경의 비서인 민재가 조용히 물었다.

"재판보다는 결투가 행해질 것 같은데."

태경이 연기를 내뿜으며 말하자 민재는 미간을 찌푸렸다.

"결투가 진행되면 정말로 유가와는 철천지원수가 되어버립니다."

"이미 철천지원수야."

태경은 그렇게 중얼거리며 다시 시계를 보았다. 저 어리석은 동생이 나타나지 않은 지 벌써 이십 일이나 지났다. 지정했던 여수의 별장에 있을 거라 여겼건만 별장에는 가 있지도 않고 종적을 감춰 버렸다.

"태호의 여권, 동결시켰어?"

"네."

민재가 대답했다.

"카드는?"

"보름 전에 이천만 원가량 인출하셨더군요. 그 외 카드는 아예 쓰지도 않았습니다."

"제 딴에는 머리를 좀 쓰겠다 그거로군."

그는 톡톡 담배를 털었다. 재가 하얗게 재떨이로 떨어지자 민재가 작은 목소리로 대답했다.

"수표로 인출하셨으니 곧 찾을 수 있을 겁니다."

"다른 쪽을 통해 썼을 거야. 그 정도 머리는 있을 테니까."

"수표 추적 결과는 곧 알려 드리겠습니다. 십만 원 권으로 찾아 뿌리셨으니 금방은 안 되겠지만요. 어쨌든 그 외에도 골치 아프게 되었으니까요."

"또 뭔데?"

민재의 말에 태경은 미간을 살짝 찌푸렸다.

"여자입니다."

"여자?"

태경은 담배 연기를 내뿜으면서 민재를 돌아보았다.

"이 와중에 또 여자를 만들었어?"

"평범한 인간여자입니다. 일족은 아니에요."

민재의 설명에도 불구하고 태경의 얼굴은 펴지지 않았다. 걸핏하면 이 여자 저 여자 찝쩍이고 다니는 동생을 대체 어떻게 처리해야 할까. 만약 명성은 물론이고 원로회에서도 태호가 새 여자를 만나고 있다는 소문이 퍼지면 그야말로 끝장이다. 아내를 죽이고 곧장 다른 여자를 만나러 갔다고 하면 아무리 정상참작을 하더라도 원로회에서 그를 용서해 줄 리가 없었다.

태경은 이 멍청한 동생에게 살의를 느꼈다. 어떻게든 감싸주려 하는데도 이렇게나 골치 아픈 일을 만들어놓질 않는가.

맞은편에 앉아 있는 명성의 얼굴은 무표정했다. 그의 좌우로 서 있는 영세와 윤세 또한 무표정한 얼굴을 그대로 굳히고 있었다. 원로들이 모인 장소인데도 살기를 조금도 감추지 않고 있는 그들을 보며 태경은 눈을 가늘게 떴다.

"여기에 영세와 윤세가 와 있는데, 나머지 하나인 대원은 어디에 있지?"

명성의 사촌형제이자 삼인방을 자처하고 있는 유영세, 유윤세, 유대원은 모두 명성의 옆에서 절대로 떨어지지 않는다고 소문난 비서들이었다. 유달리 잔혹하고 사나워 이들을 상대하고 싶어하는 자들은 없었다. 태경이 아는 것만으로도 이들은 적어도 두 자리 수 이상의 살육을 행했다. 명성의 명령이라면 남녀노소 불문하고 갈가리 찢어 죽일 자들이다.

태경이 묻자 민재는 잠시 머뭇거렸다.
"그것은 잘 모르겠습니다. 대원의 행적은 모호합니다."
태경의 눈매가 가늘어졌다.
"설마하니 대원은 태호의 뒤를 쫓고 있는 건가?"
"사장님은 대원에게 당할 정도로 약하지 않습니다."
민재의 대답에 태경은 담배를 비벼 껐다. 약하다 약하지 않다가 문제가 아니었다. 대원이 태호를 쫓다가 여자와 함께 있는 모습을 발견할 경우가 문제였다. 그걸 발견해 명성에게 보고한다면 무슨 일이 벌어질지는 상상하고 싶지도 않았다.
"대원은 교활한 놈이야. 태호는 얼간이고."
"사장님도 그렇게까지는……."
민재가 조금 난처한 표정을 지었지만 태경은 아무런 대답도 하지 않았다. 그는 새 담배를 입에 물며 두 시간 동안 떠들고 있는 원로회의 의원들을 물끄러미 바라보았다. 그들 중 누구도 적극적으로 태호를 매도하지는 않는다. 아이를 죽인 것은 명희였고, 그 명희를 죽인 게 태호였기 때문이다. 어떻게 보면 상당히 정당한 복수였다. 하지만 문제는 그 상황을 직접 본 사람은 오로지 태호밖에는 없다는 게 문제였다. 유가의 주장은, 아이를 사산한 명희를 광분한 태호가 찢어 죽였다 라고 하는 것이다. 아이가 죽었고 명희도 죽은 데다가 산파 또한 죽었기 때문에 아이가 정상 분만한 아이인지 사산아인지 구별할 수도 없었다. 태경 측에서는 분명히 살아 있는 아이를 미친 명희가 물어뜯어 죽였다고 주장했지만 유가 측에서는 그 말을 거부하고 있었다. 양순하고 착한 명희가 그럴 리가 없다는 것이다. 태경은 서가의 직계를 낳는 경우 나타나는 이 끔찍한 현상에 대해 잘 알고 있지만 함부로 그 이야기를 할 수는 없었다. 그것은 서가의 치부였다.
　게다가 태호의 평상시 태도가 또 문제다.
　중국계의 진가는 일부일처제를 강요하고 있지 않다. 아이를 많이 낳는 것이 일족에게 좋다는 것이 가훈이기 때문이다. 그 때문에 진가의 여자들은 활달하게 여럿 남자를 사귀고 이혼과 재혼이 자유로웠다. 남자도 마찬가지다. 여자가 납득을 할 경우에는 처첩을 두는 경우도 있다. 하지만 서가나 유가, 정가는 달랐다. 한국에서 자라난 이들 세 가문에서는 일부일처제를 지키지 않는 자들을 망나니로 매도했다. 우습게도 한국 사회에 어울리도록 간통죄가 성립되는 것이다. 따라서 최소한 이혼을 제대로 행하지 않고 외도를 하는 것을 혐오한다. 핏줄이 확실치 않다는 이유에서다. 사생아를 혐오하는 것은 말할 나위도 없다.
　만약 태호가 흥분하지 않고 명희를 가두어두었다든지 아이의 시체를 누군가에게 보이기라도 했다면 증인이 생겨났을 터였다. 하지만 흥분한 태호는 다짜고짜로 명희를 죽여 버렸다. 그것도 무척이나 참혹하게 찢어 죽였다. 그 시체를 보고 명성이 흥분하지 않을 리가 없었기에 태경은 결국 명희의 시체를 그대로 태웠다.
　'아무래도 잘못했어. 시체를 그대로 인도하는 건데.'
　그는 한숨을 삼키며 담배 연기를 내뿜었다. 하얀 연기가 나긋나긋하게 퍼져 나간다.
　"청원."
　"왜?"
　청원이 느긋한 자세로 길게 기른 손톱을 매만지며 대꾸했다. 진가의 후계자로서 그는 이미 좋은 평가를 받고 있었다.

"만약 태호 놈을 자네 쪽에서 발견한다면 잡아둬."

"그놈이 우리 쪽으로 튀면 그렇게 하지."

청원은 그렇게 말하고는 눈 꼬리를 휘며 웃었다. 태호가 청원에게 도움을 요청할 가능성은 높았다. 아직 종주가 아닌 청원은 항상 태경보다 너그러웠고 자유스러웠다.

"그렇다면 넌 나에게 뭘 줄래?"

"글쎄, 적당히 빚으로 달아둬."

"아니, 이번에야말로 청청과 결혼해 줘. 그 애는 널 벌써 오 년째 기다리고 있다구."

그 말에 태경은 청원을 똑바로 바라보았다.

"미안하지만 그건 안 돼."

"어째서?"

청원의 눈이 차갑게 빛났다. 사랑하는 누이동생을 이렇게 매몰차게 거절하는 것은 그로서도 불쾌하기 짝이 없었다.

"청청도 피가 너무 강해."

"뭐?"

"그 애도 우리와는 맞지 않아. 유가의 제수씨와 마찬가지로."

"뭐야!"

청원의 얼굴이 확 일그러졌다. 그는 입술을 깨물며 태호의 어깨를 낚아챘다.

"지금 무슨 소릴 지껄이는 거지? 감히 청청에게 광기(狂氣)가 있다고 말하는 건가?"

여자처럼 말간 얼굴이 순식간에 사나운 야수로 바뀌었다. 청원은 좌우로 찢어진 듯 날카로운 눈매를 태경에게로 집중했다. 그의 손톱이 태경의 어깨를 파고들자, 태경은 조용히 그의 손 위에 자신의 것을 얹었다.
"알고 있겠지? 나는 냄새를 기억하고 있다. 청원, 미리 말해두는 거지만 청청은 우리와 안 맞아."

부르르 청원의 손이 떨렸다. 직계의 기세다운 매서운 기세가 그의 가는 체구에서 뿜어져 나왔다. 죽이면 상대의 껍질을 벗긴다는 잔혹한 손속의 소유자다. 그의 둥근 홍채가 순식간에 가늘게 변하며 붉은 빛을 띠자 태경은 마치 달래듯 그의 손등을 톡톡 쳤다. 하지만 청원의 기세는 쉽게 수그러들지 않았다. 결국 자신의 어깨를 억누르는 그 손을 꽉 잡은 태경은 무표정한 얼굴로 청원의 손톱을 떼어냈다. 옷가지에서 혈향이 희미하게 풍겨 나왔다. 결국은 상처를 낸 것이다.

옆에 있던 청원의 비서 소지와 태경의 비서 민재가 당황하고 있는 동안 떠들고 있던 원로들의 시선이 일제히 그쪽으로 쏠렸다. 무리도 아니다. 가장 큰 권력을 가진 진가의 후계자와 서가의 수장이 다투고 있는 듯한 모양을 하고 있었던 것이다.

"무슨 일인가?"

서가의 원로 서경만이 입을 열었다. 두둑한 팔뚝을 가진 노인네로 올해 백이십 살이나 먹은 원로다.

"대단한 일은 아닙니다."

청원이 손을 거두며 말했다. 그는 손끝에 묻은 태경의 피를 핥으면서 생긋 웃었다. 방금 전까지 태경을 죽일 듯 굴었던 자라고는 믿어지지 않는 태도였다.

"조금 옛날 일이 생각났을 뿐이죠."

마치 교태로운 미녀처럼 웃으며 청원은 자신의 손톱에 묻은 피를 다 핥은 뒤에 태경의 어깨에도 입을 대고는 핏자국을 핥았다.

"미안, 상처가 났네."

"됐다. 너랑은 하루 이틀도 아니고."

태경도 태연했다. 그는 자신의 피를 스스로 닦아내고는 원로들을 향해 빙긋 웃었다.

"죄송합니다만 이만 실례를 할까 합니다. 옷도 갈아입어야 하고 말입니다."

그 말에 원로들이 웅성거렸다. 결론을 못 낸 회의는 어정쩡한 상태였다. 하기야 본인이 없는 회의는 의미가 없다. 유가의 원로들이 불쾌한 얼굴로 뭐라 떠들었지만 정작 명성은 무표정한 얼굴로 태경을 쏘아보고 있을 뿐이었다.

태경은 그를 향해 가볍게 목례하며 일어섰다. 웅성거리는 소리가 그를 따라왔지만 실제로 그를 따라온 것은 청원과 민재뿐이었다. 얌전한 얼굴을 한 청원의 비서 소지는 청원의 뒤를 따르며 홀의 문을 닫아버렸다. 덕분에 복도로 나온 그들에게는 원로들이 내는 소음은 들리지 않았다.

"우리 집으로 가자. 어차피 아버진 저 시끄러운 회의가 열릴 때엔 절대로 내가에서 안 나와."

청원이 언제 웃었냐는 듯이 무표정한 얼굴로 말하며 엘리베이터 버튼을 눌렀다. 그의 펜트하우스로 오르는 엘리베이터는 하나뿐이었다. 그것도 그의 ID 카드로만 가능했다. 엘리베이터가 열리자 소지가 정중한 자세로 암호 버튼을 눌렀다.

얇은 녹옥을 잇대어 만든 호사스러운 엘리베이터가 움직이기 시작하자 태경은 피투성이가 된 양복을 벗었다. 하얀 와이셔츠가 너덜너덜한 상태였지만 이미 출혈은 멈춰 있었다. 진가의 손톱에는 독기가 있다. 그 때문인지 상처는 쉽게 아물지 않았다. 그러나 그 상처를 청원이 몇 번 핥아내자, 곧이어 치유력이 발동하기 시작했다.

"금방 나아질걸."

청원의 집에 도착하자, 엘리베이터는 자동으로 열렸다. 소지가 현관문을 열고 불을 켜는 동안 태경은 피투성이가 된 셔츠를 아무렇게나 벗기 시작했다.

"오늘은 청원과 지낼 테니까 원로들이 뭐라 해도 막아."

태경은 주머니에서 담배를 꺼내며 민재에게 명령했다. 충실한 비서는 순순히 고개를 숙이면서 물러섰다.

"서가의 원로들은 나와 너의 사이가 어긋났다고 믿게 될지도 몰라."

청원이 싸늘하게 말하면서 어느새 가운을 한 벌 꺼내 태경에게 던졌다. 벗은 상체 위에 가운을 걸치면서 태경은 미간을 찌푸렸다. 용이 수놓인 호사스러운 가운이었다.

"그보다는 내 시체를 찾는 게 먼저일걸."

청원은 서늘한 얼굴로 어깨를 으쓱했다.

"너와 내가 싸우면 내가 죽어 자빠질 거라 생각할 테니까."

"설마."

태경은 청원이 강하다는 것을 알고 있었다. 호리호리한 몸에 숨겨진 집요하고 사악한 독기는 쉽게 이길 수 있는 것이 아니다.

"정면으로 싸워 널 이길 수 있는 자가 몇이나 되겠어? 그 정도는 다들 알지."

피식 웃으며 청원은 셔츠 소매를 걷었다. 하얀 팔뚝에는 터럭 하나 나 있지 않았다. 극단적으로 체모가 적은 게 진가의 특징이었다.

민재와 소지가 밖으로 나가자 거실 한구석에 마련된 홈 바에 선 청원은 보드카를 꺼내 잔에 담으며 물었다.

"그래, 아까 이야기를 계속하자. 청청이 어떻다고?"

태경은 가운을 제대로 입으며 미끈한 소파에 푹 파묻혔다. 어지간히 사방에 시달려서 피곤한 기분이었다. 안 그래도 일은 산더미 같은데 하나밖에 없는 동생이 일을 저지르고 다니니 신경이 너덜너덜해지는 것만 같았다.

"야, 서태경. 확실히 말해. 청청이 어떻다는 거야?"

그는 보드카를 두 잔 들고 와 태경에게 내밀며 재차 물었다.

사십삼층이라 그런지 야경은 기가 막혔다. 야경을 즐기기 위해 벽 전체를 유리로 만들어놓은 펜트하우스는 비취와 백옥으로 장식되어 있었다. 유리창이 없는 곳은 욕실뿐이다. 그나마 욕실도 풍경을 즐기기 위해 전망 창을 따로 만들었으니 높은 곳을 좋아하는 진가의 습성은 여전한 모양이었다.

"서태경."

"아, 알았다."

태경은 점점 사나워지는 청원의 목소리를 들으며 쓴웃음을 지었다.

"알고 있을 거야."

"뭘?"

"태호의 모친 말이야."

"정가에서 온 태호의 생모?"

"그래, 아버지는 두 번 결혼했지. 나의 모친과 태호의 모친."

"둘의 어머니가 다르다는 것은 나도 들어 알고는 있어."

"내 모친은 나를 낳고 곧 떠났다. 너도 알겠지만 내 모친도 좋은 성품의 소유자는 아니었지만 최소한 나를 찢어 죽일 정도는 아니었지."

태경은 덤덤하게 말했지만 청원은 얼굴을 찡그렸다.

"진가는 여러 번 결혼하고 여럿의 아내를 갖기 때문인지 그 피가 서가보다 엷어. 그래서인지는 몰라도 여자의 광기는 그다지 드러난 적이 없었지."

청원은 어깨를 으슥했다.

"그래, 우리 가문에서는 아직 그런 천인공노할 사건은 벌어진 적이 없었어."

"서가에서는 이백 년 동안 무려 네 번이나 그러했어."

태경의 말에 청원은 눈을 크게 떴다.

"정말이냐?"

태경은 보드카를 홀짝이며 다시 새 담배에 불을 붙였다. 재떨이가 없기 했지만 곧이어 청원이 컵 한 개를 내밀었다.

"내 할아버지는 세 번 결혼했다가 아이를 둘 잃고 나머지 한 명만 건졌어. 그 아이가 바로 우리 아버지지. 두 번이나 아이를 낳은 여자들이 광란에 빠졌기 때문이야. 아버지의 경우는 할아버지가 재빨리 구했다더군. 그래서 우리 아버지도 모친이 없는 상태로 컸어."

청원은 미간을 찌푸렸다.

"내 경우는 넘쳐 나는 모친들 때문에 미치기 일보 직전이었는데."

"진 대인은 처첩을 많이 거느리셨으니까."

태경은 킥 웃었다.

"모친과 멀리해서 자란 아이는 둘 중 하나라 하더군. 여자를 무척 싫어하거나 무척 좋아하거나."
"좋아한다기보단 굶주리는 게 아닌가."
청원이 빈정거렸지만 태경은 아랑곳하지 않았다.
"어쨌거나 아버지는 내 어머니와 만나서 결혼을 했다. 순혈통을 지키기 위해 정가의 직계와 결혼했지. 그리고 어머니는 나를 낳았어."
"네 어머니도 피에 취했어?"
청원이 잔인한 질문을 던졌지만 태경은 동요하지 않았다.
"그래. 하지만 다행히도 마지막 순간에 나를 먹으려 들지는 않았다 하더군. 대신 태반과 탯줄은 먹어버렸대. 그리고 내 몸에 묻은 모든 피도 다 먹어치운 탓에 나는 태어나자마자 아주 말끔한 상태가 되었다고 했어."
청원은 미간을 찌푸렸다.
"내 어머니는 아주 지독한 성격이어서 날 사랑할 수는 없지만 날 먹어치울 수는 없다고 결심했던 모양이야. 그녀는 나를 찢어 먹는 대신 자신의 팔뚝을 반 이상 먹어치우며 그 광기를 참았어."
"우엑."
청원이 혀를 내밀며 토하는 시늉을 했다. 그 모습에 태경은 잔을 들어 보이면서 어깨를 으슥했다.
"그 광경을 원로가 발견했지. 그는 심각한 상황이라는 것을 알아차리고는 재빨리 내 어머니를 나와 격리시켰어. 구사일생이었지."
청원은 생각보다 참혹한 이야기에 미간을 찌푸리면서 소파에 마주 앉았다.
"애정이야 어떻든 자기가 낳은 자식을 자기가 먹는다면 그 어미는 미칠 것이 분명해. 피에 취해서 그런 짓을 저지른 뒤에 그 여자의 정신은 온전할 리가 없지. 내 어머니는 삼 년간 정양했다고 하더군."

"자기 팔뚝을 먹어치울 정도라면 보통 충동은 아니겠지."

청원이 중얼거릴 때 태경은 조용히 동의했다.

"나는 여자가 아니라서 그 충동이 얼마나 대단한 것인지는 몰라. 하지만 적어도 그 충동을 일으킬 여자가 누구인지는 알아낼 수 있어."

"어떻게? 그게 눈에 보여?"

"냄새다."

태경은 담배 연기를 내뿜으면서 조용히 말했다.

"냄새?"

"누구든 특유의 체취가 있지?"

"그래."

"여자의 경우 그 체취는 좀 더 강렬해."

청원은 미간을 찌푸렸다.

"그래서 여자와 남자가 같이 있으면 여자의 체취가 더 강렬하게 느껴져."

"그게 무슨 소리야?"

청원이 짜증을 내자 태경은 그의 어깨를 툭툭 치면서 말했다.

"다시 말하자면 여자와 남자가 나란히 있을 경우 여자의 체취가 더 강렬하기 때문에 남자의 체취는 거의 느껴지지 않게 된다 그거야."

"그거야 당연한 이야기지."

"그런데 서가의 경우, 남자 쪽이 더 강해. 유전적인 영향이겠지만 남자 쪽이 더 피가 짙은 모양이야. 태호와 명희가 나란히 서 있을 때 내가 맡은 냄새가 누구의 냄새라고 생각해?"

"태호?"

청원은 모호한 표정으로 중얼거리듯 물었다.

"명희는 여자니까 화장품 냄새나 향수 냄새로 몸을 감싸고 있었어. 특유의 체향도 짙었지. 유가의 직계니까. 그런데 태호와 나란히 서니까 태호의 체향밖에는 나지 않았단 말이야. 그놈은 담배도 피우지 않는데."

청원의 얼굴이 조금 창백해졌다.

"그건……."

"나는 그래서 명희가 마음에 들지 않았어. 양순한 태도를 하고 있긴 하지만 어딘가 그늘진 구석이 있었으니까. 사실 태호가 만나던 여자들 중에는 태호와 나란히 서도 체향이 사라지지 않는 여자들이 있었어. 존재감이 강렬한 여자들 말이야. 나는 그 여자들과 태호가 맺어졌으면 했단 말이지. 대개 태호와 같이 있어도 체향이 뒤섞이지 않는 여자들은 기질이 강하더군. 불행히도 태호는 그런 여자들에게는 호감이 가지 않았던 모양이야."

청원은 미간을 잔뜩 찌푸렸다.

"단순한 착각 아닌가? 태호가 유달리 강한 체향을 가지고 있을 수도 있잖아?"

"아니, 착각이 아니야. 태호의 어머니 이야길 알고 있겠지?"

그 말에 청원은 입을 다물었다.

"나는 아버지의 두 번째 여자도 마음에 들지 않았어. 내 생모의 사촌인 그 여자는 굉장히 예쁘고 얌전한 여자였는 데다가 아버지에게 완전히 빠져 있었는데도 말이야. 나에게도 잘하려고 애썼지. 나도 나름대로는 그 여자와 잘해보려고 했어. 내 모친은 냉정하고 무심한데 그 여자는 아주 상냥했거든."

태호는 연기를 내뿜으면서 한숨을 쉬듯 길게 휘파람을 불었다.

"그런데 그 여자를 좋아하게 되질 않더군. 뭐랄까, 예쁘긴 한데 그 여자와 아버지가 나란히 서 있으면 꼭 그 여자가 유령처럼 보였어. 어릴 때여서 그랬는지는 몰라도 그게 무척이나 꺼림칙하더라 그거야. 직계의 피를 받은 여자가 존재감이 그렇게나 흐릴 수가 있을까. 꼭 인간여자처럼 말이야."

"그 여자도 냄새가 나지 않았다는 거야?"

"그래. 그녀가 임신을 하게 되자 기묘하게도 점점 더 그녀의 체취가 엷어지더군. 심지어는 아버지와 떨어져 있는 상황에서도 그녀에게선 냄새가 전혀 나지 않았어. 그녀에게 아예 아버지 냄새가 배어 있는 것처럼."

청원은 다시 미간을 찌푸렸다.

"꼭 괴담을 듣는 기분인걸."

태경은 그 말에 쿡 웃었다.

"괴담은 괴담이지. 어쨌거나 그 여자가 태호를 낳는 그날이 되자 내 불안감은 점점 더 심해지기 시작했지. 아버지는 무책임하게도 여행을 간답시고 집을 떠나 있었고, 집에는 산모를 도울 산파 두 명과 아버지의 비서 두 명이 와 있었어. 나를 돌보던 가정교사는 내가 안절부절못한다면서 야단을 쳤지. 나는 그것도 마음에 들지 않았어. 온 집 안에 감도는 기묘한 냄새를 왜 다들 맡지 못하는 것인가 하고 짜증이 났었거든."

"그래서?"

태경은 먼 곳을 바라보는 시선으로 정면에 보이는 야경으로 눈길을 던졌다. 유리창 너머에 비치는 광경은 마치 검은 비로드 위에 흩뿌려진 보석들처럼 화려했다. 한강에 놓인 다리와 그 위를 오가는 차량이 저마다 빛을 발하며 움직이고 있었다. 하늘 위에서 빛나는 별보다도 화려한 야경은 그다지 감상적이지 않은 그의 마음도 뒤흔들었다.

그때도 이렇게 별들이 반짝이고 있었다.

오백 평이 넘는 대지 위에 지어진 서가의 종가. 수백 년은 묵은 나무들과 최첨단시스템으로 방범장치를 내두른 그 거대한 저택 안에서 무슨 일이 벌어졌던가. 얼마나 추악한 일들이 저질러졌던가.

태경은 차가우면서도 뜨거운 보드카를 입 안으로 흘려 넣으며 중얼거렸다.

"그녀는 긴 산고 끝에 애를 낳았다. 그 순간 정확히 어떤 일이 있었는지는 나도 잘 몰라. 나는 그저 비명을 듣고 달려갔을 뿐이었으니까. 아이 울음소리가 터지는 순간, 산파의 비명도 같이 울렸어."

하체를 피로 물들인 반라의 여자는, 산파의 품 안에 안긴 자신의 아기를 잡아먹기 위해 이를 드러내고 손톱을 뻗었다. 아이를 지키려 했던 산파는 그 자리에서 죽었다. 자리를 비웠던 다른 산파는 미쳐 버린 산모의 얼굴을 보고 기절해 버렸다. 아기는 그녀의 손톱에 찢겨 죽기 일보 직전이었다.

"태호는 딱 내 손바닥보다 조금 더 컸을 뿐이었어. 새빨간 피부의 갓난아기였지. 그 애를 들고 통째로 먹으려는 듯 그 여자는 입을 쩌억 벌리고 있었어. 전설에 나오는 야차처럼."

청원의 무표정한 얼굴이 더더욱 무표정해졌다.

"나는 주저하지 않았어. 할 수가 없었지. 그대로 뛰어들어 가 그녀의 심장에 손톱을 박았어. 하지만 아직은 어렸기 때문에 내 손톱은 짧았고 여자는 곧 재생이 되더군. 방법은 없었어. 그저 그 여자를 향해 몇 번이나 찌르고 또 찌를 뿐."

그는 눈을 감았다.

"그녀는 고통도 모르는 듯이 태호를 먹기 위해 버둥거렸어. 자기 몸에서 나온 아기인데도 말이야. 나도 여러 번 얻어맞아 바닥으로 나뒹굴었지. 그 상황에서는 아무도 말릴 수가 없었던 거야. 생각해 봐. 한쪽은 종주의 아내이고 한쪽은 종주의 아들. 어느 쪽을 누가 말릴 수 있겠나? 비서들을 비롯한 시중인들은 그저 얼어붙어 서 있기만 했지. 나는 당시에 갈비뼈가 부러지고 넓적다리뼈가 으스러졌지. 손톱은 물론이고 팔도 반은 잘려져 나가서 피로 뒤범벅이었어. 내가 쓰러지자 그 여자는 피로 젖은 그 애의 몸을 물어뜯었어. 워낙 작아서 팔뚝인지 어깨인지 잘은 몰라. 어쨌든 그녀가 한입 물어뜯는 순간, 태호가 미친 듯이 울부짖기 시작했지. 그 소리에 나도 같이 미칠 것 같았어. 내 어머니도 저랬을 거라 생각하니 온몸의 피가 솟구치더군."

"그래도 네 어머니는 안 그랬다며……."

청원이 중얼거리듯 말하자 태경은 피식 웃었다.

"어쨌든 무슨 힘이 났는지 기억은 잘 안 나. 정신이 들고 보니 나는 그 여자의 목덜미를 물어뜯고 있었어. 그녀는 나를 떼어놓으려고 나를 마구 할퀴고 있었지. 아픔도 거의 느끼지 못했어. 아마 그 순간 나의 최초의 성체 변신이 시작되었던 모양이야. 나는 턱뼈의 힘만으로 그녀의 목을 단숨에 부러뜨렸으니까."

"열세 살?"

"열세 살."

청원의 질문과 똑같은 대답을 한 태경은 쓴웃음을 짓고는 빈 잔을 테이블 위에 내려놓았다. 필터만 남은 담배를 비벼 끄면서 그는 심각하게 굳어진 청원의 얼굴을 흘긋 보았다.

"무섭나?"

"무섭군."

"어쨌거나 그 후에 나는 그녀를 죽이고 태호를 내 피보호자로 삼았어. 아버지도 내쳤지. 성체 변신이 완전히 이루어진 나에게 아버지는 경쟁 의식을 느꼈겠지만 자식을 지키지 못한 아버지는 자격이 없는 법. 모든 노인네들이 종주 승계를 용인했다. 그 다음은 너도 알지?"

물론 그 아래 더 추악한 이야기들이 널브러져 있긴 하지만 그 것을 입에 올릴 마음은 태경에겐 없었다.

"알아. 그 다음은 홍콩에서 수업 받고 있던 중에 네놈과 비교당하며 아버지에게 무지막지하게 얻어터졌던 나의 비참한 소년기와 이어지거든."

태경은 킬킬 웃었다. 청원은 그 웃음에 동의하지 않고 팔짱을 끼었다.

"그래서? 그래서 넌 청청이 그 기질을 가지고 있다는 거야?"

"그래."

"농담하지 마. 진가의 어떤 여자도 그런 광란은 벌인 적 없어. 그런데 넌 지금 청청이 그럴 거라고 말하는 거냐?"

"청청은 착하고 예쁘지. 그런데 나와 있을 때 그 애의 체취는 거의 느껴지지 않아."

"뭐?"

청원의 얼굴이 일그러졌다.

"처음에는 서가만의 특징이라 생각했는데 그건 아닌 것 같아. 대개 직계끼리 결혼한 경우 그런 일이 자주 발생해."

태경은 진지하게 말했다.

사실이었다. 애를 낳은 여자가 피에 취해 자기 아이를 먹으려 달려드는 일은, 실제로 직계끼리 결혼한 경우에만 벌어지는 것이었다. 각 가문들이 쉬쉬하기 때문에 자료를 구하기 쉽지는 않았지만 직계끼리 결혼한 부부 중 30%가 문제가 발생했다. 단순히 정략결혼이어서 그런 것만은 아니었다. 피가…… 그 진하다는 직계의 피가 광기를 드러내는 것이다.

"청청은 달라. 그 애는 제대로 수련하고 있어. 우리 집안에서도 그 애만은 특별이야. 그 애는 진짜로 특별하다고."

청원이 그렇게 주장하자 태경은 웃었다.

"글쎄다."

"나 역시 직계랑 결혼했지만 아무 일 없었어. 우리 집안에는 그런 인자가 없어."

"맞아. 나도 네 결혼식 때 보았지. 너는 직계 중에서도 체취가 적은 편이지. 네 부인은 체취가 아주 강했어. 분명 너는 공처가야. 첩이 있다는 게 신기하지."

"뭐얏!"

청원이 그에게 보드카 잔을 집어 던졌지만 태경은 태연자약하게 피해 버리고는 킥킥 웃었다.

"진가의 경우 대개가 서가나 유가, 정가보다 체취가 적어. 아마그것도 유전이겠지. 광기를 억누르는 어떤 유전인자가 진가에게 있을 거야. 진가의 식구들이 유달리 많은 것도 어쩌면 그 때문일지도 몰라."

"흐음."

청원은 한숨을 쉬며 다리를 폈다. 그가 두 다리를 펴고 소파에 눕자, 태경은 반대로 일어나 검은 배경 위에 펼쳐진 화려한 야경으로 눈을 돌렸다.

"어쩌면 우리 가문의 피가 너무 진한 탓인지도 몰라. 유가도 만만치 않지만 이 나라에서는 우리 가문의 피가 가장 짙어. 내가 열세 살 때 성체 변신을 했다는 것을 기억해 봐. 어떤 가문에서도 그 나이에 성체 변신을 하지는 않아. 태호는 열다섯 살 때 성체 변신을 했지. 그 녀석을 보면서 나는 항상 불안했어. 얼간이 짓을 하면서 돌아다니는 것을 봐주고 있는 것도 그 때문이야. 사실은 녀석이 진가처럼 피가 엷은 방계 혈족의 여자에게서 아이를 낳게 되길 빌었어."

"고리타분한 서가의 노인네들은 펄쩍 뛸걸."

청원이 조용히 대꾸하자 태경은 고개를 끄덕였다.

"그놈의 간통 운운에 연연하지 말고 우리들 역시 많은 피와 뒤섞여야 했는지도 몰라. 한국에서 사는 세 가문 모두 지나치게 고립되어 있으니까. 고인 물은 썩기 마련이지. 결국은 근친혼이나 다름없어."

"그러니까 나라 밖으로 눈을 돌리라니까."

청원이 혀를 차자 태경은 킬킬 웃으면서 위스키 잔을 돌렸다. 황금색 액체가 휘휘 돌며 작은 소용돌이를 만들었다.

"그러게 말이야. 그런데 녀석이 정말로 끌리는 것은 놀랍게도 직계의 피를 가진 여자들뿐이야. 기이할 정도로 그 녀석이 놀아난 여자들의 대부분이 다 직계야. 가끔 간식처럼 놀아난 여자들은 아예 임신이 불가능한 인간여자였고."

"피에 끌린다는 말인가?"

"그렇지. 그런데 녀석이 택한 여자들은 다들 제 어미처럼 체취가 약하면서도 피는 짙은 직계. 성격이 강하거나 체취가 강한 여자들은 택하지 않아. 꼭 아버지처럼 말이지."

태경은 한숨을 내쉬었다. 그 말에 청원이 웃음을 터뜨렸다.

"결국 넌 기적의 산물인 게야."

그들은 잠시 웃었지만 곧 웃음이 끊겼다. 상황이 그다지 좋지 못하기 때문이다. 언제 싸움이 터질지 알 수 없다. 유가와의 싸움은 누가 보아도 제 살 물어뜯기와 다름이 없었다.

"후우. 문제는, 태호 놈이 이제 성인이라는 거지. 그런 놈의 짝을 내가 정해줄 수도 없는 일. 차라리 어리기라도 했다면 두들겨 패서라도 바꾸겠지만 이젠 그건 불가능이야."

태경의 말에 청원이 한숨을 내쉬었다.

"물론이지. 다들 네가 아직까지 태호의 뒤를 봐주는 것을 보고 브라더 콤플렉스니, 변태니 하는 소리를 지껄인다구. 누가 아들도 아닌 동생의 뒤를 그 나이까지 봐주느냐고."

그 말에 태경은 이마를 짚었다.

"그 말에는 나도 동감이야. 그놈을 내가 구해내지만 않았더라면, 그놈이 처음 눈을 떠서 나를 각인하지 않았더라면 이렇게 놈을 오래 돌보게 되진 않았겠지."

각인이란, 아기가 처음 눈을 뜨고 본 상대를 의미했다. 일족의 아기는 태어나자마자 눈을 뜨고 상대를 각인한다. 그 각인하는 상대는 대개 어미이거나 유모로 아기가 세 살 때까지는 무조건적으로 신뢰하고 따르는 존재가 된다.

"유모가 있었을 텐데 왜 널 각인했어?"

"어미에게 먹힐 뻔했다는 기억 탓인지 저놈은 어릴 때만 해도 여자라면 자지러지듯이 울어댔어. 내 품 안에서만 먹고, 내 품 안에서만 잤지. 그런데 그걸 어떻게 하겠나?"

"너 참 대단하다. 열세 살 때 종주가 된 것도 모자라 유모 노릇까지 했냐?"

청원의 말에 태경은 미간을 찌푸렸다.

"그나저나 태호 놈의 행방은 알아냈어?"

"찾고 있어."

"그놈이 여자 품 안에 있을 거라는 데에 내가 백만 원 건다."

"걸지 마."

"난 걸고 싶군."

"걸 필요도 없어. 여자에게 물렸으니 여자에게 가서 치유한다고 믿는 놈이야. 분명히 여자랑 있어."

태경이 잘라 말하자 청원은 배를 잡고 웃었다.

"한 형제인데다가 네가 키운 놈인데 대체 왜 그렇게 기질이 다른 거야!"

태경은 한숨을 내쉬었다.

"그걸 내가 알면 이러고 있겠어?"

"동감."

"그나저나, 어쨌든 청청에 대해서는 더 이상 이야기 꺼내지 마. 알겠어?"

"……."

청원은 침묵했다.

"나도 청청이 싫지는 않아. 하지만 그 불길한 느낌은 사라지지 않는다고."

"청청은 진가의 아이야. 그 불길한 예감이 사라질 수도 있지 않을까?"

청원의 말에 태경은 고개를 내저었다.

"내가 이런 추잡한 이야기까지 털어놓은 이야기가 뭐라고 생각해? 만에 하나 이런 일이 청청과 나 사이에 발생하면 일이 어떻게 될 것 같아?"

청원의 얼굴이 굳었다. 태경은 지친 듯이 앞머리를 치켜올리며 말했다.

"태호와 명희의 문제 정도가 아니야. 너도 진 대인도 참지 못하겠지. 나 역시 참지 못할 거다. 하필이면 여동생 같은 청청이라니. 그 다음에는 진가와 서가의 전면 전쟁이야."

청원은 잔뜩 굳은 태경의 얼굴을 묵묵히 바라보았.

그의 말이 옳았다. 만에 하나 일이 잘못 틀어질 경우 가문의 전쟁이 벌어진다. 서가의 종주이자 가장인 태경의 아이를 청청이 낳고 잡아먹었다 한다면 서가에서는 절대로 가만있지 않을 터였다. 태경의 아이는 후계자다. 그 후계자를 야차로 변한 어미가 잡아먹었다면 탄핵이다. 그리하여 청청이 죽게 된다면 진가에서도 가만있을 수는 없다. 서가의 유전적인 결함을 이야기하면서 그 책임을 물을 것이다. 아이를 잡아먹는 광기에 대해서 진가는 잘 알지 못한다. 유달리 여자에게 너그러운 진가의 분위기상 고명딸인 청청이 죽었다는 말만으로도 진가의 일족 전체가 전쟁 상태에 돌입할 터였다.

청원은 태경이 바라보는 야경을 그의 어깨 너머로 바라보았다. 그는 새삼 태경이 짊어지고 있는 무게가 얼마나 큰 것인지, 그의 능력이 얼마나 대단한 것인지 깨달았다. 진한 피를 이어받은 만큼 그는 우수하고, 또 우수한 만큼 무게가 더욱 무거웠다. 일가를 책임진다고 하는 것은 쉬운 일이 아니다. 후계자 교육을 받고 있는 청원은 그것을 잘 알고 있었다. 그런데 그의 눈앞에 서 있는 태경은 열세 살 때 무책임한 아버지를 대신해 집안을 이어받았다. 서가의 인원수가 진가보다 적다고는 해도 방계까지 모두 합하면 무려 삼백이 넘는다. 그 숫자를 이끌고 재단하는 것이 태경이었다. 서가의 난폭함은 널리 알려져 있었다. 느긋한 진가와 달리 서가는 걸핏하면 피를 뿌리는 족속이었다. 그 난폭한 자들을 거느리고 있는 태경이다. 겉으로야 태연하지만 폭발하기 직전인 것이 분명하다. 그가 서가를 이끈 것도 삼십 년 가까운 시간이 지났다. 그 사이에 있었던 일은 친구인 청원조차 모르는 일이 많았다.

'그나저나 이 녀석은 자신의 친모가 청청과 함께 있다는 걸 모르고 있는 건가?'

슬쩍 운을 띄워봤더니 반응이 없었다. 청청하고 연결시키지 말라고 가문의 추문까지 말하다니. 청원으로서는 조금 의외였다. 어쩌면 그만큼 진가의 힘을 의식하고 있는지도 모른다.

'흠, 그럼 청청이 달라졌다고 한다면 어떤 반응일까나.'

그는 문득 태경의 넓은 등을 보고 생각했다.

이번 일의 가장 좋은 해결은, 태호 놈이 사라지는 것이었다. 그 놈이 아주 흔적도 없이 사라지는 것이 좋았다. 유가에서 냄새 맡기 전에 완전히 자취를 감추고 유가에는 나름대로의 중재안을 내놓는 것. 그것이 좋은 일이다. 청원은 중립인 자신의 위치에서 유명성과 한번 만나보는 것은 어떨까 생각했다.

6
사고

"최정연 씨, 여기 자료 좀 정리해 줘요."
"네."
정연은 복사용지를 가득 들고 와 쌓으며 대답했다. 그녀는 주변에 머물러 있었지만 사무실은 정신없이 돌아가고 있었다. 안색이 좋지 않은 박진희는 맛도 없는 커피를 쭉쭉 들이키면서 뒤를 돌아보았다. 카메라맨 도진웅은 아직도 돌아오지 않았다.
"아, 씨! 도진웅 씨는 왜 이렇게 안 와? 나 지금 나가야 하는데!"
그녀가 악을 지르자 옆에 있던 김재희가 혀를 찼다.
"그거 아직도 안 됐어? 인테리어 업체랑은 이야기가 일찍부터 되었다고 들었는데."
"되긴 했지! 그런데 도진웅 씨가 바쁘다구. 오늘도 레스토랑 순례가 안 끝났다고 나보고 기다리라는 거야. 그쪽에겐 미안해서 고개도 못 들겠어!"
 그녀는 가방과 다이어리를 든 채 안절부절못하고 있었다. 스크랩을 하고 있던 이 실장이 머리를 긁으면서 끼어들었다.
 "박진희 씨, 그 인테리어 기사 오늘 다섯 시까지 못해오면 펑크다. 알아서 해."
 "아악! 나보고 어쩌라구요!"
 소리를 지르는 그녀를 보고 정연은 웃음을 삼켰다. 사실 정말로 웃는다면 곤란한 것은 그녀였다. 정신없이 바쁜 이 사무실에서 한가한 것은 오직 그녀뿐이었다. 갓 들어온 그녀가 기사를 쓸 것인가, 사진을 찍을 것인가. 날아오는 자료를 순서대로 정리하고 주변을 치우는 게 그녀가 하는 일의 전부였다. 그래도 정연은 사람들이 열정적으로 일하는 모습을 오랜만에 보니 살아 있다는 느낌이 들었다. 그동안의 삶이 워낙 정체되었기 때문일까. 별로 하는 일도 없는데 하루가 정신없이 돌아가고 있는 듯했다.
 문득 정연이 때 지난 스크랩 박스를 치우고 있는 사이, 김재희가 그녀를 불렀다.
 "최정연 씨, 나랑 같이 인터뷰 나가자."
 "네?"
 "나, 지금 유명한 독신 비즈니스맨들을 취재하러 나가는 거거든. 최정연 씨도 같이 나가 분위기를 익히자구. 나 혼자 나가는 것보다는 같이 나가는 게 좋을 것 같아."
 "하지만 아직 저는……."
 "괜찮아. 나는 사진도 찍고 인터뷰도 하는데 내가 사진 찍는 동안 정연 씨가 인터뷰를 해줘. 정연 씨는 차분하니까 내가 적은 대로만 질문하면 되는 거야."

신문방송학과를 나왔다는 김재희는 그녀보다 한 살 연상이었다. 카메라맨이 부족한 때에는 사진을 찍을 수도 있는 실력파였다. 이 잡지사에는 그녀가 가장 많은 기사를 썼다. 그녀는 주로 탤런트를 제외한 인물 사진을 찍었고, 포토샵이라는 최강의 무기가 있기 때문에 사진으로 문제가 생기는 일은 없었던 모양이다.

잡지사는 생각 외로 분위기가 좋았다. 여성지라 그런지 월간지 〈메이퀸〉에는 주로 여자 직원들이 많았다. 여자 기자만 세 명, 실장도 여자, 국장도 여자였다. 카메라맨인 도진웅만이 유일한 남자로 그 외에도 급할 때는 프리 카메라맨을 외부에서 영입한다고 했다. 직장 여성을 상대로 한 잡지라서 그런지 주부 잡지보다는 전문적인 내용이 많았다. 하지만 그래도 화장품과 패션, 인테리어와 맛집, 레스토랑 소개가 주된 소재였다. 특히 그 분야에 있어서는 지극히 뒤처져 있는 정연으로서는 그저 정신이 없었다. 국내 화장품 브랜드도 잘 모르는 상황에 외국의 유명 브랜드들을 줄줄 꿰고 있는 그들의 대화에는 끼기도 어려웠다.

정연의 나이가 적은 편이 아니기 때문에 처음 사무실에 있는 직원들은 그녀를 썩 달갑게 여기지 않았다. 경력도 없고 어떤 능력이 되는 것도 아닌 상황에 어정쩡하게 나이가 많으니 함부로 부려먹을 수도 없는 게 그녀의 나이였다. 대하는 사람이 더 힘든 법이라 정연은 그저 묵묵히 허드렛일을 시작했다. 그 때문인지 다른 사람들도 꽤나 그녀를 편하게 생각하기 시작했고 출근한 지 십 일쯤 지난 뒤에는 그럭저럭 친하게 된 사람도 생겨났다.

그게 김재희였다.

그녀는 키가 크고 어깨가 넓어서 언뜻 보면 위압감이 느껴지는 여자였다. 하지만 화장도 잘하고, 옷도 잘 입었기 때문에 어깨가 유달리 넓다는 느낌은 들지 않고 오히려 당당한 커리어우먼이라는 느낌이 더 강했다. 그녀는 처음부터 조용한 정연이 마음에 들었는지 잘 챙겨주었는데 한 살 위라서인지 더 친근하게 굴었다. 정연도 자신에게 호감을 표하는 그녀가 금방 마음에 들었다.

"오늘 바쁘니까 빨리 해. 그 인터뷰 기사는 일곱 시까지야. 오케이?"

필름을 확인하면서 이 실장이 다짐했다. 마감이 멀지 않은 터라 사무실 안은 바빴다.

"알았어요. 최정연 씨랑 같이 나갈 거예요. 지금 네 시니까 여섯 시까지는 들어오지요. 그리고 여덟 시에 또 인터뷰 약속이 하나 더 있는데 그때는 도진웅 씨가 필요할 거예요."

"여덟 시 인터뷰는 누군데?"

"탤런트 김인성이요."

"김인성 쪽은 괜찮을 거야. 내가 미리 말해두었는데 그쪽 사무실에서 사진을 해준대."

"몇 장 해준대요?"

"큰 걸로 다섯 장 줄 테니 골라보라더군."

"그럼 어디서 인터뷰를 하라구요?"

"그쪽 사무실."

"인터뷰 주제가 애견 카페에서 만난 애견가인데 사무실에서 인터뷰를 해요?"

재희가 짜증을 내자 이 실장이 짧게 말했다.

"김인성은 자기 개를 사무실까지 데리고 다녀. 알잖아?"

"알았어요. 적당히 해보죠 뭐."

그녀는 그렇게 말하다가 재킷을 챙기고 있는 정연을 돌아보며 물었다.

"개 무서워해요?"

그 말에 정연은 멈칫했다.

"아뇨."

"그럼 다행이네. 사무실 앞에 있는 애견 카페에서 사진 몇 장 찍고 갑시다."

그녀는 짧게 말하고는 성큼성큼 걷기 시작했다. 그 뒤를 따르면서 정연은 자신의 마당 대추나무 아래에 누워 있을 목 없는 개를 생각했다. 참혹하긴 했지만 그녀는 개를 불쌍하게 여기는 마음은 들지 않았었다. 그저 끔찍하기만 했을 뿐. 하지만 생각해 보면 그 개의 주인은 얼마나 괴로울까. 난데없이 기르던 개가 사라졌으니 말이다.

애견 카페는 다행히도 잡지사가 들어가 있는 건물 근처에 있었다. 한 블록만 걸어가면 금방이다. 일층은 애견 카페이고 이층은 동물 병원과 미용실이 함께 위치하고 있었다. 정연도 그 애견 카페가 제법 유명한 곳이라는 것을 기억해 낼 수 있었다. TV에서 보았던 것이다.

카페 안으로 들어가자, 개들이 일제히 짖어댔다.

작은 개들이 더 시끄러웠지만 곧이어 주인들이 다독이자 조용해졌다. 그 모습을 미소를 머금은 채 보던 재희는 주인으로 보이는 젊은 남자에게 다가갔다. 남자는 검은 앞치마를 두르고 두건을 쓴, 꽤나 패셔너블한 청년이었다. 노랗게 물들인 머리에 루비링을 한 남자는 재희가 내미는 명함에 미소 지었다.

"아아, 네. 연락 받았습니다. 사진을 찍으실 건가요?"

"네, 여기 계신 분들의 개도 찍어도 될까요?"

"괜찮을 거예요. 다들 단골이신 데다가 개들도 아주 예쁘거든요."

아닌 게 아니라 정연이 언뜻 보아도 그녀의 동네에서 뛰어다니는 개들과는 천지 차이였다. 시츄나 도베르만이 있는가 하면 셰퍼드와 치와와도 있었다. 유달리 긴 털을 자랑하는 하얀 마르티스의 모습에는 정연도 미소 지을 수밖에 없었다.

"귀엽네요."

"그러게요."

문득 도도한 몸짓으로 걸어다니던 하얀 푸들이 재희의 신발 냄새를 맡으며 킁킁댔다. 개 주인으로 보이는 사람들도 모두 젊은 이들 뿐이었다. 나이 든 사람은 없었고, 다들 잘 꾸민 선남선녀들만 있는 것 같았다. 정연은 재희가 사진을 찍는 동안 커피 한 잔을 시키고 구석 자리에 앉았다. 재희는 각각 시츄를 한 마리씩 안고 있는 커플에게 이런저런 질문을 던지며 사진을 찍고 있었다. 그녀가 연달아 사납게 생긴 도베르만을 거느리고 앉아 있는 젊은 남자를 찍자, 선글라스를 쓴 남자가 뭐라 짜증을 냈다. 재희는 그 짜증을 내는 남자에게 미소 지어 보이고는 재빨리 근처에 있는 시베리안 허스키를 찍었다. 정연도 얼마 전 애견 카페 시리즈를 쓴 기사를 읽어보았기 때문에 가게 안에 있는 개들의 종류는 그럭저럭 구분할 수가 있었다. 물론 비슷한 개들을 자세히 세분하는 것은 어려워도 어쨌든 나름대로는 할 수 있었다.

크르르르—

정연은 난데없이 발치에서 들려오는 소리에 흠칫했다.

아래를 보니 재희의 발치에 서 있던 푸들이었다. 인형처럼 귀엽게 생긴 푸들은 잔뜩 일그러진 얼굴로 이를 하얗게 드러내고 있었다. 그뿐만이 아니다. 당장이라도 덤빌 듯 몸을 웅크린 모양새가 섬뜩했다.

"저, 쉬쉬······."

정연은 얼결에 중얼거려 보았지만 푸들의 기세는 수그러들지 않았다. 다른 사람들은 모두 재희에게 쏠려 있었기 때문에 그녀를 주목하는 사람은 아무도 없다. 그녀는 난감해졌다. 누군가 개 주인을 불러온다면 좋을 텐데. 이를 하얗게 드러내고 있는 개는 이제 오줌까지 싸면서 으르렁대고 있었다. 그 모습이 마치 항거할 수 없는 괴물을 만난 듯해 정연은 더더욱 당황하고 있었다.

크르르르―

갑자기 으르렁거리는 소리가 귓가에서 들려왔다.

놀란 정연이 뒤를 돌아보자, 그녀가 앉은 의자 너머로 커다란 개 한 마리가 으르렁거리고 있었다. 불꽃이 튈 듯한 파란 눈이 섬뜩한 모습으로 이를 하얗게 드러내며 위협적인 자세를 취하고 있었다. 굉장히 큰 개였다. 어떤 개인지 잘은 모르지만 대형견으로 펄럭이는 두 귀와 달리 침을 흘리고 있는 거대한 입 안은 길고도 날카로운 이빨들로 가득했다. 한 번 물리면 뼈째 으스러질 듯 위압적인 모습이었다. 새까만 그 개 역시 당장이라도 정연을 물어뜯을 기세였다. 그녀는 주먹을 쥐었다. 대체 왜 갑자기 이러는 것일까. 애견가는 아니었지만 그래도 그녀는 특별히 개를 싫어하지는 않았다. 가까이 살던 동네 개들도 그녀에게 특별히 덤벼든 적도 없다. 그녀는 순간적으로 눈앞에 목이 잘린 개의 시체가 떠올랐다. 혹여 이 개들은 그 개의 죽음을 탓하려는 것일까. 하지만 그 개를 죽인 것은 그녀가 아니었다.

"재, 재희 씨······."

그녀가 작은 목소리로 입을 열었다. 큰 소리를 지르다가 개를 자극할까 두려웠기 때문이다. 하나, 그게 좋은 결과를 가지고 오지는 못했는지 개의 기세는 점점 험악해졌고 재희는 사람들 사이에 서서 돌아보지도 않았다.

대체 개 주인은 어디에 있는 걸까. 설마하니 그녀를 공격하라고 명령이라도 한 걸까.

등골이 오싹했다. 심장이 터질 듯 뛰고 머리에 피가 올랐다. 개의 전신에서 느껴지는 살의와 적대감이 소름 끼쳤다. 그녀는 그 자리에서 당장이라도 쓰러질 것 같았다. 하지만 파랗게 질린 채로 그녀는 조용히 시선을 내려 그 살벌하기 짝이 없는 개의 눈초리를 피했다. 개를 자극하지 않기 위해서였다. 하지만 그것은 그다지 현명한 태도는 아니었던 모양이었다.

커어어엉—

오줌을 지리는 푸들과 달리 그 거대한 검은 개는 그대로 그녀의 목을 향해 달려들었다. 정연은 피하지도 못한 채 그 자리에서 개에게 깔려 쓰러졌다. 엄청난 힘과 무게에 숨이 막힌다. 그녀는 비명도 지르지 못했다. 뜨거운 입김이 그녀의 목덜미를 물어뜯으려는 순간, 정연은 그저 결사적으로 두 팔을 들어 얼굴을 가렸다.

우드득.

"악!"

강렬한 고통이 찾아왔다. 개의 이빨은 무정하고 가차없었다. 그녀의 손목 바로 아래 팔뚝을 파고드는 이빨은 살점 깊숙이 파고들었다. 뜨거운 액체가 얼굴로 목으로 쏟아져 내렸다. 개는 그녀의 팔뚝을 잘라 버리기라도 하겠다는 듯 악문 아가리를 흔들었다. 그녀의 작은 몸은 마치 헝겊 인형처럼 이리저리 흔들렸다.

"꺄아아아악!"

"아악!"

그 모습에 놀란 사람들이 일제히 비명을 지르는 순간, 갑자기 발칵 카페 문이 열리며 한 남자가 뛰어들어 왔다. 그는 주저하지도 않고 개의 아래턱을 움켜쥐었다.

으득.

뼈가 어긋나는 소리와 함께 개의 커다란 입이 벌어졌다. 피와 살점이 이빨 사이로 뚝뚝 떨어져 정연의 옷을 적셨다. 정연은 두 눈을 꽉 감은 채로 움직이지 못했다.

남자는 무지막지한 힘으로 검은 개의 턱을 쥔 채 내던졌다. 개는 신음도 지르지 못한 채 공중을 돌아 나뒹굴었다. 그 힘이 얼마나 컸던지 개와 부딪친 테이블이 송두리째 뒤집히며 부서져 내렸다. 사람들의 비명이 그 소음과 뒤섞여 카페 안에 울려 퍼졌다.

남자는 쓰러진 채 부들부들 떨고 있는 정연의 몸을 안아 올렸다. 피 범벅이 된 상체는 보기에도 끔찍해 차마 마주 보기 어려울 지경이었다. 하나, 그는 아랑곳하지 않고 그녀의 목을 더듬었다. 맥박이 제대로 뛰고 있는지 확인하듯이.

"정연 씨!"

제일 먼저 재희가 소리를 지르며 달려들었다.

그녀는 경련을 일으킨 것처럼 부들부들 떨고 있었다. 이렇게 끔찍한 장면은 처음이었다. 그녀는 이를 딱딱 부딪치면서 다급히 물었다.

"괘, 괜찮나요? 그녀는 괜찮아요?"

남자는 고개를 끄덕였다. 그는 자신의 옷을 벗어 피투성이가 된 정연의 몸을 감싸 안았다. 쇼크 때문인지 정연의 몸은 바짝 굳어 통나무처럼 뻣뻣했다.

"정연 씨. 정연 씨, 정신 차려봐. 응?"

재희의 얼굴에서 눈물이 흘러내렸다.

그 자리에 있던 다른 사람들은 전부 새파랗게 질려 부들부들 떨고만 있었다. 그 거대한 개의 주인 역시 그 자리에서 얼어붙어 있었다. 피 범벅이 된 주둥이를 가진 검은 개는 여전히 사지를 떨면서 꿈틀거리고 있었다.

"정연 씨! 괜찮아?"

정연은 여전히 팔뚝으로 얼굴과 목을 가리고 있는 중이었다. 얼결에 개의 이빨을 피해 팔뚝을 치켜들었던 것이 천운이었다. 하지만 그게 정말로 천운이었던가.

뚝뚝.

더운 피가 그녀의 하얀 팔뚝에서 줄줄 흘러내렸다. 끔찍한 고통에 그녀는 작게 신음을 냈다. 재희가 피범벅이 된 정연을 보며 미친 듯이 소리 질렀다.

"119요! 어서 불러요!"

그제야 사람들의 정신이 되돌아온 것 같았다. 말뚝처럼 굳어 있던 사람들은 할 일을 찾았다는 듯이 급히 움직이기 시작했다. 개들을 각자 끌어안고 뒤로 물러선 것이다. 방금 전에 벌어졌던 일들은 개 주인들로서는 가장 끔찍한 악몽이었다. 그들은 저마다 저런 일을 겪은 게 자신이 아니라는 사실을 감사하고 있었다.

가게 주인이 재빨리 전화를 붙잡는 동안 정연은 끔찍한 고통을 느끼면서 겨우 눈을 떴다. 자신을 부축하고 있는 낯선 사람에게 신경 쓰기에는 고통이 너무 심했다. 머리가 깨질 듯하고 팔뚝은 말 그대로 뜨거운 불 속에 집어넣은 듯이 아팠다. 신음이 절로 나왔다. 혹시 팔이 잘려져 나간 걸까.

"파, 팔……."

그녀가 중얼거리자 재희가 눈물범벅이 된 채로 다그치듯 물었다.

"괜찮겠어? 나 알아보겠어?"

정연은 순간적으로 그녀의 이름을 기억하지 못했다. 정신이 아득해서 도저히 기억할 수가 없었던 것이다. 그녀가 대답하지 못하자 재희는 더더욱 초조해져서 안절부절못했다. 피는 계속 흘렀고 살점이 파헤쳐진 상처는 보기에도 너무 심해서 욕지기가 나올 지경이었다.

"괜찮아요."

정연은 고개를 조금 돌렸다. 그 작은 동작에도 눈알이 빠질 것처럼 머리가 아팠다.

낯선 얼굴의 남자가 그녀를 끌어안고 있는 게 보였다.

눈. 눈이 마주쳤다.

"팔은 조금 찢어졌을 뿐이에요. 혈관을 건드려서 심해 보이긴 하지만 뼈도 상하지 않았어요. 아가씨는 괜찮아요."

남자의 목소리는 벨벳처럼 부드러웠다.

혹시 성우일까 하는 부질없는 생각이 잠시 그녀의 머리를 스쳤다. 그 목소리가 마치 진정제처럼 그녀의 온몸으로 스며들고 있었다. 괜찮다고 그저 위로하는 게 아니라 조리있게 말하는 것이 마치 의사처럼 느껴질 정도다.

그 말대로 고통이 점차 멀어지는 기분이 들었다. 남자가 손을 대고 있는 팔에서 점점 아픔이 사라져 간다. 마술처럼.

정연은 어린애처럼 그의 가슴에 얼굴을 묻었다.

피비린내와 더불어 희미한 담배 냄새가 스며든다. 피 냄새보다는 담배 냄새가 더 좋았다. 그녀는 담배를 피우고 싶다는 생각이 간절해졌지만 주변이 빙빙 도는 것 같은 감각에 토할 것 같았다. 뒤통수를 조금 부딪치긴 했지만 상처가 나지는 않았다. 하지만 그렇다고 해서 개의 이빨에 찢어진 팔이 아프지 않은 것은 아니었다. 아니, 아프다는 것 정도가 아니라 팔 전체가 활활 타오르는 것처럼 끔찍하게 고통스러웠다.

그런데.

그의 손이 천천히 그녀의 다친 팔을 쓰다듬고 있었다. 그에 따라 고통이 스러져 간다. 더러운 것을 닦아내듯 아픔이 밀려 사라졌다.

"조금만 참아요. 곧 119가 올 테니."

그는 조용히 말하며 그녀의 머리를 쓰다듬었다. 남자는 자신의 품 안에 안겨 있는 정연이 차분해진 태도를 보이자 주저하지 않고 피가 줄줄 흐르는 팔을 움켜쥐었다.

"악!"

놀라 비명을 지르는 그녀를 무시하고 그는 손수건을 들어 팔꿈치 쪽을 묶었다. 출혈이 심한 탓일까 손수건은 순식간에 물들었다.

"괜찮아요. 출혈이 심해서 묶은 거니까."

"아파요!"

정연이 버럭 소리를 질렀지만 남자는 태연자약했다. 그의 시선이 눈물을 흘리고 있는 재희에게 닿았다.

"수건 좀 주세요."

재희는 필사적으로 핸드백을 뒤졌지만 손수건은 없었다. 하나,

뒤에 서 있던 남자 하나가 급히 다가와 자신의 손수건을 내밀었다. 그 손수건으로 그는 맵시있게 정연의 팔뚝을 다시 감싸 매듭지었다. 보고 있던 사람들은 그가 태연한 얼굴로 응급조치를 하는 것을 그저 멍하니 보고만 있을 뿐이었다. 하나, 곧 가게 주인이 담요 하나를 들고 다급히 뛰어들었다.

"바닥이 차요."

남자는 가게 주인의 담요를 받아 들고 정연을 둘둘 감았다.

"윽!"

"조금만 참아요. 생각보다는 괜찮을 것 같군요."

손수건으로 정연의 팔을 감싼 남자가 조용히 말했다.

핸드백을 찢어져라 쥐고 있던 재희는 그 남자의 음성을 듣는 순간, 아주 기묘한 느낌이 들었다. 뭐랄까, 가게 안 전체가 갑자기 적막해진 듯한 그런 기분이었다. 남자의 목소리는 압도적이었다. 부드러운데도 불구하고 힘으로 가득 찬 음성.

하지만 사실 가게 안은 혼란으로 가득 차 있었다. 개들은 짖어대고 사람들은 소리치고 있었다. 몇몇은 119에 전화를 한답시고 떠들어댔고, 몇몇은 자신의 개들을 끌어안고 외면하고 있었다. 다급히 밖으로 뛰쳐나가려는 사람도 있었지만 가게 주인이 막는 바람에 그 자리에 주저앉았다.

"개들 좀 잡아요!"

"저 개 주인 누구죠?"

"저걸 어째!"

여기저기서 시끄러운 소리가 터져 나오고 있었다. 사람들 모두가 우왕좌왕하고 있는 가운데 테이블을 부수고 쓰러져 있던 검은 개가 비실비실 일어섰다. 방금 전 정연의 생명을 노렸던 개답지 않게 휘청거리는 움직임이었다. 기묘할 정도로 꺾인 뒷다리와 거품을 문 주둥이가 개가 입은 상처를 고스란히 드러냈다.

"벤……."

개 주인이 다가가 비틀거리는 개의 목걸이를 잡고 감싸려고 하는 순간, 몇몇 사람들이 비난하기 시작했다.

"그렇게 큰 개를 목줄도 하지 않고 그대로 방치하다니. 머스티프는 원래 순한 개가 아니잖아!"

"맞아! 너무해! 광견병 주사는 맞힌 거야?"

"하, 하지만!"

서른이 채 되지 않은 젊은 개 주인은 항의하는 얼굴로 외쳤다.

"벤은 순한 개라구요! 한 번도 사람을 문 적이 없었어요! 뭔가 이유가 있었을 거예요! 저 여자가 뭔가 해꼬지를 했든지……."

개 주인이 억울하다는 듯이 소리를 지르자 재희는 기가 막혀 소리를 내질렀다.

"무슨 소리를 하는 거예요? 정연 씨는 이 구석에 가만히 앉아 있을 뿐이었어요! 당신 개가 그녀에게 덤벼들었다구요!"

"하지만 이유도 없이 왜 벤이 사람을 문단 말이에요?"

개 주인이 발끈하는 동안 정연을 부축하고 있던 남자는 불쾌한 듯 눈썹을 찌푸리며 말했다.

"내가 밖에서 다 봤소. 저 개는 이 아가씨의 등 뒤에서 덮쳤지. 뼈가 으스러지지 않은 것은 천운이었어. 내가 조금만이라도 늦었다면 이 아가씨는 아예 팔 하나를 잃었을 거야."

그 엄한 말에 사람들의 시선이 정연의 참혹한 상처에 가 닿았다.

팔 전체를 손수건으로 둘둘 감은 탓에 출혈은 좀 줄어들긴 했지만 아직도 피가 흐르고 있는 그녀의 앙상한 팔은 엉망이었다. 깊게 뚫린 구멍에서 연신 피가 쏟아져 나오고 있었다. 아닌 게 아니라 개의 체구를 생각할 때 앙상하기 짝이 없는 정연이 그 정도로 끝난 것도 행운이라 할 수 있었다.

머스티프의 몸무게는 100㎏에 육박했다. 이빨은 정연의 팔뿐만 아니라 허벅지까지도 물어뜯을 정도로 굵고 길었다. 아닌 게 아니라 뼈가 으스러지고 팔이 절단될 수도 있었던 것이다.

"고, 고맙습니다."

고통과 불안으로 몸을 구부리면서도 정연은 그렇게 속삭이듯 말했다. 잔뜩 쉰 목소리가 터져 나오자 남자는 커다란 손으로 툭툭 그녀의 등을 치면서 괜찮다고 말했다.

재희는 그제야 새삼스럽게 정연을 구한 것이 눈앞에 있는 남자라는 것을 깨달았다. 그는 180㎝이 넘을 듯한 큰 키에 단정한 이목구비를 하고 있었다. 완벽할 정도로 손질된 머리칼과 고가의 디자이너 슈트로 보이는 양복을 입은 남자. 절대로 애견 카페에 어울리는 남자가 아니었다. 그는 기업의 회의장에서나 만날 수 있는 유형의 남자였다. 그런데 이 남자가 저 무지막지한 대형견을 단숨에 날려 버린 것이다. 눈 깜빡할 사이에.

"대체, 이게 무슨 일인지."

멍하니 다른 담요를 들고 있던 가게 주인이 고통 때문에 거의 기절하기 직전인 정연을 바라보면서 조심스럽게 말했다.

"정말로 벤은 순한 개예요."

"순한 개가 가만있는 사람을 물어요?"

재희가 바락 소리를 지르자 가게 주인은 시퍼렇게 질린 채로 부상당한 개를 끌어안고 있는 개 주인 쪽을 가리키며 작은 소리로 말했다.

"정말입니다. 벤은 정말로 온순한 개예요. 심지어 잘 짖지도 않을 정도입니다. 큰 개들이 순하다는 것은 아시죠? 개 주인도 얌전한 사람이어서……."

멀리서 사이렌 소리가 들려왔다. 119 구급대가 도착한 모양이었다. 오렌지색의 제복을 입은 사람들이 들것을 들고 뛰어들어오자 사람들 사이에서 안도의 한숨이 흘렀다. 남자는 피투성이가 된 웃옷을 들고 일어섰다.

"저기."

재희가 남자를 부르려 했지만 그는 무심한 태도로 그저 구급차로 옮겨지는 정연의 모습을 보고만 있을 뿐이었다. 그에게 연락처라도 물을까 했지만 정연의 뒤를 따라가야 하기 때문에 재희는 그를 부르지 못했다.

남자는, 천천히 피투성이가 된 웃옷에서 담배를 찾아 입에 물었다. 그가 불을 붙이고 가게 문을 밀자, 뒤에 서 있던 가게 주인이 다급히 불렀다.

"아, 저, 저기요!"

남자가 담배를 문 채 돌아보자 가게 주인은 고개를 숙였다.

"가, 감사합니다."

그의 태도에 무표정한 남자의 얼굴에 잠시 미소가 흘렀지만 그것도 아주 잠시였다. 남자는 불쾌한 표정을 바꾸지 않은 채 밖으로 걸어나갔다. 소란스러운 사이렌 소리와 함께 구급차가 차들을 헤치고 달려나가고 있었다. 그 모습을 보면서 남자, 태경은 연기와 함께 한숨을 내쉬었다.

"미칠 지경이군."

그의 뒤로 미끄러지듯이 민재가 다가왔다.

"어떻게 하죠?"

"병원에 사람을 보내 상태를 좀 살펴봐. 아주 심하진 않지만 적어도 한동안은 꼼짝 못할 상처니까."

"네."

민재는 잔뜩 찌푸린 태경의 얼굴을 살피며 중얼거렸다.

"역시 그, 사장님의 여자일까요?"

"그렇겠지. 냄새가 묻어 있었으니까. 미친 자식! 제 여자에게 냄새를 묻혀놓고 다니다니! 아무 힘도 없는 여자에게 냄새를 묻히면 어쩌자는 거지? 조금만 늦었어도 저 여자는 죽었어!"

태경은 이를 갈며 낮게 소리쳤다.

민재는 태경에서 풍겨 나오는 기세에 당혹해 뒤로 물러섰다. 그의 기세는 가까이만 가도 숨이 막힐 듯 대단했다. 끔찍할 정도다. 같은 일족이라 해도 그의 정면에 설 수 없다. 보통 사람이라면 기절할 것이다.

민재가 부들부들 떨고 있는 사이에 운전수가 차를 몰고 와 그의 앞에 세웠다. 태경은 분노를 감추지 않은 채로 차에 올랐다. 그 뒤를 따라 조수석에 타면서 민재가 작게 말했다.

"저 여자의 집을 감시하면 아마 사장님을 찾을 수 있을 겁니다. 사장님이 병원으로 찾아오실 것 같진 않으니까요."

그 말에 태경의 눈이 번쩍 빛을 발했다. 그 시선에 민재는 가슴이 철렁했다.

책임감없는 태도를 가장 싫어하는 태경이다. 그에 반해서 태호는 항상 바람처럼 흘러다니기만 했다. 태경이 바위라면 태호는 바람이었다. 너무나 상반된 존재였지만 태경은 태호를 자신의 자식처럼 아끼고 있었다. 그것만은 민재도 잘 알았다. 태호도 마찬가지다. 잔소리한다고 투덜거리면서도 태경의 말에는 한 번도 거스른 적이 없다. 무책임한 데다가 제멋대로인 태호에 대해서는 가문의 많은 어른들이 우려를 표시했지만 태경 때문에 노골적으로 항의한 적은 없다. 하지만 아무래도 이번엔 태경조차 확실히 화가 난 것 같았다.

'사장님에게 조의를 표합니다.'

민재는 속으로 중얼거렸다.

당연한 일이지만 인간여자에게 일족의 냄새를 묻히면 위험하다. 그들 일족은 짐승들에게 있어서 격렬한 적대감을 불러일으켰다. 무리도 아니다. 그들 일족은 먹이 사슬의 꼭대기, 가장 은밀하게 가장 위쪽에 군림하는 종족이었다. 특히 네 발 달린 짐승이라면 일족이 풍기는 기운 앞에서 공포로 자지러지는 것이 당연했다. 피가 짙은 직계라면 눈길 한 번으로 제압하고 죽여 버릴 수도 있었다. 그러나 일족이라면 감히 달려들지도 못할 미약한 짐승들이라도 방금 전처럼 아무런 힘이 없는 인간여자가 상대라면 이야기가 달랐다. 그녀는 그저 냄새만을 풍기고 있는 약자다. 그 냄새만으로도 네 발 달린 짐승은 적대감과 공포에 휩싸였다. 만약 작은 생쥐나 고양이 같은 작은 짐승이라면 그 적대감과 공포 사이에서 패닉을 일으키는 것으로 끝나겠지만 인간을 제압할 수 있는 능력을 가진 대형견이라면 이야기가 다르다. 방금 전 머스티프가 그랬던 것처럼 공포와 적대감은 순식간에 자기보호와 연결되어 살의로 바뀌어 버리는 것이다.

태호는 그녀를 집 안에 가두어놓을 셈으로 그런 짓을 한 것이지만 태경은 그것을 몰랐다. 게다가 자세한 사정이야 어쨌든 위험한 짓을 한 것만은 사실이었다.
"그나마 다행입니다. 그녀가 동물원에 갔었다면 더 큰일날 뻔했지요."
민재는 애써 농담처럼 말을 붙여보았지만 태경의 기세는 줄어들지 않았다. 그는 침묵하는 태경의 분노한 기세에 몸을 떨면서 애써 시선을 앞으로 돌렸다. 운전하고 있는 경재도 얼굴이 새파랗게 질려 있었다. 민재의 동생인 경재는 태경이 이렇게까지 화를 낸 것을 처음 보았다. 뒷좌석에 앉아 있는 것만으로도 숨이 막히는 공포를 느끼게 하는 주인에게 경외심을 품으며 경재는 헐떡였다. 기세를 가라앉혀 주십사 하는 말도 차마 할 수가 없었다.
다행히도 태경은 곧 경재와 민재가 시퍼렇게 질린 채 떨고 있다는 것을 깨달았다. 그는 담배 연기를 내뿜으면서 결국 기세를 누그러뜨렸다. 그러자, 그와 동시에 갑자기 경재가 차를 세우고는 앞좌석 문을 열고 맹렬하게 토하기 시작했다.
"우에엑."
민재는 민망해서 죽을 지경이었다. 물론 자신도 속이 뒤집히기 일보 직전이긴 했지만 이렇게나 노골적으로 주인 앞에서 토악질을 하다니.
경재는 눈물 콧물까지 흘려대며 토하더니 급히 손수건으로 얼굴을 닦고는 고개를 숙였다.
"죄, 죄송합니다."
태경은 쓴웃음을 지을 수밖에 없었다. 경재는 민재보다 다섯 살 아래로 태경의 곁에서 일하기 시작한 지 겨우 삼 개월밖에 되지 않았다. 종주의 기세에 익숙하지가 않은 것이다.
아직도 허옇게 질린 얼굴을 보면서 태경은 턱짓을 했다.

"민재, 네가 몰아라."

민재는 경재에게 사나운 눈초리를 던지면서 운전석으로 바꿔 탔다. 눈물까지 글썽이는 동생에게 한숨이 절로 나왔지만 그도 내색하지는 않았다.

차가 다시 움직이기 시작하자, 태경은 새 담배를 입에 물었다. 연기가 차 오르자 그는 창문을 조금 열고 얼굴을 창가로 돌렸다.

여자. 태호가 방치한 가엾은 여자.

대체 그 여자를 얼마나 하찮게 생각했으면 저렇게나 무방비한 상태로 놔두었을까. 이미 죽인 여자가 있는 상황에 또 다른 여자를 건드리다니. 태경은 속이 부글거렸다. 태호가 그렇게나 모진 녀석이라고는 생각하고 싶지 않았다. 태호의 방만함은 부친을 닮은 것이었지만 그래도 그렇게 나쁜 짓은 저지른 적이 없었다. 하지만 방금 전 있었던 일을 생각해 본다면 그의 부주의는 살인적이었다.

'잡기만 하면 우리에 가두어놓겠다. 이 빌어먹을 자식!'

그는 불이 채 꺼지지도 않은 담배를 맨손으로 우그러뜨리며 결심했다. 아무리 울고불고 매달려도 응하지 않을 셈이었다. 녀석은 사지를 부러뜨려 우리에 던져 넣어야 할 놈이었다.

재희는 새파랗게 질린 채로 두 손을 모으고 있었다.

병원 응급실은 시끄러웠다. 우는 아기를 달래는 젊은 엄마와 신음 소리를 내고 있는 노인, 거기에 취한 사람까지. 오가는 간호사들도 무표정하게 그저 움직일 뿐이다. 종합병원의 서비스가 좋아졌다고는 해도 응급실의 풍경은 그다지 바뀌지 않았다.

재희는 창백한 얼굴로 침대에 누워 있는 정연에게서 시선을 떼지 못하고 있었다. 그녀도 교통사고라든지 갑작스런 변고에 의한 죽음 같은, 그런 것들을 머리로는 분명 알고 있었다. 하지만 실제로 눈앞에서 사람이 죽어가는 광경을 본 적은 없었다.
 개에게 물린 사람이라니. 송아지만한 개에게 물린 사람이라니. 그 피. 진하디진한 검붉은 액체가 가녀린 정연의 몸 위로 번지듯 흘러내렸다. 개는 그녀의 팔을 절단이라도 하겠다는 듯 이리저리 문 채로 흔들어댔고, 바짝 마른 그녀의 몸은 마치 마른 헝겊 조각처럼 이리저리 흔들렸다. 재희는 욕지기를 느끼고 고인 타액을 억지로 삼켰다.
 그래, 잊지 마. 그래도 나는 기자라고. 아무리 끔찍했어도 그녀는 죽지 않았어, 출혈이 심해 보이긴 했지만 분명 살아날 거야. 그렇지 않고서야 여기서 어슬렁대는 응급실 의사들이 저렇게나 태연자약할 리는 없어. 재희는 스스로에게 몇 번이고 반복하며 중얼거렸다.
 현실적. 그래, 현실적이 되는 거야. 그 광경이 아무리 끔찍했어도 그녀는 죽지 않는다. 응급조치도 빨랐고, 119도 빨리 왔었지. 그녀는 몇 번이나 스스로에게 설명하면서 응급실 복도를 서성였다. 대체 왜 병원은 항상 회색빛 시멘트 바닥에 하얗게 벽을 칠하는 것일까. 왜 아파서 괴로워하는 응급환자들을 그대로 방치하는 것일까. 왜 응급실의 간호사들과 의사들은 항상 불친절한 걸까. 그녀는 두서없이 속으로 중얼거리다가 입술을 깨물었다. 물론 이유는 알고 있다. 대형 종합병원은 항상 인력이 부족하다. 응급실 의사나 간호사들은 항상 피곤하다. 머리로는 알고 있지만 마음은 언제나 불만이었다. 아마도 모든 사람들이 다 그럴 거라고 그녀는 생각했다.

"괜찮을까요?"

그녀는 마침 하얀 가운을 입은 의사 한 명이 정연을 살피는 것을 깨닫고 재빨리 다가섰다. 의사는 상당히 귀찮다는 얼굴이었지만 집요하게 빛나는 그녀의 두 눈을 마주하자 곧 순순히 대답해 주었다.

"피를 많이 흘리긴 했지만 수혈할 정도는 아니고요, 금방 안정될 거예요. 다행히 쇼크는 일어나지 않았어요."

바짝 마른 얼굴에 메뚜기처럼 세모꼴을 한 의사는 아직 젊었다. 인턴일 거라고 재희는 짐작했다. 아마 그도 정연이 당한 일을 들어서 알고 있는 모양이었다. 그뿐만이 아니었다. 그 참혹한 상처가 개에게 물린 것이라는 것을 알고 간호사들도 꽤 동요하는 기색이었다. 119 구조대원은 간혹 있는 일이라면서 태연한 기색이었지만 서울 한가운데서 개에게 물린 환자란 역시 흔한 것이 아니다.

"성형외과 의사가 잘 꿰맸으니까 안심하셔도 될 거예요. 오십 바늘 이상 꿰맸으니까 아무래도 나중에 흉터가 남겠지만 요즘은 성형수술 기술이 발달했으니까……."

의사는 그렇게 친절하게 말하다가 재희를 보고 물었다.

"가족이신가요?"

"아, 직장 동료요."

그녀는 대답하다 말고 정연이 사장 조카라는 사실을 깨달았다. 어서 연락을 하지 않으면 안 된다는 생각과 더불어 이미 마감 시간이 지났을 거라는 사실도 함께 떠올랐다. 아뿔싸, 그녀는 급히 핸드폰을 찾았다. 그런데 불행히도 핸드폰은 보이지 않았다. 아마도 카페에서 떨어뜨린 것 같았다. 무리도 아니다. 경황이 없어 사진기와 핸드폰 모두 다 잃어버리고 말았던 것이다. 아마 카페 주인이 챙겨놓았을 거라는 생각이 들긴 했지만 재희는 무엇보다 마감 시간이 늦었다는 것을 뒤늦게 깨달은 자신을 자책했다. 분명 패닉 상태였던 게 틀림없었다. 그녀는 끔찍하게 조여드는 명치끝을 억누르며 미친 듯이 울부짖고 싶은 충동을 참아냈다. 이를 악물면서 재희는 공중전화를 향해 달려갔다. 시간은 이미 일곱 시가 넘었다. 아아, 편집장이 날 죽이지 않기를.

[어디야?]

벼락같은 소리가 수화기를 통해 터져 나왔다. 뒤를 이어 거의 악다구니라고밖에는 표현할 수 없는 소리들이 흘러나오기 시작했다. 기자 생활 삼 년간 이런 일은 난생처음이었다. 같이 있던 동료는 피투성이로 죽을 고비를 넘겼고, 편집장은 광분하고 있다. 마감은 넘긴 데다가 애써서 잡아놓은 인터뷰 스케줄은 날아가 버렸다. 아마 김인성 측은 그녀라면 이를 벅벅 갈아 다시는 인터뷰에 응해주지 않을 것이다. 그녀는 눈물이 나오려는 것을 억지로 참으면서 작은 소리로 입을 열었다.

"여기, 강변종합병원 응급실이에요."

편집장의 음성이 순식간에 잦아들었다.

[응급실?]

갑자기 작아진 편집장의 음성에 재희는 눈물이 뚝 떨어졌다. 정말 끔찍한 하루가 아닌가.

[사고가 난 거야? 재희 씨, 괜찮아?]

그 말이 나오자 그녀는 어린애처럼 손바닥으로 눈물을 닦아내며 대답했다.

"난 괜찮은데 최정연 씨가……."

[교통사고야? 괜찮아? 어떻게 된 거야?]
 다급한 음성이 연속해서 나오자 재희는 더 이상 참지 못하고 성대하게 울음을 터뜨렸다.

7
야수, 각인

그녀는 자고 있었다. 그리고 꿈을 꾸고 있었다.
정연은 어둡고 추운 복도에 혼자 서 있었다. 어둠 속에 가려진 저 멀리 어딘가에서 떠들썩한 말소리와 웃음소리가 들렸다. 그녀에게서 꽤나 멀리 떨어진 어둠의 건너편은 웃고 떠드는 사람들의 형체가 희미하게 느껴진다. 그녀는 그들에게 다가서려고 걸었다. 어둠 속에 혼자 남아 있는 것은 두렵다. 무섭다. 문득 등이 오싹해지면서 뒤편의 어둠 속에서 무언가가 느껴졌다. 그녀는 뒤를 돌아보았지만 오로지 있는 것은 아득한 어둠뿐. 무섭다. 너무나 무서워서 죽을 것만 같다.
정연은 사람들을 향해 소리를 질렀다. 하지만 아무리 해도 목에 도무지 힘이 들어가질 않는다. 그녀가 외치는 소리는 속삭이듯 신음하는 소리가 새어나올 뿐 말이 되지 않았다. 떠들썩하게 놀던 사람들은 그 소리를 알아들었는지 뒤를 돌아본다. 온화한

빛에 감싸인 그들.

 숙모 지영과 숙부 제환이었다. 그들만이 아니라 여전히 젊은 아버지와 여전히 예쁜 엄마도 그 자리에 있었다. 기억이 가물가물한 사진에서밖에 보지 못했던 조부모도 그 자리에 있었다. 하지만 그들은 그녀와 자신들이 다르다는 듯 두 손을 내젓는다. 그리고는 그녀에게서 다시 등을 돌리고 웃고 떠들기 시작했다. 정연은 공포에 휩싸였다.

 짙고 깊은 어둠 속에서 무언가가 그녀를 노리고 있는데 아무도 그녀를 돌아봐 주지 않는다. 아예 그녀가 없는 것처럼 무시한 채 자신들의 일에만 열중하고 있다. 정연은 울부짖었다.

 나를 봐요! 나를 봐줘요! 나는 여기 있어요! 나를 데려가 줘요! 나를 구해줘요!

 새까만 어둠이 소용돌이치기 시작했다. 그녀는 납덩이를 매단 듯 무거운 다리를 질질 끌며 그들을 향해 걸었다. 몇 번이고 소리쳐 불렀지만 그들은 돌아보지 않는다. 마침내 그녀는 바닥에 쓰러져 기기 시작했다. 무거워진 다리는 움직이지 않는다.

 문득 바로 옆에서 누군가가 저벅저벅 걷는 소리가 들려왔다. 겁에 질린 채 고개를 돌리니, 새까만 어둠 속에서 새까맣게 물든 개 한 마리가 그녀 옆을 유유히 지나가고 있었다. 개는 송아지만큼이나 크고 거대했지만 머리가 없었다. 머리가 없는 개가 도도한 걸음으로 걸으며 그녀를 비웃는다.

 그녀는 눈물을 흘리면서 개에게 용서를 구했다. 어떻게든 나를 사람들에게 데려가 달라고 애원했다. 하지만 개는 꼬리를 흔들며 어둠 속으로 사라질 뿐 그녀를 돌아보지도 않았다. 그녀가 울고 있는 순간, 등 뒤에서 검은 손이 그녀의 어깨를 누르며 말했다.

"죽고 싶어?"

달콤하면서도 비열한 목소리. 너무나 은밀해서 소름 끼치는 손이 그녀의 둔부와 가슴을 더듬었다. 꼬집힌 유두가 비열하게 달콤했다. 하지만 정연은 두 눈을 감고 비명을 질러댔다.

"정연아!"

눈을 뜬 순간, 보이는 것은 파리한 파란색.

파란색이 파리해서 서글프다는 것을 그녀는 처음 알았다. 병실의 청회색 페인트가 그랬다. 깨어나는 순간, 그녀는 비명을 지를 뻔했다. 너무나 끔찍하게 아팠다. 눈물이 줄줄 흐른다.

"정연아!"

다시 한 번 누군가가 그녀를 불렀다. 눈물로 흐려진 시야를 애써 돌리자, 낯익은 얼굴이 보였다. 퉁퉁 부운 눈을 하고 있는 것은, 숙모인 지영이었다. 그 옆에서 초조한 얼굴을 하고 있는 것은 숙부.

그녀는 갑자기 꿈속의 일이 떠올랐다. 외면하는 사람들. 그녀를 무시하는 사람들. 그녀를 버려둔 사람들. 눈가가 뜨거워졌다. 그녀는 한숨을 몰아쉬고 또 몰아쉬었다. 슬프고도 슬프다. 끔찍하고도 끔찍했다. 더 끔찍한 것은 항상 외면했던 것은 그들이 아니라 자신이었기 때문에 더했다.

"정신이 나니? 응?"

"정연아."

숙부와 숙모가 번갈아가며 물었다. 등 뒤로 아직 어린 사촌들이 보였다. 그들도 초조한 얼굴로 눈을 동그랗게 뜬 채 정연의 주변을 감싸고 있었다. 모호한 감각이 찾아왔다. 따스함. 사람들의 따스함.

정연은 다시 눈을 감았다. 이들을 잃고 싶지 않았다. 이들을 다치게 하고 싶지 않다. 언젠가 짐승이 조롱하듯 말했었다.

"넌 보살피는 게 좋은 거지?"

그럴지도 모른다. 아니다. 그건 아니다. 보살피는 게 좋은 게 아니라 잃는 게 무서운 거다. 하나둘씩 사람을 잃어간다는 게 얼마나 무서운지 알아버렸기 때문에 모든 것이 다 무서운 것이다.

"괜찮아, 괜찮아. 상처는 괜찮대."

숙모가 위로하듯 울고 있는 그녀의 눈가를 쓸며 말했다. 물수건을 가져온 사촌동생 지연이가 그녀의 얼굴을 닦아주었다. 서툰 그 손길에 정연은 희미하게 웃었다.

"다 끝났으니까 아무것도 걱정할 거 없으니까."

숙모는 퉁퉁 부은 얼굴로 그녀의 손을 쥐었다. 뜨거울 정도로 따스한 손에 정연은 안도감을 느꼈다. 항상 그랬다. 숙모의 손은 뜨겁고 가슴은 더 뜨거웠다. 잔소리가 듣기 싫어 도망 다니면서도 숙모는 항상 그녀의 보호자였다.

"다 괜찮을 거니까 푹 쉬어."

의사가 다가왔다. 그는 소리 없이 눈물을 흘리고 있는 정연을 보면서 직업적인 미소를 머금었다.

"괜찮습니다. 아프죠? 지금 진통제를 놨습니다. 그러니까 괜찮아질 거예요. 너무 아파 견딜 수 없어지면 간호사를 불러 진통제를 놔달라고 하면 돼요. 알았죠?"

"으……."

목이 너무 말라서 말이 나오지 않았다. 그녀는 입술만 간신히 달싹였다.

그 모습에 숙부가 준비해 두었던 것처럼 이온 음료에 빨대를 꽂아 내밀었다. 목이 말랐기 때문에 몇 모금 들이키자 숙부가 잘 했다는 듯이 미소를 던진다.
 정연은 한숨을 내쉬었다. 말은 한 마디도 하지 않지만 다들 그녀를 둘러싼 채 미소를 보내고 있었다. 안도감과 슬픔 같은 감정들이 다섯 식구들 사이에서 뿜어져 나오는 게 보이는 것 같았다. 정연은 다시 눈을 감았다. 그러자 순식간에 여러 가지 영상들이 뇌리로 쏟아져 내리기 시작했다.
 개.
 왜 개에게 물렸을까.
 으르렁대며 달려드는 개의 뜨거운 입김이 아직도 생생해서 몸이 절로 떨렸다. 살갗을 찢고 들어오던 그 날카로운 이빨과 개의 무게감도 분명히 기억났다. 뚝뚝 떨어지던 자신의 피와 순식간에 옷자락 사이로 번져 나가던 검붉은 피. 개에게 물린 상태로 이리저리 흔들렸던 순간이 놀랄 만큼 선명하게 떠오른다.
 그녀는 입술을 깨물었다. 비명을 지르고 악을 지르며 외치고 싶었다. 왜? 왜 내가 이런 일을 겪지 않으면 안 되는 거지? 왜 내가 이런 일에 휘말려야 하는 거야? 이렇게나 끔찍할 정도로 운이 없는 건가? 아직도 내가 당할 불운들이 널려 있는 건가. 대체, 대체 무슨 잘못을 저질렀기에 이런 일만 겪어야 하는 걸까. 얼마나 더 견뎌야 행복해질 수 있는 거야?
 그녀는 이를 악물고 부들부들 떨었다.
 "정연아!"
 보고 있던 숙모가 놀라 그녀를 붙잡았다.
 잔뜩 일그러진 얼굴로 눈물이 새어나왔다. 이를 악물고 그녀는 속으로 외쳤다. 차라리 날 혼자 있게 해줘! 혼자서 외치게 해줘!

나도 화풀이 정도는 하고 싶어!

　몸이 구부러지면서 주삿바늘이 튀어나왔다. 검붉은 피가 하얀 시트 위로 쏟아져 내렸다. 정연은 날뛰고 싶었다. 소리치고 싶었다. 차라리 아무도 없는 곳에서 혼자서만 있고 싶었다. 아무도 자신을 해치지 못하는 곳에 조용히 살고 싶었다. 걱정시킬까 봐 눈치 보고 싶지도 않았다.

　"제발! 아아아아아악!"

　"정연아."

　숙부와 숙모가 어떻게든 그녀를 안정시키기 위해 몸을 잡아당겼다. 그들은 그녀가 쇼크로 경련을 일으킨 거라 착각했다.

　"진정해! 얘야!"

　"정연아!"

　두 사람이 소리치자 지연이 달려나가 의사를 불러왔다. 의사는 새우처럼 구부러진 채 부들부들 떨고 있는 정연을 누르고 재빨리 진정제를 놓았다. 정연은 그 와중에도 자신을 잡는 손들을 떨쳐냈다. 자신을 붙잡고 있는 것은 너무나 많았다. 모든 것들이 지긋지긋하다. 더 지긋지긋한 것은 항상 버둥거리고 있는, 항상 망설이고 있는 자신이었다.

　눈물이 뚝뚝 하얀 시트 위로 떨어졌다. 손목에서도 뚝뚝 피가 떨어져 내렸다.

　정연은 눈을 감고 시트에 얼굴을 묻었다. 덜덜 떨리는 몸체가 점점 멈추고 그녀는 마치 웅크린 태아처럼 둥글게 몸을 말았다. 희미하게 멀어지는 숙부와 숙모의 외침과 더불어 그녀는 차갑게 으르렁거리는 야수 한 마리를 찾아냈다.

　〈계속 이렇게 살 거야? 언제까지 남에게 끌려 다니며 살 거야?〉

그녀의 깊은 가슴속에 살고 있던 야수가 눈을 뜨고 물었다. 있는지도 모르고 있던 야수는 생각 외로 꽤나 컸다. 검푸른 야수는 이를 드러내며 다시 물었다.

〈어쩔 테야? 이게 다 너의 어정쩡한 친절 탓이지. 아니, 어정쩡한 태도 탓이야. 확실히 하라구. 그 빌어먹을 짐승을 그냥 놔둘 거야?〉

아니.

정연은 답했다.

〈그놈을 당장 네 집에서 쫓아내. 이제 죽든 살든 해보는 거야. 그 빌어먹을 개새끼 따위를 진짜 무서워하는 거야?〉

아니. 어차피 사람은 한 번쯤은 죽어.

정연은 입가를 비틀며 대답했다.

〈끝장내자구. 그 새끼를 끌어내 목을 쳐.〉

야수가 충동질한다. 참을 수 없다는 듯 이를 드러내며 으르렁거린다.

물론이지. 그곳은 내 집이야. 난 이제 개새끼든 고양이 새끼든 키우지 않을 거야.

정연은 야수에게 대답해 주었다. 그리고는 만족한 듯 미소를 머금고 속삭였다.

내 집을 지킬 거야. 거긴 내 집, 세상에 하나뿐인 내 것. 나는 이제 남의 일 따위는 살피지 않을 거야.

그녀는 눈을 뜨고 똑바로 천장을 노려보았다. 따가운 눈알에서 눈물이 흘러내려 베개로 굴러 떨어졌다. 정연은 메마른 시선으로 맹세했다. 이제 남에게 질질 끌려 다니지 않을 테야. 내 것은 내가 지킬 거야. 어차피 혼자밖에 없어. 난 혼자야.

그녀의 야수가 흐뭇하게 웃었다. 야수의 덩치는 점점 자라나고 있었다.

정연이 병원에서 퇴원할 의사를 밝힌 것은, 그로부터 사 일 후였다. 상처는 출혈에 비해서 심하지는 않았다. 깊이 물렸기는 해도 혈관은 많이 상하지 않았고, 뼈도 온전했기 때문이다. 다친 것은 다행히도 왼팔이었다. 오십 바늘을 꿰매고 온갖 주사를 맞았지만 다행히도 개가 광견병에 걸리거나 한 것은 아니었기 때문에 큰 문제는 일어나지 않았다. 하지만 숙부는 퇴원에 반대했다. 아직 몸도 온전치 못한 정연을 혼자 집에 돌려보낼 수는 없다는 것이다. 뒤이어 다친 그녀를 간호하겠다고 숙모가 나섰지만 정연은 그것도 고사했다. 붕대를 둘둘 감아 올린 팔이 불편하기는 했지만 그렇다고 손가락이 잘못된 것도 아니고 깁스를 한 것도 아니어서 다른 사람의 도움이 필요한 부분은 그다지 없었다. 정연은 숙모가 있는 동안 갑자기 짐승이 들어설까 봐 두려워서라도 그녀와 가까이 있고 싶지 않았다. 홀몸인 그녀야 그렇다 치지만 숙모가 다치면 정말로 큰 문제였다. 다른 사람도 아니고 가장 가까운 숙부와 숙모였다. 그들이 다치는 것을 상상만 해도 정연은 끔찍했다.

"정말 괜찮아요. 깁스를 한 것도 아니니까 괜찮다고요. 약이나 먹으면서 조심하면 돼요."

"안 돼. 만약 병원이 싫다면 우리 집에 와 있어야 해."

"괜찮아요. 저는 이제 너무 지쳐서 피곤할 지경이에요. 혼자서 조용히 음악이나 들으며 있고 싶어요. 내 집에 가고 싶다고요."

"그 몸으로 어떻게 혼자 집에 있겠다고 그래?"

숙모는 내내 불안한 기색이었다.

"병원 가서 소독도 해야 하고, 음식도 만들어 먹어야 하지 않니? 게다가 집 안도 치워야 하는데 그동안 그 팔로 어떻게 움직인단 말이니?"

실질적으로 말한다면 그 말이 옳긴 옳았다. 하지만 정연은 단호히 거부했다.

"사실 숙모, 난 혼자 있고 싶어요. 집안일은 적당히 하면 되고 음식도 적당히 먹으면 돼요. 시켜 먹어도 되고요."

"하지만 갑자기 열이 난다거나 쓰러지기라도 하면……."

"의사도 염증의 기색은 없다고 했어요. 삼 일에 한 번씩 가서 소독하고 점검하면서 지내면 괜찮아질 거예요."

그 말에 숙모의 얼굴이 흐려졌다.

정연의 단호한 태도는 뭔가 숨기고 있는 게 있는 듯싶었다. 아무리 혼자 있고 싶다고는 해도 넓은 집에 단 혼자, 그것도 팔을 심하게 다쳐 잘 쓰지도 못하는 상황에서 다른 사람의 도움을 거부한다는 것은 정신 건강상 아무래도 좋은 일이 아니었다. 대인기피증이라도 생긴 것은 아닐까 싶어 그녀는 불안해졌다. 정연의 어머니는 우울증이었다. 대개 우울증은 유전되기 쉽다. 정연 역시 우울증에 걸린 것은 아닐까 싶어 지영은 더욱 가만히 두고 볼 수 없었다.

"차라리 며칠 더 입원하는 게 어떠니?"

"아니요. 됐어요. 회사도 몇 번 가지도 못했는데 이런 일로 쉬게 되다니, 숙부께는 정말로 드릴 말씀이 없어요."

"이런 일이라니! 그건 근무 중 사고였어. 나는 생각만 해도 소름 끼친다, 얘야."

 숙부 제환도 씁쓸한 얼굴이었다. 취재하러 나갔다가 개에게 물려 이렇게나 심하게 다치다니. 일을 권한 그로서도 죄책감을 떨치기 어려웠다.

 치료비와 위자료로 개 주인이 나서서 돈을 냈다. 하지만 그 개 주인은 여전히 자신의 개가 얌전한 개라고 우기고 있었다. 개도 동물병원에 입원한 상태였는데 개의 상처도 꽤 심한 모양이었다. 다리뼈와 갈비뼈가 골절되었고, 특히 그 남자에게 잡힌 턱의 관절은 아예 빠져 버려서 앞으로 음식을 먹는 데도 지장이 큰 모양이었다. 개 주인은 안락사를 권하는 병원 의사의 말에 반발하고 그래도 계속 돌볼 생각인 듯했다.

 정연은 불같이 화를 내는 숙부와 달리 담담했다. 실제로 엄청나게 두렵긴 했지만 악감정은 그다지 생기지 않았다. 오히려 동정심마저 들었다. 이 사고는 분명 그 짐승 때문이다. 아마도 그 짐승이 말을 안 듣는 자신을 해코지하기 위해 벌인 짓일 거라고 그녀는 생각했다. 태호에게는 별다른 뜻이 없었지만 당한 그녀야 그의 마음을 알 리가 없다.

 "재수가 없어서가 아닐까 생각해요."

 머리를 조아리는 개 주인에게 그녀는 그렇게 말했다.

 "특별히 개를 자극하지도 않았고, 건드리지도 않았어요. 난데없이 달려들었으니까요. 제 집 주변에는 개들도 많아요. 하지만 그 개들이 달려든 적은 단 한 번도 없었거든요."

 그녀의 말에 개 주인은 그저 고개를 숙였을 뿐이었다. 솔직히 경찰 조사로 시달려서 그 역시 몹시 지쳐 있었다. 다행히도 예방주사를 꼬박꼬박 맞힌 애견가였기에 큰 문제는 벌어지지 않았지만 개를 처분하라는 말이 떨어지기는 했던 모양이다.
"진정서를 써주실 수는 없겠습니까?"
개 주인이 애원했지만 정연은 거절했다. 솔직히 아무리 담담하다 해도 죽을 뻔했던 것은 그녀였다.
"벤은 어차피 이젠 운신도 잘 못하게 되었습니다. 그때 나타난 그 남자 때문이죠."
"그 남자?"
정연은 반문했다.
"기억하지 못하는 모양이군요. 무리도 아니죠. 최정연 씨가 물리자마자 가게 밖에 있었던 한 사람이 달려들어서 벤을 집어 던졌어요. 무슨 무술이라도 하는 사람인 것 같더군요."
그 말에 정연은 희미한 기억을 찾아냈다.
그녀를 달래면서 따스한 품을 빌려주던 키가 큰 남자였지만 얼굴은 기억나지 않는다.
"혹시 안 찾아왔나요? 무시무시한 사람이었는데."
"아니요."
정연이 고개를 젓자 개 주인은 착잡한 미소를 지어 보였다.
"그 사람, 진짜 최정연 씨를 살려준 장본인이에요. 이름조차 말하지 않고 그냥 가버리더군요. 카페 주인도 처음 보는 사람이라는 걸 보니까 진짜 우연히 가게 앞을 지나다가 최정연 씨를 구해준 것 같아요."
"정말 운이 좋았네요."
"네, 진짜로요. 마침 지나가던 남자가 대단한 사람이어서 살아난 거지요. 개 주인인 저도 무서워서 벌벌 떨었으니까요."
정연은 무의식중에 옆에 서 있던 숙부를 바라보았다. 혹시 숙부가 그 은인을 만났을지도 모른다 싶어서였다. 하지만 숙부도 고개를 저었다.

"내가 연락 받은 것은 김재희 씨에게서였어. 내가 듣기론 재희 씨도 자세한 것은 모르고 널 구해준 남자가 있다는 이야기만 들었다. 키가 크고 아주 잘생긴 남자였다는 이야기를 들었어."

정연은 순순히 단념했다.

세상에는 의외로 아무런 이득도 보지 않은 채 사람을 구해주려 하는 사람도 있긴 있는 모양이었다. 재희의 부연 설명에 의하면 그는 무척 부유해 보이는 남자라 했으니 그럴지도 모른다. 그 남자에 대해서는 카페 안에 있던 모두가 증언했다. 엄청나게 힘이 세신지 그 거대한 개를 한 손으로 제압해 날려 버렸다는 것이다. 그리고는 그녀를 감싸 안고 구해주었다. 119 구급대원은 그 남자가 조치를 잘 취해주었다고 덧붙이기도 했다.

'불행 중 다행이라는 걸까.'

그녀는 쓰게 웃었다.

정연은 그에 대해서 무척이나 궁금했지만 한편으로는 짐승이 또 난데없이 나타날까 봐 신경이 쓰였다. 숙부나 숙모가 그와 맞닥뜨릴까 봐 두렵기도 했다. 병원에 있는 시간이 길어질수록 방치된 집도 불안했다.

어쨌거나 이렇게 난데없이 개에게 물리는 사고는 분명 그 짐승과 연관되어 있었다. 그렇지 않고서야 왜 개들이 그렇게나 적의를 보였겠는가. 어쩌면 이 사고 아닌 사고는 그 짐승이 유도하고 있는 것인지도 모른다. 그녀를 겁주고 조롱하기 위해서.

적개심이 솟아올랐다. 억눌리고 억눌린 감정의 비틀어진 여파 탓이었을까.

'어떻게 하면 그를 쫓아낼 수 있을까.'

경찰을 부른다가 가장 모범답안인 것 같았지만 현실적으로는 그다지 도움이 되지 않을 듯했다. 아주 예전 엄마가 살아 있을 때 집에 도둑이 들었었다. 그때 경찰은 그다지 도움이 되지 않았다. 엄마가 무서워서 안절부절못하는 것을 보고 병원에 입원시키라며 냉담하게 말하던 것이 경찰이었다. 그녀는 경찰을 신용할 수 없었다. 몰래 숨어드는 남자가 있다고 말한들 경찰은 그를 그녀의 애인 내지는 치정 관계에 얽힌 것으로 보고 가볍게 취급할 것이다. 어쩌면 그녀의 어머니의 병력을 들어 그녀를 정신병자 취급할지도 모른다. 게다가 누군가를 부른다 한들 힘으로 그를 쫓을 가능성이 있을까?

가장 좋은 것은 그가 그냥 사라져 버리는 것이었다. 그의 말대로 대단한 미인도 아니고 돈이 많은 것도 아닌 별 볼일 없는 그녀에게 싫증이 나서 휙 하니 사라져 버리는 것. 그것이 가장 좋은 결말이었다.

"데려다 줄게. 오 분 후에 현관으로 내려와라."

숙모가 먼저 주차장으로 내려간 뒤 그녀는 벌써 온화해지는 날씨를 깨닫고 멍하니 입을 벌렸다. 그 짐승에 이리저리 휘둘리고 헤매는 동안 어느새 선명한 봄이 되어 있었다. 새순이 돋은 나뭇가지에는 초록색 기운이 가득했다. 멀리서 황금빛 색채를 자랑하는 개나리들이 줄지어 손을 흔들었다. 하얀 목련은 이미 흐드러지게 피어 농밀한 형태를 만들어내고 있었다. 병원에 심어진 나무들만으로도 봄의 색채를 드러내기엔 충분했다. 한기가 사라진 공기는 부드럽다. 햇볕은 따스하다.

정연은 저도 모르게 코트 깃을 붙잡았다. 항상 겨울인 것 같더니 어느새 봄이 와 있었다. 엄마가 죽고, 짐승이 나타나고, 죽을 고비를 넘기고.

파란만장한 겨울이었다. 사람이란 얼마나 단순한지. 날씨만 좋아도 금세 모든 것이 잘될 거라는 착각을 일으키게 된다.

"하아."

정연은 씁쓸한 기분을 삼키며 담배를 입에 물었다. 하도 오랜만에 피우다 보니 손이 다 떨릴 지경이었다. 그러나 그것도 잠깐, 현관 로비에 서 있던 중년 남자가 노골적으로 미간을 찌푸리며 충고했다.

"병원 내 금연인 것도 몰라요?"

얼결에 담배를 치우자 남자는 파리한 그녀의 얼굴과 담배를 번갈아 보더니 혀를 쯧쯧 차며 가버렸다. 그 모습에 머쓱해진 정연은 실국 이정쩡한 자세로 핸드백을 든 채 병원 현관으로 걸어갔다. 다행히도 길게 기다리지 않고 숙모의 차가 재빨리 다가왔다.

"매일 들를게."

"그러지 마세요. 그게 더 부담스러우니까요. 그냥 가끔 전화나 넣어주세요. 그게 낫겠어요. 정 괴로우면 연락을 곧장 드릴 테니까요."

정연의 단호한 태도에 지영은 몇 번이나 망설였다. 손을 다친 아이(?)를 그냥 방치한다는 것은 그녀의 상식으로는 있을 수 없는 일이었던 것이다. 그러나 언뜻 보기에도 정연은 너무나 단호했다.

"뭔가 할 일이라도 있는 거냐?"

불안한 기색으로 지영이 핸들을 잡은 채 물었다.

온화한 봄 날씨를 자랑하듯 바람은 따스했다. 퍼렇게 물이 오른 가로수들도 저마다 무채색을 벗어던진 지 오래다. 파릇파릇하게 돋아난 새싹들을 부추기듯 거리 곳곳에 색색의 화초가 빛을 발하고 있었다. 무엇보다 사람들의 옷차림이 화려했다. 분홍, 노랑, 초록, 갖가지 색깔이 파스텔 톤으로 거리를 수놓았다. 봄에는 역시나 옅은 색이 어울리는 듯해서 정연은 자신의 칙칙한 옷차림이 조금 거슬렸다.

"조금 혼자서 계획하고 있는 일이 있으니까 절 믿어주세요."

정연은 조용히 대답했다. 숙모는 그녀의 대답을 내내 기다릴 뿐 재촉하지는 않았다. 뜨거울 정도의 따스한 손이 그녀의 손등을 살짝 건드렸다. 그 우아한 신뢰 표시에 정연은 작게 미소 지었다.

"너는 강한 아이야."

지영의 말에 정연은 쓴웃음을 지었다.

"아뇨."

"아니, 강한 아이야."

정연은 대답 대신 속으로 부정했다. 강하다고? 정말로 강하다면 이런 식으로 이리저리 휘말리며 살고 있지는 않을 것이다. 그녀는 차창 밖으로 보이는 거리에 시선을 두었다. 이렇게나 폐쇄적인 삶이라니. 아무것도 하지 않고, 아무도 만나지 않는 한심한 삶. 아마도 이런 삶을 멍청하게 살고 있기에 그런 짐승을 만난 것인지도 모른다. 그 괴물, 그 괴물이야말로 그녀의 삶에 뛰어든 유일한 변화였으니까.

'어리석었어. 난 바보야.'

그와의 만남을 그녀는 즐기고 있었다. 조용하고 자유로운 삶이라 생각하며 양념처럼, 일종의 자극처럼 그 짐승과의 만남을 즐졌다.

하지만.

그것이 전부여선 안 됐다. 우정이란 서로를 존중할 때 가능한 것이다. 짐승은 우정의 상대가 아니라 정체불명의 적이었다. 그녀를 위협하는 적. 로맨틱한 상상에 젖어서 그것을 망각하고 있었다. 상대가 사람이 아니라 이빨과 손톱을 가진 야수라는 것을. 그의 매력에 빠져 망각해 버린 것이다.

정연은 눈을 감았다. 바보 같지만, 아무것도 가진 것은 없지만 그래도 그녀에게는 지킬 것이 있었다. 그 집. 아버지가 짓고 엄마가 가꾼 그 집. 유일한 그녀의 소유이자 유일한 의지처. 누군가가 그곳을 마음대로 하게 놔둘 수는 없었다. 그리고 무엇보다 그녀 자신. 그녀에게는 지켜줄 사람이 없었다. 그러니 스스로 지켜야 했다. 비록 손톱도 이빨도 없지만 그렇다고 순순히 죽어줄 수는 없는 일. 상대가 원하는 것이 우정이 아닌 위협이라면 그에 응해 싸워주는 것이 인지상정. 정연은 언젠가 유행했던 애니메이션의 대사를 떠올리며 혼자 웃었다.

그 웃음은 여태까지의 그녀와 달리 무척이나 살벌한 것이었지만 그것을 눈치 챌 수 있는 사람은 아무도 없었다. 그녀 자신도 알지 못했다.

집은 여전했다. 하긴 돌보는 사람도 하나, 주인도 하나이니 달라질 것이라곤 없었으리라. 정연은 허름해진 돌담을 바라보았다. 낡은 기미가 역력한 벽은 슬슬 금이 가고 있었다. 그 세월의 흔적을 멀거니 보고 있는 동안 숙모가 억센 표정으로 트렁크에서 짐을 꺼냈다.

"이게 다 뭐예요?"

놀라 묻자 숙모는 씨익 웃었다. 여전히 후덕한 인상이다.
"음식하고 네가 입을 옷가지들. 그래도 좀 싸왔지."
"원. 적당히 먹어도 되는데."
"넌 환자야. 잘 먹고 잘 쉬어야지. 게다가 혼자니 난 더 불안하단다."

그 말에 정연은 순순히 감사를 표했다. 어쩐지 엄마가 살아 있을 때와 달리 한꺼풀 벗겨진 기분이었다. 짐승이 찾아와 위협한 이래로 타인의 호의를 순순히 받을 수 있게 되었다. 그것 정도는 짐승 덕분이라 자위할 수도 있었다.

그러나.

그녀는 마치 전쟁터로 나가는 병사처럼 굳은 표정으로 대문을 열었다.

이제 겨우 봄이 찾아온 초라한 정원. 푸른빛이 돋아난 오래된 대추나무와 매화나무. 그녀는 억지로 대추나무에게서 시선을 뗐었다. 그 아래에 무엇이 묻혀 있는지 기억해 내고 싶지 않았다.

"먼저 올라가. 내가 짐 가지고 갈게."

숙모가 보따리를 바리바리 들며 말했다. 순한 얼굴에 넘치는 호의.

정연은 가슴이 갑자기 조여드는 것 같은 느낌에 울컥했다. 이제, 이제 정말로 아무도 없었다. 그녀를 위해 울어줄 사람이라곤 숙모와 숙부뿐이었다. 그리고 또한 지키고 싶은 사람도 그들뿐이었다. 그들과 그들의 가족. 부모를 닮아 정이 많은 어린 사촌들.

"이제야 돌아왔군."

사나운 표정을 한 짐승이 앉아 있었다. 전보다 더 위험한 표정을 한 야수였다. 잔뜩 화가 난 그 표정을 보고 정연은 더욱더 끓어오르는 분노를 참을 길이 없었다. 거실 마룻바닥에 찍힌 그의 발자국. 더럽혀진 소파. 쓰레기는 없었지만 마룻바닥에 찍힌 구둣발 자국만으로도 충분히 불쾌했다. 문을 잠그고 나간 집주인보다 먼저 들어와 주인 행세를 하는 그의 모습은 그녀의 속을 잔뜩 할퀴었다.

"대체 뭘 하느라 지금 들어오는 거지? 어디서 뭘 했어?"

그는 그녀의 굳은 얼굴을 노려보며 빈정거렸다. 짐승. 이것은 분명 〈짐승〉이다.

정연은 들끓어 오르는 분노에 몸을 떨었다. 이곳은 그녀의 집이었다. 한때 아버지가 지었고 엄마가 가꾼 집. 좋지 않은 기억들과 아름다운 기억들이 공존하고 있는 집. 그녀만의 것. 이제 부모님들이 모두 떠난 뒤 오로지 그녀만이 소유할 수 있는 유일한 곳.

"나가요."

그녀는 잔뜩 쉰 목소리로 말했다.

짐승은 이제 침입자일 뿐 손님이 아니었다. 그가 그녀의 마당에 개의 시체를 던져 피로 물들였을 때, 그녀를 위협했을 때 이미 관계는 변했다. 주인을 무시하는 자는 손님이 아니다.

"뭐?"

그의 얼굴이 일그러졌다. 아주 잠시 긴 송곳니가 나온 것도 같았다.

"나가요. 여긴 내 집이야."

그녀가 낮게 외치며 한 발자국 다가섰다. 거센 움직임에 왼팔 전체가 끊어져 나가는 것처럼 아팠다. 하지만 그녀는 내색하지 않았다. 이자를 내쫓고 평범하고 조용한 삶으로 돌아갈 수만 있다면 바랄 것이 없었다.
　그녀는 거실 창을 통해 대문가를 치우고 있는 숙모를 보았다. 깔끔한 성격인 그녀는 너저분한 마당이 보기 싫었던지 종이 쪼가리 같은 것들을 치우고 있었다. 숙모가 보기 전에, 어서 그는 사라져야만 했다.
　"어서 나가요."
　그녀가 다급히 말했지만 그의 태도는 느긋하기만 했다. 하지만 정연은 속지 않았다. 눈앞에 있는 짐승은 지금 화가 나 있었다. 이유는 단 하나. 그녀가 집을 비웠기 때문이다.
　"다쳤군? 병원에 있었나?"
　태호는 그녀의 팔에 감긴 붕대를 보았고 코를 찌르는 약 냄새도 맡았다. 물론 그녀의 숙모가 떠들어대는 소리도 들었다. 하지만 그가 그녀를 오랫동안 기다렸다는 것은 사실이었다. 미천한 인간여자가 그를 이렇게나 기다리게 하다니. 그다지 예쁘지도 않은 주제에. 태호는 화를 내는 그녀를 빤히 바라보았다. 어쨌거나 그녀는 그의 소유물이었다.
　소유물.
　태호는 갑자기 그 단어가 무척 마음에 들었다. 여자를 안고 놀아났지만 누군가를 소유한다는 생각은 그다지 해본 적이 없었다. 그는 원래부터 구애받는 삶 자체가 싫었다. 그러나 이 여자는 어딘가 다르다. 비록 예쁘지도, 섹시하지도 않지만 그의 변신 모습을 본 데다가 꽤나 오랫동안 그의 주의를 끌지 않았던가. 질리지도 않게 말이다.
　"칠칠맞기는. 팔을 다쳤나?"
　그는 나름대로 상냥하게 말했다. 피 냄새와 얽혀 있는 기묘한 냄새와 역겨운 약 냄새로 보아 꽤나 심하게 다친 것 같아 그는 부드럽게 웃어 보였다.

"빨리 나가요."

"싫은데. 저 아줌마는 누구야? 이모나 고모?"

태호는 여전히 느긋했다. 정연은 이를 악물고 초조감을 감추며 한 걸음 앞으로 나섰다.

"숙모에게 뭐라 말할 건가요? 설마하니 내 애인이라고 말할 거예요? 만약 그렇게 한다면 얼마나 귀찮아질지 생각은 해봤나요?"

그 말에 태호는 미간을 구겼다.

다들 그의 애인이 되고 싶어했다. 그런데 정작 이 여자는 감히 그를 내치고 싶어하는 것이다. 부드럽게 이완되었던 기분은 점점 고약한 방향으로 흐르고 있었다. 모처럼 기꺼이 소유해 주려고 하는데 이 여자는 영 주제를 모르고 있다. 설마하니 자신이 정말로 그녀를 죽일 리 없지 않은가.

"아예 애인이라고 말하면 어떨까? 그럭저럭 저 귀찮은 아줌마와 친해져야 편리해지지 않겠어?"

키득거리는 태호의 말에 그녀는 가슴이 철렁했다. 이제 숙모까지 저 인간과 관련된다면 더 이상 참을 수가 없을 것만 같았다. 기분 내키는 대로 일을 저지르는 작자다. 결코 숙모의 안전을 장담할 수 없을 듯했다.

편리? 누구를 위해? 그녀는 주먹을 다잡고 경고했다.

"그만 해둬요. 아무에게도 당신에 대해 이야기하지 않았어요. 그러니까 일을 복잡하게 만들지 말자구요."

태호는 그녀가 숙모를 보호하기 위해 그런다는 것을 알아차렸다. 그럼에도 불구하고 그녀는 가증스럽게도 그를 위해 그런다는 듯이 말하고 있었다. 그는 조금 짜증이 나긴 했지만 정말로 숙모의 앞에 나설 생각은 없었다. 인간의 여자는, 특히 아줌마라고 하는 존재는 쉽게 받아들이기 어려운 존재다. 상관도 없는 일에 참견하고, 나서고, 샅샅이 파헤치려고 날뛰는 것이 아줌마. 시시콜콜한 점까지 거짓말을 해야 한다고 생각하니 태호는 곧 귀찮아졌다.
"난 다른 방에 가 있을 테니 저 아줌마를 빨리 내보내."
그가 사라지자, 정연은 터질 것 같은 심장을 부여잡은 채 재빨리 현관을 열었다. 현관문 앞에서 짐을 들고 서 있던 숙모 지영이 빙긋 웃으며 말했다.
"옷 갈아입고 쉬지 그러니?"
"네, 그보다 제가 치울 테니까 숙모는 하지 마세요."
"무슨 소릴. 그 팔을 해가지고 뭘 한다고 그래? 자, 어서 방에 가 누워. 적당히 내가 청소를 하고······."
"숙모."
그녀는 단호하게 말했다. 정말 너무 미안했다. 너무 미안해서 미칠 것 같았지만 한편으로는 초조해서 견디기 어려웠다. 진땀이 손바닥에 배어들었다.
"전, 혼자 있고 싶어요. 집 안이 더럽지만 제가 적당히 혼자서 치울 테니까. 숙모, 죄송하지만 저를 혼자 놔두실래요?"
그 말에 숙모는 일순 상처받은 표정을 했다. 무리도 아니다. 이렇게나 직설적으로 호의를 배반당하면 누구든 싫을 터였다. 정연은 그것을 알면서도 초조했다. 당장이라도 저 짐승이 귀찮다며 숙모의 목을 잘라 버릴까 봐 두려웠다. 그 개의 시체처럼 참혹한 모습을 볼까 봐 두려웠다.
"알았다."

지영은 긴 말을 하지 않고 짐을 차곡차곡 현관 앞에 내려놓았다. 음식 꾸러미로 보이는 것이 두 보따리, 옷이 한 보따리였다.
"이거는 김밥이니까 배고플 때 먹어라. 조금 있으면 저녁때가 되니까. 음식 상하니까 냉장고에 얼른 넣고."
"네."
지영은 더 이상 그녀를 보지 않았다. 다소 불안한 듯 돌아보긴 했지만 더 이상 뭐라 잔소리를 하지는 않았다. 그녀가 신발도 벗지 않고 그냥 밖으로 나가자, 정연은 다급히 그 뒤를 쫓아나갔다. 숙모는 대문으로 그냥 걸어나가 차로 올라탔다. 그 모습에 그녀는 차창에 손을 얹고 불렀다.
"숙모."
"됐어. 어서 들어가. 찬바람 쐬지 말고."
안전벨트를 매면서 차분히 말하는 지영의 얼굴에 주름살이 눈에 띈다. 정연은 입술을 깨물면서 조용히 말했다.
"버릇없게 굴어 죄송해요. 나중에, 나중에 사과드릴게요."
"됐어. 아프지만 않으면 된다."
냉담해진 그 얼굴에 정연은 놀랍게도 상처받는 자신을 느꼈다.
단 한 번도 냉담한 표정을 보인 적이 없었던 숙모였다. 언제나 이해한다는 듯 포근하게 그녀를 봐라봤던 숙모다. 그런 숙모가 노골적으로 불쾌한 얼굴을 한 것은 처음이었다. 그만큼 상처받았다는 뜻일 것이다. 정연은 아무런 말도 하지 못했다. 여기서 대체 무슨 말을 할 수 있을까. 저 기괴한 괴물의 이야기를 어떤 식으로 설명할 수 있을 것인가.
차가 떠난 뒤로도 그녀는 멍하니 대문 앞에 서 있었다.

제법 찬바람이 체온을 앗아갔지만 그녀는 거의 의식하지도 못했다. 아무렇게나 휘날리는 머리칼을 쓰다듬으며 그녀는 한숨을 내쉬었다. 담배가 무척이나 고팠다. 지금 자신이 잘하고 있는지 그것도 의심스러워진다. 그냥 숙모나 숙부에게 사정 이야기를 하고 보호를 요청하는 것이 옳은 것은 아니었을까. 설마하니 정말 그 괴물이 그들에게 달려들어 공격을 할까? 아무런 연관도 없는 사람들인데도?

"아냐……."

사실 얼마 전까지만 해도 그녀는 그럴 리가 없다고 생각했었다. 아무리 짐승이라 해도 이유없이 사람들을 마구 죽이는 살인마는 아니라 생각했었다. 허지만 결과는 어떤가. 그녀는 어이없게도 커다란 개에게 물려 죽을 뻔했다. 조금이라도 도움의 손길이 늦었다면 죽었을 것이다. 지금도 욱신거리고 있는 팔이 바로 방심의 대가였다. 누구에게든 개에게 물렸다고 말하면 그녀가 쓸데없이 개를 자극해서 벌어진 일이라 생각할 것이다. 숙부는 그렇지 않았지만 어쨌거나 경찰도, 119 구급대원도, 심지어는 개 주인까지도 그렇게 생각하고 있었다. 하지만 그녀는 알았다. 그것이 저 고약한 짐승의 심술이라는 것을. 그러나 누가 그것을 알아줄까. 누가 그것을 믿어줄까.

어딘가의 연구소에서 개를 자극하는 화학성분이라도 인위적으로 만들어내 그녀에게 뿌렸다는 황당한 스토리가 아니고서야 누가 이런 상황을 믿어줄 것인가. 비명이라도 지르고 히스테릭한 반응을 보여가며 경찰로 뛰어간다면 그녀를 보호한답시고 나설 사람들도 있을 것이다. 하지만.

정연은 자신을 알고 있었다. 그녀의 엄마는 중증의 우울증 환자였다. 분명, 그것은 정연을 보는 사람들의 시선을 한 군데로 고정시킬 것이다. 그 옛날 그녀 자신이 그랬듯이.

그녀는 관자놀이를 눌렀다. 정말로 모든 일은 인과응보. 모든 일은 부메랑이 되어 돌아오는 것이다. 웃음이 나올 지경이었다.

떨리는 손으로 주머니를 뒤져 담배에 불을 붙였다. 그녀는 잠시 대문을 닫고 돌아서며 대추나무 아래를 바라보았다. 유달리 두둑하게 보이는 그 자리를 보면서 그녀는 연기를 들이켰다. 마치 생명수라도 흡입하는 듯이.

"갔어?"

자기 집인 양 태연하게 소파에 앉아 있는 짐승.

"나가요. 여긴 내 집이야."

"정말 말 안 듣는군. 내가 몇 번이나 말했어? 까불지 말라고 말이야. 내가 말한 대로 그냥 조용히 살아. 원래 그렇게 나대는 성격도 아니잖아? 왜 그렇게 말을 안 들어?"

정연은 담배 연기를 내뿜었다. 어쩐지 굉장히 비현실적이라는 생각이 들었다. 잘생긴 짐승과의 말다툼이라.

"나가요."

"돈이 필요하면 준다고 하지 않았어? 적당히 좀 해둬. 난 앙탈 부리는 여자들, 정말 싫어."

앙탈? 지금 이게 앙탈이라고 하는 걸까? 말이 계속해서 헛돌고 있다. 그녀는 눈앞에 앉아 있는 성인 남성의 모습을 한 존재를 도저히 이해할 수 없었다. 아니, 이해하고 싶지도 않았다. 그는 자신의 생각과 주장만을 되풀이 말할 뿐 상대에 대해서는 조금도 배려할 마음이 없었다. 그녀는 그에게 있어 기르는 개보다도, 고양이보다도 못한 존재인 것이다. 결국, 이자는 껍데기만 사람인 짐승이었다.

"병원에 입원이라도 했었어?"

갑자기 기시감을 느꼈다. 아주 오래전 이런 식의 대화가 지나갔었다.

"엄마, 나도 이제는 조금 놀고 싶어요. 친구들과 사귀고도 싶고요. 그러니까 여덟 시까지 정도는 봐줘요."

"밖은 이미 어두워. 이 동네는 인적이 드물어 위험해."

"엄마, 나는 과제 때문에라도 나가야 해요."

"오늘은 날씨가 좋구나."

"엄마."

엄마. 엄마. 엄마.

그녀의 엄마는 먼 산을 보듯 중얼거렸다. 텅 빈 두 눈은 정연을 보지 않았다. 오로지 자신에게만 쏠려 있을 뿐. 그녀는 비명을 지르고 싶었다. 소리치면서 엄마를 잡고 악을 쓰고 싶었다. 날 봐요! 제발 날 보고 이야기해요! 지금 내가 말하고 있다고요! 내 마음을, 내 생각을 들어줘요!

하지만 결국 아무것도 변하지 않았다. 정연은 침묵했고, 엄마는 여전히 혼자서 말했다. 그것을 대화라 할 수 있을까. 결국 그녀는 시중을 드는 목석이 되어 움직였다. 그것 외에 엄마가 바라는 것은 없었다. 그녀라는 존재를 엄마는 원치 않았다. 존재 가치. 사람은 존재 가치를 잃으면 비굴해지는 법이다.

"왜 말이 없어? 전에도 말했다시피 쓸데없이 돌아다니니까 그렇게 다치는 거야."

짐승은 상냥한 척 미소를 머금고 말했다.

"개에게 물렸어요."

정연은 자신이 얼마나 비굴한지 잘 알고 있었다. 화를 내지 못하는 인간은 비굴하다. 그래서 그녀는 비굴한 인간이다.
"멍청하게. 개에게 물렸다고?"
태호는 그게 무슨 의미인지 금방 깨달았지만 교활하게 웃었다. 결국 이 여자는 그에게서 떨어질 수가 없는 것이다. 이 근방에는 개가 많았다. 떠돌아다니는 개들은 전부 다 그녀에게서 나는 그의 냄새에 광분할 것이 분명했다.
정연은 그의 교활한 웃음을 보고도 놀라지 않았다. 역시 그녀를 잡아 굴복시키려는 그의 수작이었다. 가슴속 한구석이 무너져 내리는 소리가 들렸다.
와르르. 신뢰가 부서져도 소리가 날까.
그녀는 들고 있던 가방을 그의 얼굴을 향해 던졌다. 온갖 잡동사니가 들어 있어 꽤나 무거운 가방은 슬쩍 피하는 그의 뺨을 스치며 바닥으로 굴러 떨어졌다. 먼지가 풀썩 일어났다. 그는 있을 수 없는 일이 일어났다는 듯이 두 눈을 부릅떴다. 검은 가방에 먼지가 허옇게 묻어났다.
"나가."
그녀는 낮게 명령했다.
"더 이상 내 집을 더럽히지 마."
태호는 기가 막혀 그녀를 바라보았다. 한순간 그녀의 모습이 위엄에 가득 찬 것으로 보여 저도 모르게 움찔했던 것이다. 그는 분노를 느꼈다. 잠시나마 그녀에게 압도되었다는 사실 자체가 불쾌했던 것이다.
"뭐라고?"
"나가. 난 널 초대한 적 없어."

그녀의 얼굴은 무섭게 창백하고 굳어 있었다. 태호는 입꼬리를 치켜올렸다. 여자의 히스테리인가. 다쳐서 기분 나쁘다 그건가? 하지만 누가 주인인지 잊어서는 곤란한 문제다. 이 여자는 항상 그랬다.

"건방지게 굴지 마. 노처녀 히스테리냐? 원한다면 듬뿍 안아줄까?"

정연은 그를 노려보았다. 떨리는 손끝이 짜증스러웠다. 눈앞에 있는 짐승은 여전히 그녀를 빈정거릴 뿐 거만한 자세를 바꾸지 않고 있다. 어쩌면 그녀를 가소롭게 여기고 있는 것이리라.

"내가 히스테리를 일으키고 있는 걸로 보이나요?"

그녀는 차갑게 웃었다. 그녀의 가슴속에서도 짐승 못지않은 야수가 으르렁거렸다. 자존심이라고 불리는 야수였다. 그 야수는 점점 더 부피를 더하고 있었다.

"뭐?"

태호는 순간적으로 자신의 귀를 의심했다.

"지능이 모자라는군요. 무엇이 노처녀 히스테리인지도 구별 못하는 짐승에게 내가 너무 많은 것을 바랐나 봐요."

그녀는 조소했다. 뜨겁게 타오르는 불길이 그녀의 몸 안에서 두려움을 지우고 태웠다. 그녀는 이글거리는 눈빛을 고스란히 유지한 채로 냉정하게 현관문을 발칵 열어젖혔다. 봄바람이 밀려들어와 그녀의 머리칼을 날렸지만 그녀는 감각을 느낄 수 없었다. 머리를 잃은 개가 계단에 앉아 피를 흘리고 있다. 그렇다. 피를 흘리는 개. 피를 흘리는 자신.

"난 꺼지라고 말하는 거다, 이 개자식아. 아직도 말을 못 알아들어? 자세히 다시 말해줘?"

그녀가 그렇게 외치는 순간, 태호의 얼굴이 정말로 일그러졌다. 그의 눈동자가 순식간에 녹색으로 물들며 얄팍한 입술 사이로 송곳니가 드러났다. 이완되었던 근육이 노기에 겨워 긴장감으로 굳는다. 그는 으르렁대며 외쳤다.

"짐승이라구?"

그의 몸이 테이블을 그대로 뛰어넘어 현관에 선 정연의 앞에 떨어졌다. 고양이처럼 날렵한, 기괴할 정도로 쾌속한 동작이었다. 그는 굳어 있는 그녀의 얼굴에 닿을 듯 말 듯 얼굴을 들이대며 이를 드러냈다. 하얀 송곳니가 당장이라도 그녀의 목덜미를 꿰뚫을 듯 그릉댄다.

"감히 나에게 뭐라 지껄였지?"

"짐승. 괴물, 미친놈, 개자식."

정연은 그의 눈을 똑바로 노려보며 딱딱 끊어지는 어조로 대답했다.

녹색 빛이 찌를 듯 그녀의 동공을 자극하자 분노에 들떴던 전신이 차갑게 식어가고 있는 것이 느껴졌다. 주먹을 쥔 손이 부들부들 떨렸다. 하나, 그녀의 목소리만은 떨지 않았다. 후회하지 않았다. 오히려 시원하고 통쾌했다. 그녀는 그의 눈을 일부러 똑바로 보았다. 야행성 동물처럼 녹색의 불빛이 명멸하고 있는, 지극히 비인간적이고 지극히 비현실적인 눈동자가 당장이라도 끓어 넘칠 듯 분노를 품고 있었다. 호랑이나 늑대, 뭐 그런 것과 비슷할까? 정연은 냉정하게 생각했다. 그리고 뒤이어 자조했다. 알 게 뭐야. 여기까지 와서 이 짐승의 정체를 고민할 필요가 있을까.

"빌어."

짐승이 다시 위협적으로 으르렁거렸다.

그는 그녀의 멱살을 한 손에 쥔 채 단숨에 들어 올렸다. 발이 대롱대롱 허공에서 흔들린다. 그녀의 목을 부러뜨리고 가느다란 몸체를 으스러뜨리는 것 따위는 그에게는 너무도 쉬운 일이었다. 인간의 육체는 정말로 취약했다. 게다가 여자를 해치는 것이 죄악이라는 생각 또한 그에겐 없었다.

목이 졸린 채로 정연은 짐승을 내려다보았다. 숨이 막히고 귀에서는 잉잉 소리가 났다.

빌라니. 무엇을? 개의 시체를 묻은 것? 개에게 물려 죽을 뻔했던 것? 그것은 어느 쪽도 그녀의 잘못이 아니었다. 그녀의 유일한 잘못은 짐승을 알아보지 못하고 다쳤다는 이유로 자발적으로 집안에 들여놓았던 어리석은 짓거리였다. 그녀는 짐승을 짐승이라 불렀다. 그 점에 대해서 정연은 오히려 가슴이 뻥 뚫린 만족감조차 느끼고 있었다.

목이 졸린 상태로 그녀가 피식 웃자, 태호는 그야말로 귀에서 연기가 날 정도로 격분했다. 조그마한 여자가, 그것도 한 줌 거리도 안 되는 미천한 인간여자가 감히 서가의 고귀한 핏줄에게 짐승이라 부르며 모욕하다니. 이런 끔찍한 일은 난생처음이었다. 눈앞이 시뻘겋게 물들 지경이었다. 목을 부러뜨리려 힘을 주던 그는 순간, 떠오른 생각에 이를 갈았다. 안 되지. 이렇게 쉽게 죽여줄 수는 없어. 안 그래도 이 여자는 죽고 싶어하는 여자이니 이렇게나 곱게 죽여주는 것은 오히려 은혜를 베푸는 격.

그는 비릿하게 웃었다.

그리고 그는 정연의 목을 쥔 채로 그대로 먼지투성이 거실 소파를 향해 집어 던졌다. 4m는 족히 되는 거리에서 내던져진 그녀는 실 끊어진 인형처럼 소파 위로 나뒹굴었다. 질식 직전이었기에 아품도 거의 느끼지 못했다. 쓰러진 그녀를 한 손으로 들어 올린 태호는 그녀의 가슴을 향해 길어진 손톱을 휘둘렀다. 짜악 하고 입고 있던 자켓과 옷이 단숨에 찢어져 나가며 피를 뿌렸다. 정연은 비명도 지르지 못했다. 그녀의 창백한 피부 위로 쇄골에서부터 갈비뼈까지 단숨에 붉은 길이 생겨났다. 점점이 흘러내리던 붉은 피는 파리한 그녀의 가슴과 배를 타고 순식간에 작은 시냇물을 이루며 흘러내리기 시작했다. 태호는 피 냄새를 맡으며 속삭였다.

"짐승? 내 이름은 서태호. 고귀한 서가의 직계지."

정연은 흐려진 시야로 야비하게 웃고 있는 짐승의 얼굴을 바라보았다. 태호? 사람 같은 이름을 가지고는 있지만 눈앞에 있는 자는 여전히 짐승일 뿐이었다. 그녀는 자신이 어떤 몰골을 하고 있는지 몰랐다. 아마 알았어도 반응은 없었을 터였다. 그녀는 오기와 분노를 뒤섞어 속삭였다.

"넌 짐승일 뿐이야."

순간, 그의 눈 속에서 불길이 치솟았다. 순식간에 황금빛으로 물든 그의 눈이 일그러진다. 그는 그녀의 어깨를 으스러져라 움켜쥐었다. 으드득하고 정말로 그녀의 어깨가 부서지는 소리를 냈다. 정연은 경련하듯 바들바들 떨었다. 상대는 여자라고 봐줄 자가 아니다. 사람이 아니니까. 짐승이니까. 짐승이 암수를 가려 사람을 해치던가. 머릿속이 텅 비는 끔찍한 고통의 그녀의 뇌리로 가득 차 올랐다.

"그래, 알았다. 이제부터는 너도 짐승이야."

태호는 비명도 못 지르는 그녀의 얼굴을 바라보며 비릿하게 웃었다. 그리고 그녀의 하얗게 드러난 목덜미에 그대로 이를 박았다.

8
결정

놔두면 그녀는 죽는다.
 태경은 가만히 서서 그녀를 내려다보고 있었다. 그녀의 얼굴은 핏기 하나 없이 새파랬다.
 찢겨진 옷자락과 까맣게 굳은 피와 달리 상처 하나 없는 몸체. 얼마 전까지 꽤나 심각한 상처로 병원에 입원했었을 그녀의 팔뚝에는 생채기 하나 없었다. 하나, 그 대신 그녀의 몸은 곱사등이처럼 기괴하게 굽어져 있었다. 끔찍할 정도로 불거진 등뼈와 막 재구성되기 시작한 어깨뼈가 꿈틀거린다. 팔꿈치의 뼈도 제자리를 찾기 위해 안간힘인 듯 이리저리 꿈틀꿈틀. 무릎에서도 우드득 소리가 났다. 존재감을 과시하고 있는 그녀의 뼈대는 홀로 살아 있는 생물처럼 움직이며 자신의 할 일을 해치우고 있었다. 고통에 겨워 아예 기절한 그녀는 아마도 자신의 육체가 어떻게 변하고 있는지 알지 못하고 있을 터였다.

파리한 얼굴. 희미하게 맴도는 혈향. 뒤틀린 젊은 육체. 그리고 짙은 담배 냄새.

"어쩌지요?"

태경이 노기를 터뜨릴까 두려운 듯 민재가 작은 소리로 물었다.

집 안은 난장판이었다. 분노를 있는 대로 표출한 태호가 그랬는지 온통 깨고 부순 것들투성이다. 소파는 갈가리 찢긴 채 속살을 드러내고 뒹굴었고 유리창은 깨졌다. 집 안의 집기며 여자의 화장품이나 옷가지 등도 난잡하게 흩어져 있었다.

대답 대신 태경은 입고 있던 웃옷을 벗어 흐트러진 차림새의 그녀를 감쌌다. 그리고는 간헐적으로 떨고 있는 그녀의 몸을 안아 올렸다. 어쨌든 그녀에게서 태호의 냄새가 풀풀 났으니 그냥 죽게 놔둘 수는 없는 일이었다.

"어디로 갈까요?"

차에 올라탄 그를 돌아보며 민재가 물었다. 그는 애써 그녀의 나신에게서 시선을 돌렸다. 그녀의 모습은 그가 봐도 끔찍했던 것이다. 조수석 너머로 묻는 그 말에 태경은 하얗게 드러난 그녀의 다리를 두 팔로 다시 감싸 안으며 대답했다.

"집. 그리고 히터 올려."

그녀의 발작은 멈추지 않고 있었다. 그는 그녀를 덮치고 있는 고통이 어떤 것인지 알지는 못해도 짐작은 할 수 있었다.

온몸의 생체 구성이 변하는 것이다. 내장 기관은 물론이고 뼈 구성, 혈관은 물론이고 전신의 체액 전체가 바뀐다. 전신의 감각은 극도로 예민해져 작은 자극에도 타오르듯 반응하고 신경은 곤두서서 몇 배나 날카로워진다. 재생력이 커진다는 것은 그만큼 몸이 활성화된다는 것이다. 온몸의 세포 하나하나가 정밀해지고 복잡해진다. 그러자니 그 고통이 얼마나 대단할 것인가.

태경은 기록상 변화하다가 쇼크로 죽은 자들이 적지 않다는 것을 알고 있었다. 적어도 칠 일 내지는 팔 일은 걸리는 변환이다. 이 변환 단계에서 주체가 되는 일족이 그 과민해진 신경을 누그러뜨려 주어야 한다는 것은 상식 중에 상식.

"후우……"

그는 담배 연기를 내뿜었다.

그가 뿜어낸 연기는 작은 회오리처럼 맴을 돌며 허공으로 스러져 간다. 온몸의 기세를 자유자재로 움직이는 그로서는 작은 유희 같은 것. 그는 심지어 자신의 주변 2m 정도는 아예 진공 상태로 만들어 버릴 수도 있었다.

그런데.

그 흉포한 그의 동생은 상식이란 상식을 모조리 배반하며 나돌아다니고 있었다. 그가 열세 살 아래의 동생에게 너무 무른 것도 문제가 있긴 있었다. 태경을 빼면 태호야말로 유일한 직계 혈손이다. 힘이든 지위든 간에 그를 제어할 수 있는 자는 사실상 없는 것과 같았다. 특히 태경이 결혼할 마음이 없고, 동생 태호에 대한 애정이 깊다는 것은 후계를 걱정하는 나이 든 노인네들에게 있어서는 더더욱 문제였다. 다시 말해, 태경의 후계로 태호가 될 수도 있다는 이야기였다. 그 때문에 아무도 태호를 제지하지 않았다. 아니, 못했다.

원래 그들 일족은 먹이사슬 피라미드의 정점에 속하는 존재였다. 그중에서도 직계의 피는 강력한 피와 능력을 자랑한다. 호랑이 앞에서 개가 공포에 질리는 것과 마찬가지로 그저 강한 힘을 가진 일족 앞에서 모든 자들이 무릎을 꿇는 것이다. 인간 세상과 달리 그들 일족들의 세계는 오로지 힘만이 모든 것의 척도였다.

인간과 구별되는 유전자와 유달리 발달한 재생력과 특이한 육체적 능력, 변이, 변신, 변환. 그것은 유전되는 것이므로 인간과는 확연히 구별된다. 호랑이와 늑대가 다르듯 그저 그렇게 다른 개체인 것이다.

그러나 그 다른 개체가 겹쳐지는 경우가 가끔 발생했다. 인간은 다른 개체이므로 일족과 결혼한다 한들 애를 갖지는 못한다. 허지만 비슷한 육체적 능력과 재생력을 가질 수는 있다. 애정을 가진 일족이 인간을 물 경우에 해당한다. 일종의 전이. 인위적인 돌연변이다.

혹자는 사랑의 기적이라고도 부른다.

애정.

그것은 참으로 오묘한 물건이었다. 인간 세상이 그러하듯 태경이 아는 한 그늘 일속의 세계에서도 그러했다. 맨 처음 시작은 아무도 모른다. 전해져 내려오는 이야기에 의하면 중병으로 죽어가는 인간을 사랑한 일족의 여자가 고통을 덜어줄 생각으로 인간을 물어뜯었더니 놀랍게도 그 인간이 일족의 육체로 변했다고 한다. 당연한 일이지만 인간 세상에 섞여 살면서 인간과 사랑에 빠진 일족은 많았다. 그들은 정체를 숨기고 사랑하기도 하고 또는 정체를 밝히고 그 인간을 소유하기도 했다. 보통 인간보다 수명이 길고 강인한 육체를 가지는 것 이외에 특별한 문제가 없었기 때문에 일족은 기꺼이 친구, 혹은 연인을 물었다. 일족에서도 새로운 가족을 늘리는 것이기에 반대는커녕 적극 권장하기도 했다.

문제는 그 변하는 과정이 지극히 고통스럽다는 것이다. 그래서 실제로 인간이 변성을 거쳐 일족이 되는 경우는 굉장히 드물었다. 대개는 다 변하기도 전에 쇼크로 죽어버리기 때문이다. 과도한 변성을 이기지 못하고 심장이 그 기능을 정지하거나 긴장과 고통을 이기지 못한 신경이 끊어져 미쳐버리기도 한다.
 따라서 그 고통을 덜 위안이 필요했다. 사랑하는 자를 위해 이빨을 들이댄 자는 상대를 끌어안고 칠주야를 자신의 생체 에너지로 보살피는 것이다. 자신의 재생력을 극도로 끌어올린 채 생명력을 나누어 고통을 반감시킨다. 그것 또한 보통 일은 아니다.
 "아아아아악!"
 마침내 다시 경련이 시작되었다.
 침대 위에 누워 있던 그녀의 몸은 이리저리 뒤틀리고 있었다. 격렬한 그 모습에 보고 있던 자의 눈들이 커진다. 우득우득 뼈 부딪치는 소리가 섬뜩해 어지간한 담력의 소유자라도 마주 보기가 어려울 지경이었다. 아직 젊은 가정부들이 파란 얼굴로 고개를 돌렸다. 주치의는 슬그머니 주인을 바라보았다. 서가의 우두머리인 태경의 얼굴은 심각했다.
 "저기, 이 여자 분은 회장님의?"
 주치의인 서진국이 물었다. 그는 난데없이 불려 나와 무슨 일이 벌어진 것인지 잘 알지도 못하고 있었다.
 태경은 침묵했다. 옆에 있는 민재가 뭐라 하려다 입을 다문다. 만약 이 여자가 태호의 여자라는 것이 알려진다면 명성과의 사이는 더 악화될 것은 자명한 일. 최악의 경우 이 여자를 갖기 위해 명희를 죽였다는 소리까지 나올 수 있었다.
 "상태는?"
 "좋지 않습니다. 방계가 아닌 직계, 그것도 회장님의 피라면 변성은 더 격렬할 겁니다."

의사가 진땀을 흘리며 대답하자 태경의 얼굴은 더 살벌해졌다.

"어떻게 하면 되지?"

"안아주셔야죠. 아시겠지만 변성하는 동안에는 회장님의 몸이 이 여자 분의 몸을 감싸야 합니다. 다른 분도 아닌 회장님이시니 당연히 치유력도, 재생력도 강하시겠지요."

"……."

"알고 계시겠지만 맨살이 맞닿아야 합니다."

진국이 덧붙이자 민재의 눈이 커졌다. 그는 당혹한 얼굴로 얼른 주인의 얼굴을 훔쳐보았다. 여자는 태호의 여자였다. 그런데 그런 그녀를 태경이 취한다니. 그것도 저런 상태로?

"얼마나 걸리겠나?"

태경은 담담하게 물었다.

"적어도 육 일에서 칠 일입니다. 상태로 봐선 저 여자 분은 꽤 오래 방치된 것 같습니다. 의지력이 강한지 잘 버티고는 있습니다만 원래부터 체력이 좋은 편은 아닌 것 같으니 좋지 않습니다. 게다가 직계의 변성은 더 격렬합니다. 그냥 건딜 수 있는 정도가 아니에요."

다시 말해 놔두면 죽는다는 이야기였다.

주치의의 말에 민재는 슬그머니 태경을 살폈다. 워낙에 금욕적인 태경이었지만 그래도 알몸의 여자를 알몸으로 끌어안고 칠 일간을 있으라 한다면 그냥 순순히 플라토닉한 상태로 넘길 수 있을까. 물론 저 끔찍한 몰골을 한 여자라면 욕정이 일어날 리 없겠지만.

"알았다."

태경은 짧게 말하고는 계속 떨고 있는 그녀를 얇은 이불로 둘둘 말아 안아 들었다. 애초부터 그녀를 죽게 놔둘 생각은 없었다. 이미 한 번은 구해준 목숨이다. 게다가 변화를 시작한 이상 그녀는 그의 일족이 된다. 저 골칫거리 태호의 일은 접어두고서라도.
　그는 그녀의 몸을 안고 자신의 침실로 향했다. 불안과 당혹스런 시선들이 그의 등 뒤로 달라붙었지만 언제나 그렇듯 그는 무시했다. 그는 해야 할 일을 미룬 적은 단 한 번도 없었던 남자였다.

　끔찍한 고통이란 이런 걸까.
　온몸을 통째로 누군가가 쥐고 흔드는 것만 같았다. 거인이 그녀의 몸을 두 조각으로 쪼개고 맷돌로 갈아댄다. 뜨거운지 차가운지 잘 알 수도 없는 감각이 전신의 신경을 타고 올라와 뇌 속을 헤집고 뾰족한 꼬챙이가 온몸을 들쑤셔 댔다.
　차라리 죽여달라고 외치고 싶었다. 온몸이 터질 듯 팽창했다가 다시 수축한다. 내장이란 내장은 전부 뒤틀려 전신의 체액을 쏟아내는 것만 같았다.
　죽고 싶어.
　그녀는 모든 것을 다 후회하고 회개했다. 모든 게 다 자신의 잘못인 듯싶었다. 그래서 하느님이든 누구든 그녀에게 벌을 내리고 있는 모양이었다. 이것은 말로만 듣던 무간지옥. 펄펄 끓는 지옥의 팔열지옥. 그녀는 빌고 또 빌었다. 엄마에게 잘못했다고, 숙모에게 잘못했다고. 모든 사람들에게 다 잘못했다고 빌고도 또 빌었다. 하지만 고통은 멈추지 않았다. 억울함과 분노와 체념이 빙글빙글 돌고 또 돌았다.

한순간, 그녀는 깨달았다.

신이라고? 웃기지 마. 이것은 그놈 짓이야.

그 짐승이 그녀를 고문하고 있는 것이다. 세상의 모두가 자신을 위해 돌아가고 있다는 착각을 하고 있는 그 개자식이 한 짓이다.

질 줄 알고!

뜨거운 불길이 치솟았다. 증오가, 생전 처음 맛보는 짙은 증오가 뇌리를 가득 채웠다. 그 짐승을 죽이리라. 그녀 안의 야수가 울부짖었다. 이대로 순순히 죽어주지는 않겠다고 맹세하며 그녀는 이를 갈았다.

그때였다.

"괜찮아?"

익숙한 목소리가 들려왔다. 벨벳처럼 부드러운 목소리.

떨고 있는 등 뒤로 따스한 것이 다가온다. 온유하고 다정한 그 어떤 것이 다가와 제멋대로 솟구치고 있는 능뼈를 쓰다듬었다. 포근한 그 감각이 마치 마약처럼 피부 위로 스며들며 고통의 독기를 몰아냈다. 저절로 온몸을 부르르 떨면서 그녀는 어린애처럼 몸을 말았다. 한기가 올라오는 배를 움켜쥐자 그 따스한 온기가 떨고 있는 그녀의 아랫배로 다가왔다. 감싸듯 전신으로 스며드는 그 온기는 점차 한기를 몰아내며 퍼져 나간다.

전에도 이런 적이 있었어.

그녀는 희미하게 기억해 냈다. 새까만 눈을 한 남자였다. 벨벳처럼 부드러운 목소리로 다가와 그녀를 쓰다듬어 준 남자.

"잘하고 있어."

또 한 번 부드러운 음성이 귓가를 덮었다.

두근.

심장이 그 목소리에 반응했다. 고통으로 비틀어진 육체가 그 온기에 반응했다. 귀에 익은 목소리가 잔뜩 시달린 머릿속으로 스며들며 자리 잡았다. 그녀는 전신으로 녹아드는 그 목소리에 어떻게 반응해야 할지 알 수 없어 문득 두려워졌다. 이 남자는 누굴까. 누구기에 이처럼 따스할까.

"아가씨 이름이 뭐더라?"

"최정연."

그녀는 대답하고 나서야 자신의 이름을 인식했다.

고통이 너무 심하면 머리가 이상해지는 모양이다. 그녀는 억지로 머리를 굴렸다. 내가 누구더라? 나는 어떤 사람이더라? 여기는 대체 어디?

"괜찮아. 아가씨는 이제 나을 거야."

누구지? 지금 내게 말하고 있는 것은 누구?

갑자기 맹렬한 의문이 치솟았다. 의사일까. 아니면 119?

만약 이것이 그 짐승이라면 그녀는 당장에 그를 죽여 버릴 참이었다. 힘센 그를 어떻게 죽일 수 있는가 따위는 생각하지도 않았다. 그저 맹렬한 증오만이 앞설 뿐이었다.

그 증오 탓이었을까. 갑자기 눈이 떠졌다.

"아!"

너무 눈이 부셔서 미칠 것 같아 그녀는 고개를 푹 숙이고 다시 눈을 감았다. 다행히 그녀의 상태를 눈치 챘는지 곧 다시 어두워졌다. 좌라락하고 커튼을 다시 치는 소리가 났다.

방 안은 제법 어두워졌지만 작은 빛만으로도 그녀는 눈물이 줄줄 흘러내렸다. 눈알이 타오르는 것만 같았다. 정연은 가쁜 숨을 몰아쉬며 주먹을 쥐었다.
 담배가 간절히 필요했다. 아니, 진통제! 진통제가 필요했다.
 "괜찮아?"
 다시 한 번 존재를 과시하듯 목소리가 울려 퍼졌다. 낮은 목소리.
 그녀는 한 번쯤 들어본 것 같은 목소리에 다시 눈을 뜨고 상대를 보았다. 여전히 눈 안쪽이 타는 듯이 따끔거렸지만 결사적으로 상대를 확인하려 애썼다.
 희미한 윤곽. 분명 낯선 남자였다. 그런데도 낯익다. 역시 의사일까?
 "누구죠?"
 끔찍하게 쉰 목소리였다. 자신의 입에서 튀어나온 목소리라고는 믿기지 않을 정도로 허스키했다. 그녀는 억지로 침을 삼키고 소리를 내려 애썼다. 목소리가 다시 나오기까지는 한참이 걸렸다. 목이 아팠다.
 "당신은 누구죠? 의사?"
 하나, 남자는 대답 대신 그녀의 목을 따스한 것으로 만져 주었다.
 목에 닿은 까칠한 것이 무엇인가 하고 멍하니 생각하는 순간, 정연은 그것이 남자의 손바닥이라는 것을 깨달았다. 굉장히 뜨거운 손이었다. 닿는 것만으로도 찜질을 하는 것 같았다. 그 손길에 욱신거리던 목의 통증이 신기하게도 가라앉았다.
 "이제 가장 아픈 시기는 지난 것 같아. 하지만 아직 음식을 먹기는 무리라더군."
 그는 그렇게 말하더니 다시 큰 손으로 그녀의 머리를 쓰다듬었다. 어린애를 어르는 것 같은 그 태도에 조금 무안해진 그녀가 뭐라 말하려 했지만 곧 그 손길에 두통이 사라지자 깜짝 놀라고 말았다. 이런 감각은 분명 전에 느껴본 적 있었다.
 '역시! 그때 그 사람!'
 정연은 얼결에 그의 손가락을 잡아챘다.
 "괜찮아요, 괜찮아."
 위로하듯이 그가 속삭였다. 그리고는 천천히 그녀의 손에서 자신의 손을 빼내더니 뒤이어 그녀의 어깨와 팔, 등을 다시 쓰다듬기 시작했다. 적나라한 맨손의 체온이 그대로 느껴졌다.
 "아!"
 그녀는 자신이 알몸이라는 사실을 깨달았다.
 얼결에 몸을 웅크리며 이불 속으로 몸을 파묻자, 비로소 남자의 모습도 눈에 들어왔다.
 그 역시 알몸이었다. 거친 인상이 고스란히 드러나는 근육질을 한 남자의 나체. 크고 두터운 팔과 허벅지, 단단해 보이는 가슴이 그녀의 등을 압박하고 있었다. 게다가 체온이 높은 것인지 닿을 때마다 몸이 뜨거웠다.
 그녀는 비명을 지르는 대신 이를 악물었다. 목소리도 잘 나오지 않았지만 사실 비명조차 나오지 않았다는 게 솔직한 사실이었다. 대체 지금 무슨 일이 벌어지고 있는 것일까? 나는 강간당한 걸까? 지금 꿈을 꾸고 있는 걸까?
 그녀는 낯선 방 안에 있었다. 베이지 색 벽에 푸른빛이 도는 블라인드. 그 블라인드가 새어나오는 빛을 차단하려는 듯 빈틈없이 창을 가리고 있었다. 하지만 그녀의 눈에는 희미하게 들어온 빛이 형형색색의 빛깔로 흐트러지는 것을 확인할 수 있었다. 어릴

적 가지고 놀았던 프리즘의 스펙트럼 효과. 그녀는 고개를 내저었다. 대체 지금 무슨 일이 벌어지고 있는 것일까. 혹시 미친 걸까. 오감이 미쳐 날뛰는 것 같았다. 냄새와 소음, 세상이 온통 빙글빙글 돈다.

"나중에 설명해 줄 테니까 일단은 가만히 누워요."

그녀의 불안을 알아차리기라도 했는지 그는 그렇게 말하면서 그녀의 등을 쓰다듬었다. 그 감촉에 그녀가 부르르 떨자, 그는 손을 떼고는 긴 팔을 뻗어 침대 옆에 놓여 있던 의자에서 가운을 집어 들었다. 그가 손을 떼고 물러섰는데도 그녀는 그의 압도적인 힘을 느꼈다. 그런데도 기묘하게 그에게서 위험은 느끼지 못했다.

"더 아픈 곳은 없어?"

경계태세로 굳어 있는 그녀를 흘긋 보며 그는 침대 위에 앉아 책상다리를 한 채 가운을 걸쳤다.

"당신은 누구죠?"

잔뜩 쉰 목소리로 그녀가 묻자, 그는 대답 대신 두 손을 뻗어 그녀의 턱을 살짝 잡았다. 움찔대며 피하려는 그녀를 무시하긴 했지만 손길 자체는 무척이나 부드러웠다. 그는 커다란 손가락을 움직여 그녀의 턱과 목 줄기를 쓰다듬었다.

"아직 목이 아픈가?"

미묘한 온기가 목 안쪽으로 스며들었다. 순식간에 목이 시원해졌다. 그녀는 무심결에 그의 손에 목을 맡기고 들이댔다. 그의 손가락에서 스며 나오는 기운은 간질간질할 정도로 온화하고 부드러운 온기여서 그녀는 재채기를 할 뻔했다.

"괜찮아요."

그가 작게 웃었다.

아마 자신의 손 안으로 몸을 들이밀면서도 움찔대는 그녀가 우스워 보였던 모양이다. 정연은 다소 수치심을 느끼면서도 이 남자가 자신을 해치려는 사람이 아니라는 것에 확신했다. 무엇보다 그 끔찍한 고통을 없애준 사람이 아닌가. 게다가 그의 태도는 그녀가 아픈 것을 걱정하는 듯 보였다.

"역시 의사였군요?"

그녀가 확신하듯 묻자 남자는 쓴웃음을 지었다.

완고해 보이는 턱가를 슬쩍 보며 정연은 수염이 난 그 턱에 친근감을 느꼈다. 남자는 그녀보다 서너 살쯤 연상으로 보였다. 그렇다고 아저씨라 부를 나이는 아닌지 완벽할 정도로 반듯한 체구는 근육질에 단단하다. 그녀는 문득 이 상황이 무척이나 기묘하다는 것을 다시 떠올렸다.

"왜 벗고 있는 거죠?"

그녀가 멍하니 묻자 남자는 침대 옆 협탁을 더듬더니 담뱃갑을 집어 들었다. 말보로 레드. 그것을 보자 그녀도 맹렬히 담배가 고파졌다.

"나는 당신을 치료하고 있었던 거랍니다, 최정연 씨."

그의 입에서 자신의 이름이 나오자 정연은 기묘한 느낌이 들었다. 마치, 그 이름이 남의 이름인 양 들렸기 때문이다.

"치료?"

"아직 다 낫지 않았어. 천천히 설명해 줄 테니 기다려요."

그는 부드러운 시선으로 그녀를 바라보며 담배를 물었다.

"나도 줘요."

그 말에 남자가 고개를 저었다.

"아직 안 돼요. 몸 상태가 좋지 않으니까."

그는 담배에 불을 붙이려다가 정연의 기색을 보고 다시 담배를 협탁으로 던져 버렸다. 그리고는 천천히 침대에서 일어섰다.

그는 키가 컸다. 게다가 굉장히 잘생긴 것도 같다.

정연은 자신을 둘러싼 이 비정상적인 상황이 마치 꿈같다고 생각했다. 어쩌면 욕구불만의 노처녀가 꾸는 꿈같은 게 아닐까 하는 생각이 문득 뇌리를 스쳤다. 죽도록 아프고 앓다 정신이 드니, 난데없이 나체의 미남자가 튀어나오다니.

'이건 꿈일까.'

그녀가 머리를 다시 잡고 부르르 떨자, 남자가 다가와 얇은 이불을 그녀의 어깨 위로 걸쳐 주었다.

"추워? 방 안 온도를 꽤 높였는데도 아직도 오한이 나?"

그의 팔이 다정하게도 다가와 그녀의 어깨를 끌어안았다. 아까 맛보았던 마약과도 같은 온기가 그녀의 전신을 휘감았다. 떨고 있는 그녀의 몸을 덮을 듯이 스며들어 오는 그 온기는 분명히 남자에게서 나오고 있는 것이다.

"기치료 같은 건가요?"

그녀는 멍하니 중얼거렸다.

설마하니 이 남자는 기치료(氣治療)의 대가일까. 하도 아파서 숙부나 숙모가 그녀를 위해 기치료의 대가를 불러온 것일까. 그래서 그는 그녀를 치료하기 위해 알몸으로 같이 침대에 누워서…….

그녀는 자신의 망상에 어이가 없어졌다. 이건 아무래도 말이 되지 않았다. 이 남자의 존재는 아무래도 이상했다. 짐승에게 얻어맞고 아팠던 것까지는 기억했지만 그 이후로는 백지 상태. 논리적인 사고 자체가 불가능한 것인지 이상한 망상만이 머릿속을 맴돈다.
"머리가 아직도 아픈가?"
이상한 소리를 중얼거린다 생각했는지 남자의 손바닥이 그녀의 이마를 덮었다. 뜨거우면서도 시원한 감각이 지끈대는 머릿속을 화악 쓸고 지나가자 절로 눈이 감겼다. 기분이 너무 좋아 그대로 잠이 들 것만 같았다.
"으음......."
"천천히 설명해 줄 테니까 조금 기다리도록. 아직 아가씨는 다 낫지 않았으니까. 변성은 거의 끝났지만 그래도 아직 온전하지는 못해."
"변성?"
"역시 아무것도 모르는 상태로 당한 것이 맞군."
그는 혼잣말을 하듯 중얼거리고는 한숨을 내쉬었다.
그 한숨이 무척이나 달콤하다 생각하면서 정연은 술에 취한 듯 몽롱해지는 시야를 억지로 돌웠다. 하지만 남자의 손이 다시 한 번 머리를 쓰다듬자 정말로 정신이 아득해졌다.
씁쓸한 담배 냄새. 낯선 남자의 체취. 종이 냄새. 그 목소리.
이런저런 냄새가 콧속으로 스며들어 왔지만 정연은 그 모든 정보를 취합할 능력이 없었다. 그저 축축 늘어지는 몸을 억지로 다잡으면서 남자의 몸에 몸을 기댈 뿐이었다. 이 남자의 정체를 알아내야 한다는 생각과 자신이 아픈 것을 숙모나 숙부에게 알리면 안 된다는 생각이 몇 번이나 입속에서 맴돌았다. 하지만 그것들의 반도 제대로 된 문장으로 나오진 못했다. 그래도 남자는 충분히 알아들었다.

"나중에."

태경은 마치 어린애처럼 자신에게 매달리는 여자를 향해 조금 쓰게 웃었다.

"어떻게 됐어요?"

미혜는 은근슬쩍 경재의 어깨를 쓰다듬으며 물었다.

늘씬한 미녀의 노골적인 추파는 젊은이에게는 지나친 자극이었다. 그는 핸섬한 얼굴을 벌겋게 물들이면서 시선을 재빨리 허공으로 돌렸다. 비록, 삼 개월밖에는 되지 않았지만 그래도 경재는 종주의 3비서인 자신이 함부로 입을 놀려선 안 되는 입장이라는 것을 잘 알고 있었다. 서미혜라는 이 아름다운 여자가 내가(內家)의 비서라 해도 말이다.

내가.

일족에게 있어서 내가란 여자들을 대표하는 쪽을 말했다. 여자는 안, 남자는 밖. 안주인이 있는 집. 말하자면 본가다. 안 그래도 여자의 수는 적다. 일처일부제를 정확히 지키고 그 논리를 철저하게 지키는 일족으로서는 집안에서 여자를 함부로 대하는 것은 금기 중의 금기. 문제는 그 여자라는 범주에 인간여자는 들어가지 않는다는 점이겠지만.

"대단한 것을 알려는 것도 아니고, 단지 종주님께서 어떤 여자를 변성시키는 중이라는 것을 확인하려는 것뿐인데 너무 딱딱하게 구네."

그녀의 눈가에 미소가 떠올랐다.

경재는 절로 붉어지는 얼굴을 숨기려고 애썼지만 소용이 없었다. 매혹의 향기를 뿜어내는 여자를 당해낼 수 있는 남자는 거의 없을 것이다.

"뭘 하고 있나?"

땀을 뻘뻘 흘리며 굳어 있는 것을 구해준 것은, 그의 형 민재였다.

민재는 쟁반에 와인과 잔을 들고 있었다. 와인과 치즈가 놓인 그 쟁반을 보고 미혜가 녹아들듯 화사한 미소를 머금었다.

"민재 씨, 나 궁금한 게 있는데."

그녀의 웃음에도 불구하고 민재는 무표정한 얼굴을 바꾸지 않았다.

"나, 바빠."

"나도 바빠."

"별로 바빠 보이진 않는걸. 내 동생을 골려줄 여유가 있으면 내 가에 쌓여 있는 서류나 정리해."

민재의 타박에 미혜의 얼굴이 조금 굳었다. 그녀가 화를 내거나 말거나 민재는 신경 쓰지도 않고 길게 이어진 복도를 그대로 스쳐 지나갔다. 그가 들고 있는 쟁반에 놓인 와인과 치즈는 태경이 먹을 것이었다. 변성 중에는 상대에게서 손을 뗄 수가 없다. 당연한 일이지만 잠시라도 떨어지면 극심한 고통을 느끼기 때문이다. 덕분에 태경은 먹고 마시는 것조차 그녀와 침대 위에서 해야만 했다.

"너무 지나친 거 아냐?"

미혜가 뒤에서 그를 따라오며 다그쳤다.

"나도 종주님의 비서라고. 어차피 그 여자는 내가 담당하게 될 거야. 그러니까 사전 지식을 좀 얻겠다는 건데 그게 그렇게 잘못이야?"

민재는 장미처럼 화려한 미모를 잠시 내려다보다가 고개를 저었다.

"난 별말 하지 않았어. 단지, 복도에서 네가 이리저리 들쑤시고 다니는 꼴을 보여봐야 소문만 나빠질 거라 생각했을 뿐이다."

퉁명스런 응대에 그녀의 얼굴이 싸늘해졌다. 종주인 서태경의 오른팔이라 불리는 제1비서 서민재는 항상 냉담해서 대하기 어려운 남자였다.

"날 무시하는 발언인데."

민재는 대꾸하지 않았다. 그는 대답 대신 한숨을 내쉬었다. 그 한숨에 그녀는 살기에 찬 눈빛을 흘렸다.

민재는 그 기세에 조금 후회했다. 미혜가 쉽게 발끈하는 성격이라는 것은 그도 잘 알고 있었다. 때문에 평소에는 나름대로 조심하는 편이었는데 그래도 지금은 그럴 마음은 조금도 나지 않았다. 여유가 없었다.

'빌어먹을.'

저 망나니 서태호 때문에 또다시 태경이 책임을 지고 있었다. 인간을 변성시킨다는 것은 무척이나 힘든 일이었다. 머리끝부터 발끝까지 전부 그가 손대지 않으면 여자는 죽는다. 그 고통이라는 것을 눈앞에서 본 민재로서는 정말로 죽는 게 차라리 편할 것이라는 것이라 동정했다. 하지만 그의 입장으로선 그까짓 인간여자보다는 주인인 태경이 쉬지도 못한 채 일주일 이상을 그녀에게 신경을 쏟아 붓고 있다는 것이 더 걱정이었다. 무엇보다 태경이 거의 식사를 못하는 게 문제다. 며칠간 그가 먹은 것은 고작 와인 몇 잔과 치즈 몇 조각이 전부였다.

아무 말도 없이 귀찮다는 듯이 한숨을 내쉬는 민재에게 막 그녀가 뭐라 하려는 찰나였다.
"꺄아아아아악!"
갑자기 찢어질 듯한 비명이 터져 나왔다.
민재는 들고 있던 쟁반을 재빨리 경재에게 던진 다음 몸을 돌려 달리기 시작했다. 비명이 들린 곳은 태경의 침실이었다. 그 뒤를 따라 미혜도 달리기 시작했지만 경재는 엉거주춤 쟁반을 든 채 서 있을 수밖에 없었다.
"회장님!"
민재가 문을 발칵 열고 들어섰을 때 그의 눈앞에 펼쳐진 광경은 조금 난감한 것이었다.
알몸의 인간여자가 바닥에 쓰러져 있었다. 여전히 앙상해서 절로 연민이 들 정도였다. 이리저리 뒤틀린 사지를 늘어뜨리고 있는 그녀의 모습은 그로테스크했다. 알몸이라는 것은 둘째치고 툭 불거진 관절이 앙상한 사지 위에 유달리 드러나 보기 흉하기 짝이 없었다. 뒤에 서 있던 미혜가 당혹해하는 것이 느껴졌다.
"조심해."
그런 그녀를 태경은 조심스레 끌어안고 있다. 그 역시 당연하지만 알몸이었다.
"상태가 악화된 겁니까?"
심각한 민재의 표정을 모른 척하고 태경은 턱짓을 했다.
"아냐. 일단 이불을."
급히 민재가 이불을 들어 태경과 여자의 몸을 한꺼번에 덮자 태경은 묵묵히 부들부들 떨고 있는 여자의 몸을 고쳐 안았다.
"괜찮아. 괜찮아."
"으으……."

여자의 얼굴은 여전히 기괴했다. 이리저리 뻗은 정립되지 않은 골격 탓인지 얼굴은 울퉁불퉁했다. 맞아서 으스러진 것처럼 보이는 이상한 얼굴이었다.

민재는 곧 그녀가 왜 비명을 질렀는지 깨달았다. 그녀가 보고 있는 것은 거울이었다.

세면대 위의 거울.

그녀는 화장실을 가다가 세면대 위의 거울을 보고 소스라친 모양이었다.

"하아······."

민재가 다시 한숨을 삼키려는 순간, 태경의 손가락이 그녀의 머리를 쓰다듬는 게 보였다. 정말로 부드럽기 그지없는 동작으로 여자의 머리를 애무하듯 쓸어 올리는 광경이 놀랍도록 에로틱했나. 보는 사람이 절로 얼굴이 붉어질 것 같은 동작이었다.

"괜찮아, 최정연 씨. 눈썹은 곧 다시 날 기야. 머리칼도 그대로 잖아? 눈썹이나 속눈썹은 뼈대가 안정되면 자연스럽게 자라날 테니까 당황할 것은 없어."

"그, 그래도. 그래도!"

더듬으면서 그녀는 태경의 가슴으로 얼굴을 묻었다. 눈물이 흘러 그의 맨가슴을 타고 흘러내렸다.

"괜찮아. 다 괜찮아질 테니까."

토닥이는 그 모습에 넋을 잃은 것은 민재만이 아니었다. 그 뒤를 이어 들어온 미혜의 얼굴은 마치 천지개벽이라도 일어난 모습을 본 듯한 얼굴이었다. 그녀가 입을 쩌억 벌리고 있는 동안 경재가 쟁반을 들고 조심스럽게 들어섰다.

"회장님."

신음처럼 민재가 중얼거리자 태경은 천연덕스럽게 나체를 드러낸 채로 여자를 침대 위에 눕히고 자신도 침대 위로 올라가 비스듬히 누웠다.
　"뭣 좀 드시고……."
　거북한 얼굴로 경재가 중얼거리듯 말하자 태경은 피식 웃었다.
　"됐다."
　그의 손바닥이 흐느끼고 있는 그녀의 등줄기를 쓰다듬었다. 하는 사람이야 어쨌든 무척이나 에로틱하게 느껴지는 광경이었다. 미혜는 넋을 잃고 태경의 모습을 바라보았다. 항상 엄하기만 한 종주다. 종주의 알몸이며 여자를 대하는 부드러운 태도를 본 것은 난생처음이었다. 절로 얼굴이 붉어지고 가슴이 뛰었다. 강한 남자에게 이끌리는 것은 일족의 여자로서의 본능과도 같은 것. 그녀는 뱃속 깊은 곳에서부터 여자로서의 관능이 일어나는 것을 느끼고 당혹했다. 지배자의 여자가 되길 원한 적은 단 한 번도 없었던 그녀였다. 하지만 지금 이 순간 그녀는 태경의 여자가 되길 희망했다. 저 침대 위에 누워 있는 것이 보잘것없는 인간여자가 아니라 자신이기를 그녀는 애타게 기원했다.
　"뭐라도 드셔야 합니다. 변성에 시달리는 것은 최정연 씨만이 아닙니다."
　민재가 묵직한 음성으로 말하자 미혜는 그제야 백일몽과도 같은 음욕에서 깨어났다. 그녀가 얼굴을 붉히는 사이에 민재는 동생에게서 쟁반을 받아 들고는 와인을 내밀고 있었다. 그의 진지한 얼굴에 태경은 피식 웃으며 잔을 받아 들었다.
　"미혜는 어쩐 일이야?"
　태경의 시선이 닿자, 얼굴을 붉힌 미혜는 급히 고개를 숙였다.

종주의 침실에 뛰어들어 온 것은 확실히 무례한 일이었다. 하지만 그녀는 지금 그것보다는 태경의 목소리에서 흘러나오는 압도적인 수컷의 기운에 몸이 떨려 제대로 대답을 할 수 없었다.

"죄, 죄송합니다."

그녀가 말을 잇지 못하자 민재는 곧 그녀의 상태를 파악했다.

"최정연 씨의 변성이 끝나고 나면 아무래도 미혜가 담당하게 될 테니까요."

은근히 두둔하는 말투에 미혜는 조금 뜻밖이었지만 대꾸하지 못했다. 그녀는 지금 새삼 태경이 얼마나 대단한 매력의 소유자인지 온몸으로 느끼고 있는 중이었다. 태호와 달리 태경은 단 한 번도 수컷으로서의 매력을 내보인 적이 없었다. 그 때문인지 일족 내에서도 태경은 그저 무섭고 위압적인 지배자, 그 이상도 그 이하도 아니었다. 하지만 미혜는 그게 얼마나 오산인지 깨달았다. 접근금지 사인(sign). 태경은 여자들에게 사인을 내보인 상태였던 모양이다.

"그렇군, 물러가라."

태경도 미혜의 상태를 눈치 챘다. 그는 조금 씁쓸한 기분으로 품 안에서 축 늘어져 있는 정연의 몸을 쓰다듬었다. 그녀의 가슴이나 허벅지를 쓰다듬긴 했지만 욕정은 조금도 일지 않는 상태였다. 변성에는 대단한 에너지가 소모된다. 당하는 상대도, 행하는 상대도 녹초가 된다. 그 상황에서 욕정을 일으킨다는 것은 거의 불가능한 일이었다.

미혜는 나가면서도 태경에게서 눈을 떼지 못했다. 태호가 대단한 매력을 가진 남자라는 것은 익히 알고 있었지만 태경은 처음이었다. 그녀는 거의 몽롱해진 시선으로 태경을 훔쳐보았다. 그러다가 민재의 재촉을 받고 정신을 차렸다. 무척이나 부끄러웠지만 그녀는 곧 냉정해졌다. 그녀의 담당은 태경이 아니라 태경이 안고 있는 인간여자였다. 그녀가 어떤 여자인가에 따라 교육의 정도도, 태도도 바뀔 것이다.

"원래 예쁜 여자였어?"

미혜가 슬쩍 묻자 민재는 무표정한 얼굴로 고개를 저었다.

"보통."

"어쩐지. 그래도 저 몰골이면 기절하는 게 당연하겠네."

눈을 떠보니 갑자기 어떤 호러 영화에 나올 법한 몰골이 되었다면 누구든 비명을 지르지 않을 수 없을 것이다. 미혜는 여자로서 동정을 표했다. 비록 얄팍하긴 했지만.

9
변성

　　노래.

　　노래가 방 안에 가득 차고 있었다. 귀에 거슬리지 않는 저음으로 불리는 노래는, 가슴 한구석을 간질였다.

　　정연은 눈을 감았다가 다시 떴다. 너무나 유명하고 너무나 잘 알려진 그 노래는, 불행히도 그녀가 아는 짐승의 레퍼토리이기도 했다. 그래서, 그녀는 절망했다.

Fly me to the moon.
And let me play among the stars.
Let me see what spring is like on Jupiter and Mars.

In other words, hold my hand.
In other words, darling kiss me.

짧은 노래가 계속해서 반복된다. 짧고 단순하기 때문일까. 중독성이라도 있는 듯 들려왔다. 하지만 등줄기로 치닫는 공포라는 필터는 노래를 노래로 받아들이기를 거부했다. 저 노래는 짐승이 부르던 노래였다. 그리고 그 짐승을 그녀는 증오했다.

"깼어?"

뜻밖의 음성에 그녀는 움찔했다.

그 음성은 짐승의 것이 아니었다. 그 기괴한 짐승의 것보다 낮지만 훨씬 더 따스하다. 꿈결처럼 들리던 그 부드러운 음성.

그녀가 이불을 쥔 채 꼼짝도 하지 않고 누워 있자, 남자가 다가왔다. 침대 옆 의자에 앉아 있었던 듯 목소리는 가까웠다.

커다란 손이 그녀의 이마를 덮었다. 갑작스런 온기에 갑자기 적의와 긴장이 맥없이 흘러나갔다. 그녀는 움찔거리면서도 자기도 모르게 그 손에 몸을 맡겼다. 정말로 따스한 손이었다.

"흠, 벌써 열흘인데. 이제 다 나았을 거야, 최정연 씨."

다소 딱딱하면서도 단호한 어조였다. 꼭 회사에서 일하는 직원에게 말하는 것 같은 그 어투에 정연은 숙부를 연상했다. 그저 온화할 뿐, 성적인 뉘앙스나 어떤 의도를 품고 있는 말투는 아니다.

고개를 돌리자 짙은 다갈색 눈동자와 마주쳤다. 아니, 심연처럼 깊고 검은 눈동자였다.

놀랍게도 눈이 부시거나 거슬리지도 않았다. 두통도 없고 몸이 아프지도 않았다. 그녀는 선명해진 시야에 놀라면서도 바로 눈앞에 있는 얼굴에게서 눈을 떼지 못했다.

이상했다.

남자는 생각보다 평범했다. 아니, 어쩌면 기대보다 평범했다고 보는 편이 옳았다. 그의 목소리는 꼭 신이 왕림한 것 같이 절대적인 울림이 있었다. 그래서 그녀는 어쩌면 그의 머리에는 후광이라도 씌워져 있을지도 모른다 상상했다.

나이는 삼십대 초반 정도. 단단해 보이는 체구에 꽤나 큰 키.

잘생긴 얼굴은 냉담해 보이지만 어딘가 눈가는 따스한 느낌이 들었다. 하지만 완고해 보이는 입가나 과묵해 보이는 표정은 대하기 어려워 보이기도 했다.

정연은 얼결에 손을 뻗어 남자의 뺨을 만졌다. 실재하고 있는 상대인지 확신할 수가 없었기 때문이다. 대하기 어려운 남자라는 인상에도 불구하고 그의 뺨은 확실히 온기가 있었다. 까칠한 것은 수염이 조금 나 있기 때문이다. 손끝이 따갑다. 남자의 수염을 이렇게나 가까이에서 만져 보는 것은 난생처음이었다. 이런 부끄러운 짓을 그만둬야 한다 생각은 하면서도 기묘하게도 시선을 뗄 수 없었다.

정연은 혼란스러웠다. 이유는 몰랐다. 이 눈앞에 있는 남자에게서 시선을 떼면 하늘이라도 무너질 것 같은 아주 이상한 망상이 일어나 그녀를 삼켰다.

가슴 한구석에서 불꽃이 피어나는 것 같았다. 황폐한 정원에 새싹이 돋듯 너무도 생소한 감정이 그녀의 몸 안쪽에서 꿈틀거렸다.

"최정연 씨?"

남자의 눈썹이 꿈틀 움직였다. 입가도 움직인다.

'내가 지금 뭘 하고 있는 거지?'

놀라 손을 뗐더니 그의 손이 다시 그녀의 이마를 짚었다. 그 손에 그녀는 얼굴이 화끈거렸다.

두 사람 사이에 이상한 침묵이 감돌았다.
정연은 꿈과 현실이 오락가락하는 이 상황에서 어떻게 반응해야 할지 알 수 없었다. 이것이 현실인지, 그도 아니면 꿈인지 그것도 구분할 수가 없었다. 이 따스한 목소리를 가진 남자는 분명히 실재하고 있었고, 그의 체온도 진짜였다.
그런데 자신은 낯선 곳에서 낯선 남자와 단둘이 벌거벗고 있는 중이었다. 이 상황이 영화나 드라마라면 비명이라도 지르고 난리를 쳐야 되는 거 아닐까. 정연은 멍하니 그렇게 생각했다. 이건 아무래도 꿈인 게 분명해.
"당신은 누구죠?"
"기억 안 나?"
"뭐가요?"
잔뜩 쉰 음성으로 그녀가 되묻자 남자는 한숨을 내쉬고는 그녀의 벗은 어깨를 토닥였다.
"천천히 설명할 테니 일단은 조금 씻고 나오는 게 좋겠군. 옷가지는 준비시켰으니까."
그가 일어나자 정연은 얼결에 그의 손을 잡았다. 그 반응에 놀란 그가 돌아보자, 정연은 절박한 음성으로 물었다.
"여기는 어디죠? 당신은 누구예요?"
그 말에 남자가 조용히 답했다.
"여기는 내 집이고, 내 이름은 서태경. 자자, 아가씨는 많이 아팠어."
"아파?"
그녀는 멍하니 되물었다.
"무려 열흘간이나 앓았지."

그의 눈이 상냥하게 휘어졌다.

"열흘?"

비명처럼 그녀가 중얼거리자 남자는 자상한 어조로 그녀의 머리를 쓰다듬었다.

"괜찮아. 가족들에게는 연락을 했으니까."

"연락?"

그녀가 멍하니 되묻자 남자는 진지한 얼굴로 설명했다.

"아가씨가 다쳐서 내 집에 머물고 있다는 것을 숙부댁에는 알려두었어. 안심하고 몸을 회복시키는 데에만 열중해."

어안이 벙벙한 채로 그녀는 얇은 이불을 잡고 있었다. 아직도 그녀는 무슨 일이 벌어지고 있는지 알 수가 없었다. 서태경? 그 이름도 생소했다. 왜 내가 이 사람 집에 누워 있는 거지?

"아직 충격의 여파가 남았나? 일단은 누워 있어요."

그는 쓸쓸한 표정을 짓더니 그녀의 몸을 밀어 다시 눕혔다. 멍하니 있던 그녀는 그의 손길에 따라 누웠다. 그러자 남자는 느긋하게 몸을 일으켜 넓은 방 안을 가로질러 문가로 다가갔다. 그의 몸이 멀어짐에 따라 갑자기 가슴 고동이 커지기 시작했다.

쿵쿵쿵.

멀어지면 안 돼! 그녀의 몸속 누군가가 그렇게 외쳤다.

"어딜 가는 거죠?"

얼결에 그녀가 물었다. 생각보다 새된 소리가 터져서 그녀 자신도 놀랐다.

"아, 먹을 것을 준비시키려고. 불안한가?"

남자는 히스테릭한 그녀의 반응에도 차분하게 응대했다. 그 차분한 응대에 정연은 어찌해야 할지 몰랐다. 그녀 주변에는 남자가 없었다.

"그, 그게 아니라……. 당신은 대체 누구죠?"

그녀가 머리를 흔들며 묻자 태경은 씁쓸한 웃음을 머금었다.

여자의 반응으로 보아 그녀는 정말로 아무것도 모르는 것 같았다. 말 그대로 재수가 없어서 태호에게 얽힌 것인지도 모른다. 무엇보다 그녀는 아직 처녀였다. 정말 애인 관계라면 손 빠른 태호가 그냥 놔두었을 리가 없었다. 하긴 최정연이라는 이 아가씨는 글래머 미녀를 좋아하는 태호의 취향과는 거리가 멀기도 했다.

"소개가 늦었군."

그는 그녀가 흥분하지 않도록 일부러 조금 물러선 채 침착하게 말했다.

"나는 당신을 다치게 한 서태호의 형이야."

생각과 달리 그녀는 놀라지도, 화를 내지도 않았다. 그저 잠시 그를 물끄러미 바라볼 뿐이었다. 태경은 그녀를 보던 눈을 자기도 모르게 돌려 블라인드를 친 창문 쪽을 바라보았다.

"눈이 부시진 않나? 소음이 거슬리거나 하지는?"

그가 묻자 여자는 고개를 저었다.

"담배나 한 대 얻을 수 있을까요?"

"안 돼. 짐작이지만 아마도 일주일은 지나야 피울 수 있을 거야."

그는 다소 안도했다. 여자의 반응이 그의 예상과 너무 달랐기 때문이다.

"당신에 대해서 그 작자가 말한 적이 있었어요."

"응?"

여자는 망연한 시선으로 그를 똑바로 올려다보았다.

알몸으로 남의 침대 위에 앉아 있는 여자치고는 굉장히 당당한 태도였다. 교태를 부리는 것도 아니고 몸매에 자신이 있어서도 아닌, 그냥 무심한 표정과 자세. 태경은 새까만 그녀의 눈동자와 마주치자 약간은 기묘한 기시감을 느꼈다.

기시감이라고 해야 할까.

그건 아주 이상한 느낌이었다. 물론 그녀가 어떤 상황인지, 그녀의 신상명세 같은 것은 알고 있었다. 하지만 그녀가 대체 어떤 사람인지에 대해서는 아무것도 알지 못했다.

그런데.

대체 이건 무얼까.

그는 조용히 일렁이는 자신의 마음을 관조했다. 가느다란 불씨가 그의 가슴속에서 피어나 곧 검푸른 화염으로 화해간다. 그저 그를 올려다보는 여자의 눈을 마주하는 것뿐인데도 그의 가슴속 한구석에서 기묘한 감정이 일렁이고 있었다.

방·안이 사라진다. 심플하기만 한 가구들이 지워진다. 공간도, 시간도 일제히 멈추고 마침내 유달리 선명한 빛깔을 내세운 여자만이 남았다. 무덤덤한 표정으로 차분히 그를 바라보고 있는 자그마한 여자만이. 가늘다 못해 지나치게 마른 체격에는 어깨뼈가 앙상했다. 그다지 크지도 작지도 않은 눈. 말라서인지 지나치게 목이 길고 가늘다.

'이건 뭘까.'

태경은 그녀의 눈 속을 똑바로 바라보았다. 그는 오랫동안 수백의 가솔들을 책임져 온 주인이었다. 사람을 분석하고 파악하는 것은 그의 제2의 본능과도 같았다.

심연처럼 깊은 눈동자. 당장 쓰러질 듯 연약한 모습과는 달리 거칠고 담담하며 자존심 높은 야수가 도사린 여자.

태경은 얌전하게만 보이는 그녀의 눈 속에서 야수를 보았다. 그 야수는 고상하지만 오만하고, 거칠지만 매우 고고한 짐승이었다. 일족처럼 타고난 것이 아니라, 그다지 편안하지 못한 삶 속에서 자존(自存)을 위해 자라난 야수.

그는 자기도 모르게 주머니에서 담배를 꺼내 입에 물었다. 그러자 그녀의 시선이 그의 입술로 흘렀다.

"……."

태경은 자기도 모르게 움찔했다. 그녀의 시선이 입가에 닿는 순간, 불을 붙이지도 않은 담배가 뜨겁게 느껴졌던 것이다. 담배가 닿은 입술이 순식간에 달아올랐다. 마치 자기 존재를 알리듯이.

그래도 그는 침착하게 불을 붙이고 담배 연기를 삼켰다. 그녀의 시선이 마치 취한 듯 담배 연기를 쫓아간다. 그 모습을 보고 태경은 충동적으로 자신이 물고 있던 담배를 들어 그녀의 입가에 대주었다. 그러자, 그녀는 다소 주춤거리더니 필터를 입에 물었다. 그리고는 마른 입술을 혀로 핥으며 담배를 빨았다.

그것은 이상한 감촉이었다. 그녀의 입술에 손가락이 스쳤을 뿐인데도 꼭 그녀의 모든 것을 취한 것 같은 느낌이었다. 오랫동안 앓고 난 그녀의 모습은 정말로 아름다운 편은 아니었다. 아직 외모가 안정되지 않았기 때문에 광대뼈는 아직도 정착되지 않아 일그러진 듯한 얼굴이었다. 턱뼈도 아직 비뚤어졌다. 솔직하게 말하면 그녀의 모습은 흉측했다. 그런데도 태경은 그녀에게서 눈을 뗄 수 없었다. 그는 자신의 이런 기분이 욕정이라는 것도 알고 있었다. 일족은 욕망을 억누르지 않는다. 성적 매력이 강한 만큼 성욕도 유달리 강했다. 태경이 금욕적이라고 말은 하지만 수도승처럼 접촉도 피하고 있는 것은 결코 아니었다. 그도 아이가 생기지 않도록 주의하면서 얼마든지 여자를 만났다.

'혹시 내가 그녀를 〈만들었기〉 때문일까. 그래서 모종의 애착과 연대감이 생긴 건가?'

원래 연인끼리나 행하는 변성이다. 그것을 했으니 낯선 남녀라 할지라도 애정이 생기는 걸까.

'그럴지도 모르지. 열흘간이나 품고 있었던 여자니까.'

대소변까지 받아가며 씻기고, 쓰다듬으며 보듬었다. 이를테면 부모나 할 일을 한 것이다. 애정이 생기지 않는다면 더 이상할 것이라고 태경은 판단했다. 그 자신도 모르게 그의 눈매는 더더욱 부드러워졌다.

"너무 강할 텐데?"

그가 부드럽게 웃으며 묻자 그녀는 멍한 시선으로 그를 올려다보았다. 오랜만에 피우는 담배라 민감해진 육체는 그만 취한 모양이었다. 담배 한 모금에 취한 얼굴이 된 그녀를 보고 그는 피식 웃었다.

"아직은 일러."

그는 손을 뻗어 멍한 얼굴로 자신을 올려다보고 있는 그녀의 뺨을 쓸면서 입가에 매달려 있는 담배를 빼앗았다. 예상외로 그녀는 반항하지 않았다. 그저 얌전히 자신의 뺨을 그에게 맡기고만 있었다. 그 우호적인 태도에 태경은 빼앗은 담배를 다시 자신의 입에 문 뒤에 칭찬처럼 부드럽게 그녀의 얼굴을 쓰다듬었다. 그의 손가락이 약간 일그러진 광대뼈를 쓰다듬자, 왼쪽으로 튀어나와 있던 뼈가 얌전히 제자리로 이동했다. 까드득 하고 묘한 소리가 났지만 그녀는 아픔을 느끼지 못하는 듯했다. 그는 조금 더 욕심을 내어 양손을 그녀의 얼굴에 대고 섬세하게 쓰다듬기 시작했다.

이마, 눈썹, 뺨, 입술, 콧날, 인중.

'마치 애무 같아.'

그의 손가락이 그녀의 얼굴을 쓰다듬는다. 마사지하듯 움직이는 손가락을 그녀는 믿었다. 그 손가락은 익숙했다. 사악한 생각을 갖고 있지 않은, 순수한 호감으로 움직이는 손가락이다. 정연은 눈을 감았다.

갑자기 가슴 한구석이 간질거렸다. 남자의 정체를 알고 잔뜩 날을 세웠던 신경은 그가 주는 치유의 손길을 받으면서 얌전히 수그러들었다. 눈을 감고 있으면 노래가 들려왔다. 반복되는 경쾌하고도 부드러운 노래.

익숙하면서도 단순한 그 노래가 마치 최면을 걸듯 그녀의 귓가를 맴돌았다. 그녀는 이상한 일이라 생각했다. 이 노래를 절대로 좋아하지 못할 거라 여기지 않았던가.

어떻게 서태호라는 그 짐승의 형이라는 작자를 믿고 이렇게 늘어져 있을 수가 있는 걸까. 어째서 그를 믿을 수 있다며 되뇌고 있는 걸까. 난생처음 본 남자인데.

이상하다. 정말 이상하다.

아까 그와 눈이 마주쳤을 때 그녀는 그에게서 도저히 시선을 뗄 수 없었다. 아니, 이 세상에 오로지 그라는 존재 하나만 있는 듯했다. 이런 게 존재감이라는 걸까 하고 그녀는 속으로 중얼거렸다. 그 태호라는 작자의 위협적인 기세와는 전혀 다른 기세가 그에게서 느껴졌다. 고압적이면서도 위엄있는, 누가 와서 흔들어도 꿈쩍도 하지 않을 강인한 바위.

 형제가 이렇게도 다를 수가 있는 것일까. 그에게선 그녀를 위협하려는 낌새가 조금도 느껴지지 않았다. 오히려 세상 모든 것에 대해 보호하겠다는 듯한 기세가 풍겨 나왔다. 그녀는 자기도 모르게 피식 웃고 말았다. 그게 말이나 되는가. 서태호는 짐승이었다. 끔찍한 악당이다. 그 악당의 형이 고상하고 우아하며 위엄이 가득한 인격자라는 게 말이나 되냔 말이다.

 그럼에도 불구하고 그녀는 자신이 그의 손바닥에 스스로 얼굴을 들이대고 있다는 것을 의식하지 못했다. 그녀가 느끼고 있는 것은 오로지 공단처럼 부드러운 기운이 몸 안을 휘돌며 다독이고 있다는 것뿐이었다. 속삭이는 듯한 그 손길은 너무나 매혹적이었다. 어리광을 부리는 어린애처럼 그녀는 그의 손에 매달려 천천히 수마에 빠져들었다. 그녀는 모르고 있었지만 안개에 젖어드는 옷자락처럼 그녀의 온몸에는 그의 체취가 흠뻑 배고 있었다. 적어도 태경은 태호의 체취가 완전히 자취를 감추고 있다는 것을 알고 있었다. 기본적으로 강자는 모든 것을 소유한다. 태경은 태호보다 강자였기 때문에 그의 몸과 직접적으로 맞닿은 정연의 몸에 태경의 체취가 배는 것은 당연한 일이었다.

 그것은 일종의 각인.

 태경은 자기도 모르게 만족스러운 미소를 머금으며 담배 연기를 내뿜었다. 그의 재생력을 주입 받은 덕에 그녀의 파리했던 살갗은 혈색을 되찾고 이리저리 비뚤어졌던 골격들은 제자리를 잡는다. 남에게 재생력을 주입한다는 것은 집중력이 배나 필요한 것이라 쉬운 일은 아니었다. 하나, 보람은 확실히 있었다.

 우득우득 뼈가 움직이며 소름 끼치는 소리가 났다. 그러나 그녀는 의식하지 못했다. 며칠간 겪었던 그 끔찍한 고통이 거의 느껴지지 않았기 때문이다. 그녀는 다시 잠들었다. 그녀가 의식을 찾는 것은 아마도 반나절은 지나야 될 듯했다. 열흘간 그녀는 계속해서 자고 깨기를 반복했지만 태경과 대화를 나눈 적은 없었다. 그저 어떻게든 그의 살갗에 닿으려고 버둥거리며 매달리는 게 전부였다. 그렇기에 이렇게 마주 대화를 나누는 것만으로도 태경은 어쩐지 뿌듯한 기분이 들었다. 이제 모든 변성이 다 끝났다. 이 작은 인간여자는 살아남은 것이다.
  태경은 늘어진 그녀의 알몸 위에 이불을 덮어주며 그녀의 몸에서 손을 완전히 뗐다. 의사의 말과 달리 열흘이나 걸렸으니 예상보다 오래 걸린 셈이었다. 군데군데 아직 완전하지 못한 부분이 있긴 했다. 손가락과 발가락, 그리고 얼굴 쪽이 아직 균형이 맞지 않는다. 그래도 척추와 늑골을 비롯해 주요 장기를 감싸고 있는 뼈늘은 안정된 상태였다. 시간이 지나면 모두 다 제자리를 찾을 터이니 손을 더 쓸 필요는 없을 듯했다. 그녀는 아직 자신의 상태를 의식하지 못하는 눈치였다. 하긴 그녀가 충격을 받을 것을 염려해 방 안에 있는 거울은 모조리 다 치운 상태였으니.
  '이건 단순한 동정심이다.'
  태호의 냄새를 위험하게 풍기고 돌아다니는 불행한 여자. 그게 태경이 가진 그녀에 대한 선입감이었다. 사실 돌봐주기는 했지만 그 이상도 그 이하도 아니었다.
  그런데.
  태경은 자신이 물고 있던 담배를 그녀가 입에 댄 순간을 잊을 수가 없었다. 의식하지 않으려 해도 저도 모르게 그녀의 입술로 시선이 가고 만다. 약간은 말라 갈라진 그 평범한 입술이 대체 왜 끌리는 것일까. 아름다운 여자라면 신물이 날 정도로 본 그였다. 그를 위해 대기하고 있는 여자들이 저택에 널려 있다. 그런데도.

태경은 씁쓸한 기분으로 유달리 뜨거운 자신의 입술을 손가락으로 매만졌다. 예민해진 살갗이 불처럼 타올랐다.

태호가 저지른 짓 때문에 최정연이라는 이 여자는 결코 자신을 좋아하지 않으리라. 그가 살려주었다고는 해도 애초에 태호가 없었다면 죽을 고비에 처하지도 않았을 테니까. 그러니 생명의 은인이랍시고 잘난 척할 자격은 그에게 없었다. 생명의 은인임을 자처하기에 그는 지나치게 공정한 남자였다. 그가 공정함을 깰 때는 어디까지나 가족의 이익이 우선일 때였다.

"후우."

담배 연기가 파랗게 방 안으로 퍼져 나갔다. 그는 연기를 흩으며 방문을 열었다. 환자에게 담배는 너무 강하다.

"아, 회장님?"

기다리고 있던 가정부가 음식을 든 채 얼굴을 붉혔다. 변성에 대해 무지한 그녀는 이 냉담한 종주가 여자를 끌어들이고는 열흘간 방 안에서 나오지 않았다는 것을 잘 알고 있었다. 어떤 복 많은 여자가 그리되었는지는 몰라도 아마 그녀가 이 종주의 부인 내지는 애인이 될 거라고 가정부는 확신하고 있었다. 얼마나 마음에 들었으면 열흘간이나 떠나질 못한단 말인가.

하지만 가정부의 로맨틱한 상상과 달리 그는 정연이라면 살려냈다는 것에 대해 오히려 저주를 퍼부어댈지도 모른다는 판단을 내리고 있었다.

4시 38분.

방 안은 조용했다.

어둡게 조치한 블라인드는 빈틈없이 창밖을 막고 있었다. 창백한 스탠드의 불빛이 테이블 위로 그림자를 만들었다.

4시 45분.

째깍대는 탁상시계가 무척이나 크게 울렸다.

"기분은 어때?"

태경이 쟁반 옆에 서류철을 내려놓으며 물었다. 그는 꽤 피곤한 상태였지만 그래도 정연의 곁에서 떨어지지 않았다. 아직은 불안정한 상태로 보였던 것이다.

"내게 잘해주지 마세요."

뜬금없는 말에 태경은 눈썹을 치켜올렸다. 그는 말수가 적은 남자였다. 표정도 그다지 큰 변화가 없다. 그것을 아주 잠깐 사이지만 정연도 금세 알아차렸다.

"그건 미안하기 때문에 그런 거야. 태호가 잘못한 것은 사실이니까. 나로선 잘해줄 수밖엔 없는 거지."

태경은 씁쓸하게 말했다.

"미안하다구요?"

정연이 눈썹을 치켜올렸다. 그녀는 다른 것은 기억하지 못했지만 한 가지만은 알고 있었다. 그녀는 거의 열흘간 죽도록 앓았으며 그것을 간호한 것이 태경이라는 것. 잘못한 것은 태호지 태경은 아니었다. 그런데 왜 그가 대신 사과를 하는 것일까. 형이라서?

그녀는 냉소했다.

그녀와 그가 있는 곳은 여전히 그의 침실이었다.

정연은 제대로 옷을 입고 있었지만 침대 위에 앉아 있었고 태경은 서류로 가득 채워진 티 테이블 위에 앉아 담배를 입에 물고 있었다. 물론 불을 붙이진 않고 있었다. 그 역시 담배가 애타게 그리웠지만 병자 앞에서 참아내지 못할 정도는 아니었다. 하지만 일은 다르다. 그가 처리해야 할 일들이 산적해 있었다. 이 주일간 꼼짝 않고 있었던 탓에 일이 줄줄이 밀린 것이다.

"어쨌든 잘해주지 마세요."

정연의 뜬금없는 말에 그는 서류에서 손을 떼고 마침내 물기만 하고 있던 담배에 불을 붙였다. 그 동작에 정연의 콧구멍이 슬쩍 커지는 게 눈에 띄었지만 그는 모른 척했다.

"무슨 뜻이지?"

파랗게 연기를 내뿜으면서 태경이 물었다. 그는 신경 쓸 데가 많아서 다소 지쳐 있었다. 주름진 미간이 그의 상태를 고스란히 드리냈다.

정연은 그의 시선을 받고 움찔했다. 몇 번이나 반복해도 익숙해지지 않는 일이지만 그의 시선을 받을 때마다 가슴 한구석이 따끔거리곤 했다. 그의 존재감이 너무 커서 그런 거라고 그녀는 스스로에게 다독이면서 말을 이었다.

"무슨 의미인지 아실 거예요."

"잘 모르겠군."

그는 재떨이에 담배를 비벼 끄면서 서류철을 정리했다. 일이 얼마나 밀리든 가장 중요한 일은 혈족에 관한 것이었다.

"이제 다 나았으니 집에 돌아가고 싶어요."

"그래."

그녀의 말에 그는 주저없이 동의했다.

너무 산뜻한 대답이어서 그녀는 허탈할 지경이었다. 그녀가 말을 잊지 못하는 것을 보고 태경은 조용히 웃었다.
"아마 내가 잡아둘 거라고 생각했나 보군?"
"……."
"그건 아니야. 아직 다 회복되지 않았기 때문에 방에서 나가지 말라고 한 것일 뿐 다 나으면 나가도 상관없어."
그 말에 정연은 할 말을 잃었다. 그의 말은 너무나 호의적이었기 때문에 오히려 더 미심쩍었다. 태호는 그녀가 정체를 밝히면 죽여 버리겠다고 위협하던 남자다. 그와는 달리 자기 집까지 데리고 온 이 남자는 맘대로 하라고 한다. 그 천연덕스런 태도에 정연은 물어보고 싶어졌다. 정말로 그 고약한 서태호란 짐승과 같은 피를 이었느냐고.
"하지만 내가 보기엔 최정연 씨는 한 사흘 정도는 더 있어야 할 것 같아. 아직도 골격이 제대로 굳지 않았어. 그런 상태라면 달라진 모습에 가족들이 전부 다 놀랄걸."
그 말에 정연은 뭐라 할 수 없었다.
사실, 그녀는 거울을 보고 비명을 지를 뻔했다. 아니, 사실은 질렀다. 며칠 전의 일인지 기억은 나지 않았지만 난데없이 드러난 자신의 끔찍한 몰골에 절로 비명이 터져 나왔다. 처음엔 거울에 비친 모습이 자신이 아닌 줄 알았다. 호러 영화에서나 나올 법한 일그러진 모습에 그녀는 공포마저 느꼈다. 정말로 추악한 몰골이었다. 얼굴은 마치 누군가가 일부러 뭉개놓은 것처럼 이리저리 비틀려 있었고 사지는 무력해 걸을 때마다 삐꺽삐꺽 소리가 났다. 마네킹이 걷는 것처럼 빡빡한 관절 탓에 걷는 것도 힘들어 거의 기다시피 했다. 그런 그녀를 안고, 씻기고, 입혀준 것은 바로 눈앞에 있는 태경이었다. 너무 두려워 그녀는 새삼 서태호를 증오했다. 그 저주스러운 짐승이 자신에게 저지른 악행에 그녀는 이를 갈고 분노를 토했다. 하지만 그것은 아주 잠시뿐이었다. 태호에 대한 분노를 토해놓는 동안 태경을 멀리하자 전신을 으스러뜨리는 것 같은 고통이 밀려왔기 때문이다. 그래서 그녀는 태경을 증오했다. 서씨라는 서씨는 전부 다 죽여 버리고 싶은 살의를 느꼈다. 하지만 태경의 살갗과 마주 닿는 순간 느껴지는 아늑함과 쾌감은 고통에 비례해서 점점 커져 갔다. 태호라면 조소하고 조롱했을 터다. 하지만 태경은 흐느적거리며 기어다니는 그녀에게 오히려 위로의 말을 던지며 안아주었다.

"내가 가진 재생력 때문이니까 이상하게 생각할 것은 없어."

아픔을 참고 그에게서 몸을 돌리면 태경은 그렇게 말했다. 남자의 욕망이라고는 전혀 느껴지지 않는 그 몸짓에 잔뜩 곤두서 있던 정연은 절로 수그러들고 말았다.

하지만 무감각할 수는 없다.

남자의 알몸이 닿는다는 것. 그녀에게 있어서 그것은 자신의 모습이 흉물스러운 것만큼 지극히 수치스러웠다. 더구나 의식이 없는 동안 내내 그가 수발을 들었다는 것을 상상만 해도 끔찍했다. 여자도 아닌 남자에게, 그것도 난생처음 보는 남자의 알몸에 안겨서 전신을 맡기고 지냈다는 것을 상상만 해도 머리칼이 곤두섰다. 처음에는 여자 간호사를 불러달라고 말했지만 그가 쓰다듬어 준 손길에서 느껴지는 온기 때문에 그녀는 입을 다물 수밖에 없었다.

"나와 맞닿으면서 끊임없이 힘을 받아야 해. 어색해도 참아."

그게 어디 어색하다 라는 말 한마디로 끝나는 일인가.

정연은 항의하고 싶었지만 침착하기만 한 그의 태도에 입을 다물 수밖에 없었다.

그는 인내심이 깊었다. 정연이 수치와 고통을 억누르고 있다는 것을 알고 있다는 듯 격려의 말도 던졌다. 냉담하게만 보이는 그의 얼굴에 떠오른 부드러운 눈빛이 가슴 한구석을 기묘하게 건드려서 정연은 솔직히 이 남자에게 어떤 반응을 보여야 할지 알 수가 없었다. 이 모든 상황을 초래한 태호에 대한 증오가 큰 만큼 그의 형인 태경에게 순순히 감사를 표할 수도 없다. 너무 잘해주는 것도 부담스럽다. 미워할 수가 없으니까 더 불안하다.

"사흘이 지나면 보내줄 거죠?"

"물론이야. 나는 잡고 있을 생각은 전혀 없어. 그 정도면 골격도 제자리를 찾을 테고 움직이는 데 지장도 없을 거야."

그의 말에도 불구하고 정연은 의심의 눈초리를 거둘 수가 없었다.

그 짐승─ 서태호는, 자신의 정체를 발설하면 죽여 버리겠다고 선언했다. 길거리 한복판에서 그녀를 죽이겠노라고, 그녀의 가족을 해치겠노라고 위협했었다. 물어뜯기도 하고, 때리기도 했으며 심지어는 개에게 습격당하게 만들기도 했다. 그런 사악한 자의 형이 친절하게 대해준다고 해서 순순히 믿을 수 있을까. 게다가 이렇게나 끔찍한 몰골이 되었는데. 아니, 살아 있는 것만으로도 기적은 아닐까.

정연은 자신을 차분히 바라보는 태경을 마주 보았다.

태경은 아무런 말도 하지 않았지만 그녀는 애견카페에서 갑자기 나타나 구해주었다는 그 정체불명의 은인이 그라고 짐작하고 있었다. 세상에는 우연이라는 게 그렇게 흔하지 않다. 아마도 태호의 뒤를 쫓다가 죽어가는 그녀를 발견하고는 뛰어든 것이리라고 그녀는 판단했다. 하지만 고맙다는 생각은 그다지 들지 않았다. 애초에 문제를 만들어낸 것은 그 잘난 서태호였으니까.

"나와 같은 방을 쓰는 게 불편해서 그런 거겠지. 이제 어지간히 운신은 할 수 있으니 다른 방으로 옮겨줄까?"

"네, 그래 주셨으면 해요."

"아니, 과년한 처녀가 남자와 같은 방을 쓴다는 것 자체가 그동안 힘들었을 거야."

아무리 봐도 서른 안팎으로밖에는 안 보이는 남자가 그렇게 말하자 정연은 좀 묘한 기분이 들었다. 그녀를 대하는 태도는 정말로 나이 든 아저씨 같았다. 보호자인 척하는 그 태도가 썩 마음에 들지 않아 그녀는 자기도 모르게 툭 내뱉었다.

"굉장히 나이 드신 것처럼 말하네요."

그 말에 태경은 씁쓸하게 웃었다.

"태호를 키운 것은 나야."

"네?"

"정연 씨와 나는 띠동갑이야."

그녀는 가만히 그를 바라보았다. 누가 봐도 그의 나이는 그녀보다 두어 살 위로 보였다. 결코 사십대의 아저씨로는 보이지 않았다. 탤런트나 모델이 외모를 잘 가꿔서 젊어 보인다고는 하지만 눈앞에 있는 남자는 그런 스타일이 아니다.

"아직 자세한 사항을 말해주지 않았군. 우리 일족은 나이를 잘 먹지 않아. 대체적으로 백 세까지는 지금과 같은 외모를 유지하지."

그녀는 눈을 부릅떴다.

동요는 하지만 히스테릭한 반응을 보이진 않는 그녀에게 만족하면서 태경은 말을 이었다.
 "태호가 태어난 것은 내가 열세 살 때야. 워낙에 어리광이 심한 녀석이어서 너무 감싸 키운 것이 문제가 되었을 거야. 그놈이 한 일은 정말로 변명의 여지가 없어. 미안."
 그제야 그녀는 그 고약한 짐승이 자신의 형에 대해 말하던 것을 기억해 냈다. 담배, 노래, 그리고 자신을 키웠다는 말을 분명히 했었다.
 "나도 그렇게 되나요? 백 살까지?"
 눈앞이 깜깜해지는 기분으로 중얼거리듯 되묻자 그는 조용히 말했다.
 "나는 피가 진한 일족이기 때문에 수명은 약 이백오십여 년 정도 돼. 하지만 정연 씨는 인간에서 변성된 상태이니 그렇게 길지는 않아. 하지만 특별한 일이 없는 이상 아마도 백오십어 살 징도 될 거리 생각해. 외모는 지금 모습에서 그다지 크게 변하는 일은 없을 테지. 최적의 강인한 육체를 구성했으니까."
 "이 끔찍한 모습이 최상의 육체라고요?"
 억누른 분노를 드러내며 정연이 묻자 태경은 고개를 저었다.
 "진정해. 정말로 사흘 뒤면 정연 씨의 제대로 된 모습이 나올 테니까. 정연 씨는 기억하지 못할 테지만 일주일 전 모습은 더더욱 심했어. 온몸의 뼈가 다 뒤틀려 있었으니까. 지금은 세부적인 부분 이외에는 전부 다 자리를 잡았잖아?"
 "그래서 고마워할까요?"
 그녀가 날카롭게 되묻자 태경은 씁쓸한 미소를 머금었다.
 "그 점에 있어서는 미안하게 생각해. 하지만 정연 씨 걱정처럼 특별히 걱정할 것은 없을 거야. 정연 씨는 강인한 육체 이외에는 달라진 게 없어. 일족처럼 변신을 하거나 해서 괴상한 모습을 드러내는 일 따위는 없으니까."

믿을 수 없었다. 영화나 책에서 나오는 것처럼 그녀도 혹시 달밤에 기다란 손톱을 드러낸 채 거리를 방황하게 되는 것은 아닐까, 늑대인간처럼 포효하며 누군가를 해치게 되면 어떻게 할까. 아니, 무엇보다 지금 상태 자체로도 끔찍했다.

하지만 그런 그녀의 심정을 눈치 챘다는 듯이 태경이 재빨리 말했다.

"전에도 설명했지? 정연 씨는 그저 변성된 것뿐이야. 인간적인 특질이 없어진 게 아니라구."

"변성이든 변태든, 어쨌든 나는 잘 모르겠어요. 내가 괴물이 된 거 아닌가요?"

직설적인 그녀의 말에 태경은 담배를 다시 물었다. 실제로 느끼기 전에는 그녀 자신도 대체 뭐가 변했는지 모를 것이다. 태경 역시 자세한 상황은 알 수 없었다. 단지 분명한 것은 그녀의 몸에 그의 각인이 새겨졌고, 그 각인 탓에 일족 전체가 그녀를 그의 소유로 인정할 것이라는 점이었다. 그것은 결국 그녀가 그의 보호 하에 있는 가족 중 일원이라는 것을 의미했다. 그래서 인내심을 발휘해 그는 자신의 〈딸〉에게 자상하게 말했다.

"수명이 늘어나고 병마에 시달리지 않는 육체를 가진 것만으로 괴물이라 부른다면 그것도 괴물이겠지. 몇 번이나 말하지만 정연 씨는 괴물이 된 것이 아니야. 일족과 같은 몸과 같은 힘을 가진 것이 아니라 일족의 힘으로 단지 변성이 된 것뿐이라고."

정연은 더 말하지 않았지만 여전히 의구심을 품고 있었다.

설명을 듣기는 했다. 태경이 말했다.

서태호가 그녀를 물어 그녀의 몸이 변했다고. 그 변하는 과정이 너무 고통스러워 태경이 보살펴 준 것이라고. 일족에게 인간이 물리면, 죽거나 변하거나 둘 중 하나라고.
 태경은 건강하고 튼튼한 몸을 가지게 되었으니 너무 원망 말라고 설명했지만 그녀의 생각은 전혀 달랐다. 그렇게 좋은 것을 그 짐승이 그녀에게 행하려 했을까. 그럴 리가 없었다. 그는 분명 그녀를 죽이려 했었고, 그녀를 경멸하고 멸시하고 있었다. 마치 벌레 하나 비틀어 죽이는 듯한 그 소름 끼치는 시선을 그녀는 기억했다.
 "그렇게 좋은 거라면 그 작자가 날 물어뜯을 리 없어요."
 그 말에 태경은 쓴웃음을 지었다. 그는 확실히 태호가 화풀이로 그녀를 물었다고 확신하고 있었다. 누구보다도 태호의 성격을 잘 아는 그다. 하지만 그래도 눈앞에 있는 그녀에게 단순한 화풀이라고 말할 수는 없지 않은가. 죽도록 괴로워 봐라 하고 악독한 마음을 먹고 한 짓이라고는 차마 말할 수가 없다.
 그가 아무 말 하지 않자 정연은 주먹을 쥐었다.
 '위선자.'
 자신이 지나치게 방어적으로 굴고 있다는 것은 자각하고 있었다. 하지만 불안했다.
 병 주고 약 주는 꼴이 되어버린 이 상황에서 그녀가 믿을 수 있는 것은 아무것도 없었다. 태경이 아무리 친절한 척해도 그녀는 그를 신용할 수 없다. 특히나 그를 볼 때마다 가슴 한구석이 저릿저릿한 것이 더더욱 기묘해서 믿을 수 없었다. 홀리듯이 그의 모습을 쫓는 자신이 너무나 이상해서 믿을 수 없다.
 하지만 한편으로는 이런 생각도 들었다. 대체 눈앞에 있는 이 잘난 남자가 무엇이 부족해서 그녀의 시중을 들고 있는 것일까. 이것도 저 서태호가 그랬듯이 이것도 일종의 장난일까. 아니면 이 남자가 너무나 경우 바른 남자라 사죄하고 있는 걸까.

"그래서 나보고 잘해주지 말라는 건가?"

"에?"

불신의 눈초리를 하고 있는 정연을 향해 태경이 쓴웃음을 지으며 물었다.

"어떤 꿍꿍이가 있는지 모르니 불안하다는 거겠지?"

정연은 대답하지 않았다. 말 하지 않아도 알아차리고 있는 이 남자가 더 불안했다. 남의 말은 전혀 듣지 않던 서태호와 달리 그는 말하지 않는 것도 알아차리는 것 같았다.

"괜찮아, 정말 꿍꿍이는 없어."

"그럼 왜지요?"

정연은 정색을 하고 되물었다. 정말이었다. 그녀의 모습은 십층에서 떨어진 낡은 인형처럼 일그러져 있었고, 가진 것은 아무것도 없었다.

"단순히 그 작자가 저지른 것을 보상하기 위해서인가요?"

정연은 말하면서도 가슴 한구석이 저릿했다. 지난 시간 동안 그가 그녀를 대한 태도는 환자를 간호하는 간호사 그 이상이었다. 극진한 그의 태도 때문에 정연은 너무나 당혹해서 어찌할 바를 몰랐다. 걷지 못하는 그녀를 대신해 화장실에 데려다 줄 때라든지, 씻고 닦이고 입히는 것까지 전부 그는 손수 했다. 단지, 그녀가 아파할 것이라는 이유로.

"그런 것도 있긴 하지."

태경은 새까만 그녀의 눈동자를 바라보며 대답했다. 가슴 한구석이 온화해지는 것은 단지 그녀가 새로운 가족이기 때문이라 생각하면서 그는 자상한 어조로 설명했다.
"태호 놈이 저지른 잘못을 보상하려는 것은 사실이야. 하지만 정연 씨가 원치 않더라도 이미 정연 씨는 내 〈가족〉이 되었어. 가족을 보살피는 것은 가장의 의무지."
"가족?"
믿기지 않는다는 듯이 그녀는 소리쳤다.
어쩐지 점점 머리가 이상해지는 것 같았다. 이 생면부지의 남자가 난데없이 가족이라고 떠드는 이유를 그녀는 이해할 수가 없었다. 너무 기가 막혀 가증스러울 정도였다. 죽이려 들 때는 언제고 이젠 가족이라니. 이게 무슨 질 나쁜 장난일까.
"정연 씨의 몸은 이미 변성되었어. 일족의 피와 힘으로. 완전한 인간의 몸인 동시에 우리 일족의 가족으로 선언된 것이야. 그래서 종주인 나는 정연 씨를 내 보호하에 두는 거지."
"말도 안 돼요!"
그녀는 버럭 소리를 질렀다. 그 순간, 연약한 점막이 뒤틀렸다. 그녀는 목을 쥔 채 앞으로 고개를 숙였다. 목 안쪽이 찢어질 것처럼 아팠다. 그런 그녀에게 재빨리 다가선 태경은 턱과 목을 쓸어주며 토닥거렸다.
"걱정할 것은 없어. 나는 보호하는 것뿐이야. 정연 씨가 다 나아서 이곳을 떠나도 나는 간섭하지 않아. 내가 나설 때는 정연 씨가 위험하거나 곤경에 처해 있을 때뿐이지."
정연은 믿지 않겠지만 그는 진심이었다.
그는 새로 얻은 이 가족에게 잘해주고 싶었다. 일족의 피는 잇지 않았다 해도 그의 힘으로 변성된 가족이었다. 새로운 가족은 정말로 드물었고, 그의 힘으로 변성시켰기에 더더욱 특별했다. 일족의 수는 쉽게 늘지 않는다. 일족의 여자들은 오만했고, 남자들은 방탕했다. 인간 사회에서 섞여 사는 이상 그 영향을 받지 않을 수는 없는 일. 결국, 그의 일족들도 현대 사회의 행태를 그대로 반영하고 있었다. 그녀는 힘은 없지만 분명 일족이었다. 서가의 힘을 받아 변성된 일족인 것이다.

정연은 아무 말도 하지 않았다. 누군가에게 이렇게 온전히 안긴 적은 난생처음인 것 같았다. 아니, 성인이 되고 나서는 처음이다. 그것도 이토록이나 무력한 상태로. 그녀는 그의 손을 피하려고 버둥거리다가 결국은 힘없이 그의 가슴에 얼굴을 기댔다.

기묘한 기분. 낯선 남자에게 안겨 안도감을 느끼다니.

있을 수가 없는 일이다. 그녀는 필사적으로 다시 생각했다. 또 상처를 입고, 배신감을 느끼게 될 게 뻔했다. 이런 남자는 오히려 위험하다.

그런데도 불구하고, 그의 손길은 따스하고 편안했다.

지금 태경의 손길에는 분명히 보호와 위로의 의미가 강하게 드러나 있었다. 그것을 본능적으로 느끼면서도 그녀는 침묵했다. 그녀에게 이렇게 잘해준 사람은 여지껏 없었다. 곤두선 고슴도치처럼 항상 그녀는 혼자였다.

그런데.

하얀 종이에 먹물이 번져 나가듯 단단한 빗장에 금이 간다.

두근두근―

심장 소리가 들렸다. 그녀는 그것이 태경의 것인지 자신의 것인지 알 수 없었다. 시계 소리처럼 정확하게 들리는 울림.

태호를 생각하면, 또 비틀어진 그녀의 인생을 생각하면 당연히 미워해야 할 존재인데도 그녀는 도저히 태경을 미워할 자신이 없었다. 미움은 격렬한 감정의 일부다. 정연은 이미 마모되어 사라져 버렸다고 생각한 격렬한 감정이 엇갈리는 것을 느꼈다. 증오, 미움, 당혹, 불안, 그리고 호감.
'그러니까 잘해주지 말란 말이야. 무서워!'
그녀는 속으로 중얼거렸다. 하지만 그녀는 지금 자신이 스스로 그의 품 안에 매달려 있다는 것은 의식하지 못하고 있었다.
탁상시계가 째깍째깍 조용한 방 안으로 소리를 흘렸다.

10
움직임

시간은 맥없이 흐른다. 따스한 봄날의 시간은 그랬다.

얼마 전까지만 해도 상상도 못했던 장소에서 봄을 맞이하고 있는 것이다. 잔뜩 물오른 꽃봉오리들을 바라보며 그녀는 말없이 서 있었다. 파란 하늘은 티없이 맑았다. 도회지에서는 볼 수 없는 맑은 공기와 날카로운 따가운 햇살이 뺨을 자극했다. 나른하게 덥혀진 공기와 물씬 풍겨오는 흙냄새. 자기도 모르게 잠이 올 정도다.

정연은 정원과 연결된 유리문을 열고 문가에 이마를 기대고 앉아 있었다. 일광욕을 주목적으로 하는 거실 아닌 거실은 안쪽으로 펼쳐지는 정원과 잇닿아 있었다. 그녀는 그다지 호기심이 많은 성격은 아니었지만 그래도 계속 집 안에만 있다 보니 그 정원이 엄청나게 넓다는 것을 알아냈다. 그리고 그 정원을 감상하고 있는 것이 오로지 그녀 혼자만이라는 것도.

그녀는 꽤 길어진 머리칼을 부주의하게 쓸어 올렸다. 언뜻 눈에 띈 팔에는 이미 개에게 물린 상처 따윈 자취를 감춘 지 오래였다. 정연은 개에게 물려 죽음 문턱까지 갔던 일이 꿈처럼 희미하게만 느껴졌다. 하지만 그 일이 있었던 것은 불과 한 달도 채 되지 않았다.

집 안은 조용했다. 주인인 태경이 없기 때문이다.

한옥과 양옥이 이리저리 섞인 건물은 한눈에도 따스한 느낌이었지만 수백 년은 될 듯한 거대한 고목들이 여기저기 그늘을 이루고 있어 은밀하다는 느낌이 강했다. 사실 현관이 어디고 대문이 어딘지 그녀는 아직 발견하지 못했다. 소리 없이 걸어다니는 가정부들은 끼니때가 되면 어디선가에서 나타나 음식을 내놓거나 간식을 내밀곤 했을 뿐, 그녀에게 뭐라 참견하지 않았다. 그 때문에 정연은 자신이 거대한 성에 갇힌 동화 속의 여주인공이 된 듯한 기분까지 느꼈다.

그녀는 몰랐지만 정연이 있는 장소는 원래가 저택의 주인인 태경의 거처로 지어진 것이었다. 이 저택은 일족의 종주인 그의 가족이 머무는 곳이었다. 그의 아내나 자식들을 위해 만들어진 저택이라 몇 겹의 건물로 겹쳐 미로와도 같은 구조를 이루고 있었다. ㄷ자 모양을 한 건물이 서로 엇갈리면서 다섯 채의 건물이 양파 껍질처럼 감싸고 있는 구조다. 그 외에도 저택으로 이어지는 대문만도 다섯 개, 거주하는 인원도 팔십여 명에 달했다. 이쯤 되면 성이나 다를 바 없었지만 안쪽에 있는 정연이 그 크기를 실감하지 못하는 것도 당연한 일이었다. 게다가 아무리 예민해졌다지만 그녀는 아직 서씨 일족처럼 능력을 가지고 있지는 못했다. 소리 없이 움직이는 그들의 기척을 알아차리기란 쉬운 일도 아니었다.

때문에 그녀가 보기에 이 저택에서 살아 움직이는 것은 오직 그녀뿐인 것만 같았다. 주인인 태경이 일이 있다며 비서들을 데리고 외출하자 홀로 남은 정연은 그저 침묵 속에 앉아 있을 수밖에 없었다.

지루한 것은 아니었다. 사실 지루할 정도로 그녀의 마음이 편한 것이 아니기에.

정연은 햇볕이 쏟아지는 파란 잔디밭을 보다 말고 문득 자신의 손가락을 응시했다.

깨끗한 손가락. 가늘고 긴 손가락은 양가집 규수처럼 완벽했다. 손톱은 건강한 분홍빛을 띠고 있다. 손톱 손질이라도 한 듯이.

사실 그녀는 깨끗한 손가락을 가지고 있지 않았다. 시도 때도 없이 구토를 하고 쓰러지는 엄마의 옷가지나 이불을 빨기 위해서 손이 엉망이었던 것이다. 잔뜩 거칠어진 손에 핸드크림을 바를 여유는 없다. 시간도, 정신적인 여유도 없었다. 게다가 얼마 전에는 더러워진 집 안을 치우느라 잔뜩 힘을 써서 손은 아주 거칠어졌다. 젊은 여자 손답지 않게 말이다.

그런데.

그녀는 손가락을 똑바로 펴 허공에 들어보았다. 햇빛에 거의 투명할 정도로 하얗게 보이는 손가락은 곱기만 해서 정말로 자기 손인지 의심이 갈 정도였다. 그 손을 볼 때마다 그녀는 자신이 정말로 변했다는 것을 새삼 느꼈다. 얼굴도 이제는 꽤나 반듯해졌다. 조금 흐리긴 했지만 눈썹도 새로 자라나 미끈한 탈바가지 형세도 면했다.

'나가야 해.'

그녀는 되뇌었다.
아무리 조용하고 아늑한 곳이라 해도 여기는 그녀의 집이 아니었다. 그녀의 자리가 아니다. 게다가 정체 모를 자들이 가득한 이런 곳에서는 마음 놓고 지낼 수 없었다. 숙부와 전화통화는 했지만 그래도 안전이 걱정되었다. 태경이란 남자를 어디까지 믿어도 좋을지 확신이 안 가는 이상 이곳을 어서 떠나야 하는 것은 당연지사.
서태경.
특히 그 남자가 불안했다. 서태호와는 너무 달라 오히려 불안하다. 그와 같이 있고 싶지 않았다. 너무 위험했다. 그가 다정하게 속삭이면 자신도 모르게 손을 내밀고 만다. 그의 모습을 찾아 헤매고 만다. 이것은 정상이 아니었다.
그녀는 상념을 끊고 정원을 다시 내다보았다.
사람의 기척은 없지만 정원에는 봄빛이 가득했다. 점차 뜨거워지는 햇볕 속에서 아지랑이가 올라온다. 잘 손질된 잔디 사이로 노란 민들레가 슬금슬금 고개를 들고 연둣빛에서 초록빛으로 변해가는 나뭇잎들이 햇빛을 잘게 부수었다. 봄날을 기다렸다는 듯이 날것들이 이리저리 앵앵대고 나비와 벌들이 바삐 돌아다녔다. 넓은 대지를 자랑하듯이 파 놓은 연못가에는 알록달록한 잉어들이 쏘다녔다. 잘 손질된 정원은 호사스럽지만 화려하진 않았다. 꼭 비원의 한 귀퉁이를 보는 것처럼 그저 담담한 수채화 같은 인상이다.
정연은 그 광경을 보면서 잠시 눈을 감았다. 졸음이 몰려오긴 했지만 예민해진 살갗에 와 닿는 바람에 저도 모르게 움찔움찔했다.

변성(變性).

그 성질이 변하는 일. 생체의 조직이나 세포가 이상 물질을 만나 그 모양이나 성질에 변화를 일으키는 것. 대체 어디서부터 어디까지 변했고 어디가 변하지 않은 걸까.

정연은 무력감에 거칠게 머리칼을 쓸어 올렸다. 무엇보다 더더욱 불안한 것은 그 남자 때문이라는 것을 그녀 자신도 인식하고 있었다.

그가 잘해줄수록 더 불안하다. 그와 함께 있으면 그녀는 어떤 표정을 지어야 할지 알 수가 없었다. 웃을 수도, 화를 낼 수도 없다. 웃기에는 맺힌 감정이 너무 크고 화를 내기엔 그가 너무 친절하다. 그는 그녀에게 화를 내지도, 짜증을 내지도 않는다. 그저 모두 받아줄 뿐이었다. 뭐든 해줄 테니 말해보라 손을 내미는 남자를 그녀는 알지 못했다.

서태호라는 짐승을 믿었었다. 나름대로의 우정도 형성되었고, 그에게 친근감도 호감도 가지고 있었다. 그런데 결과는 어땠던가. 짐승은 그녀를 우롱했다. 그녀를 멸시하고 그녀를 죽이려 했고, 협박했다. 일방적인 우정은 개박살이 났다.

정연은 눈을 감는 대신 이를 꽉 물고 숨을 삼켰다.

그녀는 이 기분이 무엇인지 알고 있었다. 배신(背信).

저 친절한 듯한 서태경의 마음속을 그녀는 모른다. 그가 보여주는 것이 진심인지 단순한 장난인지 그녀는 알고 싶지도 않았다. 빈약한 신뢰는 고통만을 부를 뿐이다. 일방적인 신뢰는 배신을 부른다. 그가 무섭다. 그에게 홀리고 있는 그가 무섭다.

"안녕하세요?"

갑자기 들려온 소리에 그녀는 흠칫했다.

나른한 봄날이 갑자기 폭풍우라도 만난 것처럼 일변했다. 그녀는 그 기괴한 감각에 놀라며 뒤를 돌아보았다.

언제 나타났는지 놀랍게도 그 자리에는 분홍빛 정장을 곱게 입은 여자가 서 있었다. 얼추 정연과 비슷한 또래로 보이는 여자는 마치 모델처럼 늘씬한 몸매를 한 미녀였다. 화사하게 웨이브 진 머리칼을 등까지 늘어뜨린 그녀는 장미처럼 화려한 존재감을 흩뿌렸다.

"일광욕실이 마음에 들어요?"

명랑하게 말한 그녀는 호기심을 감추지 못하는 표정으로 정연을 살피고 있었다. 당혹한 정연은 그저 가만히 앉아서 그녀를 보기만 했다. 한동안 그녀를 살핀 정체불명의 미녀는 매혹적인 미소를 머금더니 스스로를 소개했다.

"전 서미혜라고 해요, 최정연 씨."

"네에."

어정쩡하게 대답하는 그녀를 보고 화사하게 웃던 미혜는 잘 손질된 분홍빛 매니큐어를 바른 손톱을 반짝이면서 손을 내밀었다.

"제 방으로 가요."

얼결에 그녀의 손을 잡은 정연은 엉거주춤 일어났다. 그러자 미혜는 정연이 따라오는지 확인을 하지도 않고 성큼성큼 나서서 걷기 시작했다. 그 뒤를 따르면서 정연은 일광욕실을 지나 길게 이어진 복도를 걸었다. 몇 번이나 꺾이며 이어진 복도는 뒤따르기 쉽지 않았다. 크기에 비해 굉장히 복잡한 구조를 지닌 집이라고 생각하며 걷는 동안 미혜가 명랑하게 물었다.

"몸은 어때요?"

"괜찮아요."

"네, 보기에도 괜찮아 보이네요. 처음 보았을 때는 정말로 걱정했었지요."

그 말에 정연은 움찔했다. 그 끔찍한 모습을 눈앞에 있는 미녀가 보았다는 것이 거북스러웠다. 그러고 보니 정연이 입은 옷은 지나치게 편안해 보이는 면 원피스 차림이었다. 그녀는 조금 창피해졌다. 빈틈없이 차려입은 미혜에 비해 자신은 너무나 허술한 옷차림이었던 것이다. 그나마 그건 태경이 가져다준 옷이었다. 예민해진 피부에 좋지 않다고 임신부나 입을 법한 헐렁한 면 원피스나 실크 원피스를 가져다준 것이다.

"실제로 변성을 본 것은 저도 처음이에요."

미혜는 거침없이 말하며 정연을 관찰했다. 커다란 눈 속에서 빛나는 호기심을 보고 정연은 씁쓸해졌다.

"여기가 제 방이에요. 사무실을 겸하고 있죠."

그녀가 방문을 열며 소개했다.

뜻밖에도 방은 굉장히 넓었다. 한눈에도 세련되어 보이는 오렌지색 소파가 유려한 디자인을 자랑하며 방 안의 한쪽 구석에 놓여 있었고 방 안의 가장 중심에는 서류가 쌓인 책상과 컴퓨터가 있었다. 정말로 사무실인 것인지 빼곡히 책과 서류철로 채워진 책장 때문에 창문이 있는 방향만 빼고는 벽이 보이지 않을 정도였다. 그래도 여성스러운 크리스탈 화병에 꽂힌 후리지아 한 다발이 부드러운 여운을 뿌렸다.

"앉아요. 주스 마실래요?"

"주세요."

소파에 정연이 앉자, 미혜는 책상 한구석에 놓인 냉장고에서 오렌지주스 한 병을 꺼내 내밀었다.

"아직 얼떨떨하죠?"

"네."

미혜는 생긋 웃었다.

새로 등장한 이 〈가족〉이 히스테릭한 반응을 보일까 봐 얼마나 걱정했던가. 그동안 괴물이라며 비명을 질러대며 쓰러지는 인간들을 봐온 그녀로서는 정연의 담담한 태도가 무척이나 기분 좋았다.

"일단 그 개자식에게 걸려서 고생한 점에 대해서는 일족으로서 사과드려요."

그녀는 정말로 고개를 숙여 인사했다.

미혜의 말에 정연은 눈을 크게 떴다. 개자식?

"서태호 말이에요. 우리들은 암묵적으로 모두 그 작자를 미친 개자식이라 불러요."

미혜는 상큼하게 말했다.

정연은 반응하지 않았다. 어쨌든 서태호는 서씨. 정연과는 달리 그들의 일족이었다. 말로만 욕하는 것쯤은 그녀도 눈치 챌 수 있었다. 그렇지 않고서야 왜 그를 방치할까. 결국은 눈 가리고 아웅이 아닌가 하고 정연은 싸늘하게 비웃었다.

그녀가 어떤 표정을 보이든 미혜는 신경 쓰지 않고 직설적으로 말했다.

"하지만 미리 변명해 두자면, 그 개자식은 원래 미친놈이고 우리 일족은 사실 굉장히 점잖고 조용한 편이에요."

그 경쾌한 말투에 정연은 피식 웃고 말았다. 긴장하고 있었던 것이 꼭 바보같이 느껴질 정도로 발랄한 느낌이었다.

그녀가 웃자 미혜도 같이 웃었다. 긴장감을 슬슬 풀고 있는 것이 느껴졌던 것이다.

"어떤 이야기를 그 개자식에게 들었는지는 잘 모르지만 그놈의 이야기는 머릿속에서 싹 잊고 제 이야기만을 믿도록 하세요."

미혜는 지갑에서 명함 한 장을 꺼냈다.

명함을 받은 정연은 멍한 기분으로 그것을 들여다보았다.

〈서&서 여성법률상담 변호사 서미혜.〉

"변호사?"

얼결에 되묻자 미혜는 생긋 웃었다.

"그래요. 저는 변호사예요. 미리 말해두지만 우리 일족, 그러니까 서가에는 법률관계자만 마흔일곱 명이 있답니다. 의사도 약 쉰아홉 명이 있어요."

"……."

정연은 아주 기괴한 기분이었다. 괴물 집단이라는 이 서가에 웬 전문가들이 그렇게 모여 있단 말인가.

"전 그중에 여성 담당이에요. 몇 번이고 말해두지만 우리 일족은 인간들과는 다른 규범이 전제되어 있어요."

"그렇겠죠."

정연이 담담하게 응하자 미혜는 콧등을 귀엽게 찡그렸다.

"이왕에 당신도 우리 가족이 되었으니 분명히 알아두는 게 좋아요. 회장님은 엄한 분이라 어정쩡하게 내버려 두지 않아요."

미혜는 담담한 그녀의 태도가 오히려 거슬렸다. 무표정할 정도로 무덤덤한 태도를 고수하고 있는 정연은 꽤나 상대하기 어려운 인물이었다. 그러나 그녀가 무반응이라 해서 할 일을 안 할 수는 없는 법. 미혜는 서둘러 말을 이었다.
 "우리 일족들이 인간과 다르다는 것은 알 거예요. 인간과 다르다고는 하지만 인간들과 더불어 살고 있죠. 게다가 하는 일도 그렇게 다르지 않아요. 정연 씨는 설마하니 우리가 인간들을 사냥해 먹고 산다는 말도 안 되는 상상을 하고 있었던 것은 아니죠?"
 "……."
 그녀는 침묵했다. 사실 그런 생각을 하지 않았던 것도 아니다.
 그 태도에 미혜는 한탄하듯 한숨을 쉬었다. 과장된 태도였지만 나쁜 느낌은 아니어서 정연은 그저 이야기를 듣는 데만 열중했다.
 "아아, 맙소사. 그건 호러 무비에나 나올 이야기라구요. 싸구려 헐리우드 무비에 현혹되지 말아요. 만약 정말로 그렇게 살아간다면 절대 다수인 인간들에게 들킬 게 뻔하잖아요?"
 그녀는 손을 이리저리 내젓더니 여전히 반응없는 정연을 향해 미소 지었다.
 "무리도 아니지요. 그 미친 개자식을 처음 만났으니 그런 생각을 할 수밖에요. 하지만 우리들은 육체적인 능력이 좀 다를 뿐이지 보통 사람과 아주 똑같이 살고 있어요."
 "수명이 다르다고 했는데……."
 정연이 어설프게 말을 꺼내자 미혜는 고개를 끄덕이며 설명했다.
 "맞아요. 수명이 다르지요. 통상 백오십 년 정도니까요. 그래서 다른 사람들의 눈에 띄지 않도록 병원이나 법률 쪽 사람들이 필요한 거지요. 아, 그러면 아까와 같은 쪽으로 이야기를 돌려볼까요? 우리들도 다른 사람들처럼 일을 해서 먹고 살아요. 다시 말해 각자 생업을 가지고 있다 그거지요. 미용사나 요리사, 또는 은행원, 회사원, 구멍가게나 슈퍼, 디자이너 등등…….”

정연은 그저 침묵했다. 인간이 아닌 자들이 세상에 넓게 퍼져 있다는 이야기일까. 사람들이 모르는 사이에 인간도 아닌 자들이 인간처럼 굴며 지내고 있다고? 괴물이 한둘이 아니라 수백, 수천이나 되는 걸까.

“우리는 식인종도 아니고 뱀파이어 같은 존재도 아니에요. 똑같이 밥 먹고 살지요. 참고로 말한다면 우리 종주님, 그러니까 서태경 회장님은 펀드를 운영하고 계세요. 건설회사와 금융 관련 회사도 몇 개 있고요.”

“서태호는요?”

정연은 담담하게 물었지만 미혜는 조금 찔끔했다. 정연의 태도가 너무 냉담하다.

“화장품 관련 무역회사에 있어요. 수입 화장품을 국내에 들여놓고 있죠. 주력은 향수예요.”

그래서 여자 물품에 대해 그렇게 유식했던가. 정연은 잠시 그를 처음 만났을 때 그가 내뱉던 말들을 떠올렸다. 걸친 것은 넝마요 바를 것은 하나도 없다면서 백화점 순례를 했던 짐승. 그의 직업이 화장품 수입이라니. 전설 속의 괴물이 갑자기 현실로 굴러떨어진 느낌이었다.

“나는 이 집을 나가도 된다고 들었는데요.”

난데없는 정연의 말에 미혜는 미간을 조금 찌푸렸다. 너무 동요하지 않는 것도, 담담한 것도 그다지 좋은 현상은 아닌 것 같았다. 보통 하루아침에 다른 존재가 되었으면 좀 더 호기심을 갖고, 혹은 적대감이든 분노든 가지고 달려드는 게 보통이 아닐까.

"네. 이틀 후에 댁에 보내 드릴 거예요. 저는 정연 씨가 놀라지 않도록 교육을 담당하는 역할을 맡았을 뿐이죠. 우리들을 불신하는 것을 충분히 이해하니까 그저 기본적인 상황만 이야기해 두려는 거예요."

"교육이요?"

정연이 미간을 찌푸리자 미혜는 반대로 미소 지었다.

"그래요. 기본적인 것만 이야기할게요. 정연 씨는 침착한 성격인 것 같으니 실수는 하지 않을 테지만 그래도 기억은 해두어야 해요."

그녀는 사무실에서 얄팍한 서류철을 하나 꺼내와 정연에게 내밀었다.

그 안에는 명함철과 하얀 봉투가 하나 들어 있었다. 봉투를 먼저 열어보니 놀랍게도 수표였다. 정연이 미간을 찌푸리자 미혜는 진지하게 말했다.

"받아둬요. 비상금이니까."

돈은 무려 이천만 원이었다. 상상치도 않았던 금액에 정연은 미혜를 바라보았다.

"위로금?"

"천만에. 이건 비상금이에요."

미혜는 단언하고는 명함철을 열어보라 재촉했다. 열어보니 그 안에는 의사, 변호사, 건축, 인테리어를 비롯한 다양한 명함들이 줄지어 들어 있었다. 그중 반 이상이 변호사와 의사였는데 특이하게 경찰도 있었다.

"이건 비상시를 대비한 거예요. 예를 들어 당신이 누군가에게 다쳤을 때, 혹은 누군가를 다치게 했을 때, 누군가에게 위협을 당했을 때."

정연은 갑자기 자신이 어떤 상황에 처했는지 실감이 나는 기분이었다.

그녀는 이제 온전한 인간이 아니었다. 이 일족은 인간이 아니기에 보통 의사나 병원에는 갈 수가 없다. 게다가 기괴한 능력을 가지고 있으니 기괴한 사건에 휘말릴 가능성도 높았다. 그래서 법률 쪽 관계자와 의료 관계자가 이렇게나 넘치고 있는 것이다.

"눈치 챘겠지만 우리들의 몸은 보통 인간과는 달라요. 기본적으로는 우리들에게 약은 필요없어요. 치유력이 있기 때문에 자체적으로 다 해결이 되지요. 하지만 그건 우리 순수 일족의 이야기고 정연 씨 쪽은 상황이 다르죠. 치유력은 물론 잠재되어 있긴 하지만 우리들처럼 강하지는 않아요. 살갗이 조금 베인 것 정도는 물론 금방 나을 거예요. 하지만 뼈가 부러졌다든지 내장 기관에 문제가 생겼다든지 배에 구멍이 생겼을 경우에는 시간이 걸려요."

보통은 그 정도면 죽지 않을까.

그녀는 멍하니 그렇게 생각하면서 무의식중에 언젠가 보았던 서태호의 모습을 기억해 냈다. 분명 하룻밤 사이에 끔찍했던 상처가 흔적도 없이 사라졌었다.

"하지만 그것도 보통 인간보다는 빠르게 나아요. 다시 말하자면 단순 골절일 때는 아마 한 넉넉잡고 사나흘이면 나을 것이고 관통상이나 기타 화상 같은 것도 비슷할 거예요. 하지만 그런 모습을 보통 의사에게 보이면 난리가 나겠죠."

미혜는 진지하게 설명했다.

"그 때문에 〈우리〉 의사가 필요한 거지요. 하룻밤 사이에 부상이 다 나왔다고 말한다면 다들 의심하겠지요? 그러니까 그것을 적당하게 감싸줄 의사가 필요한 거예요. 인간 사회에서 자연스럽게 지내려면 그런 배려가 필요한 거지요. 진단서라든지 입원, 치료 등등."

미혜는 생긋 웃었지만 정연은 마주 웃어주지 않았다. 오히려 그런 감춰진 조직이 있다고 생각하자 섬뜩할 뿐이었다. 서태호의 그 자신감 넘치는 태도는 누군가가 자신을 받쳐 주고 있다는 믿음 때문이었을까.

무덤덤한 반응에 미혜는 속으로 혀를 찼다.

"이것을 보고 우리가 법을 마구 어기고 돌아다니는 사악한 집단이라고는 생각지 마세요. 우리들은 감각이 예민해요. 정연 씨도 지금 굉장히 예민해져 있지만 우리들은 그보다 더하다고 할 수 있지요. 만약에 저에게 스토커가 붙었다 치자구요. 보통 여자라면 알아차리지 못할 그런 스토커가 있다 치면, 보통 경찰들은 저보고 과잉 반응이나 자의식 과잉이라며 모른 척할 거예요. 저도 그 자식을 잡아 족칠 수 있긴 하겠지요. 하지만 때리면 폭행이고 죽이면 살인이 되니까 그렇게 할 수는 없어요. 그럴 때 일족인 경찰에게 연락을 하는 거예요. 일족인 경찰이라면 내 말을 들어 주고 적절한 법적 절차를 밟아 그 스토커를 족칠 수도 있죠. 무슨 이야기인지 아시겠어요?"

정연은 고개를 끄덕였다. 꽤나 요령 좋은 설명이다.

하지만 그 이외의 것도 그녀는 알아차렸다. 이들의 정체가 드러나지 않도록 전문가 조직이 활약하고 있는 것이다. 영화에 나올 법한 마피아 같은 조직성. 감춰진 괴물들.

그녀는 적의라는 감정이 고개를 드는 것을 느꼈다. 평범한 인간 하나쯤 말살시키고 끝장내는 것이 그들에게는 역시 어려운 일이 아니라는 증거다. 서태호가 뻔뻔하게 나서며 손쉽게 죽여 버리겠다고 떠들 수 있는 것도 모든 상황을 조작할 수 있는 자들이 항시 대기하고 있기 때문이란 말.

손이 떨렸다. 역시 경찰에 연락하지 않는 것이 옳은 행동이었다. 자칫 잘못했으면 미친 여자로 몰려 끝장났을지도 몰랐다. 살인이든 폭행이든 누군가 참혹한 일을 일으켜도 이 일족은 조용히 무마할 것이다. 아무리 뭐라 해도 그들은 그들 자신이 우선이지 일반 사람들을 우선시할 리 없으므로. 그녀는 태호가 자신의 집 안으로 개를 죽여 집어 던졌던 일을 떠올렸다. 어쩌면 이들에게 있어 개와 인간은 동격일지도 모른다. 이들은 아니라 주장하지만 태호는 분명 그랬다.

그래서? 그래서 어떻단 말인가. 보통 사람들도 힘이 있고, 돈이 있는 사람들은 다 그렇게 하고 있지 않은가. 그렇게 따지고 보면 눈앞에 있는 이 괴물 집단이 그렇게나 유별난 것도 아니다.

정연은 씁쓸하게 웃었다.

"우리 일족은 그러니까, 이를테면 하나의 가족인 셈이죠."

미혜는 그녀가 알아듣거나 말거나 말을 이었다. 정연의 반응이 최소한 경찰서나 신문사로 뛰어들어 갈 거로는 보이지 않았기 때문이다. 여차하면 기억을 지울 생각까지 하고 있었던 그녀로서는 다행이란 생각이 들었다.

"가족?"

정연이 그 단어에 민감한 반응을 보이며 되물었다.

"그래요. 이 명함들을 준 것은 문제 있을 때 이들을 불러 도움을 요청하라는 뜻이죠. 모두 서씨 일족이에요. 방계 혈족도 있긴 하지만 결국은 다 서씨죠."
"도움을 요청하라니……."
명함들을 내려다보며 정연이 중얼거리자 미혜는 방긋 웃었다.
"언젠가 정연 씨도 그들을 도울 일이 생길지도 모르죠. 어쨌든 한 가족이니까 돕고 사는 건 당연하지 않겠어요?"
당연하다는 말에 정연은 침묵했다.
일족이라고는 해도 명함집만 봐도 오십여 장이 넘었다. 서울만이 아니고 지방 곳곳의 이름이 적혀 있는 것만 봐도 전국적인 규모라는 것을 알 수 있었다. 그런데 이들에게 그냥 도움만 요청하면 된다니. 얼굴도 모르는 자들에게 도움을 요청하라는 그 말이 너무 생소했다.
"돈도 안 들어요."
미혜는 정연의 표정에 깔깔 웃었다.
"네?"
"일족끼리는 돈도 안 받아요. 그러니까 아주 좋죠."
"돈을 안 받는다니?"
친척끼리도 그런 법은 없다. 정연이 그녀를 바라보자 미혜는 명랑한 어투로 말했다.
"가족인데 당연하죠. 가족인데 돈을 왜 받아요?"
"에……."
갑자기 정연은 태경의 말이 떠올랐다. 〈가족〉이니까 보살펴 주는 게 당연하다고 그가 말했었다. 그게 빈 말이 아닌 걸까.
"서태경 씨는 어떤 일을 하죠?"
그 말에 미혜의 눈이 빛났다. 이 덤덤한 여자가 드디어 종주에게 관심을 가지는가 싶으니 흥분이 되었던 것이다. 그녀가 아는 범위 안에서 태경이 손을 내민 유일한 여자가 정연이었다. 이미 일족 사이에서는 정연이 태경의 여자라는 소식이 쫘악 퍼진 상태였다. 아마 모르고 있는 것은 정연뿐이리라.

"그야 가족을 돌보는 일을 하시죠."

"돌봐요?"

"여기는 종갓집이에요. 회장님은 종주이시고요."

"종주요? 족보도 있겠네요."

그녀는 빈정거렸지만 미혜는 순순히 고개를 끄덕였다.

"물론이죠. 당연히 족보가 있어요. 천여 년 전부터 내려오는 족보가 있고말고요."

정연은 기가 막혔다. 이 짐승들의 족보가 천 년이나 이어지고 있다니.

"종주는 어떤 일을 하는데요?"

"그야 가족들을 통솔하고 보호하지요. 이를테면 사자?"

미혜의 비유에 정연은 미간을 찌푸렸다. 태경과 사자는 그다지 이미지가 맞지 않았다. 물론 짐승은 짐승이겠지만.

"종주는 직계의 피를 이은 가장 강한 자가 되는 거예요. 가끔은 방계에서도 종주가 나올 수는 있지만 거의 없지요. 힘이 가장 강한 자만이 종주가 되거든요."

힘이 가장 강한 자. 그야말로 약육강식의 세계.

"힘이 가장 강하다고요?"

정연의 말에 미혜는 고개를 끄덕였다.

"맞아요."

"힘이 강하면 종주가 되는 건가요?"

"그렇게 단순하지는 않지만 어쨌든 결과적으론 그래요. 절대군

주죠."

절대군주. 명령이 곧 법.

그래서 그랬던가 하고 정연은 혼자 납득했다. 태경의 말이 이들의 법이라 한다면 충분히 이해가 갔다. 일단 가족으로 인정되면 모두가 공유되고 모두가 보호받는 존재라는 것. 꽤나 멋진 말이긴 하지만 정연은 쉽게 속아 넘어가지 않았다. 너무 달콤한 말은 믿을 수 없다.

"그게 종주의 일인가요?"

"그래요. 때문에 종주의 명령은 모든 것을 우선해요. 아마 종주가 싸워라 하면 가족들은 하나도 남김없이 죽을 때까지 싸울 거예요. 극단적인 예지만."

너무나 비현실적인 말에 정연은 오히려 실감했다. 초인적인 힘을 가지고 있는 괴물 일족. 그 일족을 통솔하는 것은 단 한 명. 서태경. 그는 일족의 왕인 것이다.

"왕이나 다름없네요. 반항하는 사람도 없어요?"

"없어요. 감히 그럴 사람은 없어요."

그 말에 정연은 조금 의문을 느꼈다. 그럼 서태호는 뭐란 말인가? 형에게 반항하는 사춘기 소년도 아니고.

"하지만 그는……."

"정연 씨는 아직 종주님의 힘을 느껴본 적이 없어서 모를 테지만 우리 일족은 힘에 민감하기 때문에 상대가 얼마나 강한지 가늠할 수 있어요. 종주님이 정말로 화를 내면 우리가 전부 졸도할 정도로 세요."

"에?"

"화만 내도, 기운만 뿌려도 우리들은 그 자리에서 기절이라고요. 인간이라면 죽음 직전까지도 갈 거예요."

그녀는 자신의 목에 손을 대고 싹 긋는 시늉을 했다.

믿어지지 않았지만 정연은 반문하지는 않았다. 어차피 받아야 하는 기본적인 교육이라니까 믿을 수밖에는 없다. 게다가 그녀는 태경에 대해 아는 것이라곤 아무것도 없었다.

"다른 종주에 비해서도 월등히 강한 분이죠. 감히 일대일로 상대할 수 있는 사람은 거의 없어요."

"다른 종주? 그럼 다른 성씨도 있어요?"

"물론이죠. 우리만 있는 게 아니에요."

정연의 눈이 커졌다. 그렇게나 많다는 것인가.

"모두 각각의 종주를 중심으로 모여 있어요. 특징은 다 달라요. 쉽게 말해서 우리 서가가 표범이나 사자를 닮았다 치면 유가는 늑대나 개 쪽에 가까워요. 정가는 사슴이나 말에 가깝다고들 하지만 본성은 잘 몰라요. 워낙 눈에 안 띄는 가문이라."

영 실감이 나지 않아 정연은 그저 듣기만 했다. 괴물들이 그렇게나 한국에 넘쳐 난다니 믿어지지가 않았다.

"전 세계, 유럽, 미국은 물론이고 중국과 동남아 등에도 크고 작은 일족이 있어요. 하지만 우리들과 인연이 깊은 가문은 진가예요. 중국계니까 왕래가 잦지요. 아시아에서 가장 부유한 가문이기도 하고요. 실제로 종주님과 그쪽 차기 종주님이 친구시니까요. 참고로 말하자면 진가는 뱀이나 이무기 쪽에 가깝다 생각하시면 되고요."

상냥하게 설명하던 미혜가 무표정한 정연을 바라보며 생긋 웃었다.

"이렇게 말하면 우습겠지만 환영해요. 서가의 가족이 된 것을."

정연은 미혜의 얼굴을 망연히 바라보았다.

환영이라고? 죽을 고비를 몇 번이나 넘기고 얼결에 죽다 살아나고 괴물 소굴로 굴러 떨어졌는데 환영이라고? 지금 감사하다고 말해야 하는 걸까? 난데없이 펼쳐진 이 미궁 속에 집어 넣은 사람이 누군데?

〈정말 죽여 버리고 싶군.〉

그녀 속의 야수가 이를 갈며 말했다. 정연은 스멀스멀 피어오르는 감정을 죽이기 위해 고개를 숙여 명함집으로 시선을 돌렸다.

세상의 모든 것이 아름답다는 우스운 망상은 해본 적이 없었던 그녀였지만 역시 이 상황은 받아들이기 어려웠다. 나름대로 꽤나 시니컬하게 방관자의 눈으로 살아왔지만 괴물들로 가득 찬 세상이라니. 정말로 신세계가 눈앞에 펼쳐져 있었다. 오랫동안 그녀에게 있어서 세상은 병든 어머니와 그녀, 단둘뿐이었다. 그런데 지금 이 황당하다 못해 비극적인 상황은 뭘까. 아니, 혼자 기괴한 세계로 뛰어든 앨리스 같다.

정연은 웃음이 나올 것만 같았다. 이리저리 비틀리고 꼬이는 심사를 억누르기가 힘들었다. 난데없이 나타난 짐승과 그 짐승의 형제, 은혜를 베푼다는 듯이 나서는 정체불명의 미녀.

그녀는 쿡쿡 웃었다. 세상은 요지경이다. 한 번도 세상 사람들 속에 괴물이 살고 있다는 것을 상상도 하지 못했었는데. 마치 싸구려 SF소설의 한 토막 같았다.

이 아름다운 미녀의 얼굴이 전에 보았던 기괴한 형상— 송곳니와 길게 뻗은 손톱을 가진 짐승으로 변한단 말이 믿기지 않는다. 서태호를 만나지 않았더라면 그녀는 이런 세계가 있다는 것도 몰랐을 것이다. 웃음이 절로 나와 참기가 어려웠다. 아는 게 병이다.

너는 웃는 게 슬퍼 보여.

선배가 말했다. 이제는 이름도 잘 기억나지 않는 선배가 말했었다.

아니, 천만에. 웃는 게 아니야. 슬퍼서 웃는 게 아니야.

정연은 대답하고 싶었다. 웃음이라는 것은, 때로는 분노를 참기 위해서 터뜨리는 것일지도 모른다. 자기혐오와 자기 비하와 또한 세상에 대한 혐오와 분노를 억누르기 위해서.

그녀는 우는 대신 웃었다. 비명을 지르는 대신 웃고 또 웃었다.

이제 이 괴상한 짐승들의 세계에서 벗어날 길은 없다. 그들은 그녀의 주변을 둘러싸 가족이란 이름으로 또 한 번 구속할 것이다.

변성이라 말하지만 정연은 달리 해석했다.

감염.

이것은 감염이었다.

뿌옇게 흐린 하늘.

태경은 비가 더 올지도 모르겠다는 생각이 문득 들었다. 그는 천천히 담배 한 대를 꺼내 입에 물었다. 쌉싸름한 맛이 입 안에 퍼져 나가자 절로 한숨과도 같은 긴 숨이 새어나왔다. 그는 한숨을 쉰 적이 없었다. 어깨가 무거워도 속이 답답해도 한숨은 쉬지 않았다. 태어날 때부터 그는 한숨 따위와는 거리가 먼 남자였고 또 멀어야 할 남자였다. 그래서 그는 한숨 대신 담배 연기를 내뿜었다.

"어제 어린애들 두엇이 싸움이 붙었습니다. 상대는 유가의 졸개였는데 다행히 사망자는 없었습니다. 단지 기물 파손으로 약간 손해를 보았습니다."

"유가의 반응은?"

"그쪽도 침묵을 지키고 있습니다."

그는 한 장의 보고서를 묵묵히 내려다보았다. 매일 매일 충돌이 일어나고 있는 중이었다. 서가에서는 미친 여자 때문에 고귀한 혈손을 잃었다며 흥분 중이고, 유가에서는 하나밖에 없는 공주님을 무참히 살해한 악당을 내놓으라며 난리다.

"그녀는 어때?"

"그다지. 반응이 없는 것 같습니다."

민재의 대답에 태경은 담배를 빨아들였다. 온기를 품은 쓰고 떫은맛이 혀 전체로 스쳐 들어간다.

"신용하지 않는 것 같지?"

"글쎄요."

민재는 대답을 보류했다. 그보다 그는 태경이 그 인간여자에게 마음을 주고 있는 것인지 확인하고 싶은 마음이 더 컸다. 알몸인 채로 열흘 이상 여자와 한침대에서 같이 보낸 사이이다. 게다가 자신의 에너지를 나누어주고 치유력을 쏟아 부어 창조하다시피 한 여자였다. 그런 여자에게 애착심이 안 생긴다면 그게 더 이상한 일.

"거부하면, 기억을 지우실 생각이십니까?"

민재의 대담한 질문에 태경은 잠시 담배를 쥔 손을 멈칫했다.

"그녀는 분명히 우리들에게 적대감을 가지고 있습니다. 내색은 하지 않고 있지만 그 적대감은 굉장히 클 겁니다. 미혜의 말로는 이야기를 순순히 듣고는 있지만 결코 동조하는 법이 없다는군요."

태경은 잠시 그녀의 무표정한 얼굴을 떠올렸다.

검은 눈 속에 떠오른 것은, 도사린 야수. 누구에게도 간섭받지 않으려는 자존의 짐승이었다.

"작은 사장님 때문에 죽을 뻔한 것도 두 번이나 됩니다. 미친 듯이 사랑하는 게 아니라면 당연히 증오하겠죠."

태경은 문득 자신의 가슴 한구석에 묘한 파문이 이는 것을 느꼈다.

사랑? 그녀가 태호를 사랑한다?

태호는 기본적으로 상대에 대한 배려나 세심함은 부족했지만 여자들은 모두 그를 사랑했다. 그 자유분방함에 매혹되고 광기와도 같은 성적인 매력에 함몰된다. 그림자처럼 조용하기만 했던 유가의 아가씨도 그에게 홀딱 반해서 모든 반대를 무릅쓰고 결혼했던 것이 아니었던가. 인간인 정연도 태호를 사랑했다. 그런데 태호는 그녀를 농락하고 떠났다. 그리고 죽음 직전에 있던 그녀를 주운 것은 형인 그.

싸구려 연애담 같군. 형제끼리 한 여자 가지고 다투는 싸구려 연속극.

그는 잠시 허공을 바라보았다. 흩어지는 연기는 회백색 선을 우아하게 그리며 사라지고 있었다. 가슴이 따끔거렸다.

"그런데 기묘한 것은, 그녀가 작은 사장님과 같이 있었던 기간입니다."

불쑥 민재가 화제를 바꾸었다.

"응?"

"수표를 쓴 날짜와 겹쳐 보아도 한 달 정도의 시간이 있었습니다. 그건 그 참혹한 일로부터 한 달, 아니, 석 달 이상을 작은 사장님이 그녀의 주변을 빙빙 돌았다는 이야기입니다. 실제로 작은 사장님은 거의 매일 다른 인간여자와 같이 지냈는데 그 와중에도 그녀를 계속 찾아왔습니다."

태경은 뜻밖의 말에 그를 바라보았다.

"그녀의 집이 외진 곳에 있어서 은신처로 삼았다고 하기엔 그 집은 너무 허름한 편입니다. 최정연 씨도 결코 작은 사장님이 좋아할 타입의 여자가 아니고요."

"그래서?"

태경도 동의했다. 어쩐지 씁쓸한 느낌이 혀 안에서 감돌기 시작한다.

"아무리 작은 사장님이 여자 버릇이 나쁘다고는 해도 아무런 감정도 없는 여자에게 일부러 자기 냄새를 붙일 리가 없습니다. 오히려 산뜻하게 아무것도 남기지 않고 떠나 버리는 게 정상 아닐까요."

태경은 어쩐지 불길한 느낌이 들었다.

"그럼, 그녀는 태호의 특별한 여자라는 의미인가? 그런데 그런 여자를 몇 번이나 죽게 만들어?"

어이가 없어서 태경이 묻자 민재가 난처한 얼굴을 했다.

"그게 저도 이해가 안 가서 말입니다. 마음에 들었다면 그 옆에 붙어 있을 터이고 각인이나 변성도 스스로 했을 텐데 그렇게 방치한 것은 정말 이상하니까요. 그렇다고 해서 싫어한다거나 정말로 관심이 없었다면 그렇게나 오랫동안 그녀의 주변을 빙빙 돌면서 돈을 쓸 리가 없잖습니까? 수표는 그녀의 옷가지, 화장품 등에 쓰였습니다. 인간여자는 하룻밤 상대 취급밖에는 안 할 분이."
 태경의 얼굴은 점점 굳었다. 확실히 태호는 기본적으로 무책임, 무신경한 사내였다. 특히 여자에게는 더더욱 그렇다. 인간여자에게는 더더욱 그러했다. 같은 일족도 아닌 인간여자에게 돈을 쓰다니. 술값이나 호텔 값 이외에 인간여자에게 돈을 쓴 일은 결코 없었다. 그런데 그가 정연에게 취한 행동은 아무래도 기묘하다.
 "그녀는 작은 사장님이 마음에 둔 정부(情婦) 아닐까요?"
 민재가 은밀하게 묻자 태경은 싸늘하게 그를 쏘아보았다. 서가에서는 불륜은 절대 용서하지 않는다.
 그 위압감에 찔끔한 민재는 애써 시선을 피하면서도 말을 이었다.
 "그녀와 작은 사장님은 육체 관계가 있었을까요?"
 그 말에 태경은 침묵했다.
 그가 아무런 말을 하지 않자 민재가 입을 열었다.
 "작은 사장님 성격에 마음에 두는 여자를 그냥 놔뒀을 리가 없을 거라 생각했습니다. 게다가 그녀에게선 냄새가 묻어 있었고."
 "그놈은 색정광이 아니야."
 태경이 짧게 말하자 민재는 어색한 표정으로 대답했다.
 "물론, 그런 의미는 아닙니다. 하지만 인간여자가 작은 사장님의 매력을 이겨낼 수 있을 거라는 생각은 할 수가……."
 태경은 고개를 저어서 이 불쾌한 화제를 지웠다.
 "태호도 그녀에게 욕정하지 않았다 하면 말이 되지. 일단 그녀의 외모는 태호가 좋아할 타입이 아니니까."
 "그건 그렇습니다만."

민재는 조금 죄스러운 기분이 되었다. 아무리 싫어도 상대는 종주의 동생, 직계혈손이다. 그런 태호를 두고 이런저런 이야기를 하는 것이 그의 주인으로서는 편한 기분은 아니리라. 하지만 한 여자를 가운데 두고 형제가 건드리는 모양새가 된 것은 분명한 사실이었다. 태경은 그녀를 구하려 한 것이었지만 분명 누군가는 형제가 한 여자를 두고 다툰다는 말을 꺼내게 되리라.
 '무엇보다 변성의 계기가 서태호니까. 일단 소유권은 그에게 있는 법인데…….'
 민재는 씁쓸한 기분으로 침묵했다. 여자 문제가 아니라도 문제는 산적해 있는데 이런 추문으로 골머리를 썩는 것은 질색이었다.
 "어쨌든 그녀가 거부하면 기억을 지우는 게 좋겠지."
 결론을 맺듯이 태경이 중얼거렸다.
 민재는 다행이라 생각하면서도 미간을 찌푸렸다. 만약 그녀의 기억을 지우고 돌려보낸다 해도 직접 물어뜯은 서태호가 가만히 있을까? 석 달 이상 그녀의 주위를 맴돌던 태호다. 불쑥 나타나 그녀를 들쑤실 것이 분명했다. 게다가 마음에 있었던 여자에게 태경의 냄새가 붙어 있다면 말 그대로 길길이 날뛰어 소동을 일으킬지도 모른다. 태경의 힘으로 변성을 이룬 그녀에게서는 머리끝부터 발끝까지 그의 냄새가 배어 있었다. 아니, 냄새만이 아니라 그의 기운이 그녀의 뼛속 깊이 깃들어 있다.
 '아니, 그 이전에 종주께서도 괜찮을까.'
 민재는 조각 같은 얼굴을 한 태경을 물끄러미 바라보았다. 열흘 이상 알몸으로 끌어안고 부비며 치유력과 기운을 불어넣어 가며 그녀를 살려낸 사람이 바로 그였다. 그런 그가 정말로 그 인간

여자에게 조금의 애정도 생기지 않았을까.

민재는 그날 보았던 태경의 손길을 기억해 냈다. 저 얼굴 두꺼운 미혜조차 얼굴을 붉히고 넋을 잃었던 손길이다. 애무나 다름없는 친밀한 손길이었다. 아무리 태경이 자제심이 강하다 해도 집착과 애정이 생기지 않았을 리가 없다. 무엇보다 남자와 여자 사이 아닌가.

"어디서부터 잘못된 걸까."

민재가 그런 의구심을 품은 것도 모르고 태경은 한탄하듯 중얼거렸다. 그는 태호를 생각하고 있었다. 여자야 어떻든 그에겐 태호가 중요했다.

태호는 그가 키운 단 하나밖에 없는 동생이었다. 이복동생이긴 해도 아들이나 다름없다. 미친 생모 탓인지 여자를 유달리 싫어하던 유년기와 달리 성체가 되자마자 태호는 아예 반대로 색마처럼 여자를 탐했다. 섹스에 탐욕스러운 일족의 특성상 별로 놀라울 것은 없었지만 태호는 정도가 심했다. 여자와 함께가 아니면 잠을 잘 이루지 못할 정도였던 것이다. 그리고 그 대상도 같은 일족에서부터 인간여자까지 다양했다. 제법 진지하게 사귄 애인만 태경이 알기로 열 손가락이 넘어간다. 하룻밤 여자는 입에 올릴 수도 없을 지경이다.

"결혼해서 잘살 수 있었으면 했는데."

태경의 한탄에 가까운 말에 민재는 한숨을 삼켰다.

지배자로서 완벽한 태경이었지만 역시나 동생인 태호에게는 물렀다. 그 색마가 한 여자에게 정착한다는 것 자체가 불가능한 일이라고 일족 모두가 입을 모았다. 아무리 유가의 하나밖에 없는 공주님이라 해도 태호는 유명희에게 벅찬 남자였다.

윤기가 흐르는 월넛 데스크는 넓고 컸지만 그 위에 쌓인 서류들은 더 많았다. 그리고 서류들 사이에 숨어 있다시피 한 재떨이에는 꽁초들이 가득하다. 침묵은 무거웠다.
"유씨 가문의 종주께서 곧 도착한다고 연락이 왔습니다."
조금 열린 문을 열며 민재의 동생인 경재가 알려왔다. 진지한 얼굴에 동그란 눈매를 가진 청년은 무거운 방 안의 분위기에 조금 당황하면서 고개를 숙였다.
방 안은 넓었다. 집무실과 서재를 겸하고 있는 방 안에서 앉아 있는 것은 오로지 한 사람.
책들로 가득 찬 서가를 배경으로 검은 가죽 의자에 오연히 앉아 있는 태경은 타고난 지배자였기에 볼 때마다 청년은 두려움과 벅찬 감동을 동시에 느꼈다. 그는 슬쩍 형 민재를 바라보았다. 민재는 무표정한 얼굴로 서류철을 든 채 그를 돌아본다.
"몇 시에?"
"십 분 후 정도면 도착하지 않을까 싶습니다만."
"응대하는 것은 누구냐?"
"청견(請見) 소화님입니다."
민재는 아무 말 하지 않고 있는 주인을 돌아보았다. 태경은 여전히 담배를 문 채 말이 없었다. 겉으로는 그의 심사를 가늠할 수 없기에 그는 조심스레 물었다.
"어떻게 할까요? 그대로 준비를 할까요?"
"그래. 어쨌거나 혈맹이다. 피를 볼 수는 없는 일."
태경은 연기를 내뿜으면서 코끝을 감도는 혈향을 지우려 애썼다.
검고 진한 피와 창백한 살점이 뒹구는 밤. 광기와 격노, 그리고

패악한 광경.

 음울한 장면을 떠올리자 그는 아직까지 느껴지는 피 냄새를 지우려 연기를 다시 삼켰다.

 "금을 그녀의 몸무게만큼, 강원도 기화산 일대의 수목원과 제주도에 있는 영사 별장과 사냥터를 넘긴다. 그리고 지참금은 전액 환원."

 태경의 말에 헉 하고 경재가 작게 숨을 삼켰다.

 그런 동생에게 질책의 시선을 던지며 민재는 차분하게 물었다.

 "이걸로 단념하지 않으면 어쩌실 생각이십니까? 젊은 애들은 이미 상당히 흥분 상태인데요."

 "유가에서도 젊은 애들을 말리기에 바쁘긴 하겠지. 하지만 그쪽에서도 전면전은 바라지 않을 거야. 무엇보다 전면전을 벌이기에 한국 땅은 좁으니까."

 "전면전이 벌어진다면 두 가문 중 하나는 한국을 떠야 할 겁니다."

 미간을 찌푸린 민재는 말 없는 주인을 흘긋 바라보았다. 이미 태경은 더 이상 대꾸도 하지 않았다. 그는 속으로 혀를 찼다.

 죽일 놈의 서태호. 태생부터 시작해서 한 번도 태경에게 보탬이 되지 않는 얼간이에 멍청이.

 널찍하고 깨끗한 정원이었다.

 세련되고 오래된 건물 사이에 서 있는 나무들이 가냘픈 그림자를 떨구고 있었다. 여기저기에 기하학적으로 배치된 잔디밭은 계절의 변화를 자랑하듯 무성하고 더부룩한 녹색을 반짝이고 있었으나 너무나 청결해서 식물이 자라고 있다기보다는 그저 오롯이 존재감을 드러내는 듯했다. 자잘한 백석이 깔린 길 양옆에 늘어서 있는 것은 벚나무. 꽤나 볼륨감을 자랑하고 있는 산벚꽃이었다.

유명성은 이미 꽃이 사라진 벚나무 그늘 사이로 조용히 걷고 있었다. 그의 등 뒤로 비서인 영세와 윤세가 거구를 자랑하며 따르고 있었다. 모두 짧게 깎은 머리 탓에 꼭 군인처럼 보였다.

"환영합니다."

길목에 서서 청견(請見)의 역할을 맡고 있는 소화가 곱게 고개를 숙였다.

화사한 웃음과 쪽을 진 머리가 고상한 느낌이 드는 여성이었다. 수박색 저고리와 남색 치마를 입은 그녀는 삼십대 초반으로 보였지만 사실은 육십여 세가 되는 노회한 장로다. 청견은 대외적인 일이나 접객에 나서는 대변인에 가까운 존재, 그런 여인이 젊은 종주를 상대로 주눅이 들 리 없었다.

"이쪽으로 오십시오, 종주."

"오랜만이오, 소화."

명성은 거구인 영세나 윤세와 달리 평범한 체격이었다. 물론 체격만으로 그 힘을 측정할 수는 없는 법이지만 거구가 많은 유가에서는 왜소한 축에 속했다. 그는 누이와 마찬가지로 선이 가늘어 대부분의 사람들은 그가 유가의 주인이 된 것에 의외라는 반응을 보였었다. 날카로운 눈매만 제외한다면 그의 평범한 체격에서 상대를 압도할 분위기는 거의 느껴지지 않았다.

전통 한옥식으로 지은 건물 안으로 들어서자 그들은 곧 응접실로 안내되었다. 겉보기는 한옥이었지만 특이하게도 낮은 이층 건물이다. 고운 채색 비단으로 만든 미닫이문을 열자 화사한 색채를 자랑하는 소파가 놓여 있었다. 김이 오르는 찻잔과 과일, 과자로 준비된 다과상을 보고 명성은 조용히 소파에 앉았다. 윤세와 영세가 그의 등 뒤로 조용히 서기가 무섭게 기다렸다는 듯이 태경과 민재, 경재가 들어섰다.
"국화차입니다. 입에 맞으셨으면 좋겠군요."
소화가 부드러운 낯빛으로 차를 권했다. 명성이 찻잔을 조용히 입에 대자, 태경도 차를 들었다. 양가의 험악한 상황과 달리 차를 마시는 순간만큼은 평온했다.
"……"
명성은 소화가 따라주는 차를 한 잔 더 마셨다. 노란 국화가 떠오르는 찻물이 쌉싸름한 향기를 내뿜는다. 계절은 봄이었으되 찻잔 속은 가을이었다.
"찾아주셔서 감사하오."
태경이 입을 열자 명성도 인사치레를 했다.
"일전은 여러 가지로 실례가 많았습니다."
그의 얼굴은 여전히 무표정해서 일점의 감정도 드러나지 않았다.
"위원회는 항상 그렇지."
태경이 조용히 말하자 명성은 찻잔을 내려놓고 물었다.
"단도직입적으로 묻겠습니다. 저를 부르신 이유는?"
태경은 명성의 말에 조용히 민재에게서 서류철을 받아 들었다. 그리고는 명성의 앞으로 내밀었다. 그가 무엇이냐는 듯 눈썹을 치켜올렸지만 태경은 아무런 설명도 하지 않았다. 결국 명성은 서류철을 열고 안에 있는 서류를 꺼냈다.
"금과 부동산입니까?"

여전히 그의 얼굴은 무표정했다.
"쌍방의 불행이오. 하지만 어떻게 말하면 이쪽은 갓난 핏덩이고 그쪽은 어엿한 성인 여성이었으니 그 비중이 다르지."
태경은 차분히 말했다.
유명희는 가엾다. 비록 좋아하지는 않았지만 그도 유명희가 그다지 나쁜 여성이 아니라는 것은 알고 있었다. 아니, 어쩌면 태호가 아니었더라면 훨씬 더 행복한 삶을 가질 수 있는 여자였을 것이다.
"태호는 불성실한 결혼 생활을 한 것 아니었습니까?"
난데없는 말에도 태경은 동요하지 않았다.
"그 녀석이 방탕한 것은 사실이지만 분명 제수씨는 행복했소."
"불륜을 저지른 것은 아니고요?"
명성의 입꼬리가 싸늘하게 움직였다.
"아니요."
태경은 잘라 말했다.
"서가에서도 불륜은 최악의 범죄. 분명히 제수씨와 녀석은 행복한 한 쌍이었소. 그 불행한 일이 일어나기 전까지."
"그전에도 명희는 울며 시간을 보낸 것은 아닌가요?"
"아니오. 분명 부부 사이는 좋았지. 종주도 알고 있을 거요. 그녀는 행복하게 임신했소."
"서가의 며느리들은 자주 미친다 하던데 이번에도 그거라는 겁니까?"
명성이 신랄하게 묻자 태경은 고개를 끄덕였다.
"맞소."
경재가 조금 불안한 시선으로 태경을 보았다. 아무래도 이야기가 심한 방향으로 흐르고 있는 듯했다.

"이런 일이 서가에서만 일어난다는 건, 서가에게 유전적인 결함이 있다는 증거입니까?"

명성의 말에 민재가 끼어들었다.

"말씀이 지나치십니다."

"지나친 건 아니지. 삼대에 걸쳐서 며느리들이 아들을 낳다가 광란 상태에 빠졌다면 그건 우연이라고 볼 수는 없지 않은가?"

공간이 얼어붙었다.

두 가문의 수장들은 동시에 침묵했다. 하지만 그것은 침묵이 아니라 싸움, 어둑한 전의(戰意)가 화사한 응접실을 검게 물들였다.

"믿지 않으실지 모르겠으나."

그 검은 악의를 뚫고 나선 것은 조용히 앉아만 있던 소화였다.

그녀는 단정한 옷고름을 누르면서 진지한 시선으로 유가의 수장을 바라보았다.

"정말로 작은 아씨는 행복하셨답니다. 이것은 비극일 뿐 누군가의 잘못으로 일어난 일은 아닙니다. 그 일이 있기 전날까지만 해도 두 분은 다정히 앉아서 아기가 태어날 것을 고대하고 있었습니다."

그녀는 하얗게 드러난 목덜미가 사슴을 연상케 하는 여성이었다. 하지만 사실은 맹렬한 살의 속에서도 웃을 수 있는 힘이 있었다. 그러기에 청견으로 이십여 년을 지내올 수 있었으리라. 여자의 힘일까. 진득해졌던 분위기가 점차 옅어지며 공기가 산뜻해졌다.

어두운 살의의 그림자가 걷히자 민재의 뒤에 서 있던 경재는 작게 한숨을 내쉬었다. 긴장한 채 종주들의 기운을 받는다는 것은 쉬운 일이 아니었다. 하지만 그도 잠시, 경재는 유가의 두 비서— 영세와 윤세는 여전히 평온한 태도를 유지하고 있다는 것을 깨닫고 숨을 죽였다. 아직도 직계 비서직을 맡기에 자신의 역량이 부족하다는 의미다. 그런 경재와 달리 민재는 다른 생각에 빠져 있었다.

'유대원은 어디 있지? 위원회에서도 그는 안 보였는데. 유 종주의 삼인방이 이렇게까지 오랫동안 자리를 비운 적이 있었나?'

명성은 잠시 동안 서류철을 바라보더니 심사숙고하는 듯 손가락을 소파에 탁탁 두드렸다.

"하지만 나는 여전히 의구심을 가지고 있습니다. 아시겠지만 나는 처음부터 이 결혼에 반대하는 입장이었죠. 서가의 주인께서도 그러셨던 것으로 압니다."

"맞소. 나는 두 사람이 그다지 어울리는 부부가 아니라고 생각하고 있었으니까."

태경은 솔직히 말했다.

그 말에 명성의 눈빛이 불길하게 빛났다.

"인정하시는군요."

"그렇소. 하지만 생각해 봤으면 좋겠군. 우리들은 인간처럼 정치적인 술수 따위로 시간을 허비하지는 않지. 종주께서는 내가 거짓말을 하고 있지 않다는 것을 알 거요."

태경이 직설적으로 말했지만 명성의 얼굴에는 변함이 없었다. 수긍하고 있는 것인지 아닌지 겉으로 봐서는 알 수 없는 표정.

"비극은 이미 일어났소. 우리는 소중한 혈손을 잃었고, 며느리도 잃었소. 그리고 유가에서는 귀한 따님을 잃었지. 믿지 않고 있는 것 같지만 태호 역시 충격에 빠져서 제정신을 차리지 못했소."
"제정신을 못 찾아서 여자들을 건드리고 다니는 모양이군요."
비틀린 입가를 드러내며 명성의 뒤에 서 있던 윤세가 끼어들었다. 그는 각진 얼굴에 무표정한 얼굴인 만큼 박력이 넘치는 사내였다. 쌍둥이처럼 닮은 영세가 제지하듯 그를 쳐다보았지만 윤세는 무시했다.
"모르는 줄 아십니까? 그 잘난 서가의 도련님께서 이 여자 저 여자 전전하고 있다는 것을. 특히나 종적이 드러날까 봐 인간여자만을 상대하고 있으시다는군요."
태경은 명성의 얼굴에서 시선을 떼지 않았다. 그도 역시 동요가 없기는 마찬가지였다. 두 가문의 수뇌들은 마치 약속이라도 한 듯이 무표정했다.
"네, 그것은 인정합니다. 하지만 작은 사장님께서 받은 충격이 작지 않다는 것을 알아주셨으면 합니다."
민재가 태경 대신 입을 열었다.
"충격?"
빈정거리며 윤세가 말을 받자 민재는 침착하게 입을 열었다.
"제가 감히 말씀드리긴 어렵지만 작은 사장님께서는 마님의 죽음에 충격을 받아 이리저리 떠돌고 계십니다. 심지어 우리 쪽과도 연락을 끊고 계시지요."
"하! 충격을 받아 여자들을 거느리고 방탕한 생활을 한다는 건가?"
윤세가 소리 지르듯 외쳤지만 민재는 침착한 어투로 대꾸했다.
"네, 같은 여자와 단 하루도 같이 지내지 않습니다. 잠도 제대로 못 주무시는 것 같더군요."

사실이었다.

섹스는 하는 듯했지만 기묘하게도 태호는 잠을 자지 않은 채 이리저리 떠돌아다니고 있었다. 여자와 침대에 들긴 하지만 하룻밤을 보낸 경우는 단 한 번도 없었다. 민재가 뜻밖으로 여기는 것은 그 점이었다. 물론 단순히 종적을 들킬까 봐 그러는 것일 수도 있겠지만 한편으로 말하면 정말로 충격을 받아서 불면증에 걸린 것일 수도 있었다.

'나라면 회장님께 잡힐까 봐 그런다는 데에 올인하겠지만.'

민재는 속으로 그렇게 중얼거렸지만 어디까지나 표면적으로는 침착하게 응대했다.

"웃기는군. 그걸 지금 믿으라는 이야긴가!"

"그만."

윤세의 목소리가 커지자 명성의 말문이 열렸다. 소파 팔걸이에 놓인 그의 왼손이 잠시 흔들린 것에 불과했지만 흠칫한 윤세는 얼른 입을 다물었다.

"태경 형님."

명성은 예전 종주직을 승계하기 전에 부르듯이 태경을 불렀다.

"말하게, 아우님."

태경도 조용히 응답했다.

"형님이 말씀하신 대로 분명히 우리들은 인간이 아니니까 정치적으로 모든 것을 무마하지는 않습니다. 위자료를 지불하셨다 해서 끝도 아니고요. 분명 저는 형님을 믿습니다. 형님이 거짓을 말하실 분이 아니라는 것은 저도 잘 알지요."

명성의 눈이 붉게 물들었다.

"하지만 태호는 아닙니다. 그 녀석은 자신이 불리하면 얼마든지 거짓말을 하고 달아나는 무책임한 녀석입니다. 제가 불신하고 있는 쪽은 형님이나 서가가 아니라 바로 태호 본인입니다."

잔인하게 타오르는 불길이 그의 눈동자 속에서 이글거렸다. 복수라기에는 너무 차고 증오라기엔 너무 뜨거운 기묘한 감정이 일렁이는 눈동자를 마주한 태경은 한숨을 삼켰다.

"따라서, 저는 그 녀석의 뒤를 철저히 캐내겠습니다. 만약 형님이 말하신 대로 태호의 행적이 특별할 것이 없다면 이 일은 그냥 쌍방 간에 얽힌 비극이라 끝내겠지만 그것이 아닐 경우."

명성의 얇은 입술이 찢어지듯 옆으로 벌어졌다. 칼을 베어 문 듯한 웃음이다.

"놈은 명희가 죽은 대로, 갈가리 찢겨 죽을 겁니다."

11
그물

I love you for sentimental reasons.
I hope you do believe me.
I' ll give you my heart.

I love you And you alone were meant for me.
Please give your loving heart to me.
And say we' ll never part.

밖에는 비가 내린다. 봄비다.
정연은 CD 상자를 뒤적였다. 재즈를 좋아하는 것일까. 몇 장 없는 CD의 대부분이 다 재즈였다. 가요나 가벼운 댄스곡은 없었다. 심지어 클래식도 없다. 편협한 취향이다.
라디오를 들으려 했지만 전파가 잘 잡히지 않는 것인지 잡음이 너무 심했다. 텔레비전을 보려 해도 그다지 눈에 들어오지도 않아 그녀는 결국 텔레비전을 끄고 CDP를 켰던 것이다.

비가 내리니 정원으로 나가기도 마땅치 않았다. 몸이 아직 부실하다는 빈약한 이유로 그녀는 감금되다시피 한 상태였다. 〈그들〉은 보호라 부르고 그녀 자신은 감금이라 불렀다.

말동무가 되어줄 사람은 곁에 없었다. 그녀 자신도 혼자 있는 것이 익숙하기 때문에 누군가를 청할 마음은 생기지 않았다. 더더욱이나 이곳에 있는 자들은 전부 인간이 아닌 괴물 일족이다. 어설픈 괴물이 되긴 했지만 그녀는 그들과 어울리고 싶은 생각은 조금도 들지 않았다. 그녀 자신도 충분히 이기적이기 때문에 다른 자들의 이기에 휩쓸리고 싶지 않았다.

보호, 가족.

말은 쉬웠다. 하지만 가족이라는 것은 혈연 이상으로 무언가 연결 고리가 있어야 하는 것이다. 기본적인 애정이랄지 아니면 근원적인 그 무엇, 믿음 같은 보이지 않는 끈끈함 같은 것.

그러나 정연과 그들 사이에는 아무것도 없었다. 협박, 고통, 위기, 부상 기타 등등으로 이루어진 억지 인연이 전부다.

그녀는 그들에게 〈감염〉되어 새롭고도 이질적인 존재가 되었다. 그녀가 원하는 바도 아니었다.

I love you for sentimental reasons.
I hope you do believe me.
I've given you my heart.

끊어질 듯 끈끈하게 이어지는 감미로운 목소리. 그녀는 멍하니 창문가를 바라보았다.

회색빛 하늘 아래 비가 내리고 있었다. 초록빛은 짙어지고 봄날은 더욱 짙어진다.

믿어달라고. 나를 믿어주면 내 마음을 주겠다고.

흔한 가사인데도 끈끈하게 와 닿는 것은 가수의 목소리 탓인지도 모른다. 정연은 저도 모르게 가사를 따라 불러보았다. 유명한 노래인데다가 멜로디도 가사도 쉽다.

덕분에 담배가 더 고팠다. 비는 내리고 그녀는 여전히 혼자다. 정연은 마른 입술을 깨물었다. 껍질이 일어난 마른 입술은 제법 갈라져 쓰라렸다.

비에 어울리는 감상적인 노래를 들으면 누구든 감상적이 된다. 특히나 혼자서 외로움을 느끼고 있다면 더더욱이나. 아아, 담배, 담배, 담배.

그녀는 창문에 이마를 댄 채 필사적으로 담배를 구할 방법을 궁리했다. 하지만 외딴 위치에 있는 이 대저택에서 담배를 구할 길은 요원하다.

"아."

아니, 가능성이 있긴 했다. 내키지 않아서 그렇지.

그녀는 잠시 망설이다가 방 안을 둘러보았다. 노래는 계속해서 반복되고 있는데 인기척은 전혀 들리지 않았다. 누군가가 그녀에게 접근하지 말라고 명령이라도 내려놓은 듯하다. 어제 보았던 미혜라는 변호사도 나타나지 않았다. 식사를 담당하는 가정부인 듯한 중년 부인이 녹아들듯 상냥한 얼굴로 탁자 위에 음식을 놓고 간 것이 전부다. 세 끼 식사에 간식까지 곁들여 나왔지만 그것이 더 거북했다. 거대한 이 저택에서 살아 있는 사람이라곤 오직 그녀 혼자인 것 같은 착각이 들 정도였던 것이다.

그나마 밤이 되면 그가 왔다. 그는 그녀의 건강 상태를 살피는 듯 안색을 보고 한두 마디를 건네고는 자신의 침실로 돌아가 버렸다. 그가 가까이 오는 것도 무섭지만 실제로 그가 없는 것도 불안하다.

고독에 익숙하다지만 이 정도까지 고립되면 예민한 사람은 아마 미쳐 버릴지도.

I love you for sentimental reasons.
I hope you do believe me.
I've given you my heart.

흐느끼듯 감미롭게 젖어드는 듯한 음색.
감상적인 이유라. 그의 방에 숨어 들어가는 감상적인 이유는?
비가 오니까. 노래가 너무 치연해서.
정연은 스스로 그렇게 변명해 보았다. 하지만 사실 감상적인 이유가 아니라 초라한 이유였다. 그녀는 그저 니코틴 중독자에 불과했으니까.

그녀는 조심스럽게 그의 방으로 향했다. 정연이 알고 있는 한 이 집 안에서 담배를 피우고 있는 것은 그뿐이었다. 말보로 레드. 너무 독하긴 하지만 없는 것보다는 나았다.

형 때문에 담배 연기에는 익숙해.
그 짐승이 그렇게 말했었다. 뜻밖에도 무척이나 인간적인 표정으로 미소 지으며 감상적인 노래를 불렀다. FLY ME TO THE MOON.

정연은 쓰게 웃었다.
감상적인 노래, 감상적인 분위기, 지극히 개인적인 이야기.
여자들은 무드에 약하다고 하는데 아마 그녀 자신도 그랬던 모양이었다. 그 짐승의 본질을 잊고 호감을 품었으니 말이다. 조금만 더 조용히 지냈다면 정연은 그와 사랑에 빠졌을지도 몰랐다. 그는 잘생겼고 매혹적이었으며 불가사의한 매력이 넘쳐흐르는 남자였다. 비록, 짐승이었지만.
그녀는 그의 방이 잠겨 있지 않다는 것에 안도하면서 조용히 문을 열었다.
며칠 전까지만 해도 그녀가 살다시피 했던 태경의 방은, 지금 그녀가 지내고 있는 방과 가까웠다. 모퉁이 한 번 돌아서면 그의 방이었던 것이다. 그의 방은 여전히 정갈했다.
정연은 그의 냄새가 배어 있다는 것을 깨닫고 문득 흠칫했다.
두근.
심장이 미친 듯이 뛰기 시작했다. 다른 것은 몰라도 그의 체취에는 자신도 모르게 예민해지고 만다. 씁쓰레한 커피 향을 닮은 그의 체취는 향수가 아니었다. 그의 살갗에서 피어오르는 냄새다. 그와 함께 뒤엉킨 담배 냄새.
다리가 후들거렸다. 가슴이 두근거리는 것과 동시에 몸이 뜨거워진다. 어째서? 왜?
정연은 자기도 모르게 방 안을 주의 깊게 살폈다. 태경이 방 안 어디엔가 숨어 있을 것 같은 착각이 일었다.
하나, 그는 없다.
그녀는 안도감과 실망감이 동시에 찾아드는 자신을 이해할 수 없었다.

그의 냄새가 밴 방에 침입하는 자신의 행동에 죄책감이 인다. 하지만 그렇다고 단념하지는 않았다. 담배는 그리웠고 그는 멀리 있었다.

태경의 침대 옆 협탁 서랍에 담배가 들어 있다는 것은 기억하고 있었다. 몇 번이나 그것에 손을 대려다가 그의 제지로 관두었기 때문이다. 아니나 다를까, 서랍을 열자 담배 한 보루가 눈에 띄었다. 다행히 이미 뜯어놓은 터라 그녀는 얌전하게 한 갑만 집어 들었다. 한 갑 더 들고 가고 싶었지만 들킬까 두려웠다. 태경 역시 상당한 골초였으니 아마 금방 눈치 채지는 못할 거라 여기면서 그녀는 얼른 담배를 가지고 방을 떠났다. 뜻밖의 도둑질에 손이 다 떨렸다.

다행히 아무도 만나지 않았다. 태경이 눈치 채지 않는 이상 그럭저럭 무사히 넘어갈 듯했다. 정연은 터질 듯 두근거리는 가슴을 부여잡고 살짝 숨겨둔 라이터를 꺼내 들었다.

찰칵.

담배 한 모금을 삼키는 순간 눈앞이 아득해졌다.

별이 보이는 것처럼 빛이 점멸했다. 눈을 감자 휘청 몸이 흔들린다. 그녀는 연기를 내뱉으면서 깊게 한숨을 내쉬었다. 갑자기 잔뜩 곤두서 있던 신경이 간들간들 흔들리더니 툭 하고 끊어지는 듯한 느낌.

"후우."

그녀는 어깨를 늘어뜨린 채 창문을 열었다. 바람이 별로 없어 비는 들이치지 않았다. 공기도 그다지 차지 않다. 담배 연기가 비 냄새와 뒤섞이면서 묵지근한 냄새로 화한다. 정연은 창틀에 머리를 기대고 멍하니 독한 담배를 탓했다.

'그는 왜 이렇게 독한 담배를 피우는 거지?'

머리가 빙빙 돌 지경이었다. 역시나 회복이 덜 된 것인지 아니면 체질이 바뀌어 예민해진 탓인지 담배 한 모금에 몽롱해진다. 담뱃값 아끼겠네 하고 그녀는 혼자 웃었다.

예민해진 감각.

마른 입술에 담배 필터가 닿았을 뿐인데 기묘한 장면이 떠오른다.

천천히 타오르는 불꽃과 남자의 커다란 손. 그 손이 아주 천천히 하얀 담배를 끼고 입가로 가져간다. 그의 입술은 건조했다. 혀끝이 살짝 입술을 스친다. 그가 담배를 물었다. 필터를 지그시 깨물고 천천히 연기를 빨아들이고 내뿜는다.

손가락.

그의 손가락이 그녀의 입술을 스친다.

웃는 듯 마는 듯 무심한 듯한 표정이 살짝 움직여 그녀를 바라본다. 피로한 듯한 눈매는 다정하다. 녹아들듯 부드러운 그 시선.

정연은 담배를 쥔 손으로 저도 모르게 입술을 건드려 보았다. 야릇한 열기가 입가로 퍼져 나갔다. 한숨이 절로 새어나왔다.

"미쳤어."

그녀는 거칠게 담배를 젖은 창틀에 비벼 껐다.

하지만 냄새를 지울 수는 없었다. 담배 냄새. 싸하고 매운 담배 냄새. 정연은 불현듯 뒤를 돌아보았다. 바로 등 뒤에 그가 서 있을 것 같았다.

그의 냄새였다. 그의 담배를 피우자 그의 냄새에 휘감겨 있는 것 같은 느낌이 든다.

그녀는 재빨리 담배를 구겨 창밖으로 던졌다. 들키든 말든 신경 쓰지 않기로 했다. 이미 지금 이 상황만으로도 충분히 끔찍했다.

두근—

터질 듯이 뛰는 심장. 뜨거워지는 살갗.

이 심장도 그의 기운을 받아 뛰기 때문일까. 이 살갗도 그의 기운을 받은 때문일까.

그녀는 차가운 창틀을 쥔 채 부르르 떨었다.

남자에게 안기고 싶다는 생각이 든 건 난생처음이었다.

"오랜만이네."

"그렇군요."

"비가 와서 그런가. 이 집도 제법 생기가 도는걸. 여자 냄새가 나."

"그런가요."

적당히 대꾸한 태경은 불을 붙이지 않은 담배 한 대를 손가락 사이에 끼운 채 그녀를 바라보았다.

길게 자란 머리카락을 소녀처럼 하나로 묶은 그녀는 변함없이 아름다웠다. 육십이 가까운 나이에도 불구하고 겉으로 보이는 나이는 고작해야 서른 내외. 길고 가는 사지와 작은 얼굴, 발레리나처럼 사뿐사뿐 걷는 그녀는 매혹적인 여성이었다. 특히 크고 검은 눈동자는 깊고도 깊어 마치 늪처럼 바닥을 알 수 없었다. 오밀조밀한 섬세한 이목구비는 일견 유약해 보이기도 했지만 야릇한 미소를 머금고 있는 입매 탓인지 오히려 함부로 접근할 수 없는 신비로운 분위기가 느껴졌다.

"사 년 만인가?"

"그런 것 같군요. 한동안 하와이에서 지내신다고 들었는데 조금도 타지 않았네요."

"응, 원래 잘 타는 편이 아니니까."

그녀는 뜨거운 홍차를 입가에 대며 대답했다. 반달 형태의 눈매가 조금 가늘어졌다. 웃음이라기엔 조금 모자란 표정이었지만 인형 같은 이목구비를 한 그녀에겐 그것만으로도 충분했다.

"관두세요."

태경이 담배 필터를 손가락 끝으로 누르며 제지했다.

"뭐가?"

"유혹하는 것 말입니다."

태경의 대답에 그녀는 깔깔 웃었다.

"뻣뻣하긴. 너는 언제나 그렇구나."

"친아들에게 교태를 부릴 필요가 있습니까?"

태경은 고저 없이 되묻고는 자신의 앞에 놓인 찻잔을 집어 들었다.

정아영.

정가(丁家)의 직계로 태경의 생모인 그녀는 미소를 머금은 채 자신의 유일한 아들을 파헤치듯 바라보았다. 누가 보아도 압도될 만큼 강한 기세를 가지고 있는 사내. 그녀는 만족했다.

"넌 서가보다는 우리 가문을 더 많이 닮았어."

그녀는 핥듯이 아들을 얼굴을 바라보며 속삭이듯 말했다. 탐욕스러운 그 얼굴에 태경은 쓴웃음을 머금었다.

"농담이시겠죠?"

"그 얼굴은 서가를 빼닮았지만 속 알맹이는 정가의 기질 그대로야. 길을 막고 물어보지 그러니? 서가의 어디에도 너 같은 아이는 없어."

"아이를 벗어난 지 오래입니다."

태경이 담담하게 대꾸하자 그녀는 차를 마시면서 어깨를 으쓱했다.

"만약 네가 네 아비를 닮았다면 난 널 다시는 안 봤어. 오라버니를 쏙 빼다 박았으니 망정이지."

그 말에 태경은 침묵했다.

정가의 종주를 닮았다고? 그는 속으로 냉소했다.

그는 조부를 닮았다. 친아들에게 독살당한 불운하고도 바보스러운 조부와.

태경은 혀를 찼다. 아직도 그의 생모는 그를 어린애 취급하고 있었다. 아버지와 얽힌 일들은 이미 다 알고 있는 것인데도 그의 생모는 오히려 모른 척 외면한다. 마치 그것이 태경을 위한 것인 양.

'쯧쯧……'

태경은 한심스럽기도 하고 귀찮기도 했다.

정가의 전대 종주는 눈앞에 있는 그의 생모처럼 섬세한 이목구비에 소년 같은 체구를 한 남자였다. 항상 미소를 짓고 있어서 일견 유약해 보이지만 양보라는 두 글자를 모르는 철혈의 은둔자였다. 사자처럼 넓은 어깨와 장신을 가진 그와는 전혀 닮지 않았다.

"닮았을 리가 없지요."

"알맹이를 말하는 거야. 그 얼간이 꼬마와 널 비교해 보면 알 수 있잖아?"

그 말에 태경은 생모를 물끄러미 보았다. 모르는 사람이 본다면 남매지간 내지는 연인 간으로 보일 만큼 어려 보이는 모친이었다.

"여전히 태호를 싫어하시는군요."

"그놈은 너와 달리 제 아비를 빼다 박았잖니? 무책임한 주제에 자아도취, 거기에 머리는 비었지. 하반신만 살아 있는 짐승 그 자체."

신랄한 표현에 태경은 그저 쓴웃음을 지을 수밖에 없었다.

"그놈이 친 사고 때문에 네가 속을 끓인다는 이야길 듣고 온 거야. 위로나 해줄까 해서 말이다. 어미로서 자식이 편치 않다는데 가만있을 수 있겠니?"

늪처럼 깊은 눈동자를 번뜩이면서 그녀는 달콤하게 속삭였다.

그 눈빛 속에 어려 있는 것은 분명한 욕망이었다. 그녀는 항상 태경의 내면에서 자신의 첫사랑인 그 누군가의 냄새를 느꼈다.

"아들로서 감사드리긴 하겠지만 그 눈길은 사양하고 싶습니다."

태경의 말에 그녀는 다시 웃었다.

그 웃음에 그는 쓰디쓴 기분을 삼켰다. 그녀는 모친이라기보다는 항상 손윗누이 같은 느낌이었다. 그것도 상당히 고약한 성격의 누이. 한 발만 삐끗하면 나락으로 떨어뜨릴 준비를 갖추고 있는 악랄한 누이다. 성체가 되고 주변 상황에 대한 제어력이 점점 커질 즈음 다시 만난 생모는 노골적으로 그를 유혹했다. 어쩌면 애인을 잃고 피투성이로 그를 낳은 그 순간, 그녀 역시 미쳐 버렸는지도 모른다. 아들과 잃은 애인의 그림자 속에서 허우적대는 뒤틀린 마음. 한 번 흔들린 정신은 유약하기 짝이 없어서 가느다란 실 위에서 비틀거렸다.

"후우."

그 고약한 유혹을 반은 농담, 반은 분노로 물리치긴 했지만 나이가 들면 들수록 강도는 점점 커졌다. 여자가 유혹하면 물리치기 어려운 게 남자의 신체다. 특히나 그녀처럼 강한 힘을 가진 여성이 유혹하면 넘어가지 않을 수가 없다. 친모라 해도 직접 키운 것은 아닌 터라 친밀도는 그만큼 낮다. 그나마 그녀가 진심이 아닌 게 다행이었다. 아마 태경이 여자를 쉽게 가까이할 수 없는 배경에는 이런 것도 깔려 있는지 모른다.

"그래서 왜 오신 겁니까?"

그가 직설적으로 묻자 아영은 미간을 찌푸렸다.

"얘는, 너무하는구나. 어미가 찾아왔는데 그렇게나 냉정하게 굴다니."

"이유없이 오실 분이 아니니까요. 무슨 일로 오신 겁니까?"

태경이 재차 묻자 아영은 가늘고 긴 손가락을 들어 휙휙 흔들었다.

"냉정한 아이 같으니라고. 나는 너 때문에 온 거야."

"저 때문에?"

"너, 여자 생겼다며?"

태경은 눈을 조금 크게 떴다.

여자? 설마하니 내실 깊이 숨겨 놓은 정연을 말하는 것일까?

"네가 직접 〈만든〉 여자라며? 놀랍게도 네가 손수 변성시킨 인간여자라고 들었는데."

"……"

어디서 이야기가 새어나간 걸까. 태경은 무표정한 채로 이를 갈았다. 어떻게 정가에 있는 모친에게까지 이야기가 퍼져 나갈 수 있단 말인가. 그녀에 대해 아는 자들은 저택에서 근무하는 이들뿐이었다.

"화를 낼 것은 없어. 난 네 어미야. 내가 질문하면 다들 나에게 순순히 답해주지. 너는 불만이겠지만 다른 것은 몰라도 너의 여자 문제는 어미가 간섭할 수도 있는 거거든."

그녀는 심술궂게 웃었다.

"그보다는 알고 싶어. 네가 좋아한다는 그 여자, 나에게 보여줄 수 있겠지?"

"제가 책임지는 여자입니다. 그저 그뿐이니 일부러 보실 필요는 없습니다."

난감한 기분으로 태경은 대답했다. 정연은 그가 손댄 여자이긴 했지만 피보호자에 가까운 상황일 뿐 그녀가 생각하는 〈연인〉은 아니었다.

"책임? 단순한 책임? 네가 침대에 틀어박혀 그 여자와 알몸으로 부대꼈다는데 그게 단순한 책임으로 끝날 문제니?"

노골적인 질투심이 그녀의 눈가에 어렸다. 태경은 착잡한 기분으로 고개를 저었다.

"그녀는 가족으로 맞이했습니다. 어머니 생각 같은 게 아닙니다."

"가족? 그런 어설픈 이야긴 안 하는 게 좋을 텐데."

"어머니."

태경은 비꼬는 그녀를 향해 정색을 하고 말했다.

"저는 허튼소리를 함부로 하지 않습니다. 그녀는 제 보호하에 있습니다. 이런저런 사연이 있지만 분명한 것은 제가 보호해야 할 대상이라는 겁니다. 나중에 그녀의 기억을 지우게 될지도 모르기 때문에 어머니에게 그녀를 소개시킬 마음은 전혀 없습니다."

"기억을 지워? 너, 그 아이를 좋아하는 게 아니야?"

아영은 뜻밖의 말에 낭패한 표정을 지었다.

"뭐, 호감은 가지고 있습니다만 어쨌거나 책임감이 더 강하다고 할 수 있겠죠. 일부러 인간을 우리 일족 사이에 끼워 넣어 곤란하게 만드는 취미는 가지고 있지 않습니다. 쓸데없이 악당인 척하는 것도 질색이고요."

일족은 거만하다. 거만하다 보니 인간을 경멸하거나 멸시한다. 때문인지 가끔 일족 중에서 젊은이들은 인간 사회에 뛰어들어가 소설이나 영화에 나오는 흡혈귀 흉내를 내기도 하고, 늑대인간 흉내를 내기도 하면서 악행을 저지르기도 했다. 물론 법을 집행하는 자들이 뛰어들어 잡아들이고는 하지만 그것은 일종의 통과의례와도 같은 장난으로 치부되었다. 살인사건만 일어나지 않는다면 일족들도 너그러이 용서하곤 했다.

어린 시절이 아예 없다시피 한 태경에게는 이해 불가능한 장난질이긴 했지만.

"낭만을 모르는구나."

아영은 한탄하듯 말했다.

"쓸데없는 짓이죠. 분란을 일으키는 것은 좋아하지 않습니다."

"원래 서가의 젊은 것들은 분란과 광기를 대변하는 종족이야. 네가 유별난 거야."

아영은 짧게 대꾸하고는 차를 홀짝였다. 쿠키를 집어 먹으면서 그녀는 아들의 얼굴을 살짝 살폈다. 여전히 태연하고 침착한 얼굴은 누가 보아도 일가의 종주다운 모습. 그 모습이 자랑스럽기도 하고 조금은 안쓰럽기도 한 그녀였다.

"얘야."

아영은 조용히 말했다. 흑백이 분명한 검은 눈동자는 젊어 보이는 외관과 달리 깊은 세월을 담아 깊었다.

"광기는 유전된다. 피 속에 새겨져 대대로 이어지는 거야. 그것을 억누르고 있는 너 역시 그다지 편하지는 않을 거다. 정가의 피가 너의 광기를 눌러주고 있긴 하지만 그것이 언제까지 지속될지는 아무도 몰라."

그녀는 서글프게 웃었다.

"일족 전체가 다 그런 거야. 우리들은 잔혹한 동물들이다. 이성을 가지고 있긴 하지만 근본적으로 잔혹해. 상대를 깔아뭉개고 짓이기고 싶어하는 충동을 가지고 있지. 부정할 수 없어."

아영은 차갑게 웃었다.

그녀의 검은 눈 안쪽에서 무언가가 꿈틀거렸다. 끈끈하고 집요한 소유욕과 집착.

태경은 그녀의 주변으로 공간이 일그러지는 것을 느꼈다. 공간은 갈라지고 쪼개진다. 그녀의 몸 안쪽에서 흘러나오는 가느다란 실이 공간을 자르고 둥지를 튼다. 실을 자아 그물을 짠다. 그녀의 눈빛은 그물을 짜며 먹이를 노리는 그 어떤 것을 의미했다. 섬뜩한 감각과 더불어 태경은 빨려 들어갈 것만 같은 압박감을 동시에 느꼈다.

"은밀하게 상대를 잡는 거야. 그리고는 다른 것은 보지도 못하게 꽁꽁 싸매고 또 싸매지. 나만 보고 다른 것은 생각지도 못하게 녹아들듯 달콤하게. 아무리 날뛰어도 장벽처럼 굳건하게."

그녀는 먹이를 노리는 맹수처럼, 아니, 거미줄에 도사린 거미처럼 웃었다.

"원하는 여자가 있다면, 너는 이미 그렇게 하고 있을 거야. 내 말이 틀리니?"

"틀립니다."

태경은 고요하게 대답했다.

"나는 정가의 피를 받긴 했지만 서가의 우두머리. 직계 중에 직계, 종손이자 종주입니다. 그런 방식은 나와 맞지 않아요. 나는 원하는 게 있다면 분명히 말하는 편이지 뒤에서 수작을 부리진 않습니다."

그의 말에 아영은 활짝 웃었다. 그 웃음에 방금 전까지 그녀 주변을 휩싸고 있던 보이지 않는 그물은 순식간에 사라져 버렸다. 명랑한 소녀처럼 웃으며 그녀는 고개를 끄덕였다.

"그렇다면 됐어. 다 큰 자식에게 연애 상담이라니. 어울리지 않는 짓거리지. 그보다 내가 하고 싶은 말은 따로 있단다."

"따로?"

"그래, 난 너에게 중매를 서려고 온 거란다. 사랑하는 아들아."

그녀는 여전히 소녀처럼 깔깔 웃었다.

"중매라니, 누구를?"

태경이 미간을 찌푸리자 그녀는 천연덕스럽게 말을 이었다.

"진가의 진청청이지. 그 애야말로 너에게 어울리는 신붓감이야."

"네놈을 죽이겠다! 절대로 죽여 버린다! 네놈은 더러운 피를 가진 추악한 놈이야!"

거품을 물며 사내가 외쳤다. 증오로 일그러진 눈매가 평소의 수려한 얼굴을 망가뜨린다.

사내의 얼굴을 물끄러미 바라보며 그는 씁쓰레한 담배의 맛을 즐겼다. 입 안을 가득 메우는 우울한 연기는 목 안을 타고 들어가 폐를 오염시키는 주범이 된다. 독이란 것을 알면서도 들이키는 우스운 짓거리.

그는 자신이 정말로 자살을 하고 있다고 생각했다. 하지만 금연할 마음은 들지 않았다. 눈앞에서 부르짖는 사내를 죽이는 것에 죄책감을 가지지 않는 것처럼 말이다.

"아비를 죽이다니! 이 패륜아 놈! 네가 종주가 된다고? 절대로 그럴 수는 없어!"

사내의 악을 지르는 소리에 그는 낮게 반문했다.

"아비를 죽이다니. 그건 당신 이야기잖아, 형님."

달칵.

"괜찮아요?"

그녀는 뜨거운 홍차 잔을 든 채 물었다.

창가에 기대어 멍하니 백일몽에 잠겨 있던 태경은 고개를 돌렸다.

"아아."

그녀는 그가 대답하자 조금 편안해졌다. 아무리 뭐라 해도 그는 같이 있기 편한 사람은 아니었다. 특히 그가 입을 다물고 다른 곳을 보고 있을 때면 너무나 낯설게 보여 두려울 정도였다. 냉정하고 무심해 보이는 옆얼굴만 보면 더더욱 그러했다.

'하지만 입을 열면, 다정하고 부드러워 보이는 사람. 아니, 사

람은 아닌가.'

정연은 애써 허공으로 돌렸다. 시선이 마주치면 그보다 더 어색한 일은 없다. 방 안에는 그와 그녀, 단둘뿐이었다.

그녀가 시선을 슬그머니 돌린 것과 달리 태경은 그녀를 물끄러미 바라보았다. 별로 좋지도 않은 기억이 떠오른 이유는 분명 생모를 만났기 때문일 것이다. 알고는 있었지만 썩 유쾌한 기분은 아니었다. 죄책감 따위는 갖고 있지도 않지만 그래도 즐거운 기억이라고는 절대로 말할 수 없으니까.

정연은 다소 파리한 얼굴로 침대 위에 앉아 있었다. 창문을 열어두었던 탓인지 방 안은 축축한 습기가 감돌았다. 비 냄새 특유의 비린내와 옅게 남아 있는 담배 냄새를 깨닫고 그는 잠시 미간을 찌푸렸지만 식어가는 찻잔을 탁자 위에 내려놓고는 의자에 앉았다. 그가 앉을 때까지 정연은 꼼짝도 않고 있었다. 석상처럼 굳어 있는 모습이 불안해 보여 그는 잠시 그녀의 모습을 관찰했다.

다소 파리해 보이는 것 외에 그녀의 모습은 흠잡을 데 없이 좋아 보였다.

짧게 다듬은 머리카락은 단정한 이목구비를 고스란히 드러내고 있었다. 하얀 피부는 전과 달리 병색은커녕 점 하나 없이 투명하고 고왔다. 가늘면서도 탄력적인 몸매에는 군살 하나 없이 늘씬했다. 스물여덟이라는 나이로는 보이지 않을 정도로 건강하고 아름다운 여성이 눈앞에 있었다. 완전히 변성이 끝난 그녀의 모습은 아마 부모라도 깜짝 놀랄 만큼 달라져 있었다. 이목구비 자체가 달라진 게 아니다. 원래의 모습은 고스란히 남아 있지만 조금이라도 삐뚤어졌거나 병들었던 부분이 완벽히 고쳐진 것이다. 완벽한 근육과 뼈대를 갖추면 몸매나 얼굴이 아름답게 변하는 것은 당연하다. 건강이라는 것 자체가 아름다움을 상징하는 법.
　정연은 여러 가지 일들로 찌들어 있던 몸을 완전히 벗어던져 아름다움을 손에 넣은 것이다.
　"최정연 씨?"
　그가 이름을 부르자, 정연은 화들짝 놀란 듯 그를 돌아보았다. 그리고는 그제야 그를 발견했다는 듯이 눈을 크게 떴다.
　불안과 당혹한 빛이 역력한 그 표정에 태경은 연민을 느끼면서 부드럽게 미소 지었다.
　"내가 부르는 소리를 못 들었나?"
　"네."
　"그렇게 놀랄 것은 없어. 아까 가정부에게 돌아가고 싶다 전해달라고 했다면서?"
　"네."
　그녀는 다소 경직된 자세로 대답했다.
　아무리 보아도 불신과 불안이 뒤범벅된 표정에 태경은 서글픈 기분까지 들었다. 그동안 잘한다고 했는데 역시나 믿을 수가 없는 모양이었다. 조금이라도 무른 성격이라면 그녀 자신도 편할 텐데 그녀는 무른 성격은커녕 지나치게 생각이 많으면서도 완고하다. 분명히 그녀를 위해 옷가지며 용돈을 마련해 두었는데도 그녀는 그것에 손을 대지 않았다. 쉬운 성격은 결코 아니었다.
　'하긴 그 때문에라도 마음을 얻고 싶지만.'
　그는 자신의 생각에 스스로 놀랐다. 마음을 얻는다? 신뢰를 얻는다?
　사실, 하려면 할 수도 있었다. 정연에게 말은 하지 않았지만 그는 정신 조작으로 그녀를 얼마든지 요리할 수 있었다. 기억의 일부분을 지우고 일부분을 적당히 윤색하고 각색해 들려주면 그를 친오라비처럼 받들게 될 것이다. 하지만 그렇게까지 하고 싶지는 않았다. 거의 백년 만에 이루어진 변성인데다가 그녀의 속에서 살고 있는 그 옹골찬 자아가 마음에 들었었다. 침착하고도 고집 센 그 야수가.

'나답지 않군.'

태경은 쓴웃음을 지었다.

하루 종일 그도 감정적으로 너무 피곤했던 탓이다. 살기로 똘똘 뭉친 유명성을 만나고 나자마자 곧이어 시한폭탄 같은 생모를 만나 한동안 이리저리 휘둘렸으니 아무리 강철 같은 신경을 자랑하는 그로서도 지쳤다. 그런데 그 위에 정연이 난데없이 집에 돌아가겠다고 선언을 했다니. 섭섭하다.

짜증이 안 나는 것은 아니지만 그렇다고 해서 누군가에게 쉽게 감정을 내비치는 것은 더 싫은 태경은 침착한 어조로 말했다.

"전에도 말했다시피 붙잡아놓고 있는 건 아니야. 정연 씨가 가고 싶다면 보내줘. 다행히 변성도 이젠 다 끝난 것 같아. 외관상 문제는 없어 보여."

"그럼 나가도 되나요?"

"그래. 원한다면 내일 차를 준비시켜 두지. 미혜가 이런저런 것을 다 수배해 두었을 거야. 옷가지나 물건, 뭐 필요한 게 더 있다면 그녀에게 말하면 돼."

그녀는 다소 어리둥절한 표정이 되었다. 아니, 미심쩍은 표정에 더 가까웠다.

태경은 한숨을 삼키며 다시 설명했다. 아무래도 그녀는 순순히 보내준다는 게 믿기지 않는다는 태도다.
"정연 씨, 정연 씨는 보름간 요양원에서 요양을 한 것으로 정연 씨의 숙부님에게 말해두었어. 다소 억지는 있지만 의심하지는 않을 거야. 암시를 걸어놓았거든."
"암시요?"
노골적인 불만과 불신의 눈빛.
"이상한 것이 아니야. 난데없이 부상 중인 정연 씨가 사라졌으니 그분들이 걱정하고 의심하는 건 당연하잖아? 그래서 그렇게 말해두었다는 거야. 그러니까 돌아가면 평소대로 행동하면 돼."
"……."
"아픈 곳이나 어려운 일이 있으면 내게 전화하고."
그는 품속에서 명함을 한 장 꺼내서 그녀에게 내밀었다. 정연은 마치 그의 손이 닿을까 무섭다는 듯 조심스럽게 손끝으로 명함을 집었다. 그 태도가 우습기도 하고 좀 서글프기도 해서 태경은 씁쓸했다. 잡아먹는 것도 아닌데 노골적으로 피하는 태도가 불쾌했다.
그래도 정연은 멍하니 그가 준 명함을 내려다보고 있었다. 믿어지지 않는다는 듯 멍한 그 태도가 거슬렸지만 태경은 애써 비틀린 심사를 접었다. 그로서는 할 만큼 한 셈이었다.
"그럼, 쉬어. 내일은 아침부턴 나도 바쁘니 떠나는 것을 못 볼 수도 있겠군."
그가 일어서며 그렇게 말하자, 멍하니 있던 그녀가 급히 고개를 들고 일어섰다.
"저, 저기!"
정연은 아름다웠다.

화려한 미모는 아니었지만 평범한 인간이 깨끗하고 건강해졌을 때 보여주는 신선한 아름다움이 고스란히 느껴졌다. 특히 무표정할 정도로 감정을 담고 있지 않은 그녀의 눈은 항상 묘하게도 그의 가슴을 건드리곤 했다. 난데없는 상황에 비명도 지르지 않고 울분을 토하지도 않는 그녀. 알몸을 맞대면서도 담담한 태도를 유지하려 애쓰던 그녀.

'아아, 그건가.'

태경은 그녀와 마주 서자 새삼 자신의 가슴 한구석에서 균열이 일고 있다는 것을 깨달았다. 쓰고도 달콤한, 슬프고도 기쁜 기묘한 균열이다.

"저기, 말해야 된다고 생각했어요."

"무엇을?"

"당신이었죠?"

정연은 서둘러 말했다. 그 때문인지 어딘가 말이 어긋나는 것 같기도 했다. 그녀는 애써 터질 듯 뛰는 가슴을 억누르며 말을 이었다.

"그 개에게서 구해준 사람."

"아."

그는 무슨 의미인지 알았다는 듯이 고개를 끄덕였지만 조금 애매한 표정을 지었다.

"서태경 씨라고 생각했어요. 아닌가요?"

"글쎄."

그는 조금 뜻밖이었다.

그런 상황에서, 의식조차 희미한 그 상황에서 그를 기억한다는 것은 거의 불가능한 일이 아닐까. 특히 인간인 그녀는 고통과 출혈로 졸도하기 직전이었다. 분명히 그를 제대로 보지도 못했을 텐데.

"고마워요."

"응?"

"살려주셔서 고마워요. 당신이 아니었다면 저는 죽었어요."

정연은 고개를 숙여 인사했다. 그 인사에 다소 당혹한 태경이 손을 내저었다.

"그렇게 정색하고 말하지 마. 어차피 태호 놈 때문에 벌어진 일이었잖아. 게다가 그 자리에는 사람이 많았으니 내가 나서지 않아도 아마 괜찮았을 거야."

"아뇨. 다른 사람들 이야기를 들으니 아무도 섣큼 나설 수가 없었다고 하더군요. 서태경 씨가 나서지 않았다면 전 정말 죽었을 거예요."

정색하고 말하는 그녀에게 그는 그저 미소만 지었다. 뭐라 말하기가 난감했다. 그녀가 직접적으로 나서서 인사를 하는 것이 너무 뜻밖인 지라 거북하기만 했다. 조금이라도 그녀가 웃는 얼굴을 하고 있었다면 비웃는 거라 생각할 수도 있었지만 그녀는 너무나 진지한 표정이었다. 진심인 것이다. 가슴 한구석이 절로 따스해졌다.

"오히려 미안하군. 그런 일을 겪게 해서."

태경은 순순히 시인했다. 동생이 저지른 일을 형이 처리한 것뿐이었다. 그런데 이렇게 정색하고 고맙다 하니 오히려 부끄러워질 정도였다.

"어쨌든 다 나았으니 집에 돌아가 편안하게 지내도록 해. 아, 필요한 것이 있으면 언제든지 말하고."

어색한 기분에 한 마디 덧붙이자 태경은 멋쩍은 기분이 되어버렸다.

"감사해요."

정연은 고개를 숙인 채 그대로 서 있었다.

어색한 분위기 때문에 태경은 더 있기도 곤란해서 결국 방을 나섰다. 뒤통수가 따뜻해질 정도로 신경이 쓰였지만 그렇다고 해서 길게 할 말도 없었다. 그러다가 그는 문득 뒤돌아섰다.

"정연 씨."

"네?"

다시 돌아온 그를 보고 그녀가 눈을 휘둥그레 떴다. 그 모습이 꽤 귀여워 태경은 피식 웃었다.

"전에도 말했지만 몸에 이상이 있거나 주변에 문제가 생기면 곧장 나에게 연락을 해. 밤이나 낮이나 상관없으니까. 어쩌면 태호 놈이 또 정연 씨에게 얼쩡거릴지도 몰라. 그러면 또 곤란한 일을 당할지도 모르고. 그러니까 그런 일이 벌어질 경우는 나에게로 곧장 연락을 해요. 내 이름을 대면 녀석도 정연 씨에게 함부로 하진 못할 테니까."

"……."

그녀는 멍하니 그를 보기만 했다.

"정연 씨?"

"아, 네. 알았어요. 신경 써주셔서 고마워요."

"고맙긴, 다 그놈 때문에 벌어진 일인데."

태경은 다시 한 번 고개를 젓고는 손을 내밀었다. 악수를 청하는 그의 몸짓에 그녀는 멍하니 그의 손을 내려다본 채 말이 없다.

"정연 씨?"
 태경은 다소 이상하다 싶어 그녀를 불렀다. 아무래도 그녀는 평소에 비해 정신이 없는 것 같았다. 불안한 것인지 그도 아니면 당황하고 있는 것인지 알 수는 없었지만 그로서는 별로 기분 좋은 상황은 아니었다.
 "네."
 그녀는 어색하게 그의 손을 잡았다. 그녀의 가는 손가락과 손바닥이 얽히자 문득 따끔한 감각이 몸 안 어딘가에서 느껴졌다. 차갑게 경직된 손이었지만 너무 작아서 커다란 그의 손 안에서 녹아버릴 것 같았다.
 그녀의 어깨, 그녀의 목, 그녀의 손과 발, 가느다란 사지와 몸체 모두 그의 손이 안 닿은 곳은 없었다. 태경은 그녀의 손을 잡고 잠시 고동치는 그녀의 심장 소리를 음미했다. 고통으로 몸부림치는 것이 아닌, 달콤한 감정으로 물든 그녀의 심장이 마음에 들었다. 그녀의 심장이 관능적인 울림을 가지고 뛴다. 기분 탓이 아니었다.
 약간 시선을 내린 그녀에게서 풍기는 향기가 그를 자극했다. 씁쓸하며 상큼한 향기가 달콤하게 변하고 있었다. 지극히 여성적인 향기였다. 그의 전신이 갑자기 묘하게 흔들렸다. 그의 깊숙한 곳 어디선가에서 자신이 남자라는 것을 자각하는 울림이 퍼져 나갔다. 그 뜨거운 감정은 오랫동안 빗장을 잠근 문을 단번에 깨부수며 솟구쳤다.
 '놓고 싶지 않다.'
 태경은 자각했다.
 손끝에서 전해오는 그 감각이 그녀에게 실을 잇고 있었다. 뜨거울 정도로 달아오르는 체온과 정연에게서 흐르는 방향(芳香).
그의 눈가에 은빛이 스쳐 지나갔다. 강렬한 욕구가 빗장을 뚫고 으르렁거렸다.
하지만 그는 그녀의 손을 놓고 점잖은 신사처럼 한 발자국 물러나 인사했다.
"그럼, 잘 자. 내일 조심해서 가도록 하고."
"네."
그녀의 눈동자가 일렁이는 것이 보였다. 그녀 역시 동요하고 있었다. 어떤 감정인지 자세한 것은 모르지만 태연하기만 하던 그녀가 그렇게 동요하는 것은 처음 보았기에 태경은 그녀가 무언가 더 말할 것이 있는 것일까 하고 기대했다. 하지만 그녀는 아무런 말도 하지 않은 채 고개를 숙여 꾸벅 인사를 했다.
"그럼, 안녕히."
"꼭 연락을 해."
그는 실망하면서도 아무렇지도 않게 방을 나섰다.
그녀의 방문을 닫으며 나선 태경은 문득 자신의 발치로부터 뻗어나간 끈이 그녀를 향하고 있다는 것을 깨달았다. 의식하지 않았는데도 어느새 만들어진 끈이다. 거미줄처럼 이어진 끈이 곧이어 이리저리 엉키더니 순식간에 그물로 완성이 된다. 이런 건 난생처음이었다. 말은 들어보았지만 실제로 이런 일이 눈앞에서 벌어지다니. 자신이 벌인 일인데도 그는 신기하기만 했다.
'어라? 잠깐.'
그는 미간을 잠시 찌푸리고는 이것이 무엇을 의미하는가 하고 생각해 보았다.
소유욕? 집착? 그도 아니면 욕망?

그는 손가락을 들어 그물의 강도를 측정해 보았다. 단순한 욕망이라기엔 그물은 촘촘하고 강력한 실로 짜여 있다. 뜻밖이다.

보이지 않는 이 그물은 정가의 피를 이은 자들이 치는 그물이다. 본인 이외엔 볼 수 없다는 기괴한 감정선(感情線)이다. 병적일 정도로 집요하고 소유욕이 강하면서도 다정한 자들이라는 평을 받는 정가 일족들이 치는 감정선.

그것이 갑자기 최정연이라는 인간여자를 향해 뻗어나가고 있었다. 있을 수 없는 일이라 부정해 버리고 싶긴 하지만 실제로 눈에 턱 하고 보이니 뭐라 말하기도 어렵다. 태경은 자신의 깊숙한 곳에 있는 그 감정의 정체가 궁금해졌다.

그는 그녀의 방을 돌아보지 않았다. 굳이 그럴 필요도 느끼지 못했다. 자신의 침실을 향해 걸어가면서 문득 태경은 자신이 만들고 있는 그물이 얼마나 질길까 궁금해졌다. 그녀와 한번 섹스를 하면 끊어질까? 만나지 않으면 흐려져 사라질까?

그는 담배를 찾아 주머니를 더듬으며 생각했다. 어차피 이것도 긴 생애 속에 하나 있을 법한 일이다. 오히려 그동안 한 번도 없었던 것이 이상할 정도. 나도 목석은 아니었구나 하고 그는 자못 스스로를 기특하게 여기며 웃었다.

그나저나 사랑이란 무엇일까. 여자와 남자 사이에 있는 그 질척거리면서도 간지러운 감정이란 대체 어떤 것일까. 자신을 잃어버리는 광기라는 그것은 대체 어떤 것일까.

그는 진심으로 궁금해졌다.

그는 사랑을 해본 적이 없었다. 사랑이란 것을 그는 사실 하고 싶지 않았다. 그가 아는 사랑이란 미쳐서 상대를 죽여 버리고 마는 그런 끔찍한 감정이었다. 그의 생부는 아들의 약혼녀와 사랑에 빠졌고, 호적상의 부친은 약혼녀를 빼앗은 아버지를 독살했다. 그리고 그의 생모는 미쳤다. 출산의 충격 때문에 미친 것인지 애인을 잃었기에 미친 것인지 태경은 알지 못했다. 어쨌거나 사랑에 빠진 세 사람 모두 미치거나 죽었다.

억누르고 후려쳐 획득하는 그의 동생과 달리 그는 다정하고 책임감이 강한 남자로 알려져 있었다. 하지만 책임감이 강하다는 것은 그만큼 소유욕이 강하다는 말도 된다. 자제력이 강하고 강인하다는 것은 결코 쉽게 단념하지 않는다는 것을 의미한다.

태경은 담뱃불을 붙이며 연기를 내뿜었다.

"어차피 헤어져 있다 보면 알게 되겠지."

단순한 욕망인가 아니면 진짜 그놈의 끔찍한 사랑인가.

불빛에 드러난 그의 얼굴에 희미한 웃음이 서렸다. 그 웃음은 기묘하게 일그러져 있었다.

유가의 종주 유명성의 사촌이자 그의 심복이라고 통하는 유대원은 덩치가 큰 남자였다. 그는 미끈하게 잘생긴 형제들과는 달리 굉장히 거친 인상이었다. 태어날 때 무슨 일이 있었는지는 잘 모르지만 한쪽 눈이 망가진 애꾸였다. 키 192cm에 89kg을 한 거구인데다가 그 거구가 온통 근육질. 짧게 자른 머리가 군인을 연상케 했다. 아니, 더 정확히 말하면 그는 군인이라기보다는 군견을 느끼게 했다.

"하악! 하악!"

그는 하반신을 움직이면서 시계를 보고 있었다.

여자를 범하면서도 표정 하나 바꾸지 않기 때문에 실제로 일족의 여자들은 그를 싫어했다. 때문에 그가 상대하는 것은 오로지 인간여자들뿐이었고 그건 나름대로 꽤나 괴로운 일이기도 했다. 하지만.

"아악!"

여자가 오르가즘에 올랐는지 몸을 떨었다. 사지가 비비 꼬이고 뒤틀리는 것을 보며 대원은 사정이 끝나기도 전에 손을 뻗어 탁자 위에 놓인 지갑을 꺼냈다.

벽지가 붉은 싸구려 모텔. 사실 그의 취향은 아니었지만 그렇다고 해서 굳이 고급스러운 장소를 선호하는 것도 아니다.

"아악……."

여자가 축 늘어지는 것을 느끼면서 그는 벌떡 일어났다. 바지도 벗지 않은 싱거운 정사였지만 몸을 푸는 데는 그것으로도 충분했다. 성욕이 유달리 강한 유가의 식솔인 그는 적어도 이틀에 한 번씩 성욕을 풀어주어야만 했다. 일족의 여자와 결혼을 했으면 좋았겠지만 그를 좋아하는 여자는 단 한 명도 없었다.

대원은 주저없이 지퍼를 올리고 적당히 흐트러진 셔츠 자락을 바지에 쑤셔 넣은 뒤에 화장실로 들어가 손을 닦았다. 하얀 시트 위에 널브러진 여자는 헐떡일 뿐 움직이지도 않았다. 풍만한 여체가 땀을 머금은 채 길게 누워 있는 모습은 꽤나 색정적이었지만 그의 표정은 바위처럼 움직이지 않았다.

"하아, 나 어때요?"

여자가 물었다. 아직 이십대 초반의 여자는 모텔 주인이 불러준 여자였다. 벌거벗은 몸이 부끄럽지도 않은지 아무렇게나 사지를 늘어뜨리고 있었다. 은근히 유혹하는 것을 알면서도 대원은 아무런 반응을 보이지 않았다. 그는 대답 대신 시간을 체크하고는 곧 지갑에서 수표 한 장을 꺼내 탁자 위에 놓았다. 어설픈 마호가니 색상을 닮은 싸구려 협탁이 그의 굵직한 손에 이리저리 흔들렸다.

"아저씨, 진짜 끝내준다. 그런데 말 못해?"

장난스럽게 여자가 묻는 순간 대원은 미간을 찌푸렸다. 이목구비는 굵고 반듯했지만 왼쪽 눈썹부터 뺨까지 일직선으로 그어진 흉터가 인상을 험악하게 만들었다. 의안도, 그렇다고 선글라스를 끼지도 않은 그 얼굴은 일그러진 안구의 형태를 고스란히 보여주었기에 더 끔찍했다. 노랗게 변색된 반쯤 찌그러진 왼쪽 안구. 하지만 시력을 상실한 것은 아니었다. 치유력이 경악할 정도로 높은 일족은 사지를 잃으면 몰라도 눈이라든가 이빨 따위를 잃는 것쯤은 큰 축에도 들지 못했다. 불구라고 부르는 쪽이 이상한 것이다.

"아저씨, 또 만날래요?"

핸드폰을 집어 들려는 여자를 무시하고 그는 곧장 문을 열었나. 여자가 그 매정한 모습에 뭐라 소리를 질러 항의했지만 그는 여전히 무시했다. 이미 샀던 창녀에겐 흥미가 없었다.

밖으로 나왔을 때는 밤 한 시가 넘어 있었다. 모텔에서 잠을 자는 것을 좋아하지 않았기 때문에 그는 서태호가 즐겨 간다는 바 쪽으로 걸음을 옮겼다. 사실 노골적인 감시를 하기는 어려운 게 그의 입장이었다. 서태호는 직계인데다가 서가에서도 종주인 태경을 제외하면 가장 강한 남자 중 하나다. 그런 남자를 대원이 혼자 감당한다는 것은 사실상 불가능하다. 하지만 대원에게는 좋은 점이 있었다. 커다란 덩치에도 불구하고 기척을 숨기는 데에 익숙하다는 점이었다. 인간을 조종하는 것은 그의 특기였고, 그 덕에 그는 일족으로부터 더 배척받았다. 일족의 여자를 품지 못하고 인간여자 주변을 빙빙 맴도는 성벽이 생긴 것도 그 때문이다.
 시끄럽게 떠들고 있는 취객들을 스치듯 지나가면서 그는 태호의 기척을 쫓았다. 너무 가까이 다가가면 위험해서 그의 체취를 추격할 뿐이었지만 성과는 분명히 있었다. 서태호는 자신을 과신하는 탓인지 대단히 부주의했다. 자신의 체취를 감출 생각을 전혀 하지 않는 것은 물론이고 가끔은 자신의 성적인 매력을 노골적으로 발산해 여자들을 유혹하기까지 했다. 때문에 대원이 그를 쫓는 것은 어려운 일이 아니었다. 그의 체취가 묻은 인간들만 따라가면 그의 지나간 궤적이 고스란히 드러나는 것이다.
 대원의 노란 동공이 스르륵 세로로 가늘어졌다. 그의 시야로 희미하게 빛을 발하는 흔적이 드러났다. 점액질처럼 흔적이 남는 것은 일족의 남자이기에 어쩔 수 없는 일. 그러나 성체이면서도 이렇게 노골적으로 흔적을 남기는 것은 나태한 서태호뿐이었다. 대원은 무표정한 얼굴에 희미한 미소를 머금었다.
 흔적은 마치 헨젤과 그레텔이 남긴 과자 부스러기처럼 희미했지만 노골적이었다. 지나가는 인간들 중에 유달리 몸매가 아름다운 여자들과 고급 브랜드 의류매장이나 액세서리 매장, 혹은 술집과 음식점에 그 흔적이 남아 있다. 서태호의 평소 취미를 그대로 나타내는 그 표징들을 살피며 대원은 걸었다.
 그가 태호를 발견하는 데에는 오래 걸리지 않았다. 그는 여전했다.
 유달리 화려한 차림새로 호사스런 클럽 바에 앉아 떠들고 있다. 가게 밖에 서 있는 대원의 눈에는 유리창 너머로 웃는 여자들 사이에 앉아 있는 태호가 보였다. 정확히 말하면 그의 기척이었지만 대원의 시야에는 보는 것처럼 명확하게 드러난다. 적외선 카메라를 장착한 듯한 그의 눈은 인간과는 다른 체온과 기운을 가진 일족을 정확히 집어내어 관찰했다.

더러운 걸레 같은 녀석.

대원은 서태호를 경멸했다. 그리고 증오했다. 만약에 모든 기운을 숨겨야 하는 상황이 아니었다면 당장에 그에게 달려들어 가저 저주스러운 자식의 국부를 도려내어 씹어버리고 싶었다. 그는 유달리 발달한 송곳니를 혀끝으로 핥았다. 비릿한 피 맛이 입가에 가득 찬다. 살기를 깊숙이 가라앉힌 가슴은 차가웠다.

원아, 너는 항상 손해 보는 역을 하는 것 같아.

언젠가 그녀가 말했다. 무뚝뚝하게 굳어진 대원의 뺨을 만지면서 그녀는 혀를 찼다. 명희는 그보다 생일이 육 개월 빨랐다. 그 때문인지 그녀는 항상 누나 노릇을 하려고 유달리 덩치 크고 무섭게 생긴 그를 원아 라고 불렀다.

여자들 사이에서 웃고 떠들어대는 태호를 놔두고 그는 천천히 걷기 시작했다.

명희는 자신을 누나라 부르라고 강요했지만 대원은 한 번도 누나라고 부른 적이 없었다. 그녀는 그에게 있어 항상 명희였다.

원아, 너는 조금 웃을 필요가 있어. 그러면 훨씬 더 핸섬하게 보일 거야.

작고 섬세한 몸집을 가진 명희는 그렇게 말하며 웃었다. 그녀에게는 동정에 불과했을지라도 대원에게는 소중한 추억이었다.

원아, 눈 수술을 받아. 일부러 사안(邪眼)을 드러낼 필요는 없잖아?

싫어.

고집 부리지 마. 너는, 너무 손해를 본단 말이야. 너는 아주 괜찮은 애야. 나는 알아. 그러니까 네가 다른 사람들에게 안 좋은 소리를 듣는 게 싫어.

대원은 천천히 걸어가며 한쪽 눈을 자연스럽게 감았다. 그의 사안이 요사스럽게 번뜩이며 어두운 거리를 헤집었다. 태호의 궤적. 그가 남긴 부실한 흔적들.

대원은 눈이 싸늘한 한기를 뿜었다. 하지만 수없이 그의 어깨를 스치듯 지나가는 사람들의 물결 속에서 그의 모습은 드러나지 않는다. 그토록 무시무시한 눈빛을 한 거구의 사내가 길 한가운데를 걷는데도 그를 인식하는 사람은 아무도 없었다.

그는 어둠 속의 그림자처럼 인파에 묻혀 유유히 흐르듯 걸었다. 시간은 이미 새벽. 그럼에도 불구하고 환락의 거리는 여전히 싸구려 면상을 치장하고 있다. 대원은 주머니에서 스니커즈 하나를 꺼내 입에 물었다. 사안을 많이 쓰는 날은 에너지 소모가 컸다. 그는 순식간에 세 개를 먹어치우고도 길거리 편의점에서 한 봉지를 더 샀다. 유달리 사나운 그의 얼굴을 보면서도 반쯤 졸고 있는 편의점 직원은 알아채지 못했다.

사실은 지금까지도 그는 그녀가 죽었다는 실감이 전혀 느껴지지 않았다. 잔뜩 굳은 얼굴로 종주인 명성이 그녀의 죽음을 선언할 때에도 대원은 믿지 않았다.

그놈이 여자랑 같이 있었다는 증거를 가지고 와, 대원.

차가운 얼굴을 한 절대군주가 그렇게 명령했다. 냉혹한 그의 주인에게 명희는 유일한 꽃이었다. 아니, 여자가 귀한 유가에서 명희는 명실상부한 공주님이었다. 그런데 그 공주님이 저 걸레 같은 남창 놈에게 갈가리 찢겨 죽임을 당한 것이다. 서가의 종주는 그 일을 어떻게 해서든 감추려 했지만 사안의 소유자인 대원에게 무슨 일이 벌어졌었는지 추론하는 것은 어려운 일이 아니었다.

그녀는, 갈가리 찢긴 채 죽었다.

제대로 저항도 하지 못한 듯 그녀의 목이 산 채로 뽑히고, 두 어깨가 짓이겨진 채 뜯겨져 나갔으며 젖가슴은 젖에 부푼 채로 세 갈래로 찢겨 나갔다. 뱃가죽이 찢어져 내장이 사방에 흩어졌고 그놈의 손톱에 잘려져 나간 오른 다리와 국부는 한 덩어리가 되어 바닥에 틀어 박혔다. 긴 머리채가 그대로 뽑혀 허공에 흩뿌려지고, 눈과 입이 한데 찢어져 벌건 살점이 뚝뚝 떨어졌다. 그놈은 그 걸로도 부족했는지 그녀의 심장을 꺼내 씹어 삼켰다. 사지가 흩어진 채 참혹하게 살해당한 명희의 시신은 서가의 종주가 수습해 태워 재를 보내왔다.

그 재를 보고 명성은 말을 잃었다. 비통한 울음소리가 유가 전체에 울려 퍼졌으며 젊은 빙계들은 당장에 서가와의 전면전을 선포하면서 길길이 날뛰었다.

찌이이익.

대원은 다섯 개째의 스니커즈 포장지를 벗겨 입에 넣었다.

만약 서가의 종주 서태경이 그 토록이나 공정하고 유능한 인물이 아니었다면 지금쯤 이미 피비린내 나는 전투가 벌어졌을 것이다. 서태호와 달리 서태경을 존경하는 자들은 유가에도 많이 있었다. 동년배뿐만 아니라 그보다 연상인 자들이 더더욱 그를 존경했다.

명희가 서태호의 갓난 아들을 잡아 먹어치웠기 때문에 서태호가 광분했던 거라고?

그래서? 그게 어떻다는 건가?

대원은 피식 웃었다.

그 걸레 같은 자식의 핏줄을 도저히 봐줄 수가 없었기 때문에 명희가 치워 버린 것이다. 오죽 더러운 애새끼였으면 명희가 그렇게까지 했을까.

대원은 땅콩이 들어간 부분을 으적으적 씹으며 중얼거렸다. 일그러진 그의 얼굴이 밝은 형광등 불빛 아래서 그로테스크하게 드러났다. 기괴하게 번뜩이는 눈동자와 근육질로 발달된 상체에서 흘러나오는 살기.

그는 택시를 탔다. 택시 운전수는 할증요금을 몇 번이나 들먹였지만 대원은 대꾸도 하지 않았다. 어차피 택시에서 내리면 운전수는 그를 기억도 하지 못할 것이 뻔하다.

유달리 빠른 택시가 총알처럼 달리기 시작했다.

새벽 두 시가 넘은 시각, 택시의 차창 밖으로 보이는 도시의 불빛은 모두 흘리듯 뭉개지기 시작한다. 대원은 열 개째의 스니커즈를 먹어치웠다. 그는 손가락에 묻은 초콜릿을 핥으면서 명희를 생각했다. 밸런타인데이에 초콜릿을 건네던 그녀. 사안을 쓰면 칼로리 소모가 크다며 스니커즈를 사다 준 것도 그녀였다.

원아, 너는 손해만 봐.

대원은 일그러진 웃음을 머금었다. 긴 송곳니가 초콜릿 맛과 피 맛을 동시에 흘리며 드러났다. 너를 가지고도 다른 여자를 탐했다면 그 새끼는 죽어야 해. 아니, 너를 건드린 것만으로도 그놈은 사지를 찢어 죽여야 해. 나는 그놈의 뇌수를 마시고 피로 목욕을 할 테다. 아무리 종주가 말려도 조금의 흔적이라도 있다면 그놈의 심장을 꺼내 개 먹이로 던진다. 놈의 내장을 뽑아 순대로 만들어도 좋겠지.

대원은 황홀한 기분으로 사타구니를 어루만졌다. 그놈의 시체를 밟을 것을 생각하니 격렬한 열기가 아랫도리를 스치고 지나간다. 명희를 생각하며 자위를 한 적은 단 한 번도 없다. 그런 걸로 그녀를 더럽힐 수는 없었다. 내 명희. 내 여자. 내 누나. 나를 아끼는 유일한 여자.

그는 혀를 핥았다.

증거. 증거만 나오면 그놈이 거쳐 간 여자는 모두 죽는다. 그놈이 건드린 여자란 여자는 모두 갈아 죽인다. 명희가 아팠던 것처럼, 아니, 그 이상으로 여자들을 찢어 죽일 것이다. 내장을 흩뿌리고 심장을 밟아 터뜨린다. 사랑스런 그녀를 괴롭힌 모든 것들, 그녀를 모욕한 모든 것들을 모조리 다 죽여 버릴 것이다.

"멈춰."

대원은 택시 운전사에게 명령했다.

운전사는 충실하게 차를 길가 한구석에 세웠다. 늦은 시간 탓인지 지나가는 차는 한 대도 보이지 않았다.

"여기가 어디야?"

"우면동인데요? 조금만 더 가면 과천이죠. 원래 조용한 동네예요."

멀뚱하니 택시 운전사가 대답했다. 대원은 천천히 차에서 내려 걷기 시작했다.

서울이라고는 믿어지지 않을 정도로 한적하고 조용한 동네였다. 산줄기에서 흘러나오는 차가운 바람이 뺨을 때렸다. 멀리 보이는 검은 산의 윤곽. 제법 높은 언덕을 오르자 멀리서 개 짖는 소리가 들려온다. 택시 운전사는 풀린 눈동자로 멍하니 운전대를 잡고 있다가 곧 다시 출발했다. 그는 대원이 택시를 탄 것도, 내린 것도 기억하지 못했다.
"이런 데까지 어슬렁거렸나."
대원은 어두운 골목길에 엉성하게 서 있는 가로등을 흘긋 보았다. 두터운 가로수들 사이로 금속으로 만든 가로등은 오히려 엉성했다. 불빛 또한 엉성해서 그저 어스름한 골목길의 형태만 드러낼 뿐이다.
벌레 우는 소리가 들려왔다. 대원은 길가로 느껴지는 태호의 흔적을 따라 걸었다. 혈향이 희미하게 감도는 것을 보아 태호가 다쳐서 이곳으로 기어들어 온 모양이었다. 대원은 한 달 전 즈음 명성과 더불어 놈의 어깨를 으스러뜨렸던 것을 기억해 내고 흐뭇하게 웃었다. 놈의 뱃가죽을 찢고 말랑한 내장을 휘젓던 기억을 되살리자 그는 안타까움과 쾌감을 동시에 느꼈다. 놈을 놓쳤다는 안타까움과 감히 명희를 건드렸던 몸뚱이를 죽이는 쾌감이 용수철처럼 튀어 올랐던 것이다.
"그때 죽였어야 하는데."
대원은 가볍게 이를 갈았다.
아예 잡아 죽이고 나서 서가의 종주를 만나는 쪽이 훨씬 더 나았을 것이다. 그러면 오히려 쌍방 간의 직계 살해로 없던 걸로 치고 넘어갈 수 있었을 터인데. 명성도 그것을 노리고 태호를 습격했던 것이다. 만약 서태경이 끼어들고 다른 일족들의 원로들이 나서기 시작하면 일이 복잡해져서 함부로 복수도 할 수 없는 상황이 된다.
하지만.
태호가 여자를 만들어두고 있었다는 증거만 나온다면 서가의 종주조차도 할 말이 없을 것이다. 그렇다. 불륜이다. 불륜을 저질렀다는 증거만 나온다면 유가로서는 통쾌한 복수를 행할 수 있다. 대원은 노랗게 번뜩이는 사안을 부릅떴다. 그의 얼굴에서 극히 이질적인 한 개의 눈알이 독자적인 생물처럼 희번덕거렸다. 가끔 대원은 자신의 사안이 독자적인 매커니즘을 가진 게 아닌가 하는 생각이 들기도 했다. 어쨌거나 상관없었다. 그는 증거를 원했다.

그리고 그는 증거를 잡아냈다.

서가의 냄새를 풀풀 풍기고 있는 여자가 있었다. 아무것도 모른 채 열심히 땀을 흘리며 한밤중까지 청소를 하고 있는 여자가 있었다.

평범한 단독주택, 아니, 낡은 집 안쪽에 서태호의 흔적이 듬뿍 묻은 집 안에 여자가 있었다. 여자에게선 냄새가 풀풀 났다. 저 빌어먹을 서가의 냄새. 광기와 광포한 행동으로 악명이 자자한 서가의 냄새다.

대원은 웃었다. 그는 얼굴을 일그러뜨리며 이를 하얗게 드러내고 웃었다.

재미있지 않은가. 그의 주인은 틀리지 않았다. 저 빌어먹을 남창 새끼는 과연 사랑스런 명희를 놔두고 딴 여자와 재미를 보고 있었던 것이다. 여자에게, 심지어 여자의 집 안 전체에 자기 냄새를 잔뜩 묻혀놓고 밤거리를 헤매며 놀고 있었다.

그는 달을 향해 울부짖고 싶은 충동을 억눌렀다. 그의 전신으로 흉악한 노란 털이 삽시간에 솟아났다. 일그러진 입가가 찢어지며 빼곡히 들어찬 이빨들을 드러냈다.

기회가 왔다. 달콤한 복수의 기회.

그는 환희로 몸을 떨며 울부짖었다.
우오오오오오—
서태호, 너는 죽었다.

12
음영

옅은 그림자가 발밑에서 어른거렸다.

늦은 오후의 여름. 찌는 듯한 더위가 아스팔트 위로 이글이글 솟아오른다.

뚝.

땀방울이 남자의 턱 선을 타고 흘러내렸다. 그는 하얀 티셔츠에 하얀 반바지, 테니스 라켓을 들고 주차장에 서 있었다. 삼십 도를 훨씬 넘는 끔찍한 더위 속에서도 남자의 얼굴은 희었다. 단단해 보이는 팔뚝과 벌어진 어깨. 동양인치고는 큰 키를 가진 남자는 핸섬한 얼굴을 일그러뜨리며 웃었다.

"놀랍군."

청년, 서태경은 두 팔을 늘어뜨린 채 느긋하게 서 있었다.

더운 날씨에도 불구하고 검은 양복 차림이었다. 어딘가의 디너 파티에 다녀온 듯한 모습. 늘씬한 체구에 디자이너의 수제 슈트가 맵시있게 어울렸다. 단아한 얼굴에는 표정이 없었지만 강렬하고도 나른한 눈빛이 반듯한 이목구비를 매섭게 바꾸고 있었다. 특별한 자세도 아니건만 그에게서는 뚜렷한 위압감이 느껴진다.

그의 뒤에는 무표정한 얼굴로 버티고 선 같은 또래로 보이는 청년이 있었다. 검은 양복에 푸른 넥타이. 약속이라도 한 듯 똑같은 차림이었지만 좀 더 선이 가는 이목구비를 하고 있다. 서민재였다.

"근사한 모습인걸. 그 모습을 보고 누가 널 열세 살짜리라고 생각하겠어?"

남자는 큭큭 웃었다.

"방금 대사관 오찬에 다녀온 길이거든요."

서태경이 조용히 말했다. 그는 무심한 얼굴로 부친의 모습을 아래위로 훑어보았다.

"아버지도 좋아 보이시는군요."

"뭐어, 나야 항상 그렇지. 그런데 대사관 오찬에 다녀왔다는 건 널 종주로 본다는 뜻인가?"

남자의 눈매가 슬쩍 변했다.

"네, 사흘 전 제가 종주 승계식을 마쳤습니다."

덜커덕.

들고 있던 테니스 라켓이 떨어졌다. 둔탁한 울림을 내며 부르르 떨던 그것은, 우아한 선을 그리며 곧 멈췄다.

"어, 어떻게?"

굳은 얼굴의 서규연이 주먹을 꽉 쥔 채 물었다. 햇볕에 그을린 잘생긴 얼굴이 순식간에 일그러졌다.

태경은 그런 그를 물끄러미 바라보고 있었다. 얼마 전까지만 해도 그는 자신을 아래로 내려다보던 〈아버지〉였다. 하지만 지금 시선의 높이는 동등, 아니, 오히려 우월하다.

바람이 불었다.

민재가 어느새인가 테니스 코트에 있던 사람들 전체를 몰아내 주변은 적막할 정도로 고요했다. 프랑스의 유명 테니스 클럽은 손대기 까다로운 장소 중 하나였지만 그렇다고 불가능한 것은 아니었다. 잘 정돈된 하얀 벤치에서 천천히 일어선 태경은 십삼 년간 아버지라 믿고 있었던 상대를 물끄러미 바라보았다. 이렇게 그를 아들이 아닌 타인의 눈으로 바라보는 것은 낯선 경험이다.

"어떻게 한 거냐?"

규연은 불순한 공기를 느끼지 못한 양 침착을 되찾고 물었다.

"가내의 노인네들이 전부 인정했으니까요."

"건방지구나. 비록 네가 성체가 되긴 했지만 난 네 아비다."

"그렇군요."

태경은 느릿하게 대꾸했다.

붉은 살기가 두 사람 사이를 스쳐 지나갔다. 노골적인 살의 때문에 태경은 피부가 따갑게 느껴졌다. 아주 오랫동안이다. 아주 오랫동안 규연은 태경을 멀리해 왔다. 태경은 그것을 충분히 이해했다. 종주와 그 후계자 사이가 좋았던 적은 한 번도 없다. 누구든 자신의 자리를 위협하는 라이벌의 출현을 즐길 수는 없을 테니까.

아버지와 아들, 종주와 그 후계자. 물론 그 이상의 것이 있긴 했지만.

"넌 그년을 닮았어. 그 고약하고 음탕한 계집을!"

조금 긴 송곳니를 드러내며 규연이 비웃었다. 그의 얼굴에 차오른 증오의 그림자를 보면서 태경은 생각 외로 화가 별로 나지 않는다는 것을 깨달았다. 오히려 기분은 점점 가라앉아 침착하다 못해 냉정해질 지경에 이르렀다.

"왜 날 찾아왔나?"

"태호를 이용하는 것을 그만두시라는 경고를 드리기 위해서죠."

"경고?"

콰직.

테니스 라켓이 두 동강이가 난 채 바닥으로 굴러 떨어졌다.

"태호는 아직 어립니다. 아직 한 번도 안아주지 않은 불쌍한 아이를 그렇게 이용하시면 안 되죠."

"뭐라?"

"이미 원로 쪽에도 경고는 해두었습니다."

"무례한 놈. 난 아직 종주야!"

규연은 이를 갈며 외쳤다. 그의 동공이 삽시간에 뱀의 그것처럼 가늘어지는 순간 태경의 바로 옆에 있던 BMW가 요란한 소리를 내며 터져 나갔다.

파편과 불꽃이 뒤엉킨 시커먼 연기가 태경을 덮쳤지만 직접적으로 와 닿지는 않았다. 어느새 한 손을 들어 올린 민재가 막아냈기 때문이다. 민재는 무표정한 얼굴로 보호막을 치며 전(前) 종주를 바라보았다.

아스팔트가 녹아 진흙탕처럼 진득해졌다. 태경은 살짝 발끝을 들어 이글거리는 아스팔트를 피해 규연 쪽으로 걷기 시작했다. 규연은 먹이를 눈앞에 둔 맹수처럼 눈을 가늘게 뜨고 그를 노려보며 중얼거렸다.

"네놈이 아예 날 없애겠다는 거로구나."

이미 손에는 노랗고 날카로운 손톱이 30㎝나 솟아나 있었다. 시커먼 연기를 내뿜으며 치솟고 있는 연기 탓에 멀리서 사이렌이 울리기 시작했지만 그들 가까이로 다가오는 사람은 아무도 없었다. 이곳에 들어서기 전, 태경은 이미 주변을 봉쇄해 두었다.

규연의 배후에서 보이지 않는 기세가 거인처럼 일어났다. 보통 사람이라면 가까이 있는 것만으로도 질식하고 압사할 기운이다. 그는 일족의 종주답게 기세를 퍼 올리며 한 손을 휘둘렀다. 찌는 듯한 더위 속에 녹아 있던 공기가 순식간에 칼날이 되어 쇄도했다.

콰아아앙—

굉음이 터져 나왔다. 여파로 줄지어 서 있던 주차장의 차들이 일제히 공중으로 치솟았다. 세 대의 차가 장난감처럼 뒤집히며 이글거리는 아스팔트 위로 나뒹굴었다.

"종주님!"

민재가 소리쳤다.

"종주? 내가 바로 종주다! 저 애송이가 아니야!"

규연은 사자가 되어 포효했다. 그가 내지른 포효가 연기와 불꽃을 휘감고 민재의 몸을 가격했다. 두 팔을 들어 방어한 민재는 휘청거리면서도 쓰러지지 않았다.

"크으……."

사실 옷자락이 좀 찢어졌을 뿐 상처도 입지 않았다. 하지만 귀는 잘 들리지 않았다. 한쪽 고막이 상한 것이다.

"건방진 자식! 네놈이 바로 정가의 사생아렷다?"

송곳니를 드러낸 채 규연이 솟아올랐다.

사생아라는 단어를 듣는 순간 민재의 동공이 커졌다. 새까만 심연이 드러나듯 벌어진 그의 동공 위로 맹금처럼 덮쳐오는 규연의 모습이 비쳤다.

휘익—

보이지도 않는 그물이, 들리지도 만져지지도 않는 거대한 그물이 민재의 손짓으로 펼쳐졌다. 허공으로 펼쳐진 그물은 달려드는 규연의 몸을 휘감았다.

"어라?"

규연은 돌연 나타난 이 기괴한 현상에 움찔했지만 그것뿐이었다.

"이건 새로운 기술이냐? 제법이지만 아직 어리다!"

그는 사나운 기세를 다시 퍼 올렸다. 그의 몸에서 수백, 수천의 칼날 같은 기세가 퍼져 나가자 허공의 그물은 순식간에 찢겨져 나갔다. 아니, 그의 기세의 속도를 따라오지 못하고 그물이 산산이 흩어진다. 피할 시간조차 없어 민재는 그대로 펼쳐진 손톱을 규연을 향해 휘둘렀다. 하나.

"애송이 놈!"

민재의 머리를 움켜쥔 규연이 이를 드러내고 웃는 순간이었다.

우직 소리를 내며 규연의 손목이 반대편으로 꺾였다. 놀라 입을 벌리는 그 순간, 뒤이어 그의 무릎에서 퍽 소리가 나며 규연이 주저앉았다.

"커억!"

피가 왈칵 쏟아졌다. 규연은 자신의 입에서 피가 터져 나오는 것을 이해할 수 없다는 듯 발밑을 내려다보았다. 발밑으로 작은 웅덩이가 생기고 있었다. 입만이 아니다. 귀에서도, 코에서도, 눈에서도 피가 줄줄 흐르고 있었다.

파리하게 질린 민재는 덜렁거리는 규연의 손목을 밀쳐 내고 뒤로 물러섰다.

"오랫동안 생각했었지만, 아버지."

시커먼 연기 사이로 옷깃을 털며 태경이 걸어오고 있었다.

열세 살이라고는 믿어지지 않는 침착함과 힘.

민재는 180㎝가 훌쩍 넘는 키에 단단해 보이는 체구를 가진 열세 살의 어린 종주를 멍하니 바라보았다. 연기와 불꽃으로 몸을 휘감은 그는 이야기에나 나올 법한 마왕처럼 보였다. 뒤집힌 차들은 다행히 폭발하지는 않았지만 맨 처음 폭발한 BMW 탓에 매캐한 연기와 불꽃은 여전히 시야를 어지럽혔다.

"네, 네놈……."

규연은 한쪽 무릎을 꿇은 채 헐떡이고 있있다. 기침을 하자, 핏덩어리가 울컥 쏟아져 나온다. 그는 자신이 언제 공격을 받은 것인지 이해할 수가 없었다. 이 어린 것이 대체 무슨 공격을 어떻게 했단 말인가.

"독이라도 쓴 것이냐?"

규연이 이를 갈며 묻자 태경은 주머니에서 담배 한 대를 꺼내 입에 물었다. 불을 붙이고 연기를 한 모금 뱉어내는 모습이 너무 느긋해서 민재는 지금 눈앞에 있는 상황도 잊고 어린 종주의 모습을 넋을 잃고 바라보았다.

"아버지가 할 법한 생각이군요."

태경은 연기를 내뿜으면서 장난처럼 손바닥을 뒤집었다.

그 순간, 퍽 소리와 함께 간신히 버티고 서 있던 규연의 다른 쪽

무릎이 터져 나갔다. 시뻘건 살점까지 사방으로 튀어오른 모습에 어지간한 민재도 공포를 느꼈다.
"미, 믿을 수가……."
고통과 경악으로 몸을 뒤틀면서 규연은 뜨거운 아스팔트 위에 얼굴을 묻었다. 녹기 시작한 아스팔트는 화상을 입을 정도로 뜨거워서 그의 살갗이 닿자 지글지글 소리를 냈다. 뿐만 아니라 그의 피와 살이 닿은 곳에서는 이미 살 익는 냄새가 진동했다.
규연은 몸을 일으키려고 버둥거렸다. 치유되는 속도가 너무 늦었다. 재생되는 세포의 양이 너무 적다. 뜨거운 아스팔트에 살이 익었기 때문이다. 화상을 입는 경우 상처가 쉽게 치유되지 않는다. 마침내 아스팔트에 처박힌 그의 눈알이 이글이글 소리를 내며 끓기 시작했다.
태경은 담배 연기를 내뿜으면서 아스팔트에 눌어붙은 껌처럼 쓰러져 있는 부친을 내려다보았다. 모호한 기분이었다. 증오인지 분노인지, 그도 아니면 상실감인지 알 수 없는 것이 은은히 가슴속을 파고든다. 그다지 달갑지 않은 감정이라는 것은 확실했다.
"오늘이 진짜 승계식이로군요."
"네, 네놈……."
발음이 부정확했지만 만신창이가 된 상태로도 규연은 살아 있었다. 그뿐만이 아니라 몸을 일으키고 있었다. 내장이 다 터져 나가긴 했지만 그래도 삼 일 후면 완벽한 상태로 회복할 수 있으리라.
고개를 든 규연은 태경을 노려보았다. 닮았으되 전혀 닮지 않은 아들. 아직 열세 살밖에 되지 않았는데도 완벽한 성체가 된 아들.

"노인네 셋을 포섭해 놓으셨더군요."

태경은 연기를 내뿜으면서 그 살벌한 시선을 무시했다.

"아직 젖먹이인 태호를 후계자로 하겠다 하셨다면서요?"

"후계자 선정은…… 종주인 내, 내가 한다!"

이를 으드득 갈며 규연이 외치자 태경은 비로소 비참한 모습의 아버지를 내려다보았다.

"지금은 제가 종주입니다. 〈형님〉."

규연은 눈을 부릅떴다. 얼굴 반쪽이 일그러진 상태라 기괴하기 짝이 없는 몰골이었다.

그는 피가 흐르는 입가를 억지로 움직이려고 했지만 움직일 수가 없었다. 뾰족한 그의 손톱이 손바닥을 파고들며 피를 뿌렸다.

"으으, 아, 알고 있었나?"

기가 막히다는 듯이 규연이 묻자 태경은 담배를 한 모금 삼키며 고개를 끄덕였다.

"성체 변신하는 순간, 깨달았지요. 어머니가 나를 낳는 순간에도 오지 않았던 아버지의 태도라든지 아버지를 증오하는 어머니라든지 또, 나를 보는 아버지의 눈빛 같은 것."

"내가 그 계집을 원한 게 아니었다! 나는 그 걸레 같은 계집을 원하지 않았어!"

악을 지르면서 규연이 외치자 태경은 고개를 끄덕였다.

"그런데 왜 할아버지를 독살했던 겁니까? 단순한 분노 때문에?"

"이노오옴!"

규연이 일그러진 얼굴로 절규하자, 태경은 한숨을 내쉬었다. 아니, 한숨 대신 연기를 내뱉었다.

"살부(殺父)의 전통이 이어지는군요."

"빌어먹을 계집! 약혼자인 나를 두고 시아버지를 탐했어. 그런 더러운 계집을 통해 나온 게 바로 너다!"

"그렇다고 해서 제가 충격이라도 받을 것 같습니까?"

태경은 태연하게 물었다.

규연은 이를 갈았다.

"네, 네놈! 더러운 놈!"

"어떻게 말하면 어머니와 할아버지를 불륜이라고 탓할 수는 없을 것 같습니다. 분명 어머니와 할아버지, 그러니까 제 생부 되시는 분은 당신과의 결혼 전에 사귀던 사이였던 것 같으니까요."

"닥쳐! 네놈을 죽이겠다! 절대로 죽여 버린다! 네놈은 더러운 피를 가진 추악한 놈이야!"

"더러운 피? 어느 쪽이요?"

태경은 그를 물끄러미 내려다보았다. 천진할 정도로 무심한 태도로.

"질투한 나머지 자기 아버지를 독살한 아들은 어떻습니까? 어차피 사랑하지도 않은 여자를 굳이 아내로 맞이한 이유는 대체 뭘까요?"

"이, 이노오오옴!"

절규와도 같은 포효가 쏟아졌다. 무시무시한 기세가 다시 파동을 일으키며 태경을 덮쳤지만 놀랍게도 태경은 꿈쩍도 하지 않았다. 대신, 그가 피우던 담배의 불이 꺼졌을 뿐이었다.

"불이 꺼졌군요."

태경은 불 꺼진 담배를 바닥에 내던졌다.

"불륜이니 뭐, 그런 것을 따질 자격이 아버지에겐 처음부터 없었다는 건 동의하십니까?"

규연은 대답하지 않았다. 그는 경악하고 있었다. 어째서, 어째서 아직 어린 태경이 종주인 자신보다 더 강할 수가 있는 것일까.

"동의하시는 모양입니다."

태경은 부들부들 떨고 있는 규연을 향해 고개를 끄덕였다.

"사실 저도 이렇게까지 할 생각은 없었습니다. 새삼 친부의 복수를 한다는 것도 우스운 일이지요. 그래서 그저 조용히 넘어가려고 했습니다만……."

그의 눈이 차갑게 번뜩였다.

"할 짓 다 했으면 조용히 살아갈 것이지 어린 것은 왜 들쑤셔서 분란을 만드는 겁니까? 할아버지 한 명 죽인 걸로는 부족했습니까? 젖먹이와 늙어 늘어진 노인네들까지 끌고 들어가고 싶었나요?"

치이익 하고 담뱃불이 다시 붙었다.

"어린 태호는 제가 잘 키울 겁니다. 동생이자 조카인 녀석이니 저도 무척 귀엽거든요. 그 애는 저만을 따르니 아버지가 나설 이유도 없고요."

"그, 그 애는 내 아이다! 그 애가 정통 후계자야!"

규연이 퍼뜩 생각난 듯 외치자 태경은 고개를 내저었다.

"정통 후계자? 우습네요. 〈형님〉은 할아버지를 독살하는 순간부터 종주의 자격을 잃었습니다. 독살이 뭡니까? 독살이. 창피해서 어디에서 이야기나 할 수 있겠습니까?"

그는 경멸의 빛을 띤 눈으로 규연을 내려다보았다.

아무리 인간화가 되었다고는 해도, 서가는 기본적으로 투쟁을 숭배하는 일족이다. 독살이란 여자나 남자나 모두 다 경멸하는 비겁한 행위였다.
 규연은 시선을 피했다. 일그러진 몸과 얼굴 때문에 움직이는 것조차 힘이 들었지만 그래도 재생은 이루어지고 있었다. 고통에 겨운 세포들이 일제히 들고일어나 복구를 시작한다.
 하지만.
 "잊지 마십시오. 서가의 종주는 접니다. 아버지가 위치를 망각하고 떠돌기 시작했던 그때부터 이미 제가 종주인 겁니다."
 태경은 어딘가 지친 듯 말했다. 사실 그는 지쳤다.
 규연은 증오로 이글대는 눈빛을 던지고 있었지만 태경은 동요하지 않았다. 어차피 벌어질 일이라 오래전부터 생각하고 있었던 것이었다. 아버지라 믿고 있었던 존재의 허망함. 진실의 추악함. 그 모든 것을 지고 가야만 한다는 무게감.
 그는 민재를 흘긋 바라보았다. 민재는 무심한 얼굴 그대로 아스팔트에서 허우적거리는 규연을 내려다보고 있었다. 그의 표정에서는 동요라고는 조금도 느껴지지 않았다.
 태경은 피식 웃었다. 아무려면 어떤가.
 "자, 그럼 안녕히."
 그는 천천히 걸어 피를 흘리며 버둥거리고 있는 규연의 뒷덜미를 발로 밟았다. 우두둑 하고 목뼈가 부러졌다. 열심히 생명을 복구하던 세포들은 일제히 비명을 질렀다. 곧이어 뚝 하고 그의 목이 짓이겨진 채 떨어지자 태경은 피로 물든 구두 바닥을 보며 혀를 찼다. 한 가문의 종주가 버러지처럼 밟혀 죽었다. 정작 숨을 끊어놓은 것은 자신이면서도 태경은 신경질적으로 구두 바닥을 땅에 비벼댔다. 정말 우울하다. 우울한 성인식이었다.
 그가 다시 담배를 입에 물자 옆에 있던 민재가 재빨리 불을 붙여주었다.
 아버지인 줄 알았던 자가 사실은 생부의 원수였다. 아버지인 줄 알았던 자가 사실은 형이었다. 아버지인 줄 알았던 자가 사실은 자신의 목숨을 노리고 있었다. 할아버지인 줄 알았던 자가 사실은 생부였다. 동생인 줄 알았던 자가 사실은 조카였다.
 태경은 연기를 한숨처럼 내뿜으며 눈을 감았다. 매캐한 연기 탓인지 눈이 맵다. 아니, 어쩌면 발치에서 흐르고 있는 피 냄새 탓일지도 모른다.
 "가자."
 태경은 나른하게 말했다.
 그가 걷자, 걸음걸음마다 규연의 피가 맺혔다. 그 뒤를 민재는 조용히 따랐다.
 그들이 떠나고 난 뒤 태경의 뒤를 따르는 무리들은 이 처참한 시체를 깨끗이 태워줄 것이다. 그리고 흔적은 일그러진 아스팔트 이외엔 아무것도 남지 않을 터였다.
 열세 살 서태경의 성인식이자 종주 승계식은 우울한 여름날 오후에 거행되었다.

 덜컹덜컹.
 걸음걸음마다 피가 맺힌. 저주와 증오가 뒤섞인 검붉은 아스팔트.
 눈을 뜨고도 남은 잔상에 그는 미간을 찌푸렸다.
 바람 소리가 거셌다. 어린애가 우는 듯한 앙앙 소리가 난다. 유리창에 부딪히는 그 소리가 소름 끼쳐 절로 잠이 달아난다. 어둠 속 푸른빛을 내는 야광 시계판의 바늘은 2시 50분을 가리키고 있다.
 태경은 침대 위에서 일어나 블라인드를 젖혔다. 정원 한구석을 비추고 있는 등불은 노란 빛을 내며 흔들리고 있었다. 바람이 거세긴 거센 모양이었다. 나무들은 당장이라도 부러질 듯 가지를 휘며 비틀거렸다. 태경은 후드득후드득 소리를 내며 떨어지는 꽃송이들의 비명도 함께 들었다. 이럴 땐 예민한 청각이 꽤나 거슬릴 수밖에 없다.
 어젯밤 한 잔 마신 브랜디 탓인지 입 안이 텁텁했다. 아직 몸 안에 열기가 남아 있다. 원래 술은 일족들에게 좋지 않았다. 취해서가 아니다. 알콜은 일족의 독. 과민할 정도로 예민한 육체는 술을 독이라고 받아들인다. 그래도 일족의 젊은이들은 술을 즐겼다. 그 싸아한 향과 낭만적인 색채는 젊은이들을 홀리고 끌어들인다.
 태경은 술을 좋아하지 않았다. 하지만 어제는 인간들과 어울려 일을 하고 있었기 때문에 어쩔 수 없이 마셨다. 일종의 접대다. 금융 관계 일을 하고 있긴 해도 영업을 하는 것도 아니고, 사람을 통해 돈만 오고 가는 서류상의 관계다. 덕분에 그가 누군가를 대접한다든가 하는 일은 없었지만 그래도 조금쯤은 어울려야 했다.
 그나저나 역시 술 탓이었을까.
 잊고 있다시피 했던 옛 기억이 고스란히 떠올랐다. 기다렸다는 듯이 흐느적 찾아든 몽마(夢魔)는 꽤나 고약한 영상을 들이밀었다. 담배 맛처럼 씁쓸한 기억이지만 그렇다고 멀리하거나 화들짝 놀랄 것도 아니다. 그는 인간이 아니었다. 혈육의 정은 성년이 되면 바래지고 마는 것. 그저 오래되면 잊힐 기억인 것이다.

그는 협탁을 뒤져 담뱃갑을 꺼냈다. 기억과 달리 담배가 한 갑 모자랐다. 집 안에서 피우는 사람이 없기 때문에 그에게서 담배를 훔칠 사람은 아무도 없었다. 그는 잠시 서랍에 손가락을 대고 기척을 읽었다. 유가의 사안(邪眼)과는 조금 다르지만 공간을 읽는 능력은 꽤나 유용했다. 때문에 그의 앞에서 거짓말을 하는 자는 오로지 태호뿐이었다. 들킬 줄 뻔히 알면서도 거짓말을 해대는 건 결국 어리광이라는 것을 그는 잘 알고 있었다.

문득 그의 입가에 웃음이 떠올랐다.

놀랍게도 그 서랍에 남아 있는 기척은, 그녀였다.

도둑고양이처럼 숨어 들어와 그의 담배를 훔쳤다. 아마도 담배가 무척이나 그리웠던 모양이다. 생각지도 않은 그녀의 행동에 그는 웃고 말았다. 어른스럽고 침착해 보이던 그녀의 어리숙한 행동이 의외로 귀엽다. 그는 애무하듯이 그녀의 손길이 닿았던 서랍 손잡이를 손가락으로 천천히 쓸었다. 왠지 가슴 한구석이 간지러웠다. 몸 안에 있던 열기가 은은하게 전신으로 퍼져 나간다. 그는 눈을 감은 채 담배를 한 모금 삼키고 내뱉었다. 필터에 닿은 입가로 열기가 퍼져 나간다. 혀끝으로 입술을 핥았다. 씁쓰레한 맛과 까칠한 입술이 혀끝을 건드렸다. 태경은 희미하게 웃었다. 분명히, 분명히 그녀 역시 자신과 똑같은 행동을 했으리라. 담배를 피우다 말고 그를 의식했으리라.

나른했다. 그는 세찬 바람이 몰아치는 창가에 나른한 몸을 기댔다.

나쁘지 않다. 아니, 이건 꽤나 달콤한 기분이었다. 자신과 연결된 누군가가 있어 자신을 생각한다는 것. 또 온전히 소유하고 싶어지는 누군가가 있다는 것은 의외로 마음을 뒤흔든다. 특히 원치 않는 꿈을 꾸고 난 다음에는 더더욱이나.
 타인의 온기를 기대하며 다시 잠을 청한다면. 그리고 그게 그 여자라면.
 태경은 연기를 내뿜으면서 눈을 떴다.
 어둠 속에서 퍼져 나가는 회색 연기.
 그는 자신이 잔인하다거나 냉혹하다는 생각은 하지 않았다. 그저 할 일을 하면서 살아갈 뿐이었다. 서가의 후계자로 태어나 종주가 되고, 그 종주가 되어 해야 할 일을 한다. 그것뿐이었다. 그는 어머니가 아무리 원해도 아이는 낳고 싶지 않았다. 또 다른 비극을 불러일으키고 싶은 생각은 추호도 없다. 서가의 핏줄은 광기를 일으키고 광기는 피와 비극을 부른다. 여자를 죽이고, 미치게 하고 얻은 자식이 행복할 것이라고는 생각지 않는다. 아무리 혈연관계에 연연하지 않는다 해도 생모를 죽인 자식이 어떻게 행복할 수 있겠는가.
 태호.
 그는 깊게 연기를 들이켰다.
 그 녀석은 항상 말썽이었다. 너무 감싸고돈 탓일까. 그는 바보도 아니고 얼간이도 아니었다. 단지 좀 덜 자랐을 뿐이다. 하나밖에 없는 후계자라고 너무 오냐오냐한 것일까. 사실 그는 어린 태호가 굉장히 애틋하고 귀여웠다. 모두 다 두려워하는 그에게 매달려 어리광을 피우는 그 녀석이 예뻤다. 물론 지금은 다 커서 징그러울 정도로 커다란 놈이 되긴 했지만 어쨌든 녀석이 성체가 되기 전까지는 그랬었다. 민재는 그가 태호를 너무 감쌌기 때문에 일이 커진 것이라고 말했다. 유일하게 정을 주고 애틋하게 여긴 조카이자 동생. 그 녀석이 사고뭉치에 응석받이가 된 것은 태경 자신이 너무 유했기 때문이다.
"미치겠군."
정말로 태호를 생각하면 잠이 안 올 지경이었다. 그를 후계자로 삼으려고 생각해 왔는데 이번 일이 터졌다. 정말로 태호가 나중에 종주가 된다면 유가와는 완전히 척을 질 것이 분명하다. 그렇게 된다면 서가의 원로들도 반발하게 될 것이 틀림없다.
어머니인 아영이 끼어든 이유도 그것일 터였다. 그녀는 태호를 증오했다. 할 수만 있다면 그녀는 태호를 짓이겨 죽여 버릴 태세다. 그 때문에 그녀는 태호를 완전히 배제하고 진가의 청청과 결혼하라고 나선 것이 분명했다. 하긴 태경이 아이를 낳아 후계자로 삼으면 이번 소동은 나름대로 정리될 것이다.
하지만.
청청이 아이를 낳을 수 있을까. 그녀가 아무리 진가의 직계라 해도 서가의 빌어먹을 전통은 나아질 기미가 보이지 않는다. 살모(殺母), 살부(殺父)의 빌어먹을 전통.
그는 바람으로 몸살을 앓고 있는 정원을 바라보며 한탄했다.

요란한 음악이 귀를 꽝꽝 울린다.
엉기고 엉기는 그림자들은 현란한 조명 아래서 꿈틀거렸다.
"오랜만입니다."
태호는 손가락에 낀 반지를 굴리면서 상대를 힐긋 보았다. 그의 옆에서 교태를 부리고 있던 여자는 갑자기 나타난 사내를 보며 흐트러진 옷맵시를 슬그머니 고쳤다. 어느샌가 허벅지까지 올라간 스커트에 수치심을 느낀 그녀는 얼굴을 붉혔다.
반듯한 정장 차림새의 남자는 삼십대 초반 정도로 보였다. 매끈하게 생긴 얼굴은 지나치게 단정해서 인간미가 느껴지지 않았다. 슬쩍 웃기라도 하면 꽤나 매력적인 미남이 되지 않을까 기대한 여자는 슬그머니 엉덩이를 움직이며 남자가 앉을 자리를 만들었다. 하지만 그녀의 그런 친절을 모른 채 남자는 여전히 뻣뻣하게 선 채로 다시 입을 열었다.
"여기서 말을 할까요, 아니면 밖으로 나가시겠습니까?"
태호는 대답 대신 미간을 찌푸렸다.
서민재는 요란한 조명 아래 굶주린 짐승처럼 눈을 빛내고 있는 태호를 관찰했다.
그가 태호를 본 것은 십 년 전이다.
피범벅이 된 채 진짜 야수처럼 피를 핥고 있는 소년을 보고 느낀 충격은 그에게도 놀라움이었다. 번쩍거리는 금빛 눈동자에 감출 생각도 없어 보이는 긴 송곳니, 거기에 살점과 피로 범벅된 손톱을 갈무리하지도 않고 있는 어린 청년은 마치 서가에 전해 내려오는 옛 조상들의 재래처럼 보였다.
"태호다. 내 동생이지."
태경은 그에 반해 너무나 말끔했다. 어디로 보나 청년 사업가. 짙은 감색의 정장에는 티끌조차 묻어 있지 않았다. 그런 그가 피투성이가 된 청년의 뒷덜미를 잡아 일으키고는 앞으로 밀어내자 기묘하게도 나란히 선 두 사람에게서 강렬한 유사성이 드러났다.
이목구비는 그다지 닮지 않았다. 그런데도 나란히 서면 소년기와 청년기가 혼재된 두 야수가 존재감을 과시했다. 분명 서가 특유의 날 선 듯한 외모나 사나운 눈빛은 태호에게 고스란히 녹아 있어 단정한 태경과는 거리가 있었다. 하나, 무표정한 태경의 완고한 입가에서 느껴지는 것은 숨길 수 없는 천성적인 살기, 지배자로 태어난 자의 우아함이 있었다. 오히려 날 선 듯 사나운 태호에게서는 어린 나이에도 불구하고 살기보다도 여자라면 모두 혹해 버릴 듯한 수컷의 내음이 강했다.

민재가 첫 인상이 틀리지 않았다는 것을 깨닫기까지는 오래 걸리지 않았다. 태호는 정말로 여자들과 어울려 지냈다. 씨족을 가리지 않고 여자들은 모두 다 그에게 매혹되어 매달리고 유혹했다. 그렇게나 험하게 여자를 다루면서도 끊임없이 여자들에게 구애를 받는다는 것은 그만큼 그가 강한 자이기 때문이다. 그 뒤처리를 해가면서 민재는 질투심 대신 오히려 신기하게 여겼다. 민재에게 있어 태경은 하늘이었지만 태호는 도무지 이해할 수 없는 태경의 족쇄였다. 다른 것에는 그리도 냉정하면서도 태경은 태호에게만은 물렀다.

'역시나 손수 키운 동생이기 때문일까.'

민재는 흐트러진 차림새의 태호를 물끄러미 바라보았다.

그의 모습은 십 년 전이나 지금이나 별 차이가 없었다. 불행이지만 행동도 달라지지 않았다.

"네가 나타났다는 건 형도 왔다는 건가?"

태호는 초조함을 숨기고 눈썹을 들어 올리며 거만하게 물었다. 그러면서도 그는 슬그머니 감각을 확장해 보았다. 태경이 가까이에 있다면 금세 붙잡힐 것이 뻔하다.

"회장님은 오시지 않았습니다. 저 혼자입니다."

민재의 말에 태호는 피식 웃었다. 다행이다.

"그래? 하고 싶은 말이 뭔데?"

눈에 띄게 안도하는 기색이 얼굴에 떠오르자 민재는 절로 기가 막혔다. 눈앞에 있는 이 남자는 학습능력이라는 게 없는 걸까. 자신이 저지른 일이 지금 얼마나 큰일인지 모른다는 건가. 전쟁 한가운데 있다는 것을 모르는 걸까. 아니면 알 바 없다는 의미일까.

민재는 대답 대신 자신을 훔쳐보고 있는 여자를 바라보았다. 이십대 초반처럼 보이는 여자는 허벅지가 다 드러나는 스커트를 살짝 손바닥으로 가리면서 그를 살피고 있었다. 예쁘고 좋은 몸매를 가진 여자다. 항상 그렇듯 풍만하고 흰 피부를 가진 미인을 선호하는 태호다. 만나는 여자 타입도 똑같다.

민재의 눈과 시선이 마주치자 여자의 동공에서 초점이 흐려졌다. 그녀는 멍하니 민재를 바라보더니 벌떡 일어나 문을 열고 걸어 나갔다. 클럽의 룸은 편광 유리 탓에 요란한 조명이 더욱 현란하게 부딪친다. 여자가 나가자 자주색 공단으로 만든 퇴폐적인 소파 위에 남은 것은 태호뿐이다.

단둘이 되자 태호는 살짝 얼굴을 찡그렸다. 여자를 내쫓았다는 것은 이야기가 길다는 의미이기도 했다.

"뭐야? 난 이제부터 저 여자와 있을 참이었어."

그가 불평하자 민재는 고개를 가볍게 저었다.

"여자와 같이 있는 시간을 이제부터 줄이셔야 합니다."

"뭐?"

"유가에서 추적 중이니까요."

그 말에 태호의 얼굴이 살짝 흔들렸다. 하지만 그것도 잠시, 그는 찡그린 얼굴로 항의했다.

"아직 해결 안 된 거야? 내 잘못이 아닌데?"

그 태평스런 말에 민재는 기가 막혔지만 응대하지 않았다. 해봐야 속만 아프다.

"유가에서는 작은 사장님이 불륜을 저질렀다고 판단되면 그 즉시 공격하겠다고 선언했습니다."

"불륜? 무슨 소리야! 내가 아내를 두고 바람을 피울 사람인가!"

의외로 태호는 발끈했다. 그는 어이가 없다는 듯 혀를 차며 투덜거렸다.

"쓸데없는 트집이다. 그년이 내 아이를 잡아먹지만 않았어도 이렇게 일이 복잡해지진 않았단 말이야. 미친년을 내게 내밀어놓고 왜 유가놈들은 날 못 잡아먹어서 안달인 거야?"

그 한심한 반응에 민재는 대꾸하지 않았다.

"어쨌든 유가에서 추적하고 있다는 것을 알고 계실 테니 저는 더 이상 말하지 않겠습니다. 그건 그렇고 회장님께서는 이제 그만 귀가하시길 바라고 있습니다."

"왜 직접 안 왔는데?"

교활한 미소를 머금고 묻는 태호를 보고 민재는 허를 찼다.

"순순히 귀가하시길 바라는 것입니다. 만약 회장님께서 직접 나서면 일이 얼마나 복잡해질지 상상은 가십니까?"

"가면 나를 철동에 처넣을 것 아닌가?"

"그곳에서 잠시만 머리를 식히면 금방 꺼내주시겠지요."

무엇보다 유일하게 사랑하는 동생이 아닌가. 민재는 빙긋 웃었다. 그러자 태호는 신경질적으로 머리를 쓸어 올렸다.

"미쳤어? 난 답답한 것은 질색이야. 무엇보다 내가 잘못도 하지 않았는데 왜 거길 들어가야 하지?"

민재는 그 기가 막힌 대답에 화를 내는 대신 찬찬히 물었다.

"최정연이라는 여자를 아십니까?"

"응?"

태호의 눈이 커졌다.

"그 인간여자에게 냄새를 묻혀 죽게 만들었던 것을 기억하십니까? 또, 그녀를 물어서 빈사 상태로 만들었던 것은 기억하십니까?"

민재의 말에 태호는 조금 거북한 표정을 지으며 자세를 바로 해 앉았다.

"그 여자는 어떻게 알아?"

이것 봐라? 민재는 심술이 슬그머니 고개를 드는 것을 느꼈다.

"기억은 하고 계시네요."

"죽었어?"

조금 더듬으며 묻는 모습은 예상외였다.

"안 죽었습니다. 회장님께서 보호하셔서 살려놓으셨죠."

"살았어?"

태호는 안도의 한숨을 내쉬었다. 그는 다행이라는 듯이 크크 웃었다.

"아아, 다행이네. 난 죽었을까 봐 걱정했는데. 무척이나 건방진 여자였지만 죽일 수야 없지."

"물론이죠. 무려 변성까지 했으니 말이죠."

그 말에 태호의 눈이 커졌다.

"뭐?"

그는 잘못 들은 것은 아닌가 하는 표정으로 민재를 바라보았다.

"작은 사장님이 물어뜯은 그녀는 죽기 일보 직전이었습니다. 변성을 일으켜서 사지가 뒤틀리고, 내장이 끊어졌죠. 머리털이 빠지고, 이목구비까지 돌아갔으니까요."

태호는 입을 조금 벌린 채 뻐끔거렸다. 마치 뒤통수를 한 대 맞은 듯한 표정이었다. 그 무방비한 표정에 민재는 기가 막혀서 어깨를 으슥했다.

"설마 변성을 목적으로 물린 자가 어떻게 되는지 모르셨던 것은 아니겠지요? 죽음보다 더한 고통 속에서 닷새 이상을 버둥거리다가 비참하게 죽습니다."

"그……."

태호는 잠시 할 말을 잊고 테이블 위에 놓인 술잔을 들었다.

문득 속 편하게 잊고 있었던 그녀의 일이 떠오르자 이유도 없이 가슴이 두근거렸다. 사지가 뒤틀려 죽는다고? 좀 아프게 할 마음이 있었던 것은 사실이었다. 하지만 죽일 생각은 없었다. 건방진 여자를 조금 손보려는 것뿐이었다. 건방지게 자신에게 대든 여자가 아니었던가. 인간인 주제에.

"어, 어쨌든 안 죽었잖아?"

태호는 억지를 쓰듯이 입꼬리를 올리며 말했다. 그러자 민재는 심술궂은 얼굴로 웃었다.

"맞습니다. 안 죽었습니다. 죽기 일보 직전에 회장님이 발견하셔서 그녀를 저택으로 데려와 변성시키셨으니까요."

"변성……."

"변성이 뭔지 아시지요? 인간의 몸을 일족의 육체로 바꾸는 겁니다. 무려 열흘 이상이나 걸렸습니다. 그녀의 몸이 재탄생되는 데 걸리는 시간이. 그 시간 내내 회장님은 거의 아무것도 드시지 못하고 그녀와 한 침상에서 살을 맞대고 기운을 내주셔야 했지요."

민재는 한탄스럽다는 듯이 말했다.

태호는 술잔을 든 손에 절로 힘이 갔다. 퍽 하고 술잔이 깨졌지만 그도 민재도 신경 쓰지 않았다.

"사, 살을 맞대?"

"그렇죠, 변성하려면 기운을 나누고 치유해야 하니까."

"기, 기다려! 그녀는 내, 내가 물었는데 왜 형이 나서는데?"

태호의 얼굴이 확 일그러지는 것을 보며 민재는 혀를 찼다.

"죽도록 방치한 것이 누군데 그렇게 말하는 겁니까?"

"바, 방치한 적 없어!"

"방치한 적이 없다니요. 무슨 말씀을. 제가 발견했을 때 그녀는 온몸이 뒤틀려 죽기 일보 직전이었습니다."

"그, 그건!"

태호는 할 말을 찾았다. 분명 그는 그녀를 잊고 있었다.

하지만 그렇다고 해서 그녀를 죽이거나 빼앗기고 싶은 마음은 조금도 없다. 그저 조금 혼내주고 싶었을 따름이었다.

"그래서 형이 그 여자를 품었단 말이야?"

그는 벌떡 일어났다. 그의 얼굴이 일그러졌다.

"그건 내 거야! 내가 물었어! 내가 먼저 각인했단 말이야!"

그가 악을 쓰듯 외치자 민재는 어깨를 으슥했다.

"미안하지만 뭔가 잊고 계신 것 같은데 작은 사장님은 그녀를 죽이려 했고, 회장님은 그녀를 살렸습니다. 소유권 주장은 뭔가 잘못된 것 같다는 생각이 들지 않습니까?"

"말도 안 돼! 그건 내 거야! 내가 물었으니까 내 것이지. 왜 형이 나서서 가로채는데? 누가 그년을 마음대로 가져가라고 했어!"

그가 격렬하게 외쳤지만 민재는 그저 단정한 얼굴에 미소 지었다. 이렇게 일그러진 얼굴을 하고 항의하는 태호를 보자 더할 나위 없이 흐뭇해졌다.
"무는 것은 누구나 할 수 있지만 변성은 아무나 못하기 때문이죠, 작은 사장님."
"뭐라?"
"이제 그녀는 〈가족〉입니다. 회장님께서는 그녀를 가족으로 인정하셨지요. 무리도 아닙니다. 손수 변성시킨 여자니까요."
"말도 안 돼! 그녀는 내 것이야! 형이 가로챌 권리는 없어!"
태호의 손이 날아와 민재의 멱살을 쥐었다. 하지만 그는 재빨리 태호의 손목을 잡으며 적당한 간격을 유지했다. 부들부들 떨리는 태호의 손과 송곳니가 드러나는 입가, 그리고 어느새 금빛으로 번뜩이는 눈빛만 봐도 그가 얼마나 격노하고 있는지 잘 나타나 있었다. 민재는 그 모습에 스멀스멀 떠오르는 악의를 기꺼이 즐기기로 했다.
"권리라. 뭐, 죽으라고 방치한 시체를 실린 것이 누구인가를 묻는 것을 잊으신 것 같은데, 회장님은 그녀만이 아니고 작은 사장님도 구했다는 것을 잊으시면 곤란합니다."
"뭐라구! 난 그녀를 죽일 마음이 없었어! 건방진 여자긴 해도 안 죽여!"
정말로 죽도록 방치했다는 것을 속 편하게 잊은 채 태호가 소리치자 민재는 키득 웃었다.
"암, 물론이죠. 이유도 없이 살인을 저지르는 경우 사지 중 하나를 자르는 율법을 잊고 계신 것 같아 미리 말씀드립니다만 그녀가 죽었으면 작은 사장님은 팔다리 중 하나를 잃게 되었을 겁니다."
"안 죽었으니 됐잖아?"

태호는 불만스럽다는 듯이 손을 흔들었다.
"무엇보다 사지를 자른다니. 그런 율법을 누가 지킨다고 그래?"
"회장님이 지키시지요. 이유없이 인간을 죽일 경우 그 살인자의 사지 중 하나를 잘라 벌한다, 오래된 율법입니다."
민재는 빙그레 웃었다.
"살인미수일 경우는 십 년간 철동에 구금. 나머지는 종주의 재량에 속한다는 이야기는 들어보신 적 있지요?"
태호의 얼굴이 굳었다. 그는 믿어지지 않는다는 듯이 그를 바라보며 되물었다.
"너, 지금 날 위협하는 거냐? 그깟 여자의 목숨으로?"
"위협이라니, 그럴 리가. 어쨌든 저지르신 것이 있으니 순순히 귀가해 주십시오. 만약 거부하신다면 그 이외의 문제에 대해선 저도 드릴 말씀이 없습니다."
태호는 노려볼 뿐 대답하지 않았다.
민재는 태호의 반응을 보면서 갑자기 기묘한 예감이 머릿속에 떠오르는 것을 느꼈다. 정말로 태호는 그 여자에게 특별한 마음을 가지고 있다. 자기 아내에게도 느끼지 못했던 소유욕이다. 문제는, 그 감정을 본인 스스로가 모르고 있다는 점이었다. 그녀를 생각하면 이렇게나 격분하면서도 참혹하게 죽도록 방치했다는 게 그 증거였다.
'덜 떨어진 어린애.'
민재는 혀를 찼다. 이래서야 평생을 걸쳐서 태경의 짐 밖에는 되지 않을 것이다. 사촌동생 경재와 그다지 나이 차이가 있지도 않은데 왜 이자는 이토록이나 뒤틀린 심성에 덩치 큰 어린애의 형상을 하고 있는 것일까.

"너 뭘 노리는 거야?"

갑자기 태호가 이를 드러내며 으르렁거렸다. 순수 혈통을 자랑하는 금빛 눈이 점점 더 희게 변했다. 동공마저 사라질 정도로 강렬한 빛이다.

"제가요?"

민재는 태호가 쥔 옷깃을 털어내며 되물었다. 단정한 양복이 구겨지는 것은 꼴사납다. 태경이 그렇듯 민재도 흐트러진 옷차림은 질색이었다.

"네놈은 날 부추겨 뭘 하려는 거야? 네놈이 날 싫어하는 것은 나도 알아. 형과 날 이간질하려는 거지?"

민재는 고개를 내저었다. 혀를 차고 싶은 기분이었다. 이간질?

"미안하지만 작은 사장님, 저만이 아니고 사장님을 좋아하는 자들은 서가에는 아무도 없습니다. 여자들 중에는 뭐 있을지도 모르지만 그래도 그녀들 역시 사장님이 좋은 배우자가 아니라는 것쯤은 알고 있지요."

"뭐야?"

"특별히 뭘 할 생각은 조금도 없습니다. 그저 저는 얌전히 회장님의 명에 따라 귀가하셔서 자숙기간을 갖는 게 어떨까 하고 생각할 뿐입니다."

"이 자식!"

참는 게 기적이었다.

주먹이 날았다. 강철 이상으로 단련된 주먹이다. 하나, 그 주먹은 민재의 코앞에 오는 순간 기묘하게 뒤틀려 그의 바로 옆에 있는 벽을 후려쳤다. 하얀 데코 타일이 박살이 나며 눈처럼 휘날렸다.

"이놈!"

가까이에서 날린 일격이 빗나가자 뒤이어 태호의 손톱이 그대로 그의 목을 향해 날아들었다. 시퍼렇게 빛나는 그 손톱은 벌써 수많은 피를 머금은 것이었다.

하나.

그 공격은 마치 눈앞에서 막힌 것처럼 민재의 코앞에서 멈췄다. 태호는 이를 드러내며 으르렁거렸다. 격정을 이기지 못한 손톱이 악다구니를 쓰듯 바르작거렸다. 눈에 보이지 않은 무수히 많은 끈들이 태호의 몸을 감고 있었다. 허공에 매달린 모빌처럼 기묘한 자세로 굳은 태호는 치미는 분노에 이를 북북 갈았다. 사실 민재가 원한다면 이 자리에서 태호의 몸을 산산조각 낼 수도 있었다. 하나, 민재는 느긋한 미소를 머금은 채 고개를 숙였다.

"제가 회장님의 비서라는 것을 잊지 마십시오."

"이, 개 같은 놈! 너, 정가의 사생아지?"

"사생아라니요. 그런 시대착오적 말씀을."

보이지 않는 끈을 사용해 목표를 잇는 것은 정가의 기술이다. 그 태생적인 기술은 정가의 직계에서만 내려오는 것 중 하나였다. 태경의 비서이면서 정가의 직계 기술을 쓴다는 것은 분명 정상적인 일은 아니었지만 그렇게 놀라울 것도 없다. 어차피 오랜 세월에 걸쳐 각 가문 사이에서 아이들이 태어났다. 보통은 부계의 특성을 따르지만 드물게는 양쪽 모두의 특성을 다 가지는 경우도 있는 것이다.

"좀 정신을 차리시면 가뿐하게 빠져나오실 수 있을 겁니다만, 죄송하게도 작은 사장님은 공격 테크닉이 너무 단조로워서."

민재는 마치 마임을 하고 있는 것처럼 기묘한 자세로 굳어진 태호를 향해 흐흐 웃었다. 그리고는 예의 바른 태도로 살짝 고개를 숙이고 문을 향해 나갔다.

"네, 네놈! 죽여 버리겠다!"

"네네, 실력이 되신다면."

민재는 그렇게 말하면서 문을 열었다.

단정한 얼굴에 어울리지 않는 싸늘한 웃음이 스치고 지나간다. 사생아라는 말은 틀리지 않았다. 그는 분명히 정가의 직계 중 하나가 서가의 남자와 통정해 낳은 자식이었다. 결혼하지 않고 낳은 자식은 분명 사생아 취급이다. 특히나 모친이 아이를 버렸을 경우에는. 하나, 서가는 가족애가 유별난 집안. 누구의 자식이든 서가의 피를 이은 것만으로도 그는 양자로 받아들여졌다. 더욱이 그 능력으로 장남의 지위를 획득했다. 덕분에 그 역시 동생들이 주렁주렁하다.

"자아, 어떻게 될까."

그는 잠시 주인에 대해 생각했다. 역시나 여러 가지 상황으로 봐서 저 어린 망나니가 죽어주는 쪽이 좋다. 비록 주인이야 슬퍼하겠지만 이성적으로 봐서 저 망나니가 살아서 좋을 일은 하나도 없다. 막강한 태경의 유일한 약점이 될 그다.

민재는 태호가 날뛰다 유가의 눈에 띄어 조용히 죽어버리기를 원했다. 그러면 차라리 태경이 화를 내고 서가 측에서도 복수 운운 하며 전쟁이 될 것이다. 그래도 상관은 없다고 그는 생각했다. 한국의 일족들은 너무나 보수적이다. 활발하게 전 세계를 배경으로 날뛰는 다른 일족들에 비해 한국에서 살고 있는 이 세 가문의 보수성은 이제 치명적인 약점이 되고 있었다. 은둔하는 것도 아니고 대체 이게 뭘 하는 걸까.

활달한 진가의 혈육은 이미 이천여 명이 넘었다. 그에 반해 유가는 사백여 명 정도이고 폐쇄적인 정가는 겨우 이백여 명. 태어나는 아이들의 수는 점점 줄고 있다. 한 백 년만 되면 아마도 한국에서 살고 있는 일족의 수는 극단적으로 줄어들 것이 분명했다. 어떻게 해서든지 변화가 필요하다. 그것이 가문 간의 분쟁이 되든 결합이 되든 말이다.

"전쟁도 좋아."

민재는 큭큭 웃었다. 특히 정가 따윈 멸족해 버렸으면 했다. 그의 주인이 안다면 화를 내긴 하겠지만 말이다.

솔직히 말해 태경의 앞을 막을 수 있는 자들은 없다. 전력상으로 유가는 서가의 상대가 되지 않았다. 태경 혼자만으로도 유가를 멸족시킬 수도 있다는 것을 민재는 잘 알고 있었다.

아주 어릴 때부터 태경이 가진 그 힘에 전율해 스스로 고개를 숙인 그였다. 태경의 엄청난 힘을 유일하게 알고 있는 것이 그다.

"머리가 있다면 저도 변해야겠지."

만약 태호가 좀 더 성숙해져서 태경의 한 팔이 될 수 있다면 서가의 힘은 더 커질 수 있었다. 침착한 태경과 격렬한 태호가 한 쌍을 이루면 그것만큼 이상적인 형태는 없다. 하지만 그것은 어디까지나 이상론이자 바람일 뿐. 서태호란 망나니는 여전히 망나니였다.

민재는 어깨를 으쓱하고는 터질 듯한 비트의 소음 속에서 춤추는 인간들의 무리 속으로 스며들어 갔다. 숨 막힐 것 같은 땀 냄새와 살 냄새가 고약하게 후각을 자각했지만 생생한 활기의 흐름에 곧 묻혀 스러졌다. 그는 웃는 얼굴로 몸을 부비며 춤추는 자들 사이를 지났다. 그 좁은 틈새를 지나면서도 그를 인식하는 사람은 아무도 없었다. 그는 유령처럼 유유히 빠져나갔다.

13
소녀, 여자

소녀는 항상 꿈을 꾼다.

자그마하고 자그마한 씨앗이 황금처럼 고귀하고 빛나는 열매를 맺는 꿈, 햇살로 가득한 밝은 꿈.

진가의 딸로 태어난 청청에게는 그 꿈이 언제나 하나였다. 열두 살의 어느 날, 거대하고도 강대한 힘을 가진 아버지보다도 근사하게 보였던 한 명의 남자. 그 남자의 아내가 되는 것이 그녀의 꿈이었다. 그녀의 지위를 봐서는 소박한 꿈이라고 봐도 좋으리라. 하나, 그 남자는 쉽게 마음을 허락하는 남자가 결코 아니었기에 그 꿈도 쉬운 것은 아니었다.

달칵.

호화스러운 방이었다.

영국의 식민지 시대를 연상케 하는 커다란 장미를 그린 수제 벽지에 고풍스러운 엔틱 가구, 정교한 조각이 새겨진 티 테이블 위에는 웨지우드 티세트가 은은한 광택을 뿜고 있었다. 아네모네를 꽂은 화병은 송나라 때의 백자였다.

"우유를 더 넣어드릴까요?"

"아니, 설탕으로 됐어."

아영은 앞에 얌전히 앉아 티포트를 들고 있는 작은 소녀를 천천히 관찰했다.

짙은 자색의 차이나 드레스를 입은 청청은 갓 스물둘. 정확히 말하면 소녀라 부르기엔 다소 무리가 있었지만 작은 체구에 동그란 눈, 전형적인 동안을 한 이 아가씨에게는 소녀라는 표현이 잘 어울렸다. 아영 그녀처럼 말이다.

"서씨 가문의 주인님을 뵙고 오셨다고 들었사옵니다. 건강하신가요? 요즘 골치 아픈 일이 벌어졌다 들었사옵니다."

사극을 즐겨 본 것일까. 아영은 그 괴상한 한국어를 고쳐 주지 않은 청원의 심술에 깊이 감동했다. 그 이상한 말투가 묘하게도 귀여웠다.

열심히 말을 하는 소녀의 얼굴은 눈이 반을 차지하는 탓에 더더욱 어려 보였다. 하지만 일족에게 있어 외견만을 보는 것은 어리석은 일. 청청은 성숙했다. 맹수는 이빨을 드러내지 않아도 맹수인 법이다.

"괜찮아, 알아서 할 거야. 너도 태호는 알지? 그 아이 문제지 뭐."

"알아요. 알고 있사옵니다. 그 탕아에 대해서라면 질리도록 듣고 있사옵니다."

청청의 얼굴에 경멸의 빛이 스쳤다. 그러자 순진해 보이는 작은 소녀의 얼굴에 맹수의 그림자가 스쳐 지나간다. 지배의 정점에 선 맹수가 고양이인 척하고 있었던 것뿐이다.
 그녀는 고운 두 손을 모아 티포트를 들어 아영의 빈 잔에 따랐다. 하얗고 작은 손은 인형처럼 완벽했다.
 "그 탕아가 일을 벌였다는 것은 저도 들어 알고 있사와요. 어울리지 않는 결혼은 모두에게 불행인 것이지요."
 "어울리지 않는 결혼?"
 아영이 묻자 청청은 진지하게 말했다.
 "물론입니다. 그 탕아에게 유가의 아가씨는 어울리지 않았던 것입니다. 그 유가의 아가씨는 아주 얌전하고 정숙한 아가씨라 들었사와요. 그러니 어울리지 않는 짝인 게지요. 게다가 그 탕아는 가문의 주인인 형님을 제치고 결혼을 했어요. 버릇이 너무 없었지요."
 아영은 희미하게 미소 지었다.
 "청청이라면 그런 녀석을 어떻게 다루겠어?"
 청청은 미간을 찌푸렸다.
 "제가 감히 나설 수 있겠어요? 종주께서 하시는 일에."
 짐짓 물러서는 척했지만 청청은 배시시 웃었다. 악의라고는 조금도 없어 보이는 미소였지만 아영은 속지 않았다.
 "이제 안주인이 되면 그런 너저분한 일들을 알아서 처리해야 하지. 종주의 일은 대외적인 것. 안주인이라면 집안을 다스려야 하는 것 아니겠어?"
 슬그머니 그녀는 청청을 흔들어보았다. 그 은근한 말투에 청청이 얼굴을 붉혔다.
 "저야 그저 태경님이 편하시도록 할 뿐이지요."
 "그런 녀석이 있다면 사지를 부러뜨려 감금할 테지?"

사양하는 말을 무시하고 단번에 되묻자 이번에는 청청이 혀를 차듯 그녀를 바라보았다.

"무슨 말씀을. 그런 자는 강하게 밟아주어야만이 무서운 것을 아는 법이랍니다. 종주의 명령을 무시하는 가솔을 놔둘 수는 없는 일이지요."

의외로 강하게 나오는 말에 아영이 다시 물었다.

"호오, 그럼 청청이라면 어쩌겠어?"

"저라면, 그 탕아를 잡아다 그대로 유가에 넘기겠어요."

"뭐?"

"유가와 전쟁을 벌이느니 그쪽이 훨씬 이득이지요."

동그랗게 순해 보이는 눈매에서 잠시 서늘한 한기가 돌았다.

"아무리 형제라지만 종주의 명령도 무시하고 함부로 날뛰는 어리석은 죄인이 아니옵니까? 넘겨도 문제는 없을 거여요."

"냉정하네. 그래도 형제인데."

"어마나, 짐이 되는 형제라면 그건 이미 형제가 아니라 애물단지가 아니옵니까?"

똑바로 묻는 눈.

인정이라는 두 글자라는 것을 전혀 모르는 그 태연자약한 말에는 아영도 조금 움찔했다. 진씨 일족과 왕래가 잦지 않았던 탓에 아영은 순간순간, 이 냉혈한 태도에 놀라곤 했다. 한국에 있는 삼대 가문은 모두 피가 이어진 〈가족〉에게 무척이나 관대하다. 부모자식 간의 의리가 희미한 것에 비해 같은 일족, 혈족이라는 소속감은 머리만이 아니라 몸 전체에 새겨진 의식이었다. 하나, 그런 의식도 한국을 벗어나면 의미가 없다. 같은 동양권인 진가에서조차 혈족에 대한 의리는 징벌의 의미를 넘지 못한다. 그뿐만 아니라 서양권의 일족들은 아예 친척이라는 의미조차 약하다. 그들에게 있어 애정은 존재하되 〈가족〉이란 단어는 존재하지 않았다. 아이를 낳지 않는 자들도 태반이다. 그런데도 불구하고 한국 내 아이들은 여간해서는 늘어날 줄 모르고 성격들은 더 사납다.

'하기야 족보라는 것을 쓰고 있는 우리들이 더 우습지.'

"한국어 선생이 누군지는 몰라도 썩 훌륭한 사람은 아닌가 봐."

"어머나, 사실 제 선생은 텔레비전이랍니다."

청청이 얼굴을 붉히며 중얼거리자 아영은 큰 소리로 웃었다. 그녀는 청청의 한국어 선생이 드라마, 그것도 궁중 사극이라고 확신했다.

"그런데 좀 골치 아픈 소문이 있어, 청청."

"네?"

"태경에게 여자가 생겼다는 소문이야."

그 말에 청청의 눈이 커졌다. 당혹한 듯 그녀는 두 손을 꽉 맞잡더니 상체를 앞으로 내밀고 다그치듯 물었다.

"그것이 무슨 일이옵니까, 어머님?"

"아아, 네가 수련하는 동안 여자가 생겼대. 생각 외로 제법 심각한 게 아닌가 싶어."

삽시간에 파리해진 청청은 떨리는 입술로 물었다.

"그, 그렇다면 태경님은 그 여자를 아내감으로 여기고 있다는 말씀이옵니까?"

아영은 고개를 저었다. 상당히 악의가 서린 웃음이 입가에 매달려 있었지만 청청은 신경 쓰지 않았다.

"아니, 상대는 인간여자야. 그러니까 서가의 안주인은 되지 못하지."
 "아아, 놀랐사옵니다."
 청청은 가슴을 부여잡으며 안도의 한숨을 내쉬었다. 그녀는 커다란 눈에 눈물을 글썽이며 아영을 흘겼다.
 "어머님은 저를 너무 놀리시옵니다. 인간여자 따위가 제 상대가 될 리가 없지 않겠습니까?"
 "물론이지, 청청이 〈그것〉을 극복한 이상 태경은 너에게 청혼할 수밖에 없으니까."
 그 말에 청청은 방긋 웃었다. 붉어진 뺨이 사랑에 빠진 소녀와도 같았다.
 "자기제어를 수련하고 나서부터는 저도 제법 어른 같은 느낌이 들고 있사와요. 태경님이 절 보시면 아마도 깜짝 놀라실 거여요."
 그녀는 두 손을 모아 붉어진 뺨에 댔다.
 앙증맞은 중국 인형 같은 몸짓에 아영은 속으로 큭큭 웃었다. 외모와 달리 이 청청이라는 공주님은 집념이 깊었다. 아니, 진가라는 피 자체가 그럴지도 모른다. 첩을 몇이나 두어도 가정이 평화로운 것은 오로지 진가뿐이었다. 그렇다고 해서 진가가 여성을 비하하는 것이 아니다. 오히려 진가에서는 여자들의 기운이 더 드셌다. 진가의 여자들은 결혼 생활이 연애와 같다고 생각하는 자들이었다. 여자가 여럿이고 남자가 하나이니 그 경쟁 심리가 얼마나 대단할 것인가. 결국 한 명의 남자를 두고 여럿의 아내들이 서로 싸우는 형상이었다. 그녀들은 처첩이 한데 엉켜 남편을 쟁취하는 데 희열을 느낀다. 애정을 두고 우열을 가르는 것이다. 그것도 오로지 미모와 재치로만. 처첩을 둔 남편도 그 상황을 기꺼이 감수할 수밖에 없다. 하기야 결혼해서 더더욱 아름다워지는 아내들을 가진 남편이 싫을 리 없겠지만.
 아영은 희미한 미소를 머금은 채 청청의 기운을 읽었다.
 진가 특유의 끈끈하고도 차가운 기운이 푸른 쪽빛을 타고 흘렀다. 다소 불안했던 소녀의 감성은 이제 단단하고 여문 기색을 드러내고 있다. 청청은 진가 여성 중에서도 강한 힘을 지닌 여성. 더더욱 강해질 것은 불문가지.
 아영은 흐뭇하게 웃었다.
 아무리 서가를 미워한다고는 해도 하나밖에 없는 아들이 결혼도 못하고 인간여자하고나 놀아나는 것은 원치 않았다. 태경은 아영에게 아주 소중한 아들이었다. 너무 소중해서 아무에게나 줄 수 없는 아들. 두 손에 꽉 쥐고 놓고 싶지 않은 아들이다.
 태경이야 진저리를 치겠지만 아영은 느긋했다. 유달리 태경에게 집착하는 청청의 존재를 알아낸 그녀는 그동안 은밀하게 청청을 가르쳐 왔다.
 정씨 가문의 특징을 한 마디로 말하면 〈덫을 놓는 사냥꾼〉. 인내력과 자기제어를 기본으로 하는 본성을 가지고 있었다.
 '혈통으로 보나, 순정으로 보나, 위치로 보나 청청만한 여자는 다시 없어.'
 아영은 나른한 고양이처럼 웃었다. 청청이 낳은 태경의 아이들은 분명히 아주 예쁠 것이었다. 저 방탕한 서가의 미치광이들과 달리 완벽한 아이들이 태어날 것이다. 태호의 자식을 낳은 유가의 여자가 미쳐 버린 것을 그녀는 기뻐하고 있었다. 결국 방탕한 태호는 자식을 제대로 낳지 못할 것이다. 그 방탕하고 버릇없는 녀석이 좋은 여자를 고를 리 없을 테니까. 그 광기를 제어할 강한 여자를 구하지 못할 테니까. 그리하여 저주받은 서규연의 핏줄은 끊어지는 것이다. 그 업보에 의해 끊어지고 사라지는 것이다.
 그것을 상상하면 그녀는 기뻐 춤이라도 추고 싶었다. 그러나 그녀는 의식하지 못하고 있었다. 그녀의 아들인 서태경도 서규연의 핏줄이었다. 그는, 서규연의 배다른 형제였으니까.

 드물게도 옅은 안개가 끼었다.
 슬슬 일교차가 커지기 때문일까. 봄이 짙어질수록 건조한 땅과 햇볕이 노골적으로 춤을 춘다. 아침나절에는 뿌옇게 흐려졌다가 정오가 되면 맑아지는 하늘에도 그럭저럭 익숙해지는가 싶더니 안개까지 끼었다.
 피곤하지 않았기 때문일까. 정연은 새벽에 일어났다.
 변성 후 잠이 점점 옅어지더니 겨우 서너 시간 자고도 눈이 떠졌다. 불면증이라기엔 몸이 너무 개운하고, 아니라기엔 수면시간이 너무 짧나. 그녀는 화장대 위에서 담뱃갑부디 집어 들고 라이터를 켰다.
 시간을 보니 여섯 시 남짓하다.
 지나치게 명료한 의식 때문에 도로 눕지도 못하고 그녀는 결국 담배를 입에 하나 문 채 침대를 떠났다. 자고 일어난 지 얼마 되지 않았는데도 몸은 생생하게 움직였다. 유연하게 움직이는 팔다리의 근육에서는 리듬감마저 느껴졌다. 건강, 바로 그 자체였다. 정연은 항상 피로감과 두통으로 시달렸던 과거를 떠올리고 씁쓸하게 웃었다. 그 짐승에게 고마워해야 할까.
 "웃기네."
 그 끔찍한 고통.
 그녀는 눈을 감고 심호흡을 했다. 그때를 생각하면 절로 숨이 막혔다.

　길게 숨을 내쉬면서 정연은 천천히 일어나 화장실로 향했다. 자고 일어난 것답지 않게 너무 몸이 생생한 것도 묘한 감각이다. 발끝에 와 닿는 바닥은 차디찼다. 어젯밤 보일러를 트는 것을 잊었기 때문이다.

　유달리 썰렁한 집 안은 요 근래 더더욱 허전해졌다.

　그놈의 짐승 탓에 그녀의 소파는 물론이고 테이블까지 망가져 결국은 버렸다. 바닥에 깔려 있던 카펫도 지워지지 않는 핏자국 때문에 쓸 수 없었다. 유일하게 쓸 만한 것은 커튼뿐이라 제법 넓은 거실은 텅 비어 있었다.

　4월 19일. 6시 8분.

　샤워 후 기계적으로 오래된 텔레비전을 틀고 커피 메이커에 커피를 내렸다. 아직 이른 시간이라 방송은 볼만한 것이 없었다. 아무렇게나 바닥에 주저앉은 채로 그녀는 이리저리 채널을 돌리다가 커피를 마셨다. 마룻바닥은 차고 걸친 것은 맨발에 얄팍한 잠옷뿐이다. 머리까지 젖어 있는데도 춥지는 않았다. 그녀는 앉은 채 발가락으로 거실 창문을 열었다. 끼끽대며 열린 창밖은 뿌옇고 습한 흙냄새가 났다.

　냄새.

　온갖 냄새가 창 밖에서 흘러들어 왔다. 이런저런 냄새가 뒤섞인 흙냄새는 차라리 구수하다. 건너편 집에서 키우는 개 비린내와 오물 냄새는 생각보다 끔찍한 악취였다. 차라리 꽃 냄새에 집중하려 해도 음식물 쓰레기 냄새가 뒤섞여 있다.

　이건 아무리 해도 익숙해지기 어려운 것 중에 하나였다. 그 짐승 서태호가 왜 그리도 신경질적이었는지 그녀도 지금은 이해할 수 있었다.
유달리 예민한 후각이 정신을 어지럽힌다. 냉장고를 열면 온갖 냄새에 정신이 아득해질 정도다. 거기에 화장실이며 하수구, 싱크대의 냄새는 왜 그리 심한지 두통이 날 정도였다. 락스로 씻어내도 냄새는 흐려질 뿐 사라지진 않았다. 방향제로는 어림도 없다. 그래도 담배를 물면 그럭저럭 참을 만하기 때문에 그녀는 결국 담배를 물고 말았다. 단, 예전과 달리 하루 서너 대만으로도 취하기 때문에 많이 피우진 못했지만.
덜그럭덜그럭 커피 메이커가 다시 커피를 뽑아냈다. 커피 냄새가 집 안에 퍼져 나가자 그녀는 안도의 한숨 비슷한 것을 내쉬었다.
오래되고 낡은 집인지라 희미하게 썩은 나무 냄새와 먼지 냄새가 났다. 전에는 느끼지 못했던 그 냄새가 꽤 거슬려서 그녀는 정말로 아파트로 이사를 갈까 고민하게 되었다. 얼마 전까지 있었던 서태경의 집에서는 느끼지 못한 악취였다. 아마도 그 집은 고용인들이 쉴 새 없이 쓸고 닦으며 바삐 움직이고 있으리라. 서태경이 담배를 피우는 것도 어쩌면 이런저런 것 때문일지도 모른다는 생각이 들자 그녀는 조금 가슴께가 거북해졌다.
두근—
서태경.
그를 떠난 지 겨우 사흘밖에 되지 않았는데도 그녀는 저녁 무렵이 되면 얼결에 현관문 쪽을 바라보곤 했다. 그 문을 열고 서태경이 들어설 것 같은 착각이 문득문득 들었기 때문이다. 사실은 말도 안 되는 상상이고 어처구니없는 일이라는 것도 그녀도 잘 알았다. 서태경과 같이 있었던 시간은 얼마 되지도 않는다. 오히려 정신이 들고부터 그녀는 항상 혼자서 그 큰 집 안에 갇혀 있다시피 했었다. 그와 같이 지낸 것은 아주 잠시뿐. 그것도 그가 퇴근하면 잠깐 한마디 던지는 것이 전부였다. 그런데 그가 있던 자리를 자꾸만 찾게 되다니. 이것은 아무래도 정상이 아니었다.
 각인. 각인이라고 했다.
 그의 기운으로 살아났기 때문에 친근감과 의존성이 생겨났을 수도 있다고 서태경 본인이 그렇게 친절하게 설명해 주었다. 마치 착각하지 말라는 듯이.
 후각, 미각, 운동신경 등 모든 것이 압도적으로 변해 있으니 주의 깊게 행동하라며 운동을 하는 게 좋겠다고 조언했다. 설명해 주면서 그는 그녀의 머리를 쓰다듬었다. 어린애에게 하는 행동이었지만 정연은 그 동작에 기묘하게도 뱃속이 아팠다. 그 손에게서 떨어지는 게 슬펐다. 그리고 그런 생각을 가진 자신에게 경악했다.
 그건 뭘까.
 정말로 단순히 각인 때문에 생겨난 감정인 걸까. 오리 새끼가 처음 본 자를 어미로 보고 따른다는 그런 반사적인 감정인 걸까.
 그녀는 멍하니 침실 방문을 바라보았다. 그 방문 너머 화장대 위에는 명함 한 장이 얌전히 놓여 있었다. 그 명함에는 그의 이름과 그의 핸드폰 번호가 적혀 있다. 그의 직업, 정체를 짐작할 수도 없이 그저 이름만 적혀 있는 명함.
 몇 번이나 읽고 또 읽어 그 번호는 이미 외우고 있었다. 그는, 딱딱해 보이는 외모와 달리 부드러운 음성으로 말했었다. 무슨 일 있으면 전화하라고.
 하지만 그건 다시 말해서 일 없으면 전화하지 말라는 이야기가 아닌가.

　정연은 자신이 혼자서 괴상한 땅파기를 하고 있다는 것을 인식하고 있었다. 아니, 실제로 사춘기 소녀처럼 말 한마디를 혼자 곱씹으면서 비틀리고 또 비틀리고 있는 중이었다.
　"후."
　세게 숨을 내뱉었더니 연기가 허공으로 휙 날아간다.
　텔레비전에서는 세 명의 남녀가 무표정한 얼굴로 떠들고 있었다. 교통대책인가 뭔가 하는 것이 주제였다. 그러나 아무리 들어도 대책보다는 인신공격이 앞서고 있는 듯하다. 그녀는 담배를 빨며 혀끝으로 필터를 건드려 보았다. 예민해진 탓인지 입술에 닿는 담배조차도 거슬렸다. 과민해진 것이다. 귀도 그런 걸까. 의미없는 대화가 오가는 대담 프로는 거슬리기만 했다. 정연은 커피 한 잔을 홀짝이면서 짧은 머리칼을 손가락으로 헤집었다.
　청승맞다.
　그 기괴한 집에서 떠나오려고 고심한 것과 달리 벗어난 지 사흘이나 지났는데도 그녀는 정상적인 생활을 하지 못하고 있었다. 지나칠 정도로 건강해진 몸을 이용해 열심히 쓸고 닦은 결과 집안은 그럭저럭 안정이 되었는데도, 이질감은 점점 더 심해지기만 할 뿐이다. 그가 준 수표도 무겁다. 이천만 원이라는 현금이 갑자기 생겼는데 그걸로 뭘 해야 할지도 생각나지 않았다. 당장은 부서진 가구를 사긴 사야겠지만 그렇다고 혼자 있는 집에 가구가 꼭 필요한 것도 아니어서 어영부영 미루고만 있었다. 숙부에게도 연락해야 한다고 몇 번이나 생각은 했지만 기묘하게도 연락하는 게 두려워 망설이고 있었다. 걱정할 텐데. 분명히 숙모는 그 마음 상하는 이별 후에 잠적해 버린 그녀에 대해 걱정하고 있을 텐데.

다 피운 담배를 비벼 끄고 그녀는 부스스 일어섰다. 창문을 열자, 차가운 바람이 습한 기운과 함께 달려든다.

사흘.

사실은 사흘밖에 안 되었다. 그 이상한 세계에서 떠나온 지 사흘이다. 그러니 이상한 기분이 드는 것도 당연할지도. 그녀는 애써 마음을 다잡았다. 서태경에 대한 이 이상한 감정도 아마 시간이 흐르고 나면 정리가 될 것이 분명했다. 무엇보다 그 자신이 그럴 거라고 확언했으니까.

그녀는 간단히 먹을 아침을 준비하면서 시계를 보았다. 쇼핑을 하기엔 시간이 이르고 남의 집에 가기에도 아직 이르다. 하지만 적어도 운동을 하기에는 적합한 시간인 것 같았다. 그녀는 조깅을 하기로 마음먹었다. 새로운 몸에 익숙해지기까지 운동을 하라고 그가 그렇게 말하지 않았던가.

달칵달칵.

그녀는 문득 묘한 생각이 들었다. 남의 말을 이렇게나 잘 들은 적이 있었던가. 그녀가 서태경의 말을 고스란히 따르는 것 자체가 어딘가 이상하다. 정연은 고집이 세다. 남의 말을 듣든 안 듣든 항상 그녀 자신의 판단에 의해 움직여 왔다.

새 담배를 하나 꺼내 입에 물었다. 몸 안쪽에서 경고성이 들려왔다. 아침 빈속에 담배를 세 대 이상 피면 취하기 쉽다. 이 몸은 과할 정도로 예민했다.

하지만 그녀는 그 경고성을 무시하고 담배를 문 채 식탁에 걸터앉았다. 연기를 다시 내뿜자 시야가 점점 흔들리기 시작했다. 그러고 보니 이렇게 멍하니 앉아서 술을 마시고 있을 때 그 짐승이 나타났다. 그리고 터닝 포인트. 짐승, 습격, 변성.

"후우……."
한숨만이 늘었다.
인생에는 여러 가지 갈림길이 나타난다고 했다.
정연은 연기를 내뿜으면서 생각했다. 만약 서태호를 처음 본 순간 비명을 지르며 쓰러졌다면, 그 괴물을 보며 달아났다면 일은 어떻게 전개되었을까. 그녀의 인생은 어떻게 달라졌을까. 아니, 그날 숙부의 말대로 숙부의 집에 가서 잤다면 어떻게 되었을까.
재가 뚝 떨어졌다. 빙빙 도는 시야는 점점 심해진다. 바닥에 깔린 타일들이 점점 춤을 추었다. 버라이어티한 시각 공해다. 그녀는 자기도 모르게 킥킥 웃었다.
아, 이게 취한 감각일까.
등이 허전하다. 가슴이 허전하다. 배가 허전하다. 몸 안 어딘가가 구멍이 뻥 뚫린 것 같다.
"배가 고픈 걸까."
그녀는 멍하니 중얼거리다 말고 키득키득 웃었다. 커피를 한 모금 입 안에 넣다가 그만 흘리고 말았다. 입 안에서 굴러다니는 커피 향이 구슬처럼 톡톡 튄다.
모자라.
뭐가?
갖고 싶어.
뭐가?
정연은 연기를 삼키며 중얼거렸다.
"무엇을?"
그를. 그를.

"왜?"

가지고 싶어. 갖고 싶어.

"왜?"

갖고 싶어. 내 것으로 하고 싶어.

"왜?"

정연은 바닥의 타일들을 보며 되물었다. 재차 물어도 타일들은 대답하지 않았다. 그저 갖고 싶다고 외칠 뿐.

정연은 눈을 감았다. 눈알이 따가워 눈을 뜰 수가 없었다. 연기가 매운 것일까.

"왜 가지고 싶지? 그런 걸 가지고 싶어할 이유가 없잖아?"

그녀는 눈을 감은 채 중얼거렸다. 그렇다. 그는 괴물이었다. 그것도 괴물의 우두머리. 짐승 중의 짐승.

"대체 왜?"

그녀는 재차 물었다. 자신이 떠드는 소리가 웅웅 귓전을 울리고 있었다. 머릿속에서 돌고 도는 의문이 혼자 날뛰면서 흔들렸다. 남의 목소리처럼 들리는 자신의 목소리는 거칠고 어딘가 절박했다. 비명처럼도 들린다고 그녀는 멍하니 생각했다.

그는, 따스하니까.

툭 하고 담배가 떨어졌다. 떨리는 손가락 사이로 떨어지는 담배에서 불꽃이 튀고 재가 튀었다. 부엌 바닥으로 흩어지는 담배를 멍하니 보며 그녀는 눈을 떴다. 파노라마처럼 펼쳐지는 타일들의 춤사위는 요란하게 시야를 어지럽혔지만 곧 일그러졌다.

뚝.

뜨거운 액체가 얼굴을 덮었다. 그녀는 멍하니 바닥으로 떨어져 내리는 액체를 바라보았다. 하염없이 뚝뚝 떨어지는 그 액체는 너무나 이질적이어서 무엇인지 인식할 수가 없었다. 그녀는 손가락을 들어 아무렇게나 그 액체를 닦아내 보았다. 입술에 닿은 액체는 짭짤했다.

눈알이 아팠다. 연기 때문에 눈이 따가운 것이라고 그녀는 혼자 중얼거렸다.

창백한 형광등 아래 그녀는 툭툭 떨어지는 눈물을 바라보았다. 그리고는 문득 깨달았다. 서태호란 짐승이 왜 무섭지 않았는지, 왜 그를 그대로 놔두었는지.

외로웠던 것이다. 죽음을 두려워하지 않을 정도로 외로웠던 것이다. 그녀는 무표정한 얼굴로 손가락 사이로 떨어지는 자신의 눈물을 바라보았다. 문득 아주 비참한 사실이 하나 떠올랐다.

서태경, 그는 그녀를 위해 뭐든 해주겠다고 말한 유일한 존재였다.

그만이 그녀를 태어나게 한 부모 이외에 유일하게 무방비하다 못해 무력한 그녀를 끌어안았다. 아파서 우는 그녀를 달래주었다. 누구보다도 자상하게 그녀에게 말을 걸고, 그녀의 말을 들어주었다. 어린애처럼 무력한 그녀를 끌어안고 살려준 존재. 죽음 속에서 느낀 유일한 온기.

다시 눈물이 뚝뚝 떨어져 바닥에 얼룩을 만들었다.

그녀는 손바닥을 적시고 있는 자신의 눈물을 보면서 입을 벌렸다. 비명을 지르고 싶었지만 비명은 나오지 않았다.

어째서 따스한 숙부나 숙모가 아니라 그였을까. 왜 서태경이었을까.

짐승의 형, 괴물의 왕. 기괴한 음지의 우두머리.

비참하고도 비참했다. 온기가 필요했다. 상냥하고 따스한 정이 필요했다. 보듬어주는 누군가가 필요했다. 어떤 절대적인 것이 필요했다. 의지하고, 기댈 수 있고, 또 단단히 잡아주는 손. 그녀를 바라보며 차분하게 웃는 눈. 다정한 손길과 체온.

담배는 꺼졌다. 그렇지만 그녀는 떨리는 손으로 그 담배를 집어 들고 입에 물었다. 아니라고 생각했지만 그 짐승의 말이 옳긴 옳았던 모양이다.

죽고 싶으면 죽여줄까. 당장이라도 죽어버릴 것처럼 보이는군.
짐승이, 서태호가 피에 젖은 몸으로 비웃었다.
"아니, 난 죽고 싶지 않아. 난 살고 싶어."
그녀는 담배를 쥔 손에 힘을 주었다. 입가가 떨렸다.
서태호가 다친 모습으로 나타났기 때문에 그녀는 그를 동정했다. 그가 아무리 험하게 굴어도 바라보기만 했다. 상처받지 않았다. 겁내지도 않았다.
그녀는 눈물에 젖은 담배를 문 채로 중얼거렸다.
환자인 엄마만으로도 그녀는 충분히 지쳐 있었다. 칠 년이란 세월 속에서 주객이 전도된 지 오래. 모두들 효녀라고 말했다. 다시없는 효녀라고 말했다. 병든 어머니를 열심히 수발 들고 있는 착한 딸이라고. 하지만 그녀의 피폐한 생활을 이끌어온 쪽은 아이러니하게도 그녀의 엄마였다. 엄마의 식성, 엄마의 취미, 엄마의 고통, 엄마의 병구완. 모든 것이 환자 위주로 돌아갔다. 그녀 자신의 것은 단 하나도 없었다. 이미 최정연이라는 여자는 없다. 녹아 사라진 지 오래다.
효도. 어디서부터 어디까지 효도라고 부를 수 있는 것일까.
엄마를 사랑하지 않는 것은 아니다. 엄마를 사랑했다. 그리고 지금도 사랑한다고 생각한다. 하지만 세월이 흐르면 모든 것이 변색된다. 사랑은 습관이 되고, 습관은 태만으로 흐른다.

'지쳤어.'

단지 그뿐일지도 모른다. 정연은 스스로를 위로하지 못했다. 어쩔 수 없노라고, 나도 사람이라고 변명할 정도로 그녀는 뻔뻔한 성격이 아니었다. 병원에서 그녀를 돌아보는 사람은 아무도 없었다. 병원은 병자를 위한 장소, 병구완하는 그녀가 아무리 지치고 아파해도 당연히 암 환자가 우선이었다. 〈환자의 보호자〉. 그것이 그녀의 공식 명칭.

당연히 그런 것이다. 그럴 수밖에 없는 것이다. 그녀는 멀쩡하고, 엄마는 암환자였으니까. 아무리 지치고 피로해도. 그녀가 어떤 것을 먹는지 어떤 생각을 하는지 어떻게 살아가는지 알려 하는 사람은 없다. 숙모인 지영이 그녀를 돌보려 애쓰긴 했지만 숙모가 항상 곁에 있을 수는 없었다. 그녀는 숙모의 가족이 아니었으니까.

달그락.

커피 메이커가 또 소리를 냈다.

그녀는 천천히 일어나 냉장고에서 차가운 물을 꺼내 마셨다. 휘청휘청 흔들리는 걸음 때문에 불편했지만 주저앉지는 않았다. 싱크대 앞에 서서 그녀는 찬물로 세수했다.

"괜찮아."

항상 그렇듯 그녀는 그렇게 중얼거리면서 주스 병을 꺼내 컵에 따라 마셨다. 자신이 비참할 정도로 정에 주려 있다는 것을 깨달았지만 그렇다고 손목을 그을 생각은 조금도 없었다. 오히려 오렌지의 달콤한 맛이 예민한 미각을 자극하자 정신이 번쩍 들 정도였다.

그녀는 입술을 핥으면서 젖은 담배를 쓰레기통으로 집어 던졌다.

"괜찮아."

다시 한 번 그렇게 중얼거리자 툭툭 눈물이 다시 떨어졌다.

괜찮다고 말하는 게 더 비참하다. 누구에게 말하기 위해 자신은 괜찮다고 말하고 있는 것일까. 그녀는 빙빙 도는 타일들을 바라보며 킬킬 웃었다.

지쳤다. 그래, 엄청나게 지쳤다.

그녀는 순순히 인정했다. 그녀는 지쳐서 죽을 지경이다. 죽고 싶진 않지만 어쨌든 지쳐 죽을 지경이다. 그러니 이제는 나만의 것을 갖고 싶다. 따스한 손을 가진, 단단한 손을 가진 사람을 가지고 싶었다. 그녀가 지칠 때 감싸줄 수 있는 사람이 갖고 싶다. 다정하게 등을 쓰다듬어 줄 사람이 필요했다.

"서태경. 서태경. 서태경. 태경. 태경. 태경."

취한 걸까. 역시나 담배 한 모금에 취한 걸까.

울고 있는 건지 웃고 있는 건지 그녀는 잘 알 수가 없었다. 외로워서 사람이 필요하다는데 대체 무슨 변명이 필요할까. 어쨌든 욕심내고 싶다. 욕심내면 어떻게 될까.

정연은 바닥에 주저앉아 주먹을 쥐었다. 어리석고도 어리석은 일이다.

"무서워."

마음을 다치는 게 무서워. 그 남자는 그녀 같은 평범한 여자 따위는 신경도 쓰지 않을 것이다. 단순한 동정심, 단순한 호기심에서 배려하고 있는 것일 뿐이다. 그가 말하지 않았던가. 〈가족〉이라고.

차가운 물방울이 턱에서 목으로 흘러 가슴 안쪽으로 굴러 떨어졌다. 선뜩한 찬 기운에 절로 진저리가 쳐졌다. 그녀는 멍하니 허공을 보았다.
 문득 등 뒤로 온기가 느껴졌다.
 그녀는 움찔했지만 돌아보지 않았다. 자신이 지금 느끼고 있는 이 온기가 누구의 것인지, 어디에서 오는지 이제는 알고 있었다. 어깨를 끌어안고 시린 등을 쓰다듬는 온기.
 이제 늦었다고 정연은 중얼거렸다.
 알고 말았다.
 누군가와 등을 맞대고, 누군가에게 안겨 체온을 나누는 달콤함을 알았다. 그것을 안 이상 그녀는 이제 쉽게 태경에게서 벗어날 수 없었다. 태경이란 정체불명의 남자가 그녀를 중독시켰다.
 가슴이 저렸다. 뱃속이 따스해지고 어깨가 나른해졌다. 눈가가 뜨거웠다.
 절로 눈이 감기며 불안감이 스러진다. 대체 그는 자신에게 무슨 짓을 한 걸까.
 "갖고 싶어."
 눈물이 떨어졌다.

 태경은 손가락을 들었다.
 텅 빈 허공에 대고 마치 자신의 손가락을 처음 보았다는 듯이 손가락을 움직여 본다. 눈에는 보이지 않지만 끈이 있었다. 그 끈이 살짝 속삭인다. 널 생각하고 있어. 널 그리워하고 있어.
 그는 자신의 손가락 끝에 이어진 끈을 향해 조용히 기운을 보냈다. 아주 이상한 느낌이었다. 그녀가 자신을 생각하고 있다니.

그리고 그리워하고 있다니. 모두를 거절하는 그녀가 자신을 부르고 있다는 것을 상상하니 아주 기묘한 감각이 등줄기로 치달렸다. 따끔하기도 하고 아찔하기도 한 기묘한 감각이다. 처음 느끼는 그 감정을 유영하면서 그는 눈을 감았다. 짙고 푸른 감정이 어두운 색채를 그리며 퍼져 나간다. 그녀의 감정이다. 변성하는 자들은 주로 연인끼리라더니 이런 감각을 공유하는 것일까. 태경은 난생처음 느끼는 감정을 음미하면서 깊게 심호흡했다. 가슴이 뻐근해졌다.
 아직 새벽이었다. 어스름한 기색이 완연하다.
 갑자기 잠이 깬 것은 그녀 탓이었다. 그녀의 감정이 가느다랗게 전해지고 있었다. 그의 이름을 부르며 속삭이고 있었다. 슬퍼하는 건지, 단순히 그를 그리워하고 있는지 잘 알 수는 없지만 전해지는 감정은 씁쓸하고 한편으로는 달콤했다. 마치 초콜릿처럼.
 부족한 잠에도 그는 그녀를 원망하지 않았다. 오히려 그녀의 감정이 가슴을 간질이며 다가오는 것이 만족스러웠다. 순간, 아랫배가 뜨끈해졌다. 건강한 육체에 깃든 성욕이 기지개를 켜며 멀리 있는 여자를 찾아 어슬렁거렸다. 몸이 달아오르고 호흡이 거칠어졌다. 여자를 안은 것이 얼마 만의 일인지. 정연을 생각하며 달아오른 몸은 쉽게 식지 않았다. 불쑥 치솟은 열기가 그녀를 찾아 달리라고 충동질한다. 그 하얀 몸을 휘어 감고 단숨에 삼켜버리라고 속삭인다. 참아라. 참아.
 그는 창문의 버티컬을 열고 밖을 내다보았다. 안개가 낀 정원이 보였다. 오래된 나무들은 둥지를 튼 짐승처럼 도사리고 앉아 해를 기다리고 있다. 그들이 만든 그늘은 검고도 음습하다. 세월을 토해놓는 나무들을 바라보며 그는 담배를 하나 입에 물었다.

그녀도 깨어나자마자 담배를 입에 물었을 거라 상상하자, 입가에도 희미한 열기가 맴돌았다. 보내기 전에 키스를 해볼걸. 그 가느다란 몸을 으스러지도록 끌어안고 입술을 부비고 싶다.

그의 그물은 단단했다. 그뿐만이 아니라 더더욱 단단해지고 있었다.

이런 기분, 나쁘지 않다.

그는 나른하게 웃었다.

14

초콜릿

*1*시 45분.

정연은 엷게 화장을 하고 옷을 갈아입었다. 사긴 샀지만 한 번도 운전한 적이 없는 중고차를 차고에서 꺼내고 보니 정말로 더럽기 짝이 없다. 숙부를 만나 인사도 하고 이런저런 물품을 사기도 할 터이니 차를 가져가는 게 좋겠다 싶었지만 오랫동안 방치한 차는 더러워도 너무 더러웠다. 거의 두 달 가까이 방치한 셈이다.

결국 그녀는 차를 몰고 나와 카센터의 세차장에 맡겼다. 내부 청소까지 모조리 해달라고 맡긴 다음 택시를 타고 숙부의 집으로 갔다. 돈이 좋긴 좋은 모양이다. 평소라면 여의도까지 택시를 탈 생각은 엄두도 내지 못했을 터였다. 그녀는 혼자 씁쓸하게 웃었다.

완연한 봄. 아스팔트 위의 도시는 봄을 지나 더운 열기를 품고 있었다. 그녀는 벚꽃도 제대로 보지 못했다. 진달래, 개나리는 이미 지고 난 지 오래. 라일락도 지기 시작한다. 지금은 장미의 계절. 꽃을 보며 계절 감각을 갖는 것을 보면 나이가 들긴 들었다고 그녀는 생각했다.

"어?"

문을 연 것은 사촌동생 수연이었다. 작년에 수능을 봤다는 이야기를 들었지만 대학생이 되었다는 이야기는 듣지 못해서 몰랐는데 지금 보니 합격한 모양이었다. 옅은 화장에 커다란 귀걸이를 달고 있었다.

"설마, 정연 언니?"

수연이가 놀란 목소리로 크게 소리를 질렀다.

"그래."

쓴웃음을 지으면서 사 온 과일 바구니를 건네자 수연이는 호들갑스럽게 소리를 질렀다.

"언니, 요양 갔다더니 어떻게 된 거야? 성형수술 했어?"

꺄꺄대는 수연이를 지나자마자 현관까지 숙모가 뛰어나왔다. 커다란 숙모의 눈이 점점 더 커다래지는 것을 보며 정연은 어색하게 웃었다.

"세상에! 엄마, 난 다른 사람인 줄 알았어! 엄청나게 예뻐졌어! 믿어지지 않아!"

수연이는 발까지 굴러가며 요란을 떨었다.

숙모는 어리벙벙한 얼굴로 그녀를 보다 말고 덥석 끌어안았다. 울먹이는 그 동작에 정연은 한숨을 삼켰다. 따스한 체온이 닿자 저도 모르게 긴장이 풀어져 흘러내린다.

"괘, 괜찮니?"

"네."

겨우 소파에 앉자마자 숙모는 걱정스런 얼굴로 그녀를 요모조모 살폈다.

"이야기는 들었다. 몸이 안 좋아져서 요양원에 들어갔다는 건. 정말 좋아졌나 보다. 얼굴색이 완전히 달라."

"네, 거기 의사 선생님이 잘해주셔서요."

정연은 태경이 설명해 준 것을 떠올렸다. 몸이 쇠약해졌다고 의사가 소개해 준 요양원에 들어갔었다는 이야기였다.

"언니. 언니, 다이어트도 했어?"

통통하게 살찐 수연이 다급하게 물었다. 그 말에 숙모가 혀를 찼다.

"정연이는 오히려 살이 붙어서 이제야 볼만한데 무슨 다이어트냐? 너도 운동이나 해."

"으응, 하지만 어쩐지 키도 더 커진 것 같고, 목도 더 길어진 거 같기도 하고……."

이상하다는 듯이 수연이 고개를 갸우뚱하자 정연은 가슴이 뜨끔했다.

"게다가 손도 예뻐진 것 같아."

수연의 말에 숙모의 시선이 정연의 무릎 위에 놓인 두 손에 닿았다. 얼결에 감추려 했지만 그것도 어색해 도로 손을 내놓자 수연이 감탄한 듯이 손을 잡았다.

"언니, 손도 너무 예뻐졌어! 전에는 굉장히 거칠었잖아!"

"으응."

정연의 어색함을 알았는지 몰랐는지 숙모는 혀를 차며 서글픈 웃음을 머금었다.

"바보야, 그동안 힘겹게 일을 해서 손이 거칠어진 거지. 지금은 쉬니까 좋아진 거고."

"아, 그, 그런가."

뭔가 실수했다는 느낌이 들었는지 수연이 입을 다물었다. 동그란 눈이 우스워서 정연은 피식 웃었다.

"척추 교정도 하고, 운동도 했더니 키도 조금 커진 것 같아요. 자세 교정도 했고."

정연이 말을 덧붙이자 숙모가 고개를 끄덕였다.

"그래, 그래. 전에는 너무 말라서 굽어진 어깨를 하고 있었어. 몸도 구부정했었고."

"그래서 키가 커 보였나 봐."

수연의 말에 정연은 조용히 웃었다. 전에는 정말로 만사가 다 귀찮았다. 항상 피로하고 항상 지쳐 아무런 말도 듣기 싫었다. 그런데, 마음의 여유가 생기니 이토록이나 느긋하게 다른 생각이 든다. 아무도 없다 생각했지만 항상 누군가 곁에 있는 것이다. 누군가가 자신의 생각을 해주는 것이다.

"저녁까지 먹고 가. 그리고 네가 있던 요양원하고 의사 이름도 좀 알려주고."

숙모는 의외로 집요하게 물었다. 정연은 잠시 당황했지만 미혜가 주었던 명함 집을 기억해 내고는 적당히 대꾸했다.

"성함은 기억 안 나요. 하지만 집에 명함이 있으니까 나중에 말씀드릴게요."

"그 요양원은 어디 있는데?"

"주소는 확실치 않고 이천 근처로 알고 있어요. 아는 사람 소개가 없으면 못 들어오는 사설 요양원이라고 들었어요."

그 말에 숙모는 이상하다는 표정을 지었다.
"사설 요양원이라는 건 알겠는데 주소도 불명? 그건 이상하네. 의사 소개라고 하지 않았어?"
"그게……."
그녀는 당황했다. 숙모가 꼬치꼬치 캐묻자 할 말이 별로 없었던 것이다. 그래서 결국은 대충 말하고 말았다.
"전에 개에게서 절 구해준 사람이 있었다고 들은 적 있지요?"
"응. 하지만 이름도 모른다고……."
"그 사람이 소개해 준 곳인데, 아주 부자나 유명인들이나 드나드는 곳이래요."
"그래?"
기묘한 표정이 되는 숙모를 제치고 수연이 끼어들었다.
"그럼 탤런트나 뭐 그런 사람들이 다니는 데야?"
눈이 번쩍거리는 동생에게 억지로 시선을 피하면서 정연은 고개를 끄덕였다. 절로 진땀이 흘러내린다.
"그런 데인가 봐요. 외진 산속에 펜션식으로 지어진 별장 같은 거지?"
혼자 마구 상상하며 되묻는 수연에게 밀려 그렇다고 응답했다. 그러자 수연은 감탄한 듯이 한숨을 내쉬면서 떠들어댔다.
"말만 들었는데 정말 그런 데가 있긴 있나 봐. 언니는 대체 어떻게 거길 갔는데?"
"그러니까 소개로……."
"그 남자의 소개?"
"그 남자를 다시 만났어?"
몇 번이나 반복해 묻는 두 모녀의 등쌀에 정연은 적당히 설명했다.
 〈우연히〉 길거리에서 그 남자를 만났고 몸 상태가 안 좋아 보인다며 그가 요양원을 소개했다. 처음에는 안 들어가려 했는데 의사가 혼자 있으니 가라고 권해서 갔다. 말하면서도 그녀는 굉장히 어설픈 설명이라 생각했지만 평소 워낙 말이 적었던 탓인지 그 부족한 설명에 숙모는 의심을 품지 않은 듯했다.
 "그 남자가 의사야?"
 숙모가 다시 물었다.
 "아니, 그 사람 친구가 의사라서……."
 "그러니까 그 사람을 다시 만났는데 그 사람 친구인 의사가 요양원을 가라고 권했다는 거니?"
 "네."
 뭔가 이상하다는 듯이 묻는 숙모의 말에 정연은 진땀을 흘렸다.
 "언제부터 네가 그렇게나 사람 말을 잘 들었다고?"
 쯧쯧 혀를 차는 숙모는 알 만하다는 듯이 그녀를 흘겨보았다. 그리고는 차분한 표정으로 물었다.
 "너, 그 사람 앞에서 쓰러지기라도 한 거 아니냐? 그래서 그 사람이 의사를 불러 진찰한 뒤에 요양원에 입원시킨 거지?"
 "에……."
 틀린 말은 아니다. 정연은 당혹한 기분으로 입을 벌렸다.
 "그 사람이, 그러니까 서태경이라는 사람이지? 그 사람이 연락을 해왔다. 네 핸드폰을 주워서 주려고 널 만났는데 네가 만나는 그 자리에서 쓰러졌다며? 그래서 병원에 데려갔더니 쇠약해졌으니 요양 좀 하라고 했는데 네가 거절해서 결국은 요양원에 넣었다고 하더라."
 핸드폰을 주워서 돌려주려 했었다고?
 나름대로 굉장히 설득력있는 설명이어서 정연은 할 말을 잃었다. 확실히 서태경은 그녀보다는 훨씬 용의주도한 남자였다. 그럴 줄 알았다는 듯이 숙모는 그녀의 어깨를 툭툭 쳤다.
 "거봐라. 내가 너 혼자는 무리라고 했지? 병원에서 퇴원하자마자 혼자 집에 있겠다니, 그게 말이나 되는 일이니? 그 사람을 만나지 않았더라면 너는 집 안에서 혼자 쓰러져서 앓고 있었을 거야."
 그 말에 정연은 잠시 잊고 있었던 그때를 떠올렸다.
 태호의 사악하게 빛나는 눈과 피 냄새. 그리고 목덜미를 파고들던 그 싸늘한 충격. 보름간의 고통.
 "그렇군요……."
 정연은 거실 바닥을 기어다니며 비참하게 죽어가고 있었다.
 죽을 만큼, 아니, 차라리 죽고 싶을 만큼의 처절한 고통. 그 고통에서 건져내 준 것이 서태경이었다. 그의 손. 그의 손이 닿으면 아픈 곳은 사라지고 온기가 감돌았다. 커다란 손이 그녀의 알몸을 쓰다듬으며 위로했다.
 제풀에 정연은 얼굴이 붉어졌다. 그 일은 그동안 애써 생각을 안 하려 하고 있었는데 지금 다시 생각해 보니 엄청나게 외설적이다. 체온이 떨어진 여자를 위해 남자가 감싸 안는다는 전형적인 헐리우드 영화가 생각났다. 살색으로 가득 찬 상상을 애써 지우려 해보았지만 한 번 올라간 체온은 떨어질 줄을 모른다.
 "덥니?"
 "아뇨."

물색 모르는 숙모가 빨개진 얼굴의 정연을 보며 물었다.
 정연은 황급히 부정하면서 시선을 바닥으로 돌렸다. 지영이 내놓은 주스를 한 모금 들이키자 어쩐지 이 상황이 너무나 우스워졌다. 그는 생명의 은인이다. 그러니까 그에게 빠지는 것은 당연한 일인지도 모른다.
 "어쨌거나 건강해 보이니 잘됐다. 점심은 먹었니?"
 "네, 적당히 먹었어요. 오늘은 이런저런 거 좀 처리하려고요."
 "어떤 일?"
 "보험금이나 은행 대출 이자 같은 거요."
 그 말에 숙모의 얼굴이 흐려졌다. 그녀의 모친이 죽은 지 사실은 석 달 남짓한 시간이 지났을 뿐이다. 슬픔에 빠져 있는 동안에도 세상은 굴러간다. 아무리 슬퍼해도 현실적인 일들은 항상 그 자리에 쌓이기만 할 뿐.
 "그럼 금방 가려고?"
 "네. 일단은 인사만 드리고 가려 했어요. 나중에 다시 또 오면 되지요. 몸도 건강해졌고요."
 "그래, 정말 너무 예뻐져서 못 알아볼 뻔했다. 꾸미고 보면 이렇게나 예쁜 얼굴인데 말이다."
 숙모는 그녀의 얼굴을 손바닥으로 감싸면서 푸념하듯 말했다.
 안색이 좋아지고 피부가 깨끗해진 것만으로도 놀랄 만큼 매력이 넘쳤다. 생생한 활기가 흐르는 것은 아니었지만 흑백 분명한 눈동자에는 이제 피로의 기색은 보이지 않았다. 파리하던 입술도 다크 서클로 흐리던 안색도 놀랄 만큼 뽀얗게 변해 있었다. 표정도 부드러웠다. 항상 곤두서 있던 신경이 느슨해진 까닭일까. 푹 쉬고 온 것만으로도 이렇게 변하다니.

숙모는 그동안 그녀에게 해주지 못한 것이 너무나 가슴 아팠다. 원래대로라면 젊은 나이에 일을 하든지 연애를 하며 즐겁게 살 수 있었던 정연이다. 부모가 자식에게 짐이 되는 것만큼 비극은 없다. 숙모인 지영은 한숨을 삼키며 이제는 보드랍게 변한 정연의 손등을 자꾸만 쓰다듬었다.
　수연은 다음번에 같이 쇼핑을 가자고 약속을 했다. 여대생이 되었으니 패션에 민감해지고 싶다는 그 말에 정연은 그저 쿡쿡 웃었다. 정말로 패션에 뒤진 것은 그녀였다. 솔직히 아는 것도 없고, 유행하는 옷도 가진 것이 없었다.
　"그래, 다음번에는 정말로 같이 가자. 나도 사야 할 게 많아."
　정연의 말에 수연은 기쁜 듯이 웃었다. 함박꽃처럼 활짝 웃는 그 얼굴에 정연은 가슴이 저렸다. 이렇게 웃고 싶었다. 이렇게 밝고 기쁜 듯이.
　돌아오는 길에 차를 찾았다. 아무래도 은행으로 여기저기 돌아다녀야 하니 차가 필요했다. 길을 잘 모른다고 했더니 지나치게 친절한 카센터에서는 네비게이션을 권했다. 아직 초보라면 더더욱 필요하다며 역설하는 직원 덕분에 정연은 조금 당황했다.
　"비싸지도 않아요, 아가씨. 이걸 달면 헤매지도 않는다고요. 노트북에 다는 작은 것도 있긴 하지만 아가씨가 보기엔 이 정도가 딱 좋아요."
　열성적인 점원은 아직 이십대 초반 정도로 보이는 노란 머리의 청년이었다. 전에는 별생각없이 지나쳤었는데 지금 다시 이야기를 해보니 유달리 친절할 뿐만 아니라 무척 싹싹했다. 노랗게 물들인 머리 때문에 불량하게 보았던 그녀는 조금 반성했다.
　"도로에서 헤매봐요. 얼마나 비참한데! 아가씨에게는 반드시 필요한 물건이라니까!"
 손바닥만한 PDA를 보고 그녀는 신기한 기분이 들었다.
 택시 운전사가 달고 다니는 것을 가끔 보긴 했지만 자신의 차에 달 생각은 미처 못했던 그녀였다. 하기야 차를 몰기 시작한 지도 얼마 되지 않았다. 아직 길눈이 어두운 것은 사실인지라 결국 그녀는 점원이 권한 대로 네비게이션을 달았다.
 "다음에 또 오세요. 궁금한 것 있으면 물으러 오고요! 자, 여기 내 명함!"
 정비사 청년은 옆에서 킬킬대는 아저씨들의 야유를 들으면서 꿋꿋하게 명함을 내밀었다. 설명을 열심히 듣던 정연은 문득 이 친절이 혹시 외모가 바뀌어서 그런 게 아닌가 하는 생각에 놀랐다. 서비스 센터 유리창에 비치는 그녀는 날씬하고 반듯한 몸매를 한 젊은 아가씨였다. 단정한 숏 커트에 몸에 달라붙는 군청색 청바지에 하얀 폴로셔츠. 화장은 엷게 했을 뿐인데도 깨끗해진 피부 탓에 전보다 다섯 살은 젊어 보였다.
 어색한 기분이 되어 점원의 명함을 받고 출발했다. 젊은 남자의 호의를 받아본 게 얼마 만인지 깨닫자 너무 당황스러웠다.
 '예뻐진 걸까.'
 그녀는 룸미러를 흘긋 보며 얼굴을 확인했다. 색조 화장품은 전에 짐승이 사준 붉은 립스틱이 전부다. 그 붉은 립스틱을 바를까 하다가 그녀는 과감하게 치워 버렸다. 그 서태호란 짐승이 준 것은 아무것도 갖고 싶지 않았다.
 어쨌든 네비게이션 덕분에 길 찾기가 무척 쉬웠다. 이리저리 목소리로 길 안내를 하는 터라 조금 헷갈려서 길을 몇 번 놓치기도 했지만 그래도 곧 다른 길을 찾아 안내를 해주니 정말로 헤맬

염려는 없었다. 아주 잠시라고 생각했는데 세상은 확실히 변하긴 변했다. 그녀가 어머니와 병원에 매달려 있는 사이에 이 작은 기계가 길 안내를 하는 것이 당연한 세상이 되었던 모양이다. 그녀는 촌스러운 자신을 향해 혀를 차면서 차를 몰았다.

은행에서 밀린 대출 이자를 해결하고 대출금을 갚았다. 대출금은 어차피 천만 원 정도였기 때문에 갚는 게 어렵지는 않았지만 당장에 현금이 없었던 탓에 차일피일 미루던 것이었다. 이제 병원비로 나갈 돈은 없으니 다달이 받고 있던 보험금은 결국 그녀의 생활비가 되었다. 정연은 자신의 통장에 이체되도록 보험금을 처리하고 어머니의 보험금을 확인해 보았다. 투병 생활이 길어서 남은 돈은 별로 없었지만 그래도 조금은 남았다. 아버지의 생명보험금이다. 그걸 모두 정리하고 나니 생각 외로 살기 막막할 정도는 아닌 듯했다. 집도 있고 사지도 멀쩡하다. 어떻게든 혼자 살 생활비 정도만이라도 벌면 믹고 사는 데 문제는 없을 터였다. 게다가 갑자기 들어온 목돈도 있지 않은가.

그녀는 천천히 달렸다.

세 시가 넘자 시내는 그럭저럭 한가했다. 점심시간이 지나자 나다니는 사람들의 발걸음은 한가하다. 그 색색의 물결을 바라보다가 그녀는 햇볕이 제법 따갑다는 것을 인식했다.

계절은 바뀌고 또 바뀌었다.

죽은 사람과 죽을 만큼 괴로운 통증 사이에서 이리저리 헤매고 있는 사이에 계절은 어느새 여름을 향해 달리고 있었다. 유달리 뜨거운 햇볕을 봐서 올해 여름은 유달리 뜨거울 모양이었다. 그냥 집으로 돌아갈까 하다 그녀는 마음을 바꾸었다. 어차피 집에 가야 혼자다. 또 혼자서 그 남자를 생각하지 않으려 애쓰면서 버둥거리는 것도 지겨웠다. 그보다는 생산적인 일을 하는 것이 옳았다.
　그녀는 느긋하게 차를 백화점으로 몰았다. 백화점에서 물건을 사본 지가 벌써 얼마던가. 아니, 태호와 함께했던 것은 사실이지만 기억에는 전혀 없었다. 꼭두각시 인형처럼 이리저리 그에게 끌려 다녔을 뿐. 그 불길했던 기억을 애써 지우며 정연은 변한 계절에 맞추어 옷가지를 몇 개 샀다. 그러다 보니 배가 고파서 레스토랑에서 모처럼의 왕성한 식욕을 자랑하며 스테이크를 먹었다. 여름 화장품 몇 개를 골라 바르니 사람조차 달라 보였다.
　새 옷과 새 화장품. 그리고 혼자만의 느긋한 쇼핑. 정연은 문득 자신이 쇼핑을 즐기고 있다는 사실을 깨달았다.
　젊은 여자답게.
　서태호가 말했다. 그 짐승이.
　그런 말을 짐승이 할 정도였다는 사실이 어쩐지 먹먹했다. 그만큼 메마르고 절박해 있었다는 것일까. 정연은 혼자서 피식 웃으면서 걷다가 신사복 매장에서 잠시 걸음을 멈추었다.
　무엇이라도 사서 보답을 해야 하는 게 아닐까. 그 남자에게.
　얼굴이 화끈거렸다.
　아아, 또 그 남자 생각을 하고 있구나.
　그에게 뭔가 보답을 해야 한다고 생각하는 순간, 그녀는 얼굴이 달아오를 것만 같았다. 그는 부유하고 나이도 많았으며 또 현명한 사람이었다. 그녀가 주는 물건 같은 것은 눈에 차지 않을지도 모른다. 기억은 잘 나지 않았지만 그가 입고 있던 것, 가지고 있던 물건 등은 전부 다 눈이 돌아갈 정도로 비싼 물건이었다. 넥타이가 손쉬운 선물이긴 하지만 너무 의미심장한 물건이다. 그렇다고 티셔츠를 사는 것도 그랬다. 무엇보다 그가 티셔츠를 입고 있는 것을 단 한 번도 본 적이 없었던 탓이다. 그녀가 본 그는 항상 정장 차림이었다. 아니면 가운 차림이었다. 그래, 알몸에 가운 한 장만 걸친. 그의 가슴은 매끈하고 탄탄했다.

그녀는 애써 상념을 지웠다. 다시 얼굴이 붉어질 것 같았다.

잠시 망설이다가 그녀는 라이터 매장으로 걸어갔다. 그나마 제일 적당한 품목이었다.

그녀는 그가 가지고 있던 라이터를 기억해 그와 흡사한 모델을 하나 찾아 가격을 물어보았다. 놀랍게도 이백만 원이나 하는 물건이었다. 당혹해하는 그녀가 재미있었는지 점원은 카탈로그를 꺼내 보여주었다.

"많은 분들이 좋아하시는 물건이죠. 한정제품이에요. 저희도 많이는 가지고 오지 못합니다. 이 모델 같은 경우는 한 달 정도는 기다리셔야 할 거예요. 입고될 때까지는 없으니까요."

몇 가지 마음에 드는 것은 있었지만 모두 주문 상품이었다. 정연은 가격에는 아예 신경을 쓰지 않기로 했다. 어차피 그녀에게 거액의 돈을 건넨 사람이다. 그의 돈으로 그의 물건을 사는데 돈을 아낄 이유는 없었다.

"이걸로 할게요."

푸른빛이 도는 은빛 라이터였다. 은제인가 했더니 백금이라 비쌌다. 은은하게 물결 무늬가 들어간 것이 독특했다.

"좋은 물건이지요. 한 닷새 정도 걸릴 겁니다. 도착하면 연락드리지요. 연락처를 적어주세요."

그녀는 잠시 머뭇거리다가 핸드폰 번호를 적어주며 얼결에 핸드폰을 만지작거렸다.

그 핸드폰은 태호가 사준 빨간 것이 아니라 태경이 새로 사다 준 은색 슬라이드 폰이었다. 태호가 사주었던 그 빨간 핸드폰은 그가 그녀를 물어뜯었던 날 부서져 버렸다. 어떻게 했는지 태경은 그녀가 쓰던 번호를 그대로 인계해 새 핸드폰을 주었던 것이다.

'그러고 보니 그에게 받은 게 너무 많아.'

그 집에서 나올 때는 너무 얼결이어서 그냥 주는 대로 받아 뛰쳐나오다시피 했지만 아무래도 걸리는 것이 많았다. 돈도 그렇거니와 옷가지와 핸드폰, 숙모에게 했던 거짓말 등 이런저런 것들이 다 그러했다.

〈가족〉이니까.

그 남자는 그 말 한마디로 다 이해하라는 듯이 미소 지었다. 마치 받는 게 당연하다는 듯 태연해서 정연은 그냥 휘말려 든 기분이었다. 하지만 아무리 생각해도 거북한 것은 사실이었다. 무엇보다 그녀는 그들을 가족이라 부를 수 없었으니까.

라이터를 예약하고 식품 매장에 들러 먹을 것을 샀다. 간단히 먹을 수 있는 것들을 이것저것 사다 보니 너무 많이 산 것 같았다. 하지만 빵이나 고기 같은 것은 냉동실에 얼리면 된다 생각하자 급할 것도 없다 싶었다.

그래, 급할 것은 이제 없다.

그녀는 갑자기 주체할 수 없이 많은 시간들이 자신을 향해 쏟아져 내리는 것을 느끼고 당황했다. 식품 매장을 가득 채운 여자들은 다들 바쁘게 움직이며 장을 보고 있었다. 가족들을 위해 요리하고 음식을 사다 나르는 여자들 사이에서 그녀는 갈 곳을 잃어버린 것만 같았다.

"생각하지 말자."

그녀는 애써 신경을 돌리고 육포를 잔뜩 샀다. 다른 것은 몰라도 전과 달리 식욕이 왕성해지면서 단백질 섭취가 늘어난 것도 같다. 체질이 변해서일까. 적당히 밥과 물로 끼니를 때우던 것이 완전히 바뀌어 버렸다. 기운도 세져서 물건을 잔뜩 들고 하루 온종일 돌아다녔는데도 피로한 줄을 모른다.

그녀는 빙긋 웃었다. 이것만으로도 꽤 좋은 조건이었다. 지칠 줄 모르는 체력. 그것만은 정말로 매력적인 것이다.

차에 물건을 잔뜩 쑤셔 넣고 집을 향해 출발했다. 벌써 아홉 시가 다 되어가는 시간이었다.

차들이 불꽃을 머금고 빽빽하게 길 위에 서 있다. 그 사이에 끼어서 정연은 느긋한 기분으로 음악을 틀었다. 나른한 음악이 나른하게 터져 나왔다.

올드 팝이다. 피곤한 날에는 올드 팝이 좋았다. 하긴 그녀는 지금 유행하는 노래를 따라가기에도 벅찼다. 요즘 노래는 너무 빠르고 랩이 많아 가사를 알아듣기가 힘겨웠다.

노래가 끝나자마자 라디오의 진행자가 수다를 떨기 시작했다. 연예인 이야기, 잡담, 음식, 끝도 없이 늘어지는 손님과 진행자의 이야기를 멍하니 들으며 정연은 반드시 CD를 사야겠다고 생각했다. 수다를 떨어대는 라디오 방송은 피곤하고 지루했다. 차의 전 주인은 CDP를 달아놓았다. 아마 젊은 사람이었던 듯 아직 이 년밖에는 안 쓴 새 차라고 했다.

'어떤 음악을 살까.'

멍하니 생각하다가 그녀는 문득 떠오르는 멜로디가 있었다.

〈I LOVE FOR SENTIMENTAL REASON.〉

너무 노골적이다. 정연은 스스로가 우스워 웃음이 나왔다. 정말로 자신은 그를 사랑하는 것일까. 그 짐승의 임금님을? 감상적인 이유로? 외롭다는 이유로? 그냥, 그가 자신을 구해주었다는 이유로?

그녀는 애써 상념을 지웠다. 혼자 앉아서 그 오만하다 못해 거만하기까지 한 짐승의 임금님을 생각하는 것은 결코 바람직한 일은 아니었다. 그들과…… 그 짐승들과는 이제 더 이상 연관되고 싶지 않았다.

"짐승의 임금님?"

어쩐지 굉장히 어울리는 별명이 되었다. 그녀는 다시 되뇌다가 혼자 피식 웃었다. 그러고 보니 집에 돌아온 이래로 혼자 웃는 일이 늘어나는 것도 같다.

수다가 끝나고 다시 노래가 나왔다. 올드 팝송을 틀어주는 프로라서인지 아는 노래였다. 귀에 익은 유명한 팝송. 스탠바이유어 맨이라니.

남자를 생각하고 있는데 이런 노래가 나오다니. 정연은 한숨을 내쉬고 싶었다.

노래의 가사 그대로다. 그 남자 서태경은 자신이 이처럼 그를 생각하고 있다는 것을 모를 것이다. 그녀가 없는 곳에서 웃고 그녀가 모르는 것을 알며 즐거워하고 있을 것이 분명했다. 하지만 노래와 현실은 다르다.

아무리 그녀가 그를 생각해도 그는 그녀에게 돌아오지 않는다. 동정심으로 안아줄 수는 있겠지. 하지만 그것도 그가 말하는 잘

† 389 †

난 괴물들의 〈가족애〉지 그녀가 바라는 애정은 결코 아닐 것이다.

Stand by your man,
give him two arms to cling to,
and something warm to come to,
When nights are cold and lonely,

Stand by your man.
And tell the world you love him
Keep giving all the love you can.
Stand by your man.

그를 생각하며 기다리고 또 기다리고 버티라고? 되돌아오지 않는 사랑을 생각하며 내 사랑 하나만 붙잡고 견디라고? 그 고독. 그 슬픔을 사랑 하나만으로 견딜 수 있는 사람은 대체 몇이나 될까? 그녀는 꿈꾸는 소녀가 아니었다. 세상에 지치고 외로운 여자였다. 짐승이, 야수가 그리울 정도로 외로운 멍청이.

혼자서, 혼자서 어떻게 버틸 수 있지? 세상에 혼자서 살아갈 수 있는 사람이 대체 몇이나 되지? 끝없이 누군가를 갈망하면서 살아갈 수 있는 사람이 몇이나 되지? 심지어 그녀는 그를 〈내 남자〉라고 부를 수조차 없다. 그는 분명 그녀를 〈딸〉로 보고 있는 모양이니까. 실제로 그는 알몸으로 끌어안고도 성적인 접촉조차 시도하지 않았다.

이 현실성없는 노래에 그녀는 큰 소리로 웃고 싶어졌다. 세상에 모든 것이 사랑 하나로 전부 다 통한다면 무엇이 문제일까. 세상은 여전히 비합리적이고 비정하고 비인간적이다. 그리고 그녀는 비참했다. 울고 싶은데 웃어버리는 그녀는 비참했다.
"뭐, 우는 것보다는 낫겠지."
그녀는 입가를 억지로 비틀며 핸들을 돌렸다.
사랑에 빠져 허우적거리기에는 정연은 현실적이었다. 물론 사랑하는 상대는 현실적인 〈존재〉가 아니었지만.
마음은 텅 빈 듯 끔찍한데도 어느새 집 앞에 다다르고 있었다. 그럭저럭 운전에 익숙해졌는지 잡생각으로 가득한데도 잘도 집으로 돌아왔다.
어두운 골목길. 인적이 드문 동네라 가로등도 빈약하다. 언덕배기를 오르는 게 쉽지는 않았는데 다행히도 오토매틱이라 기어를 바꾸지 않아도 되었다. 이토록 서툰 솜씨로 하루 종일 차를 몰고 다녔다는 게 놀랍다고 그녀는 자화자찬했다.
그녀는 차를 주차시키기 위해 차고 문을 열었다. 어두운 길목이지만 그래도 현관 앞 전봇대에는 전등이 붙어 있어 시야가 어둡지는 않았다.
차고 문을 열고 차를 주차시키려는 순간이었다.
골목길 저편, 누군가가 서 있는 것이 보였다. 아니, 보인 게 아니고 느껴졌다.
정연은 자신이 뭔가 잘못 본 것인가 싶어 핸들을 쥔 채 전방을 노려보았다. 분명, 전등 빛이 미치지 않는 어두운 골목길 한 귀퉁이에 한 남자가 서 있었다. 새까만 어둠에 동화된 그림자처럼 희미하게.
문득 공포심이 삐쭉 솟아올랐다. 그녀는 차를 그대로 몰고 돌진해 남자를 박아버리고 싶은 충동을 느꼈다. 잘 보이지는 않지만 남자는 그녀를 똑바로 보고 있었다.

혹시 서태호일까? 그를 생각하는 순간 진땀이 흘렀다. 소름이 끼치는 것과 동시에 격렬한 증오와 공포가 한데 뒤섞여 구토감이 일어났다.

"아!"

그런데 아무래도 체구가 다른 듯했다.

어둠 속의 남자는 서태호보다도 머리 하나가 더 컸다. 어깨도 더 넓고 얼굴은 보이지 않지만 분명 더 컸다. 거구라고 불러도 될 정도였다. 그래도 두려움은 가시지 않았다. 그녀는 터질 듯한 심장을 억누르면서 급히 차를 후진시키고 사이드 브레이크를 걸었다.

주차가 끝나자마자 그녀는 떨리는 손으로 다급히 차고 문을 닫았다. 차고 문을 고칠 때 앞집 주인이 차고 문을 막아버리고 차라리 노상주차를 하라고 했던 것이 떠올랐다. 옛날이나 차고를 만들어 차고 문을 열고 닫고 했지, 요즘은 차라리 문을 없애는 게 낫다는 말을 했다. 그 말이 옳을지도 몰랐다. 정연은 차고 문을 열고 닫는 데 이렇게나 시간이 오래 걸릴지 몰랐다.

부들부들 떨리는 다리를 억지로 끌고 집 안으로 들어와 불을 켰다. 거실 창문에 서서 골목길을 내다보니 남자의 모습은 보이지 않았다. 혹시 빛 탓인가 싶어 침실로 들어와 남자의 모습을 찾았더니 희미한 윤곽이 보이긴 했다. 그런데 조금 이상했다.

남자는 움직이지 않았다. 그저 돌처럼 가만히 서 있을 뿐 이곳으로 쳐들어올 기세는 조금도 느껴지지 않았다. 그렇게 가만히 서 있는 모습을 보다 정연은 문득 혹시 그가 태경이 보낸 사람이 아닌가 하는 생각이 들었다.
 태호가 나타나면 그를 잡기 위해 일족의 누군가가 온 것일지도 모른다. 서태경이 감시하라 일렀을지도. 그렇게 생각이 들자, 어쩐지 긴장이 풀리는 듯했다. 그녀는 아주 잠시 핸드폰을 바라보았다. 태경에게 연락을 할까 망설이던 그녀는 다시 한 번 어둠 속에 서 있는 남자를 살펴보았다. 그 거구의 남자에게서는 아무것도 느껴지지 않았다. 그저 마치 돌멩이나 바위처럼 무심해 보일 뿐이었다.
 애써 마음을 가라앉히고 나자 그녀는 자신이 상당히 웃기는 짓을 했다는 것을 깨달았다. 어차피 저 일족은 마음만 먹으면 어디든 숨어들 수 있는 족속들이었다. 태호는 불쑥 나타나고 불쑥 사라졌다. 문을 잠가도 어느새인지 귀신같이 들어와 뻔뻔하게 드나들었다. 그런 자들에게 불안해하는 것 자체가 어리석은지도 모른다. 저 거구의 남자가 가만히 서 있기만 하는 것은 그녀의 집에는 안 들어오겠다는 의미일 것이다. 그러니까 당황해하고 무서워할 필요는 없을 것이라 정연은 스스로를 타일렀다.
 사 온 꾸러미를 풀고 음식을 적당히 데워 먹으면서 그녀는 밖에 서 있는 그림자 같은 남자를 다시 생각해 보았다. 혹시 태경이 보디가드로 붙여준 남자일까.
 미혜나 태경의 비서를 빼면 다른 일족이라곤 본 적이 없었던 정연은 불현듯 호기심을 느꼈다. 어쩌면 태경의 소식을 좀 알아낼 수 있을지도 모른다. 갑자기 견딜 수 없이 서태경이 보고 싶어졌다. 쿵쾅쿵쾅 뛰는 심장이 널뛰듯 요동친다.
 열 시가 훌쩍 넘었다.
 그녀는 슬쩍 밖을 내다보았다. 그림자 남자는 여전히 그림자처럼 어둠 속에 서 있었다. 분명히 보고 느끼지 않았다면 기둥이나 그림자라고 보았을 법한 모습이었다.
"후우, 최정연. 간만에 미친 짓 하는구나."
그녀는 그렇게 스스로를 욕하며 현관문을 열었다. 가슴이 터질 것 같았다.
어둠 속에서 보니, 남자는 더더욱 위협적으로 보였다. 어둠 속에 녹아들듯 서 있는 기둥. 석상처럼 보이는 그 남자에게서는 희미하게 낯설지만 낯설지만은 않은 냄새가 났다. 기묘하게도 정연은 그가 〈인간〉이 아니라는 사실을 깨달았다. 그리고 또 놀랍게도 그것에 더 안도했다. 만약 그가 태경이 말하던 일족이 아니라 강도라든가 깡패 같은 자라면 그녀는 스스로 위험한 구석에 발을 내딛은 셈이 된다. 하지만 일족이라면 최소한 일족인 여자에게는 절대 손을 대지 않을 터였다.
"하아."
스스로는 가족이 아니라 떠들었던 주제에 막상 위험이 닥치자 그렇게 스스로를 합리화한다. 정연은 그 교활한 논리에 스스로에게 정나미가 떨어지는 기분이었다.
"저기요."
정연이 말을 걸어도 남자는 모른 척 미동도 하지 않았다. 하지만 그녀는 그에게서 나는 초콜릿 냄새를 맡았다. 뜻밖에도 남자는 초콜릿을 무척 좋아하는지 그가 입은 검은 재킷 주머니에서도, 바지 주머니에서도 초콜릿 냄새가 진동을 했다.
너무나 뜻밖이어서 정연은 그만 피식 웃었다. 거구의 남자가 어린애처럼 담배도 아닌 초콜릿을 물고 있는 것을 상상하자 두려움은 금방 가셨다.

"초콜릿을 좋아하세요?"
그녀의 말에 남자가 고개를 슬쩍 돌렸다. 싸늘하게 빛나는 눈이 어둠 속에서 섬뜩한 빛을 발했다. 가슴이 덜컹하긴 했지만 처음 보는 것도 아니라 정연은 마음을 다잡았다.
"나에게 하는 말?"
남자의 목소리는 굉장히 거칠었다. 거의 으르렁거리는 수준이다.
"네."
정연은 자신이 대체 뭘 믿고 남자에게 나선 것일까 후회했다. 이런 것은 그녀답지 않았다. 그녀는 그저 조용한 휴식을 원했었다. 일부러 나대는 일 따위는 한 적이 없었다.
"너, 내가 보이냐?"
남자가 뜻밖이라는 듯 다시 물었다.
"네? 네, 처음에는 그림자인 줄 알았지만. 일족이신가요?"
정연의 대답에 남자는 잠시 침묵했다.
흰자위가 어둠 속에서 희번덕거리는 것이 두렵긴 했지만 그녀에겐 그가 자신을 해치지는 않을 거라는 자신이 조금은 있었다.
"너, 인간이 아니구나."
남자는 새삼스러운 말투로 그녀를 아래위로 훑어보았다. 어쩐지 허탈한 표정이었다. 하지만 정연은 아직도 남자의 얼굴을 자세히 볼 수가 없었다. 어두운 데다가 여전히 남자의 모습은 흐리게만 보였다.
"계속 여기 서 계실 건가요? 우리 집을 감시하고 계셨던 건가요?"
정연의 말이 호의적이자 남자, 대원은 사안을 번뜩였다.

기이한 일이었다. 서태호의 냄새가 가득 밴 집 안에서 나온 여자에게서는 의외로 서태호의 냄새는 거의 나지 않았다. 여자에게선 오히려 다른 냄새가 났다. 분명 서가의 냄새이긴 하되, 좀 더 쓸쓸한 냄새. 한 번 맡으면 잊을 수 없는 서늘한 한기를 가진 냄새, 서태경의 냄새가 났다. 여자의 살갗 깊숙이에서 스며 나오는 냄새다. 결코 착각할 수 없는 냄새였다.
 '뭐야, 착각했나? 그럴 리가. 분명 서태호의 냄새가 가득한 집인데?'
 그는 당황해서 여자와 집을 번갈아 바라보았다.
 "서태호는?"
 그가 묻자 정연은 오히려 안도했다.
 "아, 그동안은 나타나지 않았어요. 역시 그를 잡으러 오신 거로군요."
 정연이 미소를 지으며 말하자 대원은 더 이해할 수 없는 기분으로 그녀를 멍하니 바라보았다. 눈앞에 있는 이 이상한 여자는 분명 일족은 아니었다. 한데 인간도 아니다. 이렇게나 이상한 인간이 있으리라곤 상상해 본 적이 없어 그는 연신 사안을 번뜩였다.
 "이런 곳에서 계시는 것은 피곤하지 않으세요? 차라리 집에 들어오셔서 뭐라도 드시는 게 어때요?"
 정연의 말에 대원은 점점 더 이해할 수가 없었다.
 서가의 냄새, 서태경의 냄새, 서태호의 냄새가 한데 뒤섞인 여자가 자신을 초대한다니.
 "여기서 감시하시는 게 일이라면 그냥 들어갈게요. 제가 실수라도 한 건지?"

정연이 다소 거북하게 묻자 대원은 고개를 저었다. 이 기괴한 상황을 알아보려면 여자의 집 안에 들어가 직접 살피는 게 옳을 듯했다.

정연은 남자가 밝은 곳으로 한 걸음 디디는 순간, 가슴이 철렁했다.

각지고 억세 보이는 얼굴에는 한줄기 흉터가 깊게 패여 있었다. 그뿐만이 아니다. 눈은 더 이상했다. 한쪽 눈은 노란 빛을 띠고 있어 의안이라도 한 것 같았지만 자세히 보면 의안이 아니라 보통 눈이었다. 다쳐서 그런 걸까 생각해 보아도 기괴한 인상이라는 점은 변하지 않았다. 이야기 속에서 뛰쳐나온 프랑켄슈타인 같은 모습이다.

그녀가 놀랐다는 것을 대원은 잘 알고 있었다. 하지만 배려할 마음은 조금도 없었기에 아예 반응을 무시했다.

두 사람은 천천히 집 안으로 들어섰다. 정연은 그의 앞을 걸으면서 자신이 또 엉뚱한 짓을 저지른 게 아닌가 후회했다. 무엇보다 그녀가 벌인 가장 큰 잘못은 서태호를 치료하겠다고 집 안으로 끌어들인 것이었으니까.

아무것도 없는 텅 빈 거실에 들어서자 그녀는 조금 창피한 마음이 들었다. 손님이 앉을 자리가 없기 때문이다. 결국 그녀는 식탁으로 다가가 슬쩍 물었다.

"커피라도?"

대원은 대답 대신 텅 빈 거실을 훑고 있었다. 그의 일그러진 사안이 혼자서 이리저리 움직이며 날뛰고 있었다. 아무것도 보이지 않는 텅 빈 장소였지만 그 자리에는 온갖 냄새와 흔적들이 자리 잡고 있었다. 아무리 깨끗이 쓸고 닦아도 소용이 없다. 사념은 계속 남아 봐줄 자를 찾는다. 대원은 흔적을 보고, 알아냈다.

―반항하는 여자를 후려치고 목을 조르는 서태호. 그를 증오하며 쏘아보는 앙칼진 인간여자. 태호라는 그 빌어먹을 짐승은 그녀를 죽이려 하다가, 마침내는 사악한 눈을 번뜩이며 그녀의 목덜미를 물고 내팽개쳤다. 사지가 뒤틀리고 온몸이 갈가리 찢기는 고통에 몸부림치는 여자. 의식을 잃고 쓰러진 그녀의 곁에 서태경이 등장한다. 그리고 그는 동정과 안타까움, 후회와 분노로 뒤범벅이 된 냄새를 풍기며 그녀를 안고 밖으로 나갔다.

서태경이 남긴 흔적은 그것뿐이었다. 여자를 보고 느낀 동정과 후회, 분노로 뒤범벅이 된 진한 감정. 아마도 그 때문에 흔적이 남았던 모양이다. 평소라면 아무리 사안이라도 대원은 서태경의 흔적을 읽기엔 능력이 모자랐다. 하지만 서태호의 흔적은 진하게 남아 있었다. 감출 생각도, 재주도 없기 때문이리라. 대원은 사안으로 읽어낸 감정과 행동의 흔적을 읽고 잠시 머릿속으로 정리했다. 짜증이 나다 못해 허탈해졌다. 이 집에 서태호의 흔적이 질질 묻어나는 것은 단지 그가 여기서 강짜를 부렸기 때문이었다. 여자가 그를 싫어해서 짜증이 났기 때문이다. 대원은 그 속에서 태호의 짓거리를 재빨리 파악했다. 그는 여자가 최대한 귀찮고 골치 아파지길 바라고 자신의 흔적을 여기에 이토록이나 진하게 남긴 것이었다.

"빌어먹을 새끼."

"네?"

정연이 커피를 따르다 말고 그를 돌아보았다. 커다랗게 뜬 눈은 맑고 선명했다.
 대원은 복잡한 심사를 감출 수 없어서 그녀가 따라놓은 커피 잔을 물끄러미 바라보았다. 따스한 김이 오르는 커피는 하루 온종일 은신해 있던 그에게 굉장히 매력적이었다. 결국 그는 이글거리는 심사를 억누르며 의자에 앉았다.
 그가 커피 잔을 들자 정연은 다소 안심하면서 사 온 육포를 잘라 그에게 내밀었다. 체구를 보아 먹는 양이 적은 편은 결코 아닐 것 같아 수북하게 육포를 쌓아 올리자, 대원은 한마디 말도 없이 그것들을 열렬히 씹기 시작했다.
 침묵.
 아주 거북한 침묵이었다. 정연은 텔레비전도, 라디오도 그다지 좋아하지 않았다. 덕분에 엄청난 덩치를 자랑하는 남자와 단둘이 서로 시선을 은근슬쩍 피해가며 앉아 있을 수밖에 없었다. 다행히도 낯선 남자는 살벌한 기운을 품은 채 먹기만 했다. 접시까지도 먹어치울 기세다. 결국 정연은 그나마 다행이라는 생각을 하며 냉장고를 열어 사 온 소시지를 꺼내 삶아 빵에 끼웠다. 그사이 육포를 다 먹어치운 대원은 정연이 빵을 만드는 모습을 묵묵히 지켜보았다.
 그녀는, 서태경의 여자였다. 태호에게 반항해 죽을 뻔한 것을 태경이 구해 자신의 여자로 삼은 것이다. 어떻게 인간여자를 일족으로 만든 것일까.
 냄새는 뒤범벅. 서태경의 냄새와 인간의 냄새가 뒤엉키고 그 와중에 기묘하게도 달콤한 냄새가 난다. 일족의 냄새라고도, 인간의 냄새라고도 할 수 없는 낯선 냄새다. 당연한 일이지만 변성에 대한 지식은 대원에게는 없었다.

"드세요."

내민 소시지 빵을 씹어 삼키면서 대원은 여자를 관찰했다. 사안으로 확인해도 확실히 여자는 완전한 인간이라고는 볼 수 없었다. 그렇다고 해서 완전한 일족도 아니다. 상당히 어정쩡한 상태이긴 하지만 분명 온몸에서 서가의 냄새를 풍기고 있었다.

"저기……."

정연은 거북한 기분으로 남자의 시선을 받다가 결국은 태경에 대해 묻는 것은 단념했다. 아무리 봐도 이 남자가 곰살맞게 태경의 이야기를 할 것으로는 보이지 않았기 때문이다. 적대적이 아니란 사실만으로도 감지덕지다.

그녀는 한숨을 삼키면서 담배에 불을 붙였다. 연기를 한 번 내뱉자 대원은 움찔했다. 담배를 피우는 인간여자는 많이 보았지만 일족은 처음이었다.

"아, 담배 싫어한다고 했던가요?"

정연이 그 기색을 눈치 채고 묻자 대원은 침묵했다.

그가 아무 말도 하지 않자 정연도 말없이 담배를 피웠다. 거북하다고 해서 끄는 것도 쉬운 일은 아니었기 때문에 불을 붙인 한 대 정도는 그냥 피우고 말겠다는 오기까지 생겼다. 그 어설픈 오기에 정연은 스스로 쓴웃음을 지었다.

"언제부터 계셨나요?"

그녀가 물었지만 그는 대답하지 않았다. 이틀 전부터라는 말은 굳이 할 필요가 없을 듯도 싶었다. 그나저나 생김새가 이런 남자를 태연히 한밤중에 집 안에 들이다니, 죽었다 살아난 뒤로 배짱이 커진 걸까. 아니면 원래 배짱이 있는 여자인 걸까. 하긴 저 서태호에게 덤빌 정도니까 보통 인간은 아닐지도.

대원은 그녀를 물끄러미 바라보았다. 인간치고는 신선한 살 내음이 났다. 품고 싶다는 생각이 문득 들었지만 감히 서태경의 여자에게 손댈 용기가 그에겐 없었다.

대꾸도 하지 않는 남자에게 결국 정연은 할 말을 잃었다. 그녀는 별수없이 화장실이나 다녀올까 싶어 일어섰다.

"그럼, 쉬시다 가세요."

별수없다. 이 일족은 지극히 비상식적이고 비사교적인 집단이었다. 하기야 짐승의 마음을 누가 이해할 수 있을까. 서태호가 고양이라면 눈앞의 남자는 야생견이나 늑대처럼 보였다. 송곳니를 감추고 있긴 하지만 빳빳하게 털을 세우고 경계하고 있다. 짐승들에게 어느새 익숙해진 걸까.

한숨을 삼키고 정연은 거북한 남자의 시선을 피해 담배를 문채 화장실로 들어가 세수를 했다. 시간을 어정쩡하게 보낸 탓인지 벌써 열한 시가 나 된 시간이있다. 그녀는 세수와 양치를 마치고 식탁으로 가 보았다. 남자의 성격상 아무래도 조용히 사라질 가능성이 높은 것 같다고 생각했었는데 의외로 남자는 식탁 앞에 여전히 같은 자세로 앉아 있었다. 무슨 생각을 하는지 알 수는 없었지만 당장이라도 폭발할 것 같은 기세가 느껴져서 가까이 가기 두려웠다.

그녀가 말없이 서 있자, 대원은 천천히 일어서 현관을 향해 걸었다. 그리고 나가려다 말고 갑자기 생각난 듯 그녀를 향해 물었다.

"서태호는 언제 오지?"

"몰라요. 안 왔으면 좋겠지만 그 이상한 짐승의 생각을 누가 알겠어요?"

난폭한 말투가 걷잡을 수도 없이 새어나왔다. 정연은 얼결에 입을 다물었다. 짐승이란 말은, 아무래도 일족에게는 함부로 쓸 수 있는 단어는 아닌 것 같아 당황했다. 하지만 대원의 얼굴은 여전히 무표정했다. 기이하게 희번덕거리고 있는 노란 눈이 잠시 흔들렸을 뿐이다.

"그가 싫은가?"

"당신들은 뭐라 할지 모르겠지만 어쨌든 난 싫어요."

단호한 대답에 대원은 그녀를 물끄러미 바라보았다.

"여자들은 다 그자를 좋아해."

"난 싫어요."

정연의 단호한 말투에 대원은 다소 기묘한 시선으로 그녀를 바라보았다. 뭐랄까, 대원은 김이 빠진 기분이 되어 있었다. 태호를 완벽하게 잡을 수 있는 기회가 왔다 생각했는데 이 눈앞에 있는 이상한 여자는 태호가 아니라 태경의 여자였다.

'빌어먹을.'

허탈하다 못해 울화가 치밀었다.

그가 막 나가려는 순간, 갑자기 여자가 불렀다.

"잠깐만요."

갑자기 부엌으로 뛰어들어 가는 여자를 보고 대원은 미간을 찡그렸다. 돈도 받지 않은 인간여자가 호의를 보여주는 경우는 그다지 많지 않았다.

"이것, 가지고 가요."

여자가 내민 것은 초콜릿 한 봉지였다.

"그가 올 거라 생각은 안 하지만 어쨌든 나타나면 당장에 당신을 부를게요. 그럼 되죠?"

"그놈이 나타나면 내가 먼저 알아차려."
 대원이 무뚝뚝하게 대답하며 초콜릿을 노려보자 정연은 무심한 어조로 대꾸했다.
 "그럼 안심이군요."

15
동질

 기묘한 동거였다.
 그들은 서로 이름도 묻지 않았다. 정연은 그를 속으로 그냥 프랑켄슈타인 아저씨라 불렀다. 흉터도 그랬지만 어쩐지 꼭 담벼락에 붙어 서 있기만 하는 모습이 인조인간처럼 보였기 때문이다. 그 역시 정연의 이름조차 묻지 않았다. 그러나 서로를 부르는 호칭이 없다고 해서 어색할 것은 없었다. 두 사람 모두 말이 없었기 때문이다.
 대원은 그녀의 집에서 그만 철수하는 게 낫다고 생각하면서도 왠지 미련이 남아 쉽게 떠날 수 없었다. 그래도 태호의 약점을 노려서 그를 잡아챌 수 있는 미끼의 가능성은 충분히 남아 있다고 변명하면서 그는 조용히 남았다.
 그녀의 이름도 알아냈고, 그녀가 부모를 여의고 혼자 살고 있다는 것도 알아냈다. 그뿐이랴, 그녀가 태호를 우연히 도와주다가 그에게 물렸다는 것도 알아냈다. 대원의 추측과는 달리 그녀는 정말로 태호의 그 불가사의한 매력의 포로는 아니었던 모양이다. 그 점이 대원은 아주 흡족했다. 이 여자의 가장 큰 장점은 서태호를 미워하는 것이었다.

그녀는 아침 5시 30분경에 눈을 뜬다. 식사는 7시경. 한 시간 정도 조깅을 하고 집에 돌아와 집 안 청소나 정리를 했다. 11시 30분경이면 간단히 점심을 하고 3시경에는 간식을 먹는다. 하루 종일 집 안을 쓸고 닦거나 인근 도서관에서 책을 빌려와 읽는다. 저녁 식사 후에는 근처의 헬스클럽에서 간단한 운동을 두 시간 정도 하고 돌아와 야참 후에 곧 취침.

그가 그녀의 스케줄을 알게 된 것은 조사한 것도 있었지만 식사 때마다 그녀와 같이 밥을 먹기 때문이었다. 식탁의 메뉴는 풍성한 대신 간단했다. 아침에는 과일과 달걀, 빵과 베이컨이었고, 점심에는 삼계탕이나 육개장 같은 진한 국, 오후 간식은 간단한 소면이나 육포 등이었다. 저녁은 당연한 말이지만 삼겹살 같은 구운 고기가 올라왔다. 야참은 과일이나 치킨 같은 고열량 식이었다. 인간여자가 아니긴 아닌 모양이었다.

꼬박 그녀와 다섯 끼를 먹다 보니 그녀의 생활 패턴을 쉽게 알 수 있었다. 그것이 그에게는 편한 상황은 결코 아니었다. 은신하고 있기 때문에 그의 존재조차 알지 못하는 인간들 사이에서 끼니때마다 말을 걸어주는 정연의 존재는 묘한 친근감을 느끼게 했다. 적대 관계에 있는 서가의 여자라는 것을 알면서도 대원은 그녀가 청하는 식사를 거절하지 않았다. 오히려 그녀를 통해 대체 서태호와 서태경, 그 사이에서 이 여자가 가진 위치를 알아내는 데 주력했다. 다행히도 그녀는 대원이 서태경이 보낸 보디가드

정도로 인식하고 있는 듯 거부 반응을 보이지 않았다. 어쩌면 원래 둔한 여자일 수도 있었다. 그와 얼굴을 마주하고 천연덕스럽게 밥을 먹을 여자는 흔치 않았으니까.

"내일 비가 온다는데 괜찮아요?"

"괜찮아."

"우산 빌려줘요?"

"아니."

대화는 적었다.

원래 말수가 많은 여자가 아니었다. 대원은 그녀와 함께 있는 것이 꽤 편했다. 그녀도 그와 함께 있는 것이 편한 듯 보였다. 어쩐지 그것이 조금 간지러워서 대원은 시선을 돌려 식탁 위에 가득 놓인 음식들을 바라보았다. 누가 봐도 사오 인분은 될 법한 양이다. 하나, 그릇은 금방 비워졌다. 닭도리탕과 수육이 수북이 놓여 있던 그릇은 아주 깨끗했다. 설거지를 시작하기 전에 정연은 커피 메이커에 커피를 담았다. 대원이 적당히 그릇을 개수대에 집어넣자 그녀는 설거지를 시작했다.

날씨는 꽤 더워졌다. 그녀와 함께한 지 벌써 닷새.

"이따 오후엔 냉면을 먹을까 봐요."

멍하니 식후 담배를 입에 물고 정연이 중얼거리듯 말했다. 커피 메이커가 보글 소리를 내며 향긋한 냄새를 풍기기 시작했다.

"물냉면."

대원이 멀뚱하니 대답하자 정연이 그를 흘긋 보았다.

"매운 것 못 먹죠?"

"......"

그는 말없이 흩어지는 그녀의 담배 연기를 감상했다. 어쩐지 김이 빠지는 오후였다.
"이따가 백화점 갈 건데 필요한 것은 있나요?"
"아니."
옷을 갈아입긴 해야겠지만 대원은 굳이 그런 말을 그녀에게 할 필요성은 느끼지 못했다. 눈앞에 있는 여자에게 살의는 느끼지 않았다. 그에게 있어 최정연이라는 여자는 미끼였다. 그 죽일 놈을 끌어들이기 위한 미끼. 그러기 위해선 필요 이상 그녀와 친해질 필요는 없었다. 하지만 그녀에게 있어서도 서태호는 적이었다. 명희와 마찬가지로 그녀 역시 서태호의 희생자.
명희.
그녀를 생각하는 순간, 대원의 눈빛은 부드러워졌다. 초콜릿을 권하던 그녀와 눈앞에서 나른하게 담배를 피우고 있는 여자의 모습이 겹쳐졌다. 그래, 그 새끼의 가련한 희생자. 눈앞에 있는 최정연이라는 여자도 그놈 때문에 죽을 만큼 고통을 겪었다. 지켜주어야 한다. 그렇게 생각하자 대원은 더더욱 누그러졌다.
그녀가 담배를 문 채 커피를 따라 건네자, 그는 뭉툭한 손가락으로 커피 잔을 받아 들었다.
"담배는 몸에 좋지 않아."
그가 툭 하니 한마디 하자 정연은 뜻밖이라는 듯 그를 보다가 피식 웃었다.
"알아요."
대원은 무뚝뚝한 표정을 유지한 채 그녀를 관찰했다.
말이 없지만 무심한 것은 아니다. 비교적 잘 웃긴 하지만 밝은 웃음도 결코 아니었다. 오히려 무표정한 것이 더 어울릴 정도로 허술한 웃음. 그녀는 상처가 많았다. 정에 굶주렸다. 우울하지만 견디고 있다. 대원은 이런저런 것이 읽히는 것이 거추장스러워 사안을 잠재웠다. 그녀와 친해져서 좋을 것은 하나도 없었다. 일단, 그는 그녀가 믿고 있는 대로 서가에서 보낸 보디가드가 아니었으니까.

차를 몰고 백화점으로 향하면서 정연은 룸미러에 비치는 자신의 모습에 만족했다.

분명 그녀는 아름다워지고 있었다. 뽀얀 피부에 반듯한 이목구비, 몸매는 모델처럼 날씬했다. 하이힐을 신어도 이제는 피곤하지도 않았다. 엷게나마 화장도 하고 옷도 반듯하게 입었다. 비록 평범한 캐주얼이었지만 예전과 달리 여성적인 디자인이었다. 몸매가 고스란히 드러나는 달라붙는 티셔츠에 스키니 팬츠다. 단순한 디자인이지만 귀걸이도 했다.

사랑을 하면 여자는 예뻐진다고 했다. 그 말은 틀리지 않았다. 서태경에 대한 마음을 자각하는 순간부터 그녀는 피어나기 시작했다. 지친 듯 늘어져 있던 시든 꽃이 아니라 생기발랄하게 피어나는 꽃이 되었다. 깨끗한 피부와 날씬한 몸매 탓에 그녀는 이십대 초반으로 보였다. 그것이 변성했기 때문이라는 것을 정연도 알고 있었다. 그에 대한 거부감이 없는 것은 아니었지만 그래도 예뻐지는 것을 싫어할 여자는 없다.

헤어샵에 들러 머리를 좀 다듬을까 생각하면서 그녀는 피식 웃었다. 대체 언제부터 머리를 다듬고 옷에 신경 쓰게 되었을까.

사람이란 간사하다. 여자의 마음은 더더욱 간사하다. 잘 알지도 못하는 남자를 생각하면서 그에게 잘 보이기 위해 가꿀 생각을 하다니.

그녀는 천천히 담배 한 가치를 들어 입에 물었다. 쉽게 취하기 때문에 불을 붙이진 않았지만 필터를 물고 있는 것만으로도 꽤나 안정되는 기분이 되었다.

그녀는 외모에 자신이 없었다. 너무나 평범해서 인상이 흐리다는 이야기까지 들었던 그녀였다. 게다가 생활이 찌든 탓인지 첫인상이 어둡다는 말도 많이 들었다. 게다가 그를 만났을 때 그녀는 최악의 상태가 아니었던가. 최악 정도가 아니라 거의 괴물처럼 끔찍할 때 그를 만나었다. 그러니 언제 그를 만나도 초라하지 않게 가꾸고 싶었다.

"후우."

그녀는 버릇처럼 한숨을 내쉬었다.

마음이 많이 안정되었기 때문일까. 그도 아니면 그를 욕심내고 있기 때문일까. 그의 눈에 보잘것없는 여자로 보여지고 싶지 않다는 마음이 가득 차 오르고 있었다. 전화할 사람도 없는데 항상 핸드폰을 들고 다니는 것은, 혹여나 태경이 전화할까 싶어서다. 그러나 직접 전화할 용기는 여전히 생기지 않았다.

그를 생각하는 이 마음은 대체 무엇일까. 이게 정말 사랑일까.

정연은 자신을 알 수 없었다.

그를 미워했다. 서태호의 형인 그를 증오했다. 아니, 증오해야 한다고 생각했다. 그러면서도 한편으로는 그가 자신을 구해준 은인이라는 점에 감사한다. 아기를 돌보듯 정성껏 자신을 돌봐주었던 그에게 감사하고 있었다. 그리고 그에게 의지하고 있었다.

욕심이라는 게 이렇게나 애타는 기분인 걸까. 무언가를 가지고 싶어 조바심 낸다는 게 이런 걸까. 그녀는 자신의 마음을 도무지 알 수가 없었다.

정연은 욕심을 부린 적이 없었다. 그녀는 항상 어른스럽고 조숙한 여자 아이였다. 외동딸로 자라며 그녀는 엄마의 친구가 되는 조숙하고 착한 딸이었다.

사랑이란 욕심인가.

그녀는 참다못해 결국은 라이터를 꺼내 담뱃불을 붙였다. 한 모금 들이키자 그제야 빙빙 도는 상념에서 빠져나올 수 있었다.

오늘은 백화점에서 그 라이터를 찾는 날이었다. 그에게 전화를 걸어 선물을 주겠다고 말할 수 있었다. 뭔가 결론을 내야 하지 않을까. 정체불명의 이 이상한 감정에 대해 정의를 내려야 하지 않을까.

가슴이 터질 것 같아 정연은 입술을 깨물었다. 이상한 핑계지만 어쨌거나 그를 부를 계기는 된다. 그의 집에서 나온 지 벌써 이 주일이나 되었다. 분명히 그 역시 궁금하게 여기고 있을 것이다. 보디가드까지 보내준 사람이니까.

정연은 저도 모르게 웃었다. 좁은 차 안에 담배 연기가 가득 차오른다. 그녀는 차창을 열면서 다시 한숨인지 연기인지 알 수 없는 것을 내뱉었다.

확실히 그랬다. 저 말 없는 기둥― 프랑켄슈타인 아저씨가 나타난 이래로 그녀는 밝아졌다. 그 보디가드의 출현은 분명 태경이 그녀를 생각하고 있다는 증거였다. 멀리서 보기만 하고 그녀의 생활에 참견을 하지 않는 태도 자체가 그것을 의미했다. 그녀를 감시하는 게 아니라 서태호를 잡기 위해 대기하고 있다는 뉘앙스를 풍기고 있는 그 남자는 정연을 보호하려는 기색이 역력했다. 그것이 기뻤다. 누군가가 자신을 보호하려고 한다는 것이 얼마나 기쁜 일인지 그녀는 처음 알았다. 혼자서 버티며 엄마를 보살피고 보호해 온 것이 칠 년. 이제 그녀에게도 보호자가 생긴 것이다. 그것이 일시적인 것일지라도, 그 보호자가 짐승이라 해도 그녀는 나름대로 행복한 기분이라는 것을 인정했다.

"기다리셨습니다."

웃으면서 직원이 내밀었다. 눈에 띄게 밝은 표정을 한 그녀가 좋게 보였는지 라이터 매장의 남자 직원은 고급스러운 케이스에 포장해 주면서 카드도 드릴까요 하고 물었다.

"아니에요."

만족스러운 미소를 머금고 정연은 그것을 받아 들었다.

생각보다 더 예쁜 라이터였다. 백금으로 만든 라이터는 팸플릿에서 본 것보다 훨씬 고급스럽게 보였다.

예쁘게 포장된 것을 들고 그녀는 기분 좋게 매장을 나섰다. 그러다가 옆 매장에서 근사한 디자인의 목걸이를 발견했다. 이태리제 크리스털이라는 펜던트는 물방울 모양으로 꽤나 근사했다. 보석도 아닌데 가격은 제법 비쌌다.

"어울려요. 살결이 좋으시니까 크리스털이 정말 어울리시네요."

직원이 칭찬하며 권하는 것을 듣고 정연은 망설였다. 비싼 장신구를 산 적이 한 번도 없어서인지 굉장히 망설여졌지만 지금 태경을 만나러 갈 것이라 생각하자 조금은 사치하고 싶은 생각이 들었다. 그는 부유하고 또 눈이 높은 사람이었다.

"주세요."

펜던트를 걸자, 하얀 피부 위에 투명한 크리스털이 초록색을 머금는다. 옆에서 보면 보라색이고 정면에서 보면 초록색. 또 아래서 보면 투명하다.

그 모습이 만족스러워서 결국 그녀는 카드를 긁었다. 이래서 여자들이 한번 쇼핑에 중독되면 헤어나질 못하는 모양이다. 이런 비싼 장신구는 처음이어서 가슴이 두근거렸다. 충동적으로 칠십만 원이나 하는 목걸이를 사다니 바보 짓 같다. 순간적으로 환불하고 싶은 충동이 일어났지만 애써 마음을 억눌렀다.

백화점 안에는 사람이 많지 않았다. 아직 평일 대낮인지라 여유 있는 중년 여자들이 대부분으로 젊은 여자는 몇 되지 않는다. 정연은 느긋하게 매장 안을 돌면서 시계를 보았다.

12시 48분.

지금 전화를 거는 게 좋을까. 지금이라면 회사에서도 점심시간일 테니 그다지 바쁘진 않을 것이다. 그녀는 몇 번이나 망설였다. 일단 약속을 잡고 이야기를 하면 그도 분명히 응해줄 것이다. 몇 번이나 필요한 게 있으면 전화하라고 당부했었으니까. 그것이 단순한 립서비스라고는 생각되지 않았다. 그 남자, 서태경은 입바른 소리를 할 타입의 남자는 아니었다. 그것만은 그녀도 확신했다.

'이 라이터를 주면, 혹시 난처해하거나 비웃는 건 아닐까.'

어쩌면 자신이 그를 좋아한다는 게 들킬지도 모른다. 그것을 상상하니 가슴이 조여들었다. 정연은 소심해지는 자신을 한심하게 여기면서도 어찌할 바를 몰랐다. 남자에게 선물을 한 적도 없었고 남자에게 마음을 빼앗긴 적도 처음이었다. 대학 때 연애 한 번 못했다는 게 새삼 억울해진다.

12시 52분.

매장을 두어 바퀴 돌다가 그녀는 결국 커피숍에 앉았다. 점심을 먹었는데도 또 출출해졌다. 도넛 한 개와 커피를 앞에 두고 그녀는 한숨을 내쉬었다. 가슴이 두근거려서 미칠 것 같은데 배는 고프다니. 바뀐 체질의 슬픈 변화다.

도넛을 먹어가며 그녀는 다시 핸드폰을 노려보았다.

"후."

그녀는 한숨을 내쉬었다.

지금 자신이 무슨 짓을 하고 있는 것인지 한심해졌다. 그가 그녀에게 선물을 사 달라고 한 것도 아니다. 혼자서 들떠 난리를 치고 있는 게 너무나 우습다. 어울리지도 않게 비싼 목걸이까지 사다니. 그를 만날 구실을 만들기 위해 이렇게나 안절부절못하다니. 그녀가 그렇게 한탄하고 있을 때였다.

바로 뒤에서 낯익은 목소리가 들려왔다.

"이게 누구야?"

몸이 얼어붙었다.

차가운 손이 심장을 쥐어 비튼 것처럼 섬뜩하다. 정연은 미동도 하지 못한 채 두 손을 테이블 위에 놓고 굳었다. 귀 안쪽 고막에서 누군가가 비명을 지르고 있는 것 같았다.

날카로운 손톱, 뜨거운 이빨. 피비린내. 살육의 냄새.

죽음. 죽음. 죽음.

"믿을 수가 없네."

목소리는 놀랍게도 기쁜 기색을 띠고 있었다.

얼어붙은 채 정연은 멍하니 자신의 앞에 와 앉는 남자를 바라보았다.

쇼핑을 잔뜩 했는지 쇼핑백을 몇 개나 들고 와 의자 위에 올려놓으며 다가앉는 남자. 그는 화사한 주황색 셔츠에 달라붙는 검은 진을 걸치고 있었다. 그 유별난 색상이 조각처럼 잘생긴 얼굴과 잘 어울렸다.

"이런 데서 만나다니."

서태호는 웃고 있었다.

핸섬한 얼굴에 퍼지는 미소는 누가 보아도 매력적이었다. 수컷의 내음을 진하게 풍기고 있는 입가는 누구보다도 섹시한 자신의 매력을 확신하고 있는 듯했다.

그가 뭐라 떠들기 시작했다. 이런저런 잡담과 날씨 이야기.

어제 만났다 헤어진 친구에게 하는 것처럼 천연덕스럽게 말을 하고 있는 그를 보고 있는 동안 정연의 얼어붙었던 심장이 녹기 시작했다. 아니, 녹을 뿐만 아니라 서서히 타오르기 시작했다. 시야가 빙빙 돌았다. 소름이 돋았다.

그런데 이 상황은 무엇인가. 공포에 떠는 것은 오히려 그녀 자신. 살인자는 태연하다.

"너무 예뻐져서 못 알아봤어. 그 목걸이도 멋진걸."

그녀의 기색을 눈치 채지도 못한 채 태호는 싸늘하게 자신을 바라보고 있는 정연의 옷차림을 보며 칭찬했다.

사실, 정말로 그는 놀라고 있었다.

그 초라한 생쥐 같은 몰골의 여자가 이렇게도 예뻤던가. 뽀얗게 살이 오른 피부에는 윤기가 흘렀다. 육감적이기보다는 늘씬한 몸매. 모델처럼 팔다리가 길어 우아하기 짝이 없다. 짧게 정리한 머리카락 사이로 보이는 상큼한 목덜미가 입을 맞추고 싶을 정도로 육감적이었다. 태호는 최정연이라는 여자가 육감적이라는 단어와는 거리가 멀다고 생각했었다. 거리가 멀다 뿐인가. 그녀는 어디로 보나 여자다운 매력과는 담을 쌓았다고 생각했다. 하지만 지금 눈앞에 있는 여자는 놀랄 정도로 아름다웠다.

"기적이네."

태호는 자신이 그녀를 변성시킨 양 껄껄 웃었다.
"이렇게 예뻐지다니. 믿을 수 없어. 멀리서 보고 나는 네가 아닌 줄 알았어. 소문은 들었지만 말이야."
정연은 덜덜 떨리는 손가락을 들어 커피 잔을 잡았다. 눈앞에 칼이 있다면 당장이라도 들어 찔러 죽이고 싶은 기분이었다. 살인자. 살인자. 살인자.
"너도 예뻐지니까 좋지? 아, 밥이라도 먹으러 갈래?"
태호는 웃으면서 그녀의 손을 잡으려 손을 뻗었다. 그 순간 소름이 끼쳐 정연은 쥐고 있던 커피 잔을 그대로 그에게 집어 던졌다.
"왓!"
와장창—
불행히도 태호는 쏟아지는 뜨거운 커피를 피했다. 요란한 소리를 내며 바닥에 떨어진 커피 잔은 산산이 깨졌다. 깨진 사기 조각에 놀란 사람들이 저마다 낮게 비명을 질러댔다. 다행히 사람이 적었던 시간이라 커피숍의 손님은 서너 명밖에 없었다.
"너!"
태호는 이를 드러내며 그녀의 손을 잡아챘다. 하지만 그보다도 먼저 그녀는 그 손을 피하며 벌떡 일어났다.
"살인자."
그녀가 낮게 외쳤다.
턱이 덜덜 떨렸다. 공포 때문이 아니라 흥분 때문에 턱이 덜덜 떨렸다. 팔다리가 후들거렸다. 눈앞에 있는 자를 너무나 증오해서 미쳐 버릴 것만 같았다.
그때의 그 끔찍한 고통. 그 처참한 기분. 어떻게 그것을 말로 표현할 수 있을까.

　그녀는 이를 악문 채 그를 쏘아보았다. 눈앞이 뻘겋게 될 정도로 화가 난다는 게 어떤 것인지 그녀는 이제 알 수 있었다.

　사지가 뒤틀리고 내장이 꼬여드는 그 고통, 그 괴로움. 그것을 지금 눈앞에 있는 자에게 고스란히 전해주고 싶었다. 그녀는 주먹을 쥐고 이를 악물었다. 쉰 소리가 새어나오는 입가가 덜덜 경련을 일으켰다.

　"개자식, 네놈을 죽일 거야."

　"뭐?"

　태호는 눈을 크게 떴다. 감히 자신에게 욕을 하다니. 역시 이 여자는 미친 것일까. 순간적으로 그는 그녀를 후려치고 싶은 충동을 느꼈지만 참아냈다.

　예뻐진 그녀에겐 손대기 거북했다. 일단 여자로 인식한 이상 거친 행동은 쉽지 않았던 것이다. 그는 잠시 동안 그녀에게 화를 내려 했던 자신을 추슬렀다. 정연이 화를 낼 수도 있을 것이다. 속상했겠지. 분명히 그는 그녀를 물어뜯고 상처를 입혔으니까. 사실 여자에게 그런 짓을 한 것은 그 역시도 처음이었다.

　"화 풀어. 어차피 지난 일이잖아?"

　태호는 화를 내려던 것을 억누르고 부드럽게 말했다.

　부들부들 떨고 있는 그녀는 전신에서 분노를 표출하고 있었다. 전에는 몰랐던 그녀의 체취가 갑자기 그의 후각을 자극했다. 상큼하고 씁쓸했다. 오렌지나 라임?

　'그래, 라임 같은 향기다.'

　그는 변한 정연이 마음에 들었다. 아주 마음에 쏙 들었다. 글래머는 아니지만 늘씬하고 상큼했다. 항상 만나던 타입이 아니라 오히려 신선하다. 게다가 이 여자는 이제 인간도 아니지 않은가. 같은 일족이 된 여자라면 충분히 존중해 줄 가치가 있었다.

그는 달래는 미소를 머금고 여유있는 태도로 떨고 있는 그녀의 어깨에 손을 올렸다. 정연이 세차게 그 손을 밀쳐 냈지만 그는 마치 토라진 어린애를 다루듯 등을 토닥였다.

"화 풀어. 다 잘됐잖아."

그 말에 정연은 너무 기가 막혀서 그를 바라보았다.

잘되었다고? 뭐가? 뭐가 잘되었다는 건가?

"점심 전이지? 내가 밥 살게. 같이 가자."

그의 손이 어느새 허리에 와 있었다. 마치 오래된 친구나 연인 같은 그 태도에 정연은 그를 똑바로 바라보았다. 이 남자가 지금 제정신인 걸까.

그날로부터 겨우 한 달도 되지 않았다. 그때 그는 그녀를 물어뜯고 고문했다. 그런데 지금 이 태도는 대체 무엇이란 말인가.

"건드리지 마."

정연은 세차게 뿌리쳤다. 하지만 그것도 잠시였다. 태호는 그녀의 허리에 팔을 감은 채 거의 질질 끌다시피 하며 커피숍을 빠져나왔다. 백화점 내부에 있는 커피숍인지라 매장 앞을 지나가는 사람들 모두가 그 모습을 보고 있었다.

"이것 놔!"

흘깃대는 사람들의 시선이 무섭지도 않은지 태호는 태연자약했다. 그는 그녀를 한 손으로 끌어 엘리베이터가 있는 통로 쪽으로 데려왔다. 정연은 필사적으로 지갑과 라이터가 든 쇼핑봉투를 움켜쥔 채 버둥거렸지만 그에게서 풀려 나올 수는 없었다.

"놔! 놔!"

창백하게 질린 그녀의 얼굴을 보면서 태호는 입술을 씹었다.
기분이 아주 나빴다. 여자가 이렇게나 노골적으로 거부하는 경우는 처음이었던 것이다.
"왜 이래? 부끄럽지도 않아? 소란 피우지 마."
"소란을 피우는 건 너야! 네가 뭔데 날 잡는 거지?"
"식사나 한 번 하자는 거야. 그게 무슨 큰일이라고 이런 소란을 떠는 거지?"
태호는 기가 막히다는 듯 팔짱을 낀 채 그녀를 쏘아보았다.
벽과 태호 사이에 갇힌 정연은 이를 악문 채 그를 올려다보았다. 이 상황 자체가 너무 기가 막히고 불쾌하기만 했다. 이 나쁜 짐승은 당장이라도 잡아 가두어야 할 망나니였다. 사람을 죽여놓고 잠깐 말다툼이라도 한 양 굴다니.
"난 당신과 할 이야기 없어."
정연은 차갑게 말했다. 어차피 말해도 들을 귀가 없는 짐승 따위와 말을 섞고 싶지 않았다. 그녀는 애써 심호흡하면서 패션잡지에서 튀어나온 듯한 모습을 하고 있는 태호를 경멸 어린 시선으로 바라보았다.
"너와 밥을 먹는다고? 토할 것 같아."
정연의 독설에 태호는 놀랐다. 너무 놀라 화를 내는 것조차 잊었을 정도였다.
"이봐, 너, 점점 고약해지는데. 나에게 먹인 그 맛없는 것들도 난 다 먹어줬어. 삐친 건 알지만 적당히 하라고."
"삐쳤다고?"
그녀는 이제 아예 어이가 없어 웃음까지 나올 정도였다. 아무리 말이 안 통하는 짐승이라고는 해도 최소한 귀는 뚫려 있어야 할 게 아닌가. 분노에 치를 떨고 있는 그녀에게 삐쳤다는 말을 하다니.

이제 정연은 머리가 차가워졌다.

이 사람 모양의 짐승은 자기 마음에 들지 않는 이야기는 아예 듣지도 않는 것이다. 남의 마음을 이해하고 상황을 이해하는 마음이 원래 없는 짐승.

"말해봐야 소용이 없네. 너는 귀도 없는 괴물이야. 어쨌든 너와는 할 말이 없어. 비켜."

"말이 짧군."

화가 난 어투로 태호가 그녀의 손목을 잡아당겼다.

"언제부터 반말이야? 간이 붓다 못해 튀어나온 거야?"

순간, 그녀의 쇼핑백에서 선물 꾸러미가 떨어졌다. 주우려고 정연이 급히 몸을 숙이자 그보다 먼저 태호가 그것을 집어 들었다.

"이거 뭐야?"

"내놔!"

정연이 빼앗으려고 손을 뻗자 태호는 약을 올리듯 잘 포장된 케이스를 허공으로 치켜들었다. 그리고는 포장지에 그려진 로고를 확인했다. 뜻밖에도 그 로고는 태호도 잘 아는 메이커의 것이었다. 바로 그의 형이 선호하는 메이커였던 것이다.

"이거, 라이터야? 설마 어떤 남자에게 주려고?"

태호는 빈정거리듯 물었다.

"상관하지 마. 이리 줘."

정연은 싸늘하게 말하며 다시 손을 뻗었다. 하지만 키 차이가 있다 보니 태호에게서 쉽게 빼앗을 수가 없었다.

"대체 왜 이래? 어서 줘!"

"싫은걸."

그는 약을 올리려는 듯이 킬킬대며 이리저리 허공으로 케이스를 흔들어댔다. 손을 뻗어가며 버둥거리던 그녀는 마침내 그의 정강이를 걷어찼다.

"욱!"

얼결에 몸을 웅크린 태호의 손에서 그것을 빼앗은 정연은 다시 한 번 그의 정강이를 걷어찼다. 아무리 그를 걷어차도 이 울분은 풀리지 않을 것 같았다. 정말 최악의 남자였다.

그녀가 다시 케이스를 쇼핑백에 집어넣는 그 순간이었다. 살짝 고개를 숙인 그녀의 목덜미에서 태호는 냄새를 맡았다.

"......!"

믿을 수 없었다.

그는 눈을 부릅떴다. 그 냄새는 분명히 그의 형의 것이었다.

그녀의 살갗에서 형 태경의 체취가 났다. 희미하긴 하지만 이것은 그가 한 마킹(marking)과 달리 절대로 지워지지 않는 것이었다. 각인이다. 살 내음이다. 갑자기 머릿속이 하얗게 변하는 것을 느끼며 태호는 그녀의 어깨를 움켜잡았다.

"너, 형의 여자가 된 거냐?"

정연은 움찔했다. 난데없는 말에 당황하기도 했지만 그 말을 전혀 부정할 수 없다는 것이 더 당황스러웠다.

동그랗게 눈을 부릅뜬 정연의 얼굴을 보고 태호는 격렬한 감정에 휩싸였다.

"제기랄!"

그는 그녀의 몸을 와락 끌어안았다.

얼마나 격렬했는지 숨이 멎을 정도로 세찬 포옹이었다. 울분을 토하듯 그녀를 끌어안은 그는 단번에 그녀를 벽으로 밀치며 뒷머리를 잡아채 입술을 겹쳤다. 인정사정없이 파고들어 오는 그의 입술에 놀란 그녀가 반응을 하기도 전에 태호의 손이 그녀의 등을 애무하듯 사납게 훑어 내렸다.

몸 안의 감각이 순간적으로 정지했다.

정연은 눈을 부릅뜬 채로 태호의 품 안에 안겨 키스를 받았다. 입 안 전체를 장악한 빨아들일 듯 거친 키스에 혀뿌리가 뽑혀 나갈 듯했다. 그녀는 혀가 닿는 키스는 해본 적이 없었다. 놀라고 당황한 그녀는 무력하게 버둥대며 고개를 흔들어댔지만 그것뿐, 태호의 품에서 벗어날 수는 없었다.

뜨거웠다. 열기를 뿜어내는 그의 몸은 너무나 뜨거워 데일 것만 같았다. 다리가 후들거리고 호흡이 가쁘다. 정연은 숨이 막힐 것 같은 압박감에 힘없이 사지를 버둥거렸다.

'싫어!'

몇 번이고 그렇게 외쳤다. 하지만 그것은 소리가 되어 나오기도 전에 태호의 입 안으로 사라졌다. 그녀는 자신이 통째로 잡아먹힌다고 생각했다. 커다란 남자의 품 안에 갇혀 그저 찌그러지고 부서져 삼켜진다 생각했다. 숨이 막혀 죽을 것만 같았다. 모든 것을 다 잡아 삼킬 듯이 입 안을 점령한 입술이 마침내 점이라도 찍듯이 그녀의 입술에서 턱, 목덜미로 이동했다.

"헉!"

그녀는 그제야 겨우 숨을 쉴 수 있었다.

헐떡이는 그녀를 모른 채 어느새 태호의 입술이 그녀의 입가를 더듬으며 목으로 내려왔다. 낙인을 찍는 듯 뜨거운 감촉이 목덜미를 타고 가슴으로 내려왔다. 전기가 오르는 생소한 감각에 몸이 덜덜 떨렸다.
"놔, 놔!"
그녀는 다시 버둥거리기 시작했다. 숨을 쉴 수는 있었지만 사지에는 힘이 하나도 없다. 정연은 너무 분해 눈물이 날 것만 같았다. 태호의 손아귀에 있는 자신은 너무나 무력했다. 변성이니 뭐니 해서 다시 태어난 것 같긴 했지만 그래도 무력하기는 마찬가지였다. 이렇게 되면 그때와 다를 게 무엇인가.
갑자기 티셔츠 자락 사이로 그의 손이 들어와 젖가슴을 움켜쥐었다.
"악!"
놀란 그녀가 비명을 지르며 다시 버둥대기 시작했지만 태호는 멈추지 않았다. 그는 오히려 여유있게 그녀의 두 손목을 잡아 치켜올렸다. 천천히 그는 그녀를 엘리베이터 앞 소파에 눕혔다. 등 뒤에 소파가 닿고 그의 무릎이 그녀의 허벅지를 누르자 그녀는 그에게 완전히 짓눌려 움직일 수 없었다. 버둥거려 봐야 엉덩이를 들썩이는 정도다.
"맘껏 저항해 봐. 나는 네 몸에서 지금 누구 냄새가 나는지 확인해 봐야겠으니까."
태호는 그녀의 드러난 배에 입술을 겹치며 셔츠 자락을 들어올리는 데 열중했다. 들불처럼 일어나는 욕정을 억누르지도 않은 채 태호는 으르렁거렸다. 화가 나는 것인지 단순히 욕정한 것인지 그로서도 구분이 가지 않았다. 민재에게서 이야기는 들었지만 설마했다. 형이 자신의 여자를 가로채다니. 기가 막혀 말도 나오지 않았다. 태호는 자기 마음대로 그녀가 자신의 것이라고 단정

지었다. 브라더 콤플렉스라고 할 정도로 자신이 형에게 매달리는 것은 사실이지만 그래도 정연을 빼앗기고 싶은 마음은 조금도 없다. 그것은 수컷으로서의 자존심이었다. 그녀의 몸에서 결코 그 이외의 다른 남자의 냄새가 나선 안 된다. 그것만은 용납할 수 없다.

잔뜩 화가 난 태호는 으르렁거리면서 그녀의 몸을 움켜쥔 채 살갗 안쪽부터 핥기 시작했다. 그녀의 몸에 꼭 자신을 새겨 넣어야 이 기분이 풀릴 것 같았다. 그의 거친 손바닥이 그녀의 배를 애무했다. 정연은 쓸어내리는 그 손길에 소름이 끼쳤다.

"저리 비켜! 싫다구!"

"싫긴. 곧 좋아질 거야. 내 장담하지."

그의 허벅지가 그녀의 다리 사이를 파고들어 와 허벅지를 벌렸다. 단단하고 뜨거운 그의 체온이 하체에 와 닿자 정연은 다시 몸부림을 치기 시작했다.

"날 화나게 하지 마."

태호가 빈정거리듯 말하며 그녀의 브래지어 후크를 벗겨냈다. 거친 그의 행동에 정연은 이 자리에서, 그에게 자신이 정말로 강간당할 수도 있다는 것을 깨달았다.

"놔! 살려줘! 사람 살려!"

비명을 질러대며 버둥거렸지만 태호는 무시했다.

정연은 눈물로 범벅이 된 채 정면을 바라보았다. 갑자기 소름이 끼쳤다. 너무 무서워 미쳐 버릴 것만 같았다. 강간? 이런 게 강간인가? 사람도 아닌 짐승에게?

"살려줘요! 도와줘요!"

그녀는 미친 듯이 소리를 질러댔지만 아무도 이쪽으로 오지 않왔다. 구해주러 오는 사람은 아무도 없다.
 그녀는 울며 백화점 매장 쪽을 바라보았다. 엘리베이터 통로라 해도 외진 곳은 결코 아니었다. 사람들이 지나가는 광경이 그대로 보이고 맞은편에는 매장이 있었다.
 그런데.
 그녀를 보고 있는 사람은 단 한 명도 없었다. 모두들 약속이라도 한 듯이 그녀 쪽을 보는 사람은 아무도 없이 그저 아무렇지도 않게 지나갈 뿐이다. 백화점 내에서 돌아다닐 경비들이나 심지어 다른 쇼핑 손님들도 아예 그녀를 보지 못하는 것만 같았다.
 "아무도 안 와."
 놀리듯 태호가 낮게 속삭였다. 그의 목소리에는 노골적인 욕정이 섞여 있었다. 정연은 소리도 나오지 않아 입을 벌린 채 눈물만 줄줄 흘렸다. 무서웠다. 사람들은 이렇게나 많은데 그녀를 도와줄 수 있는 것은 아무도 없다. 세상과 단절되고 버려진 기분이었다. 이렇게나 무력하다니 끔찍했다. 그녀는 망가진 인형처럼 태호의 손길에 따라 이리저리 흔들렸다. 그의 호흡이 점점 거칠어지는 것이 느껴졌다. 차가운 대리석 바닥에 반쯤 눕혀진 상태로 정연은 목으로 와 닿는 그의 숨결을 느꼈다. 그의 숨결은 놀랄 만큼 거칠고 뜨거웠다.
 "너, 날 좋아하는 거 아니었어?"
 태호가 속삭였다.
 그 음성에 정연은 입술을 깨물었다. 아니다. 그녀가 좋아하는 것은, 그녀가 원했던 것은 태호가 아니었다. 지금 이 자리에서 그녀를 뭉개듯 짓누르고 있는 짐승이 아니라 태경이었다. 부드럽게 그녀를 부축하던 태경.

태호의 손은 여전히 거칠게 그녀의 옷을 벗기고 있었다. 청바지는 벌써 반쯤 벗겨져 지퍼가 내려가 있었다. 브래지어는 이미 벗겨져 너덜거렸다. 그의 커다란 손이 팬티에 닿으려는 순간이었다.

"싫어!"

그녀의 비명이 처절하게 울려 퍼졌다.

째애애앵—

뭔가 깨지는 소리가 났다.

태호의 손이 멈췄다. 그의 몸이 멈췄다.

그는 눈을 부릅뜬 채 품 안에서 울고 있는 정연을 바라보았다. 흐느끼고 있는 그녀에게서 사인(sign)이 흘러나왔다. 명백한 거부. 확실한 거절.

암컷으로서, 일족의 여자로서 보이는 거부다. 절대로 응하지 않겠다는 거절.

그는 막아둔 결계가 찢어졌다는 것을 깨닫고 몸을 부르르 떨며 그녀의 손목에서 손을 뗐다. 하얗고 가는 손목에 벌건 손자국이 그대로 남았다. 그 자국에 태호는 어쩐지 가슴 한구석이 찌릿했다. 그는 이를 악물었다. 이런 감각은 처음이었다. 또한 여자에게 이런 거절을 당해본 것도 처음이었다. 너무나 완벽한 거부에 그는 얼이 빠졌다.

"뭐지? 무슨 일이야?"

"어머나!"

찢어진 결계 사이로 사람들 몇몇이 정연과 태호의 상태를 발견하고 비명을 질렀다. 소란이 일기 시작하자 태호는 천천히 일어나 아직도 바닥에 쓰러져 있는 정연을 내려다보았다. 눈물로 범벅이 된 얼굴과 흐트러진 옷매무새. 누가 봐도 피해자의 모습.
 가슴이 뜨끔했다. 태호는 그 감각에 당황해 멍하니 그녀를 내려다보았다.
 죄책감? 아픔?
 "이봐."
 태호가 그녀의 몸을 부축하기 위해 손을 내민 그 순간이었다.
 커다란 손이 그의 머리를 잡아 그대로 대리석으로 장식된 벽에 집어 던졌다. 그의 장신이 장난감처럼 허공을 날아 벽에 가 부딪혔다.
 콰직.
 피가 튀었다. 옅은 상아색 대리석에 순식간에 퍼진 붉은 액체가 정연의 얼굴까지 튀었다. 정연은 눈을 크게 뜨고 갑자기 나타난 남자를 바라보았다. 뺨에 와 닿은 미지근한 액체가 너무도 비현실적이다.
 "괜찮아?"
 그였다. 그녀가 프랑켄슈타인이라 부르고 있던 아저씨.
 대원은 끓어오르는 분노를 억누르지 못해 떨리는 몸을 억누르고 급히 쓰러진 정연을 안아 일으켰다. 흐트러진 옷매무새를 가려주듯 그는 자신이 입고 있던 점퍼를 벗어 그녀의 몸을 휘감았다. 반쯤 넋을 잃은 정연은 그의 품 안에 얼굴을 묻은 채 움직이지 못했다.
 "개자식."
 대원은 송곳니를 드러냈다.
 야수의 포효가 그의 뱃속 깊숙한 곳에서부터 터져 나왔다.
 크와아아아앙—

적나라한 야수의 울부짖음이었다. 정연은 그 소리에 놀라 몸을 떨었다.
"어서 가!"
대원은 그렇게 외치며 그녀를 뒤로 밀쳤다.
정연은 휘청거리면서도 그에게서 시선을 떼지 못했다. 바로 눈앞에서 거구의 대원이 변하기 시작했다. 갈고리처럼 휘어진 검은 발톱과 일그러진 그의 얼굴에 떠오른 명백한 야수의 흔적. 튀어나온 송곳니는 날카롭고 길었다. 귀까지 뾰족해지며 누런 털이 머리칼 사이로 솟아오른다. 터질 듯 부풀어 오른 근육이 얇은 셔츠 사이로 드러났다. 넓은 어깨가 굽어지는가 싶더니 삽시간에 한 배 반은 커지는 체구. 2m가 넘는 거인이 된다.
그 거구가 허공을 날아 막 일어서려는 태호의 몸을 무지막지하게 걷어찼다.
퍼어억.
태호의 몸이 말 그대로 날아 반대쪽에 처박혔다. 태호의 덩치도 작지 않다. 그런데도 마치 솜뭉치로 만든 인형이나 되듯이 날아간 것이다. 그것이 살아 있는 것이라는 증거로 피가 터지며 바닥이 얼룩졌지만 정연은 넋을 잃은 채 멍하니 서 있었다. 눈앞에서 벌어지는 일이 너무나 현실감이 없었던 것이다.
"어서 가라니까!"
그 모습에 대원이 다시 호통을 쳤다. 그는 그녀에게 험한 꼴을 보여주고 싶지 않았다.
그러나.
"유가의 개새끼였군."
바닥에 쓰러져 있던 태호가 킬킬대며 일어서고 있었다.

그는 피범벅이었다. 코가 뭉개진 것처럼 뭉클대며 피가 흘렀지만 아무렇지도 않게 그것을 손바닥으로 한번 훔쳐 낸다. 일어서면서 우두둑 소리가 났다. 탈골된 어깨를 잡고 목을 한번 흔들자 흐트러진 뼈대가 자리를 잡는다.

"뼈다귀 찾아 근처를 빙빙 맴돌더니 이제야 기어나왔냐?"

파랗게 불타는 태호의 눈동자가 드러나자 정연은 뒤로 물러섰다. 대원의 체구가 태호보다 배는 커 보였지만 정연은 왠지 태호가 더 강할 거라는 예감이 들었다.

"어서 가!"

대원이 다시 외치며 태호를 향해 달려들었다. 개인차가 있긴 하지만 대원의 변신체는 약하지 않았다. 그는 사안으로 번뜩이는 노란 눈으로 태호의 빈틈을 찾아 훑었다. 일 대 삼으로도 쓰러뜨리지 못했던 놈이다. 기척을 질질 흘리고 다니는 자였지만 전투력만은 서가에서 손꼽히는 강자.

"크."

태호의 송곳니가 드러났다. 히죽 웃는 그 얼굴에 살의와 광기가 뒤엉킨다. 채우지 못한 성욕과 분노과 뒤엉켜 태호는 단숨에 몸을 펼쳤다. 무엇보다도 날카로운 칼날이 손끝에서 솟아오르는 것과 동시에 그의 근육이 팽창했다. 싸움의 흥겨움을 기대하며 아드레날린이 분출한다.

캬오오오―

울부짖는 소리가 대리석 바닥을 쩌렁하게 울렸다. 유리 진열대가 금이 가며 장식대 위에 있던 유리 화병이 산산이 깨졌다. 파편을 피해 몸을 웅크린 채 정연은 기듯이 움직여 벽에 몸을 기댔다.

지옥의 울부짖음이 이러할까. 괴물과 괴물, 짐승과 짐승들이

격돌했다.
 백화점 안은 이미 지옥이었다. 부서지고 깨지는 물건들을 차 올리며 두 거구가 교차했다. 서로 부딪치고 닿을 때마다 터지는 피와 살점이 바닥에 떨어졌다. 뼈가 으스러지는 소리도 소름이 끼친다. 피비린내, 살육의 광기가 퍼져 나간다.
 그녀는 귀를 막고 싶었다. 코를 막고 싶었다. 눈도 막고 싶었다.
 너무나 비현실적인 광경이었다. 대리석과 유리로 장식된 현대의 백화점 안에서 벌어지는 괴물들의 대결. 더더욱 비현실적인 것은 그 괴물들을 보며 비명을 지르는 것이 오로지 정연 한 사람 뿐이라는 점이었다.
 대체 사람들은 어떻게 된 걸까.
 정연은 귀를 손바닥으로 막은 채 주변을 돌아보았다. 매장 내의 사람들은, 손님들도 직원들도 모두 그 괴물들을 보지 못하는 것만 같았다. 수십은 될 법한 사람들 전부가 이 끔찍한 광경을 보고도 인지하지 못하는 것만 같았다. 어떻게 이럴 수가 있는지 정연은 도무지 이해할 수가 없었다. 아까 태호가 그랬듯이 사람들이 보지 못하게 만드는 어떤 술책이 있는 모양이었다. 정연은 덜덜 떨면서 몸을 일으켰다. 설마하니 저 거구의 보디가드가 죽지는 않을 거라 스스로에게 말하며 그녀는 떨리는 손으로 엘리베이터 버튼을 눌렀다.
 콰직.
 태호의 손이 대원의 어깨를 잡아 내던졌다.
 대원은 피를 흘리며 마네킹으로 장식된 쇼윈도에 정면으로 부딪혔다. 날카로운 유리 조각이 비산하며 그의 전신을 찢었다. 붉은 꽃이 피듯 그의 몸에서 피가 쏟아져 나왔다.
"아저씨!"
정연은 저도 모르게 비명을 질렀다.
전신에 꽂힌 유리 조각은 치명적으로 보였다. 너무 붉어 검게 보이는 피는 대리석 바닥을 타고 흘렀다. 그 피에 어떤 여자 손님이 미끄러져 넘어졌지만 그녀는 뻔히 보이는 그 피바다를 느끼지도 못했는지 겸연쩍은 표정으로 슬그머니 일어나 걸어가 버린다. 그 여자의 하얀 원피스에 묻은 붉은 피는 섬뜩하다 못해 끔찍했다.
그 광경을 넋을 잃고 보며 정연은 비명조차 삼켰다.
대원은 그 모습으로도 여전히 버둥거리고 있었다. 힘없이 흐느적거리는 사지에 힘줄이 솟아났다. 어떻게든지 일어서려는 그의 검은 손톱이 유리 조각을 헤치며 천천히 일어섰다. 그 불굴의 모습이 그녀의 눈에는 불사신처럼 보였다.
"헤에."
태호는 웃고 있었다. 파랗게 빛나는 눈은 지나치게 생기에 넘쳤다. 그는 보고 있는 정연을 보며 윙크했다.
"잘 보고 있어. 재미있게 해줄게."
그 말에 정연은 뒷걸음질쳤다. 미쳤어. 미쳤다. 저 남자는 역시 미쳤어.
태호는 느릿하게 걸었다. 표범이나 호랑이를 연상케 하는 걸음이었다.
퍼어억.
태호의 손이 겨우 일어난 대원의 복부를 후려갈겼다. 피를 토하며 기역자로 구부러지는 그의 몸을 잡고 태호는 다시 한 번 그의 복부를 후려갈겼다. 고양이가 마치 쥐를 가지고 놀듯 그가 한 대 칠 때마다 커다란 대원의 몸이 이리저리 흔들렸다.
"네놈은 결국 보는 것밖에는 못하는 놈이야. 싸움은 쥐뿔도 못하는 게 까불긴."
대원은 아무런 말도 할 수 없었다. 다친 내부에서 검은 피가 역류했다. 상처는 치명적이다. 그는 피를 토하면서 태호의 어깨 너머로 정연을 바라보았다. 새파랗게 질린 얼굴과 걱정으로 가득 찬 표정. 그 작은 얼굴이 점차 그가 알고 있는 것으로 변했다.
'명희.'
걱정스러운 듯 바라보던 그녀의 시선.
"애꾸야, 하나 남은 눈도 터뜨려 주랴?"
태호가 킬킬 웃었다. 그의 날카로운 손톱이 대원의 하나 남은 온전한 눈을 찔렀다.
"안 돼!"
정연이 비명을 지르며 달려왔다.
격렬한 고통이 전류를 타고 대원의 전신으로 흘렀다. 그는 부들부들 떨며 이를 악물었다. 뜨거운 액체가 얼굴을 뒤덮었다. 아무것도 보이지 않았다. 시야는 온통 튀는 불꽃처럼 명멸하는 빛과 어둠으로 얼룩졌다.
처절한 비명이 울려 퍼졌다. 대원의 것이 아니었다. 정연의 것이다.
"이제 완전히 끔찍한 몰골이 되었네, 괴물아?"
태호가 웃으며 그의 턱을 손톱으로 집듯 들어 올렸다. 그는 자신의 작품을 감상하는 태도로 그의 턱을 잡고 이리저리 흔들더니 뒤에서 소리 지르고 있는 정연을 흘긋 보았다. 그의 미간이 구겨졌다.
 "왜? 설마 이런 괴물이 나보다 좋다는 거야? 그런 거야?"
 태호가 불쾌감을 드러내며 투덜거렸다.
 잠깐이었지만 앞이 보이지 않는 대원으로서는 기회였다. 그는 부들부들 떨리는 몸을 참으며 검은 손톱을 들어 태호의 주먹을 찍었다.
 쫘아아악.
 태호의 손등이 길게 찢어지는 것과 동시에 그의 품 안으로 달려든 대원은 입을 한껏 벌려 그 얼굴을 물어뜯었다. 날카로운 송곳니가 태호의 왼쪽 뺨을 뚫고 입 안까지 도달했다.
 "으아아아아!"
 태호가 비명을 질렀다.
 다른 곳도 아닌 얼굴이다. 섬세한 신경이 밀집된 얼굴을 헤집는 고통에 그는 비명을 질러대며 대원의 몸을 밀쳐 내려 후려쳤다. 하나, 대원은 그에게서 떨어지지 않았다. 태호의 손톱에 헤집어진 복부에서는 내장이 흘러내리고 살점이 터졌다. 그래도 대원은 그의 얼굴을 씹고 또 씹었다. 그는 탐욕스레 태호의 살점을 씹어 삼켰다. 대원의 타액과 치아에서 분비된 독물이 삽시간에 태호의 치유력을 밀쳐 내며 그의 혈관 안을 장악했다. 대원의 조모는 진가에서 시집온 여자였다. 그의 사안도, 그의 독기도 진가의 피와 유가의 피가 섞여 탄생된 것이었다.
 "빌어먹을!"
 태호의 뺨이 한 주먹이나 떨어져 나가는 그 순간에 대원의 몸이 바닥으로 쓰러졌다. 잔뜩 헤집어진 그의 몸은 만신창이였지만 얼굴만은 웃고 있었다. 피에 젖은 입 안을 우물거리면서 대원은 큭큭 웃었다.
 먹었다. 먹고야 말았다. 저 빌어먹을 놈의 살점을 씹어 삼켜 그 반반한 얼굴을 뭉갰다. 그것만으로도 그는 기뻤다.
 명희야, 명희야. 나는 놈을 씹어 삼켰다. 저 새끼 면상을 아예 못쓰게 만들어줬다고.
 "으아아아악!"
 얼굴을 움켜쥔 채 비명을 질러대던 태호는 이글대는 눈으로 쓰러져 있는 대원의 어깨를 잡았다. 도저히 용서할 수가 없다. 그는 이런 버러지 같은 녀석에게 다쳤다는 걸 용납할 수가 없었다.
 "죽어! 죽어! 죽어!"
 우두두둑—
 그는 그대로 대원의 팔뚝을 잡아뜯었다. 뜯겨진 팔뚝이 허공을 한 바퀴 돌아 바닥에 떨어졌다. 피와 살점으로 뒤범벅이 된 채 그는 비명조차 지르지 않는 대원의 몸통을 몇 번이나 손톱으로 쑤셔 박았나. 난생처음 느끼는 끔찍한 고통에 숨이 막힐 지경이었다. 실제로 대원의 독기가 그의 혈관을 타고 들어가 기도가 부풀고 있었다.
 "커억!"
 태호는 검은 피를 한 줌 토해냈다. 강인한 치유력이 독을 토해 놓은 것이다.
 그는 숨을 헐떡이면서 아예 걸레가 되다시피 한 대원의 몸을 잡아 찢기 위해 다시 손을 내밀었다. 아무리 갈가리 찢어도 분이 풀리지 않을 것만 같았다.
 그 순간, 그의 앞으로 무언가가 날아들었다.
 "그만 해!"

태호는 뒤를 돌아보았다.
정연이 소리치고 있었다. 그녀는 반쯤 미친 것처럼 바닥에 떨어진 물건들을 마구 집어 던지고 있는 중이었다. 바닥에서 구르고 있는 유리 조각이며 진열되어 있던 상품들을 내던지며 그녀는 소리쳤다.
"건들지 마! 아저씨를 건들지 마! 저리 가! 저리 가!"
눈앞에서 헝겊 인형처럼 찢겨 죽어가고 있는 대원을 보고 그녀는 제정신을 차릴 수가 없었다. 그녀가 아는 죽음이란, 그녀가 아는 싸움이란 이렇게나 끔찍한 것이 아니었다. 어떻게 이렇게나 잔인하고 이렇게나 끔찍할 수 있단 말인가. 슬래셔 무비라 해도 이 정도는 아니리라. 선명하게 느껴지는 피비린내와 악취, 살의와 광기가 뒤범벅된 이 상황 속에서 오로지 제정신인 것은 그녀 혼자뿐이었다. 아무도 그녀를 보지 않는다. 아무도 죽어가는 저 거구의 사내를 보지 않는다. 구해줄 사람은 아무도 없다. 정연은 무력함에 절망했다.
그녀는 태호를 향해 비명을 질렀다. 비명이라기보단 호통에 가까웠다.
"이 살인마! 괴물! 그 사람을 더 이상 건들지 마!"
정연은 울부짖었다. 말 없는 보디가드는 그녀를 지켜주었다. 그녀를 지키기 위해 죽었다. 너무나 끔찍해서 그녀는 참을 수 없었다.
"아아아아아악!"
그녀의 비명은 처절했다.
태호는 멍하니 그녀를 바라보았다. 갑자기 변신이 풀리면서 몸이 휘청거렸다.

얼굴은 끔찍하게 아팠지만 가슴보다 더 아프지는 않았다. 그는 자신이 다친 곳이 심장이라고 생각했다. 그녀는, 그녀는 그를 향해 물건을 던졌다. 쓰레기 같은 유가의 외눈박이 괴물을 보호하기 위해 나섰다. 그를 살인마, 괴물이라 부른 주제에 저 추한 외눈박이 괴물을 〈사람〉이라 불렀다.

태호는 불공평하다고 생각했다. 어떻게 그토록이나 잘 돌봐준 자신을 짐승이라 매도하고 살인마라 부르면서 저 괴물 같은 놈을 비호할 수 있단 말인가. 어떻게 자신을 배신하고 형의 여자가 될 수 있는 것일까.

태호는 이를 악물었다. 얼굴이 아픈 건지 심장이 아픈 건지 잘 알 수가 없었다. 그는 화가 났고 또 아팠다. 이럴 수는 없었다. 그는 그녀를 돌봐주었다. 그녀에게 물건도 사주고, 그녀가 기분이 좋도록 자주 만나주었다. 그녀의 집도 돌봐주었다.

그런데 그녀는 그를 거부했다. 그를 배신했다. 이건 있을 수 없는 일이다. 그렇다. 아마 이것은 뭔가 착오가 있는 것이다. 여자가, 이 서태호를 거부할 수는 없었다. 그것도 보잘것없는 인간여자가.

그는 정연에게 가까이 가기 위해 한 발자국 다가갔다. 그러자 그녀는 너무 울어서 충혈된 눈으로 그를 노려보았다. 인간여자에게서는 볼 수 없었던 짙은 살의가 그 눈에 떠올라 있었다. 증오와 거부가 뒤엉킨 그 눈에 떠오른 명백한 감정.

전신으로 뿜고 있는 거부의 사인(sign).

그는 다시 한 번 휘청거렸다. 가슴이 찢어지는 것 같았다. 그녀는 원래가 그의 것이었다. 그녀가 담배 냄새를 풍기며 다가왔을 때부터 그녀는 그의 것이어야 했다.

"내가 각인했는데 어째서 날 증오하는 거지? 넌 내 것이어야 해."

태호가 중얼거리듯 그녀를 바라보았다.

"처음부터, 널 발견한 것은 나였어. 바로 내가 너의 상대란 말이야. 그런데 왜 나에게 이렇게 못되게 구는 거야?"

태호의 말이 정연에게는 들리지 않았다. 그녀는 이를 악문 채 그를 노려보고 있을 뿐이었다. 그녀에게 그는 적, 그 이상도 그 이하도 아니었다.

태호는 비틀거렸다. 적의만을 내뿜는 여자를 건들 수는 없었다.

남자는 거절의 사인을 보내는 여자에게 손을 댈 수 없다. 그것은 그들 일족의 유전자 깊숙이에 새겨진 본능이었다. 암컷이 거절하면 수컷은 물러난다. 암컷이 청하면 수컷은 응한다. 야생의 본능이 인간보다도 강렬한 일족에게 그보다 더한 룰은 없었다. 망나니라 불리는 태호조차도 강간은 해본 적이 없었다. 이제 정연은 일족에 속했다. 일족의 여자를 일족의 남자가 강간한다는 것은 불가능한 일이었다. 인간여자라면 몰라도 같은 일족의 여자는 거부할 능력을 가지고 있었다.

거부당한 태호는 물러섰다. 그는 비틀대면서 이해할 수 없다는, 배신당한 표정을 지으며 물러섰다. 걸을 때마다 피가 뚝뚝 떨어졌지만 그는 신경 쓰지 않았다. 상처의 아픔보다 심장의 아픔이 더 컸다.

태호가 사라지자 정연은 만신창이가 된 대원에게로 달려갔다. 너무 심한 상처에 어떻게 대처해야 할지 감이 잡히지 않는다.

"아저씨……."

아직도 그 기괴한 힘이 유지되는 것인지 그녀 쪽을 바라보는 사람은 아무도 없었다. 이 피비린내 나는 참상을 보는 사람은 아무도 없었다. 지금 누군가가 죽어가는데도 돌아보는 사람이 없다.

"누군가 도와줘요. 이봐요. 여기요!"

그녀는 대원의 배에서 흘러나온 내장을 어떻게든 수습하려고 손을 뻗다가 손을 멈췄다. 손이 부들부들 떨렸다. 상처가 너무 심각해 손을 댈 엄두가 안 났다. 이건 상처가 아니라 잔해였다. 바닥에 널린 내장이라니. 상처가 너무 끔찍하다 보니 그녀는 현실감각을 잃었다. 보통 때라면 사람의 몸에서 흘러나온 내장을 쓸어 담는다는 생각 자체를 할 수 없었을 터였다.

"도와줘요. 여기요, 여기……."

소리치고 불렀지만 아무도 돌아보지 않는다.

입 안이 말라붙었다. 오한이 났다. 짙은 피비린내에 이미 후각은 마비되었다. 온몸의 피란 피는 전부 다 부글부글 들끓고 있는 것만 같았다. 심장이 미친 듯 뛰고 있었다.

두렵다.

그녀를 보는 사람은 아무도 없다. 모두들 그녀를 빙 돌아 제 갈 길을 갈 뿐이었다. 웃으며 물건을 사는 사람도 있고 흩어진 유리조각에 베이는 사람도 있었지만 그 모두가 정연과 피투성이인 대원은 모른 채 지나간다. 직원들은 박살난 진열대를 치우면서 투덜거렸지만 그걸 누가 부순 것인지 무슨 일이 벌어진 것인지에 대해서는 말하지도 생각지도 않는 듯했다.

"아이, 이게 웬일이야."

"어서 치우자구."

유령. 유령이 된 기분이었다. 아무도 그녀를 돌아보지 않았다. 소름이 돋았다. 이렇게나 사무치는 외로움은 처음이었다. 누군가 그녀의 존재를 강제로 세상에서 잘라내 버린 것 같았다.
"정신 차려."
그녀는 피가 나오도록 입술을 깨물었다. 그녀는 대원의 손을 잡았다. 점점 차가워지는 그의 체온이 느껴졌다. 이미 죽은 걸까 생각했지만 이들 일족들의 재생력이 초인적이라는 것을 떠올리고는 희망을 가졌다.
"죽지 않을 거야. 아저씬 죽지 않을 거야."
그녀는 몇 번이고 혼자 중얼거리며 그의 손을 꽉 움켜쥐었다. 조금이라도 도움이 되고 싶었다. 이대로 무력하게 그를 잃을 것을 상상하면 끔찍해서 견딜 수가 없다. 이 무력함에 분이 치민다. 뜨거운 것이 울컥 넘어왔지만 그녀는 꿀꺽 참았다.
정연은 그의 손을 잡은 채 바닥에 주저앉아 심호흡을 했다. 몇 번이나 반복하고 또 반복하다가 그녀는 마침내 해야 할 일을 떠올렸다.
사람들이 보지 못하면 괴물들을 부르면 될 일이다.
서태경.
눈물이, 다시 솟아났다.

16
인연

"다시 연락은 없었나?"
"네, LH백화점에서의 연락이 마지막이었습니다."
"그럼 아직 백화점 안이란 말인가?"
"확실치 않습니다. 어쨌거나 백화점은 폐쇄조치 했습니다."
핸드폰을 든 채 윤세가 대답했다.
유명성은 입을 꾸욱 다문 채 백화점으로 들어섰다. 그의 뒤를 따라 일족들 이십여 명이 들어섰지만 그들을 인식한 사람들은 아무도 없었다. 모두 그들을 못 본 것처럼 스치며 사람들이 밖으로 나갔다. 그들은 백화점의 전기 계통에 문제가 있어서 나간다고 생각하고 있었다. 몇몇이 불평을 터뜨리긴 했지만 백화점은 하나만 있는 것이 아니다. 그들은 저마다 이유를 대며 급하게 백화점을 빠져나갔다.
명성은 미간을 찌푸렸다. 대원은 추적하는 자이지, 싸우는 자가 아니다. 물론 전투능력이 모자라는 것은 아니다. 하지만 그의 특기가 정면 대결이 아니라는 것은 분명했다.

대원이 난데없이 태호를 발견했다고 연락을 해온 것은 바로 이십 분 전. 다행히도 명성은 근처 회사에 있었고 도착하는 데 오래 걸리지는 않았다. 쇼핑을 즐기는 태호의 취미는 그도 알고 있었으므로 백화점 내에서 그를 잡을 수 있을 거라 자신했다. 그런데 삼 분마다 연락을 해올 대원의 연락이 끊겼다.

'설마.'

그는 대원의 성격을 잘 알고 있었다.

정면 대결을 하고도 남을 성격이다. 냉정하지만 그만큼 폭발하면 제어를 잃는 것이 대원이다. 게다가 상대가 태호라면 제어를 잃을 만도 했다.

그의 뒤로 영세가 일족들에게 명령하는 소리가 연신 들렸다. 도심에서도 제법 큰 백화점을 폐쇄한다는 것은 아무리 그들 일족이라 해도 쉬운 일은 아니었다. 백화점에 드나드는 모든 인간들의 정신을 조정해야 하기 때문이다.

"입구는 폐쇄했나?"

"네. 순차적으로 인간들은 내보낼 테니까 곧 정리가 될 겁니다."

"대원의 소식은?"

"없습니다."

윤세는 어두워진 얼굴로 엘리베이터를 바라보았다.

소식이 끊긴 지 이미 십이 분. 그 시간이면 누군가를 죽이기에 부족한 시간은 아니었다. 그들은 흩어져 층층마다 훑기 시작했다. 직원을 내보내고 백화점 내 CCTV 화면을 장악했기에 대원의 흔적을 찾는 것은 어려운 일이 아니었다.

"팔층입니다! 팔층 매장의 중앙!"

카메라를 살피던 젊은이가 큰 소리로 외쳤다.

그 말이 끝나기가 무섭게 명성은 내달렸다. 엘리베이터를 기다리는 것도 짜증스러울 지경이었다.

"중상을 입은 것으로 보입니다. 그 일대가 완전히······."

젊은이는 말을 끝까지 잇지 못했다.

그 의미를 명성은 잘 알고 있었다. 그는 초조감에 혀끝을 깨물었다. 충실한 사촌동생을 잃는 것은 절대로 원치 않는 일이다.

엘리베이터 문이 열리는 것과 동시에 그들은 눈살을 찌푸렸다. 예민한 후각에 닥쳐 드는 피 냄새가 불길하기 짝이 없었다. 그들은 대원의 냄새로 뒤범벅된 장소로 재빨리 움직였다. 아직도 결계를 눈치 채지 못한 인간들 몇몇이 오가면서 깨진 유리 조각을 치우고 있었다.

"아아, 오늘은 계속 청소만 하네."

"깨진 유리 때문이니 별수없지."

팔층은 아직 정신 조작이 이루어지지 않은 모양이었다. 아직도 작동하는 결계를 보며 명성은 안도했다. 대원이 죽었다면 결계가 깨졌을 것이다. 사실 팔층의 결계가 깨지지 않은 것은 대원의 힘이 아니었다. 태호의 힘이었던 것이다. 하지만 그는 그 사실까지는 알 수 없었다.

윤세는 따라오는 일족들에게 손짓해서 인간들을 전부 내보내라 지시했다. 다행히 평일 오후라 손님은 많지 않았다. 백화점 직원이 손님보다 많을 정도였다.

"이런."

유명성은 미간을 찌푸렸다.

중앙에 위치한 가장 커다란 쇼윈도가 박살나 있었다. 그리고 그 자리에 마치 제물처럼 쓰러져 피를 흘리고 있는 대원이 보였다. 유리 파편에 여기저기 찢긴 채 내장까지 드러낸 참혹한 몰골이었지만 그보다 그의 시선을 끈 것은 그의 어깨까지 송두리째 뽑힌 왼팔이었다. 그 왼팔을 집어 든 명성은 황급히 쓰러져 있는 대원에게로 다가갔다. 그리고 그의 옆에 바짝 달라붙은 채 웅크리고 있던 여자를 발견했다.

"누구?"

여자가 파리한 얼굴로 그를 올려다보았다.

명성은 얼굴을 찌푸렸다. 인간여자가 어떻게 결계 안에 들어가 있는 걸까. 설마하니 대원의 여자인가? 그는 대원이 일족 여자에게 인정받지 못하고 인간여자와 자주 지낸다는 것을 알고 있었다. 하지만 지금은 어쩐지 상황이 이상했다.

여자는 대원의 옷가지를 걸친 채 빈사 상태의 그의 손을 쥐고 있었다.

"다, 당신도 일족인가요?"

여자가 희망의 빛을 보이며 물었다. 명성은 그 말에 여자를 다시 한 번 훑었다.

"너, 인간이 아니구나?"

"이 아저씨를 구해주세요."

여자는 명성의 말에 대꾸하는 대신 크게 외쳤다. 그 절박한 말투에 명성의 눈썹이 찌푸려졌다. 일족도 아니고 인간도 아닌, 기묘한 여자.

"살려주세요."

여자가 다시 한 번 외쳤다. 그녀는 대원의 하나밖에 남지 않은 팔을 잡고 애원하듯 그를 올려다보았다. 그 이상한 구도에 명성은 혀를 찼다.

"비켜라."

그는 그저 여자를 밀쳐 냈다. 중요한 것은 여자가 아니라 대원을 살리는 일이었다.

대원의 팔을 쥔 그는 치유력을 집중해서 조심스럽게 대원의 어깨를 살폈다. 심장은 뛰고 있었다. 내장은 만신창이에 형편없는 지경이긴 하지만 적어도 숨은 붙어 있었다. 하나, 산 채로 뽑혀 버린 왼팔은 아무래도 다시 움직일 수 있을 것 같지 않았다.

출혈이 멈추고 세포가 다시 힘을 받아 움직이기 시작한다. 지친 심장은 지나친 출혈에도 불구하고 여전히 기능을 발휘했다. 내장이 다시 자리를 잡고 새살이 돋을 때까지 적어도 보름은 정양해야 할 듯싶어 명성은 한숨을 내쉬었다.

"괜찮은가요?"

얌전히 서 있던 여자가 다시 물었다. 애처로운 목소리에 명성은 자기도 모르게 대답했다.

"괜찮아. 팔은 잘 못 쓰게 되겠지만. 넌, 이 녀석 애인이냐?"

"아니요. 하지만 이분이 절 구해주었어요."

정연의 대답에 명성은 미간을 찌푸렸다. 여전히 정체가 모호한 여자였다.

"대원이 놈 상태는 어떻습니까?"

윤세가 명성의 뒤로 와 물었다.

"괜찮아. 최악은 면했어."

이제 팔층은 완전히 비어 백화점 내에 남아 있는 자들은 오로지 유가의 일족들뿐이었다.

"누굽니까?"

정연을 보고 놀란 윤세가 물었다.

"몰라. 어쨌든 대원이 녀석과 관계가 있는 것 같은데."

"서태호와 싸우는 걸 봤나? 그놈이 어디로 갔는지 알아?"

윤세가 황급히 정연의 손목을 잡으며 물었다.

"몰라요."

정연은 고개를 저었다.

무력한 자신이 너무 한심했다. 어쨌든 대원이 죽지 않았다 하니 그것만으로도 다행이었다. 그녀는 절로 긴장이 풀려 도무지 자리에서 일어날 수가 없었다.

"저런, 괜찮은가."

윤세는 혈색이라고는 찾아볼 수 없는 그녀의 얼굴을 보고는 혀를 찼다. 그는 정연에게 호의를 품었다. 이 험악한 상황에서도 대원의 곁을 떠나지 않은 걸 보아 괜찮은 여자로 보였다.

"네."

정연은 안도의 한숨을 내쉬면서 부들부들 떨리는 손을 들어 흐트러진 머리칼을 쓸어 올렸다. 수전증이라도 걸린 듯 떨리는 손이 남의 손처럼 느껴졌다. 아직도 오한은 가시지 않았다. 나타난 자들은 일족인 것 같기는 했다. 하지만 아는 얼굴은 단 한 명도 없었다. 그 점이 아쉬웠다. 그녀는 단번에 태경이 나타날 걸로 기대했던 것이다. 정연은 유가와 서가를 구분하지 못했다. 서가에서도 아는 얼굴은 몇 되지 않는데 한 번도 보지 못한 유가를 알 리가 없었다. 단지 냄새가 조금 다르다는 것 정도는 느낄 수 있었다. 하지만 그것도 대원의 피 냄새로 마비된 후각으로는 눈치 챌 수도 없었다.

"그놈의 종적을 또 놓친 건가?"

"일단 대원이 녀석을 내가로 옮기지. 오랫동안 정양해야 될 테니."

명성과 윤세가 그렇게 말하는 동안 정연은 멍하니 대원의 처참한 모습을 바라보았다.

안도감에 눈물이 흘러내렸다. 죽지 않았다. 살아났다. 괜찮을 것이라 했다. 그는 멀쩡한 곳이 단 한 군데도 없었다. 말 그대로 만신창이. 살아 있다는 게 기적이었다. 정연은 그가 일족이라는 것이 얼마나 다행인지 몰랐다. 보통 사람이었다면 죽어도 몇 번은 죽었을 것이다. 출혈만 해도 엄청나 그가 흘린 피로 정연은 속옷까지 젖어 있었다.

덩치 큰 남자들 몇이 다가와 대원의 몸을 조심스럽게 들어 올렸다. 정연은 어쩌면 다시는 그를 보지 못할지도 모른다는 생각이 들었다. 스치는 예감과도 같은 것이었다.

"아저씨."

그녀는 덩치들 사이로 비집고 들어가 대원의 팔을 잡았다. 남자들이 움찔하긴 했지만 막는 사람은 아무도 없었다.

"아저씨, 고마워요. 꼭 나아야 해요."

눈물이 다시 흘렀다. 자신을 구하려고 나서다 다친 사람이었다.

그 목소리가 들렸는지 대원의 눈까풀이 조금 움직였다. 핏덩이가 엉킨 그의 눈은 떠질 줄 몰랐다. 사안이 아닌 한쪽 눈은 영원히 잃은 것이다.

"아저씨?"

하지만 대원의 입에서 흘러나온 것은 낯선 이름이었다.
"명희야……."
그를 들고 있던 남자들이 동시에 움찔했다. 그들은 약속이라도 한 듯이 굳은 얼굴로 서 있는 자신들의 종주를 일제히 바라보았다. 그들의 반응이야 어떻든 정연은 눈물을 닦았다. 아마도 이 눈앞에 있는 말 없는 보디가드는 의식이 거의 없는 것 같았다.
"구해줘서 정말 고마워요, 아저씨."
정연은 다시 말했다. 시커멓게 변색된 커다란 손도, 핏덩이가 낀 검은 손톱도 그다지 두렵지 않았다. 그녀는 그의 손을 다시 꽉 잡았다 놓았다.
대원은 더 이상 말을 하지 않았다. 그는 평소처럼 바윗덩이처럼 무뚝뚝한 얼굴로 의식을 잃었다. 하지만 그 무표정한 얼굴 한 구석에 만족스런 미소가 떠올라 있다는 것을 명성만은 알아차렸다.
대원이 사라진 뒤에 남은 것은 정연과 명성, 윤세와 영세뿐이었다. 얼굴이 굳은 명성과 달리 두 형제는 무뚝뚝한 사촌에게 매달린 여자가 누군지 궁금해 참기 어려울 지경이었기 때문에 정연에게 다시 물었다.
"아가씨는 대체 누구지?"
"저놈과는 어떤 관계야?"
그 질문에 정연은 고개를 내젓기만 했다. 그녀는 왜 이 자리에 태경이 오지 않는 것인지 이상했다. 혹시 그녀가 대단치 않은 존재이기 때문에 그런 걸까. 정연에 대한 관심이 이미 사라진 것일까. 그런 생각이 들자, 가슴 한구석이 지끈거렸다.
"저는 최정연이라고 하는데 저분이 구해준 거예요. 서태호가 공격했는데 저 아저씨가 막아주었어요."

그녀는 애써 침착하려 애쓰며 설명했다.

"응?"

묻고 있던 영세가 갑자기 미간을 찌푸렸다.

그는 정연을 잡아 천천히 일으키면서 그녀가 걸치고 있던 대원의 재킷을 벌렸다. 그의 눈에 흉포한 빛이 떠올랐다.

"이건!"

그의 손이 단번에 그녀의 목을 잡아 치켜들었다.

비명도 지르지 못한 채 그녀는 영세의 손에 잡혀 대롱대롱 허공에 매달렸다. 갑작스런 압박감에 숨이 막혀 눈앞이 새까맣게 변했다.

"서태호의 냄새다! 이 여잔 서태호의 여자야!"

영세의 고함에 뒤에 있던 명성이 다가섰다. 그는 일그러진 얼굴로 새파랗게 질린 정연의 얼굴을 노려보았다.

"서태호의 여자?"

"냄새가 가득합니다! 그놈의 흔적이에요."

"그놈이 마킹을 남겼어. 이 여잔 놈의 정부가 틀림없어요."

정연은 아니라고 소리치고 싶었다. 그녀는 버둥거리면서 헐떡였지만 아무도 동정해 주지 않았다.

그녀의 살갗에 보이는 태호의 흔적, 채 가시지도 않은 정념의 냄새. 그 냄새에 명성의 얼굴이 점점 차게 굳었다. 그는 영세의 손에 잡혀 매달린 그녀의 얼굴을 노려보며 물었다.

"서태호는 어디에 있지?"

정연은 미칠 지경이었다. 이 상황이 대체 어떻게 돌아가는 것인지 그녀로서는 짐작도 할 수 없었다. 이들은 서태경의 부하가 아닌 걸까? 왜 서태호의 여자라고 다그치는 것일까. 그녀는 억울했다. 이들 일족에게 치여 죽을 뻔하고 강간당할 뻔했다. 그런데도 죄인 취급이라니.

"대답해."

명성의 낮은 목소리에서 스산한 살기가 배어나왔다.

그의 전신에서 풍기는 압박감이 점점 부풀어 오르기 시작했다. 초록빛으로 빛나는 눈은 동공이 점점 작아졌다. 명성은 쭈욱 뻗어나온 손톱 하나를 들어 정연의 뺨에 들이댔다.

"이 더러운 것."

사아아악 하고 정연의 뺨에 한줄기 선이 생겼다. 그 선은 곧 붉게 변하기 시작하더니 뚝뚝 붉은 액체를 흘려냈다. 그녀는 눈을 꽉 감은 채 헐떡였다. 숨이 막혀 말을 할 수도 없었다. 그저 억울할 뿐이었다. 대체 서태호와 무슨 억겁의 인연이 있기에 이렇게도 지독한 악연인 걸까.

그때였다.

"그 손을 놔."

영세는 눈을 크게 떴다.

갑자기 정연을 잡고 있던 그의 오른팔에 줄이 가더니 툭 하고 갈라졌다. 그 팔이 바닥에 떨어지며 정연 역시 해방되었다. 바닥에 주저앉은 그녀가 크게 숨을 들이키는 그때, 그제야 잘려진 그의 팔뚝에서 피가 샘처럼 솟아났다.

"아악!"

영세가 잘려진 팔뚝을 쥐고 뒤로 휘청거리는 순간, 명성은 사납게 치켜뜬 눈으로 뒤를 돌아보았다.

"내가 늦었군."

나타난 것은, 서태경이었다.

웃음기가 전혀 없는 그 얼굴에 떠오른 기운에 명성 역시 기운을 돋웠다. 잘려진 팔은 깨끗해서 도로 붙이면 재생도 가능했다. 윤세가 자신의 잘린 팔을 쥐고 다시 붙이는 사이 태경은 천천히 걸어와 바닥에 앉아 헐떡이는 정연을 안아 올렸다.

"태, 태경 씨."

그녀는 안도한 나머지 눈앞이 새까맣게 변하는 것을 느꼈다. 오늘 내내 너무 시달렸던 터라 기절할 것만 같았다.

"늦어서 미안해."

그의 목소리는 실크처럼 부드러웠다. 하지만 그가 풍기는 기세만은 칼날처럼 날카롭다. 그 자리에 그녀가 없었다면 당장 피를 보고도 남았을 터였다.

"……서태호가 나타났었어요."

"들었어."

"그, 그 아저씨가 구해주었는데."

"아저씨?"

"태경 씨가 보낸 사람이 아니었나요?"

정연이 혼란스러운 얼굴로 묻자 태경은 더 이상 묻지 않고 그녀의 얼굴을 잡아 손가락으로 쓸었다. 그의 손에서 나온 치유력이 배인 뺨에 닿자 그에 반응한 정연의 치유력이 움직이기 시작했다. 베인 상처 주변으로 몰려든 그 기운은 순식간에 상처를 치유하는데 전력을 기울였다. 상처가 따끔거렸지만 정연은 거의 의식하지 못했다. 그녀는 상처가 낫고 있다는 사실조차 느끼지 못하고 있었다. 그가 변성시킨 정연의 몸은 그의 분신에 가까웠다. 그는 아물기 시작하는 그 상처에 만족했다. 흉터도 남지 않을 것이다. 정연은 눈을 감고 그의 가슴에 얼굴을 기댔다. 빙빙 도는 시야를 견딜 수가 없었다.

"명성."

태경은 정연을 안은 채 굳은 얼굴을 하고 있는 명성을 불렀다.

"착각하고 있는 거 같은데, 그 피 냄새를 맡아봐."

명성은 여자의 피가 묻은 자신의 손가락을 흘긋 내려다보았다. 낯선 냄새가 났다. 일족도 아니고 인간도 아닌 피. 그 피에서 나는 냄새는 서가의 냄새였지만 이질적인 것도 끼어 있었다. 그뿐만이 아니다.

명성은 눈썹을 찌푸렸다. 왜 서태경이 저토록 화를 내고 있는지 그제야 알아차렸기 때문이다.

"미안합니다."

그는 순순히 사과했다.

종주의 사과에 윤세와 영세가 이상하다는 듯이 돌아보자 명성은 손가락에 남은 피를 손수건에 닦으면서 고개를 가볍게 숙였다.

"형님의 여자였군요. 실수했습니다."

그 말에 다친 팔을 쥐고 있던 영세의 얼굴에 경악이 떠올랐다.

"하지만 말입니다. 그 여자의 몸에서 태호의 냄새가 나는 것은 어찌 된 일일까요?"

명성의 말에는 의심이 섞여 있었다. 태경이 금욕적인 성품이라는 것을 모르는 자는 없었다. 그런데 뜬금없이 여자가 있었다니. 이 미묘한 시기에 생긴 여자의 정체에 대해서는 의심하지 않을 수가 없었다.

"살갗 안쪽까지 서태호의 냄새가 풀풀 나고 있습니다. 그런데 난데없이 형님의 여자라 하니 믿어지지가 않는군요."

명성의 빈정거리는 말에 태경은 품 안의 정연을 내려다보았다.

그녀의 하얀 목덜미 안쪽에 새겨진 흔적들. 키스마크였다. 분명 태호의 냄새가 났다. 흐트러진 옷차림하며 피투성이가 된 모습. 그녀 자신의 피는 없었지만 분명히 그녀는 피범벅이었다.

"불행한 사고였나 보군."

태경의 말에 명성의 얼굴이 구겨졌다.

"사고요?"

"사고에 휘말린 거야 어쩔 수 없지."

태경은 담담하게 말하며 자신의 가슴에 얼굴을 묻고 탈진해 있는 정연을 내려다보았다. 그녀는 기절한 상태였다. 아마도 그를 보고 안도한 모양이다. 태경은 그 사실이 왠지 기꺼웠기에 태호가 남긴 흔적은 보아 넘기기로 했다.

"이 상황이 사고라 보십니까?"

비꼬인 음성으로 윤세가 크게 외쳤다.

태경은 그의 말에 대꾸하는 대신 그녀에게서 나는 냄새에 집중했다. 이 복잡한 상황을 풀 열쇠는 그녀 자신이지만 그녀는 기절한 상태다. 그녀가 걸친 옷에서는 유가의 냄새가 났고 피 냄새 역시 유가의 것이었다. 그녀가 말한 게 어떤 의미인지 잠시 생각해 보던 그는 명성을 보았다.

"유가의 누군가가 정연을 지켜주었나?"

명성은 너무 태연한 태경의 태도가 거슬렸지만 상황은 어차피 대원을 통해 알아낼 수 있을 터였기에 참아냈다.

"대원입니다. 태호의 뒤를 쫓다 그 아가씨를 구해주었다는군요."

"그거 참 고맙군."

태경은 미소 지었다. 진심인 듯 보이는 그 웃음에 명성은 주먹을 쥐었다.

"정연은 아직 내 여자가 된 지 얼마 안 되었어. 내가 변성시킨 〈내 여자〉지. 태호는 불행히도 그걸 몰라서 덤벼들었던 것 같아. 불행한 사고지."

"그런 뻔뻔한! 그런 말도 안 되는 소리가 어디 있습니까!"

영세가 버럭 소리를 지르며 끼어들었다.

"저 여자가 서태호의 창녀라는 것은 뻔한 것 아닙니까! 그런 말도 안 되는 소리를……!"

순간 그의 몸이 기역자로 꺾이며 공중으로 날았다.

와장창 소리를 내며 바닥으로 뒹군 그는 무려 5, 6m는 날아갔다. 그 모습에 팔을 쥐고 있던 윤세의 얼굴이 창백해졌다.

"억측은 곤란해. 전에도 말했지만 나는 거짓말을 하지 않는다."

태경은 엄격한 얼굴로 강조했다.

그의 전신에서 뻗어나오는 기세를 명성은 느낄 수 있었다. 그뿐만 아니다. 가까이에 있던 윤세는 결국 압박감을 이기지 못해 뒤로 물러서고 말았다. 공간을 장악하는 태경의 능력은 무섭다. 손가락 하나 까딱하지 않고 기세만으로도 떨어져 있는 영세를 날려 버린 것이다.

'소문에 따르면 그의 영역은 8m 이상이라던데 그것이 사실이었군.'

명성은 이를 악물었다.

말이 8m다. 그냥 8m도 아니고 평방 8m다. 그 정도 거리라면 그에게 가까이 다가갈 수도 없다. 심지어 태경이 결계를 펼치는 능력은 무려 평방 2km에 달한다고 했다. 그가 스무 살 무렵 일본에서 온 어떤 일족들과 시비가 붙어 싸웠을 때 그가 펼친 결계의 크기가 그러했다. 사건의 발단은 간단했다. 아직 어린 그가 종주라는 말에 얕본 자들이 덤빈 것이다. 그 결과는 참혹했다. 무려 육십여 명에 달하는 자들이 죽었다. 그 일로 태경의 힘에 대해서 모두들 함구하게 되었다. 명성도 1km까지는 가능했다. 하지만 2km라니 그건 거의 전설적인 힘에 해당한다.

태경은 명성의 표정이야 어떻든 신경 쓰지 않고 품 안의 정연을 내려다보았다. 파리한 얼굴을 한 그녀는 이제 의식을 잃고 있었다. 그를 만나자 안도한 것인지 그대로 쓰러진 것이다.

"내가로 데리고 가."

그는 자신의 겉옷을 벗어 그녀의 몸을 감싼 후 뒤에 서 있던 민재에게 정연을 내밀었다.

민재는 조심스레 그녀를 안고는 뒤로 물러섰다. 그로서는 이 상황이 진짜 마음에 들지 않았다. 정말로 상상했던 그대로의 일이 발생했던 것이다.

태호가 정연을 탐하고 태경이 그녀를 가진다. 친형제가 한 여자를 두고 다툰다. 그것만으로도 엄청난 추문이다. 한국 사회에서 이 추문은 치명적이었다. 그는 순간적으로 품 안의 여자를 죽여 버릴까 하고 생각했다.

"민재."

민재는 태경의 부름에 움찔했다.

"가라."

태경은 아무런 말도 덧붙이지 않았다. 하지만 민재는 그것이 경고라는 것을 받아들였다. 태경에게 거짓말은 통하지 않는다. 그는 두 마음을 먹는 자를 용납하지 않는다.

민재가 고개를 숙이고 사라지자 명성은 굳어 있던 몸을 움직여 태경의 앞으로 다가갔다. 영세와 윤세가 겁에 질려 있다는 것이 느껴졌다. 심지어 태경의 주변으로 일렁이는 기운에 동요하는 유가 일족의 기세도 느껴졌다. 종주로서 이만큼 비참한 것은 없다. 태경은 단 혼자지만 이 팔층에 서 있는 유가 일족은 무려 일곱 명이나 된다. 그런데 그 일곱 명이 온통 태경의 위세에 휘둘려 겁에 질려 있는 것이다.

"오랜만에 태경 형님의 힘을 보는군요."

명성의 말에 태경은 빙긋 웃었다. 그는 여유있게 주머니에서 담배를 꺼내 입에 물었다. 회백색으로 연기가 퍼져 나가자 명성은 피비린내에 마비되었던 후각이 점차 돌아오는 것을 느꼈다. 담배를 피우는 유일한 일족.

"다른 건 몰라도 내 여자를 건드리는 것은 싫거든."

"다른 사람도 아닌 동생이 말인가요?"

명성의 도발에 태경의 눈가에서 빛이 흘렀다. 푸른빛이 칼날처럼 스치고 지나갔지만 찰나간이라 본 사람은 바로 앞에 선 명성밖에는 없었다.

"싸구려 연속극 같은 소리는 관두었으면 좋겠어. 여자에겐 거부권이 있고 남자에겐 없지. 그 이유가 뭐라 생각하나?"

"글쎄요."

태경은 천천히 연기를 내뿜었다. 둥근 원을 그리며 연기가 맴을 돈다.

"그녀는 내가 변성한 여자지. 그래서 내 소유가 된 거야."

"그러니까 태호가 건드려도 괜찮다는 뜻?"

명성이 도발하자 태경은 피식 웃었다.

"남자를 선택하는 것은 여자다. 그건 나로서도 별수없는 일이지. 그러나 〈내 여자〉가 목숨을 위협받는 것은 또 다른 이야기야."

태경의 눈이 위험하게 빛났다. 부드럽게 웃는 입매와 달리 차갑게 반짝이는 눈은 경고를 발하고 있었다.

"알겠나, 아우님? 나는 내 일족이, 그것도 내 여자가 위협받는 것은 질색이야. 사내놈과 달리 여자는 보호해야 할 존재. 한 번만 더 그녀를 모욕하거나 건드리려 하는 자들이 생긴다면……."

태경의 눈매가 웃음을 머금고 휘어졌다.

순간, 뒤에 서 있던 영세와 윤세의 몸이 휘청했다.

툭.

명성은 눈을 부릅떴다.

영세이 양말이 깨끗이 절단되어 바닥으로 떨어졌다. 윤세의 두 다리가 허벅지에서부터 잘려나가 1m는 튕겨 나갔다. 피가 분수처럼 솟아났다. 휘청거리던 그들은 무슨 일이 벌어진 것인지 깨닫기도 전에 피 웅덩이 위로 나뒹굴었다.

"으어억!"

"아악!"

비명이 여기저기서 터져 나왔다. 윤세와 영세의 것이 아니라 지켜보고 있던 자들이 내지른 소리였다. 그들은 입을 벌린 채 그 자리에서 굳었다.

태경은 여전히 담배를 입에 문 채 두 손을 늘어뜨리고 있었다. 손가락 하나 까딱하지도 않았다는 것을 명성도 보아 알고 있었다.

"깨끗하게 잘랐으니 금방 붙이면 재생돼."

태경은 연기를 우아하게 뿜으며 친절하게 설명해 주었다.

"아우님, 알지? 나는 공정한 사람이야. 태호의 과오에 대해서는 덮지도 방치하지도 않아. 하지만 죄 없는 여자를 핍박하면 안 돼."

"태호와 관계가 있는 여자지요."

명성이 굳은 얼굴로 다시 상기시켰다. 그 말에 태경은 어깨를 으슥했다.

"내 여자야. 나와 싸우고 싶어?"

그 말에 명성은 대답하지 못했다. 그는 이미 기세에 휘말렸다. 태경이 형성한 그 힘의 굴레는 이미 그를 억누르고 있었다. 그뿐만이 아니라 그 자리에 있는 유가 일족 전체를 아우르는 힘이었다.

태경은 대답하지 못한 채 기둥처럼 서 있는 명성을 향해 미소 지었다. 요즘 들어 자주 웃는 그였다.

"나를 건드리지 마. 아우님."

끈적한 어떤 것이 전신을 억누르고 있었다. 질척한 진창에 빠져 허우적거리는 느낌이 이런 걸까. 움직이려 해도 움직이지 않는 사지. 손가락 하나도 까딱할 수 없다.

"엄마 때문이야."

어린애처럼, 아니, 어린애가 된 그녀가 징징댔다. 어둠 속에서 징징대고 있었다.

아니야.

정연은 울고 싶지 않았다. 한탄하고 싶지 않았다. 누군가를 원망하고 싶지 않았다.

"엄마 때문이야. 내가 이렇게 된 건 다 엄마 탓이야."

우는 소리, 어린애의 투정.

아니야. 난 이런 소리는 하지 않아!

정연은 화가 나 소리쳤다.

모든 것을 태연하게 받아들이고 유연하게 살아가고 싶었다. 누군가에게 방해 받지 않고 혼자서 조용하고 평온하게. 나 혼자만의 보금자리를 만들고 자유롭게. 하지만 그녀는 덫에 걸려 있었다. 그 덫은 너무나 무섭고 무거워 꼼짝할 수도 없다.

울고 있는 그녀에게 피 범벅이 된 개의 머리가 충고했다.

"넌 바보야."

사지를 억누르는 덫은 영화 죠스에나 나올 법한 거대한 아가리를 벌리고 그녀를 삼켰다.

"괜찮아요?"

누군가의 상냥한 목소리가 들렸다.

천장이 제일 먼저 시야에 들어왔다. 옅은 베이지 색 벽지에 크리스탈 장식을 한 전등이 매달려 있었다. 물방울 모양을 한 크리스탈은 전등 아래에서 다이아몬드처럼 빛났다.

정연은 그것을 멍하니 바라보며 다시 눈을 감았다 떴다. 눈이 부시고 현기증이 일어 움직일 수가 없었다.

"뭘 좀 마실래요?"

차가운 손이 다가와 그녀의 이마를 매만졌다.

"무, 물 좀."

잔뜩 쉰 목소리가 간신히 나오자 정연은 크게 한숨을 내쉬었다.

"여기 있어요."

물 컵을 내밀어 그녀의 입가에 대준 사람은 다름 아닌 미혜였다. 그녀는 간호사처럼 능숙하게 그녀를 부축해서 물을 먹이고는 우아하게 미소 지었다.

"다친 곳이 없어서 다행이에요."

다행인가.

정연은 멍하니 그녀를 올려다보았다.

"회장님이 정연 씨를 안고 오셨을 때는 정말로 깜짝 놀랐어요. 큰일이 벌어진 줄 알았잖아요."

그게 큰일이 아니었던가. 사람이 죽을 뻔했는데.

정연은 반문하는 대신 그저 묵묵히 물을 마셨다. 꿈을 꾼 것처럼 정신이 몽롱했다. 무슨 일이 벌어졌었는지 기억이 잘 나지 않았다.

"지금 몇 시죠?"

어둑어둑한 창가가 신경 쓰였다. 꽤나 오래 잔 것인지 기억이 전혀 나지 않는다.

정연이 겨우 묻자 미혜는 생각난 듯 손목시계를 보았다.

"9시 15분요. 배 안 고파요? 낮부터 내리 잠만 잤어요."

그러고 보니 바깥으로 보이는 창은 까맸다. 어둠이 내려앉은 창을 멍하니 보고 있던 정연은 그제야 자신이 있는 곳이 전에 왔었던 태경의 저택이라는 것을 깨달았다. 뿐만 아니라 그녀가 누워 있는 곳은 바로 태경의 침실이었다.

정연은 얼결에 덮고 있던 이불을 꽉 쥐었다. 이불도 그의 것이었다. 침대도 그의 것이다. 그의 냄새를 깨닫자 그녀는 고개를 숙여 베개에 얼굴을 박았다.

"어지러워요?"

미혜가 묻는 소리가 멀리서 들려왔다.

정연은 태경의 베개에 얼굴을 묻은 채 움직이지 않았다. 깊은 안도감을 주는 친근한 냄새가 가슴 깊은 곳으로 스며들어 왔다.

'꼭 짐승 같아. 이게 인간과의 차이점일까?'

그녀는 무의식중에 생각했다. 그 냄새는 따스하고 아름다웠다. 태경의 냄새는 그녀의 몸에 힘을 주며 쓰다듬는다. 냄새에서 온 기를 느끼다니. 이런 감각을 그녀는 이제껏 알지 못했다.

"뭔가 먹을 걸 가져올게요. 계속 누워 있어요."

미혜가 말 없는 그녀가 걱정스러운 듯 말했다. 그녀는 고개를 들지 못하는 정연의 머리를 쓰다듬으면서 속삭였다.

"많이 놀랐죠?"

정연은 갑자기 떠오른 생각에 고개를 번쩍 들고 그녀를 불렀다.

"미혜 씨."

"네?"

근사하게 뻗은 몸매를 자랑이라도 하듯 우아한 크림 빛 정장을 입고 있는 미혜는 정말로 아름다웠다. 일족의 몸이란 이렇게도 아름다운 것일까 하는 생각이 문득 들자 새삼 주눅이 들었다. 예전에는 태호를 증오했기에 그들 일족도 싫었다. 그들 전체가 다 끔찍했다. 하지만 지금은 마음이 바뀌고 말았다. 저 이름도 모르는 보디가드와 서태경 때문에.

"저기, 제 물건들 혹시……."

초조해하면서 그녀가 물었다. 난장판 속에서 핸드백 안에 있는 지갑이며 카드는 물론이고 태경에게 줄 선물도 잃어버린 것 같았다.
"아? 그거요. 저기 있어요."
뜻밖에도 미혜는 미소 지으며 침대 옆 협탁을 가리켰다.
둥근 협탁 위에는 정연의 핸드백과 작은 쇼핑백이 나란히 놓여 있었다. 그녀는 손을 뻗어 피로 얼룩진 쇼핑백을 집어 들었다. 놀랍게도 안에는 포장 케이스가 고스란히 들어 있다.
"어떻게 제 것인 줄 알고……."
얼결에 정연은 중얼거렸다.
그 난장판 속에서 손바닥만한 쇼핑백을 어떻게 그녀의 것인 줄 알고 찾아왔을까. 그녀 자신조차도 잊고 있었던 것이다.
"어머나, 그야 당연하잖아요. 정연 씨 냄새가 붙어 있는데 잃어버릴 리 없죠. 척 보면 알게 되잖아요."
"편리하네요."
얼결에 그렇게 중얼거리자 미혜가 소리 내어 웃었다.
"곧 정연 씨도 그렇게 될 거예요."
이미 그렇게 된 것 같은데. 정연은 씁쓸하게 중얼거렸다.
"먹을 걸 가져올게요."
그녀가 밖으로 나가자 정연은 케이스를 쥔 채 멍하니 앉아 있었다. 갑자기 그동안 벌어졌던 일이 파노라마처럼 펼쳐졌다. 너무 순식간에 일어난 일이라 꿈처럼 느껴질 정도였다.
"넌 내 거야."
갑자기 태호의 목소리가 기억났다. 그녀는 부르르 떨었다.
입 안으로 파고들던 그의 혀와 키스, 속옷을 벗겨내며 달려들던 그 손의 뜨거움. 난폭한 그의 몸이 기억나 그녀는 토할 것만 같았다. 그 다음으로는 피투성이가 된 대원의 모습이 떠올랐다.

그의 이름이 유대원이며 또 유가 일족이라는 것은 모르지만 어쨌거나 그가 피투성이가 된 채 죽어가는 모습을 떠올리자 그녀는 머리칼을 쥐어뜯고 싶어졌다.

자신은 얼마나 무력한가. 태호에게 이리저리 흔들리고 난데없이 나타난 자들에게는 태호의 애인이라는 말도 안 되는 오명까지 덮어썼다. 그러고도 그녀는 꼼짝하지 못했었다.

"꿈이었을까."

만약 그렇다면 악몽이다. 팔다리가 잘리고 피가 낭자한 끔찍한 꿈.

새삼스럽게 구역질이 치밀었다. 그녀는 헛구역질을 하며 침대 아래로 내려서 급히 화장실로 달려갔다. 하지만 나오는 것은 아무것도 없었다.

눈물을 닦으면서 그녀는 힘없이 화장실 거울에 머리를 기댔다.

이 모든 것이 꿈이었으면 좋겠다. 서태호란 짐승을 만난 것도, 물린 것도 다 꿈이었으면 했다. 그녀가 인간이 아닌 어떤 다른 것이 된 것도 꿈이고, 그녀를 위해 한 사람이 죽을 뻔했다는 것도 꿈이었으면 좋겠다.

감은 눈이 뜨거워졌다. 눈물이 흘러내린다.

심지어 엄마가 돌아가신 것도 꿈이었으면 좋겠다. 눈을 뜨면 그녀는 아직도 병원에 있어 엄마의 병수발을 들면서 멍청히 케이크나 사러 돌아다니는 것이다. 그리고 의사를 만나 병에 대한 소견을 들으며 솟구치는 짜증을 억누르며 산다.

"아아……."

그렇다. 그것이 그동안 그녀의 일상이었다.

지루하고 짜증나는 일상이긴 했어도 이처럼 끔찍하진 않았다.

팔다리가 잘리고 내장이 흩어지는 피비린내 나는 일상은 결코 아니었던 것이다. 평범하고 고요한 일상이라는 게 그렇게나 귀한 것일까. 아니면 뭔가 전생에 죄라도 진 걸까.

정연은 흐흐 웃고 말았다. 흐트러진 웃음소리가 울음을 닮았다.

"괜찮아?"

갑자기 화장실 문이 열리고 태경이 들어섰다.

놀라 급히 눈물을 닦는 그녀를 보고 그는 눈빛을 바꾸었다.

"괴로워?"

"괜찮아요."

그녀가 그렇게 말하면서 비틀 일어서자, 태경은 다가와 그녀를 부축했다. 그의 손에서 느껴지는 온기에 그녀는 부르르 떨었다.

"차가운 데 오래 있지 않는 게 좋아. 어서 들어가 누워."

그는 그녀의 팔을 잡고 다시 침대 위에 앉혔다. 정연은 순순히 그의 말에 따랐다. 사실 기운이 없었다.

"먹을 걸 가져왔는데 먹을 수 있겠어?"

"아뇨."

방금 전까지 토악질을 한 터라 입 안이 마르긴 했어도 뭔가를 먹을 기분은 아니었다. 정연은 얌전하게 앉아 그가 협탁 위에 내려놓은 쟁반을 바라보았다. 죽인 것 같다. 고소한 냄새가 났다. 그래도 물을 한 모금 마시고 나자 기분은 훨씬 나아졌다. 그녀는 자신을 똑바로 바라보고 있는 태경의 시선을 슬그머니 피하면서 쇼핑백을 흘긋 보았다. 그 안에 든 물건을 태경은 보았을까. 아니, 보았다고 해도 자신의 것이라고는 생각지 않을 것이다.

"어떻게 된 건지 이야기를 좀 듣고 싶은데."

태경이 먼저 입을 열었다.
그는 주머니에서 담배를 꺼내고는 라이터를 찾는 듯 주머니를 더듬었다. 그 모습에 정연은 화급히 그를 향해 쇼핑백을 내밀었다.
"이거요."
"응?"
태경은 담배 한 대를 문 채 그녀를 내려다보았다.
쇼핑백째 내민 모습이 어색해서 정연은 결국 쇼핑백에서 잘 포장된 케이스를 꺼내 내밀었다. 핏방울이 조금 묻어 얼룩져 있다는 것을 발견한 그녀는 조금 우울해졌다.
"이거 받으세요."
태경은 다소 당황한 듯 그것을 받아 열어보았다.
은빛으로 빛나는 라이터. 그는 잠시 할 말을 잊고 그것을 내려다보기만 했다.
"마음에 드세요?"
정연이 조금 초조한 어조로 묻자, 그는 그제야 고개를 끄덕이며 케이스 안에 곱게 담긴 라이터를 끄집어냈다.
"아아, 멋진데. 내 거야?"
"네."
"고맙군, 생각지도 못했어."
그는 웃으면서 대답했다.
화이트 골드의 라이터는 손 안에 와 닿는 감촉이 무척이나 기분이 좋았다. 묵직하면서도 날렵한 모양이다. 사실 라이터라는 게 유별난 디자인을 할수록 귀찮기만 한 것이라 그는 심플한 것이 좋았다.

"여자에게 이런 선물을 받는 건 처음인데."

그가 웃으며 말하자 정연은 얼굴이 달아오를 것만 같아 급히 시선을 돌렸다. 가슴이 쿵쾅거렸다. 심장이 날뛰며 소동을 벌인다. 안도하는 것인지, 기뻐하는 것인지 부끄러워하는 것인지 그녀 자신도 확신할 수가 없었다. 괜히 머리칼을 쓸어 올리며 그녀는 애써 태연한 표정을 지었다.

그는 기분 좋은 얼굴로 새 라이터를 켜서 담뱃불을 붙였다. 연기가 퍼져 나가는 모습을 보고 정연은 한숨을 내쉬었다. 그 담배 냄새를 맡자 코끝에 남은 피비린내가 사라지는 것 같은 느낌이 들었던 것이다.

"아참, 잊고 있었어."

갑자기 그가 주머니에서 목걸이를 꺼냈다.

"아!"

정연은 얼결에 가슴을 더듬었다. 분명히 걸고 있었던 목걸이가 없었다. 아마도 그 소동 때 잃어버린 모양이었다.

"이거, 정연 씨 것 맞지?"

"에, 네에."

더듬으며 대답하자 태경은 기분 좋게 눈매를 휘며 웃었다. 대원의 피로 얼룩진 백화점 바닥에서 주운 그녀의 물건이었다. 그녀의 냄새를 풍기고 있어 쉽게 찾아냈다.

"내가 걸어줄게."

그는 담배를 입에 문 채 그녀에게 다가와 목걸이를 그녀의 목에 걸어주었다. 피가 묻긴 했지만 깨끗이 닦아두었다. 투명한 크리스털이 그녀와 닮아 어울린다는 생각을 했던 그였다.

손끝이 목덜미에 닿았다. 입김이 귓가에 닿았다.

정연은 시선을 피하려고 고개를 숙였지만 그가 그녀를 안듯이 두 팔을 벌렸을 때 그만 고개를 들고 말았다.
시선이 부딪쳤다. 정연은 멍하니 그를 올려다보았다.
그에게서는 이루 말할 수도 없이 좋은 냄새가 났다. 쌉싸름하고도 포근한 냄새. 커피 향을 닮은 냄새였다. 어두운 색을 한 눈동자가 그녀를 내려다보고 있었다. 언뜻 은빛이 스치고 지나간 것 같긴 했지만 그것만으로도 아름다운 눈동자였다. 깊고도 어둡고, 어두운데도 눈부셨다.
"저어……."
뭐라 말을 해야 하지 않을까 싶어 그녀가 입을 여는 순간에 그는 입가에 매달린 담배를 들어 다 피우지도 않은 그것을 재떨이에 비벼 껐다. 정연이 그것을 지켜보는 동안, 기묘한 열기가 두 사람 사이로 스쳐 지나갔다. 입 안이 말라붙는 듯해 정연은 애써 입술을 깨물고 침을 삼켰다.
그의 손가락이 어느새 그녀의 턱에 와 닿았다. 뜨거운 손가락이었다.
다시 시선이 마주쳤다가 미끄러진다. 닿을 듯 말 듯 그의 코끝이 다가왔다. 숨결이 뺨 위를 스치고 지나갔다.
그녀는 눈을 감았다. 입술에 부드러운 것이 와 닿았다 떨어져 나간다. 촉촉한 것이 닿았다가 떨어져 나간다. 의사를 묻는 것처럼, 문을 두드리는 것처럼 천천히 그녀의 입술을 건드리는 것이 간지러웠다.
그래서 그녀는 입을 벌렸다. 벌린 입 안으로 무언가가 들어서며 인사했다. 뜨거운 초콜릿처럼 부드럽고 끈끈한 것이 입 안을 점령했다. 집요하게 그녀의 입 안을 건드리면서 입술을 애무하는 그 감각은 생소했다. 너무나 낯설어서 그녀는 달아나고 싶은 충동을 느꼈다. 하지만 그와는 반대로 몸을 안아오는 그 손길은 너무나 익숙했다. 뜨거운 체온 속에 긴장감이 녹아들었다. 눈앞에 별빛이 명멸했다. 한숨을 쉬는 듯 와 닿는 숨결이 몸 안에 열을 지폈다.

"하아."

그는 서두르지 않았다. 그는 어린애를 다독거리듯 그녀의 머리와 목덜미를 손끝으로 애무했다. 커다란 손이 열기를 담고 헐떡이는 그녀의 등을 쓰다듬는다. 그는 쪼듯이 키스를 반복했다. 그 다정한 움직임에 점차 전율에 가까운 감각이 그녀의 몸을 타고 흘렀다. 흐르는 그 열기는 곧 전신으로 퍼졌다. 정연은 열에 들뜬 얼굴로 눈을 떴다. 확인하고 싶었다. 눈앞에 있는 게 태경이라는 것을 꼭 확인하고 싶었다.

꿈은 아닐까.

"괜찮아."

그 생각을 읽기라도 했는지 태경의 입술이 그녀의 눈썹을 스치고 지나가며 다독였다.

"괜찮아."

다시 한 번 입술이 뺨 위를 스쳐 귓가에 닿았다.

그 말에 그녀는 울고 싶어졌다. 누군가에게 항상 그 말을 듣고 싶었다. 괜찮다는 그 말. 항상 입버릇처럼 그녀 자신이 하던 그 말을 누군가에게 듣고 싶었다.

그녀는 두 손을 어린애처럼 뻗어 그의 목을 끌어안았다. 누군가를 끌어안고 안기고 싶다고 생각한 것은 태경이 처음이었다. 그것이 괴물들의 왕인 태경이 부린 술수인지 진짜 사랑인지 지금도 확신할 수는 없었다. 그러나 그것만으로도 충분했다. 그녀는 안기고 싶었다. 기대고 평온해지고 싶었다. 누군가에게 정말로 사랑받고 싶었다. 그것이 태경이라면, 그가 괴물이라도 상관없었다.

〈어차피 세상 모두가 괴물인걸.〉

그녀 안의 야수가 속삭였다.

〈나도 욕심을 부리고 싶어. 나도 좀 원하는 것을 가지고 싶어.〉

그녀는 열에 들떠 좀 더 힘껏 그에게 매달렸다. 그에게 닿고 싶어 견딜 수가 없었다. 그에게 있는 그 무언가를 갖고 싶어 견딜 수가 없었다. 이 순간 세상 전체를 다 주어도 그를 놓치고 싶지 않았다.

'이젠, 아무래도 상관없어.'

그녀는 서툴게 그의 옷깃을 벗기며 중얼거렸다.

17
균열

"오늘 어쩐지 기분이 좋아 보이시는데."
"그러게 말이야."
"그런데 회장님이 저렇게 미남이셨나?"
"오늘 뭔가 달라 보여."
 수군거리는 직원들을 지나치며 민재는 1/4 분기 보고서를 든 채 물끄러미 통유리 너머로 자신의 주인을 바라보았다.
 사실, 태경의 모습은 별로 변한 곳은 없어 보였다. 외견상 그는 평소와 마찬가지로 반듯한 차림새에 흐트러지지 않은 모습 그대로였다. 한데 그의 몸에서 흘러나오는 기운은 분명 부드러워졌다. 유별날 정도로 온화한 기운이다. 심지어 오늘 아침에 그의 웃음을 보고 여자들이 넋을 잃어 근무 마비 상태가 일어나기까지 했다. 그가 직접 운영하는 이 서원 프라임이라고 하는 펀드회사는 자회사를 여러 개 가지고 있어 규모가 작진 않았다. 회사 직원

중 80%가 일족이고 나머지 20%가 평범한 인간이었다. 그 때문에 일족들 사이에서는 암묵적인 금기 사항이 있었다. 당연한 말이지만 사내(社內)에서는 성적 페로몬을 절대로 뿌리지 말 것, 사내에서 남자든 여자든 인간에게 손을 뻗지 말 것 등. 어쨌든 사내에서는 연애 금지였다. 물론 인간들 사이에서는 상관없는 일이겠지만 어쨌든 유별난 일족의 성욕을 생각해 볼 때 인간들에게 페로몬을 뿜어대는 것은 극히 위험한 일이었다. 안 그래도 이 회사 안에 있는 대부분의 남녀가 유달리 말끔한 용모를 하고 있다. 사원 대부분이 일족인 셈이니 당연하다 할 수도 있겠지만 그 때문에 외모를 보고 채용한다는 소문이 주변에 돌고 있었다. 태경은 오너였기 때문에 안 그래도 그에게 호감을 가지는 여자들이 많았다. 그것을 방지하기 위해 그는 스스로가 접근금지 사인(sign)을 여자들에게 걸어놓았다. 그런데 바로 그게 풀린 것이다. 본인도 모르게.

'좋지 않아.'

민새는 혀를 찼다. 태경이 흐트러지는 모습을 보이는 것은 그다지 좋은 일이 아니다.

하기야 항상 금욕적인 태경이니까 조금은 즐기는 것이 좋을지도 모른다. 문제는 그 즐기는 상대가 인간도 아니고 평범한 일족 아가씨도 아닌, 어정쩡한 상태인데다가 태호의 각인을 받은 여자라는 점이었다. 이렇게 되면 누가 봐도 삼각관계 스캔들이다. 다른 사람도 아닌 종주가 자기 동생과 삼각관계라니.

"오늘따라 굉장히 멋져 보이시는데."

미혜가 발갛게 볼을 상기시키며 유리창 너머로 보이는 태경을 바라보았다. 태경은 담배를 피우고 있었는데 그 모습을 훔쳐보고 있는 여자들이 눈에 띈다. 민재는 그 여자들을 향해 소리라도 지르고 싶은 기분이 들긴 했지만 평소처럼 침묵했다.
"여자들이 난리도 아니야. 오늘 아침에 나는 회장님 눈빛을 보고 녹아버리는 줄 알았어."
그녀는 두 팔을 스스로 끌어안고 깔깔 웃었다.
민재는 그녀를 흘긋 쏘아보았다. 안 그래도 시끄러워 죽겠는데 또 끼어드니 속이 편할 리가 없다.
"내게도 손 한 번 내밀었으면 좋겠네. 지금의 회장님이라면 하룻밤이라도 황홀할 걸."
"시끄러워."
"그런데 왜 항상 회장님은 접근금지인지 알아? 여자를 싫어하시는 것도 아니고 한창 나이인데 왜 그러시는지. 기운만 풀어도 서태호보다 몇 배는 여자들에게 인기있을 텐데."
미혜는 혀를 찼다.
민재는 그 질문에 대답하지 않았다. 물론 그녀 역시 그의 대답을 기대하지 않았다. 서민재가 입이 무겁다는 것은 온 일족이 다 알고 있는 사항이었다.
"유가의 놈들이 벌벌 떨었다면서?"
미혜가 눈을 반짝이면서 민재에게 물었다.
그녀는 꽃 피는 계절에 어울리는 화사한 옷차림이었다. 과감하게 몸매가 드러나는 원피스에 하얗고 매끄러운 목덜미가 드러나도록 머리를 틀어 올렸다. 특별히 액세서리는 한 것이 없었지만 대신 원피스에 화려한 색채의 손바닥만한 모란꽃이 프린트되어 있었다. 사무실에는 어울리지 않는 모습이다. 특히 금융관계 회사에서는 더더욱이나.
민재가 그 차림새를 훑어보는 것을 눈치 챘는지 미혜는 활짝 웃으며 윙크했다.

"데이트가 있거든."

"그 아가씨는 혼자 두고 온 거야?"

민재가 무표정하게 묻자 미혜는 눈살을 찌푸렸다.

"그 아가씨는 혼자서도 잘 놀아. 어차피 내가에 있는데 뭐 하러 내가 붙어 있어?"

"그래도 혼자 두는 것은 좋지 못해."

민재가 무뚝뚝하게 말하자 미혜는 눈썹을 치켜올렸다.

"설마하니, 그 여자에게 질투라도 하는 거야? 그 아가씨는 조용하고 침착해서 소동 따윈 일으키지 않는다고."

"그 아가씨가 일으키는 게 아니라 주변에서 일으키는 거겠지."

민재는 미혜를 노려보며 경고했다.

"알고 있겠지? 조만간 진가의 아가씨가 온단 말이야. 그 아가씨는 진가의 직계일 뿐만 아니라 정가의 마님이 불러들인 정식 신붓감이야. 그 아가씨와 최정연 씨가 마주치면 어떻게 되겠어?"

"아무리 마님이라 해도 내가에 말도 없이 그녀를 들일 수는 없어. 회장님이 얼마나 엄한지 알지? 내가에 안내도 없이 사람을 들이는 일은 하지 않는다고."

미혜가 반박하자 민재는 고개를 저었다.

"알 수 없는 일이지. 어쨌든 내가의 일은 네 담당이니까 소란이 일지 않게 잘하라고."

"걱정 마셔. 쓸데없이 끼어들지나 말라고."

미혜는 불쾌한 기분으로 쏘아붙였다.

"그나저나 회장님이 오늘 엄청 섹시하지? 왜 그런지 알아?"

민재는 침묵했다. 이유는 그다지 알고 싶지 않았다.

미혜는 그의 속도 모르고 킬킬댔다.
그들이 킬킬대든 속을 끓이든 태경은 실제로 기분이 좋았다.
그는 우아하게 다리를 꼬고 앉은 채 창문을 향해 담배 연기를 내뿜고 있었다.
사실 사무실에서 담배를 피우는 사람은 오로지 그뿐이었다. 그의 회사는 삼십팔층짜리 건물에서 십이층과 십삼층 두 층을 쓰고 있었다. 그 두 층 어디에도 흡연실은 없다. 있다고 하면 사장실이라고 분리된 그의 사무실뿐이었다. 애연가인 직원들이 들으면 아우성을 질러댈 상황이긴 하지만 그에게 뭐라 하는 직원은 아무도 없다.
손바닥 위에 놓인 은빛 라이터. 자잘한 물결 무늬가 햇빛을 받을 때마다 오색 빛을 뿌리며 다른 색깔을 낸다. 손 안에 착 달라붙는 감촉이 태경은 마음에 들었다. 더 마음에 든 것은 이 라이터 안에 스며든 그녀의 감정이었다.
그 감정은 차마 입 밖에 내놓기도 부끄러울 정도로 달콤한 것이어서 읽어낸 그도 얼굴을 붉힐 지경이었다. 그 때문에 절로 입가에 미소가 매달린다. 그것은 그의 상상 이상으로 기분이 좋아서 가슴을 뛰게 했다.
태경은 기분 좋게 흩어지는 담배 연기를 모아 한데 뭉쳐 보았다. 둥글게 뭉친 연기가 그의 의도에 따라 회오리 모양을 만들기도 하고 네모, 세모가 되기도 한다. 이런 어린애 같은 장난을 해본 것도 꽤나 오랜만이었다.
"회장님."
노크도 없이 민재가 들어섰다.
그는 태경의 옆에 둥둥 떠 있는 회백색의 담배 연기 뭉치를 발견했다. 어울리지 않게도 그 연기 뭉치는 세모, 네모, 마름모 꼴을 한 채 이리저리 떠다니고 있었다. 하트가 없는 게 다행이다.

"보고서는?"

그런 모습을 보이고도 태연자약한 것이 태경이다.

"가지고 왔습니다……."

민재는 다소 더듬으면서 보고서를 책상 위에 내려놓았다. 그리고는 점차 흩어져 가는 담배 연기를 바라보았다. 그 여자가 그렇게 좋으신가요 라고 묻고 싶은 소리가 입 안까지 맴돌았지만 현명하게도 그는 그것을 소리 내어 말하진 않았다.

"그런데 태호가 맡은 회사는 지금 어떻게 되어가지?"

"윤 이사가 잘 처리하고 있는 모양입니다. 원래 작은 사장님이 맡은 부분은 접대와 영업이었으니까 큰 트러블은 없는 것 같습니다."

"다행이네."

"그나저나 어쩌실 겁니까?"

"뭘?"

민재는 시선을 비끼며 정중하게 물었다.

"진가에서 올 아가씨요."

"청청?"

"네. 마님께서 추진하시니까 쉽게 거절할 수도 없습니다."

태경은 잠시 침묵하더니 짧게 대답했다.

"그건 내가 알아서 하지."

민재는 답답한 기분이 되었다. 정말로 후계자를 만들지 않을 셈일까. 정말로 저 태호를 후계자로 삼을 생각일까. 잠시 동안이라면 인간여자와 지내는 것도 나쁘지는 않았다. 스캔들이 일긴 하겠지만 누르면 그만. 사실 그가 봐도 이렇게까지 기분 좋아 보이는 태경은 오랜만이라 안타까운 기분이 들었다. 하지만 최정연, 그녀는 아이를 낳지 못한다. 그의 아내, 서가의 안주인이 될 수는 없는 것이다.

"그보다 태호의 소식은 없나?"

"부상을 입은 채 다시 잠적했습니다만 그 뒤 소식은 알려지지 않았습니다."

"부상의 정도는?"

"확실치 않습니다."

민재의 말에 태경은 고개를 들어 그를 똑바로 바라보았다. 은빛이 일렁이는 눈빛이 일순간 스쳐 지나가자 민재는 가슴이 철렁했다.

"태호의 거처를 정말 모른다고 하는 건 아니겠지?"

"……."

"민재야, 나는 널 믿고 있다."

태경의 말에 그는 심호흡을 삼켰다.

"더 이상 태호를 놔둘 순 없어. 지금 부상까지 입었다고 하니 놈을 반드시 잡아놔야 해. 전쟁을 일으킬 생각은 없어."

민재는 고개를 숙여 보였다.

담배 연기가 공중으로 엷게 막을 그리며 퍼져 나갔다. 아까와 달리 흩어지는 그 모습이 어딘가 애잔하다.

"전에 일본에서 온 녀석들을 죽였을 때, 나는 솔직히 후회했어. 일본의 일족들은 지금도 서가라면 질색을 한다고 하더군. 전쟁이란 원한을 만들어내는 일이야. 우리의 숫자는 그렇게 많지 않아. 전쟁을 일으키면 희생이 너무 커. 결투와 전쟁은 다르다."

"그러니까 이번에 반드시 진가의 아가씨와 결혼하셔야 합니다."

민재가 강하게 말했다. 그는 드물게 감정이 드러나는 얼굴로 태경의 책상에 두 손을 얹은 채 강조했다.

"요 몇 년간 일족의 수는 계속해서 줄어들고 있습니다. 여자들은 애를 낳지 않아요. 또, 애도 잘 태어나지 않고요. 서가나 유가의 피는 너무 짙습니다. 곧이어 정가처럼 은둔하게 될지도 모릅니다. 새로운 피를 받아들이고 새로운 세대를 만들어야 한다구요."

"전쟁을 벌여서?"

태경의 반문에 민재는 입술을 깨물었다.

"만약 진가와 연합한다면 유가는 덤벼들지 못할 겁니다. 또, 유가의 종주는 이번에 회장님의 힘을 분명히 보았으니까 함부로 도발은 하지 않겠죠."

태경은 연기를 내뿜었다.

민재의 말은 합리적인 이야기였다. 이 좁은 한반도라는 땅덩이를 벗어나야 한다는 것은 분명했다. 하지만 그것도 고지식한 원로들에게는 쉽게 통할 이야기가 아니다. 뒷방 늙은이들은 의식적으로 진가와 결혼하는 것을 거부하고 있었다. 왜냐하면 진가는 중국계였기 때문이다. 어차피 다 같은 일족인 주제에 국적을 따지는 것도 우습다. 하지만 그 태어난 곳을 무시 못한다는 것도 분명한 일.

태경은 다시 새 담배를 꺼내 들어 입에 물었다. 찰칵 하고 라이터가 불꽃을 내뱉는다.

그의 어머니는 청청을 통해 후계자를 얻기를 바라고 있었다.

그리고 태호가 죽어버리기를, 버림받기를 원하고 있었다. 무의미한 증오다. 이미 증오할 대상은 죽어버린 지 오래인데도.
 하늘은 맑았다. 따스한 5월의 태양은 뜨거울 정도로 온화하다. 하지만 그를 둘러싼 진창은 여전히 계속된다.
 태경은 어쩐지 열세 살 때로 돌아간 것 같은 기분이 들었다.
 뜨거운 아스팔트와 저주와 증오를 쏟아내는 아버지이자 형인 그의 눈동자. 그리고 홀린 듯 광기를 뿌리며 사랑을 호소하는 어머니의 눈동자.
 태경은 담배 연기 속에 다 묻어버린 채 다시 업무를 시작했다.
 손 안에 놓인 라이터는 화사하기만 하다.

 달칵.
 커피를 한 잔 앞에 두고 그녀는 다시 CD를 뒤졌다.
 분명히 있을 거라고 생각했는데 보이질 않는다. 예전과 달리 그녀는 태경의 물건을 뒤지는 데 망설이지 않았다. 남이라는 느낌이 들지 않기 때문이라서 그런 걸까.
 원, 세상에. 뻔뻔하기도 해라. 하룻밤을 같이 지냈다고 그의 아내라도 되는 양 굴면 안 되는데. 정연은 쓴웃음을 지었다.
 어젯밤은 잘 기억나지 않았다. 그저 그에게 매달린 채 떨어질 줄 몰랐다는 것 정도는 기억났다. 아프긴 했는데 아픈 만큼 좋았다는 게 또 이상하다. 육체적으로 쾌락을 느꼈다는 게 아니라, 충족감과도 같은 안도감을 느꼈었다. 생각한 이상으로 그는 부드러웠다. 태호가 덮쳤을 때 느꼈던 그 끔찍함을 모두 덮어버릴 정도로.
 정연은 저도 모르게 어깨 쪽에 코끝을 들이대고 킁킁댔다. 몸에서 냄새가 났다. 태경의 냄새다.

무리도 아니었다. 태경과 같이 자고, 그의 침대를 같이 쓴 데다가 그의 셔츠까지 빌려 입었다. 그런데 그의 냄새가 배지 않는다는 것은 말도 안 된다. 그 냄새가 그녀는 너무나 좋았다. 몸이 동동 공중에 뜰 것처럼 기쁘다.

CD를 드디어 찾았다. 그녀가 찾은 CD는 오래된 재즈 가수들의 노래만 모아놓은 것으로 골든 앨범이었다. 그녀는 몇 번이나 확인하고 오디오 위에 올려놓았다.

〈FLY ME TO THE MOON.〉

사실은 이 노래가 싫었었다. 태호에게 당한 이후 이 노래는 끔찍한 악몽의 노래였다. 그런데 사실 이 노래의 임자는 태경이다. 그 생각을 하자마자 갑자기 노래가 듣고 싶어졌다. 이 노래를 태경이 왜 좋아하는지 묻고 싶어졌다.

간사하기도 하지. 그녀는 여가수의 목소리를 들으며 고개를 내젓고 말았다. 나른한 노래라 생각했는데 생각 외로 통통 튀는 명랑한 노래였다. 나지막한 태호의 목소리가 기억났다. 사실 그의 목소리는 무척 좋았다. 달콤하게 이어지는 노래는 기분 좋게 느껴졌었다. 돌변해서 그녀를 물어뜯기 전까지는.

태호에 대한 생각을 애써 멈추고 정연은 태경을 다시 떠올렸다. 그러자 그의 목소리로 이 노래를 들어보고 싶다는 생각이 든다. 그는 정말로 뼛속까지 녹을 것같이 부드러운 목소리를 가지고 있었다.

"정연아."

말 수 없는 그가 그녀를 부르는 소리가 너무 좋았다. 온몸에 불이 켜지는 것처럼 열기가 돌았다.

그녀는 반복 버튼을 눌렀다.

경쾌하게 반복되는 음성과 노래. 분명히 경쾌한데도 어딘가 슬픈 느낌이 든다. 모든 것이 다 그렇다. 기쁜데도 슬프고 밝은 것 같지만 사실은 어둡다.

서태경을 좋아한다. 그를 사랑하는 것 같다. 그도 호감 같은 것을 가지고 있을 거라 생각은 한다. 자신은 없지만.

"후―"

그는 괴물이라는 것 이외에 부족한 것이 없는 남자였다. 한 번도 그가 흐트러진 모습을 본 적이 없다. 그는 부유하고 또 대단한 힘을 가진 남자다. 태호의 일도 그렇고 해서 그는 그녀에게 동정심을 가지고 있는 것 같았다. 항상 친절하기만 한 태도가 그 증거다. 어젯밤 역시 단순한 동정심이었을지도 모른다. 그녀가 너무 지쳐서, 너무 겁에 질려 있어서 위로하는 마음으로, 가끔 영화에 나오는 남녀 관계처럼 말이다.

그런데도 불구하고 그녀 자신이 그의 여자가 되고 싶다는 점이 바로 문제였다. 어리석은 행동이라고 판단하면서도 계속 그의 곁에 있고 싶다 생각하는 점이 바보스럽다. 아니, 그보다는―

"욕심일까."

원하는 것을 가진 적이 없었다.

일찍 철이 든 아이는 그것이 불행하다. 원하는 것을 원한다고 말하기 어렵다. 어떻게 하면 착한 아이라는 말을 들을지 알고 있으니까. 이빨이 썩으니까 안 된다고 말하는 부모의 말에 순응해 얌전히 단념해 버리는 어린애. 그리고는 멀리서 원하는 사탕을 보고 침을 흘린다. 어리석게도.
 태경은 그녀에게 있어서 손대기조차 두려운 커다란 사탕이었다. 그런데 어제 그녀는 손을 뻗어 그 사탕을 맛보았다. 너무 지치고 힘겨워 자제심을 잃었다. 될 대로 되라 하고 대담하게 손을 뻗어 사탕을 맛보았다.
 그런데 남자랑 한 번 자면 그 다음은 어떻게 되는 걸까.
 왠지 초조해져서 그녀는 주변을 둘러보며 담배를 찾았다. 한 대 피우면 이 초조함이 가라앉을 것 같기도 하다.
 정연은 협탁 서랍을 열어 담배를 찾았다. 그리고 그 순간 흠칫하고 말았다.
 파란 88마일드 한 보루가 빨간 말보로 옆에 나란히 놓여 있었던 것이다. 그녀는 순간적으로 눈을 의심했다. 담배를 피우는 사람은 이 집에서 오로지 태경뿐이다. 그리고 그는 말보로만을 피운다. 그런데 그의 서랍에 왜 그녀가 피우는 88마일드가 있을까.
 그녀는 떨리는 손으로 천천히 그것을 뜯어 한 대 입에 물었다. 작은 립스틱 모양의 라이터가 말보로 옆에 놓여 있었다. 황금빛 립스틱 모양을 한 라이터. 아무리 봐도 여자 물건이다.
 황금과 백금. 한 쌍의 물건.
 그녀는 라이터를 켜 담배에 불을 붙였다.
 한 모금 삼키고 내뱉자, 이루 말할 수 없는 기분이 되었다. 가슴속에서 천천히 열기가 피어올랐다. 달콤하고 아릿한 열기가 몸 깊은 곳을 파고든다.
 그의 침대 옆 협탁 안에 그의 것과 그녀의 것이 나란히 놓여 있다. 정연은 그가 자신을 사랑하는지 아닌지 모른다.
 하지만—

그녀는 쿡쿡 웃었다. 정말로 달로 날아갈 것처럼 몸이 가볍고 즐거웠다. 그는 그녀를 안고 달로 데려가고 있었다. 별과 노닐 수 있도록, 다른 세상의 봄을 보여준다.
"아가씨."
노크 소리와 함께 들어선 가정부가 미소를 지었다.
"네?"
"점심 식사를 하셔야죠. 이리로 가져올까요?"
"아, 네."
정연은 당황했다.
몸이 너무 멀쩡한 이 상황에서는 남이 차려다 주는 밥상을 받는 것은 어색하기 짝이 없었다. 게다가 저번과 달리 가정부들이 부쩍 눈에 띄었다. 소리 없이 돌아다니는 것은 전과 같았지만 모습을 숨기는 일은 없었다. 넓은 집 안에는 사람들의 기척이 가득했다. 사실은 전과 달리 감각이 확장되어 그렇게 느끼는 것이었지만 정연으로서는 그것을 눈치 채지 못했다. 아직 자신의 신체적 능력에 대해 자신감이 없었던 것이다.
"아, 가, 같이 드세요."
"무슨 말씀을. 저는 아랫것들과 함께 먹을 거랍니다. 어서 드세요, 아가씨."
사람 좋은 얼굴을 한 가정부는 미소를 지으며 사양했다.
점심 식사는 푸짐했다.
집에서 먹는 것보다 훨씬 더 고급이다. 구운 갈비에 된장찌개, 김치 두 가지와 나물 세 가지가 놓인 밥상은 한정식에서나 맛볼 만한 음식이었다. 전문 조리사가 있는지도 모른다.
정연은 음식을 전부 다 먹어치웠다. 맛도 있었고 식욕도 있었다. 몸은 활기에 차 생생하고 건강했다. 어제 있었던 일들을 생각하면 음식을 못 먹을 것 같았는데 하루 종일 굶었던 탓인지 오히려 식욕은 더하기만 했다.

그녀는 그런 사실에 죄책감을 느꼈다. 더욱이 죽음 직전까지 갔던 보디가드 대원에 대해서는 더더욱 죄책감을 느끼고 있었다. 죽지는 않을 것이지만 불구가 될지도 모른다. 그녀는 그것을 생각하자 소름이 쫙 끼쳤다. 그녀를 지키려다 불구가 되다니. 태경을 통해 그의 상황을 알아보자고 결심하자 가슴 한구석이 뻐근해졌다. 초콜릿을 좋아하던 거구의 과묵한 남자. 그녀 때문에 불구가 된 남자. 아마 보통 사람이었다면 죽었을 것이다.

그를 생각하자 다시 욕지기가 났다. 현기증까지 난다. 정연은 억지로 물을 마시며 속을 가라앉혔다.

그의 참혹한 상처. 고통스러운 목소리.

더더욱 속이 거북해졌다. 울렁거리는 속을 억지로 참으려니 갑자기 단 음식이 생각났다. 사탕이나 케이크, 쿠키 같은 달디단 음식들.

'관두자. 곧 괜찮아질 테니까.'

그녀는 혼자 몇 번이나 중얼거렸다. 어차피 태경이 곁에 있었다. 그녀는 안전했다. 억지로 속을 가라앉힌 그녀는 빈 밥상을 들고 복도로 나갔다. 복도를 지나던 가정부가 눈을 동그랗게 뜨면서 밥상을 받아 들었다.

"어머나, 그냥 놔두시면 가져갈 텐데. 다음엔 그냥 문밖에 놓으세요."

호텔이나 여관도 아닌데 차마 그럴 수야 있을까. 정연은 난처한 웃음을 머금고 고개를 저어 보였다. 그러자 가정부가 마주 웃는다.

"심심하시면 산책이라도 하세요. 지하에는 수영장도 있어요."

"수영장이요?"

놀라 묻자 가정부는 빙긋 웃었다.

"네. 아무래도 운동은 항상 해야 하니까요. 지하 일층에는 헬스 기구가 있고, 이층에는 수영장이 있어요."

"지하 이층까지 있는 건가요?"

놀라서 묻자 그녀는 깔깔 웃었다.

"모르셨군요. 하긴 안내해 주는 사람도 없으니까요. 아참, 옷가지도 없으실 텐데 쇼핑이라도 다녀오실래요?"

쇼핑이라는 말에 정연은 움찔하고 말았다. 바로 어제 그런 일이 있었는데 태연하게 백화점 등을 돌 자신이 없다. 하지만 그 기색을 가정부는 눈치 채지 못했는지 자상하게 설명했다.

"차편이 필요하실 테니까 미혜 아가씨에게 부탁하세요. 그도 아니면 3비서님에게 부탁하셔도 되고요."

"3비서님이요?"

"아, 잘 모르시는군요. 회장님 비서는 모두 네 명인데 그중 내가에 내내 있는 분이 3비서님이랍니다. 한 명은 외국에 나가 있고요."

"태경 씨를 종주님이라 부르기도 하고 회장님이라 부르기도 하는 것 같던데……."

망설이는 어조로 정연이 묻자 가정부는 고개를 끄덕였다.

"맞아요. 저희들은 보통 종주님이라 부르지만 인간들이 있는 경우에는 회장님이라 부르는 경우가 더 많지요. 또 비서님들은 전부 다 회장님이라 불러요."

인간들.

그 단어를 듣는 순간, 정연은 새삼 자신이 서 있는 위치를 깨달았다. 인간도 아니고 일족도 아닌 애매모호한 상태.

"인터폰으로 하면 금세 연결이 되니까 기다려 보세요."

가정부는 그렇게 말하고는 상냥하게 웃는 얼굴로 사라졌다.

복도에 멍하니 남겨진 정연은 별수없이 도로 방 안으로 들어섰다. 방 안에 욕실까지 모두 붙어 있어 다행이었다. 화장실을 찾아 헤매다 다른 사람들과 부딪쳤다면 얼마나 민망할까.

비서가 네 명. 지상 이층, 지하 이층까지 있는 대저택. 솔직히 이 집이 얼마나 넓은지 정연은 아직도 몰랐다. 그런데 이 집 외에도 여러 채의 집이 더 있다 들었다.

새삼 그의 지위가 생각나는 느낌이었다. 부호라 하면 간혹 텔레비전에서 나오는 그런 사람들일 거라 생각이야 했지만. 정말로 헐리우드 영화에서나 나올 법한 그런 부자인 걸까.

"부르셨습니까?"

노크 소리와 함께 훤칠한 장신의 젊은이가 들어섰다.

정연은 당황해 벌떡 일어났다. 그 태도에 젊은 남자는 미소를 띠고 고개를 숙여 보였다.

"몸은 좀 어떠십니까? 전 3비서인 서경재입니다."

"아, 네."

이름은 기억하지 못했지만 태경의 옆에 얌전히 서 있던 얼굴이 기억난다. 검은 양복을 입은 그는 다른 일족들처럼 핸섬하고 체격이 좋았다. 아직은 둥근 뺨이 소년처럼 보여 친근한 느낌이었다.

"옷을 사러 가신다고 하던데 지금 나가시겠습니까?"

"아니, 저…….."
 정연은 난처했다. 집으로 돌아가면 될 것 같기도 했지만 한편으로 말하면 집으로 돌아가기가 싫었다. 어제 그런 일이 있었는데 집으로 돌아가면 혼자다. 태호가 또 달려들까 두렵기도 하고 그 끔찍한 상황을 혼자 되뇌고 있기도 싫었다. 그렇다고 여기서 옷까지 사서 입어가며 지내는 것도 이상했다. 태경과의 사이도 확실치 않은 이 상황에 그의 비서를 자기 마음대로 이용한다는 것도 어색하긴 마찬가지.
 "괜찮습니다. 회장님이 나가시기 전에 필요한 게 있으시다면 뭐든 해드리라고 하셨습니다."
 그녀의 마음을 눈치 챘는지 경재가 웃으며 말했다. 경재는 그녀에게 호감을 가지고 있었다. 그 끔찍한 변성 과정을 봤거니와 또 태경이 일부러 뭐든 그녀가 원하는 대로 해주라고 명령을 내린 것을 기억하고 있었던 것이다.
 정연은 얼굴이 붉어질 것만 같았다. 어떻게 반응해야 할까. 기쁘기는 한데 당혹스러웠다. 전에는 단순한 보호자였지만 지금은 의미가 조금 달라졌다. 이건, 이를테면 정부나 애인 취급일까.
 그녀는 애써 골치 아픈 생각을 접으려고 애썼다.
 "저기, 그럼 가까운 슈퍼라도……."
 속옷만 사면 되지 않을까 싶어 그렇게 대답하자 경재가 눈을 크게 뜨고는 되물었다.
 "슈퍼요? 옷을 사신다는 거 아니었습니까?"
 "에, 그러니까……."
 "골치 아프게 생각하실 거 없습니다. 미혜 누님이 다니는 쇼핑타운하고 부띠끄를 알고 있으니까 그리로 모시겠습니다. 백화점이 손쉽긴 하지만 그쪽은 호위하기가 골치 아프거든요."
 단번에 말해 버리는 경재 탓에 정연은 멍하니 끌려갈 수밖에 없었다.
 경재가 차로 데리고 간 곳은 신도시 주변의 쇼핑 타운이었다. 아마도 집이 교외에 있다 보니 서울까지 가는 대신 그쪽에서 쇼핑하는 모양이었다. 다행히 속옷 가게부터 전부 다 있었기 때문에 편하긴 했지만 문제는 가격이었다. 백화점처럼 싼 것부터 비싼 것까지 있는 게 아니라 그냥 다 비쌌다.
 속옷 몇 벌과 원피스 한 벌, 티셔츠와 청바지 한 벌씩 사는 것만으로도 눈이 튀어나올 정도로 엄청난 가격이었다. 옆에서 경재가 대신 결제하겠다고 나서는 것을 억지로 말려서 할부로 계산했다. 부자를 쫓아가려니 힘에 부친다 생각하면서 그녀는 씁쓸하게 웃었다. 자신의 것을 남이 사준다는 개념 자체가 그녀에게는 생소한 것이었다.
 어쨌거나 비싼 만큼 옷은 예쁘고 좋았다. 몸매가 좋아진 탓인지 뭐든 입으면 좋아 보인다.
 "계산은 제가 하려고 했는데요. 미혜 누님이 제가 계산하라고 당부까지 했습니다."
 경재가 불만스럽게 말하자 정연은 단호하게 고개를 저었다.
 "아뇨, 괜찮아요."
 "아니, 전에도 말씀드렸지만 그 정도 비용은 괜찮아요. 여자가 옷 사는 데 불만을 토하는 일족은 없습니다. 게다가 이 쇼핑 타운의 반 이상은 일족들 소유예요. 가족끼리는 괜찮다고요. 일부러 계산하실 필요는 없었습니다."
 경재는 혀를 찼다.

그놈의 가족.

정연은 고개를 내저었다. 가족끼리는 돈을 서로 내지 않아도 된다는 그 기가 막힌 개념은 너무 생소한 것이었다. 워낙 다들 부유해서 그런 걸까. 가족끼리는 돈을 안 받는다니.

"제 카드로 긁으면 되는데……."

여전히 구시렁거리는 경재를 보다가 물어 보았다.

"그런데 저 집은 내가라고 부르던데 뭔가 의미가 있나요?"

"아, 그렇게 부르는 것은 주로 본가(本家)라는 의미지요. 사실 내가는 안주인이 있는 집을 말하는 건데. 뭐, 어쨌든 본가의 의미라 생각하시면 돼요. 회장님 소유의 집은 사실 여러 채 있어요. 하지만 서울에 있는 세 채의 집은 내가라 부르지 않거든요. 그냥 별채 같은 거죠. 지금 그 집은 그래도 근 백팔십 년쯤 되니까 역사도 있고요."

"백팔십 년이요? 그런 고택으로는 보이지 않았어요."

놀라 정연이 묻자 경재가 씨익 웃었다.

"아니, 그 집은 여러 번 개축했어요. 그러니까 낡진 않았죠."

"네에."

정연이 머릿속으로 집의 연도를 계산해 보고 있을 때 경재가 덧붙이듯 말했다.

"이제 회장님이 결혼하시면 그 집도 명실상부한 내가가 되겠지요. 안주인이 머무시는 진짜 내가(內家)."

결혼. 그 말에 정연은 가슴이 덜컥 내려앉았다.

"그럼 안주인이 거처하기 때문에 내가인 건가요?"

"그런 거죠."

안주인. 태경의 아내. 태경과 그녀가 결혼할 수 있을까? 그런 것을 의미하는 것일까?

 정연은 두려움 반 기대 반으로 슬그머니 물었다.

 "태경 씨는, 그러니까…… 결혼할 상대가 있나요?"

 "물론이죠. 곧 결혼하실 것 같아요. 마님께서 진가의 아가씨를 데리고 오신다고 하더군요. 잘될 것 같아요."

 경재는 웃으면서 대답했다.

 하지만 정연은 웃을 수 없었다.

 머리를 한 대 얻어맞은 것 같았다. 시야가 빙빙 돈다.

 버석버석 소리를 내는 쇼핑백을 쥔 채로 그녀는 멍하니 창밖을 바라보았다. 경재는 그녀의 상태도 모르고 천연덕스럽게 말을 잇고 있었다.

 "아가씨가 오셔서 집안 분위기가 부드러워진 것 같다고 다들 그래요. 아, 가정부들은 신경 쓰지 않으셔도 돼요. 모두 일족들이니까 입이 무겁거든요. 금방 익숙해지실 겁니다. 부족한 게 있으면 미혜 누님께 말씀하시면 되고요."

 경재는 경쾌한 어조로 설명했다.

 무딘 그는 정연이 무표정한 채로 침묵하고 있다는 것도 의식하지 못했다. 옆에 민재가 있었다면 감히 결혼 이야기나 진가의 이야기를 입에 올리지도 못하게 했겠지만 그런 것을 삼가기에는 경재가 너무 단순했다. 애를 갖지도 못하고 온전한 일족도 아니니까 정연은 그냥 종주인 태경의 애인이자 첩이다. 기혼자만 아니라면 일족들의 성생활은 문란한 편에 속했다. 특히나 인간들과는 더더욱이나. 그 때문에 그에게 편견 따윈 없었다.

 "수영복은 사셨나요? 지하에 수영장이 있으니까 거기서 수영을 하시면 좋을 텐데."

두서없이 말하는 동안 문득 경재는 룸미러로 정연의 기색을 살폈다.

그녀는 지친 표정으로 조용히 눈을 감고 있었다. 자는가 싶어 그는 그제야 입을 다물었다. 어제 복잡한 일이 있었다고 했으니 분명 피곤할 거라 지레 짐작한 경재는 차를 조용히 모는 데 열중했다.

"뭘 좀 샀어?"
집에 돌아와 보니, 의외로 태경이 와 있었다. 아직 다섯 시도 채 되지 않은 것 같은데 일찍 돌아온 것이다.

쇼핑백을 들고 정연은 그를 멍하니 바라보았다. 가슴속에 차가운 칼날이 스치고 지나간다.

"몸은 괜찮고?"
그는 넝하니 선 그녀의 어깨를 감싸듯 안으며 방 안으로 들어섰다.

정연은 사 온 옷가지들을 어디에 넣어야 할지 망설였다. 태경의 옷장으로 넣기엔 무척이나 어색했다. 그렇다고 다른 방을 새삼 내놓으라 하기에도 이상하다. 그녀가 우물거리고 있자 태경이 그 속내를 알아차린 듯 그녀의 옷들을 쇼핑백에서 꺼내 자신의 옷장에 넣기 시작했다. 옷걸이에 옷을 거는 동안 그가 물었다.

"안색이 왜 그래? 피곤해?"
"아, 아뇨."
그의 옷들과 나란히 걸린 옷을 보고 정연은 어쩐지 가슴이 저렸다.

마치 부부처럼 나란히 걸린 그의 옷과 그녀의 옷. 같은 옷장 안에 같이 걸린 옷가지들. 한 쌍의 연인들 같은 옷가지들.

태경은 천천히 웃옷을 벗으면서 셔츠 바람으로 그녀를 돌아보았다.

"오늘 하루 종일 뭘 하고 있었어?"

"아, 그냥 음악도 듣고……."

"어떤 것? CD는 별로 없는데?"

정연은 주먹을 꽉 쥐었다.

"〈Fly me to the moon〉. 그걸 들었어요."

"응? 아아."

태경의 얼굴에 웃음이 떠올랐다. 온화하고 따스한 웃음이다.

정연은 그의 얼굴을 넋을 잃고 바라보았다. 어째서, 어째서 이 남자는 이 순간 이처럼 따스하게 보이는 걸까. 배신감으로 속은 뒤죽박죽으로 엉망인데.

결혼한다는 남자다. 약혼자가 있다는 남자다. 그러면서도 아무렇지도 않게 자기 방에 그녀를 들이는 남자다. 머리끝부터 발끝까지 그녀의 구석구석을 다 알고 있는 남자다. 그리고 그녀는 그를 좋아했다. 이 남자는 그녀를 가볍게 여기고 있는 걸까. 그도 아니면 사람이 아니기 때문에 가치관 자체가 다른 걸까. 그녀는 그것이 후자이길 바랐다. 만약 전자라면 그녀는 그에게 속고 있는 것이나 다름없다는 이야기가 된다.

"안색이 별로 안 좋은걸. 몸 상태가 안 좋은 거야?"

태경의 커다란 손이 그녀의 뺨에 닿았다. 너무 따스해서 울고 싶어진다.

"아니에요."

살짝 입술이 닿았다. 까칠해진 입술이 조금 창피해 저도 모르게 입술을 깨문 그녀를 보고 태경은 미소 지었다.

"쉬어. 쉴 새가 별로 없었던 거 같아."

결혼한다는 것이 사실인지 물어보고 싶었다. 하지만 그것을 물어보면 맞아 라고 대답할까 더 두렵다. 정연은 입술을 다시 깨물었다. 언제부터 이렇게 바보처럼 굴게 되었을까. 욕심을 부릴 때부터? 아니면 엄마가 돌아가셨을 때부터?

"수영복 샀어?"

"아, 아니요."

"오는 길에 내가 샀어."

태경이 미소 지었다. 마치 칭찬이라도 바라는 듯한 얼굴로. 당황해서 눈을 크게 뜬 정연에게 손짓하면서 그는 침대 한구석에서 쇼핑백을 꺼내 그녀에게 내밀었다.

"운동을 자주 해야 몸에 좋아. 어디 아픈 곳이 있는 게 아니라면 나와 같이 수영하러 갈래?"

"지, 지금요?"

"저녁 먹고 밤에."

그녀는 얼굴을 붉혔다.

수영을 하자는 말이 마치 침대 속에 옷을 벗고 들어가자는 말처럼 야하게 들렸다. 그녀가 얼굴을 붉히는 모습을 지그시 바라보며 태경이 말했다.

"지하에 헬스 기구가 있는 것은 봤지?"

"아, 아뇨, 아직 보지 못했어요."

"그럼 식사하기 전에 보러 갈래? 자주 몸을 움직여 줘야 하는 건 미혜에게서 들었지?"

"네."

태경은 그녀의 손을 잡았다.

복도를 지나가는 동안 오가는 사람들의 시선이 그녀에게로 스쳐 지나갔다. 정확히 말하자면 태경에게 목례를 한 것이지만 한편으로는 정연의 모습을 살핀 것이기도 했다. 서씨 일족 모두가 그녀에게 관심을 가지고 있었다. 난데없이 나타난 종주의 애인.

태경이 달리 여자를 사귀지 않았다는 것을 알고 있는 사람들의 시선은 호기심으로 가득 차 있었다. 모두들 그녀의 모습을 살피고 반쯤은 실망했다.

저 서태경이 아낀다는 여자치고는 너무 평범한 모습이었다. 작은 체구에 날씬한 몸매는 그럭저럭 볼만하다 해도 미녀라고는 결코 말할 수 없었다. 꽃처럼 화사한 미인들이 즐비한 속에서 태경이 골라낸 여자가 반쪽짜리 일족이라는 것은, 사람들에게 의구심을 품게 했다.

"저것이 그 여자인가?"

"오랜만에 변성한 인간이 나타났군. 그럭저럭 백 년 만인가."

"그렇다 하더군."

원로라 불릴 법한 노인들 세 명이 모여 그녀를 관찰하고 있었다. 그들은 찻잔을 가운데 두고 앉아 스쳐 지나가는 정연과 태경의 모습을 살폈다.

"별 볼일 없는 여자인데, 그래도 어딘가 좋은 점이 있나 보지."

서중섭이 중얼거리듯 말했다. 나이는 칠십이 넘은 지 오래였지만 겉보기에는 삼십대 초반의 청년이었다.

"그래도 마음에 들지 않아. 왜 후계자를 만들지 않는 거지? 다 좋은데 종주는 혼인이 너무 늦어. 애도 안 생길 변성한 여자 따위나 애인으로 삼다니."

또 다른 원로 서지명이 투덜거렸다. 그 옆에서 찻잔을 홀짝이던 서지욱이 킬킬 웃었다.
"변성한 여자니 얼마나 신기해? 신기한 여자야. 재미있잖아. 종주도 자신이 직접 변성한 여자이니 관심이 지대할 수밖에."
그가 그렇게 말하자 서중섭도 동의했다.
"그래, 그렇겠지. 오랜만에 변성한 여자라 앞으로 어찌 될지도 모르겠고."
"얌전해 보이니 그걸로 된 거지 뭐. 어차피 곧 진가의 아가씨가 온다 하더군."
"진가의 아가씨? 진청청 말인가?"
"그래. 그 집안에서도 공주님이라 불릴 만큼 대가 센 아가씨라네."
"흐흐. 어울리잖아. 우리 태경이도 워낙 고집 센 양반이라."
"이젠 이름을 막 부르면 안 돼. 지금 나이가 몇인데."
서지욱의 실언에 서중섭이 타박을 놓았다.
"알았어, 알았어. 하지만 그래도 조카라구."
투덜거리던 서지욱은 수염도 없는 턱을 매만지며 중얼거렸다.
"어쨌든 간에 워낙 종주가 여자에게 관심이 없어 걱정했는데 잘되었다 치자구."
"그나저나 종주께선 우리에게 시간을 주지 않는군. 저 망나니 서태호에 대한 것도 빨리 결정을 지어야 하는데 말이야."
노인 아닌 노인들은 그렇게 떠들어대면서 차를 마셨다. 내가에는 원래 외인은 들어오지 못한다. 그들 역시 종주인 태경을 만나본 뒤에는 곧 떠나야 했다.
"와아~"

정연은 절로 입을 벌렸다.

정말로 이런 집이 있을 거라고는 상상하지 못했다. 잡지에나 나올 법한, 영화에나 나올 법한 화려한 풀이 정말로 눈앞에 있었다.

연록색 조명등이 켜진 지하 이층에는 마름모 형태의 풀장이 있었다. 심지어 다이빙대도 갖추어져 있다. 흔들리는 풀의 물결 따라 낮은 천장에 무늬가 일렁이며 빛을 뿌렸다.

"얼마나 깊은가요?"

"가장 깊은 곳은 3미터 반. 다이빙해도 돼. 아, 수영 할 줄 알아?"

"잘은 못해요."

그녀는 잠시 흔들리는 물속을 바라보았다.

옅은 초록으로 칠한 풀장은 조명을 받아 노란색이 되었다 초록색이 되었다 하며 빛을 반사하고 있었다. 이런 풀장을 집 안에 만들어놓을 정도라니. 집 안에 엘리베이터가 없다는 게 이상하다. 엘리베이터가 없는 것은 일족의 몸이 인간과는 다르기 때문이다. 지치지도 않는 육체를 가진 자들이 굳이 계단을 피해 엘리베이터를 만들 리 없다.

수영장에 간 적이 대체 언제였더라.

정연은 문득 태경의 손을 잡은 채 기억 속을 뒤졌다. 고등학교 2학년 여름방학 때 친구들과 함께 간 것이 최후였다. 어지간히도 심심한 삶이었다.

"이 수영장은 자주 쓰나요?"

"음, 그럭저럭. 우리 일족은 운동을 자주 해야 하니까. 특별한 일이 없는 한 항상 움직이거든. 먹거나 움직이거나."

태경의 얼굴에 떠오른 미소가 좋아서 정연은 그를 잡은 손에 힘을 주었다.

"저녁을 다 먹은 뒤에 같이 수영하자구."

"에에."

"부끄러워?"

"조금요. 낯설기도 하고요."

정연이 솔직히 말하자 태경은 그녀의 어깨를 끌어안으며 말했다.

"그렇게 부끄럽다면 미리 말해놓지. 지하 수영장으로 오지 말라고."

그 말이 더 부끄러웠다. 정연은 얼굴이 달아오르는 것 같아 억지로 시선을 돌렸다. 이 남자는 그녀가 말한 것은 뭐든 다 해주려 하고 있었다. 다른 사람들이 그녀의 의사를 무시한 것과 달리, 그는 그녀가 말한 것을 귀 기울여 들어준다.

어쩐지 가슴속 한구석이 울렁거렸다. 아프다.

"노래, 잘하세요?"

갑자기 정연이 작은 소리로 묻자 태경이 난처한 듯 웃는다.

"솔직히 말하자면 가사를 끝까지 알고 있는 게 하나도 없는데."

"그 노래를 좋아하지요? 〈Fly me to the moon〉. 그거요."

"응. 그걸 어떻게 알았어?"

"서태호가 그렇다고 말했어요."

그의 얼굴에 떠오른 미소가 조금 굳었다. 그러나 정연은 눈치채지 못하고 말을 이었다.

"한번 들려주실래요?"

"뭐?"
 태경이 놀란 얼굴로 그녀를 바라보았다. 그러다 진지하게 바라보는 그녀의 얼굴을 보고는 난처한 듯 웃었다.
 "난 노래 잘 못해."
 "목소리가 좋으니까 잘하실 것 같아요."
 "내 목소리가 좋아?"
 "네."
 정연은 고개를 끄덕였다. 태경은 조금 난처한 얼굴을 하고 손을 뻗어 정연의 손을 잡았다. 온기가 차분하게 스며들어 그녀의 손으로 전해진다.
 그의 목소리는 낮게 퍼졌다.
 낭랑한 것과는 거리가 먼 낮은 목소리였지만 허스키한 여가수의 노래처럼 여운이 남는다. 기교가 있는 것도 아니었다. 그의 목소리는 그냥 잔잔하고 평탄했다. 가수들이 부르는 것처럼 감정을 쏟아 흔들어내는 것이 아니라 아마추어가 부르는 것처럼 그저 음정을 맞춰 부르는 것뿐이었다. 그와 달리 태호는 노래를 잘했다. 그의 노래는 가수처럼 훌륭했다.
 그런데도 정연은 태경의 노래가 훨씬 더 좋았다. 발음은 좋았지만 단어를 너무 명확히 말하는 탓에 다소 딱딱하게조차 들리는 그의 노래가 훨씬 더 매력적이었다. 눈물이 날 정도로.
 이젠 아무래도 상관없어.
 가슴이 터질 것만 같았다. 저리고 저려서 뱃속이 녹아드는 것만 같다. 자신을 위해 서툴게 노래하고 있는 그가 너무 좋았다. 이 엄격해 보이는 남자가 그녀를 위해서 노래하고 있었다. 서툰 음정으로.

그녀는 아무 말 없이 그의 손을 꽉 잡았다. 그도 그녀의 손을 마주 잡아왔다. 그리고는 조용히 고개를 기울여 키스했다. 그 키스를 받으면서 그녀는 결심했다.

욕심쟁이가 되자.

앞으로 뭐가 어찌 되든 달아나지 않고 욕심을 부려 나쁜 애가 되기로 했다. 탐욕스럽고 이기적인 그런 애가 되기로 했다.

그녀는 두 팔 벌려 그의 몸을 꼭 끌어안았다. 그녀의 야수가 속삭였다.

〈싸워. 싸워서 가져. 그건 네 것이 될 수 있어. 다른 여자에게 주지 마.〉

그녀는 그의 입술을 탐욕스럽게 빨아들이면서 야수에게 응답했다.

18
사랑

짙고 푸르른 하늘이 유난히 청명한 오후였다.
도시의 마천루에 어울리는 배경치고는 지나치게 맑았다. 구름 한 점 없는 하늘은 봄날의 태양을 산뜻하게 감싸 안고 있었다.
"진청청 아가씨가 오셨습니다."
의미심장한 어조로 민재가 고해왔다.
그 말을 듣는 것과 동시에 잠시 태경은 한 여자를 생각했다.
자신이 처음으로 의미를 가지고 품은 작은 여자. 아무런 힘이 없는 가냘픈 여자를. 그녀에게는 야수가 한 마리 있었다. 하지만 태경이나 일족과 달리 그 야수는 이빨도, 손톱도 없었다. 그저 자존심만 높을 뿐이다.
인간은 모두 야수를 키우고 있었다. 많은 인간들을 거느려 본 그는 그것을 볼 줄 알았다. 그 야수들은 모두들 인간들 속에서 자신의 욕구를 누른 채 기회를 노리고 있다. 당장이라도 뛰어나올 준비를 하면서.
 자신의 야수는, 아니, 실제로 진짜 야수인 자신은 어떤 모습일까. 인간인 정연에게는 어떻게 보일까.
 유리창에 비친 자신의 얼굴을 보며 태경은 자신의 눈동자를 살폈다. 그의 눈은 여느 인간들과 다르지 않았다. 하지만 그는 자신의 제어가 이미 흔들리기 시작했다는 것을 깨닫고 있었다. 접근 금지 사인이 흔들리고 자제력이 떨어지고 있었다. 무언가에게 마음을 빼앗기면 당연히 자제력도 흔들리기 마련이다. 민재가 정연을 마땅치 않아하는 것도 그 때문이리라.
 태경은 오른손을 들었다. 손가락 사이로 거미줄처럼 가느다란 실이 보였다. 하지만 그 실은 약하지 않았다. 그의 전신을 휘감은 그 실은 정연에게로 향하면 점점 더 길어져 마침내 밧줄만큼이나 굵어져 있다.
 그것이 그의 마음.
 꽁꽁 싸매고 자제했던 그의 마음이다. 어떤 여자에게도 내놓지 못했던 마음이 그녀를 향해 열려 있었다. 변성해서 이어진 마음이 아니다. 그렇게 단순한 감정이 아니다.
 독점욕(獨占慾). 질투. 내 것. 나만의 것.
 그런 마음이 자신에게 있었다는 것을 그는 처음 알았다. 어젯밤 그녀가 태호의 이야기를 꺼내놓는 순간, 그의 마음은 흐트러지고 뒤흔들렸다.
 "쯧쯧."
 그는 자조했다.
 자신의 기운을 제어하지 못한다는 것은 그만큼 마음이 안정되어 있지 않다는 증거였다. 그래도 마음은 쉽게 접지 못한다. 그는 자신의 마음을 그토록이나 뒤흔든 정연의 존재가 이젠 슬슬 두려워지기까지 했다. 그러면서도 한편으로는 희열을 느낀다. 그는 정말로 그 어미의 자식이었다.

사랑이란 진짜 뭘까.

강한 그의 부친을 쓰러뜨리고 그의 가련한 형님을 무너뜨린 사랑이란 괴물.

"가가(哥哥)."

갑자기 들린 목소리에 태경은 조용히 웃었다.

"오랜만이구나."

노크도 없이 나타난 진청청은 미소 지었다.

"보고 싶었어요."

두 팔을 벌린 청청은 그대로 태경을 끌어안았다.

마주 안으면서 태경은 조금 흠칫했다. 작은 몸에서는 사향내가 나고 있었다. 장미를 닮은 사향내. 일 년 전과는 전혀 다른 체향이다.

일 년 사이에 무슨 일이 있었던 것인지 이 아가씨는 완전히 다른 사람처럼 변해 있었다. 귀여운 용모나 자그마한 체구는 여전했지만 풍기는 기운은 온전한 성인의 그것. 놀랍게도 체향은 그와 함께 뒤섞여도 조금도 변하지 않는다. 아니, 오히려 자신이 성인여자라는 것을 강조하듯이 짙은 장미향을 피어올리고 있었다. 공주님다운 체향.

"정말 보고 싶었어요."

청청은 그의 가슴에 얼굴을 댄 채로 비볐다. 그 모습이 작은 토끼를 연상케 해서 태경 역시 미소를 머금고 말았다.

"나도 보고 싶었단다. 혼자 온 거니?"

"항상 바쁘다고만 하니까 저도 기다린 것이어요. 어머님께서는 호텔에 계시옵니다."

그 묘한 어투에 태경은 풋 하고 웃고 말았다.

"재미있는 말투로구나. 한국어가 많이 늘었어."

"열심히 공부했사옵니다."

"사극이라도 본 건가."

태경은 잠시 유행하던 궁중 사극을 떠올렸다. 그런 드라마로 한국어를 공부했다면 그럴 수도 있겠다 싶었다.

여비서 한 명이 차를 놓고 나갔다. 그녀의 얼굴에 떠오른 호기심을 무시하며 청청은 여유로운 얼굴로 찻잔을 집어 들었다. 그녀가 이렇게 태경의 회사로 찾아온 것은 처음이었다. 대부분은 진가의 파티나 일족 모임에서 그를 만났으니까.

사실 서씨 가문의 자산은 진씨 일족에 비한다면 오 분의 일 정도에 불과하다. 태경이 한 가문의 수장이긴 하지만 경제력이나 규모 면에 있어서는 진가에 비할 수는 없었다. 청청은 느긋하게 태경의 체취가 배인 사무실 안을 구경하면서 미소 지었다. 필요한 물품 이외엔 아무것도 없다는 점이 태경답다.

"그런데 태경님."

"태경님?"

풋 하고 그가 다시 웃는 순간 청청이 얼굴을 붉히며 말했다.

"이젠 오빠라고는 부르지 않을 거여요. 전 이제 어린애가 아니라 약혼자이니까요."

그 말에 그는 정색했다. 그 약혼을 그는 허락한 적이 없었다.

"청청."

그의 얼굴을 보고 있던 청청 역시 정색했다.

"전 예전부터 오빠, 아니, 태경님을 사랑했어요. 그러니까 거절하지 말아주세요."

"청청, 그것은……."

"아뇨, 다른 말은 듣지 않을 거여요. 전 어머님의 교육에 따라 태경님의 반려가 되기 위해 노력해 왔어요. 태경님은 아시겠지요? 저는 변했어요."

"변했다는 것은 안다. 그렇지만……."

"변했어요. 이렇게나 변했어요."

청청은 태경의 말을 가로막았다. 그리고는 한껏 요염하게 웃으면서 말했다.

"저는 태경님의 아이를 낳을 거예요. 그리고 서씨 가문의 안주인이 되어 태경님을 보좌하겠어요. 저를 바보처럼 흐느적거리는 여자들과 비교하지 말아주세요."

"청청아."

태경은 한숨을 삼켰다. 청청이 진심이라는 것은 그도 잘 알고 있었다.

"거절하지 말아주세요. 저를 또 슬프게 하지 말아주세요. 오랜 시간 동안 생각했던 거여요. 태경님이 다른 여자를 안아도 저는 참겠어요. 하지만 정식 부인은 나라는 것, 그리고 내가 얼마나 태경님을 사랑하고 있는지만 알아주세요."

청청은 빛나는 눈으로 그를 올려다보았다. 황금빛을 띤 동공이 가늘어진다.

"시간이 지나고 또 지나도 청청은 태경님의 여자예요. 아내지요. 반드시 태경님은 저에게로 돌아올 수밖에 없을 거예요. 바로 청청이 태경님의 아이를 낳을 테니까요."

집념이 서린 그 말에 태경은 청청의 두 팔을 꽉 잡았다.
이제 소녀는 자라 여인이 되었다. 눈앞에 있는 여인은 그가 알던 양 갈래 머리를 한 귀여운 소녀가 아니었다. 애증과 집념이 교차하는 눈을 가진 성숙한 여자였다.
그는 낮게 한숨을 내쉬었다.
"청청."
"네, 태경님."
"나는 결혼할 마음이 없어."
"인간여자가 있다는 이야긴 들었어요."
"그녀하고는 관계없는 이야기다."
"그럼, 그녀를 당장 죽여도 되는 건가요? 내 앞을 감히 막아서는 그 미천한 여자를 죽여도 되는 건가요?"
싸늘하게 청청이 묻자 태경 역시 고저 없이 대답했다.
"물론 안 돼. 너에겐 자격이 없어."
청청의 눈이 흔들렸다. 꽤나 가혹한 말이었다.
"그녀를 해칠 자격을 나는 너에게 준 적이 없다. 그녀를 건드린다면 너와 나는 적이다."
태경은 잘라 말했다.
"나는 너를 친누이로 사랑하고 아낀다. 내가 친구로 여기는 것은 청원뿐이고, 너는 청원의 누이니까. 그러나 그것은 그뿐이야."
"제가 몇 번을 죽어도 저는 누이일 뿐이라는 건가요?"
청청이 차갑게 되물었다.
"그래."
너무나 태연히 나온 대답에 그녀는 입술을 깨물었다.
"인정사정없이 말하시는군요."

"이제 넌 어린애가 아니니까."

태경의 말에 청청은 씁쓸한 웃음을 머금으며 등을 벽에 기댔다. 차가운 한기가 등으로 기어올라 왔다. 그녀의 눈은 점점 더 차가워졌다.

"그럼 후계자를 두지 않을 건가요?"

태경은 대답 대신 담배를 들었다. 라이터로 찰칵 찰칵 소리를 내는 그를 보면서 청청은 입술을 깨물었다.

"아이에 얽힌 옛날 이야기라면 청원 오라버니에게도 들었고, 어머님께도 들었어요. 하지만 그건 얼마든지 이길 수 있는 이야기예요. 전 바보가 아니에요. 수련도 했고."

"수련?"

태경이 그녀를 흘긋 보자 청청은 차분한 어조로 말했다.

"어머님이 직접 오셔서 저를 수련시키셨어요. 자기제어 하는 법 말이지요. 저는 예전부터 인내심이 깊었답니다."

태경은 속으로 욕설을 내뱉었다. 그래서 체향이 이렇게나 변해 버렸구나. 일 년 전과 비교하면 거의 어른과 아이의 차이였다. 그의 친모인 아영은 태경이 망설이는 가장 큰 이유를 알고 있었다. 아이와 여자, 아내와 후계자.

"그래서 기세가 바뀌었구나."

태경이 조용히 칭찬하자 청청은 밝게 웃었다.

"그렇지요. 저도 그렇게 생각해요. 어지간한 일에는 흔들리지 않는다고요."

"그렇군."

태경은 연기를 내뿜었다.

연기 속에서 흔들리는 정연의 얼굴이 떠오른다. 그녀는 항상 흔들렸지만 흩어지지는 않는다. 그녀 안에서 으르렁거리는 고독한 야수.
"태경님."
"다시 오빠라 불러주면 좋겠다."
"그럴 수는 없어요. 저도 제 의지가 있는 이상은."
청청은 차가운 표정으로 일어섰다.
"태경님에게 태경님의 의지가 있는 것처럼 저에게도 그게 있어요. 아무리 제가 태경님을 사랑한다고 해서 그대로 물러설 거라고는 생각지 마세요. 제가 몇 번이나 태경님을 따라다니며 청혼했다고 생각하세요?"
그녀의 눈가에 물기가 맺혔다.
차가운 표정과는 대조적으로 서글픈 눈물이 뺨 위로 흘러내렸다.
"나는 당신의 조건에 충족되기 위해 노력했어요. 그러니까 이번에는 태경님이 노력해 보세요. 저는 투정 부리는 어린애가 아니에요."
"청청……."
하얀 뺨을 타고 요염하게 눈물이 흘러내렸다.
단순한 슬픔의 눈물이 아니다. 사람의 마음을 뒤흔드는 달콤하고도 매혹적인 눈물이다. 진가 일족은 성적(性的)인 매력이 강하다. 둥근 동안에 귀여운 이목구비를 한 청청에게도 그것이 있었다. 열심히 그를 유혹하려던 어설픈 사춘기 시절을 거치더니 지금 이 눈앞에 있는 진가의 공주님은 전신으로 페로몬을 뿜고 있었다. 남자를 갈구하는 여자의 향기. 장미를 닮은 사향내가 사무실 안으로 번져 나갔다.

태경은 다소 당혹했다.

"전에도 말했지만 나는 결혼 생각이 없어."

"어머님 생각과는 다르네요. 그리고 태경님은 의외로 비현실적인 생각을 하셔요."

청청이 요염한 한숨까지 쉬며 말하자 태경은 더 씁쓸한 표정이 되었다.

"서가의 종주인 이상은 분명히 결혼해서 자손을 보아야 해요. 태경님이 싫든 좋든 그것은 의무니까요. 그리고 저는 기꺼이 그 의무를 지겠다는 거랍니다. 그런데도 저를 받아들이지 못하겠다고요?"

그녀는 흐르는 눈물을 닦지 않았다. 소리를 지르거나 하소연하지도 않았다.

청청은 우아한 자세를 무너뜨리지 않으며 선언했다.

"더 훌륭한 신붓감이 있다면 데려와 보세요. 그러면 저도 물러날 것입니다."

태경은 침묵했다.

아프다.

나흘이 지났는데도 상처는 아물 생각을 하지 않았다. 치유력은 미친 듯이 상처를 헤집어대고 있었다. 어떻게든 낫기 위해 몸부림치는 그의 육체가 그에 반응해서 고통은 점점 더 심해지기만 했다. 그럼에도 불구하고 상처는 낫지 않는다. 출혈은 이미 멈춘 지 오래. 하지만 썩은 내가 풍기는 상처는 나아질 줄을 모른다.

마천루의 호사스러운 호텔에서 그는 혼자서 뒹굴고 있었다. 예전이라면 여자를 불러들였겠지만 지금은 여자를 부르고 싶은 마음은 전혀 생기지 않았다. 정연에게 거절당한 그날부터 그는 여자가 싫어졌다. 귀찮았다.

킹사이즈의 침대에서 구르던 그는 비틀대며 일어나 화장실로 갔다. 걷는 것만으로도 머리가 쿵쿵 울렸다. 그는 정말 진통제라도 먹을까 하는 충동을 느꼈다.

"크으. 왜 안 낫는 거야?"

태호는 거울을 들여다보았다. 거울 속에는 괴물이 한 마리 자리 잡고 있었다. 고통으로 시뻘겋게 충혈된 눈동자와 부어오른 뺨은 곪은 상처와 더불어 진물까지 흘러내렸다. 허옇게 벌어진 상처에서는 악취가 난다. 대원에게 물린 왼쪽 얼굴 전체가 부어올라 본래의 용모는 찾아볼 수도 없을 지경이다. 상처가 이렇게 심해진 적은 단 한 번도 없었다. 긴 고통에 익숙하지 못한 육체는 열을 내기 시작해 체온은 이미 40도까지 올랐다.

찬 물수건을 만들어 이마에 대보았지만 고통은 가라앉지 않는다. 진물로 누렇게 된 하얀 수건이 발치에 떨어졌다. 상처뿐 아니라 그는 치료하는 방법도 몰랐다. 그저 몇 번이고 차가운 물로 상처를 닦고 식히는 것 이외엔 아는 게 없었다.

"아파, 제기랄!"

열에 들뜬 머리로 태호는 이를 북북 갈았다.

정연에 대한 분노와 배신감이 활화산처럼 솟아오른다. 그녀를 강간하려고 들었던 일 따위는 이미 잊어버린 지 오래였다. 오히려 그녀가 자신을 향해 괴물이라고 부르며 매도했던 것이 더 기억이 났다. 그러자 더더욱 화가 났다. 더불어 유가에 대한 증오도를 더했다. 아이를 잃어버렸을 때 느낀 감정과 부상에 대한 감정이 뒤엉키고 섞여 부글부글 끓었다. 떨어질 줄 모르는 열이 그에게서 생각하는 능력을 앗아가 버렸다. 그는 그저 증오하고, 분노하고, 고통에 떨면서 침대 위를 뒹굴고 있었다.
"내 것이야."
그는 소리 내어 중얼거렸다.
어째서 그녀의 몸에서 형의 냄새가 날 수 있는 걸까. 그래서는 안 된다. 그녀는 항상 자신의 냄새만 풍겨야 했다. 그만을 기다리고 그만을 생각하면서 아무에게도 닿지 않고 아무와도 만나지 말아야 했다.
"지독하게 말을 안 들어. 저 계집애."
그는 베개에 젖은 이마를 붙이며 중얼거렸다. 천장이 빙빙 돌면서 정연의 무표정한 얼굴을 그려냈다.
"왜 이렇게 속을 썩여? 엉? 계집애가 도무지 말을 듣지도 않고. 고집만 더럽게 세서……."
어째서 천장에 그 여자의 얼굴이 그려지는 것인지 태호는 이해할 수 없었다. 화려한 호텔 인테리어와 그녀와는 아무런 상관도 없었다. 그런데 왜 그녀가 자꾸만 여기저기에 떠오르는 것일까.
"넌 삐친 거야. 내가 안 와서 삐친 거야."
그는 투덜거리고 또 투덜거리며 헐떡였다. 진땀이 배어든 시트에서는 악취가 났다.
"아무리 형이라도 그건 안 되는 거야. 내 건데, 내가 먼저 봤단 말이야. 그런데 왜 형이 끼어들어?"
그는 혼자서 중얼거리고 혼자서 대답했다. 횡설수설하며 거의 환각 상태였지만 그 자신은 그것을 인지하지 못했다. 열이 점점 더 오르자 그는 상처의 고통은 거의 느끼지 못했다. 사실 썩어 들어가는 상처 주변은 완전히 마비되어 진물이 흘렀다.

"내가 없어 외로웠나? 아마 그렇겠지? 그래서 삐친 거로군. 그런 건가?"
그는 히죽 웃었다. 천장에 그려진 정연의 얼굴에 미소가 감돈다.
"그래, 그래. 외로워서 그런 거지. 넌 외로움을 많이 타는 병신 같은 계집애니까."
킥킥 웃으면서 그는 선언했다.
"그래. 내가 돌봐줄 테니까 넌 걱정할 것 없어. 형이 아니라 바로 내가 너를 각인했어. 원래부터가 넌 내 것이니까."
그 말이 끝나기가 무섭게 정연의 얼굴이 활짝 웃었다. 그런데 그 표정이 어색하다.
태호는 문득 그것을 깨달았다. 정연이란 여자는 그와 함께 있으면서 단 한 번도 웃어본 적이 없었다.
"빌어먹을."
그는 다시 시트를 쥐어뜯었다. 부욱 하고 하얀 시트가 찢어지며 하얀 실타래를 뿌렸다.
"미친 계집애. 아무리 그래도 그렇지. 나에게 대들다니."
그는 헐떡이면서 머리칼을 쥐어뜯었다. 목이 너무 말랐다. 숨도 쉬기 힘들다.
"어째서 낫지 않아? 이따위 상처인데."
어린애 투정하듯 사지를 버둥대면서 태호는 한탄했다. 겁이 버럭 났다.
유대원에게 물리는 순간 독에 중독된 것인데 태호는 그것을 알아차리지 못했다. 독성을 가진 자들과 한 번도 싸워본 적이 없었기 때문이다. 그는 단지 상처가 아물지 않고 썩는 것이 자신이 쇠약해진 탓이라 여겼다.

　시야가 흔들리고 사지가 후들거렸다. 이명(耳鳴)까지 들리는 극심한 고통으로 그는 몸부림치면서 잠꼬대처럼 몇 번이고 정연을 불렀다. 이렇게 아플 때, 괴로울 때 그에게 생각나는 사람은 오직 단 한 명, 그녀뿐이었다. 자신이 벌인 일이나 그동안 그녀를 괴롭힌 일 따위는 기억나지도 않았다.

　"최정연. 아, 씨발. 왜 이렇게 말을 안 들어?"

　그는 사지를 뒤틀면서 이를 갈았다. 그의 상상 속에서 정연은 토라진 연인이었다. 말수가 없는 만큼 마음을 풀기가 더 어려운 여자.

　"나아야 해. 빨리 나아야……."

　늦으면 그녀가 더 삐칠 텐데.

　그는 그렇게 중얼대며 침대에서 일어났다. 일어서자마자 다리가 풀려 휘청거렸다. 천장과 바닥이 한데 뒤엉켜 이리저리 흔들리고 있었다. 꼭 배를 타고 있는 것 같다. 그는 억지로 화장실로 걸었다. 토기가 올라왔다. 먹은 것도 없는데 속이 뒤집혔다.

　변기를 보자마자 와락 토했다. 노란 위액이 점점이 흩어진다.

　"으윽. 아윽."

　몇 번이나 구역질을 하다가 그는 화장실 타일 바닥에 주저앉았다.

　열 탓인지 차가운 타일이 굉장히 기분 좋았다. 그는 머리를 화장실 벽에 대고는 헐떡거렸다. 차가운 것에 닿아서일까. 갑자기 정신이 번쩍 들었다.

　"그 여자한테 가야 해. 그 짜증나는 계집애한테……."

　복숭앗빛 따스한 색채를 가진 타일이 빙빙 돌며 마블링을 이루었다. 그는 풀어진 동공으로 천장을 바라보았다. 화장실 천장에는 노란 빛을 발하는 전구가 그를 노려본다. 태양처럼 빛을 발하는 오만한 전구는 그의 얼굴에 그림자를 그린다.

"아, 씨발. 그 계집애가…….."

그는 멍하니 중얼거렸다. 눈이 부셔서 눈물이 났다. 열에 들떠 뜨거워진 안구가 수분을 띤 채 시야를 으스러뜨렸다.

언젠가 정연이 정원에 앉아 그를 올려다보았다. 당장 부서져 내릴 것 같은 표정으로. 그만을 기다리면서 낡고 텅 빈 집 안을 가꾸었다.

"그 집."

그 집은 정말로 빌어먹게도 조용했다. 아늑하고 조용한 집. 낡아 냄새도 나고 더럽기도 했지만 그래도 그 집이 좋았다. 정연이 가꾸고 혼자 다듬은 그 집이 좋았다. 사치스러운 호텔 생활이 지겨워질 때면 그 집을 찾았다. 그러면 항상 정연이 그를 기다리고 있었다.

그를 보고 놀라지도 매달리지도 않던 그녀.

그래, 항상 그만을 기다리던 정연. 태호는 열에 들뜬 채 히죽 웃었다.

"좋아."

그는 그녀가 자신만을 기다리며 혼자 살고 있는 게 좋았다. 외로움에 지친 주제에 자존심을 세우며 달려드는 고양이 같은 그녀가 좋았다. 그에게 기대고 그의 방문을 기다리고 있는 그녀가 좋았다. 아무것도 묻지 않았다. 아무것도 요구하지 않았다. 그녀는 항상 그 자리에 서서 그를 기다렸다.

그는 가문의 직계이자 종주의 하나밖에 없는 동생이었다. 그래도 아무도 태호를 기다려 주지 않았다. 그를 반기는 사람은 없었다. 모두들 귀찮다는 듯이 그를 돌아보았을 뿐이었다. 여자들만이, 온기를 구하는 그를 안아주었다. 그것은 동정심이자 성욕일 뿐이라는 것쯤 태호도 알고 있었다. 그래도 그는 항상 여자들을 찾아다니곤 했다. 그녀들은 기꺼이 그의 치명적인 매력에 무릎을 꿇고 애걸하듯 그에게 매달렸다. 태호는 그 순간만은, 여자를 대하는 그 순간만은 세상에서 가장 대단한 인물이 된 듯한 기분을 맛보았다. 여자들은 그를 존중하고 그를 원했다. 그에게 매달리고 그에게 애원한다.

그것은 마약. 달콤하고 따스한 마약이었다. 술도 담배도 하지 않는 태호에게 있어 그보다 더한 자극은 없었다. 그 외에 있는 것이라면 싸움뿐.

"건방진 계집애."

태호는 중얼거렸다. 거칠어진 입술에서 피 맛이 난다.

그러나 정연은 그를 의지했다. 그의 방문을 의지하고 그만을 바라보았다. 무섭게 대했었는데도 불구하고 말이다.

"네가 좋아. 그래, 좋다니까."

그는 몇 번이고 중얼거렸다. 그것이 그런 것이다. 자신은 그녀를 좋아했던 것이다. 그래서 그녀의 곁에서 떠나질 못했다. 몇 번이나 짜증을 내며 멀리하려 해도 결국은 그녀의 집으로 돌아간다. 쳇바퀴 도는 다람쥐처럼.

"큭큭."

이게 사랑일까.

태호는 혼자 웃었다. 미친 사람처럼 킬킬대면서 그는 차가운 타일에 손톱을 세웠다.

찰칵찰칵, 소리가 난다.
"보고 싶어."
그는 비틀거리며 일어섰다. 그녀를 보러 가려면 어서 나아야 했다. 이렇게 쇠약해지고, 추해진 모습을 보일 수는 없다.
"아아, 제기랄."
그는 계속 욕설을 퍼부었다. 자신에게 상처를 입힌 유대원을 비롯한 유가 일족 전체를 저주하고 욕하면서 그는 차가운 물로 얼굴을 씻었다.
말간 거울에 퉁퉁 부운 얼굴이 드러난다. 물린 왼쪽 얼굴이 완전히 찐빵처럼 부푼 데다 색깔도 이젠 자줏빛을 띠고 있었다. 추하다. 추하기 이를 데 없다.
"아아, 빌어먹을. 형이 이 꼴을 보면 가만 안 있을 텐데."
그는 고통으로 몸을 뒤틀면서 투덜거렸다. 아직도 허세가 남아 있었다.
그로서는 형에게 잔소리를 듣는 것이 무척이나 자존심 상하는 일이었다. 이미 성체가 된 지 십 년이 지났다. 보통이라면 다들 독립해서 혼자 삶을 꾸려 나간다. 형에게 이런저런 잔소리를 들어가며 붙어 있는 것은 속된 말로 쪽팔리는 일이었다. 특히나 이 추한 몰골로는.
하지만 고통 속에서 혼자 있는 것은 끔찍했다. 게다가 어서 정연을 만나 프러포즈를 해야 하지 않는가. 그는 견딜 수 없이 그녀가 보고 싶어졌다. 태호는 결국 결심했다.
모자를 눌러써 퉁퉁 부운 얼굴을 가린 그는 호텔을 나와 택시를 탔다. 현금이 많지 않았지만 그래도 그 정도 액수라면 내가로 가기엔 충분한 액수였다. 태경이 혼자 머무는 서울의 빌라로 갈 수도 있지만 그쪽보다는 내가로 가는 것이 훨씬 편했다. 빌라는 태경이 혼자 쓰는 곳이라 비서들과 태경 외에는 드나드는 사람이 없었다. 하지만 내가에는 항상 가정부들이 상주하고 있었다. 일단 그를 보면 여자들은 상냥하게 치료해 줄 것이고 태경이 어떻게든 상처를 낫게 해줄 것이 분명했다. 좀 창피하긴 했지만 그 정도는 견딜 수밖에 없다고 태호는 애써 자위했다.

40도가 넘는 고열에 시달리면서 그는 헐떡였다. 이렇게나 아파 본 것은 난생처음이라 겁이 날 정도였다. 택시 운전사가 괜찮냐고 몇 번이고 물어왔지만 그는 그저 으르렁거리면서 차나 빨리 몰라고 위협했다.

"거기서 세워."

내가는 여전했다.

무성하다 못해 어둡기까지 한 오래된 거목들이 높은 담장 위로 그늘을 드리우고 있었다. 멀리서 보면 미술관이나 박물관으로 보일 정도로 길고도 거창한 담장이 산등성이 위로 계속된다. 안쪽에 있을 건물은 보이지도 않는다. 처음 오는 사람들은 그 집이 내뿜는 위압감에 질릴 정도였지만 태호에게는 오히려 안정감을 주는 집이었다.

높은 담장 사이로 철제문이 보이자 그는 헐떡이면서 주머니에서 적당히 수표를 꺼내 택시 운전사에게 주었다. 운전사는 뜻밖의 고액에 당황하면서 거스름돈을 주겠다 말했지만 그는 아예 그 말을 무시하고 난폭하게 차 문을 열고 나섰다. 하지만 그 순간 휘청 하고 바닥에 무릎을 꿇고 말았다.

"허억!"

시야가 빙빙 돌고 입 안에서는 단내가 났다. 이렇게 끔찍한 상태는 처음이라 그는 겁이 덜컥 났다. 전에는 아무리 크게 다쳤어도 하루면 다 나아서 뛰어다닐 수 있었던 것이다. 그런데 사흘이 넘도록 낫기는커녕 상처는 심해지기만 했다. 그는 비틀거리면서 대문에 몸을 기댔다. 그러자 놀란 택시 운전사가 차에서 내려 그를 부축하려 손을 내밀었다.

"손님, 괜찮아요? 아이구, 이 진땀 좀 보게!"

늙으수레한 택시 운전사는 사색이 다 된 그의 모습에 당황해 그의 팔을 잡아 부축했다. 태호로서는 만사가 다 귀찮아 짜증스럽기만 했다.

"저리 가! 얼른 가라구!"

그가 소리를 버럭 지르자 운전사의 얼굴도 일그러졌다. 그래도 그는 환자를 놔두고 가는 것이 걸리는지 몇 번이나 되돌아보다가 다시 차 안으로 올랐다. 그때 택시 뒤로 검은 벤츠 한 대가 천천히 다가와 대문 앞에 섰다.

"무슨 일이죠?"

벤츠에서 젊은 여자가 한 명 내려서며 물었다.

"아, 저 젊은 양반이 몹시 아픈 것 같아요. 저기가 집인 모양인데……."

마침 잘됐다 싶은 택시 운전사는 재빨리 설명해 주고는 떠나가 버렸다.

젊은 여자, 정아영은 눈썹을 치켜올렸다.

그녀는 발레리나처럼 우아하게 걸어 비틀거리고 있는 태호의 앞에 섰다. 그의 몸에서 풍기는 피 냄새와 썩어 들어가는 살 냄새를 맡은 그녀는 피식 웃었다.

"다 죽어서야 돌아오는군."

그 오만한 어투에 태호의 눈이 커졌다.
"당신, 누구야?"
경계심을 드러내며 그가 묻자 아영은 싸늘하게 웃었다.
"건방진 놈."
"당신이야말로 건방지군. 내가 누군지 알아?"
태호는 땀에 젖은 이마를 누르며 으르렁거리듯 외쳤다.
"멍청이, 바보라는 것쯤은 알고 있지. 자, 거기서 비켜."
그녀는 태호를 밀쳐 내고 초인종을 눌렀다.
사실 방범 카메라가 이십사 시간 대문을 비추고 있어 경비실에서는 대문 앞에서 벌어지는 상황을 알고 있을 터였다. 그런데도 문을 열어주지 않는다는 것은 태경이 아무에게나 문을 열어주지 말라는 명령을 내렸다는 뜻이었다. 아영은 더 기분이 나빠지는 것을 느끼며 혀를 찼다. 물론 종주의 입장이라는 게 있긴 하겠지만 아무리 그래도 생모인 자신을 이런 식으로 대접한다는 것은 참을 수 없는 일이다.
―어서 오십시오, 마님.
아닌 게 아니라 스피커에서는 차분한 응대가 흘러나왔다.
"나인 줄 알면서 왜 문을 안 여는 거지?"
내가에서 근무한 지 오래된 경비실장은 아영을 알고 있었다. 그뿐이랴, 당연하지만 태호도 잘 알고 있었다. 태호의 성격이나 아영의 성격이나 고약하긴 마찬가지라는 것도 또한 알고 있었다. 하지만 이틀 전 종주인 태경은 내가에 허락없이는 아무도 들이지 말라고 명령을 내려둔 상태였다. 하지만 그 아무에 종주의 생모인 아영과 동생인 태경이 속하는 것인지 그는 확신할 수가 없었다. 더욱이 태호는 지금 수색령이 내려진 상태였다. 그가 나타나면 무조건 잡아들이라는 명령이 내려져 있었다.

그는 전화를 붙잡고 있는 다른 직원들을 돌아보며 눈짓했다. 아직도 태경과는 통화를 하지 못하고 있는지 사색이 된 직원들은 입을 꼭 다물고 있는 중이었다.

"1비서나 2비서와도 연결이 안 되는 건가?"

"네, 지금 회의 중이시라는데요."

"3비서는?"

"잠깐 외출했습니다."

"내가에는 그럼 지금 누가 있는 거야?"

경비실장은 이를 부드득 갈며 외쳤다. 하지만 아무도 그 말에 대답하지 않았다. 그는 별수없이 머리를 북북 긁으며 턱짓했다. 몇몇 경비가 무거운 엉덩이를 들고 밖으로 나갔다. 태호를 들이지는 않더라도 잡긴 잡아야 했다. 몇몇 경비로 가능할지는 모르겠지만.

"지금 뭘 하는 건가? 어서 문을 열어!"

기다리던 아영이 화가 났는지 호통을 쳤다. 그녀가 뿜어내는 기세가 카메라 렌즈 너머까지 느껴질 정도였다.

─여기는 내가입니다, 마님. 죄송합니다만 종주께서 허락하시지 않는 한 아무나 들일 수 없는 입장입니다.

경비실장이 애써 침착하게 말하자 그 말에 아영이 뭐라 하기도 전에 태호가 끼어들었다.

"이봐, 나야. 그런데 나도 기다리라는 거냐? 너, 누구야? 실장 불러! 건방지게 누군데 나에게 감히 기다리라는 거야?"

태호의 목소리에 살기가 실리자 경비실장은 난처했다. 굉장히 난처했다.

아무리 보아도 태호의 상태는 좋지 않아 보였다. 당장이라도 쓰러질 것 같이 보인다. 그는 1비서인 민재에게서 들었던 대로 태호가 부상 중이라는 사실을 깨달았다. 하지만 그것을 알고 무슨 말을 하기도 전에 다시 아영의 호통이 터졌다.

"나보고 지금 문 앞에서 언제까지 기다리라고 하는 거냐? 당장 나오지 못해?"

아영이 고함을 내지르자, 옆에 있던 태호가 물색없이 킬킬거렸다.

"그렇군. 당신이 형의 도망간 어머니였구나."

"이 시건방진 녀석이 어디서 함부로 주둥이를 놀리는 거냐?"

그녀는 그를 향해 낮게 호통 쳤다. 실제로 살기가 뭉클 흘러나오기 시작했다.

"무슨 일이시옵니까?"

차 안에서 기다리고 있던 진청청이 결국 나섰다.

그녀는 소리 없이 다가와 아영의 옆에 섰다. 그녀의 뒤에 서 있던 여비서가 미간을 찌푸렸다. 감히 진가의 아가씨가 나타났는데도 접대가 없다니.

"무슨 일이 계시옵니까, 어머님? 어째서 문을 열지 않는 것인지요?"

"저기 있는 얼간이 때문에 태경이 경계령을 내렸나 보다."

아영은 경멸의 기색이 완연한 얼굴로 턱짓을 했다.

청청은 비틀거리는 태호를 보며 손으로 코를 막았다. 그에게서 나는 냄새가 고약했기 때문이다. 상처가 썩는 냄새라는 것은 꽤나 고약하다. 후각이 예민한 일족에게는 더더욱 끔찍한 냄새였다.

"이 부랑자 같은 자는 누구입니까?"

"누구긴, 그 얼간이 서태호란다."

아영은 코웃음을 쳤다. 불쾌감이 점점 배가 되고 있었다. 그녀는 여기서 비틀거리고 있는 태호를 정말 슬쩍 죽여 버리면 어떨까 하는 충동까지 느끼고 있었다.

"어머나!"

어이가 없다는 듯이 손을 내저으면서 청청은 한탄했다.

"어쩌다 저렇게 되었답니까? 서가의 직계가 저런 꼴이어서야 어디 놔둘 수 있겠사옵니까?"

"누가 아니래나."

아영은 코웃음을 치고는 다시 스피커에 대고 으름장을 놓았다.

"나를 더 이상 기다리게 하지 마라. 당장에 태경이를 불러!"

열에 들떠 몽롱한 상태임에도 불구하고 태호는 눈앞에서 떠들고 있는 두 여자가 우습다고 생각했다. 한 명은 다 늙어서 소녀 같은 얼굴을 하고 있는 아줌마였고, 하나는 이상한 말투에 이상한 옷차림—연두색 차이나 드레스—까지 하고 있는 못생긴 여자였다. 둘 다 힘이 강한 일족 여자이긴 했지만 하는 짓은 어이가 없다.

"너, 말투가 대체 왜 그래?"

태호가 열에 들뜬 상태로 낄낄거리며 묻자 청청은 코를 누르며 미간을 찌푸렸다.

"어마나, 예의도 없고 바보 같은 남자로군요. 지금 부상 때문에 헛소리를 하는 건가요?"

"그런가 봐."

아영은 관심도 없다는 듯 아무렇게나 대꾸하고는 시계를 보았다. 대문 앞에서 기다린 지 벌써 사 분이나 지났다. 그녀는 인내심의 한계를 느끼며 결국 핸드폰을 들어 태경의 번호를 눌러댔다. 하지만 그의 핸드폰은 꺼져 있었다.

"이런!"

그녀가 화를 내자 청청이 한숨을 쉬며 물었다.

"연락이 안 되는 것입니까? 어머님?"

"안 돼. 지금 회의 중인지 뭐 그런 건가 보다. 쓸데없는 데서 완고한 아이라 이 모양이야. 자기가 오너인데 핸드폰까지 끄다니. 모처럼 널 데리고 왔는데 미안하네."

"원래 철저하신 분이 아니옵니까. 저는 괜찮사옵니다."

청청이 웃으며 말하자 옆에서 아니꼬운 듯 보고 있던 태호가 짜증을 냈다.

"당신들, 눈이 없는 거야? 내가 아픈 거 안 보여? 이 정도로 아프면 누구든 의사를 불러주든지 간호를 해주어야 하는 거 아니야?"

어린애 같은 그 말투에 청청은 눈을 크게 떴다.

"어이가 없습니다. 어째서 제가 당신 같은 남자를 간호해 주어야 합니까?"

"시끄러워! 못생긴 년!"

그가 버럭 화를 내자 청청의 얼굴이 파리해졌다. 그뿐만이 아니다. 뒤에 서 있던 여비서 진예가는 눈을 부릅뜨며 살기를 흘렸다.

"감히 아가씨께!"

예가가 한 발자국 나서려는 것을 청청이 만류했다.

"지, 지금 나에게 뭐라 했습니까?"

"못생긴 년이 왜 이리 짜증나게 구는 거야? 간호하기 싫으면 의사를 불러!"

 그는 그렇게 말하고는 결국 주르륵 바닥에 주저앉고 말았다. 하늘과 땅이 빙빙 돌고 있었다. 눈앞에서 떠들어대는 여자들의 소란은 들리지도 않았다.

 "의사를, 의사를 불러줘."

 그는 그렇게 말하고 졸도했다.

『Fly me to the moon』 제2권으로…